Knaur

Über den Autor:

Jack Whyte wurde 1940 geboren, wuchs in Schottland auf und absolvierte seine Schul- und Hochschulbildung in England und Frankreich. Er war als Highschool-Lehrer für englische Literatur tätig und später als Creative Director verschiedener Werbeagenturen.
Der Himmelsstein ist der erste Band der Camolud-Chronik, die den historischen Spuren von König Artus nachgeht. Jack Whyte lebt heute in Kanada.

JACK WHYTE

Der Himmelsstein

ROMAN

AUS DEM ENGLISCHEN
VON ELFIE DEFFNER

Knaur

Die englische Originalausgabe erschien unter dem Titel
»*The Skystone*« bei Forge, New York.

Besuchen Sie uns im Internet:
www.knaur.de

Vollständige Taschenbuchausgabe 2002
Droemersche Verlagsanstalt Th. Knaur Nachf., München
Lizenzausgabe mit Genehmigung des Scherz Verlag, Bern und München.

Einzig berechtigte Übersetzung aus dem Englischen von Elfie Deffner.

Umschlaggestaltung: ZERO Werbeagentur, München
Umschlagabbildung: AKG, Berlin
Satz: Ventura Publisher im Verlag
Druck und Bindung: Nørhaven Paperback A/S
Printed in Denmark
ISBN 3-426-61955-5

2 4 5 3 1

Meiner Frau Beverley,
die immer daran glaubte,
es jetzt aber nicht ganz fassen kann.

VORWORT

Die Bezeichnung »historischer Roman« bedeutet, daß die Erzählung zumindest ein Gerippe an geschichtlichen Tatsachen enthält. Ich meine, daraus ergibt sich das Recht oder zumindest das Privileg des Lesers, zu wissen, wieviel in historischer Hinsicht korrekt ist.

Die Gestalten Gaius Britannicus und Publius Varrus sind frei erfunden, ebenso ihre Familien, Freunde und Verwandten. Sie entspringen alle dem Wunsch des Autors, eine Antwort auf die Frage zu finden: »Wie konnte dies oder jenes geschehen oder zustande kommen?«

Die Ereignisse, die den Hintergrund für die erfundene Geschichte abgeben, haben tatsächlich stattgefunden, und die wichtigsten Personen der damaligen Kaiserzeit – Valentinian, Theodosius, Magnus Maximus und Stilicho – lebten und handelten so, wie es in diesem Buch beschrieben ist. Ihre Zeit – die zweite Hälfte des vierten bis Mitte des fünften Jahrhunderts christlicher Zeitrechnung – sah eine Unmenge weltbewegender Veränderungen. Vieles, was noch heute, über anderthalb Jahrtausende später, unser Leben beeinflußt, geht auf Ideen und Begebenheiten jener Ära zurück.

Der Zeitraum der achtzig Jahre zwischen 367 und 448 gehörte zu den ereignisreichsten in der Geschichte der von den Römern Britannien genannten Provinz. An seinem Anfang gehörte Britannien noch zu Rom und wurde auch von dort aus verwaltet. An seinem Ausgang jedoch war die vierhundertjährige Besetzung der Insel zu Ende gegangen und lag das ganze weströmische Reich in Schutt und Asche. In der Tat war Britannien, die reichste Kornkammer des Westreichs, so gründlich von den Angeln und Sachsen erobert, daß es von da an nur noch Land der Angeln hieß – England.

In diesen achtzig Jahren wurden Zivilisation, Bildung und Christentum ausgelöscht, und das finstere Mittelalter hielt Einzug in Britannien. Dieses sollte mehr als zweihundert Jahre dauern, so daß weitreichende Veränderungen stattgefunden hatten und rätselumrankte Legenden entstanden waren, als das Licht der Gelehrsamkeit in Britannien wieder zu scheinen begann. Bei den Waffen war der englische Langbogen nun eine Selbstverständlichkeit, und an den langen, dunklen Winterabenden erzählte man von einem Helden, der in längst vergangener Zeit sein Volk tapfer geführt hatte, in seiner Faust ein magisches Schwert, das er aus der Hand einer Frau erhalten hatte. Es war der Beginn dessen, was im Laufe der Jahrhunderte als Artussage bekannt werden sollte.

* * *

Als kleine Hilfe für den modernen Leser mit wenig Kenntnis des Lebens um die Wende zum fünften Jahrhundert ist ein Anhang über das Heer des Kaiserreichs beigefügt. Auf Seite 11 ist zudem eine Karte der römischen Provinz Britannien abgebildet.

DIE LEGENDE VOM HIMMELSSTEIN

Vom Nachthimmel wird fallen ein Stein,
Der eine Maid schleierhafter Herkunft birgt,
Deren feuergenährtes, weibliches Geheimnis
Ein funkelndes, glänzendes Schwert gebiert,
Dessen Schärfe Männer zu Kriegern macht.
Überdies ist die Waffe voll weiblicher List,
Spornt Männer zu äußerster Kühnheit an,
Prägt ein Zeitalter und krönt einen König
Aus einem Bergvolk, das insgeheim träumt,
Dem Samen von Drachen entsprungen zu sein,
Aus einem Volk kraftvoller, starker Männer,
Heldenhaft und stolz und voll Seelengröße.
Und dieser mächtige und ruhmreiche König
Singt sein Lied vom Schwert und umflort
Sterbliche Männer mit Magie und Wahnsinn.
Er wird zur Legende, doch nach ihm kann
Keiner sein Werk so ruhmreich vollenden.
Doch der Tod bedeutet nicht Ende für ihn.
Er wird unsterblich und wartet nur darauf,
Daß man sich seiner erinnert und ihn ruft.

ORTSNAMEN

Das heutige England wurde von den Römern Britannien genannt. Schottland, Irland und Wales waren eigene Länder und hießen Kaledonien, Hibernia und Kambria; sie gehörten nicht zur Provinz Britannien.

Die alten Städte Britanniens gibt es immer noch; die folgende Übersicht zeigt, wie sie heute heißen.

Alyncester	Alcester
Anderita	Pevensey
Aquae Sulis	Bath
Camulodunum	Colchester
Dubris	Dover
Durnovaria	Dorchester
Durovernum	Canterbury
Eburacum	York
Glevum	Gloucester
Isca Dumnoniorum	Exeter
Lemanis	Lympne
Lindinis	Ilchester
Lindum (colonia)	Lincoln
Londinium	London
Mamucium	Manchester
Noviomagus	Chichester
Regulbium	Reculver
Rutupiae	Richborough
Sorviodunum	Old Sarum
Venta Belgarum	Winchester
Verulamium	St. Albans

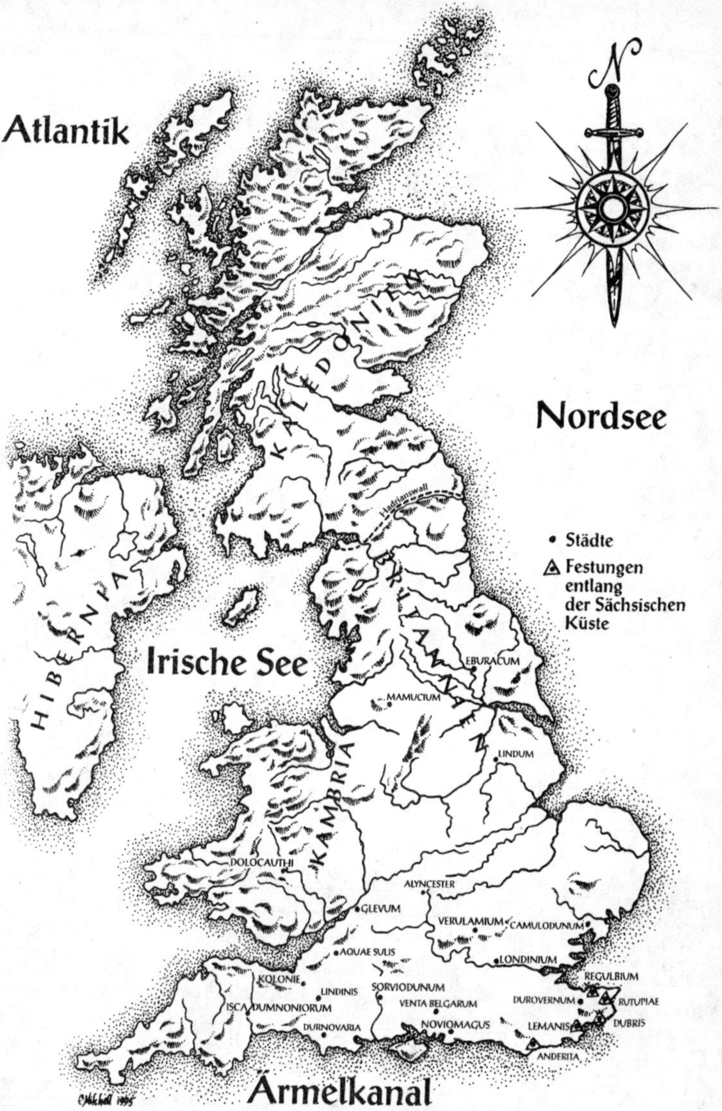

Atlantik
Nordsee
Irische See
Ärmelkanal
KALEDONIA
HIBERNIA
BRITANNIEN
KAMBRIA
Hadrianswall
• Städte
Festungen entlang der Sächsischen Küste
EBURACUM
MAMUCIUM
LINDUM
DOLOCAUTHI
ALYNCESTER
GLEVUM
VERULAMIUM
CAMULODUNUM
AQUAE SULIS
LONDINIUM
REGULBIUM
KOLONIE
LINDINIS
SORVIODUNUM
ISCA DUMNONIORUM
VENTA BELGARUM
DUROVERNUM
RUTUPIAE
DURNOVARIA
NOVIOMAGUS
LEMANIS
DUBRIS
ANDERITA

Erstes Buch

DIE INVASION

I

Heute ist mein siebenundsechzigster Geburtstag, ein heißer Sommertag im Jahre des Herrn 410 nach dem neuen, christlichen Zeitrechnungssystem. Ich weiß, daß ich alt an Jahren bin. Auch meine Knochen sind nach siebenundsechzig Sommern alt. Doch geistig bin ich noch recht rüstig.

Mein Name ist Gaius Publius Varrus, und wahrscheinlich bin ich der letzte Überlebende Britanniens, der für sich in Anspruch nehmen kann, in dieser Provinz unter den Adlern des römischen Besatzungsheers Dienst getan zu haben. Die anderen, die mit mir marschiert sind, sind nicht nur tot, sondern schon lange tot. Ich kann mich jedoch noch genau an meine Zeit in den Legionen erinnern.

Ich habe Männer gekannt, die sich weigerten zuzugeben, je im Heer gewesen zu sein. Was auch immer ihre Gründe gewesen sein mögen, so meine ich doch, daß sie mit ihrer Weigerung etwas verloren haben. Ich jedenfalls denke oft voller Freude und Dankbarkeit an meine Zeit in den Legionen zurück, weil ich dieser die meisten meiner lebenslangen Freundschaften verdanke und indirekt auch meine Frau, die Mutter meiner Kinder und Gefährtin meiner Träume.

Manchmal rufen meine Gedanken an die Zeit im Heer auch das Echo eines ungläubigen Lachens in meinem Herzen hervor. Wenn ich an all die Pannen, das Chaos und die kleinen menschlichen Schwächen und Fehlbarkeiten denke, die im Leben unter Waffen in Erscheinung treten, dann kann ich darüber nur lachen – oder weinen.

Ich erinnere mich zum Beispiel noch an einen anderen Sommernachmittag vor mehr als vierzig Jahren, damals im Jahre 369. Es war mein letzter Tag als römischer Soldat, und ich führte meine Männer und meinen Kommandanten einen Berg hinauf und mitten in einen Hinterhalt.

Es ist weiß Gott nie angenehm, in der Falle zu sitzen, doch die, welche an jenem Tag zuschnappte, war die schlimmste meines ganzen Soldatenlebens überhaupt. Die Barbaren, die uns auflauerten, glichen lebendig gewordenem Fels. Es waren wilde, schreckliche Wesen, halb Mensch, halb Bergziege, und sie besiegten uns in einem Überraschungsangriff in einem von hohen Felsen umgebenen Hohlweg mitten in der zerklüfteten, sich durch ganz Britannien ziehenden Bergkette.

Zwei Tage lang war es bergauf gegangen, und wir hatten unseren Weg sorgfältig und, wie wir meinten, unbemerkt fern der Hauptverkehrswege über Täler und Pässe gesucht. Wir wollten überraschend auf die Westseite gelangen. Die wenigen Offiziere mit Pferden, zu denen auch ich gehörte, hatten diese die meiste Zeit am Zügel geführt. Kaum waren wir in diesem Hohlweg angelangt, froh darüber, daß es nun einigermaßen ebenerdig weiterging, als von oben mächtige Felsblöcke auf uns stürzten.

Die drei Männer, mit denen ich gerade gesprochen hatte, wurden vor meinen Augen von einem Felsbrocken, der aus dem Nichts auf sie fiel, zu blutigem Brei zermalmt. Sie hatten den Stein nicht einmal bemerkt. Ich bezweifle, daß überhaupt einer der Männer, die in dieser ersten apokalyptischen Minute ihr Leben verloren, seinen Tod kommen sah. Ich selbst war angesichts der Plötzlichkeit des Geschehens wie betäubt. Ich begriff nicht einmal gleich, daß wir angegriffen wurden, da wir schon über eine Woche keinen Feind gesichtet und ihn gewiß nicht so hoch in den Bergen erwartet hatten.

Jene ersten herabstürzenden Felsblöcke verursachten ein Blutbad unter unseren Soldaten, die sich gerade, erschöpft von dem langen, beschwerlichen Aufstieg, auf dem engen, felsigen Grund drängten. Die Berge, die bis dahin nur Zeugen keuchenden, ächzenden Atems und gemurmelter Flüche geworden waren, hallten nun plötzlich von dem Tosen herabrollender Brocken und den qualvollen Schreckensschreien verstümmelter und sterbender Männer wider. Und dann tauchten die feindlichen Krieger auf.

Britannicus, mein Kommandant, war nur wenige Augenblicke zuvor von der Spitze der Kolonne zurückgefallen, um die Soldaten hinter uns anzutreiben, und als ich mein Roß herumriß, sah ich den purpurnen Federbusch seines Helms in einer Entfernung von etwa dreißig Schritten schwanken. Er versuchte, sein sich aufbäumendes Pferd unter Kontrolle zu bringen. In den Felsen direkt über ihm wimmelte es nur so von in Fellen gekleideten, herunterspringenden Männern, und ich begann auf mein Pferd einzupeitschen, um es dazu zu bewegen, mit mir über das Gewühl von Soldaten um uns herum hinwegzusetzen, um von einer günstigeren Stelle aus einen einigermaßen wirkungsvollen Widerstand zu organisieren.

Es war hoffnungslos. In nur wenigen Augenblicken, so schien es mir jedenfalls, war die ganze Länge des Hohlwegs eine einzige Masse grimmiger, wütender, im Nahkampf verstrickter Männer. Ganz gleich, wie dieses Gefecht ausgehen würde, es würde nicht durch Taktik, sondern durch Schneid und Muskelkraft entschieden werden.

Ich benutzte mein Pferd als Rammbock, um mir einen Weg durch die Masse kämpfender Leiber zu bahnen, wobei ich mit einem Speer, den ich einem stürzenden Soldaten entrissen hatte, wild nach rechts und links stach. Es war jedoch wie in einem jener schrecklichen Träume, in denen nichts richtig klappt und sich alles immer langsamer abspult – außer den Mächten, die einen zu überwältigen drohen.

Ein Drittel der engen Schlucht war der Länge nach von einem Felsen geteilt, dessen Grat so scharf wie die Schneide eines Messers war. Als ich diesen erreichte, sackte mein Pferd unter mir zusammen. Es war tödlich verwundet, konnte aber wegen der Masse der Leiber nicht fallen. Irgendwie gelang es mir abzuspringen, so daß ich mich auf dem Grat oberhalb der Schlacht wiederfand, wo ich einigermaßen in Sicherheit war. Als ich nach rechts blickte, sah ich keine Speerlänge von mir entfernt Britannicus' schmerzverzerrtes Gesicht; er hatte über dem Knie einen Pfeil im Bein. Es war ein sehr hübscher Pfeil mit einer roten Steuerfeder, der seinen Oberschenkel sauber durchbohrt und an sein Pferd genagelt hatte, das, wie das meine, keinen Platz zum Fallen hatte. Ich sah aus dem Gedränge unter ihm eine Hand auftauchen, nach dem herausragenden Pfeilschaft greifen und diesen nach unten ziehen. Britannicus schrie auf, sein Pferd geriet ins Taumeln und stürzte auf die Seite, wo der Pfeil steckte, so daß es sein durchbohrtes Bein unter sich begrub.

Ich weiß nicht mehr, wie ich zu ihm gelangte. Ich erinnere mich jedoch noch daran, daß ich auf seinem Pferd und damit auf Britannicus selbst stand und krampfhaft nach einer Öffnung Ausschau hielt. Die Masse kämpfender Leiber teilte sich, und ich sprang, wurde jedoch im gleichen Augenblick von einem Speer getroffen, so daß ich rücklings auf Britannicus fiel. Mein Brustharnisch hatte die Speerspitze zwar abgelenkt, doch sah ich den Barbaren zu einem neuen Versuch ansetzen. Als er zustieß, wollte ich ungeschickt auf die rechte Seite rollen, und diesmal spürte ich die Speerspitze zwischen den Rüstungsplättchen unter der Schulter. Wild drehte ich mich wieder herum und warf mich mit meinem ganzen Gewicht gegen den Speerschaft. Es gelang mir auch, ihn dem Mann zu entreißen, als ihm einer meiner Soldaten das Schwert unter dem Arm in den Körper rammte. Der Getroffene fiel auf die Knie, und in seinen weitaufgerissenen, erstaunten Augen stand der Tod. Als er in meine Richtung kippte, war ich schon wieder auf den Beinen, ließ den Speer außer acht, der neben mir auf den Boden gefallen war, und zückte den Dolch. Mein Schwert war nicht mehr da. Sogleich wurde ich an der Schulter heftig herumgerissen. Blind schlug ich zu, traf mit dem Dolch einen nackten Hals und fiel wieder hin. Ich fluchte innerlich, weil ich nicht aufstehen konnte.

Überall war Blut. Einen kurzen Augenblick lang sah ich Britannicus neben mir, der mit totenbleichem Gesicht vor sich hin starrte. Und dann stürzte jemand anders auf mich, und ich hörte dessen Todesröcheln. Vor panischer Angst fast wahnsinnig, versuchte ich wieder auf die Beine zu kommen. Ich streckte die Hände aus, hielt mich fest und zog mich hoch, wobei ich jemanden zur Seite warf – ob Freund oder Feind, werde ich nie erfahren. Als ich schließlich stand, merkte ich, daß ich keine Waffe hatte, und ich wurde wieder hinuntergezogen. Ich fiel auf die Knie, und diesmal schaffte ich es nicht mehr aufzustehen. Jemand rief gellend »Varrus!«, und eine Hand streckte sich mir entgegen. Kaum hatte ich sie ergriffen, wurde sie von einer Streitaxt mit bronzefarbenem Kopf und einem langen, polierten Haken glatt am Gelenk abgehauen. Nun wandte sich der Barbar mir zu und holte mit seiner Waffe, deren scharfe Klinge ich ja nun kannte, weit aus.

Dieser Augenblick ist mir noch in allen Einzelheiten deutlich in Erinnerung. Der Mann war groß, hatte einen roten Bart, und in seinem wutverzerrten Gesicht waren schwarze Zahnstummel zu erkennen. Schräg über der nackten Brust trug er ein Wolfsfell, ein weiteres, das von einem Ledergürtel gehalten wurde, in dem ein langer Dolch steckte, um die Lenden. Er sah mich schon als toten Mann. Ich pflichtete ihm innerlich bei und stellte mich schon auf mein Ende ein, als der Armstummel, aus dem das Leben wich, sich gegen den wilden Krieger richtete, so daß ihm das hellrote Blut in die Augen spritzte und ihn einen Moment lang blendete. Diesen nutzte ich ohne Zögern und warf mich auf ihn, riß ihm, als er unter meinem Gewicht zurücktaumelte, den Dolch aus dem Gürtel und rammte ihn ihm bis zum Heft unterhalb seiner Rippen in den Körper.

Als er sterbend umfiel, fand er jedoch noch irgendwie die Kraft, die Axt herumzureißen, und als er sie von unten zu meinem Schritt hochzog, spürte ich ihren Haken vom Knie bis zur Leiste. Von der grausamen Gewalt des Schlags wankend, sah ich den dicken Schaft der Axt wie einen großen, hölzernen, unmöglichen Phallus aus meinem Uniformrock ragen. Der Schmerz schoß wie siedendes Öl durch meinen ganzen Körper. Schreiend versank ich in einem dunklen Strudel, noch immer die abgeschnittene Hand meines Retters umklammert haltend.

Wir siegten – wie, werde ich nie erfahren. Doch das war das Ende meines Soldatenlebens unter den Adlern des Römischen Reiches. Es hätte überhaupt mein Ende sein können. Die Klinge hatte meine Hoden knapp verfehlt und meine linke Gesäßhälfte getroffen. Auf dem Weg dorthin hatte sie meine Kniesehne zerfetzt und meinen Oberschenkelknochen freigelegt. Die Sanitäter wollten mein Bein an Ort und Stelle abnehmen, gleich nach der Schlacht, ohne mich erst aus den Bergen hinunterzubringen, weil sie glaubten, ich würde den Transport nicht überleben. Doch Gott sei Dank erlangte ich das Bewußtsein schnell wieder! Ich kreischte wie ein wütender Habicht, weil ich wußte, daß kaum eine Hoffnung für mich bestünde, wenn mein Bein amputiert würde. Ohne Gaius Britannicus hätte es mir aber nichts genützt. Er bestand auf dem Ausbrennen und Nähen der Wunde. Er schwor, ich hätte ihm schon unzählige Male das Leben gerettet und daher um der Himmelsgötter willen zumindest das Recht, mit beiden Beinen zu sterben. Ich wäre sein *primus pilus*, erklärte er, und einem *primus pilus* stünden, tot oder lebendig, zwei Beine zu.

Ich weiß nicht, wie wir ins Tal hinunterkamen. Britannicus ließ mich in seinem Zelt einquartieren und von Mitros, seinem Leibarzt, betreuen. So lagen wir dann nebeneinander auf Feldbetten und warteten auf unsere Genesung. Dabei hatten wir reichlich Gelegenheit, unseren Gedanken nachzuhängen, was für mich, das gebe ich zu, seinerzeit eine neue Erfahrung war. Möglicherweise kam mir damals zum erstenmal der Gedanke, diese Geschichte zu erzählen, doch das möchte ich nicht mit absoluter Bestimmtheit behaupten.

Woher nimmt ein Mensch die Arroganz, die Niederschrift einer derartigen Geschichte, wie ich sie zu berichten habe, ins Auge zu fassen? »Aus sich selbst heraus« mag vielleicht die passendste Antwort sein, doch in diesem besonderen Fall ist sie unzulänglich und ungenau. Mein Entschluß, diese Geschichte zu erzählen – und selbst ich fand ihn oft halsstarrig und dumm, obwohl ich nun schon seit vielen Jahren daran schreibe –, geht darauf zurück, daß ich in Gaius Britannicus mein Leben lang einen Freund und Mentor hatte, dessen prophetischer Weitblick und moralische Integrität mir noch immer Ehrfurcht einflößen. Seiner Charakterstärke, seinem Wahrnehmungsvermögen und seiner Urteilskraft sowie seinem Beharren darauf, mich zu brauchen, verdankte ich es, daß ich den Niedergang einer ganzen Welt überlebte und in einem Alter, in dem andere Männer sich auf den Tod einstellen, ein neues Leben beginnen durfte.

Jetzt jedoch, da ich wirklich alt bin, gibt mir die Furcht, daß diese Geschichte unerzählt und mein Freund dadurch ewig anonym, unbesungen und ungewürdigt bleibt, die Kraft zu schreiben. Als ich diese erst einmal gefunden hatte, kämpfte ich mit dem Anfang meiner Geschichte, so wie ein Knabe versucht, den Kern einer Zwiebel zu finden, und bei diesem närrischen Unterfangen tränenblind wird. Nun weiß ich, daß es keinen richtigen Anfang gibt. Es gibt nur Erinnerungen, die fließen, wohin das Gelände sie lenkt.

Gaius Cornelius Britannicus war kein guter Patient. Er haßte es, ans Bett gefesselt zu sein, konnte jedoch nichts daran ändern, solange die tiefe Wunde in seinem Oberschenkel nicht verheilt war. Leider waren daher die ersten Tage, die ich in seiner Gesellschaft verbrachte, die schlimmsten überhaupt. Ich war ihm zwar dankbar, doch auf leeren Magen war er nur schwer zu ertragen, und da ich die ersten Tage hauptsächlich damit verbrachte, die Medizin, die mir Mitros einflößte, wieder von mir zu geben, war mein Magen gewiß oft leer. Ich hätte das Quartier lieber mit einem wütenden Leoparden geteilt. Schließlich beruhigte er sich jedoch und betrachtete seine erzwungene Untätigkeit mehr auf philosophische Art. Von da an unterhielten wir uns, oder vielmehr sprach er und hörte ich zu, wobei ich gelegentlich etwas Kupfer auf seinen Haufen voller Silber- und Goldmünzen warf.

Gaius Cornelius Britannicus war ein echter Cornelier, ein direkter Abkömmling des angesehenen Patriziergeschlechts der Gründer des Römischen Reiches. Während jener ersten Tage des Eingesperrtseins, in denen er ans Bett gefesselt war und niemand etwas daran ändern konnte, erzählte er manchmal stundenlang von seinem Leben in Britannien, und zwar von seinem Leben als Bürger und nicht so sehr als Soldat. Ich weiß noch, daß mich das anfangs wunderte, vor allem, weil ich ihn bis dahin nur als Legaten Britannicus gekannt hatte, als schweigsamen, tüchtigen Heerführer, der normalerweise nicht die Gesellschaft anderer suchte und auch seine Meinung für sich behielt. Im Laufe der Zeit stellte ich jedoch fest, daß ich ihn gar nicht gut gekannt hatte. Die gelegentlichen Vertraulichkeiten zwischen uns als Kampfgefährten hatten mir nur ein paar Seiten seines Charakters und seiner Persönlichkeit offenbart. Doch nun, während er erzählte und ich ihm zuhörte, kam sein wahres Wesen immer mehr zum Vorschein. Ein Vorfahr väterlicherseits – genaugenommen sein Urururgroßvater – hatte den Beinamen Britannicus vor mehr als zweihundert Jahren für seinen Einsatz in dieser Provinz zu Antoninus' Zeiten zuerkannt bekommen, und alle in seiner Familie hatten im Laufe der Generationen Britannien immer mehr als ihre Heimat angesehen, obwohl sie natürlich stets in erster Linie Rom verpflichtet gewesen waren. Was mich anging, so war ich in Britannien auf die Welt gekommen und zum Mann herangewachsen, ohne mir meines Vaterlands je wirklich bewußt zu sein. Ich hielt es nie für einen besonders wichtigen Ort; es war einfach Britannien, das Land, in dem ich lebte. Es bedurfte einiger Jahre in Afrika und einiger weiterer, in denen ich Britannicus' Begeisterung miterlebte, bis ich merkte, was mir Britannien tatsächlich bedeutete.

Ausführlich und voller Liebe erzählte er von seiner Familie und deren Heim, einem Gut in der Nähe von Aquae Sulis, einer berühmten Therme im Südwesten. Ich hörte den Stolz in seiner Stimme, wenn er von seiner Frau Heraclita sprach, die er offenbar anbetete und die mit ihrem kaiserlich-claudischen Blut so alter und edler Herkunft wie er selbst war. Ebenso stolz erzählte er von seinen Kindern, den sechsjährigen Zwillingsbrüdern Marcus und Paulus, der fünfjährigen Melia und seinem besonderen Liebling, Picus, der eben drei Jahre alt geworden war. Schon jetzt spiele er mit einem Kinderschwert und wolle nur Soldat werden! Dann erzählte Britannicus von einer Schwester namens Lucia und einem Schwager Varo, dessen Gut im Westen an sein Anwesen grenzte und der während Gaius' Abwesenheit für die Familie die Rolle des Hausmeisters und Gutsverwalters übernahm. Eines Tages, schwor der Legat, wenn seine Legionszeit zu Ende wäre und das Kaiserreich seiner Dienste nicht mehr bedürfte, würde er heimkehren und seine Ländereien selbst verwalten.

Eines Morgens wurde ich von Ächzen und Rumoren geweckt, und ich sah, wie Britannicus von zwei Soldaten, die Mitros zu diesem Zweck abkommandiert hatte, aufgesetzt wurde. Es gelang diesen schließlich, es ihm einigermaßen bequem zu machen, ungeachtet seines Fluchens, das allerdings erstarb, als der Sanitäter darauf hinwies, daß die Prozedur zum Heilungsprozeß gehörte. Als sie gegangen und wir wieder allein waren, fragte ich ihn, ob er starke Schmerzen hätte. Eine Weile blickte er mich wortlos an, dann bettete er sein Bein mit beiden Händen behutsam ein wenig bequemer und schüttelte den Kopf.

»Nein«, meinte er. »Es tut lange nicht mehr so weh wie am Anfang. Und wie ist es bei dir?«

Ich lächelte. »Ich habe überhaupt keine Schmerzen, solange ich ganz still liege. Doch natürlich bewegt sich mein Körper im Schlaf von selbst. Und dann habe ich Schmerzen. Ich wache oft ganz plötzlich davon auf.«

Leicht stirnrunzelnd blickte er mich aufmerksam an. »Nun«, knurrte er, »wenigstens siehst du ein bißchen besser aus. Diese dunkelroten Ringe unter den Augen sind verschwunden, und dein Gesicht ist nicht mehr so eingefallen.« Er räusperte sich. »Mitros sagt, bei dir müßte bald wieder alles funktionieren.«

Jetzt war es an mir, die Stirn zu runzeln. »Funktionieren? Wie – du meinst, daß ich wieder laufen kann?«

»Nein, das meine ich natürlich nicht. Daß du das eines Tages wieder kannst, wissen wir. Du wirst vielleicht hinken, aber gewiß laufen können. Nein, ich meinte ... funktionieren – körperlich, geschlechtlich.« Er sah verlegen aus.

»Ach, das!« Ich stellte mir vor, wie unangenehm jetzt eine Erektion sein würde. »Mein Gott, daran kann ich im Augenblick nicht einmal denken.«

Er sah mich seltsam an, und ich spürte, wie ich unter seinem Blick errötete.

»Was ist, Kommandant? Was ist los?«

Er schüttelte abweisend den Kopf. »Nichts. Überhaupt nichts.« Nach einer Pause meinte er: »Du bist ein sehr enthaltsamer Mann, nicht wahr?«

»Kommandant?«

»Enthaltsam, maßvoll. Nicht gerade ein Frauenheld, oder?«

»Vermutlich nicht«, erwiderte ich überrascht, nicht auf dieses unerwartete Abweichen von unserem üblichen Gesprächsstil gefaßt. »Nicht weniger normal als jeder andere normale Mann.«

»Nein, das glaube ich nicht.« Er schüttelte wieder den Kopf. Sein Gesichtsausdruck nahm einen seltsamen, fast grüblerischen Zug an. »Ich habe dich in den letzten Jahren beobachtet, weißt du, und deine Zurückhaltung hat mir sehr gefallen. Sie ist eine der Grundvoraussetzungen für einen hervorragenden Soldaten.«

Er konnte mir vom Gesicht ablesen, daß ich mich bei diesen Überlegungen unbehaglich fühlte, und fügte beruhigend hinzu: »Oh, du bist durchaus normal, weiß Gott. Es ist nur so, daß an dir nichts Übertriebenes ist, jedenfalls nicht im schlechten Sinn. Du tust alles in Maßen, scheint mir, nichts bis zum Exzeß. Du trinkst nicht zuviel, du hurst nicht zuviel herum, du kämpfst, ja streitest nicht mal ohne Grund. Du gibst deinen Soldaten ein gutes Beispiel.«

»Mein Gott, Kommandant«, meinte ich, »du läßt mich zu gut, ja richtig ungesund aussehen.«

»Ha! Ganz und gar nicht! Doch ich entschuldige mich trotzdem.« Er schwieg eine Weile, und ich schloß die Augen wieder und überlegte, wann der Sanitäter wohl mit dem warmen Wasser für meine morgendlichen Waschungen erscheinen würde.

»Varrus, warst du schon einmal verliebt?«

Mein ganzer Körper erstarrte, und ich fragte mich, was wohl über ihn gekommen sein mochte, daß er eine so ungewohnte Intimität herstellte. Sonst gab sich Britannicus nie einer derart eitlen Neugier hin, über nichts und niemanden. »Noch nie, Kommandant«, erwiderte ich und hörte selbst die Verlegenheit in meiner Stimme.

»Noch nie, Varrus? Du bist noch nie verliebt gewesen? Nicht ein einziges Mal in deinem ganzen Leben?«

Mit geschlossenen Augen dachte ich darüber nach, und als mir ein paar flüchtige Erinnerungen durch den Kopf schossen, verzog sich mein Mund trotz meines Unbehagens zu einem Lächeln.

»Nun, Kommandant«, sagte ich schließlich, »es hat schon ein paar junge Frauen, genauer gesagt Mädchen gegeben, die mir Herzklopfen verursacht und den Kopf verdreht haben.«

»Aha!« Es klang erfreut. »Und ist da jemand Bestimmtes, der noch immer diese Macht über dich besitzt?«

Das Lächeln fiel mir jetzt leichter, weil ich mich bei unserem Gesprächsthema allmählich wohler fühlte. »Nein. Im Augenblick nicht. Niemand besitzt diese Macht über mich, und wenn ich so darüber nachdenke, ist das eigentlich sehr traurig.«

»Nun, Varrus, mein Freund, das ist sehr bedauerlich. Es gibt nichts Größeres als die Liebe einer guten Frau. Diese hilft einem Mann, mit allen Schwierigkeiten fertig zu werden, und zwar auf unbegrenzte Zeit.«

»Ja, das habe ich schon mal gehört, von mehreren Leuten.«

»Es stimmt!« Britannicus' Stimme wurde wärmer und leidenschaftlicher, als er mich jetzt mit seinem Vertrauen beehrte.

»Kannst du dir vorstellen, daß ich mich noch immer an den Tag erinnern kann, an dem ich Heraclita kennengelernt habe? Ich war ungefähr dreizehn ...« Er brach ab und korrigierte sich dann: »Nun, eigentlich sah ich sie bei diesem ersten Mal nur und lernte sie nicht kennen. Das geschah erst zwei Jahre später, doch ich hatte sie seit jener ersten Begegnung nicht vergessen. Du wirst sie eines Tages treffen, Varrus, und sehen, was ich meine. Sie war – und ist es noch immer – das schönste Wesen, das ich je erblickt habe. Ich wußte schon damals, daß sich mein ganzes Leben um sie herum entwickeln würde. Wir lebten in verschiedenen Städten, so daß es ein Glück war, daß unsere Familien eng befreundet waren. Schon nach unserer ersten Begegnung beschlossen unsere Familien, uns miteinander zu verheiraten, sobald wir erwachsen sein würden, und wir waren beide damit einverstanden. Wir wurden Freunde, ich trat in die Legionen ein, und viele Jahre später wurden wir dann ein Liebespaar. Doch ich liebte sie seit jenem Tag, an dem ich sie zum erstenmal gesehen hatte – sie spielte mit einem kleinen Kaninchen im von Reif überzogenen Riedgras am Ufer eines zugefrorenen Teichs, ihr Atem dampfte in der kalten Luft, und ihre rosigen Wangen ließen die blauen Augen noch strahlender erscheinen. Und nun sind wir schon wie viele Jahre verheiratet?« Er rechnete mit geschlossenen Augen nach und beantwortete seine Frage dann selbst: »Seit fünfzehn Jahren. Wir wurden an meinem dreiundzwanzigsten Geburtstag getraut. Sie war zwanzig.« Seine Stimme erstarb; eine Weile war er ganz nach innen gekehrt.

»Bedauerlich an meinem Beruf ist nur«, fuhr Britannicus schließlich fort, »daß ich so wenig Zeit mit meiner Frau verbringen kann. Als Soldat bin ich allein, und sie bleibt zu Hause und hält meine private Welt für mich in Ordnung. Sie könnte mich begleiten, doch das Lagerleben ist kein Dasein für eine Soldatenfrau, und die Familie eines hohen Offiziers kann viel Kummer haben, besonders wenn der Mann und Vater ein strenger Befehlshaber ist. Doch die Liebe, Varrus, die Liebe einer guten Frau ist von unschätzbarem Wert.« Er sah mich an und schüttelte verblüfft den Kopf. »Ich kann wirklich kaum glauben, daß du nie richtig verliebt warst!«

»Du kannst es glauben, Kommandant«, erwiderte ich

grinsend. »Ich bin sicher, daß ich mich daran erinnern könnte.«

Doch die Bilder in meinem Kopf waren in ebendiesem Augenblick verwirrend, und ich hatte, ohne daß ich genau wußte warum, ein etwas schlechtes Gewissen – vielleicht weil ich das Gefühl hatte, ihn irgendwie zu täuschen. Ich wollte das schon erwähnen, was dem Gespräch vielleicht eine andere Richtung gegeben hätte, doch da kam der Sanitäter mit dem warmen Wasser für unsere morgendlichen Waschungen, und der Verbandswechsel führte zu einem Stimmungsumschwung. Jedoch unterhielt und zerstreute ich mich die ganze Zeit beim Waschen, Reinigen, Abtrocknen und Verbandswechsel mit der Erinnerung an das Mädchen, das mir durch Britannicus wieder ins Gedächtnis gerufen worden war, an das Mädchen, das mich im Sommer vor meinem Eintritt in die Legionen, als ich gerade erst fünfzehn war, verzaubert hatte. Die junge Frau war meine große Liebe, meine besondere Inspiration. Die Erinnerung an sie, die körperliche, magische Erregung, die sie in mir erweckt hatte, war stets bei mir, ganz gleich, wohin ich im Dienst des Kaiserreichs ging, und ihr Gesicht, ihre geschmeidige, schlanke Taille, das tiefe, strahlende Blau ihrer Augen und die Röte ihres warmen, süßen Mundes hatten mich so manche kalte Nacht auf dem Feld in den Schlaf gewiegt.

Jener letzte Sommer meiner Knabenzeit war wunderbar und unvergeßlich gewesen. Ich weiß jetzt oder vermute jedenfalls sehr stark, daß mein Großvater in jenem Jahr besondere Anstrengungen für mich unternahm, weil er wußte, daß ich nun bald ein Mann und Soldat sein würde. Er hatte einen Freund, einen wohlhabenden Kunden und Gönner, der in einem prächtigen Gutshaus in der Nähe von Verulamium wohnte. Dieser lud meinen Großvater und mich ein, den Sommer bei ihm zu verbringen. Wir sagten zu, und für acht lange, goldene Wochen war ich im Paradies.

Das Gutshaus selbst war schon herrlich, doch nichts im Vergleich zu den Ländereien. Die sommerlichen Felder waren üppig, voller saftigem Grün, die Luft war vom Duft des Grases und der Trockenheit sonnenheißen Staubs erfüllt, und es roch nach Dung und Blumen. Meine Ohren wurden vom Summen der Fliegen und anderer Insekten geneckt, ebenso vom Zwitschern der Vögel und dem Rascheln, wenn das hohe Gras über meine Beine streifte. Ich fand dort neue Freunde, einen römischen Knaben in meinem Alter namens Mario, dessen Vater Aufseher auf dem Gutshof war, und einen jüngeren namens Noris, den Sohn des keltischen Dachdeckers, der im Umkreis von Meilen alle Dacharbeiten erledigte. Wir drei genossen einen völlig sorgenfreien Sommer.

Und dann erfuhren wir eines Tages, kaum eine Woche bevor mein Großvater und ich nach Camulodunum zurückkehren mußten, von einem großen Fest auf dem Nachbargut im Osten. Der Sohn des Besitzers hatte gerade ein Mädchen geheiratet, das weit entfernt im Südwesten lebte. Die Hochzeit hatte im Haus der Braut stattgefunden, und nun brachte der Sohn seine junge Frau nach Hause. Alle waren zu der Feier eingeladen. Es sollten Musik- und Theateraufführungen stattfinden und einen Tanzbären, Spiele sowie Speis und Trank für jedermann geben.

Ich hatte noch nie zuvor einen so großen Tanzbären gesehen, doch als es mir schließlich gelungen war, näher an ihn heranzukommen, war ich tief enttäuscht. Das arme Tier war halb verhungert und kränklich, seine Haut rissig und geschwürig vom ständigen Reiben an den Gitterstäben des winzigen Käfigs, sein Fell schmutzig, verfilzt und übelriechend. Empört sah ich das hilflose, offensichtlich brutal behandelte Tier, und ich war wütend auf den grobschlächtigen, schwachsinnigen Riesen, dem es zu gehören schien. Sofort machte ich mich auf die Suche nach meinen beiden Freunden, die ich dafür gewinnen wollte, mir zu helfen, das Tier in der Nacht, wenn alle schliefen, zu befreien. Ich hatte sie kurz zuvor zu dem Stand eilen sehen, an dem sich der Pastetenbäcker bemühte, der Nachfrage gerecht zu werden, und auf dem schnellsten Weg dorthin ging ich querfeldein über eine Wiese mit ein paar Bäumen, wo die Belustigungen stattfanden. Dort, mitten auf dem Feld an jenem heißen, staubigen Nachmittag, stand ich plötzlich dem Mädchen meiner künftigen Träume von Angesicht zu Angesicht gegenüber.

Gerade war ich flott um einen hohen Baum geschwenkt, als mein Blick von einem leuchtenden Blau angezogen wurde, dem Kleid, wie ich dann sah, eines großen Mädchens vielleicht in meinem Alter. Es hatte langes, glattes schwarzes Haar, ein Gesicht und eine Haut von sonnengebräunter, schmerzlich schöner Weichheit, hohe Wangenknochen, einen leuchtendroten Mund und große blaue Augen, die ihm aus dem Gesicht zu springen schienen. Ich sah das Mädchen, nahm es mit einem einzigen Blick ganz wahr und blieb wie angewurzelt stehen, derart betäubt, als hätte ich einen schweren Schlag auf den Kopf erhalten. Sie war atemberaubend. Noch nie und nirgends hatte ich etwas so Schönes gesehen. Sie war in Begleitung von drei anderen Mädchen, die alle kleiner als sie waren, und sie lachten über etwas, was eins von ihnen gesagt hatte. Die anderen nahm ich, obwohl ich ihre Bewegungen sah und ihr Lachen hörte, nur schemenhaft wahr. Ich hatte nur Augen für das Mädchen in Blau; es hielt meine Aufmerksamkeit voll und ganz gefangen.

Die vier Mädchen schienen alle gleichzeitig mein Interesse zu bemerken. Abrupt brachen sie das Gespräch ab, und vier Augenpaare verschlangen bis ins Detail die peinliche Faszination, der ich mitten im Laufen von Kopf bis Fuß erlegen war. Dann wandten sie sich auf die einmalige Art und Weise heranwachsender Mädchen instinktiv um und steckten kichernd und schwatzend die Köpfe zusammen. Sie schienen zu glauben, daß sie, wenn sie mir den Rücken zukehrten und sich zusammendrängten, nicht mehr da wären.

Das große, junge Mädchen stach jedoch von ihren Freundinnen ab, indem sie einfach den Kopf hob und mich geradewegs anschaute. In ihrem Gesicht war kein Lächeln, auch ihre Augen verrieten nichts. Sie sah mich nur an, und ich sah sie an, und irgendwie spürte ich über die Entfernung der zehn Schritte zwischen uns die Wärme ihres regen, fiebrigen Interesses. Mein Herz schlug schneller, und mein Atem schwoll an und rief ein Gefühl der Enge in meiner Brust hervor. Ich wußte, daß ich ihr Universum irgendwie magisch ausfüllte, so wie sie meins. Während ich sie anschaute, schienen ihre Augen immer größer zu werden und mich zu verschlingen. Sie füllten mein Bewußtsein derart aus, daß alles andere verblaßte und ich nur noch den Wunsch hatte, die Hand auszustrecken und ihre weichen Wangen zu streicheln.

Dann kam Bewegung in ihre Freundinnen, sie riefen sie, zerrten an ihr und drängten sie fort. An mir waren sie nicht mehr interessiert, und wie durch ein Wunder hatten sie nicht bemerkt, was zwischen mir und ihrer schönen Freundin vorgegangen war. Sie ging mit ihnen – ungern, das war mir klar. Im Gehen drehte sie sich um, um mich nicht aus den Augen zu verlieren. Ich wußte nicht mehr, was ich vorher getan hatte, hatte meine Freunde und den Bären völlig vergessen und schickte mich nun an, den Mädchen zu folgen. Sie lächelte und wandte sich wieder ihren Begleiterinnen zu, zuversichtlich, daß ich in der Nähe bleiben würde.

Ich folgte ihr, bis wir einander – und ich habe keine Ahnung, wie es dazu kam – gegenüberstanden, wir zwei allein, in wundervoller Isolierung inmitten einer Menschenmenge gestrandet, die für uns und unser Leben bedeutungslos war. Wortlos sah ich sie an, und sie sah mich an. Ihr wunderschönes Lächeln, das ihre Perlenzähne zeigte, rief wiederum ein Gefühl der Enge in meiner Brust hervor. Ich weiß, daß wir etwas sagten, kann mich jedoch nicht erinnern, was es gewesen war, und dann verließen wir zusammen das Fest, gingen weg von der Menge und den Blicken der Menschen.

Sie war groß. Sie war bezaubernd. Und sie war mein. Daran bestand für uns beide kein Zweifel, und es war nicht nötig, darüber zu sprechen. Zwischen uns war keine Verkrampftheit, keine Scheu und keine falsche Scham. Wir berührten uns zärtlich, unsere Gesichter, Ohren und Haare, entdeckten uns gegenseitig andächtig mit ehrfurchtsvollen, zitternden Händen. Fragend und sanft legte ich einen Finger auf ihre schwellenden, vollen Lippen, und diese öffneten sich und küßten diesen keusch. Ich fühlte die geschmeidige Schlankheit ihrer Taille unter meiner Hand, und mir blieb vor Schreck fast die Luft weg, als ihr Gesicht nah, ganz nah an meins kam und wir uns küßten. Sie lag in meinen Armen, versank in diesen und umfing mich zugleich, und ich war von ihrer Nähe, ihrer Fülle und Weichheit und ihrem frischen, süßen Duft überwältigt, und gegenseitig verschlangen wir uns mit Küssen, gierig und wild, in dem unschuldigen Verlangen, Ungestüm und Staunen der ersten Liebe.

Sie erzählte mir, daß sie Cassie heiße, abgekürzt von

Cassiopeia, dem Sternbild, das am Abendhimmel erschien, kurz bevor wir merkten, wie spät es geworden war. Ich sagte, ich sei Publius. Ihren vollen Namen erfuhr ich nie, ebensowenig wie sie meinen. Als wir zum Fest zurückkehrten, hatte man sich schon auf die Suche nach ihr gemacht, und ein gestrenger Vater nahm sie eifersüchtig in seine Obhut und brachte sie weg von mir.

Am nächsten Tag mußte ich nach Camulodunum zurückkehren, und ich sah sie nie wieder. Jedoch vergaß ich sie nicht. Sie hatte mir erzählt, daß ihr Vater Soldat sei, ein Legat, und sie selbst eine Armeegöre, die das Soldatenleben teile und mit der Truppe ihres Vaters von Lager zu Lager und von Land zu Land ziehe. Auf all meinen Märschen mit den Legionen hielt ich, wenn wir in eine neue Stadt oder Garnison kamen, nach ihr – und ihrem Vater – Ausschau, doch da ich ihren Familiennamen nicht kannte, blieb mir eine systematische Suche verwehrt. Und so war meine Erinnerung an sie allmählich verblaßt. Doch selbst jetzt noch, nach zehn Jahren, sah ich mich in jeder neuen Stadt nach ihr um. Und nun, da Britannicus meine Erinnerungen an sie wiedererweckt hatte, umfing ich diese dankbar und benutzte sie als weiches Kissen gegen die bestialischen Schmerzen, die selbst Mitros' vorsichtige Pflege meinem übel zugerichteten Fleisch zufügen konnte.

Der Schmerz war im Krankenzimmer unser ständiger Begleiter, ebenso der Schlaf in der ersten Zeit, als Mitros uns mit betäubenden Tränken zu kurieren versuchte, und mit beiden ging Langeweile einher, da oft nur einer von uns beiden schlief und der andere wach dalag, isoliert in seinem vergeblichen Wunsch nach Gesellschaft.

Gelegentlich wurde die Eintönigkeit unseres Eingesperrtseins durch Besuch unterbrochen. Die Soldaten, die zu mir kamen, fühlten sich jedoch in Gegenwart meines illustren Gastgebers und Zimmergenossen unbehaglich und unsicher. Für mich war er mein Legat, mein langjähriger Waffengefährte und getreuer Freund. Für meine Besucher war er »das alte Adlergesicht«, ihr Oberbefehlshaber und deshalb ihre Nemesis und ihr Gott. Sie traten von einem Bein aufs andere, flüsterten, zappelten und konnten es kaum erwarten, wieder gehen zu können.

Als ich mich nach einem solchen kurzen Besuch zweier meiner Kohortenzenturionen wieder Britannicus zuwandte, sah ich, daß er eingeschlafen war. Dieser Anblick, wie er so flach auf dem Rücken lag und sich seine Nase mit dem hohen Sattel gegen das Licht abhob, brachte eine Flut von Erinnerungen zurück.

AFRIKA, 365 A.D.

Nach zweijährigem aktivem Militärdienst in Afrika hatte man gelernt, während der heißesten Zeit des Tages die Sonne zu meiden. Ich hatte gegen diese Schutz gesucht, es mir einigermaßen bequem gemacht und ruhig vor mich hingedöst, als mich etwas aufschreckte. Still blieb ich liegen, hielt den Atem an und wartete darauf, daß sich das Geräusch wiederholte. Dann hustete irgendwo hinter mir, gerade noch in Hörweite, ein Kamel, und diesmal brachte mich das Geräusch auf die Knie, und ich versuchte, versteckt hinter den Felsen, die mir Schatten gespendet hatten, festzustellen, woher es gekommen war. Ein römischer Soldat begegnete nur selten freundlichen Fremden in der Wüste, und keiner von ihnen kam auf einem Kamel.

Es waren fünf Männer, vier davon auf Kamelen und mit der langen schwarzen, beengenden Kleidung der barbarischen Nomaden, von denen das Wüstengebiet heimgesucht wurde. Der fünfte Mann lief zwischen zwei von diesen Reitern, und etwas an seiner Haltung zeigte mir selbst auf die große Entfernung, daß seine Hände auf dem Rücken gefesselt waren. Doch schon die Tatsache, daß er nicht ritt, machte deutlich, daß er ein Gefangener war. Als ich sie durch den Hitzedunst schimmern sah, waren sie noch ungefähr eine Meile entfernt, und sie kamen stetig und langsam näher, bis der Gefangene auf die Knie fiel und so die kleine Prozession zum Halten zwang. Trotz der Entfernung konnte ich an seinem kurzen Militärrock erkennen, daß er einer der unseren war, und außerdem, daß er nicht mehr lange durchhalten würde. Ich preßte mich noch enger an den Felsen und sah den armen Kerl torkeln und taumeln, als sie sich meinem Versteck näherten. Sie hatten ihm zwei Seile um den Hals gebunden, von denen je eins zu den beiden Reitern führte, zwischen denen er ging.

Ich machte mir keine Sorgen, entdeckt zu werden. Sie würden zu meiner Linken dicht an mir vorbeiziehen und geradewegs auf das Wasserloch, das einzige weit und breit, zueilen. Ich war schon bei Tagesanbruch dort gewesen, um meinen Durst zu stillen und meine Wasserbeutel aufzufüllen. Danach hatte ich mich umgesehen und diesen von Gesteinsbrocken übersäten Hügel ausgewählt, um mich tagsüber zu verbergen. Hier gewährten mir hohe Felsen und ein geschickt plazierter Umhang Schutz vor der Sonne und vor Besuchern, und auch mein Pferd war gut untergebracht und versteckt. Ich hatte keine Spuren hinterlassen. Bei Einbruch der Nacht wollte ich die fünf Wegstunden Wüste zwischen mir und dem Meer zurücklegen und dort eine Galeere nehmen, um mit ihr entlang den Küsten Hispaniens und Galliens von Afrika ins heimatliche Britannien zu fahren.

Ich hasse Afrika. Ich verabscheue es mit jeder Faser meines Legionärsherzens und aus dem besten Grund, den ich mit allen anderen armen Teufeln teile, die je Militärgepäck über seinen gottverlassenen Sand geschleppt haben: Ich war als Soldat dort. Für mich hat dieses Land nur zwei Gesichter, und eines davon ist falsch. Dieses falsche ist eine Hurenmaske, unter deren Buntheit sich Korruption und Verfall verbergen. Es ist das Gesicht des städtischen Afrikas, farbenprächtig und voll üppigem und exotischem Luxus. Es ist das Gesicht, das die römischen Diplomaten und wohlhabenden ziehenden Händler meistens sehen. Doch fern von den Fleischtöpfen und Palästen seiner größeren Städte zeigt Afrika den römischen Soldaten ein anderes, sein wahres Gesicht. Und dieses ist höhnisch, haßverzerrt und voll giftiger Feindseligkeit.

Die Legionäre, die Afrikas tödliches Wüstengebiet zu Fuß patrouillieren, machen sich keine Illusionen über seine Weite und Geheimnisse. Für sie ist Afrika der Hades, ein elender, glühendheißer Ort mit unangenehmen Pflichten, unerträglichen Temperaturen und unerbittlicher Rauheit. Sie wissen, daß es von fremdartigen, gewalttätigen Wesen bevölkert ist, deren Wildheit ein Spiegelbild ihrer Umgebung ist. Dort leben Nomaden, Angehörige grimmiger Wüstenstämme, deren Leben gänzlich der Zwietracht in Gestalt niemals endender Nachbarschaftskriege und heimtückischer Blutfehden gewidmet zu sein scheint. Sie nennen sich Berber, und die einzige gemeinsame Sache, die sie je gemacht zu haben scheinen, ist ihr Kampf gegen die römischen Soldaten. Deshalb haben über die Jahrhunderte hinweg Roms Legionäre mit einer Mischung aus Ehrfurcht, Haß und verdrießlichem Respekt auf sie geblickt und sie so behandelt, als wären sie die erbittertsten und brutalsten Krieger der Welt, überzeugt davon, daß das

Wort »Barbar« ursprünglich auf die Berber Afrikas gemünzt war.

Das also waren die Männer, zu denen ich jetzt hinübersah. Mir tat ihr Gefangener leid, doch ich erwog nicht einmal, ihm zu helfen. Es waren der Hurensöhne vier, und sie hatten noch zwei freie Kamele, zwischen die sie mich binden könnten. Ich kauerte bloß da, an den Felsen gepreßt, beobachtete sie und wartete auf ihr Verschwinden.

Dort, wo sie am nächsten an mir vorbeikamen, keine hundertfünfzig Schritte von mir entfernt, fiel der Gefangene wieder auf die Knie. Einer der beiden, zwischen denen er lief, hatte nicht auf ihn geachtet. Das Seil spannte sich und riß den römischen Soldaten zu Boden, so daß er mit dem Gesicht in den steinigen Sand stürzte. Ich zuckte zusammen beim Gedanken an den stechenden Schmerz beim Aufschlagen auf den grobkörnigen Boden, doch dieser war sicher gering verglichen mit dem nun folgenden, als der Reiter dem hingestreckten Mann fluchend mit der Peitsche über die Schultern schlug. Doch er rief damit nicht einmal ein Wimpernzucken hervor. Entweder war der Gefangene tot oder bewußtlos. Der Berber fluchte angeekelt, ließ sein Kamel in die Knie gehen, glitt zu Boden, ging zu dem Soldaten hinüber und zog seinen Kopf an den Haaren hoch. Die sandverklebte Maske gab kein Lebenszeichen, aber offenbar lebte der Mann noch, denn der Hurensohn ließ ihn wieder auf den Boden fallen, ging zu seinem Kamel, öffnete dort einen Wasserbeutel und spritzte etwas daraus auf das Ende des um seinen Kopf gewickelten und vorne herunterhängenden Tuchs. Dann ging er mit dem Wasserbeutel zu dem bewußtlosen Mann hinüber, zerrte dessen Kopf wieder hoch und wischte ihm grob den angetrockneten Sand aus dem Gesicht, so daß helle, sonnengebräunte Haut zum Vorschein kam.

Nach einiger Zeit erlangte der Gefangene das Bewußtsein wieder, nicht zuletzt durch eine großzügige Menge Wasser, das, wie mir klar war, nur angeboten wurde, weil es in der Nähe soviel davon gab. Sobald er den Eindruck machte, wieder aufrecht stehen zu können, zerrte ihn der Barbar hoch und bestieg sein Kamel. Keiner seiner Begleiter hatte sich gerührt oder ein Wort gesprochen. Ich hörte das kehlige »Hott! Hott! Hott!«, und als sich die Kamele wieder in Bewegung setzten, blickte der Römer, noch bevor er taumelnd den ersten Schritt tat, mit sauberem Gesicht und zusammengekniffenen Augen, ohne etwas zu sehen, zurück in Richtung meines Verstecks.

Dieser Blick hatte auf mich eine ähnliche Wirkung wie ein jäher Sturz in eiskaltes Wasser. Aus schierem Entsetzen bekam ich eine Gänsehaut und ein Grimmen in den Eingeweiden. Ich kannte diesen Mann. Und plötzlich wußte ich, daß die Zeit und der Ort vorherbestimmt waren, daß die Laune, die mich hierhergeführt hatte, übernatürlichen Ursprungs war. Ich bin kein abergläubischer Mann und war es damals noch viel weniger, doch ich wußte, daß dies mein Schicksal war. Ich habe viele Männer sagen hören, daß ihr ganzes Leben blitzschnell vor ihren Augen vorbeizog, als sie sich dem Tod gegenübersahen. Was damals mit mir geschah, war etwas anderes, doch nie zuvor und nie wieder hatte ich ein seltsameres Erlebnis als in diesem Augenblick, als völlig unerwartet die Gerüche, Geräusche, Gefühle und Gesichter einer vier Jahre zurückliegenden Zeit auf mich einstürmten.

Seinerzeit war ich an der Ostgrenze des Römischen Reichs auf einem Feldzug, hätte aber, als ich an jenem Tag aufzuwachen versuchte, sonstwo sein können. Ich lag flach auf dem Rücken und wußte nicht, wo ich mich befand und was mit mir geschehen war. Und dann übermannten mich Erinnerungen an eine Schlacht, in der ich von heulenden Barbaren umgeben war. Heftige Panik stieg in mir auf, und ich wollte aufstehen. Und in diesem Augenblick sagte mir mein Verstand, daß ich tot war, denn ich konnte mich nicht bewegen, sosehr ich mich auch bemühte. Ich konnte nicht einmal schreien oder mir auf die Zunge beißen. Mir war die Kehle vor Entsetzen wie zugeschnürt, doch dann hörte ich mein Herz pochen und wußte, daß ich am Leben war. Ich kämpfte die Panik nieder und tat mein möglichstes, ruhig zu bleiben.

So lag ich eine Weile da, zwang mich, tief durchzuatmen und herauszufinden, welche meiner Sinne noch funktionierten. Ich konnte riechen, hören und auch fühlen, denn ich spürte, wie sich eine dicke Fliege auf meiner Wange niederließ und mir in den offenen Mund kroch. Ich versuchte sie auszuspucken. Doch das schaffte ich nicht. Aufs neue wand sich das Entsetzen in mir wie ein Haufen Maden. Ich traute mich nicht festzustellen, ob ich meine Augen öffnen konnte, weil sie vielleicht schon offen waren und ich nicht nur gelähmt, sondern auch blind war. Die Fliege flog mir wieder aus dem Mund; einen Moment lang hatte ich sie auf der Zunge gespürt, und dann war sie weg. Daraufhin versuchte ich doch langsam, die Augen zu öffnen. Wenigstens das funktionierte, aber das Licht blendete mich, und ich fühlte, wie die Muskeln der Lider gegen meine Anstrengungen rebellierten. Der Rest meines Körpers war tot. Unterhalb des Mundes fühlte ich absolut nichts.

Ich habe keine Ahnung, wie lange ich dort lag. Schließlich schien das helle Licht hinter meinen Augenlidern sich abzuschwächen, und ich spürte Kühle im Gesicht. Und dann fiel mir ein Regentropfen so heftig und plötzlich auf die Nase, daß ich die Augen aufriß: Ich lag auf dem Rücken, das Gesicht zum dunkel verhangenen Himmel gewandt. Noch nie zuvor hatte ich etwas so Schönes gesehen. Ich spürte, daß etwas sehr nahe an meinem Gesicht war, und verdrehte die Augen, so weit ich konnte, um zu sehen, worum es sich handelte. Es war das Gesicht eines toten, schrecklich zugerichteten Mannes, nur wenige Zoll von meinem entfernt. Der Schädel war zerschmettert, und graues Gehirn quoll obszön hervor. Auf der blutigen Masse wimmelte es nur so von Fliegen. Ich spürte Brechreiz und kämpfte ihn entsetzt nieder, denn mir war klar, daß ich ersticken würde, wenn mir das nicht gelang. Langsam ließ die Übelkeit nach, und dann bin ich wohl ohnmächtig geworden.

Als ich wieder aufwachte, ragte ein Mann, dessen Uniformrocksaum fast mein Gesicht berührte, neben mir auf. Es war jetzt beinahe dunkel, und ich dankte Gott inbrünstig, daß er ihn vor Einbruch der Nacht geschickt hatte. Ich wollte stöhnen, mich bewegen, doch nichts geschah, ich brachte keinen Ton heraus. Innerlich schreiend, beobachtete ich entsetzt, wie sein Blick über alles um mich herum wanderte, doch nicht auf mein Gesicht fiel. Ich spürte, wie mir Tränen in die Augen stiegen. Ich war achtzehn Jahre alt, irgendwie in meiner ersten Schlacht verwundet worden und dazu verdammt, hier zu sterben, nur wenige Zoll von einem Mann entfernt, der mich nicht sehen konnte! Dann sah ich durch den Tränenschleier, daß er auf mich heruntersсhaute und sich dann bückte, so daß er aus meinem Gesichtsfeld verschwand. Alsbald hörte ich ein Ächzen, meine Sicht änderte sich schlagartig, und Millionen von Fliegen, so schien es mir jedenfalls, flogen auf. Aus den Augenwinkeln nahm ich wahr, wie er sich wieder aufrichtete, und ich wußte, daß er mich irgendwie auf die rechte Seite gedreht hatte. Dadurch sah ich den Leichnam nicht mehr, dessen Gesicht so nah vor meinem gewesen war.

»Tribun!« rief der Mann mit tiefer Stimme. »Ich habe ihre Fahne gefunden. Sie war unter diesem Haufen!« Er streckte den Arm aus, und ich sah, daß er den großen silbernen Adler in der Hand hielt, den ich so stolz getragen hatte und der über das Symbol für den Senat und das Volk von Rom, SPQR, auf die Stange gesetzt war. Ein weiterer, jüngerer Mann trat so nah heran, daß ich ihn sehen konnte. Er ergriff die Fahnenstange, blickte zum Adler hoch und dann um sich, schüttelte bedauernd den Kopf, wobei seine Augen auf mir zu ruhen kamen. Er glich mit seinen tiefliegenden, glühenden Augen von einem blaßgelben Gold, seiner großen, schmalen Hakennase und seinem Mund, der über einem starken, kantigen Kinn zu einer lippenlosen Linie zusammengepreßt war, selbst einem Adler, einem mächtigen Raubvogel. Ohne mich zu sehen, blickte er mir direkt in die Augen, in Gedanken mit etwas anderem beschäftigt.

Doch dann wurde sein Blick schärfer. Zwischen seinen Brauen erschien eine Furche, die sich vertiefte, als sich seine Aufmerksamkeit ganz auf mich richtete. Er trat einen Schritt näher, und ich sah seine Finger wie Klauen nach meinem Hals greifen. Sein Raubvogelgesicht mit den alles durchdringenden Augen näherte sich bis auf wenige Zoll dem meinen, und als er mit der Fingerspitze eine Träne auf meiner Wange berührte, blinzelte ich. Ganz deutlich nahm ich die Fältchen um seine Augen wahr, die nur, davon war ich überzeugt, vom Blinzeln in der Sonne kommen konnten, denn selbst jetzt, im Augenblick meiner Rettung, ging mir durch den Kopf, daß dieses Gesicht niemals lächeln oder lachen konnte.

»Dieser Mann lebt! Holt ihn hier raus, schnell!«

Hinter ihm tauchten zwei weitere Männer auf, und er ließ sie vorbei, damit sie mich aus dem Leichenberg ausgraben konnten. Meine Erleichterung war so groß, daß ich wieder ohnmächtig wurde.

Schließlich genas ich von der Lähmung – dem Ergebnis eines heftigen Schlags auf den unteren Bereich meiner Wirbelsäule – und kehrte zu meiner dezimierten Einheit zurück, wo ich die Erlaubnis einholte zu versuchen, den jungen Offizier, der mir das Leben gerettet hatte, ausfindig zu machen. Das gelang mir jedoch nicht, und nach und nach war sein einprägsames Gesicht verblaßt und zu einer meiner verborgensten Erinnerungen geworden, vergessen bis zu diesem Tag in der Wüste Afrikas.

Und hier schauten jene goldenen Augen wieder in meine Richtung und erinnerten mich an eine unbeglichene Schuld. Während ich mich zwischen den Felsen versteckte und beobachtete, wie sie ihn wegschleppten, wurde ich von einem seltsamen Fatalismus ergriffen. Als sie aus meinem Blickfeld verschwunden waren, wußte ich, was ich zu tun hatte, und ich wußte auch, daß ich gegen vier bestenfalls geringe Erfolgschancen hatte, und praktisch überhaupt keine, wenn sie Bogenschützen waren.

Als Knabe hatte mich, als ich im Haus meines Großvaters heranwuchs, ein riesiger afrikanischer Bogen fasziniert, der an der Wand seiner Schatzkammer hing. Diese wurde so genannt, weil dort all die alten und exotischen Rüstungsgegenstände und Waffen aufbewahrt wurden, die er während seines dem Studium solcher Dinge gewidmeten Lebens gesammelt hatte. Großvater Varrus galt nicht nur als der beste Waffenschmied Britanniens, sondern auch als unersättlicher Sammler antiker Exemplare seiner Kunst, so daß ihm Soldaten aus allen Ecken des Kaiserreichs Kuriositäten und Relikte mitbrachten, weil sie wußten, daß er bereitwillig dafür zahlen würde.

Dieser große Bogen in seiner Sammlung war mein Lieblingsstück. Er war so groß, daß ich ihn nicht spannen konnte, doch das verstärkte nur meine Faszination.

Als Soldat in Afrika hatte ich eine ähnliche, wenn auch viel kleinere Version davon erworben und mich damit vergnügt, richtig und gut damit umgehen zu lernen. Diese vielen Übungsstunden waren nun meine einzige Chance, dieses Abenteuer lebend zu überstehen, denn ich hatte die Kunst des schnellen und zielsicheren Pfeilschießens bis zur Vollkommenheit entwickelt. Ich riß die Pfeile aus dem Boden, wo ich sie vorher aufgereiht hatte, und feuerte sie schneller ab als irgend jemand, dem ich jemals begegnet war. Allerdings hatte auch noch nie jemand während meines Kunststücks zurückgeschossen. Ich hoffte, daß es auch diesmal nicht anders sein würde.

Als ich sicher war, daß ich außer Sicht- und Hörweite war, spannte ich den Bogen, nahm acht Pfeile und machte mich daran, den Barbaren zu folgen, wobei ich mich duckte, um so nah wie möglich an das Wasserloch heranzukommen, ohne gesehen zu werden. Sie hatten haltgemacht und schlugen ihr Lager auf. Als ich mich nicht noch näher heranschleichen konnte, grub ich mich im Sand ein und deckte mich mit meinem langen erdfarbenen Uniformrock zu. Nun mußte ich bloß weiter auf die Dunkelheit warten, wie schon den ganzen Tag. Die Hoffnung, die Küste noch in der Nacht zu erreichen, hatte ich bereits aufgegeben; ehrlich gesagt, bezweifelte ich, daß ich nach dem Kampf überhaupt noch irgendwohin gehen würde. Um mich von dem, was mich wirklich beschäftigte, abzulenken, verbrachte ich die Zeit damit, mir Gedanken über den Gefangenen mit dem Adlergesicht zu machen und darüber, ob ich genügend Pfeile mitgenommen hatte. Das war sinnlos, denn brauchte ich mehr als zwei Pfeile für jedes meiner vier Ziele, dann wäre es sowieso schon zu spät.

Doch natürlich konnte ich mich von dem, was mich wirklich beschäftigte, nicht freimachen, und so gab ich es schließlich auf und ließ den alten Kampf wieder in mir aufleben. Ich war Soldat, römischer Soldat, und versuchte meine Pflicht möglichst gut zu erfüllen. Doch das war nur die Hälfte meines Problems, die andere, wirklich schwierige war, daß ich gleichzeitig Christ war. Und wenn ich auch nicht versuchte, darin besonders gut zu sein, so war ich doch, wegen meiner Erziehung und unfreiwilligen Überzeugung, gläubig. Ich glaubte an die Macht und Richtigkeit der Zehn Gebote, besonders und angsterfüllt jedoch an jenes, das unmißverständlich sagt: »Du sollst nicht töten!« Nie. Diese unumstößliche Tatsache hatte ich auf den Knien meiner Großmutter gelernt. Sie war eine sehr fromme alte Dame gewesen, die entsetzt über das Handwerk ihres Mannes und seine Vorliebe für Waffen und andere militärische Dinge gewesen war und es als ihre Pflicht angesehen hatte, dafür zu sorgen, daß ich im Bewußtsein der Heiligkeit des Lebens aufwuchs. Ich war ihr dafür nie dankbar gewesen. Doch ich habe mich auch zu keiner Zeit frei von Schuld gefühlt, weil ich Soldat war, jemand, der fürs Töten bezahlt wurde. Der Teil von mir, den meine Großmutter geformt hatte, verabscheut das Töten, während der andere, der das Soldatenleben liebt, ein Gefühl der Vorfreude bei der Aussicht auf Gewalt und Kampfesgetümmel empfindet. Und natürlich muß ich kämpfen. Doch nach dem Kämpfen, nach dem Töten, nach der Gewalt kommt die Vergeltung: Selbsthaß, Ekel, seelische Qual und körperliche Übelkeit. Jedesmal, unvermeidlich. Doch immer erst danach, nie davor.

Als die Nacht hereinbrach, war ich froh, daß ich bei Tageslicht so nah an das Wasserloch herangeschlichen war, denn diese Leute hatten nicht vor, die Nacht faul schlafend zu verbringen. Sobald der Mond aufging – es war Vollmond – und die Wüste in silbriges Licht tauchte, waren sie auf den Beinen und bereiteten ihre Weiterreise vor. Ich war auf dem Bauch näher zu ihrem Lager gekrochen, in der Hoffnung, sie im Schlaf zu überraschen, doch durch ihre plötzliche Aktivität überraschten sie statt dessen beinahe mich. Wie angewurzelt blieb ich liegen, wo ich war, und der erste von ihnen ging auf dem Weg zu den angebundenen Kamelen in einer Entfernung von nur zwanzig Schritten an mir vorbei. Zwei der anderen traten und stießen ihren Gefangenen, zerrten ihn auf die Beine und überprüften die Schlingen um seinen Hals. Der vierte kam auf mich zu, immer näher. Ich hatte mittlerweile meine acht Pfeile aufgereiht, so daß sie wie Palisaden aus dem Sand ragten. Als es nur noch eine Frage von Augenblicken war, daß er diese und mich gesehen hätte, blieb er stehen, noch näher bei mir als vorher der Kameltreiber, und erleichterte sich mit einem lauten Urinstrahl, der allmählich schwächer wurde und mit ein paar Spritzern versiegte.

Ich sammelte mich, um genau dann loszuschlagen, wenn er seine Kleidung wieder in Ordnung brachte, ging auf die Knie und schoß meinen Pfeil ab. Dieser traf ihn aus der Entfernung von etwa fünfzehn Schritten sauber ins Brustbein und warf ihn nach hinten um, während er noch an sich herabsah. Fast schon bevor der erste Pfeil traf, hatte ich den zweiten aufgezogen und wandte mich gegen den Kameltreiber, da ich vermutete, daß diesem der Tod seines Kameraden nicht entgangen war.

Doch er hatte nichts gehört. Er war voll darauf konzentriert, das Kamel, auf dem er nun saß, zum Aufstehen zu bewegen. Als sein Körper, der die ungeschickt anmutenden, ruckartigen Bewegungen des sich erhebenden Tiers auszugleichen versuchte, nach hinten kippte, schoß ich den Pfeil ab, und dieser grub sich bis zu den Federn in die weiche Stelle mitten unter seinem Brustkorb. Auch er fiel lautlos nach hinten, doch sein Sturz blieb nicht unbemerkt. Ich hörte ein heiseres Lachen, gleich darauf einen fragenden Alarmruf.

Das Mondlicht war hell, doch ich war von den beiden Männern, die noch bei dem Gefangenen waren, weit entfernt. Sie hatten mich bis jetzt nicht gesehen, trennten sich aber instinktiv, und einer verschwand nach rechts, einer nach links. Hastig schoß ich auf den zu meiner Rechten, doch es war ein verlorener Pfeil, und mir blieben nur noch fünf. Ich raffte sie alle zusammen und rannte nach rechts, einzig und allein, weil der Mann dort näher zu sein schien. Hinter einem kleinen Sandhügel, der kaum mehr als eine Bodenwelle war, warf ich mich flach hin und lauschte atemlos, damit mir nicht entging, wenn sich etwas in meiner Nähe regte. Der Gefangene stand noch immer bewegungslos an der Stelle, an der er mit auf dem Rücken gefesselten Händen und den beiden vom Hals herunterhängenden Seilen zurückgelassen worden war. Weglaufen kam für ihn nicht in Frage. Seiner Einschätzung nach war ich auch nur ein Wüstennomade und würde ihn, wenn ich die Männer tötete, die ihn gefangengenommen hatten, wahrscheinlich auch umbringen. Ich schätzte die Entfernung zwischen uns auf fünfzig Schritte. Nirgends rührte sich etwas. Was nun?

Die Kamele begannen umherzulaufen und verschwanden nach links, und als mir klar wurde, was das bedeutete, war es fast schon zu spät. Ich warf den Kopf herum, um ihnen nachzublicken, und sah gerade noch rechtzeitig, wie sich ein schwarzer Schatten neben ihren Füßen vom Boden erhob und unbeweglich zwischen ihnen stehenblieb, so daß er von ihren riesigen Körpern geschützt war. Sorgfältig zielte ich auf den Teil des Mannes, der unter dem Bauch des einen Tiers hervorschaute, und schoß meinen Pfeil ab. Ich hörte einen von Schmerz und Wut erfüllten Schrei, und der schwarze, formlose Schatten, den ich getroffen hatte, flog durch die Luft. Drei erledigt. Einer war noch übrig. Ich wußte, was ich nun zu tun hatte.

»Römer!« rief ich mit leiser Stimme. »Ich bin direkt links von dir. Lauf langsam in meine Richtung! Ich gebe dir Rückendeckung. Einer unserer Gastgeber da drüben lebt noch. Wenn er auf dich zugeht oder wenn du irgend etwas hörst, wirf dich auf den Boden und überlasse ihn mir.« Das plötzliche Neigen seines Kopfes in Richtung meiner Stimme war das einzige Zeichen, mit dem er seine Überraschung darüber verriet, eine freundliche Stimme zu hören, die ihn in lateinisch anredete, und ich konnte nicht umhin, seine kühle Selbstherrschung zu bewundern, als er auf mich zulief, als mache er einen Abendspaziergang.

Ich stand auf und blickte in alle Richtungen. Ich musterte alle Schatten und wartete auf eine Bewegung des vierten Mannes, doch nichts geschah. Als mich Adlergesicht erreichte, nahm ich die rechte Hand von der gespannten Sehne des Bogens und hielt den aufgelegten Pfeil zwischen Bogenschaft und Zeige- und Mittelfinger meiner linken Hand schußbereit.

»Dreh dich um!« Die Umgebung weiterhin im Auge behaltend, zog ich mit der rechten Hand das Schwert. »Streck die Hände vor!« Er folgte meiner Aufforderung, und ich begann an seinen Fesseln zu säbeln. Es erwies sich jedoch als unmöglich, Wache zu halten und gleichzeitig die Seile durchzuschneiden.

»Verdammt!« sagte ich. »Wie gut siehst du?«

»Ausgezeichnet!« Seine Stimme war ruhig und kühl.

»Gut, dann paß auf, während ich diese Seile ordentlich durchschneide, sonst bist du in Gefahr, zumindest eine Hand zu verlieren.«

Ich legte den Bogen weg und steckte den Pfeil zu den drei anderen in den Boden. Dann schnitt ich schnell die Fesseln durch, wobei ich die Klinge mit dem Rand meines linken Zeigefingers führte. Die Seile saßen sehr straff. »Es wird verdammt weh tun, wenn das Blut zurückfließt«, warnte ich ihn. »Beug dich nach vorn und laß dir den Kragen wegschneiden!«

Ich weiß nicht, was mich alarmierte, vermutlich mein Militärinstinkt. Ich stieß Adlergesicht um und brüllte: »Runter!«, als auch schon ein Pfeil mitten zwischen uns hindurchzischte. Noch bevor das Wort meine Lippen verlassen hatte, war ich auf den Knien und griff mit einer Hand nach dem Bogen und mit der anderen nach einem Pfeil. Dann rollte ich mit über den Kopf gestreckten Armen über den Boden, immer weiter, während noch ein Pfeil und dann noch ein dritter auf mich abgeschossen wurden. Als ich in eine kleine Bodensenke rollte, sah ich die schwarze Silhouette des Berbers vor dem mondhellen Himmel. Mich einen Augenblick in Sicherheit wiegend, schüttelte ich den Uniformrock ab, der mich zu erwürgen drohte, legte den Pfeil sorgfältig an und kam mit einem Satz auf die Beine, wobei ich die Bogensehne ans Kinn riß. Es glückte mir wieder: Der Hurensohn hatte gerade auf Adlergesicht geschossen, und als er sich umdrehte, um mich zu erledigen, war mein Pfeil schon unterwegs. Dieser traf ihn oben in die rechte Schulter, so daß er zurücktaumelte, auf die Knie fiel und sein Pfeil irgendwohin ins Leere flog. Völlig ausgepumpt rannte ich, den Dolch hervorzerrend, zu ihm hin, als ich plötzlich den Boden unter den Füßen verlor. Ich schlug mit einer solchen Wucht auf, daß mir das letzte Quentchen Luft wegblieb. Ich hatte mich noch nicht wieder ganz gefangen, als ich über mir die Stimme von Adlergesicht hörte.

»Beruhige dich. Unser Freund ist in die Wüste verschwunden und kommt nicht zurück. Du bist nur etwas außer Atem und erholst dich schon wieder. Er jedoch nicht, denn es hat ihn schwer erwischt.«

Ich blickte zu ihm hoch. Er massierte sich das rechte Handgelenk und bewegte die Finger.

»Du hast recht. Das tut wirklich verdammt weh.«

Als er jetzt über die Schulter nach hinten nickend weitersprach, sah ich, daß er die Zähne zusammenbiß.

»Ich kann dein Schwert noch nicht halten, sonst würde ich hinübergehen und dem armen Schwein den Gnadenstoß versetzen.«

Erst jetzt begriff ich, was das schreckliche Geräusch bedeutete, das an mein Ohr drang. Es war offenbar das anhaltende Schreien des Mannes, den ich unter den Beinen des Kamels in die Eingeweide getroffen hatte. Weiterhin nach Luft ringend, blieb ich noch eine kurze Weile liegen. Dann rappelte ich mich auf und ging zu dem sich auf dem Boden wälzenden Mann hinüber. Ich sah auf den ersten Blick, daß ich ihn mitten ins Schambein erwischt hatte.

Das war der Teil, den ich fürchtete. Als ich ihn schnell ins Jenseits beförderte, wurde ich von allen bösen Geistern heimgesucht. Vergeblich versuchte ich jetzt, da er mich nicht mehr bedrohte, nichts von seinem warmen, so schrecklich persönlichen Blut an die Hände zu bekommen. Langsam richtete ich mich wieder auf, den Blick seiner Augen noch vor mir, die Hände klebrig vom Blut. Mit reichlich Sand bemühte ich mich, es abzuwischen, doch es gerann mir schon zwischen den Fingern. Ich fiel auf die Knie und würgte mein Schuldgefühl in qualvollen Krämpfen heraus.

Nach einer Weile fühlte ich mich wieder in der Lage, aufzustehen und zu Adlergesicht zurückzugehen, der sich noch immer die Handgelenke rieb und mich mit einem seltsamen Gesichtsausdruck beobachtete.

»Wer bist du?« fragte er mich. »Wie kommt es, daß du hier bist? Und warum im Namen aller alten Götter bist du so tollkühn, dein Leben angesichts einer derart geringen Chance auf Erfolg für einen völlig Fremden zu riskieren?«

Noch immer wacklig auf den Beinen, grinste ich ihn an. »Du bist mir nicht so fremd, wie du glaubst«, erwiderte ich. »Mein Name ist Varrus. Publius Varrus. Ein Geist aus deiner Vergangenheit, der zurückgekehrt ist, um eine Schuld zu begleichen.«

Er schien einen Augenblick zu glauben, daß ich es wörtlich meinte, denn über sein Gesicht huschte eine leichte Besorgnis. Doch dann lächelte er breit und streckte mir die Hand hin. Als er meinen Unterarm ergriff, spürte ich die Kraft seiner Finger. Er zog die rechte Augenbraue hoch, ein Anblick, an den ich mich noch gewöhnen sollte.

»Nun, Publius Varrus«, sagte er, »es ist gut, daß wir uns heute nacht getroffen haben, doch ich weiß, daß ich dich noch nie zuvor gesehen habe. Ich bin sicher, daß du mich mit jemandem verwechselst, bin aber sehr froh über diesen Irrtum.«

»Es ist kein Irrtum, Tribun. Du hast mich schon einmal gesehen. Und angefaßt.«

»Wann? Was meinst du damit?«

»Genau das, was ich sage. Es war vor langer Zeit, und es besteht kein Grund dafür, daß du dich daran erinnerst. Es genügt, daß ich es tue.«

»Wenn es dich dazu bewegt hat, mir das Leben zu retten, dann danke ich Gott für dein Gedächtnis. Erzähl mir davon!«

Ich ließ den Blick über die Schatten um uns herum gleiten. »Gern, doch ich glaube nicht, daß dies der richtige Ort dafür ist. Wir sollten hier lieber verschwinden. Das Wasser zieht zu viele Besucher an.«

Er sah sich um. »Du magst recht haben, mein Freund, doch mir läge viel daran, eine Stunde zu schlafen, ehe wir weiterziehen. Ich hatte in den letzten Tagen nicht viel Ruhe und überhaupt keine mehr, seit ich gestern in die Hände unserer Freunde geriet.«

»Könntest du noch eine Stunde lang wach bleiben? Ich habe mein Pferd auf einem Hügel ungefähr eine halbe Wegstunde von hier zwischen ein paar Felsen zurückgelassen. Dort ist es sicherer als hier. Dann kannst du soviel schlafen, wie du willst.«

»Eine halbe Wegstunde?«

»Nicht mehr.«

»Kannst du auf einem Kamel reiten?«

Ich zog eine Grimasse. »Kann das irgend jemand? Ich saß schon mal auf einem, kann aber nicht behaupten, daß es mir allzuviel Freude gemacht hat.«

»Es ist besser als laufen.«

»Tribun, in diesem Land ist alles besser als laufen!«

Während wir zu meinem Felsenhügel zurückritten, beruhigte sich mein Magen endlich wieder, und ich erzählte dem Römer von unserer ersten Begegnung. Ich freute mich, daß er sich daran erinnerte, denn er erwähnte, daß ihm zuerst meine Tränen und die Tatsache aufgefallen waren, daß ich ein bartloser Knabe war.

»Bartlos, das ist richtig. Auch sonst fehlte mir noch so manches«, sagte ich. »Es war mein erster Feldzug, meine erste Schlacht. Wenn du mich dort nicht bemerkt hättest, wäre es auch meine letzte gewesen.« Ich erzählte ihm von meiner Suche nach ihm, meinem vergeblichen Bemühen, ihn ausfindig zu machen. »Wohin bist du gegangen? Warum konnte ich dich nicht aufspüren?«

Er zuckte mit den Schultern. »Ich zog weiter. Ich war ja von Anfang an nicht bei deiner Truppe gewesen, sondern nur auf dem Weg zu meiner eigenen Legion bei ihr vorbeigekommen. Das Gefecht war gerade beendet, als wir zufällig dort auftauchten. Meine Männer haben dich einem Sanitäter übergeben. Ich hielt dich für gelähmt. Wir glaubten nicht, daß du am Leben bleiben würdest.«

»Das glaubte niemand, doch die Lähmung ließ nach einiger Zeit nach.«

Er fröstelte, und nun fiel auch mir auf, wie kalt es geworden war. »Hier!« sagte ich. »Nimm meinen Rock. Bei meinem Pferd habe ich noch etwas Ersatzkleidung und ein paar Decken.«

»Hast du auch etwas zu essen? Etwas Richtiges, meine ich?«

»Legionsessen. Mehl, Nüsse, Rosinen und Datteln. Etwas Dörrfleisch, reichlich Wasser, weil ich mich gerade damit eingedeckt hatte, und zwei Lederbeutel Wein, die ich nach Hause mitnehmen wollte.«

»Den Göttern sei gedankt! Du hast einen Gast zum Abendessen!«

Längere Zeit rittlings auf einem Kamel zu sitzen war leichter gesagt als getan. Es schien Jahre zu dauern, bis wir den Fuß des Hügels erreichten, wo ich mein Pferd zurückgelassen hatte. Die ganze Zeit über unterhielten wir uns mit leiser Stimme, weil Geräusche in der Wüste bei Nacht weit getragen werden. Ich erzählte dem Tribun, daß ich auf dem Rückweg nach Britannien sei, wo ich mich der Zwanzigsten Legion, der berühmten *Valeria Victrix*, anschließen würde, und daß dies meine erste Abkommandierung in die Heimat sei, seit ich mich vor etwa sieben Jahren den Adlern des Römischen Reiches verpflichtet hatte. Es interessierte ihn, wie ich die Verlegung erreicht hatte, und ich wies darauf hin, daß ich während der ganzen sechs Jahre an der Grenze keinen größeren Urlaub gehabt hatte. Das sei ja alles schön und gut, meinte er, und ich habe einen langen Urlaub sicher auch verdient, doch berechtige mich das wohl kaum dazu, den Kontinent und die Legion zu wechseln. Er hatte natürlich recht, und ich erzählte ihm ohne Widerstreben, wie ich dies zustande gebracht hatte.

»Ich bin Zenturio, Tribun. Du kennst dich da doch aus. Es gibt nicht viel, was ein Zenturio nach längerer Dienstzeit nicht erreichen kann, wenn er sich anstrengt. Was mich angeht, so habe ich meinem Kommandanten ein paar Dienste erwiesen. Und diese erachtete er einer Belohnung für würdig.«

Er unterbrach mich, wegen seiner Redlichkeit, einem seiner herausstechenden Charakterzüge, wie ich später feststellen sollte. »Ich bin mir nicht sicher, ob ich mehr darüber hören will. Es klingt für mich so, als sei die Belohnung für dich gleichzeitig eine für ihn gewesen. Wohlbehalten in Britannien zurück, bist du dankbar und sagst wahrscheinlich nichts, was für ihn peinlich sein könnte.«

Ich verstand, was er meinte, und schüttelte den Kopf. »So war es nicht, Tribun, mit Verlaub gesagt. Es war nichts Unrechtmäßiges dabei. Mein Kommandant, der Legat Seneca, hat einen Sohn, der für ihn zur Last hätte werden können. Ich nahm den Knaben unter meine Fittiche und kümmerte mich um seine Erziehung. Das war alles.«

Er runzelte die Stirn. »Seneca? Du bist ein Freund der Senecae?«

Von der plötzlichen Feindseligkeit in seiner Stimme verwirrt, schüttelte ich den Kopf. »Nein, Tribun, ich bin nur ein einfacher Zenturio. Der Legat bat mich, ein Auge auf seinen Sohn zu haben, ihn auf die richtige Bahn zu bringen und einen Soldaten aus ihm zu machen.«

»Und das hast du getan?«

»Ja«, antwortete ich. »Er war nicht so schwierig, wie es hingestellt worden war. Ich förderte lediglich den Anstand in ihm zutage. Der Legat war dafür dankbar, und hier bin ich nun, auf dem Weg in meine Heimat Britannien.«

»Hm. Du mußt ein sehr feinfühliger Mann sein, um in einem Seneca Anstand zutage zu fördern.« In seiner Stimme schwang starke Ironie und Abneigung. Ich spürte Zorn in mir aufsteigen.

»Nun, Tribun«, sagte ich patzig, »es betrübt mich, wenn ich dich beleidigt habe.« Mit einer Handbewegung ließ er mich verstummen, und eine Weile setzten wir unseren Weg schweigend fort. Als er dann wieder sprach, klang es reumütig.

»Verzeih mir, Zenturio. Ich habe kein Recht, dich zu schelten, und auch keinen Grund dafür. Man kann sich seine Vorgesetzten ja nicht aussuchen. Zwischen meiner Familie und dem Hause Seneca besteht eine lange und erbitterte Feindschaft. Im Laufe der Jahre ist viel Blut darüber vergossen worden, und es gibt keinerlei Wohlwollen zwischen uns, was von einer Generation an die nächste weitergegeben wird.«

Dazu konnte ich nichts sagen. Es ging mich nichts an, und ich wollte nicht neugierig sein.

»Zurück nach Britannien!« In seiner Stimme schwang Sehnsucht. »All das Grün nach all dem Sand. Was weißt du über die Zwanzigste?«

Ich schüttelte den Kopf. »Nichts, nur daß sie berühmt

ist. Seit der Zeit Julius Caesars wird sie die *Valeria Victrix* genannt, und seit Agricolas Feldzug vor ungefähr dreihundert Jahren liegt ihre Legionsfestung in Deva, im Land Kambria. Sonst weiß ich nur noch, daß ich zur Zweiten Doppelkohorte als neuer *princeps secundus* abkommandiert bin. Offenbar ist der bisherige nicht mehr am Leben und gibt es niemanden in der Truppe, der so richtig als Ersatz geeignet ist. Bis zu meinem Eintreffen haben sie einen stellvertretenden Kohortenbefehlshaber eingesetzt.« Ich zog in der Dunkelheit eine Grimasse. »Offen gesagt ist mir nicht ganz klar, was das bedeutet, und so bin ich auf das Schlimmste gefaßt, in der Hoffnung, daß es vielleicht doch nicht so schlimm kommt und zumindest erträglich ist. Ansonsten habe ich nur noch gehört, daß sie im Augenblick nicht in Deva stationiert ist – die Zweite Kohorte, meine ich –, sondern im Nordosten, in Eburacum.«

»Die Zweite der Zwanzigsten, he?« Selbst im Dunkeln konnte ich sein Lächeln sehen, als er jetzt den Kopf schüttelte.

»Was ist daran so komisch?«

Er grinste seltsam vor sich hin. »Ich habe gerade an unsere Umstände hier gedacht«, meinte er. »Du bist wegen meines Feindes hier, wenn auch indirekt, und hast mir das Leben gerettet. Jedoch läßt es die Art, wie du mit mir sprichst, entschieden an militärischem Respekt missen, und ich weiß nicht so recht, was ich mit dir machen soll.«

Die Kritik in seiner Stimme ließ mich erstarren. Er hatte natürlich recht. Ich war nur Zenturio und er Tribun, und mein Verhalten war in militärischer Hinsicht nicht korrekt gewesen. Doch irgendwie hatte ich es angesichts der Situation nicht für nötig gehalten, mich ihm hier, mitten in der Wüste, wo wir zwei allein waren, unterzuordnen. Nun zeigte sich, daß ich ihn offenbar falsch eingeschätzt hatte, daß er ein strengeres Regiment führte, als ich geglaubt hatte. Er muß meine Gedanken gelesen haben, denn er lenkte sein Kamel breit lächelnd an meine Seite.

»Immer mit der Ruhe, Varrus. Wir zwei werden schon miteinander auskommen. Unsere Begegnung ist offenbar vom Schicksal bestimmt. Mein Name ist Gaius Britannicus. Ich war auch auf dem Weg nach Britannien, als ich gefangengenommen wurde. Und zwar ebenfalls zur Zweiten Kohorte der Zwanzigsten Legion. Ich bin dein neuer Kommandant. Habe ich da nicht das Recht, mich zu fragen, was ich mit dir machen soll?«

II

Noch Wochen nach der Falle im Hohlweg wurde mein Leben einzig und allein von meiner schmerzenden Wunde bestimmt. Selbst jetzt noch fällt es mir schwer, das zu beschreiben. Als Veteran mit nicht wenigen Narben, die ich mir im Laufe mancher Dienstjahre an wilden Schauplätzen zugezogen hatte, hatte ich geglaubt, daß mir Schmerzen vertraut waren. Doch da hatte ich mich geirrt. Als ich jetzt erfuhr, wie es ist, wenn einem die Muskeln und Sehnen von dem Haken einer erbarmungslos geschwungenen Axt zerfetzt werden, merkte ich, wie wenig ich doch gewußt hatte. Der Schmerz, mit dem ich leben mußte, war ganz unterschiedlicher Stärke und Natur, und ich empfand ihn als Spektrum pulsierender Farben zwischen einem grellen Weiß und einem dumpfen, harten, pochenden Rot.

Doch die bei weitem schlimmsten Qualen verursachten die natürlichen Ausscheidungsfunktionen meines Körpers. Diese wurden mein bitterster, heimtückischster Feind und suchten mich jedesmal, wenn ich ihnen nachkommen mußte, mit unvorstellbaren Qualen heim. Mitros war dann wohl bei seiner Pflege behutsam, aber nicht immer mitfühlend. Einmal erklärte er mir brüsk, daß Frauen bei der Geburt weit Schlimmeres ertragen müßten und ich dankbar sein sollte, daß ich am Leben war und den Schmerz spüren konnte. Doch nur dank seiner Fähigkeiten und magischen

Betäubungstränke verlor ich im ersten Monat nicht den Verstand.

Wie alles im Leben geht auch der Schmerz vorüber. Ganz allmählich machte ich Fortschritte, von Tag zu Tag, von Herzschlag zu Herzschlag. Es kam die Zeit, da ich still daliegen und ihn fühlen – fast schon erforschen – konnte, ohne den Wunsch zu haben, wie ein Säugling zu schreien. Und irgendwann – viel später – kam auch der Tag, an dem ich auf dem Rücken liegen und an anderes als den Schmerz denken konnte. Von da an ging es sichtlich bergauf, und ich konnte wieder sprechen und vernünftig denken.

Viele stille Stunden verbrachte ich damit, über die Verbundenheit zwischen Britannicus und mir nachzudenken und zu analysieren, wie sie sich seit unserer Begegnung in Afrika entwickelt hatte und gediehen war.

Wir waren zusammen nach Britannien zurückgereist, und als wir in Lemanis von Bord gingen, konnte jeder die Fähigkeiten des anderen gut einschätzen. Mir behagte die Beziehung, die wir hergestellt hatten – die eines Stabsoffiziers und seines getreuen Gefolgsmannes –, und ich war zuversichtlich, daß es Britannicus ebenso erging.

In Lemanis mieteten wir Pferde und machten uns direkt auf den Weg nach Londinium im Norden, dem Verwaltungszentrum Südbritanniens. Dort meldeten wir uns bei dem Militärgouverneur, um unsere Ankunft offiziell bestätigen zu lassen. Doch in Londinium konnte niemand seine Zeit mit uns verschwenden, und wir wurden – fast ohne Ruhepause – mit einem Paket persönlicher Sendungen, einer dreißig Mann starken Schwadron leichter Reiterei unter dem Kommando eines Dekurios sowie einer Abordnung Fußvolk von hundertzwölf Ersatzsoldaten und sechs Zenturionen auf den Weg geschickt. Der Tribun erhielt den Auftrag, alles dem Legaten in Deva – seit mehr als drei Jahrhunderten das befestigte Hauptquartier der Zwanzigsten, der *Valeria Victrix* – zu übergeben. Wir hatten erwartet, gleich nach Eburacum gesandt zu werden, wo die Zweite Kohorte der Zwanzigsten seit mehreren Jahren vorübergehend stationiert war, doch die Gedankengänge des offiziellen Militärs folgten weiterhin ihren eigenen merkwürdigen Regeln.

Deva lag im Gebirge im Nordwesten, in Kambria. Die Stadt war um 70 A. D. während Julius Agricolas Feldzug erbaut worden, um die Eroberung Britanniens abzusichern. Der Standort war gewählt worden, weil man von dort das Gebiet beherrschte, in dem die Länder dreier kriegerischer Stämme – der Brigantes, Deceangli und Ordovices – aneinandergrenzten. Doch nach dreihundert Jahren *Pax Romana* war die ursprüngliche, strategische Bedeutung Devas längst vergessen. Die Lage war jetzt nur noch verdammenswert unbequem. Wir mußten fünf Tage lang hart marschieren, um von Londinium aus dorthin zu gelangen.

Als Festung war Deva eindrucksvoll und scheinbar unbezwingbar, was nach etwa dreihundert Jahren ständiger Besetzung durch eine der stolzesten und ältesten Legionen Roms auch nicht anders zu erwarten war. Wir hatten jedoch nicht einmal einen ganzen Tag, um alles in uns aufzunehmen, denn dann mußten wir befehlsgemäß wieder aufbrechen.

Gleich nach unserer Ankunft erfuhren wir, daß unsere ersten Informationen – jene aus Afrika – richtig gewesen waren. Die Zweite Kohorte der Zwanzigsten lag in Eburacum, wo sie vorübergehend zusammen mit der Zweiten Legion, der *Augusta*, im Einsatz war, die weitere drei Tagesmärsche entfernt im Nordosten lagerte. Der Legat, der unsere formelle Meldung zum Dienst entgegennahm, war mürrisch und schlecht gelaunt. Er rügte uns beide ungnädig, weil wir so lange gebraucht hatten – wir waren offenbar schon eine Woche früher erwartet worden –, und schickte uns gleich wieder los, so daß uns unterwegs noch seine Worte in den Ohren klangen. Meine Bewunderung für Britannicus wuchs, als ich sah, wie klaglos er es hinnahm, daß er durch unfähige Vorgesetzte derartiger Ungerechtigkeit, Unproduktivität und Unannehmlichkeit ausgesetzt war.

Britannicus hatte mich von Anfang an stets militärisch korrekt behandelt, ein wenig gemildert nur durch Höflichkeit und Rücksichtnahme. Nun stellte ich fest, daß er mit den Soldaten unter seinem Kommando gerecht, maßvoll und leidenschaftslos umging. Er konnte jedoch ehrfurchtgebietend in seinem Zorn sein, wenn ihn Unfähigkeit oder Unbotmäßigkeit dazu herausforderten. Als strenger Zuchtmeister war er unversöhnlich, wenn er erst einmal zu der Überzeugung gelangt war, daß eine Bestrafung unumgänglich war. Doch niemals erweckte er den Eindruck, daß es ihm Freude bereitete, Dummköpfe leiden zu sehen.

Zu jener Zeit herrschte in Britannien bereits seit vielen Jahren Frieden. Die Pflichten in der Legion bestanden hauptsächlich im Bau und Unterhalt von Straßen, im Kontrollieren der Provinz und in der Aufrechterhaltung der zivilen Ordnung. Die Armee sorgte nach alter Tradition für die Durchsetzung der Gesetze. Nur selten wurde von den Truppen in Britannien Blutvergießen verlangt: Gelegentlich fielen Plünderungskommandos der Pikten aus Kaledonien oder der Skoten aus Hibernia in die Provinz ein und mußten abgewehrt werden, oder es wurden – noch seltener – unbeteiligte Einheiten herbeigerufen, um eine Meuterei im Heer niederzuschlagen, die durch Wut, Unzufriedenheit, mangelnde Disziplin und die Langeweile des Garnisonslebens ausgelöst worden war. Die Verlegung der Zweiten Kohorte nach Eburacum ging auf eine solche Meuterei zurück. Es war eine tiefverwurzelte Rebellion gewesen, und die tausend Mann starke Zweite der Zwanzigsten, die einzige nicht angesteckte Kohorte in Eburacum, wurde von einem besorgten Präsidium nun schon seit zwei Jahren dort stationiert gehalten.

Der Tribun Britannicus hatte von dem ungehobelten Legaten in Deva den Befehl erhalten, das Kommando über die Zweite Kohorte zu übernehmen, sie aus Eburacum zu führen und mit ihr sechzig Meilen nach Süden, nach Lindum colonia, zu marschieren, um eine dort liegende Einheit der Vierzehnten Legion abzulösen. So traten er und ich gemeinsam in das Leben der Zweiten Kohorte, er, der neue Tribun Gaius Britannicus, und ich, sein neuer *pilus prior* Publius Varrus. Und ebenfalls gemeinsam machten wir uns daran, diese nach seinen Vorstellungen zu formen.

So kam es auch, daß wir fast zwei Jahre später zusammen waren, als wir uns erstmals dem Unvorstellbaren gegenübersahen – dem ersten einer Reihe von Ereignissen, die unser Leben verändern sollten, und zwar für immer.

Nach dem offiziellen Bericht geschah es in der Stunde vor Tagesanbruch in der ersten Augustnacht im Jahre des Herrn 367. Die als Hadrianswall bekannte Grenzbastion im Norden Britanniens wurde von einem Bund feindlicher Stämme aus dem piktischen Kaledonien überrannt, unterstützt im Osten von einer Invasion der Sachsen vom Meer aus und im Westen von einer ähnlichen der Skoten aus Hibernia. Mehr wird darüber nicht gesagt. Römische Historiker sind nicht gerade redselig, wenn es um die Niederlagen Roms geht.

Wie dem auch sei, die Katastrophe war jedenfalls von erschreckendem Ausmaß. Der Hadrianswall war achtzig

Meilen lang. Über die ganze Länge war er an keiner Stelle weniger als fünfzehn Fuß hoch, und davor lag ein zehn Fuß tiefer und dreißig Fuß breiter, V-förmiger Graben. Im Abstand von jeweils einer Meile standen Festungen, und dazwischen jeweils noch zwei befestigte Wachtürme. Darüber hinaus gab es alle sechs Meilen Kastelle mit einer Garnison, insgesamt sechzehn an der Zahl. Zur Verteidigung des Walls stand ständig eine Streitkraft von mindestens dreitausend Soldaten bereit, die je nach örtlichen Gegebenheiten und Verfügbarkeit gelegentlich zum regulären Hilfsfußvolk gehörten, meist aber Wehrpflichtige aus der Umgebung, ortsansässige Bauern und Söldner waren. Immer waren Söldner darunter. Und das Ganze brach in jener schwarzen Augustnacht in einer einzigen Stunde zusammen.

Das Ausmaß, der perfekt gewählte Zeitpunkt und die koordinierte Schnelligkeit der Operation sind schwer vorstellbar und noch schwerer zu beschreiben. Erst viel später konnte ich mir selbst ein Bild davon machen und die Ereignisse sehr persönlich und wahrscheinlich fehlerhaft einschätzen, indem ich die Augenzeugenberichte der wenigen Überlebenden, die ich in den Jahren danach traf, verglich. Diese Männer zeigten sich ausnahmslos noch Jahre danach über das, was ihnen in jener Nacht widerfahren war, überrascht, erstaunt und verwirrt. Sie alle konnten es kaum fassen, überlebt zu haben, und sich nur an ihre Reaktion auf die unmittelbaren, sie persönlich betreffenden Ereignisse und Umstände erinnern. Am klarsten von diesen Männern drückte sich noch Marcus Gallifax aus, ein Garnisonszenturio, der entkommen war und dem es später, ebenso wie ein paar weiteren, gelang, wieder zu uns zu stoßen.

Während der folgenden Monate unterhielt ich mich des öfteren mit Gallifax, und seine Erinnerungen an jene

Nacht waren denkwürdig und genau. Sie veränderten sich nie im Hinblick auf die Einzelheiten und die Art, wie er sie darstellte, so daß ich mir jetzt, als ich auf dem Rücken liegend nach Möglichkeiten suchte, der Langweile der Untätigkeit zu entrinnen, sein Gesicht und seine Worte ohne Schwierigkeiten ins Gedächtnis rufen konnte …

HADRIANSWALL, 367 A.D.

Zum drittenmal tat er Dienst am Wall und haßte es inzwischen noch mehr als bei seiner ersten Abkommandierung. Marcus Gallifax zog sich den Uniformrock fest über die untere Gesichtshälfte, beugte sich zwischen den Zinnen hinaus und suchte mit seinen wegen des tosenden Sturms zu einem schmalen Schlitz zusammengekniffenen Augen die Dunkelheit unter und vor sich ab. Doch er sah nur Schwärze und hörte nur den heulenden Wind. Bei dem Lärm des Sturms, der ihm durch die Seitenklappen seines Helms pfiff, war es einfach unmöglich, noch etwas anderes zu hören. Doch er konnte nicht einmal das sich bewegen sehen, was sich, wie er wußte, bewegen mußte: die sich krümmenden und umherschlagenden Büschel von verwildertem Gras, Adlerfarn und Stechginster, die den Boden bedeckten. Gallifax' Augen tränten heftig, und er fluchte leise vor sich hin, zog sich in den Schutz der Zinnen zurück und trocknete sich die Augen, während der Wind an seinem Unterschlupf vorbeitoste.

Der Sturm, der um diese Jahreszeit ununterbrochen aus Norden zu blasen schien, war von einer Bösartigkeit und geballten Feindseligkeit wie nirgends sonst auf der Welt. Er kam böig und mörderisch die Südseite der Berge herunter, wobei er durch diese verdreht und gepreßt zu sein schien, peitschte hart auf den fünfzehn Fuß hohen Wall, um dann wie ein Wasserfall in den zehn Fuß tiefen Graben darunter gesaugt zu werden, von wo aus er zurück auf, über und zwischen die Zinnen gespuckt wurde. Das alles geschah mit einer derart launischen Heftigkeit, daß es einen Menschen schon in Panik versetzen konnte, weil ihm die Luft zum Atmen wegblieb.

Gallifax machte aus seinem Haß eine Tugend, indem er dessen Heftigkeit dazu benutzte, ohne Unterlaß dafür zu sorgen, daß seine Männer nie in ihrer Wachsamkeit nachließen. Sie glaubten, er würde sie hassen und wäre ständig darauf aus, sie bei einem Pflichtversäumnis zu erwischen. Doch da irrten sie sich. Er haßte sie nicht. Er haßte nur diese gottlose, wilde Grenze, wo sich nichts bewegte, abgesehen von diesem wahnsinnigen Wind, bei dem man am Wall nur vorankommen konnte, wenn man von Zinne zu Zinne sprang. Dabei mußte man immer wieder einer Lücke die Stirn bieten, ehe man sich an der nächsten Zinne ein wenig geschützt hinkauern konnte, bevor es weiterging. Nach einem solchen Satz nahm er jetzt in einer Entfernung von weniger als vier Fuß vor sich die Gestalt einer an die Mauer gedrückten Wache wahr. Der Soldat hatte ihn erwartet, und Gallifax erriet seinen Gruß mehr, als daß er ihn sah. Eine besonders heftige Druckwelle brach sich zwischen ihnen, und Gallifax ließ den Windstoß erst abflauen, bevor er zu der Wache hinüberhastete.

»Wie geht's heute nacht?« Er mußte dem Mann ins Ohr brüllen, um sich verständlich zu machen, da ihm sonst der heulende Wind die Worte entrissen hätte. »Etwas zu vermelden?«

»Nein, Zenturio. Alles ruhig. Doch das ist ...« Gallifax glaubte »Zeitverschwendung« zu hören, war sich aber nicht sicher, weil die Stimme des Mannes noch zusätzlich von einem dicken Wollschal gedämpft wurde, den er sich entgegen aller Vorschriften um seine untere Gesichtshälfte geschlungen hatte. Doch diese Übertretung störte den Zenturio nicht. Er selbst trug unter seiner ledernen Kniehose zwei lange Unterhosen und Strickstrümpfe zu den Sandalen.

Er blickte zum Himmel hinauf und suchte zwischen den rasch dahintreibenden Wolkenmassen nach Sternen, doch alles war schwarz. Die Wache brüllte etwas von Schnee. Nun, kalt genug dafür war es ja. Gallifax nickte, als stimme er zu, und blickte dann nach rechts, wo in der Ferne ein gelber Schimmer auszumachen war, das Licht des Wachturms. »Danke, Mithras, Soldatengott!« dachte er. »In einer Nacht wie dieser hat man nicht viele und lauter leicht zu befriedigende Bedürfnisse. Schon Windstille und Wärme empfindet man als Segen.« Das gelbe Licht zeigte das Ende der ersten Hälfte seines Rundgangs an. Es versprach eine Tasse heiße Suppe und vielleicht ein oder zwei Runden Würfelspiel, bevor er den Rückweg zur Meilenfestung antreten mußte.

Rauh schlug er der Wache auf die Schulter und brüllte ihr ins Ohr: »Die Hälfte deiner Wachzeit ist um, Bursche! Bei Tagesanbruch kommt die Ablösung!« Er befestigte seinen Rock wieder auf der linken Schulter, packte seinen Rebholzknüppel, das Rangabzeichen der Zenturionen, und setzte seinen Weg zum Turm fort. In einer solchen Nacht konnte Marcus Gallifax gut verstehen, wenn jemand das Wachen für Zeitverschwendung hielt. Alle vier der armen Schweine, die er in der letzten Stunde kontrolliert hatte, froren nicht nur und fühlten sich erbärmlich, sondern hätten ebensogut blind und taub sein können. Jeder der letzten hundert Schritte auf das gelbe Lampenlicht zu war ein Kampf um Balance in den Klauen des Sturms, der nun zu wahnwitziger Heftigkeit angeschwollen war. Doch schließlich kam er an, stieß die Tür auf und wollte in die Wärme und Helligkeit eintauchen.

Statt dessen traf Gallifax auf Greuel und Chaos. Trebatius, sein langjähriger Freund, lag rücklings auf dem Tisch, das Gesicht von einer Axt gespalten. Herodes, der junge Söldner aus Judäa, wand sich in einer Ecke, von einem Mann an die Wand gedrängt, der fast doppelt so groß war wie er und gerade niederträchtig mit einem Dolch auf ihn einstach, als Gallifax zu begreifen versuchte, was er sah. Ein anderer, ebenso großer Fremder setzte gerade, als der Zenturio hereinplatzte, mit beiden Händen eine dampfende Schüssel an den Mund. Er erstarrte vor Schreck, ebenso wie Gallifax, und einen furchtbaren Augenblick sahen sie sich mit weitaufgerissenen Augen an. Der Zenturio konnte nichts tun. Nur seine linke Hand war frei. In der anderen, die noch dazu von seinem eng um sich gewickelten Uniformrock behindert war, hielt er nur den nutzlosen Rebholzknüppel.

Als erster gewann Gallifax die Fassung wieder. Rückwärts warf er sich aus dem Raum und zog mit der freien Hand die Tür hinter sich zu. Er hatte nur den einen Gedanken, daß er Alarm schlagen mußte. So brüllte er aus Leibeskräften, als er zur Wache zurückrannte. Doch diese war nicht mehr da. Der Sturm tobte noch immer wie ein wildes Tier. Völlig durcheinander, ging Gallifax zur Südseite der Brüstung, um zu sehen, ob die Wache vielleicht über diese hinweggeblasen worden war, und dann trat er zu den Zinnen und beugte sich erneut hinaus. Einen Augenblick lang hatte er das Gefühl, daß jemand ganz in seiner Nähe stand, außen an der Mauer, fünfzehn Fuß hoch in der Luft, als sich von hinten Finger in seinen Helm krallten und er spürte, wie er nach vorn geschleudert wurde. Fassungslos dachte er: »Leitern! Wie nur haben sie Leitern heraufgebracht?« Noch während ihm das durch den Kopf schoß, schlug er fünfundzwanzig Fuß tiefer auf dem Grund des Grabens auf.

Zur selben Zeit stand Lolliua Malpax dreißig Meilen östlich von Gallifax Qualen aus. In seinem Gebiet tobte kein Sturm, doch er hätte sowieso keine Notiz davon genommen. Malpax hatte Durchfall, und das schon seit zwei Tagen. Seine Eingeweide waren ein wassergefülltes Labyrinth furchtbarer Krämpfe, und seine ganze Aufmerksamkeit galt dem Bestimmen des Zeitpunkts des nächsten Anfalls, um so rechtzeitig die Erlaubnis zum Verlassen seiner Stellung einholen zu können. Malpax stammte als Pannonier aus dem Nordosten des Römischen Reichs; sein vorgesetzter Unteroffizier war Hispanier und haßte die Pannonier. Nach zweitägigem Leiden hatte Malpax den Punkt erreicht, an dem er bereit gewesen wäre, diesem Hurensohn von Unteroffizier zuliebe seinen Namen, Geburtsort und seine persönlichen Treupflichten zu ändern, wenn dieser ihm dafür etwas Zeit im Krankenrevier zugestanden hätte. Doch es sollte nicht sein.

Jedesmal, wenn Malpax seinen Vorgesetzten um die Erlaubnis bat, austreten zu dürfen, hielt ihn dieser länger zurück, und er wußte, daß er es einmal nicht mehr bis zu den Büschen hinter dem Wall schaffen würde. Er hatte recht, aber aus anderen Gründen. Der Unteroffizier entließ ihn, und Malpax rannte, sich den Weg im trüben Mondlicht suchend, zu seinen Büschen, wobei er schon im Laufen an seiner Kleidung nestelte. Und dann tauchte jemand drohend aus den Büschen auf und versetzte ihm einen gewaltigen Schlag auf die rechte Schulter, so daß er herumgewirbelt und zu Boden geschleudert wurde. Er verlor die Kontrolle über sich und spürte, wie ihn der warme Unflat überflutete. Noch viele Jahre später erinnerte er sich daran, daß er, kurz bevor er das Bewußtsein verlor, noch dachte, daß ihm sein Unteroffizier vorausgeeilt war und aufgelauert hatte, nur um ihm eins auszuwischen, weil er Pannonier war.

Tetrino, ein Söldner aus Sarmatien an einer der Meilenfestungen ganz in der Nähe, doch leicht westlich von Gallifax, konnte sich nur noch daran erinnern, daß er das Bewußtsein wiedererlangte und eine Menschenmenge auf der falschen Seite des Walls am Tor erblickte, die an dem großen Balken schob und zerrte, der das Tor sicherte. Plötzlich gab dieser nach, so daß einige der Männer hinfielen, und dann wurden beide Torflügel weit aufgerissen, und der erste der piktischen Streitwagen, die hindurchfuhren, zermalmte ihm mit dem eisenüberzogenen rechten Rad das Bein, so daß es ihm vor Schmerz erneut schwarz vor Augen wurde.

Apis Elpis, Wachkommandant in einem weit westlicheren Gebiet, öffnete die Tür, trat aus der Festung, um seinen Kontrollgang zu machen, und sah sich einem schwarzbärtigen Fremden von Angesicht zu Angesicht, ja fast schon Kinn an Kinn, gegenüber. Als Elpis mir später diese Begegnung schilderte, erinnerte er sich daran, daß er dachte: »Wer im Hades bist du?«, als ihm auch schon die Hoden durch einen kräftigen Tritt in den Bauch befördert wurden. Sein Gehirn schien zu platzen, und plötzlich war er blind, wahrscheinlich weil er die Augen gegen die plötzliche Qual zukniff. Er spürte, wie er an den Schulterbändern seines Brustpanzers gepackt und seitlich über die Brüstung geworfen wurde, und tief unten schlug er auf dem steinigen Grund auf.

Das waren die Glücklichen, die Überlebenden jener Nacht, die einzigen, die ich je getroffen habe. Sie alle erinnern sich, daß es mitten in der letzten Wache vor Morgengrauen war. Keiner von ihnen war irgendwie gewarnt worden oder hatte den Angriff erwartet. Keiner wußte, was geschah, oder fand Zeit, sich oder andere zu organisieren. Alle verloren das Bewußtsein und lagen daher wie tot da. Und allen gelang es, später zu entkommen, weil der Feind keinen Versuch unternahm, zu bleiben und die Mauer zu zerstören oder sie auch nur zu halten. Die feindlichen Krieger stürmten den Wall überall gleichzeitig in einer achtzig Meilen langen Welle, metzelten dessen Verteidiger nieder und stießen weiter vor in Richtung Süden, nach Britannien. Sie waren gut organisiert, leise, tüchtig und hatten eine absolut verheerende Wirkung. Der Hadrianswall, die vielgepriesene Bastion der römischen Präsenz in Britannien, wurde in nur einer Stunde überrannt. Das Unvorstellbare war geschehen. Roms friedlichste und blühendste Kolonie war Opfer einer Invasion geworden.

Britannicus und ich hatten das Glück, unter den ersten zu sein, die es bemerkten. Kurz nach Tagesanbruch befanden wir uns ungefähr zehn Meilen südlich des Walls auf dem Weg nach Norden. Wir hatten einen kurzen Urlaub, um Antonius, einen von Britannicus' Freunden, zu besuchen, der an einer der Meilenfestungen stationiert war. Als wir auf einer Bergkuppe ankamen, bot sich uns ein Schauspiel, wie wir es beide noch nie gesehen hatten. Das Tal unter uns war brechend voll von keltischen, nach Süden strömenden Kriegern. Wir blieben vielleicht eine Stunde dort oben und sahen uns alles an. Es waren Tausende, und nachdem der erste Schock überwunden war, erkannten wir, daß es sich hier nicht bloß um eine große Bande von Plünderern handelte. Dies war ein Heer.

Wir hatten keine Ahnung, wer sie waren, außer daß sie Kelten waren, doch wir wußten, daß sie nur aus dem Norden gekommen sein konnten, und das hieß, über den Wall. Die Tatsache, daß es so viele waren und daß es keine Anzeichen von Widerstand gab, bedeutete, daß es unseren Garnisonen dort schlecht ergangen war. Doch selbst jetzt, als wir auf Tausende von Barbaren hinabblickten, kam uns nicht der Gedanke, daß es sich um mehr als einen örtlich begrenzten Durchbruch handeln könnte. Britannicus sah wie vom Donner gerührt aus.

Wir hatten unsere Kohorte in einer Entfernung von ungefähr fünf Meilen im befestigten Quartier zurückgelassen, und das war nur gut so. Andernfalls wären wir in unserem Lager eine leichte Beute gewesen oder aber auf dem Marsch in auseinandergezogener Ordnung überrascht worden, ohne auch nur zu ahnen, daß etwas schiefgegangen war. Es heißt, daß an jenem Tag mehr als hunderttausend Barbaren über den Wall kamen. Wir hatten nicht einmal gewußt, daß es jenseits davon so viele Menschen gab! Jedenfalls waren es für uns zu viele. Zum Glück zogen sie durch das Tal unten zu unserer Rechten, östlich von uns, in Richtung Süden. Unsere tausend Mann starke Kohorte hatte südwestlich von der Stelle, an der wir uns jetzt befanden, Quartier bezogen. Dorthin eilten wir nun zurück.

Wir gaben uns alle Mühe, nicht aufzufallen, wurden aber dennoch von einem Trupp Wagenlenker erspäht – pro Streitwagen zwei Pferde, einer mit vier Pferden –, die westlich von uns auf der anderen Seite um unseren Berg herum kamen, und plötzlich ritten wir um unser Leben. Sie waren natürlich unten im Tal, weil es dort für ihre Wagen einigermaßen eben war. Wir erkannten, daß wir solange sicher waren, wie wir oben am Berg blieben.

In vollem Galopp besprachen wir die Lage. Die Tatsache, daß sich auf dieser Seite des Walls Wagen befanden, bedeutete, daß zumindest eine Meilenfestung erobert und das Tor geöffnet worden war. Das war keine erfreuliche Aussicht für die Menschen im Süden, und die große Zahl von Eindringlingen, die wir schon gesehen hatten, machte deutlich, daß wir nicht viel tun konnten, um ihnen zu helfen.

Krampfhaft versuchte ich, keine Notiz von den Felsbrocken und losen Steinen unter den Hufen meines Pferds zu nehmen und nicht daran zu denken, was geschehen würde, wenn das Tier stürzte. Ich verließ mich auf mein Pferd mehr, als ich mich je auf irgend jemanden oder irgend etwas seit meinem Großvater verlassen hatte. Wir konnten die Feinde unter uns schreien hören, sie holten auf und zogen mit uns gleich. Soweit ich erkennen konnte, waren in die von vier Pferden gezogenen Wagen drei oder vier Krieger gepfercht und jeweils zwei in die anderen.

Nach ungefähr zwei Meilen merkte ich, daß wir auf der falschen Seite waren. Um zu unserem Lager zurückzukehren, mußten wir ins Tal hinunter, dieses durchqueren und auf der anderen Seite wieder hinauf. Und irgendwie ließ der Anblick jener Barbaren auf der falschen Seite des Walls nicht gerade Vertrauen in unsere römische Unbesiegbarkeit aufkommen.

Britannicus hatte es offenbar zur gleichen Zeit gemerkt. Der Hang verlief in einem Bogen Richtung Osten, weg von unserem Lager, und das Tal unter uns wurde auf dramatische Weise immer enger, so daß die Wagen hintereinander fahren mußten. Sie waren jetzt etwas vor uns und suchten nach einer Möglichkeit, uns den Weg abzuschneiden.

»Komm, Varrus!« brüllte Britannicus und trieb sein Pferd rechts den Hang hinunter. Mein eigenes Pferd stolperte, als ich ihm folgte, und warf mich fast ab, doch dann fing es sich wieder, und wir ritten hinunter, diagonal den Weg zurück, den wir gekommen waren, und hinter die Wagen. Ich zog es vor, nicht zu schauen, wohin mich mein Pferd trug, sondern die Reaktion der Wagenlenker zu beobachten.

Unsere Aktion kam für sie völlig überraschend, und ich hörte sie fluchen, als sie versuchten, in vollem Galopp zu wenden, ohne sich darüber im klaren zu sein, wie beengt sie durch die immer weiter vordringenden Berge waren. Einer der kleineren Wagen stürzte, und seine Lenker flogen durch die Luft.

Den anderen beiden gelang es schließlich, abzubremsen und heftig auf ihre Pferde einschlagend auf dem engen Raum zu wenden. Durch unseren Überraschungszug waren wir jetzt etwas im Vorteil, doch würde sich unser Weg diagonal hinunter mit dem ihren kreuzen. Außerdem wurde unser Vorsprung immer kleiner, so daß wir nur noch dreißig Schritte vor ihnen waren, als wir den engen Talboden erreichten. Dort schwenkten wir abrupt nach links und galoppierten auf der anderen Seite wieder hinauf, so daß wir nun in entgegengesetzter Richtung an den Pikten vorbeikamen.

Und dann ging Britannicus' Pferd zu Boden. Ich sah den Tribun regelrecht einen Überschlag vollführen und wieder auf den Beinen landen. Doch der Schwung ließ ihn noch zwei Purzelbäume schlagen, bevor ich ihn aus den Augen verlor. Er fluchte wie verrückt, und ich zügelte mein Pferd und drehte mich nach ihm um. Wieder auf den Beinen, rannte er den Hang hinauf zu mir, die beiden Streitwagen in einem Abstand von ungefähr fünfundzwanzig Schritten hinter ihm. Mein Pferd keuchte dermaßen, daß mir klar war, daß es uns nie und nimmer beide den Berg hinauftragen konnte. Also sprang ich ab und zog das Schwert. Zu meiner Rechten, keine zehn Schritte von mir entfernt, lagen ein paar hohe Felsen, und dort rannte ich nun hin und verschwand blitzschnell zwischen ihnen. Der Tribun folgte mir in die Deckung.

»Gut gemacht!« knurrte Britannicus. Er war nicht einmal außer Atem und machte keinen erschöpften Eindruck.

Zu unserem Glück arbeitete der Berg gegen sie. Solange wir zwischen den Felsen waren, konnten sie mit den Wagen nicht an uns heran. Einer von den Hurensöhnen begann Pfeile auf uns abzuschießen, doch seine Freunde hatten Blut gerochen und wollten es eigenhändig zu Ende bringen. Insgesamt waren es sechs, und diese sprangen nun von den Wagen und kamen den Berg hinauf auf uns zu, als wären sie auf dem Weg zum Kolosseum, um sich einen Kampf anzuschauen. Als ich mein vorschriftsmäßiges Reiterschild, das ich auf dem Rücken trug, nach vorn riß, wünschte ich, es wäre ein altes *scutum* des Fußvolks aus Holz, Leder und solidem Metall, hinter dem man sich einigermaßen sicher fühlen konnte.

Von dem Kampf weiß ich nicht mehr viel, aber doch noch, daß jeder von uns zwei Männer erledigte. Dann erhielt Britannicus einen schweren Hieb auf den Kopf, der eine tiefe Kerbe in seinen Helm schlug und ihn niederstreckte. Ich weiß noch, daß ich mich breitbeinig über ihn stellte und einem Streich von hinten auswich, während ich dem großen Kelten vor mir die Spitze meines Schwerts in den Mund stieß. Er fiel auf die Seite, und ich bekam mein Schwert nicht mehr frei. Dicht an meinem Ohr vorbei zischte es, und ich dachte: »Nun, das war's dann wohl.« Doch dann hatte ich mein Schwert wieder frei, und als ich herumfuhr, sah ich den Heiden hinter mir mit einem Pfeil im Nacken umfallen und die letzten beiden seiner Freunde, die noch auf den Beinen waren, mit offenem Mund den Berg hinaufstarren.

Jetzt lechzte ich nach Blut. Ich setzte über den großen Stein vor mir und versuchte den nächsten Mann zu enthaupten, wobei ich mein Schwert mit aller Kraft schwang. Es war ein ernstzunehmender Versuch, der mir auch fast gelang. Diesmal bekam ich mein Schwert leicht wieder frei, doch bevor ich den letzten unserer Feinde erreichen konnte, war dieser ebenfalls tot, die Hände um den Speer geklammert, der ihn aufgespießt hatte. Als ich mich umdrehte, sah ich, daß es am Berg nur so von römischen Soldaten wimmelte. Ich ließ mein Schwert fallen und rannte zu Britannicus.

Titus Lautus, unser Lagerpräfekt, hatte einen Jagdtrupp ausgeschickt, um Frischfleisch zu besorgen. Wären sie nur wenige Augenblicke später gekommen, hätten sie *uns* als solches vorgefunden. Doch so hatten sie uns am Fuß des Berghangs gesehen, und obwohl sie nicht wußten, warum wir derart in Eile waren, waren sie im Laufschritt hinuntergestürmt.

Britannicus blutete nicht, außer aus der Nase, und hatte durch den Schlag auf den Helm bloß die Besinnung verloren. Gott weiß, daß der Hurensohn, der das Schwert geschwungen hatte, groß genug dafür gewesen war! Es war derjenige, dem ich meins in den Mund gestoßen hatte.

Zwei der Barbaren lebten noch, doch einer der Neuankömmlinge brachte das bald in Ordnung. Als ich gerade etwas zu dem Dekurio sagen wollte, der den Jagdtrupp befehligte, wurde mir rot vor Augen, und ich erbrach mich. Das war das einzige dauerhafte Ergebnis der Bemühungen meiner Großmutter, mich geistig gesund zu halten.

Danach wandte ich meine Aufmerksamkeit wieder dem Dekurio zu. Als ich später einmal darüber nachdachte, mußte ich zugeben, daß sie alle nur die besten Noten für die Beherrschung auf ihren Gesichtern verdient hatten. Nicht ein einziger von ihnen ließ sich seine Überraschung darüber anmerken, daß ein Zenturio seiner Kohorte so menschlich war, daß ihm übel wurde.

»Wie viele seid ihr?«

»Zwei Truppen, Zenturio. Zwanzig außer mir.«

»Reiter?«

»Keine, Zenturio.«

»Nun, ich bin froh, daß ihr gekommen seid. Doch nun müssen wir zurück. Wie weit sind wir vom Lager entfernt?«

»Ungefähr zwei Meilen, Zenturio.«

»Gut. Der Tribun ist in schlechter Verfassung. Holt mir den Wagen mit den vier Pferden. Ich werde fahren. Macht es dem Tribun so bequem wie möglich und laßt einen eurer Männer unsere Pferde einfangen und zurückführen. Ist das Pferd des Tribuns in Ordnung?«

»Es scheint so, Zenturio. Nichts gebrochen. Allerdings sind beide Pferde ganz schön erschöpft.«

»Kein Wunder. In Ordnung, verschwinden wir hier so schnell und leise wie möglich.«

Der junge Dekurio runzelte die Stirn. »Was geht hier vor, Zenturio? Wer sind diese Leute? Woher kommen sie?«

Ich sah ihn erstaunt an. Er war noch recht jung. »Woher zum Hades glaubst du wohl, daß sie gekommen sind, Bursche? Sie sind über den verdammten Wall gekommen, daher kommen sie!« Er machte einen verblüfften Eindruck. »Wie heißt du?«

»Strato, Zenturio. Decius Strato.«

»Nun, Dekurio Strato, die Barbaren, der Feind, gegen den zu kämpfen du in den letzten Jahren ausgebildet worden bist, ist in großer Anzahl über den Wall gekommen. In sehr großer. Wir sind einem großangelegten Überraschungsangriff ausgesetzt. Einem Einfall. Auf den wir nicht vorbereitet waren. Verstehst du?« Er nickte. »Das beste, was wir tun können, ist im Augenblick, zum Lager zurückzukehren und es, wenn möglich, zu halten, bis unser Tribun hier wieder im Land der Lebenden ist.«

Wir legten Britannicus auf den Boden des Vierspänners, und ich lenkte die Pferde den Berg hinauf. Sie konnten ihn nur im Schrittempo erklimmen, so daß unsere Retter vom Fußvolk keine Mühe hatten mitzukommen. Ohne weitere feindliche Begegnungen gelangten wir zum Lager.

Kurz nachdem wir aufgebrochen waren, machte Britannicus Anstalten aufzuwachen. Doch offenbar hatte er starke Schmerzen und es daher nicht eilig, das Bewußtsein wiederzuerlangen. Da auf dem Boden des Wagens nicht viel Platz war, stand ich mit gespreizten Beinen über seinem halb liegenden, halb sitzenden Körper. Als er anfing wieder zu sich zu kommen, schlug er ein wenig um sich, und ich glaube, daß ich ihm einmal einen Tritt versetzte, um ihn ruhig zu halten. Jedenfalls erwachte er allmählich und wollte aufstehen; als das Lager in Sichtweite kam, hatte er sich wieder unter Kontrolle, und als wir durch die Tore ritten, hielt er die Zügel in den Händen.

Die Nachricht von dem Angriff war uns vorausgeeilt. Die Wachen bemerkten uns schon, als wir noch weit vor den Toren waren, und an ihrer Geschäftigkeit erkannte ich, daß sie wußten, was vor sich ging. Flavinius, der stellvertretende Befehlshaber, hatte wie immer einen klaren Kopf behalten, und die ganze Einheit stand in Bereitschaft. Gut die Hälfte der Kohorte, also fünfhundert Mann, arbeitete hart daran, die Befestigung des Lagers zu verstärken, den Graben darum herum zu vertiefen und den Erdwall höher aufzuschütten.

Britannicus war leichenblaß und mußte wahnsinnige Kopfschmerzen haben, doch er berief sofort eine Versammlung aller Zenturionen und höheren Offiziere ein und informierte diese, soweit er dazu in der Lage war, über die Ereignisse des Tages. Nachdem er ihnen von dem Durchbruch berichtet hatte, war eine seiner ersten Fragen, wie viele fliehende Soldaten vom Wall ins Lager gekommen seien. Keine, lautete die Antwort. Er zuckte zusammen, sah einen Augenblick nachdenklich zu Boden und schob dann den Gedanken, was für einer es auch gewesen sein mochte, achselzuckend beiseite und kam zur Sache. Und damit kannte sich Britannicus aus.

Da wir im Einsatz waren, gab es eine detaillierte Bestandsaufnahme der vorhandenen Vorräte: der jeweiligen Menge und Art der Ration, der Waffen, Wagen und all der anderen tausend Einzelheiten, die ein Heer funktionstüchtig halten, ganz gleich, wie groß es ist. Er rasselte Lebensmittelzuteilungen herunter und ging ins Detail über Notmaßnahmen einschließlich eines verschärften Wachplans, nach dem jeder Soldat im Lager einen Zyklus von vier Stunden Dienst und vier Stunden Pause haben sollte. Er machte der Versammlung klar, daß auf Grund der augenblicklichen Notsituation alle jederzeit auf neue Befehle gefaßt sein mußten. Gerade handelte er Verteidigungsmanöver ab, als Alarm geschlagen wurde: Unsere Wachen hatten einen feindlichen Trupp gesichtet. Britannicus löste die Versammlung auf und forderte mich als seinen *princeps secundus* und obersten Zenturio der Kohorte auf, mit seinen vier ranghöchsten Offizieren noch zu bleiben.

Er sagte nichts, bevor alle das Zelt verlassen hatten, und

auch dann stand er noch längere Zeit schweigend da. Ohne uns zu beachten, kaute er nachdenklich an der Oberlippe. Schließlich straffte er sich und blickte einen nach dem anderen aufmerksam und forschend an.

»Meine Herren«, sagte er in einem Ton, als teile er uns etwas mit, was bei der Parade am nächsten Tag beachtet werden sollte, »ich habe das Gefühl, daß dieses Ereignis nur der Beginn von etwas ist, was unsere Vorstellungskraft übersteigt. Gewisse Dinge sind aus den Fugen geraten, völlig aus dem Gleichgewicht. Ich möchte nicht, daß woanders darüber gesprochen wird, doch merkt euch meine Worte: Wir werden noch lange Zeit hieran kauen. Ein derartiger Einfall löst sich nicht über Nacht wieder in Luft auf.« Er wandte sich mir zu. »Aus diesem Grund möchte ich ein paar Schritte in die Wege leiten, die vielleicht später als ungewöhnlich angesehen werden. Ich möchte einen neuen Manipel, Varrus, und dieser soll aus den allerbesten Männern der Kohorte zusammengestellt werden. Deinen besten, nicht weniger als hundert, eventuell mehr, vielleicht zwanzig mehr, wenn du sie entbehren kannst. Ich möchte die am besten ausgebildeten, stärksten und tüchtigsten Männer, die du antreten lassen kannst, und ich möchte sie so schnell, wie du sie zusammentrommeln kannst, verstanden?«

Überrascht nickte ich, und er gab sich mit meinem Nicken zufrieden und blickte die anderen an.

»Diese angemalten Hanswurste da draußen glauben, sie hätten das römische Heer geschlagen. Sie kennen nicht den Unterschied zwischen Söldnern, Wehrpflichtigen und Berufssoldaten. Wir werden sie an die Maßstäbe erinnern, nach denen das Römische Reich aufgebaut wurde.«

Dann lief er auf den Ausgang seines Zelts zu, und wir schickten uns an, ihm zu folgen. Doch bevor wir den ersten

Schritt tun konnten, blieb er stehen und richtete das Wort noch einmal an uns.

»Diese Kohorte ist die beste in Britannien, meine Herren. Ich weiß es, weil ich sie dazu gemacht habe. Unsere Disziplin ist seit zweihundert oder mehr Jahren aus der Mode. In den nächsten Tagen werden wir sie in die Tat umsetzen und diesen Barbaren zeigen, daß der Wall nicht erbaut worden ist, um uns vor ihnen zu schützen, sondern sie vor uns. Auf geht's!«

Wir verließen das Zelt, und die beiden längsten Jahre meines Lebens nahmen ihren Anfang.

III

Es ärgert mich maßlos, selbst heute noch, während ich dies schreibe, daß die jungen Soldaten hier in der Provinz so mit Pferden und Reittaktiken beschäftigt sind, daß sie nur wenig oder gar keine Ahnung vom Aufbau einer klassischen römischen Legion haben. Daher muß ich mich wohl oder übel damit abfinden, ein paar Erklärungen abgeben zu müssen, damit meine künftigen Leser verstehen, was damals dem römischen Heer widerfahren ist.

Die Erste und Zweite Kohorte einer jeden Legion waren jeweils Doppelkohorten aus tausend bis zwölfhundert Soldaten, denen ein sechzig Mann starkes Reiterheer angeschlossen war. Letztere hatten die Ehre und die Aufgabe, den rechten Schlachtflügel zu halten. In diese Kohorten kamen nur kampferprobte Veteranen, und ihre Offiziere und Unteroffiziere zählten zu den besten und verdankten ihre Posten allesamt ihrem beispielhaften Verhalten und ihren herausragenden Fähigkeiten.

Bei unserer Kohorte handelte es sich um eine solche. Kurz vor Beginn der Invasion – unter diesem Namen wurde das Ereignis später bekannt – hatten wir Dienst in der Garnisonsstadt Luguvallium, ganz nah am Hadrianswall, getan. In den dort stationierten Einheiten der Vierundzwanzigsten Legion war eine heftige, jedoch kurzlebige Meuterei geschürt worden, und unsere Aufgabe hatte darin bestanden, die Aufständischen mit unserer in Eburacum gewonnenen Erfahrung auszumerzen. Es war eine drastische und unangenehme Sache gewesen, die wir jedoch hinter uns gebracht hatten, und gerade waren wir unterwegs, um uns zweien von unseren eigenen Hilfskohorten in Mamucium anzuschließen, als der Feind über den Wall kam. Bis heute weiß niemand, wie viele römische Soldaten an jenem Tag starben und wie viele einfach nur in die Berge desertierten oder vielleicht sogar zu den Barbaren überliefen. Die Eindringlinge überrannten den Norden des Landes und fast den ganzen Südosten. Sogar in Londinium gab es Barbaren! Unsere Einheit war eine der wenigen, die überlebten, und das verdankten wir Britannicus und seinen altmodischen Ansichten, die mit einem guten Schuß Militärgenie gewürzt waren.

Britannicus war einer jener seltenen Offiziere, die für ihre Soldaten wie ein Gott waren. Er war der zäheste und sturste Zuchtmeister, unter dem ich je gedient habe, und doch wären die Männer für ihn in den Hades gegangen. Es ist denkbar, daß sich jemand, der dies später einmal liest, nicht vorstellen kann, daß es zu jener Zeit an sich schon phänomenal war, wenn man das von einem Befehlshaber des römischen Heers sagen konnte. Die gute alte Zeit der Republik und des siegreichen Kaiserreichs war schon seit Jahrhunderten vorbei. Bis zum Beginn des vierten christlichen Jahrhunderts, im elften nach römischer Zeitrechnung, hatten die höchsten Ränge hauptsächlich Pferdeärsche inne, die reich genug waren, sich diese zu erkaufen. Und neunzig Prozent dieser Führer fürchteten, die Soldaten, die sie angeblich befehligten, gegen sich aufzubringen.

Der durchschnittliche Soldat in den Legionen des Kaiserreichs war ein Witz. Durch kaiserlichen Erlaß waren alle römische Bürger. Schwarz, weiß, gelb, braun oder blau angestrichen – alle waren römische Bürger. Es gab Germanen, Numidier, Ägypter, Armorikaner, Phönizier, Griechen, Wandalen, Hunnen, Thraker, Daker, Franken, Sachsen, Skoten, Levantiner und Juden. Wir brachten ihnen bei, wie man kämpfte, unterwiesen sie in Kampftechnik und Strategie und statteten sie aus, und dann desertierten sie zu Tausenden in ihre Heimat, um Widerstand gegen den römischen Sukkubus zu organisieren!

Jedermann wußte, was vor sich ging. Uns war klar, daß wir Vipern heranzogen, die ihre Giftzähne später in unsere Fersen schlagen würden. Das war eine Tatsache des Lebens und wurde noch dadurch verschlimmert, daß die Soldaten, solange sie im Heer waren, ihre »Rechte« hatten. Es war inzwischen üblich, den Garnisonstruppen das Anlegen der Brustpanzer und ständige Tragen der Schilde zu erlassen. Sie waren zu schwer für die Soldaten! Das Ergebnis war voraussagbar. Das Debakel am Hadrianswall war nur ein kleines Beispiel für den Zustand des gesamten Kaiserreichs.

Bei Britannicus, der ganz in die Fußstapfen seines Vaters trat, gab es so etwas nicht. Anfangs wurden ihm viele Steine in den Weg geworfen, weil seine Methoden ebenso unmodern waren wie jene der Republik, die er bewunderte. Doch er hatte den Mut, zu seinen Überzeugungen zu stehen, und war bereit, mit gutem Beispiel voranzugehen. Er erwartete von seinen Soldaten, daß sie wöchentlich einen Marsch von fünfundzwanzig Meilen in voller Ausrüstung zurücklegten. Das bedeutete, daß sie mehr als sechzig Pfund tragen mußten: den Helm, die Rüstung, zwei Speere, fünf Lanzen, den *scutum* (den schweren Schild der Soldaten des Fußvolks), den Beinschutz, Kochtöpfe, Essensrationen, eine Feldflasche und zwei Palisaden (lange, spitze Stöcke, die zur allabendlichen Lagerbefestigung dienten).

Wenn die Soldaten auf dem Marsch oder im Manöver waren, bauten sie jeden Abend ein befestigtes Lager, das heißt ein Lager, das von einem Graben und einer Palisadenmauer mit Toren umgeben war. Erst dann durften sie sich ausruhen und zum Abendessen Platz nehmen. Das Frühstück wurde immer im Stehen oder unterwegs eingenommen.

Britannicus verlangte nichts von seinen Soldaten, was er nicht auch selbst tat. Er marschierte an der Spitze der Kolonne, zu Fuß und in voller Ausrüstung, und war allen Soldaten in seiner Kohorte jederzeit, sei es am Tag oder in der Nacht, im Marschieren, Rennen oder Kämpfen überlegen.

Als er das Kommando über die Kohorte übernahm, waren die Soldaten zunächst einmal entsetzt. In ihren Augen waren sie bereits eine Elitetruppe, die nur der Ersten Kohorte nachstand. In seinen Augen waren sie ein lärmender Haufen, aus dem er Soldaten machen wollte, die niemandem nachstanden. Sie haßten ihn wie die Pest, und er ließ sie ihre Fehler selbst ausbaden. Er setzte die volle Autorität seines Rangs und des Kaiserreichs ein, um sie hart zu bestrafen, wenn sie es nicht anders wollten. Wenn er auch nur das Gefühl hatte, mißachtet zu werden, kriegten sie ihr Fett ab. Und je mehr sie ihn haßten und sich über ihn ärgerten, um so härter wurde er. Schließlich kamen sie zu der Überzeugung, daß sie ihn nur mit seinen Mitteln und nach seinen Regeln schlagen konnten, und versuchten es. Doch auch das gelang ihnen nicht. Irgendwann entwickelten sie dann einen gewissen Stolz auf sich selbst, auf ihre Zähigkeit, und damit auch auf ihn, ihren miesen, sturen, verdammten Hurensohn von Kommandant. Erst dann, und nur sehr langsam, erkannten sie, daß für jeden Fehler, den sie bei ihm entdeckten, ein anderer in der Kohorte etwas nennen konnte, was nicht ganz so schlimm war, was man respektieren oder sogar bewundern mußte.

So nach und nach merkten sie, daß sie keine schlechten Offiziere hatten – jedenfalls im Vergleich zu jenen, mit denen sich die andern Kohorten abfinden mußten. Britannicus hatte sein Offizierskorps binnen weniger Wochen nach seiner Ankunft gesäubert, und nun schien es so zu sein, daß sich ein neuer Offizier der Zweiten Kohorte entweder schnell anpassen oder diese wieder verlassen mußte. Hier wurden gemeine Soldaten nie von den Offizieren ausgenutzt; bestraft wurde rasch, streng und unausweichlich, doch waren Schikanen unbekannt.

Die Männer entdeckten, daß sie immer gut mit Essen versorgt wurden – viel besser als die Soldaten der anderen Einheiten um sie herum, wo es für die Offiziere Wichtigeres gab als die Ernährung ihrer Soldaten. Es fiel auf, daß Britannicus das Wohlergehen seiner Leute – ihr Essen, ihre Ausrüstung und Unterbringung – über alles stellte.

Es dauerte zwei Jahre, bis all das erreicht war, doch dann war das Wunder vollbracht. Die Zweite Kohorte bildete einen stabilen Heeresverband, der von der Ehre und Zufriedenheit zusammengehalten wurde, welche die Soldaten als Gruppe, als straffe, disziplinierte und bestens ausgebildete Einheit gewinnen konnten. Eine Streitkraft war geboren, die in den darauffolgenden Jahren zu einer der Elitetruppen in Britannien wurde.

Und da waren wir nun – eine Elitekampfeinheit, die auf dem Feld gestrandet war, in einem befestigten Nachtlager, umgeben von weiß Gott wie vielen tausend heulenden Wilden im Siegesrausch, die sich wie Wein aus einem geborstenen Faß um uns herum in Richtung Süden ergossen.

Am Ende des Invasionstages waren wir nicht mehr in

der Lage, abzuschätzen, wie viele Barbaren sich nur knapp außer Reichweite unserer Pfeile zusammengezogen hatten. Die erste Truppe, die auf unser Lager gestoßen und von unseren Wachen gesichtet worden war, hatte Läufer zurückgeschickt, um Verstärkung zu holen. Von da an hatten sie sich wie die Geier angesammelt.

Sicher hinter den Brüstungen verborgen, beobachteten wir an jenem Abend die keltischen Horden und fragten uns, wann sie angreifen würden. Wir machten uns nicht die Illusion, daß sie Angst vor uns hatten. Nach dem Hadrianswall mußte ihnen unser kleines Lager wie ein Pickel auf dem Arsch eines Elefanten vorkommen. Wir wußten, daß die Pikten Morgenkämpfer waren. Sie würden die Nacht über schlafen und bei Sonnenaufgang einen gewaltigen Angriff starten. Die Skoten, glaubten und beteten wir, waren ähnlich, so daß gute Chancen für eine ruhige Nacht bestanden, bevor Hades am Morgen auf die Erde kam.

Doch Britannicus hatte andere Vorstellungen, und diese betrafen auch mich. Nach der Versammlung rief ich alle Zenturionen der Kohorte zusammen. Ohne mich waren es zwanzig. Ich wies sie an, aus ihrer Einheit von jeweils fünfzig Soldaten (die Zeiten, in denen ein Zenturio hundert Mann befehligte, waren schon vierhundert Jahre vorbei) die fünf in jeder Hinsicht besten auszusuchen. Ganz so ordentlich lief es dann aber doch nicht ab, weil manche sechs oder sieben anbrachten, doch nach einer halben Stunde hatte ich die Namen unserer hundertzwanzig Elitesoldaten.

Ich setzte die Heeresschreiber darauf an, einen Dienstplan für diesen neuen Manipel zu erstellen, und wählte zwei Zenturionen aus, jeweils sechzig Soldaten zu befehligen. Zehn Männer beförderte ich zu Dekurionen, hinzu kamen zwei, die es schon waren, und dann kommandierte ich zehn Zenturionen ab, um dafür zu sorgen, daß alle diese Männer innerhalb einer halben Stunde in voller Rüstung vor der Lagermauer gleich neben meinem Zelt antraten. Darauf ging ich zu Britannicus, um ihm mitzuteilen, daß seine »Spezialeinheit« in Vorbereitung sei.

Zu meinem Erstaunen ließ er am Versammlungsort von einem Schmied aus dem Waffenmeisterquartier einen Amboß mit Hammer aufstellen. Ich blieb bei ihm im Zelt und nahm an der Einweisung des jungen Cato teil, eines Subalternoffiziers, den er zum Befehlshaber des neuen Manipels befördert hatte. Als ein Dekurio uns mitteilte, daß die Soldaten angetreten waren, ging Britannicus selbst mit uns hinaus, um eine Ansprache zu halten.

Die hundertzwanzig Mann der neuen Spezialeinheit standen stramm, als wir uns näherten. Die Zenturionen hatten ihre beiden Phalangen zu je sechzig Mann gebildet: zehn Glieder mal sechs Reihen. Abgesehen von dem fernen Gejohle und Geschrei des Feindes vor dem Lager herrschte absolute Stille. Britannicus, die Ruhe selbst, musterte und inspizierte die Soldaten von oben bis unten. Danach trat er vor sie hin und nahm, den Blick auf sie gerichtet, den Hammer vom Amboß, schwang ihn hoch über den Kopf und schmetterte ihn auf die Fläche. Nun konnte er sich der Aufmerksamkeit aller gewiß sein.

»Seht den Hammer!« Er holte erneut aus. »Er prallt von der Oberfläche ab. Seht!« Kräftig holte er noch einmal aus.

»Je härter der Schlag, um so stärker der Rückprall. Und alles zwischen den beiden Oberflächen wird zerschmettert. Und nun! Seht das!« Er zog den Uniformrock aus und hielt ihn mit der linken Hand vor sich hoch.

»Ich könnte den ganzen Tag mit dem Hammer auf ihn

einschlagen, und es wäre eine absolute Verschwendung von Zeit und Mühe.« Er tat es, und der Stoff glitt einfach über den Hammerkopf. Doch dann legte Britannicus den Hammer aus der Hand und faltete den Rock zu einem kleinen, festen Wollpolster zusammen. Dieses hielt er mit der linken Hand hoch in die Luft und nahm den Hammer wieder in die rechte. Er ließ das Polster fallen, holte mit dem Hammer aus und schlug den Rock gut fünfzehn Fuß weit von sich fort.

»Zusammengefaltet ist er, wie ihr gerade gesehen habt, so fest, daß ich ihn wegschlagen kann.« Er hielt inne und wartete, bis sich seine Botschaft allen eingeprägt hatte, und erst dann fuhr er fort, wobei seine Stimme stets einen vertraulichen Ton behielt, aber dennoch so laut war, daß ihn alle Soldaten des neuen Manipels hören konnten.

»Direkt vor unserem Lager befinden sich Tausende nacktarschiger Barbaren, die davon träumen, uns die Kehlen aufzuschlitzen. Sie sind ein lärmender Haufen, eine undisziplinierte Menge. Doch sie lieben den Kampf und glauben sich damit auszukennen. Da täuschen sie sich aber gewaltig! Wir zeigen ihnen, wie man kämpft! *Ihr* werdet es ihnen zeigen! Ich habe es euch eben beigebracht. Soldaten, ihr werdet auf diese Leute einhämmern, bis sie eine Gehirnerschütterung haben und nichts mehr sehen. Ihr werdet so hart auf sie einschlagen, sie so dicht zusammendrängen, daß sie nur noch ein kleiner Haufen sind, dessen Kompaktheit die Wucht eurer Schläge verhundertfacht. Wenn ihr sie dicht genug zusammenschiebt, nehmt ihr ihnen die Kraft zum Gegenangriff. Und wenn sie ein so festes Paket wie mein alter Rock hier sind, dann schlagt ihr zu und prallt zurück, wie dieser Hammer hier, sofort bereit, erneut auf sie loszugehen.«

Unter den Soldaten herrschte absolute Stille, als er fortfuhr: »Bevor Julius Caesar seine Legionen in Kohorten umorganisierte, war der Manipel die wichtigste taktische Kampfeseinheit der Legion. *Der Manipel.* Hundertzwanzig Mann, genau wie ihr, die in zwölf Einheiten zu je zehn Mann kämpften. Jede dieser Einheiten handelte im Krieg oder Manöver wie ein moderner Manipel, abgesehen davon, daß er nur ein Zwölftel von dessen Größe hatte.« Er pausierte und ließ so seiner Botschaft Zeit, von den Soldaten voll und ganz aufgenommen zu werden. »Heute nacht führen wir diese Taktik wieder ein. Macht euch deswegen keine Sorgen. Die letzten drei Jahre seid ihr dafür ausgebildet worden. Ihr wußtet es nur nicht. Die barbarischen Heloten da draußen werden gar nicht begreifen, was auf sie einschlägt.«

Erst nach einer weiteren gezielten Pause sprach er weiter. »Ihr werdet in drei Reihen zu jeweils vier Gliedern kämpfen, eine hinter der anderen, wobei die Lücken zwischen den Gliedern in den Frontreihen groß genug sein müssen, daß die zweite Reihe vorstoßen und die erste zurückfallen kann. Wenn dann die neue Frontreihe zurückfällt, übernimmt die dritte den Angriff. Die erste Reihe, die jetzt hinten ist, schwenkt dann nach rechts und links, um so die Seiten einer Schachtel zu bilden, und dann tretet ihr weiterkämpfend den Rückzug an, gedeckt von den Bogenschützen zu Pferde, die aus den Toren des Lagers kommen. Nichts Neues, ihr habt es während der Ausbildung alle schon einmal gemacht. Denkt daran: Eure Aufgabe ist es, auf die Barbaren einzuhämmern. Heftige, unerwartete Angriffe von kurzer Dauer aus allen vier Toren des Lagers. Euer Ziel ist es, den Feind zu terrorisieren und demoralisieren.

Vergeßt nicht, daß euch eure Disziplin unvergleichlich und unschlagbar macht. Der Feind besteht aus Einzelkämpfern; jeder von ihnen ist allein. Ihr jedoch, Soldaten, kämpft wie eine Maschine. Ihr habt *wenig Menschliches.* Ihr sollt schnell in die Ränge der Barbaren eindringen, mit aller Macht auf sie einschlagen und dann in die Sicherheit dieser Wälle zurückkehren. Unversehrt.« Sein Blick ging vom einen zum andern.

»Wenn ihr zum Lager zurückkommt, ruht ihr euch eine Stunde aus und schlagt dann wieder von der anderen Seite aus zu.« Er legte nochmals eine Pause ein. »Das ist kein einfacher Auftrag, doch ein jeder von euch wurde als Bester unter zehn ausgewählt. Am Morgen werdet ihr müde sein, doch die Tagespflichten werden euch erlassen. Denkt daran, daß der Hauptzweck dieser Übung ist, den Feind zu verwirren und in Panik zu versetzen, sein Selbstvertrauen zu erschüttern.« Er sah alle aufmerksam an. »Ist jemand dabei, der diese Aufgabe nicht will?«

Schweigen.

»Das ist jetzt eure letzte Chance!«

Nichts.

»Nun gut. Dann hämmert auf sie ein!« Er machte auf dem Absatz kehrt und schritt davon.

Der neue Befehlshaber räusperte sich. Britannicus hatte ihn nicht vorgestellt. Die Soldaten beobachteten ihn. Er hüstelte noch einmal.

»Mein Name ist Cato. Ich habe jetzt das Kommando über diesen Manipel. Eine halbe Stunde vor Mitternacht treten wir hier wieder in voller Rüstung an. Zenturio, entlasse die Männer!«

Ich tat es, und sie gingen allmählich auseinander. Kurze Zeit später war ich allein und blickte auf Hammer und Amboß.

Nun, Britannicus' Plan mit dem Einhämmern funktionierte. Er funktionierte in jener ersten Nacht so gut, daß bei vier Attacken nur drei Männer ausfielen, alle drei verwundet, aber keiner ernstlich. Danach waren die Soldaten erschöpft und schliefen den ganzen Morgen über; die Militärschreiber hatten die Dienstpläne geändert, um sie von »Extradiensten« zu befreien. Als die Barbaren im Morgengrauen angriffen, waren die »Hämmerer« schon unter den Decken, wo sie auch blieben. Die restliche Kohorte hatte wenig Mühe, die Kelten abzuwehren; unsere Wälle waren hoch und unsere Gräben tief genug, um sie bis auf ein paar besonders kühne Angreifer zurückzuhalten, und mit denen hatten die Bogenschützen auf unseren Mauern leichtes Spiel.

In der zweiten Nacht, ungefähr eine Stunde vor Mitternacht, teilte Britannicus unser Reiterheer in zwei Gruppen zu jeweils dreißig Mann und schickte sie in entgegengesetzter Richtung zum Ost- und Westtor des Lagers hinaus. Der Befehl lautete, in vollem Galopp durch die feindliche Linie zu preschen und dabei in Reichweite des Lagers zu bleiben. Die Wirkung war phantastisch. Jede Gruppe stürmte aus der Dunkelheit, trampelte Barbaren nieder und schuf Chaos, das sich kaum legen konnte, bevor die zweite Schwadron aus derselben Richtung kam. Eine jede ritt eineinviertel Runden ums Lager und kam dann wieder ein Tor hinter dem, aus dem sie hinausgeprescht war, herein. Wir verloren vier Männer.

Kaum war es danach wieder still geworden, da verließen die Hämmerer unser Lager durch alle vier Tore gleichzeitig, leise und heimtückisch, jeder Trupp dreißig Mann stark. Sie verursachten auf eigene Faust Panik, schlugen erbarmungslos zu und zogen sich zurück, bevor Widerstand organisiert werden konnte.

Eine Stunde später schwirrten sie erneut in voller Stärke aus, diesmal durchs Nordtor.

Und eine Stunde vor Tagesanbruch verließen sie das Lager noch einmal, wieder durchs Nordtor.

Bis zur dritten Nacht der Belagerung versuchte der Feind, mit Lagerfeuern gegen die Dunkelheit anzugehen. Doch in dem Hochmoor gab es kein Holz, so daß es nicht einfach war, die Feuer am Lodern zu halten. Wir schlugen den Feind in jener Nacht in der Dunkelheit kurz vor Morgengrauen bei einem Angriff von nur vier Gruppen aus allen Toren.

Britannicus baute stark auf den Mangel an Disziplin bei den Barbaren. Es waren sehr viele Krieger, doch sie hatten keine koordinierende Führung. Keinen Oberbefehlshaber. Keinen Britannicus. Am Abend des vierten Tages zogen sie zu Hunderten auf der Suche nach leichteren Zielen ab.

Als es am fünften Morgen hell wurde, waren wir allein und siegreich im Moor. Gott sei Dank wußten wir nicht, daß wir die einzige Streitmacht dieser Größe im ganzen nördlichen Britannien waren, die noch im Einsatz war.

Britannicus jedoch vermutete, daß die Dinge anderswo ganz entschieden schiefgegangen waren. Sein anfänglicher Verdacht, daß dieser Einfall eine langwierige und hart umkämpfte Angelegenheit werden würde, erwies sich als bedrückend richtig. Am ersten Abend unseres Widerstands rief er Luscar, den obersten Militärschreiber unserer Kohorte, zu sich und befahl ihm, alles, was geschehen war, genau niederzuschreiben und von da an täglich Aufzeichnungen zu machen. Es zeigte sich, daß diese Anweisung für den armen Luscar gar nicht so leicht auszuführen war. Wir brauchten fast ein Jahr, um zu einer richtigen römischen Befestigung in Derventio zurückzugelangen, und fast jeden Schritt dorthin mußten wir uns erkämpfen. Als wir schließlich dort ankamen, hatten wir unsere Ochsen und Pferde verzehrt. Für unsere kläglichen Vorräte gab es nur noch einen wackligen Handwagen, und Luscar hatte jedes irgendwie aufzutreibende Stückchen Papyrus verbraucht, um unsere Odyssee festzuhalten. Als wir plan- und fruchtlos auf der Suche nach irgendwelchen Anzeichen römischer Herrschaft durch das Land zogen, trug er im Tornister auf dem Rücken Hunderte eng gerollter Papyrusblätter bei sich.

Fast ein Jahr lang trafen wir nur auf zerstörte und verlassene Dörfer, Städte und Militäreinrichtungen. Anfangs scharten sich die wenigen Ortsansässigen, auf die wir trafen, noch um uns, weil sie glaubten, wir könnten ihnen helfen, doch als wir dann immer schäbiger aussahen und unser Zustand immer verzweifelter wurde, mieden sie uns und rannten davon, wenn wir in ihre Nähe kamen.

Früh an einem Julimorgen im folgenden Jahr, als wir gerade abmarschbereit waren, sichteten unsere Späher unter uns im Tal eine Schwadron eines römischen Reiterheers.

Von den etwa elfhundert Seelen der Zweiten Doppelkohorte der Zwanzigsten Legion waren noch dreihunderteinundsiebzig am Leben, und zweiundvierzig davon waren Überlebende anderer Einheiten, die wir aufgelesen hatten. Außer Britannicus und mir gab es noch vier Offiziere und zwölf Zenturionen.

IV

Die Reiterpatrouille scharte sich sofort zusammen, als unsere Hurrarufe zu ihr ins Tal drangen. Wir sahen die blassen Ovale der Gesichter zu uns erhoben, und dann rissen die Soldaten zu unserer Bestürzung die Pferde herum und galoppierten dorthin zurück, woher sie gekommen waren. Statt Willkommens- und freudigen Begrüßungsrufen drangen nun Aufschreie der Empörung und Ungläubigkeit aus den Kehlen unserer Männer, die erst erstarben, als Britannicus die Aufmerksamkeit aller auf sich lenkte, indem er auf den nächsten Felsbrocken kletterte und sie ruhig anblickte.

»*Ich* weiß, daß ihr Soldaten seid.« Viele schien seine Betonung des Wortes »ich« zu verwirren. Er sah uns lange an und fuhr dann fort: »Und *ihr* wißt, wer ihr seid.« Er hob den Arm und deutete ins Tal, wo nun keine Menschenseele mehr zu sehen war und die kräftiger werdende Morgensonne die ersten Schatten warf. »Doch die Männer dort unten sind losgeritten, um Verstärkung zu holen. Sie sind losgeritten, um eine große Schar von Feinden zu vermelden. Davon, wie weit ihr Lager von uns entfernt ist, hängt es nun ab, wann sie in größerer Stärke und Kampfbereitschaft zurückkommen.«

Wieder hielt er inne, damit sich seine Botschaft einprägen konnte, und dann hob er die Stimme und hämmerte seine Worte wie Nägel auf uns ein.

»Wenn sie zurückkommen, ganz gleich, ob in einer oder in zehn Stunden, werden sie die Soldaten der Zweiten Kohorte der Zwanzigsten Legion vorfinden – *und auch sehen.*«

Als wir langsam verstanden, was er meinte, blickten wir uns an und sahen uns zum erstenmal so, wie uns die Patrouille dort unten gesehen haben mußte. Wir hatten wenig Ähnlichkeit mit römischen Soldaten. Die Überbleibsel unserer Rüstung waren stumpf, zerkratzt, lädiert und seit langem nicht poliert worden. Unsere Soldatenröcke und -umhänge waren schäbig und zerlumpt. Nur unsere Waffen waren scharf und glänzten – unsere Waffen und unsere Adler.

Einer der Männer, der kühner als die anderen war, hob die Stimme und hielt Britannicus entgegen, daß die Reiter unten im Tal doch unsere Adler gesehen haben mußten.

»Soldat!« fuhr ihn Britannicus an. »Wie viele tote Römer haben wir im vergangenen Jahr gesehen? Wie viele Adler, glaubst du wohl, sind im ganzen Land von den Kelten erbeutet worden?« Dann wandte er sich an uns alle. »Die Männer da unten hielten uns für einen Haufen Barbaren mit erbeuteten römischen Fahnen: Kriegstrophäen. Davon waren sie fest überzeugt. Wenn sie zurückkommen, werden sie *uns* vorfinden, und bis dahin werden auch *wir uns* gefunden haben. Wir haben vielleicht nicht den Staat, die Uniformen oder die Rangabzeichen, die man bei römischen Truppen erwartet, aber wir haben, bei allen Göttern, den Stolz, die Disziplin und die Würde, als das zu erscheinen, was wir sind, als Soldaten des Römischen Reichs!«

Die Soldaten stimmten ihm zu. Ich hörte Aufgebrachtheit, Verdrossenheit und grimmige, wütende Scham aus ihrem Murren heraus – Empfindungen, die ich teilte, denn auch ich fühlte mich erniedrigt und gedemütigt, weil die Patrouille uns nicht erkannt hatte. Über das Stimmengewirr hinweg erteilte Britannicus seine weiteren Anordnungen, und daraufhin eilten wir im Laufschritt den Berg hinunter und verbrachten die nächste Stunde damit, uns im Fluß gründlich zu waschen. Durch Zusammenlegen aller noch brauchbaren Rüstungsteile gelang es uns, fast eine ganze Einheit als erkennbare Fahnenträger auszustatten, und diese bildeten nun die Vorhut hinter Britannicus, mir und den anderen Offizieren, während sich die übrigen in geordneten Gliedern aufstellten. So warteten wir auf die Rückkehr der Patrouille mit dem Heer, das sie vermutlich alarmiert hatten.

Wir mußten nicht lange warten. Kaum mehr als eine Stunde nachdem wir uns im Talgrund aufgestellt hatten und bevor wir noch anfingen, uns in der kräftiger werdenden Julisonne unbehaglich zu fühlen, meldeten unsere Vorposten den Anzug des römischen Heers.

Die Kampfeseinheit, die heranrückte, bestand aus zwei ganzen Kohorten, mehr als tausend Mann, und es dauerte fast eine halbe Stunde, bis die Soldaten der Vorhut so nah bei uns waren, daß sie uns deutlich erkennen konnten. Dann zeigte sich schnell, daß unsere Aufstellung im Tal sie überraschte und unsere offensichtliche Disziplin sie aus der Fassung brachte. Doch es war ebenso augenscheinlich, daß sie eine ausgeklügelte Falle vermuteten, da ein ständiges Kommen und Gehen von Offizieren und Boten zwischen der Vorhut und dem Hauptteil der Truppe einsetzte. Wir konnten sie nicht einmal mit einem Fanfarenstoß beruhigen, weil wir unseren letzten Trompeter und sein Instrument zwei Monate zuvor in einem Gefecht verloren hatten. Ich hörte, wie Britannicus seinem Ärger über das Zaudern Ausdruck verlieh, indem er ganz leise die Luft durch die Zähne sog. Er sagte jedoch nichts, und wir rührten uns weiterhin nicht.

Da wir nichts unternahmen, ritt schließlich eine kleine Gruppe Offiziere, begleitet von einer Schwadron berittener Bogenschützen, zögernd bis in Rufweite auf uns zu und verlangte zu wissen, wer wir wären.

Britannicus wandte sich mit ausdruckslosem Gesicht mir zu. »Varrus«, murmelte er, »tu mir den Gefallen und geh zu unseren Freunden hinüber und sag ihnen, wer wir sind. Ich will mich nicht als Marktschreier betätigen, nur um die Ängste eines Dummkopfs zu zerstreuen.«

Innerlich grinsend, lief ich los, doch je näher ich dem Trupp kam, um so mehr wurde ich mir der traurigen Figur bewußt, die ich abgab – ungekämmt, bärtig, in den Lumpen meiner Zenturionenuniform. Schließlich blieb ich direkt vor ihnen stehen und sah zu ihrer glanzvollen Pracht auf. Ich mußte mich gewaltsam vom Salutieren abhalten, denn schließlich war ich kein junger Bittsteller, sondern ein oberster Zenturio, ein *pilus prior* der Zweiten Doppelkohorte, älter als all diese Jünglinge. Ich nahm Haltung an und begann zu sprechen.

»Publius Varrus, *pilus prior*, Zweite Kohorte, Zwanzigste Legion, unter dem Kommando von Gaius Britannicus. Wir melden uns zurück.« Es war ihnen anzusehen, daß sie verwirrt waren und nicht wußten, was sie als nächstes tun sollten. Ich ersparte ihnen die Qual der Wahl. »Wer ist euer Befehlshaber?« fragte ich.

Einer der jungen Männer deutete mit dem Kinn über die Schulter nach hinten zur Vorhut. »Tertius Lucca«, sagte er. »Er ist unser oberster Tribun … Wir hielten euch für Feinde.«

Ich grinste, um meine Überlegenheit geltend zu machen. »Laßt euch nicht von unserem traurigen Aussehen beeinflussen! Wir sind Römer und freuen uns, euch zu sehen. Wir sind schon lange auf der Suche nach euch. Leider gingen uns die sauberen Uniformen aus, bevor ihr kamt – genaugenommen schon vor anderthalb Jahren. Doch laßt euch gesagt sein, daß unser Kommandant durchaus auch feindselig sein kann. Ihr solltet lieber euren Tribun Lucca herholen, damit er uns in aller Form wieder in der Zivilisation willkommen heißt, bevor Britannicus beleidigt ist. Laßt euch gesagt sein, daß es sich gehören würde, meinem Kommandanten ein Pferd anzubieten. Wir mußten seins schon vor ein paar Monaten verspeisen, und er geht nicht gern zu Fuß.«

Der junge Mann war noch immer verwirrt und sah blinzelnd auf mich herab wie eine Eule.

»Wie heißt du?« fragte ich ihn.

»Placidus. Barates Placidus. Tribun, Dritte Kohorte, Einundvierzigste Legion.«

»Seit wann bist du in Britannien, Tribun? Ich wußte nicht, daß die Einundvierzigste hier ist.«

»Seit drei Monaten.« Er räusperte sich. »Wir sind zusammen mit dem Konsularheer von Theodosius, dem Grafen von Britannien kraft Ernennung durch den Kaiser Valentinian, an Land gegangen.«

Ich gab mir keine Mühe, meine Überraschung zu verbergen. »Theodosius ist hier in Britannien? Und zum Grafen von Britannien ernannt worden? Warum?«

Der junge Mann runzelte die Stirn. »Weil es der Kaiser so befohlen hat.«

Ich schüttelte den Kopf. »Doch was ist mit den anderen Militärgouverneuren, dem Grafen von der Sächsischen Küste im Süden und dem Herzog von Britannien? Was ist mit denen?«

Er blinzelte mich erstaunt an. »Sie sind tot, bei der Invasion ums Leben gekommen.«

Ich sah zu Britannicus und unseren Soldaten hinüber,

dann wandte ich mich wieder dem jungen Offizier zu. »Invasion? So groß war der Einfall?«

»Ein Durchbruch auf der ganzen Linie und fast durchweg siegreich. Die Provinz ist durch eine Verschwörung der Pikten, Skoten und Sachsen überrannt worden. Alle nördlichen und mittleren Landesteile gingen verloren. Nur der Hauptstützpunkt in Londinium wurde gehalten. Wie ist es möglich, daß du all das nicht weißt?«

Ich schüttelte den Kopf und versuchte meine Gedanken zu ordnen. »Wir waren mit örtlichen Kämpfen beschäftigt und dem Versuch zurückzukehren. Wir haben seit dem Tag, an dem der Wall überrannt wurde, mit niemandem Kontakt gehabt. Und nun sagst du, daß Theodosius hier ist, offenbar um die Provinz zurückzuerobern. Hat der Feldzug schon begonnen?«

»Ja.«

»Gut. Mit Erfolg?«

»Natürlich.«

»Natürlich.« Das meinte ich nicht ironisch. Ich hatte viel von Theodosius gehört und wußte, daß er sich von niemandem zum Narren halten ließ. Ich überlegte, was wohl Britannicus zu dieser Neuigkeit sagen würde.

»Nun, Tribun Placidus«, meinte ich beinahe übermütig, »du bringst nicht nur schlechte, sondern auch gute Nachrichten. Ich gehe jetzt zu meinem Kommandanten zurück und sage ihm, daß du deinem Heerführer berichten wirst, wer wir sind, und daß dieser uns dann gleich als heil Zurückgekehrte willkommen heißen wird. Und vergiß die Pferde nicht. Wir haben sechs Offiziere.« Ich grüßte förmlich, und als ich zu Britannicus zurückkehrte, hörte ich sie ihre Rösser herumreißen und davongaloppieren.

Als Britannicus meinen Bericht hörte, runzelte er die Stirn und biß sich innen auf die Lippen. Ich glaubte, er würde über das Ausmaß der Invasion nachdenken, doch da irrte ich mich.

»Die Einundvierzigste Legion? Bist du dir da ganz sicher, Varrus?«

»Ja, Tribun«, antwortete ich. »Ich konnte mich nicht erinnern, daß diese schon vor der Invasion in Britannien war, also fragte ich ihn danach, und er bestätigte mir, daß sie erst seit drei Monaten hier ist und zu Theodosius' Konsularheer gehört.«

»Ja, ich höre dich sehr wohl. Ein Konsularheer besteht aus vier, möglicherweise sogar sechs Legionen, und wir werden ausgerechnet von der Einundvierzigsten gerettet. Da kann man schon den Glauben an Gott verlieren.«

Ich konnte damit nichts anfangen, sagte aber kein Wort, da ich aus Erfahrung wußte, daß Britannicus es erklären würde, wenn er wollte. Er blickte sich um, ganz offensichtlich, um festzustellen, ob jemand in Hörweite war. Das war nicht der Fall, er gab mir aber dennoch durch Nicken zu verstehen, daß ich ein paar Schritte mit ihm gehen sollte. Als wir uns so weit entfernt hatten, daß ein zufälliges Mithören ausgeschlossen war, fragte er: »Varrus, erinnerst du dich noch an den Abend, an dem wir uns zum erstenmal begegnet sind?«

»In der Wüste. Jawohl, Tribun, klar und deutlich.«

»Wir sprachen über die Senecae. Erinnerst du dich?«

»Ja. Von meinem alten Legaten.«

»Ja, von deinem alten Legaten. Nun, wenn sich die Dinge in den letzten beiden Jahren nicht geändert haben, dann ist der Legat der Einundvierzigsten Legion auch ein Seneca. Der älteste Bruder deines früheren Legaten. Sein Name ist Titus Probus Seneca, und als erster einer Brut von sechs Brüdern wird er von allen Primus genannt.«

Er hielt inne, und ich wartete und versuchte zu begreifen, was er meinte. Ich wußte, daß sich die Familien Seneca und Britannicus nicht ausstehen konnten, verstand aber nicht, warum es so erschütternd war, daß wir ausgerechnet von der Legion dieses Legaten gefunden worden waren.

»Verzeih mir, Tribun, doch ich verstehe die Tragweite des Ganzen nicht.«

»Die Tragweite? Das ist von sehr großer Tragweite, Varrus – für mich, aber noch viel mehr für dich und alle unsere Soldaten. Primus Seneca ist einer der beiden Männer auf dieser Welt, die ich meine Todfeinde nennen muß. Er haßt mich und die Meinen, doch im wesentlichen gilt sein Haß mir, mir ganz persönlich. Du kennst mich mittlerweile gut genug, um zu wissen, daß ich nicht übertreibe. Ich habe versucht, ihn zu töten, und auch er hat schon mehrmals versucht, mich umzubringen oder umbringen zu lassen. Nur durch glückliche Schicksalsfügungen sind wir beide davon abgehalten worden. Wir verabscheuen einander. Angesichts der Tatsache, daß wir so lange keinen Dienst getan haben, beunruhigt es mich, daß ich mich heute ausgerechnet bei ihm melden muß. Ich habe zwar keine Angst vor ihm, vertraue aber auch kein Jota auf seine Menschlichkeit. Ich kann dir versichern, daß sich Primus Seneca keine Möglichkeit entgehen lassen wird, mir oder jemandem, der mit mir in Verbindung steht, Probleme zu machen.«

Ich konnte die tiefen Falten der Verwirrung spüren, die sich in meine Stirn gegraben hatten. »Dann glaubst du also, daß uns dieser Primus Seneca Schwierigkeiten bereiten wird? Jetzt? Wie kann er das denn, Tribun?«

Britannicus lächelte mich an – auf mitleidige, beinahe herablassende Art – und warf den Kopf leicht zurück. »Varrus«, flüsterte er, »du bist schon wirklich ein Unschuldslamm! Denk doch an unsere Situation. Wir sind schon länger als ein Jahr nicht beim Heer: ohne Urlaub zu haben, vom Dienst befreit zu sein oder wenigstens irgendwie mit ihm in Verbindung zu stehen. Vermißt, wahrscheinlich tot. Oder aber für weniger Menschenfreundliche: vermißt, wahrscheinlich desertiert.« Er hob schnell die Hand, um meine erschrockene Reaktion im Keim zu ersticken. »Nein, warte! Ich sage nicht, daß uns dergleichen bevorsteht, es ist jedoch möglich, und ich möchte, daß du dir dessen wenigstens bewußt bist. Ich sage nur, daß du dich auf alles gefaßt machen mußt, auf Unannehmlichkeiten aller Art und auch darauf, daß du unseren Männern mitteilen mußt, was vor sich geht und warum. Das ist alles. Ich hoffe, daß mein Argwohn unbegründet ist, und ich weiß, daß es nicht recht von mir ist, dich darüber ins Vertrauen zu ziehen – es könnte der Disziplin abträglich sein. Doch ich kenne auch die Bestie, mit der ich es bald zu tun haben werde, und ich möchte, daß du dir über die politischen und persönlichen Hintergründe dessen, was auf uns zukommt, im klaren bist. Verstehst du mich jetzt?«

Ich schüttelte den Kopf, weil ich es noch immer nicht glauben konnte. Mit einem kleinen Lächeln zog er eine Augenbraue hoch. »Na komm!« meinte er. »Ich spreche nur von Möglichkeiten, nicht von Gewißheiten.«

Schließlich fand ich die Sprache und mein Begriffsvermögen wieder. »Ich kann dich hören, Tribun, und verstehe auch, was du sagst, aber …«

»Aber was, Varrus?«

»Nichts, Tribun. Wir können nur hoffen, daß du dich irrst und jetzt jemand anders das Kommando über die Einundvierzigste hat.«

»Genau. Dann sind wir ja einer Meinung.«

»Ja, Tribun. Doch … wenn du nun doch recht hast? Und dieser Mann noch das Kommando hat? Und die Situation tatsächlich ausnützen will? Was dann?«

»Dann, Zenturio Varrus, können wir nur hoffen, daß sich in seiner Begleitung Männer befinden, die ihn dazu bewegen können, sich wie ein römischer Legat und nicht wie ein rachsüchtiger Seneca zu benehmen.«

»Ist das wahrscheinlich, Tribun?«

»Ich habe keine Ahnung. Doch ich nehme an, daß wir das bald wissen werden. Dort kommen unsere Retter.«

Ich drehte mich um und sah die Offiziere der Einundvierzigsten zurückkehren, diesmal in Begleitung ihres obersten Tribuns Tertius Lucca. Wir gingen an die Spitze unserer Einheit zurück, und ich mußte unsere Männer anherrschen, damit sie angemessen ruhig aufgestellt blieben, da sie von ihrer natürlichen Erleichterung und Aufregung übermannt zu werden drohten.

Tertius Lucca kam an der Spitze seiner Offiziere auf uns zugeritten. Auf ein für uns nicht erkennbares Zeichen hin zügelten diese die Pferde, stellten sich in einer Entfernung von nur etwa hundert Schritten vor uns auf und ließen Lucca in Begleitung des jungen Tribuns Barates Placidus, mit dem ich gesprochen hatte, allein weiterreiten. Auf halbem Wege zu uns machten die beiden halt und stiegen ab. Ich blickte Britannicus neben mir an, doch er zeigte keine Reaktion.

»Ich glaube, sie erwarten, daß du zu ihnen gehst, Kommandant.«

»Offenbar. Nun, es macht wenig Sinn, es nicht zu tun. Wenigstens haben sie uns nicht angebrüllt. Komm mit!«

Wir liefen zu unseren Rettern hinüber, ich einen Schritt rechts hinter Britannicus, und blieben drei Schritte von ihnen entfernt stehen. Keine Seite machte Anstalten zu salutieren. Lucca und Britannicus standen sich gelassen gegenüber, und keinem von beiden war vom Gesicht abzulesen, was er dachte. Mir saß die Angst im Nacken. Britannicus hatte recht gehabt; wir hatten Schwierigkeiten mit unseren eigenen Leuten.

Tertius Lucca war ein gutaussehender Mann Ende Zwanzig mit dunklem Gesicht, und seine Uniform machte neben unseren Lumpen einen sehr stattlichen Eindruck. Er trug einen Brustpanzer aus polierten Bronzeplättchen, die so geschickt angebracht waren, daß sie lose überlappend herunterhingen und bei jeder Bewegung glitzerten. Die gepanzerten Träger seines Rocks und sein Helm hatten beide den Schimmer teurer Bronze, und sein Lederharnisch besaß jenen tiefen, blanken Glanz, wie man ihn nur mit Dienern erlangen kann. Umhang und Uniformrock waren aus cremigweißer Wolle mit einer dunkelgrünen griechischen Bordüre, und seine Helmzierde bestand aus weißen Reiherfedern. Ich bemerkte auch, daß er zu den Sandalen weiße Beinkleider aus der gleichen guten Wolle trug. Er war derjenige, der schließlich das Schweigen brach.

»Kein Salut für mich?«

Britannicus zuckte mit den Schultern. »Ich hätte gern salutiert, wenn ich nur hätte glauben können, daß du meinen Gruß erwiderst, meine aber, daß du es nicht tun würdest.«

»Du bist sehr scharfsinnig.« Der Tribun schob die Lippen vor. »Und du hast recht. Ich könnte es nicht.«

»Du könntest es nicht? Aus welchem Grund?«

»Aus dem einfachen Grund, daß du dich der Desertion schuldig gemacht hast und daher von einem Soldaten nicht anerkannt werden kannst.«

»Aha.«

Ich biß mir auf die Zunge. Es war kaum zu fassen, wie kühl Britannicus blieb.

»Der Desertion. Nicht in der Schlacht gefallen. Nicht

einmal vermutlich tot, obwohl mich seit dem Fall des Hadrianswalls niemand gesehen hat. Der offiziellen Meinung nach besteht offenbar kein Zweifel. Ich bin nicht im Kampf gestorben. Ich bin desertiert. Mit all meinen Männern. Sieh mich an, Mann!« Seine Stimme war wie ein Peitschenknall. »Glaubst du, daß ich ein Deserteur bin?«

»Was ich glaube oder nicht glaube, spielt keine Rolle. Du bist überführt ...«

»In absentia!«

»In absentia, wie du sagst. Nichts Ungewöhnliches bei Desertion!«

»Nun«, Britannicus' Stimme blieb ruhig und gelassen, »was wirst du als nächstes tun, Tribun?«

»Ich weiß nicht recht ...« Lucca kniff die Augen zusammen, als er Britannicus anblickte, und sah dann mich an. »Ich weiß, was ich tun müßte ... hätte tun müssen. Selbst jetzt handle ich falsch, weil ich so mit dir spreche, doch dieses Treffen, und seine Art, kommt so ... unerwartet.« Britannicus blieb weiterhin ruhig, so daß Lucca fortfuhr: »Wären deine Männer bei unserem Kommen nicht so aufgestellt gewesen, hätte ich sofort den Kampf aufgenommen. Du warst dir sicher darüber im klaren?« Wieder erhielt er keine Antwort.

»Du verdankst diese, wenn auch kleine, Höflichkeit einem deiner früheren Offiziere, einem Freund von mir, der vor Jahren in Afrika in deinen Diensten stand: Julian Symmachus. Er ist heute nicht hier, doch ich erinnere mich noch daran, mit welchem Eifer er deinen Namen und deine Ehre verteidigte, als er feststellte, daß du wegen Desertion geächtet bist. Er schwor, daß du tot sein müßtest, weil du der Desertion gar nicht fähig wärst. Er schwor es so lautstark und setzte sich so sehr für dich ein, daß er lästig wurde. Er wurde versetzt.«

Britannicus lächelte. »Ich erinnere mich gut an Julian. Ich werde mich bei ihm dafür bedanken. Wo ist er jetzt?«

»Er ist tot. Er starb in einem Gefecht mit einer Bande Skoten.«

Britannicus schwieg und legte lediglich das Kinn auf die Brust.

»Als Barates mir heute erzählte, daß mich Gaius Britannicus erwarte, mußte ich daran denken, wie dich Julian verteidigt hat. Daher entschloß ich mich, ob das nun richtig war oder nicht, mit dir zu sprechen, bevor ich etwas gegen dich unternehmen würde, und zwar auf meine eigene Verantwortung und mit nur einem Zeugen für unser Gespräch. Nur zu Ehren von Julian Symmachus, verstehst du! Ich habe nicht wie er vor, mir wegen dir Ärger einzuhandeln, aber ich wollte dich auch nicht leichtfertig verurteilen, ohne auch nur versucht zu haben festzustellen, ob seine Einschätzung richtig war. Ergebt ihr euch mir?«

»Unter welchen Bedingungen?« Britannicus hob den Kopf und blickte Lucca geradewegs in die Augen. »Hast du vor, uns als Deserteure zu behandeln?«

»Ich habe keine andere Wahl.«

Wieder hörte ich meinen Kommandanten mit einem zischenden Laut die Luft durch die Zähne saugen.

»Glaubst du, Tertius Lucca, daß ich mich und mein Kommando, als Berufssoldat und Mann mit Verstand, so widerspruchslos dem Zorn Roms stellen würde, wenn die Anklage berechtigt wäre?«

»Es wäre immerhin möglich. Symmachus hat oft von deinen Kühnheiten als einfallsreicher Führer gesprochen. Ein solcher Zug könnte ein Meisterstreich im Doppelspiel sein.«

Die Angst, die mir im Nacken saß, nahm noch zu, doch dann überraschten mich Britannicus' Worte: »Und was, wenn ich dir nun sage, daß ich die absolute Treue Rom gegenüber beweisen kann, und zwar für mich und alle meine Männer?« Er stand kerzengerade da und schien über Luccas Kopf hinweg in die Ferne zu schauen. »Wie würdest du dann reagieren?«

»Erstaunt.« Lucca lächelte jetzt offen, doch ganz ohne Bosheit in den Augen. »Kannst du das denn? Kannst du deine Treue beweisen?«

»Ich glaube ja, wenn ich die Gelegenheit dazu erhalte. Sogar Primus Seneca gegenüber.«

Lucca verzog das Gesicht. »Das bezweifle ich. Der Legat hat keine Geduld mit überführten Schwerverbrechern.«

»Und mit mir schon gleich gar keine. Wir sind alte Feinde. Todfeinde.«

»Oh. Das wußte ich nicht. Das ist mißlich.«

»Wird Seneca mein Richter sein?«

»Ja. Er ist unser Legat. Auf Feldzügen ist er wie Gott. Du wirst das wissen.«

»Er könnte sich weigern, mein Beweismaterial in Augenschein zu nehmen.«

Lucca nickte bedächtig. »Das könnte er, und er hätte das Recht dazu. Du bist schon verurteilt.«

»Wo ist der Legat einquartiert?«

»Offiziell? In Lindum, ungefähr dreißig Meilen von hier. Doch heute ist er ganz in der Nähe, in einem befestigten Lager, ungefähr sechs Meilen entfernt. Er hat wichtige Gäste bei sich – eine Abordnung von Senatoren des kaiserlichen Hofs, die sich ein Bild vom Fortschritt unseres Feldzugs machen sollen. Morgen kehren sie nach Lindum zurück.«

Britannicus zog die Augenbraue hoch. »Senatoren? Weißt du, welche?«

»Der wichtigste ist Flavinius Tesca. An die Namen der anderen kann ich mich nicht erinnern.«

»Flavinius Tesca! Ich kenne ihn aus besseren Zeiten. Er ist ein aufrichtiger und ehrenhafter Mann.« Britannicus holte tief Luft, stellte sich auf die Zehenspitzen und wippte auf die Fersen zurück. »Tribun Lucca, wenn du mir garantieren kannst, daß du meine Männer und mich zum Legaten Seneca bringst, solange noch Flavinius Tesca bei ihm ist, dann ergebe ich mich dir und verlasse mich darauf, daß Tesca dafür sorgt, daß uns Gerechtigkeit widerfährt.«

»Ich kann nichts garantieren, Tribun.« Lucca runzelte die Stirn, doch wir alle konnten aus seiner Stimme die Ehrerbietung Britannicus gegenüber heraushören. »Es ist meine Pflicht, dich und deine Männer in Gewahrsam zu nehmen. Wenn das schnell und reibungslos vonstatten geht, dann übergebe ich euch heute noch dem Legaten Seneca. Doch ich warne dich, der Senator Flavinius Tesca hat, was Disziplin und Militärrecht angeht, keine Autorität über den Legaten Seneca.«

»Dessen bin ich mir bewußt, Tribun.« Die Entschlossenheit in der Stimme meines Kommandanten zeigte mir, daß er seine Entscheidung getroffen hatte. »Doch Flavinius Tesca ist ein kaiserlicher Senator und als solcher ein direkter Vertreter des Kaisers selbst, und außerdem ist er in dessen Angelegenheit hier in Britannien. Wenn du mir vorher noch einen Augenblick gewährst, damit ich ein paar Worte an meine Männer richten kann, die keine Ahnung haben, daß sie angeklagt, geschweige denn verurteilt sind, dann ergeben wir uns. Es entbehrt nicht einer gewissen Ironie, daß meine Soldaten damit rechnen, gefeiert und belohnt zu werden, weil sie für ihren Stolz als Römer gekämpft und ihn auch bewahrt haben, findest du nicht? Ich frage mich, wie kampfesfreudig sie im letzten Jahr gewesen wären, wenn sie geahnt hätten, daß sie bei ihrer Heimkehr das Kriegsgericht und der Tod erwarten würden.«

»Also gut.« Lucca schien ein wenig die Fassung verloren zu haben. »Sprich zu ihnen. Währenddessen kümmere ich mich um Pferde für dich und deine Offiziere.«

»Vielen Dank, Tribun.« Britannicus sah mich an, und wir wandten uns zum Gehen, doch Lucca rief Britannicus hinterher. In seinen Augen sahen wir den Wunsch, uns zu glauben.

»Du meinst wirklich, daß du deine Unschuld beweisen kannst?«

»Das sagte ich ja.«

»Du mußt wissen, daß es mir unmöglich erscheint.«

Ich war der gleichen Meinung wie Lucca. Zu diesem Zeitpunkt war ich davon überzeugt, daß Britannicus unseren Leuten, wenn wir wieder bei ihnen waren, Bericht erstatten und dann versuchen würde, mit ihnen den Weg aus dem Tal freizukämpfen. Doch wohin? Darüber war ich noch zu keinem Ergebnis gekommen. Daher wartete ich ebenso gespannt wie Lucca auf Britannicus' Antwort.

Dieser konnte mir vom Gesicht ablesen, daß ich mir keinen Reim auf all das machen konnte. Er lächelte und wandte sich dann wieder Lucca zu.

»Unmöglich? Das wäre es, wenn ich an dem Tag, an dem der Wall fiel, nicht beschlossen hätte, einen täglichen Bericht über unseren Feldzug verfassen zu lassen. Ich besitze also schriftliche Unterlagen, getreulich zusammengetragen von unserem Schreiber und jeden Tag von mir mit dem Datum versehen und unterschrieben. Ein Protokoll über fast fünfhundert Tage. Ich begann es aus einer Laune heraus, führte es dann aus Gewohnheit und Disziplin weiter, und nun hat es den Anschein, daß es der Wille der Götter war, damit ich gegen diese Beschuldigungen gewappnet sei.«

Lucca hatte die Augen vor Überraschung weit aufgerissen, und nun schüttelte er erstaunt den Kopf. »Wenn das stimmt, wäre das für mich der Beweis!« meinte er.

»Mein Freund«, erklärte Britannicus sanft, »es wird für Flavinius Tesca der Beweis sein, ganz gleich, was der Legat Seneca dazu sagt.«

Als Lucca den Namen seines Vorgesetzten hörte, nahm er Haltung an und salutierte zackig, was wir erwiderten. »Tribun«, sagte er, und in seiner Stimme schwang Kraft und Entschlossenheit, »fürs erste könnt ihr eure Waffen behalten. Meine Kohorten werden euch begleiten, nicht bewachen.«

»Willst du das wirklich tun, Tribun Lucca?« fragte Britannicus leise. »Seneca wird es dir nicht danken, daß du versäumt hast, überführte Kriegsverbrecher zu entwaffnen.«

»Nun, Tribun, vermutlich wird mich der Legat deswegen einen Kopf kürzer machen, jedenfalls wenn dein Beweismaterial nicht ausreicht.« Lucca lächelte. »Das ist mein Tribut, mein ganz persönlicher, an Julian. Ich glaube dir, und ich glaube an ihn. Außerdem« – jetzt grinste er seinem Begleiter, dem jungen Barates Placidus, zu – »ist es vielleicht die einzige Möglichkeit, euch in Gewahrsam zu nehmen. Deine Männer sind kampferprobte Veteranen, während meine lediglich blutjunge Rekruten sind. Ist es nicht so, Barates Placidus?«

Der junge Mann blinzelte. »Ja, Tribun.«

»So sei es denn«, murmelte Britannicus. »Wir werden es dir nicht vergessen, Tertius Lucca.«

Wir kehrten zu unseren Männern zurück, und Britannicus informierte sie über die soeben stattgefundene Unterredung. Mit grimmigen Gesichtern hörten sie zu, als er die Situation umriß und die Bedeutung der Tagesberichte unterstrich, die Luscar, unser Schreiber, bei sich trug. Zuletzt beruhigte er sie und brachte sie trotz der ernsten Lage sogar noch zum Lachen.

»Ich habe euch sicher hierhergebracht«, sagte er zu ihnen, »und ich habe nicht vor, euch nun im Stich zu lassen. In der Zeit seit Beginn unserer Odyssee habe ich mich mit jedem einzelnen von euch mehrmals ausführlich unterhalten. Ihr wißt, daß ihr mir alle wichtig seid. Vertraut mir jetzt. Doch achtet um Himmels willen während der nächsten Stunden auf Luscar. Er wird sich als Held des Tages herausstellen, doch wenn wir ihn verlieren, dann sind wir alle verloren!«

Fast zwei Stunden später erreichten wir das Lager. Lucca hatte unsere Ankunft ankündigen lassen, so daß wir erwartet wurden. Auf Britannicus' Befehl hin trugen unsere Soldaten feierliche und ernste Mienen zur Schau. Schweigend wurden die Tore geöffnet, und dahinter hatten unzählige Glieder von Legionären Stellung bezogen. Es gab kein Zeichen und keinen Laut der Begrüßung, als wir durch die Tore marschierten, und ich spürte, wie sich meine Eingeweide vor Furcht und Entsetzen zusammenkrampften.

Die ganze Garnison war angetreten und kampfbereit. Sie bildete ein auf einer Seite offenes Rechteck, in das wir nun hineinmarschierten. Vor uns am anderen Ende stand, umgeben von seinen Stabsoffizieren, ein prächtig uniformierter Legat. Britannicus ritt geradewegs auf diese Gruppe zu, zügelte sein Pferd und hob die rechte Hand. Wir hielten und standen stramm. In dem Rechteck herrschte absolute Stille. Ich bemerkte die Zivilisten im Hintergrund, drei große Männer und einen kleineren, die alle erstaunlich sauber und farbenfroh gekleidet waren.

Der Legat, eine Person in Silber, Purpur und Schwarz, sprach mit hoher, wiehernder Stimme, die nur so triefte vor Abneigung und einem gewissen Triumph.

»Der Gefangene steige ab!«

Der Gefangene? Ich spürte, wie die Anspannung der Männer hinter mir zunahm. Sogar ich bekam bei dem schrecklichen Wort eine Gänsehaut, obwohl ich es erwartet und mir in Gedanken schon vorgesagt hatte. Ich drehte mich halb um und donnerte über die Schulter: »Stillgestanden!« Auf den wenigen Gesichtern, die ich bei dem kurzen Blick auf meine Männer sah, lag ein Ausdruck der Verwirrung und Fassungslosigkeit.

»Stillgestanden, verdammt noch mal!« brüllte ich noch einmal.

Britannicus machte keine Anstalten, vom Pferd zu steigen, sondern blieb bewegungslos und schweigend sitzen.

»Steig ab, sagte ich, sonst bedeutet es deinen Tod!« Als der Legat den Arm hob, schwärmten reihenweise Bogenschützen über die Stufen und Plattformen der Lagerbrüstungen, zogen Pfeile auf und zielten auf uns. Britannicus ließ mit ausdruckslosem Gesicht den Blick über die Ansammlung der uns einschließenden Soldaten gleiten. Schließlich sah er wieder zu Seneca hinüber, der seinem Bruder, meinem früheren Legaten in Afrika, ausgesprochen ähnlich sah.

»Da ich keine Verbrecher sehe, muß ich wohl annehmen, daß du mich meinst, Legat Seneca?«

Seneca war sein Triumph deutlich anzumerken. »Ich sehe jede Menge Verbrecher, Britannicus. Dich und deinen Haufen.«

Ich wandte mich rasch meinen Männern zu, um die Disziplin wiederherzustellen, doch das war nicht nötig. Sie waren weiß im Gesicht, jedenfalls die meisten, und strengten sich an, über die Köpfe der vor ihnen stehenden Kameraden zu sehen, doch ihre Augen waren auf Britannicus gerichtet, der sich jetzt wieder mit schneidender Stimme vernehmen ließ.

»Das solltest du wohl erklären, Seneca!«

»Das ist nicht nötig. Du und dein Haufen seid vor einem Jahr als Deserteure überführt worden. Niemand hat erwartet, daß ihr angekrochen kommen und um Gnade flehen würdet, doch überrascht mich das bei deinem Charakter eigentlich nicht allzusehr.«

Ich konnte sehen, daß Britannicus äußerst angespannt war, doch seine Stimme blieb ruhig.

»Wer war für meine Verurteilung verantwortlich? Und was ist mir angelastet worden?«

»Was dir angelastet worden ist?« spottete Seneca nun unverhohlen. »Was dir angelastet worden ist? Ist der Verlust einer Provinz nicht schon ausreichend? Deine Unfähigkeit und die anderer deinesgleichen hat zum Verlust fast des ganzen Landes an barbarische Eindringlinge geführt, und als Eingeständnis deiner Schuld hast du dich der Rechtsprechung des Kaiserreichs entzogen und in den Bergen versteckt. Nun bist du ausgehungert und kommst in der Hoffnung auf Milde zurückgekrochen. Genug jetzt! Befiehl deinem Haufen, die Waffen niederzulegen und sich zu ergeben. Sonst befehle ich meinen Männern, euch allen den Garaus zu machen.«

Britannicus hob die Stimme. »Flavinius Tesca! Würdest du bitte vortreten? Und auch die anderen Senatoren?« Überall kam nervöse Unruhe auf, als sich die vier Zivilisten hinter den in Reih und Glied stehenden Soldaten anschickten, nach vorn zu kommen. Britannicus' Appell kam für Seneca offenbar überraschend und gefiel ihm gar nicht.

»Dafür besteht kein Grund!« schnauzte er. »Die Senatoren haben hier im Feld keine Machtbefugnis.«

Ungeachtet seiner Worte kamen die Zivilisten näher. Als sie vorn waren, blieben sie stehen, und der größte der vier nickte Britannicus mit unverbindlichem Gesicht zu. Britannicus wandte sich an ihn.

»Tesca, du kennst die Situation zwischen meinem Haus und dem Senecas. Soll ich mit all meinen Männern gefangengenommen und getötet werden? Dafür, daß ich dem Kaiser gedient habe und in die Zivilisation zurückgekehrt bin? Sollen wir alle abgeurteilt werden? Von einem Seneca? Vor kaiserlichen Senatoren?«

Tesca war anzusehen, daß er sich unbehaglich fühlte. »Die Verurteilung erfolgte nicht durch die Senecae, Gaius Britannicus. Er hat recht. Ihr seid *in absentia* der Desertion überführt worden.«

»Warum? Auf wessen Befehl hin?« Zum erstenmal erlaubte sich Gaius Britannicus, Ärger anklingen zu lassen. Tesca zuckte mit den Schultern. Britannicus sprach mit lauter Stimme weiter, so daß ihn alle im Lager hören konnten.

»Flavinius Tesca, ich appelliere an dich als ein Römer von Senatsrang an einen anderen. Marschieren Deserteure völlig diszipliniert in bewaffnete Lager und ergeben sich so widerspruchslos, wie wir es getan haben? Ich würde gern einen meiner Männer vorrufen. Ist mir das gestattet?«

»Nein! Das ist dir nicht gestattet!« ließ sich Seneca wutentbrannt vernehmen.

Britannicus schenkte ihm keine Beachtung. »Senator Tesca? Ich appelliere an dich.«

Tesca nickte.

»Luscar! Tritt vor!«

Curullus Luscar, der oberste und einzig überlebende Schreiber unserer Kohorte, trat vor und stand stramm.

»Hole deine Berichte heraus, Luscar, und reiche sie dem Senator!«

Während Luscar dem Befehl nachkam, war mein Blick auf Seneca gerichtet, in dessen Gesicht sich Argwohn und Verwirrung spiegelten. Luscars Tornister war überdimensional, enthielt jedoch nur wenig Militärisches. Zwischen den steifen, dicken Lederwänden befanden sich ausschließlich eng gerollte Papyri, auf denen er während unseres Umherirrens jegliche Vorfälle peinlich genau aufgezeichnet hatte. Selbst die Rückseiten der Dokumente waren voll von seinen winzigen Kritzeleien. Britannicus deutete mit dem Kinn auf die am Boden aufgehäuften Papyrusrollen.

»Ich habe Luscar alles aufzeichnen lassen, was sich nach dem Angriff auf den Wall im letzten Jahr ereignet hat. Wenn ihm das Material ausging, schrieb er auf die Rückseiten seiner alten Berichte. Er ist seiner Natur und Ausbildung nach Schreiber, und ich sehe jetzt, daß die Götter selbst schützend die Hand über ihn gehalten haben, um ihn am Leben zu erhalten. Hiermit verlange ich, daß diese Unterlagen geprüft werden. Sie werden die Treue meiner Männer unter Beweis stellen. Ihre Treue gegenüber Rom, die uns nach mehr als einem Jahr Mühsal sicher hierhergebracht hat.«

Er blickte Tesca trotzig an, der sich unbehaglich räusperte und dann eine der eng gewickelten Rollen aufhob. Niemand sonst rührte sich. Nach ein paar Augenblicken hob Tesca den Kopf, räusperte sich erneut und wandte sich dann zum erstenmal an Seneca.

»Legat Seneca, das Dokument, das ich hier habe, scheint zu zeigen, daß möglicherweise ein Unrecht geschehen ist.« Er hob die Hand, um eine Unterbrechung im Keim zu ersticken. »Ich sage nur ›möglicherweise‹. Dies hier ist ein Stück aus einem militärischen Tagesbericht, mit dem Datum von vor acht Monaten und vom Tribun Britannicus als Befehlshaber der Kohorte unterschrieben.«

Seneca platzte mit vor Zorn gerötetem Gesicht heraus: »Es ist ein Trick, verdammt noch mal, Tesca! Siehst du das denn nicht?«

Tescas Gesicht versteinerte. »Nein, Legat, das sehe ich nicht! Was ich sehe, scheint mir militärisch korrekt, wenn auch höchst ungewöhnlich zu sein. Ich möchte eine dringende Empfehlung aussprechen, und zwar, daß sich der Tribun Britannicus mit seinen Männern ergibt und unter Bewachung gestellt wird, bis ich mit meinen drei Begleitern und vier von deinen Offizieren die Zeit gefunden habe, diesen – Bericht – sorgfältig zu prüfen.«

»Sollen wir schon wie Verbrecher behandelt werden?«

Tesca wich Britannicus' Blick nicht aus. »Nach den Gesetzen des Kaiserreichs *seid* ihr Verbrecher. Ich gebe allerdings zu, daß diese –« er deutete auf die Rolle in seiner Hand »– diese Unterlagen, wie du sie nennst, in mir gewisse Zweifel aufkommen lassen. Daher sollst du, wenn du mit einfachem Arrest einverstanden bist, bequem, allerdings unter Bewachung, einquartiert werden, bis wir eine Entscheidung – allerdings nur auf dieser Ebene – treffen können, ob du der Anklage für schuldig befunden wirst.«

»Und was dann?« Britannicus sprach wieder leiser. »Du sagtest ›auf dieser Ebene‹.«

»Wenn wir davon überzeugt sind, daß ihr euch nicht des Verbrechens der Desertion schuldig gemacht habt, werdet ihr zum Hauptquartier in Lindum colonia gebracht und dem dortigen Militärgouverneur zur formellen Entlastung gegenübergestellt.«

»Alle vierhundert?«

Tesca runzelte die Stirn. »Natürlich nicht. Du, deine Offiziere und dein Schreiber.«

Britannicus seufzte tief und drehte sich zu den Bogenschützen auf den Brüstungen um.

»Seneca«, sann er, »wenn sich deine Bogenschützen nicht bald rühren dürfen, werden sie noch die ganze nächste Woche Krämpfe haben.«

Mit vor Wut und Enttäuschung gerötetem Gesicht hob Seneca den Arm. Ich spürte ein Prickeln auf der Kopfhaut, doch er nahm ihn langsam wieder herunter, und die bedrohlichen Pfeile wurden gesenkt. Ich hörte die Männer hinter mir erleichtert aufatmen.

»So ist es viel zivilisierter.« Britannicus' Stimme klang fast, als lächelte er. »Flavinius Tesca, ich danke dir für deinen kühlen Kopf. Zenturio Varrus, sag den Männern, sie sollen die Waffen niederlegen und sich versammeln ... wohin sollen sie gehen, Legat, wenn wir einmal vom Naheliegenden absehen?«

»Verdammt sollt ihr alle sein, Britannicus! Sie bleiben da, wo sie sind, in strammer Haltung!«

Ich rührte mich nicht. Es war noch nicht vorbei! Britannicus' Stimme wurde wieder leiser, nur für ein Paar Ohren bestimmt. »Seneca, meine Männer sind zäh, deine sind dagegen Säuglinge. Ich erlaube nicht, daß meine Leute in der Sonne stehen, nur weil du deine Wut an ihnen auslassen willst. Ich gebe ihnen den Befehl, vor dem Tor anzutreten, und du kannst um sie herum Wachen aufstellen. Doch bei allen Göttern, wenn dich dein kleinlicher Zorn über mich dazu verleitet, sie zu drangsalieren, dann lasse ich sie los, und nur wenige deiner und meiner Leute werden den morgigen Tag erleben.«

Seneca blieb fast die Luft weg. »Du drohst mir? Du

wagst es, mir zu drohen, du Dreckskerl?« zischte er gehässig.

Britannicus drehte sich zu mir um. »Tu, was ich sage. Laß die Männer vor dem Tor antreten. Geh mit ihnen und laß keine Disziplinlosigkeit zu.« Er schwang ein Bein über sein Pferd und glitt zu Boden. Meine Blicke wanderten noch einmal zwischen ihm und den anderen hin und her, und dann traten zwei Soldaten vor und nahmen ihn in die Mitte. Ich wandte mich um, um seinen Befehl auszuführen.

Die Männer verbrachten die Nacht und den größten Teil des nächsten Tages unter Bewachung in einer provisorischen Pferdekoppel vor dem Lager. Nominell waren sie Gefangene, doch zum erstenmal seit Monaten wurden sie gut behandelt und mit Essen versorgt.

Ich war die Nacht über, ebenfalls bewacht, im Lager. Zum Waschen erhielt ich warmes Wasser, außerdem anständige Kleidung, so daß ich mich wieder wie ein Mensch fühlte.

Am späten Vormittag des nächsten Tages wurde ich von Wachen zu einer Versammlung im riesigen, von einem Wall umgebenen Zelt des Legaten geführt. Flavinius Tesca, die anderen drei Zivilisten und vier Offiziere hatten fast die ganze Nacht damit verbracht, Luscars Tagesberichte zu lesen, und sie waren jetzt der ehrlichen Überzeugung, daß wir uns keines Verbrechens schuldig gemacht hatten. In ihren Augen waren wir schon von allen Missetaten losgesprochen, und sie verlangten übereinstimmend die sofortige Freilassung unserer Soldaten. Einer der ranghöheren Zenturionen von Senecas Wache wurde losgeschickt, um sich darum zu kümmern, und Tesca ließ Wein bringen, um unsere Rettung zu feiern.

Wutentbrannt stolzierte der Legat Seneca aus seinem Zelt.

Am späten Nachmittag teilte dann Senecas Quartiermeister neue Uniformen und Militärausrüstung an unsere Soldaten aus, die unter provisorisch eingesetzten Offizieren als Einheit zusammenbleiben sollten, und Britannicus machte sich mit seinen Offizieren einschließlich mir auf den Weg in den Süden zu einer Audienz mit dem Militärgouverneur. In unserer Begleitung waren eine Schwadron von Senecas Reiterheer als Eskorte sowie die vier Senatoren, deren Anwesenheit im Gefolge des Legaten ein so glücklicher Umstand für uns gewesen war.

V

Theodosius, der neue Militärgouverneur, entpuppte sich als hochtrabender, aufgeblasener Nervtöter mit dem Charme einer gereizten Viper. Er besaß jedoch auch die Kraft und Unverwüstlichkeit dieser Schlangen, und vor allem war er erfolgreich.

Er hatte etwas von einem Schauspieler an sich – wäre er nicht Soldat und Politiker gewesen, hätte er als *lanista* reich werden können, indem er für die staunende Bevölkerung öffentliche Spektakel ersonnen und dargeboten hätte. Das wurde mir klar, als Britannicus und ich in seinem Hauptquartier in Lindum in sein Audienzgemach geführt wurden. Wir mußten auf ihn warten. Unsere Eskorte, ein Tribun und zwei Soldaten, stand hinter uns stramm, und zwei weitere Wachen vor uns, beidseitig eines polierten, in der Mitte des Raums stehenden Holztisches. Hinter dem Tisch stand eine *cathedra*, ein Lehnstuhl mit hohem Rücken, und diesem gegenüber waren nebeneinander vier *sellae*, traditionelle Stühle ohne Rückenlehne, aufgestellt. Wir machten keine Anstalten, uns zu setzen.

Auf dem Tisch lag Theodosius' Schwert, dessen blanke Klinge in dem gleißenden Licht des Spätnachmittags zu glühen schien.

Diese Waffe war berühmt – und das zu Recht – wegen ihrer scharfen, silberglänzenden und mit komplizierten Schnörkeln verzierten Klinge. Wenn Theodosius sie nicht trug, stellte er sie stets ohne Scheide ostentativ zur Schau, damit sie Männer von geringerem Rang bewundern konnten. Mir stockte der Atem, als ich das Schwert sah und erkannte, wie prächtig es war, und es fiel mir schwer, kein Wort darüber zu verlieren. Doch ich wagte nicht zu sprechen. *De facto* waren wir noch Verbrecher, solange verurteilt, bis Theodosius in aller Form die Ächtung unserer Namen widerrief. Bis dahin war es uns auch verboten, ohne Erlaubnis zu sprechen.

Es dauerte nicht lange, dann betrat Theodosius das große Gemach. Er hörte sich unseren Fall an, den ihm der Tribun in unserer Begleitung darlegte, und prüfte kurz unseren schriftlichen Bericht. Er nickte und erklärte uns dann, daß er unseren Fall gründlich mit Senator Tesca besprochen habe und von unserer Unschuld überzeugt sei. Er beglückwünschte Britannicus sogar zu seiner Voraussicht und Führung, seinem guten Beispiel und seiner Ausdauer und ordnete an, jedes Zeugnis der gegen uns erhobenen Klage zu vernichten.

Von dem Mann fühlte ich mich fast so hingerissen wie von seinem Schwert. Ich war mir zwar seiner Schwächen bewußt, aber dennoch gebannt von der Aura der Macht um ihn. Er war gegen Ende des Jahres 368 in Britannien mit einem Konsularheer von vier Legionen – alles in allem zwischen fünfzig- und sechzigtausend Mann – an Land gegangen und hatte innerhalb weniger Wochen aus einem unbeschreiblichen Chaos heraus die *Pax Romana* wiederhergestellt. Mir war klar, daß nicht viele Männer dieses militärische Kunststück fertiggebracht hätten.

Kurz nach unserer Rückkehr und Freisprechung traf ich Theodosius persönlich, als dieser Britannicus – einen der wenigen überlebenden ranghöheren Offiziere im Land, der nicht in Ungnade gefallen war – herbeizitierte, um an einer Besprechung vor einem größeren Feldzug teilzunehmen. Er war kein besonders angenehmer Mensch, jedoch ein hervorragender Soldat und Verwalter, und seine Heere waren einmalig. Es kann wohl nicht jeder perfekt sein; zehn Jahre später sollte er selbst auf dem Kaiserthron sitzen.

Als Militärgouverneur führte Theodosius ein paar entscheidende Neuerungen bei der allgemeinen Befestigung der Provinz durch. Er baute mehrere schwerbeschädigte Festungen wieder auf und verstärkte sie gleichzeitig, und an den Verteidigungsanlagen vieler Städte ließ er bedeutende Verbesserungen vornehmen – ein größeres Unterfangen, das er in bemerkenswert kurzer Zeit zum Abschluß brachte. Sein wichtigster und unmittelbarster Beitrag zum Wohlergehen der Provinz war jedoch eine umfassende Instandsetzung des Hadrianswalls selbst, einschließlich der erneuten Garnisonierung der Kastelle und Meilenfestungen auf seiner ganzen Länge.

Das waren drastische Veränderungen, die eine ausgeklügelte Neuverteilung der Streitkräfte unter seinem Kommando mit sich brachten. Die Überbleibsel unserer alten Kohorte wurden aufgespalten und auf die neuen beziehungsweise neuformierten Legionen verteilt, und Gaius Cornelius Britannicus wurde zum Legaten und Befehlshaber einer von ihnen befördert. Er machte von seinem Vorrecht Gebrauch und ernannte mich zu seinem *primus pilus*, seinem obersten Zenturio und Stellvertreter für alle täglichen Belange innerhalb der Legion. Doch nach der Invasion war nichts mehr wie früher. Britannicus hatte zwar einen glänzenden Ruf, doch seinen neuen Soldaten fehlte das Zeug zu Großem, und wir hatten nicht die Zeit, sie vor dem Einsatz auszubilden. Und als dann Theodosius' Feldzug schon fast zu Ende war, als wir den Feind schon wirklich und wahrhaftig in die Flucht in Richtung Norden geschlagen hatten, auf den Wall zu, liefen wir in diese Falle in den Bergen und erlangten so eine lange, wenn auch unwillkommene Kriegspause.

Mitros, Britannicus' und deshalb jetzt auch Varrus' Leibarzt, begann seine täglichen Verrichtungen zur Verlängerung meines Lebens, indem er mein Elend vergrößerte. Britannicus schlief noch, und nachdem Mitros ihm einen kurzen Blick gegönnt hatte, beachtete er ihn – und mich – nicht mehr und widmete sich seinen Aufgaben. Ich beobachtete ihn, während langsam Angst in mir aufstieg. Die Prozedur, die er vorbereitete, kannte ich schon sehr gut, doch ich wußte, daß ich mich trotz ihrer so wunderbaren Heilkraft niemals an die damit verbundenen Schmerzen gewöhnen würde.

Mitros goß weißes Pulver aus einem Fläschchen in einen Topf auf dem kleinen Kohlenbecken, in dem es bereits brodelte. Gleich darauf zog er den Behälter wieder vom Feuer und goß den Inhalt zum Abkühlen in eine flache Schüssel. Auf dem großen Kohlenbecken stand ein größeres Gefäß, das eine graue, zähe Flüssigkeit enthielt, die kräftig siedete und wie Schlamm aussah. Ich wußte, daß beide Mixturen Stoffe enthielten, die meine Sinne gegen den Schmerz betäuben sollten, den Mitros mir nun bald zufügen würde. Als erstes trank ich die abgekühlte Mischung in der flachen Schüssel. Obwohl sie stark mit frisch gehackter Minze gewürzt war, schmeckte sie schal. Doch sie hatte magische Wirkung. Mitros hatte mir erzählt, sie würde aus einem Stoff im Saft des Mohns gewonnen, der tief im Osten, jenseits von Byzanz, wuchs. Je konzentrierter sie war, um so mehr tötete sie den Schmerz ab. Mitros machte die Mixtur von Tag zu Tag stärker, und so nahm ich den Schmerz von Tag zu Tag weniger wahr.

Wenn mich das Mittel genügend betäubt hatte, nahm mir Mitros meine Verbände ab und reinigte die Wunden, die bis in mein Innerstes zu reichen schienen. Er verwendete dazu warmes Wasser und zusammenziehende Lösungen, was ich ohne den Trank nie und nimmer ausgehalten hätte. Wenn er damit fertig war, verband er die Wunden wieder, wobei er auf die inneren Verbände einen fast unerträglich heißen Umschlag des übelriechenden, lehmartigen Breis aus dem größeren Gefäß packte. Auch dieser Wickel enthielt einen Schmerzstiller, der auf seine Art sogar noch stärker als der andere war, so daß mein Bein, wenn die Wirkung des Tranks nachgelassen hatte, durch die Magie des Umschlags völlig taub war und ich wieder bis zum nächsten Tag schlafen konnte.

Mitros prüfte den Inhalt der Schüssel mit dem Knöchel seines kleinen Fingers. Offenbar war er noch zu heiß zum Trinken. Nervös schluckte ich, schniefte und blickte zu Britannicus hinüber. Dieser schlief flach auf dem Rücken, seine hakenförmige Adlernase zum Zeltdach gerichtet. Wieder kam mir in den Sinn, daß er bei unserer ersten Begegnung gesagt hatte, er müsse sich überlegen, was er mit mir tun solle, und ich mußte grinsen. In den Jahren seit jener Nacht war ich für Gaius Britannicus sicher die geringste Sorge gewesen. Ich mußte noch mehr grinsen, als ich mich fragte, was er wohl ohne mich getan hätte.

»So, das trinken wir jetzt, und dann werden wir wieder gesund.« Mitros stand mit der Schüssel in der linken Hand neben mir und schob mir die rechte Hand als Stütze unter den Kopf.

»Tun wir das, mein Gott? Nun, Mitros, wenn wir das gemeinsam tun, habe ich eine Idee. Warum trinkst du nicht heute das Zeug, und ich sehe zu, so wie du sonst? Auf diese Art würden wir den Schmerz und das Vergnügen teilen.«

»Das finde ich gar nicht witzig! Komm!«

Ich gehorchte ihm jetzt ruhig und widerspruchslos, da ich keine andere Wahl hatte. Das Gebräu schmeckte schrecklich. Noch heute, Jahrzehnte später, kann ich mich an die saure Bitterkeit erinnern.

Als die Schale leer war, legte Mitros meinen Kopf auf das Kissen zurück und wischte mir mit einem feuchten Tuch über die Stirn. »Nun, das war's. Jetzt wirst du bald schlafen.« Bald, aber nicht sofort. Der Schlaf stellte sich nach diesem Trank sehr langsam und manchmal auch gar nicht ein. Dann blieb das Bewußtsein in einer Art Traumzustand erhalten, funktionierte zwar noch, doch waren weltliche Probleme wie Schmerz und Unbehagen völlig verschwunden.

Mitros kehrte zu seinem Kohlenbecken zurück und nahm nun den anderen, größeren Topf vom Feuer. Er trug ihn zu dem stabilen Tisch am Fuß meines Betts und stellte ihn dort ab. Dann ging er zum Zelteingang und winkte zwei Soldaten herbei, um die Kohlenbecken zu entfernen. Ich beobachtete es benommen, bis ich merkte, daß alle gegangen waren und ich mit Britannicus allein war.

Schon kurz nach unserem schicksalhaften Zusammentreffen in der Wüste Afrikas hatten Britannicus und ich entdeckt, daß wir beide aus Camulodunum, der ältesten römischen Siedlung in Britannien, stammten. Doch bereits in seiner frühen Kindheit war seine Familie in die Gegend südwestlich von Aquae Sulis, auf den jetzigen Gutshof der Familie gezogen. Er hatte aber Camulodunum immer in guter Erinnerung behalten.

Bei einem unserer Gespräche kamen wir darauf, daß sein Vater einen Freund in Camulodunum gehabt hatte, der Schmied und Besitzer einer eigenen Schmiede gewesen war. Dieser Mann hätte auch Varrus geheißen. Britannicus brachte den Namen nicht mit mir persönlich in Verbindung, da kein römischer Bürger in seinen Kreisen mit den Händen arbeitete. Als ich ihm sagte, daß es sich bei diesem Varrus um meinen Großvater gehandelt hatte, bekam er vor Überraschung ganz große Augen und wollte wissen, wie es gekommen wäre, daß Varrus der Ältere sein Leben mit der Arbeit seiner Hände gefristet hatte.

Die Antwort darauf war kurz und einfach, und es war mir nicht unangenehm, ihm die Geschichte meines Großvaters zu erzählen, der eigentlich Varrus der Jüngere, der jüngste Sohn eines kleineren Zweigs der berühmten Familie Varus gewesen war. Im Laufe der Jahrhunderte hatte unser Familienzweig ein extra R im Namen aufgenommen und gleichzeitig fast den ganzen Besitz verloren, der mit den Vari mit einem R verknüpft war. Mein Großvater selbst war von Sklaven aufgezogen worden, was an sich in römischen Haushalten nichts Ungewöhnliches war, bei ihm, dem kleinen Knaben, aber die Begeisterung für die Schmiede erweckt hatte, die zum Haus gehörte. Angezogen von der Atmosphäre aus Rauch, Hitze und dem Klang der Schmiedehämmer, hatte er sich ständig dort aufgehalten. Der Schmied wiederum schloß den kleinen Edelknaben ins Herz und brachte ihm alles über die Schmiedekunst und Metallarbeit bei, was er wußte. Die Liebe zu allem, was damit zusammenhing, sollte den Knaben nie wieder verlassen, und als er schließlich den Heeresdienst quittierte, eröffnete er eine eigene Schmiede.

Anfangs war es ein Steckenpferd gewesen, doch als die Schmiede immer mehr Zeit des jungen Mannes in Anspruch nahm, verdroß das seinen Vater zusehends. Aus kleinen Streitereien entwickelten sich offene Risse, und schließlich verließ der junge Varrus sein Zuhause, um seinen Traum, mit Metall zu arbeiten, zu verwirklichen.

Durch den Verkauf der alten Schmiede besaß er etwas Geld, und so machte er sich auf den Weg nach Britannien, wo er eine neue errichtete und Werkzeuge und Waffen herstellte, um das Besatzungsheer zu beliefern. Als Römer, Aristokrat von Geburt sowie Veteran der Legionen, der noch dazu die besten Schwerter fertigte, gelang es ihm bald, ein blühendes Geschäft aufzubauen.

Er heiratete die Tochter eines wohlhabenden Händlers, die auch aus rein römischem Geschlecht war. Aus der Ehe ging ein Sohn hervor, der wiederum eine Römerin heiratete und mich in die Welt setzte. Mein Vater fiel auf einem Feldzug, und im Jahr darauf starb meine Mutter an einem Fieber. Von da an zogen mich meine Großeltern auf, und nach dem Tod seiner geliebten Frau übernahm mein Großvater diese Aufgabe allein. Er starb während meiner Stationierung in Afrika.

Als ich mit meiner Geschichte fertig war, blieb Britannicus erst, den Blick auf mich gerichtet, eine Weile still liegen, bevor er fragte: »Was wirst du tun, wenn du von hier weggehst, Varrus? Es sieht nicht so aus, als könntest du mit dem dort Soldat bleiben.« Dabei deutete er mit dem Kopf auf mein übel zugerichtetes Bein.

Ich grinste ihn an. »Schmieden, wie mein Großvater. Ich kehre nach Camulodunum zurück, um die alte Schmiede wieder in Betrieb zu nehmen. Sie gehört jetzt mir.«

Seine patrizische Augenbraue schnellte überrascht nach oben. »Schmieden? Ist es nicht ein bißchen spät, noch einmal von vorn zu beginnen? Du bist Soldat, Varrus. Was im Namen aller alten Götter weißt du von der Arbeit eines Schmieds?«

In freudiger Erwartung des Eindrucks, den ich gleich machen würde, schmunzelte ich. »Wahrscheinlich weiß ich mehr darüber als viele sogenannte Schmiede, denen es gutgeht, weil sie heutzutage die Heere versorgen, Legat. Der alte Mann hat mir alles beigebracht, was er wußte. Ich war ein ebenso eifriger und guter Schüler wie er früher. Im Alter von dreizehn Jahren konnte ich schon die ganze Schmiede führen. Und als ich vierzehn war, fertigte ich Schwerter für die Offiziere am Ort.«

»Guter Gott, ich kann es nicht glauben!« Doch er tat es, es war ihm anzuhören. »Du willst mir erzählen, daß du wirklich ein Schmied bist? Ein Eisenarbeiter?«

Ich nickte bedächtig. »ja, Legat. Glaub mir. Ich bin es wirklich.« Ich senkte die Stimme. »Ich kenne sogar das Geheimnis des weißen Eisens.«

Er hob den Kopf vom Kissen und versuchte sich aufzusetzen. »Des *weißen Eisens?* Du meinst jenes magischen Eisens, dessen Geheimnis der Herstellung verlorengegangen ist? Du machst Witze!«

Ich schüttelte den Kopf. »Nein, Legat, möge ich auf der Stelle sterben, wenn ich dir nicht die Wahrheit sage! Für einige von uns ist das Geheimnis nie verlorengegangen – doch für die meisten Menschen muß es erst noch entdeckt werden. Hast du nicht Theodosius' Schwert gesehen?«

»Was ist damit?«

»Warst du von ihm beeindruckt?«

»Natürlich! Du nicht? Es ist prächtig. Wenn ich abergläubisch wäre, würde ich annehmen, daß Vulcanus selbst es gemacht hat. So etwas habe ich noch nie gesehen. Es leuchtet im Dunkeln beinahe. Und diese Muster auf der Klinge! Ich glaube, sie stammen aus Ägypten. Jedenfalls glaubt Theodosius das.«

Ich streckte meinen verspannten Rücken und unterdrückte ein Rülpsen. Als ich sicher war, daß er glaubte, ich hätte nichts mehr zu sagen, erklärte ich beiläufig: »Sie stammen aus Britannien, Legat, nicht aus Ägypten. Es sind keltische Muster aus den Bergen. Und die Klinge stammt nicht von Vulcanus, sondern von Varrus. Mein Großvater fertigte dieses Schwert für meinen Vater, als dieser in die Legionen eintrat. Es war noch nicht ganz fertig, als mein Vater gehen mußte, und daher hob er es auf, um es ihm zu geben, wenn er auf Urlaub nach Hause kommen würde. Doch er kam nie. Er starb in Hispanien.

Ich habe als Knabe mit diesem Schwert gespielt. Dann sahen es eines Tages ein paar römische Offiziere und wollten es meinem Großvater abkaufen. Doch es war unverkäuflich. Eine Woche später wurde in unserer Schmiede eingebrochen, und ich habe das Schwert erst jetzt, als Theodosius' persönliches Eigentum, wiedergesehen.«

»Guter Gott, Varrus! Willst du damit sagen, daß Theodosius …?«

»Nein, Legat, natürlich nicht. Nur Gott weiß, wie es in seine Hände gekommen ist. Es ist wahrscheinlich unbezahlbar. Vielleicht ist es das beste Schwert, das je angefertigt wurde. Viele Männer würden alles für den Besitz einer so einzigartigen Waffe geben.«

Eine Weile lagen wir schweigend da und dachten über das schöne Schwert nach.

»Was macht es so anders, Varrus? Woran liegt es, daß es soviel härter, schärfer und reiner als eins aus gewöhnlichem Eisen ist? Und so strahlend?«

»Ich weiß es nicht, Legat. Ich weiß es wirklich nicht. Ich weiß jedoch, wie es hergestellt wurde. Mein Großvater hat mir den Herstellungsprozeß beigebracht, und wir haben auch ein paar schöne, hellgraue Klingen zustande gebracht, jedoch nie wieder dieses strahlende Leuchten. Er schwor, daß der Himmelsstein den Unterschied machte.«

»Was?«

»Der Himmelsstein – ein vom Himmel gefallener Stein.« Ich mußte über sein Gesicht lächeln. »Doch, es ist wahr. Ein Schäfer, der für einen Freund meines Großvaters arbeitete, hörte eines Nachts einen schrecklichen Lärm in der Luft und danach ein Krachen, das die Erde erschütterte. Er kam vor Angst fast um und lag noch stundenlang wach und zusammengekrümmt unter den Fellen seiner Schlafstatt. Als er am Morgen vorsichtig hinausschaute, sah er ganz in der Nähe seiner Hütte ein großes Loch im Boden. Und tief darin, fast versunken, lag ein Felsbrocken. Der Schäfer versuchte diesen auszugraben, doch er war schwerer, als er es seiner Größe nach erwartet hatte, so daß er ihn kaum von der Stelle bewegen konnte. Als er merkte, daß der Stein sogar noch warm war, erschrak er, ließ ihn liegen und berichtete seinem Herrn davon. Dieser sah ihn sich zwar an, dachte dann aber nicht mehr viel darüber nach.

Eines Nachmittags erwähnte er es so nebenbei meinem Großvater gegenüber, der daraufhin meinen Vater losschickte, um ihm den Felsbrocken zu holen. Dieser war schwer wie Eisen. Aus einem unerfindlichen Grund hob er ihn jahrelang auf. Und dann beschloß er eines Nachts, neugierig geworden durch sein Gewicht, ihn einzuschmelzen. Es erwies sich als sehr schwierig, und er wollte schon aufgeben, als er merkte, daß der Brocken an der Oberfläche glasig geworden war, fast so, als hätte er begonnen, sich zu verflüssigen. Daher setzte er seine Bemühungen fort. Das Einschmelzen gelang ihm erst bei einer viel höheren Temperatur als je zuvor. Er schmiedete dann daraus das Schwert, das jetzt Theodosius gehört, wobei er das Metall aus dem Himmelsstein mit der gleichen Menge Eisen vermischte. Als die Klinge fertig war, polierte er sie mit einem Schleifstein, und auf diese Art entstand der Glanz, den du so bewunderst. Woraus der Himmelsstein auch bestanden haben mochte, es war der Stoff, der das Schwert so glänzend machte.«

Voller Bewunderung meinte Britannicus: »Ja, dieser Glanz! Das ist geradezu unnatürlich! Hat man weitere von diesen sagenhaften Himmelssteinen gefunden? Es erstaunt mich, daß ich noch nie jemanden davon habe reden hören.«

Resigniert schüttelte ich den Kopf. »Das weiß ich nicht. Auch diesen hätte man vielleicht nie gefunden, wenn er nicht gerade an dieser Stelle und in diesem Augenblick heruntergefallen wäre. Wer kann schon sagen, wie viele davon es noch gibt?«

»Hm. Ich verstehe, was du meinst. Aber glaubst du wirklich, daß er vom *Himmel* gefallen ist, Varrus? Das ist unmöglich. Ich meine, ich glaube zwar, daß er heruntergefallen ist, aber er muß von woanders hergekommen sein.«

»Ich weiß, daß es unmöglich erscheint. Meinem Großvater ging es genauso. Doch der Stein war noch warm, als der Mann ihn fand, und er enthielt wirklich etwas, was kein Schmied weit und breit kennt. Mein Großvater kam schließlich zu der Überzeugung, daß er wirklich vom Himmel gefallen war.«

»Erstaunlich! Hast du einmal den Versuch unternommen, weitere dieser Phänomene zu entdecken? Weitere Himmelssteine? Ich meine, woher willst du wissen, ob nicht noch Tausende herumliegen, die man nur noch finden muß?«

»Wo sollen sie denn herumliegen, Kommandant?« Ich grinste ihn an und schüttelte bei dem dummen Gedanken, der mir gerade gekommen war, den Kopf. »Man könnte sein ganzes Leben damit verplempern, herumzulaufen und Steine anzuschauen.«

Er sog die Luft durch die Zähne. »Ja. Wahrscheinlich hast du recht. Doch könntest du, wenn jemand noch einen dieser Steine finden sollte, ein weiteres derartiges Schwert anfertigen?«

Ich dachte darüber nach. »Ja, das könnte ich. Ich weiß, wie er es gemacht hat. Doch, ich bin sicher, daß ich ein weiteres herstellen könnte.«

Daraufhin lag Britannicus still und nachdenklich da. Vielleicht hätte er gern noch etwas gesagt, doch Mitros kam herein, um unsere Verbände zu wechseln, und wir mußten beide den Schlaftrunk nehmen, von dem er glaubte, daß er das Geheimnis der Selbstheilung war. Und dann schliefen wir.

In der Erinnerung erscheinen mir jener Tag und jenes Gespräch als Wendepunkt. In den folgenden Wochen machte unsere Genesung rasche Fortschritte, besonders aber die von Britannicus. Eines Tages konnte er das Zimmer verlassen und draußen herumlaufen; ich lag zu diesem Zeitpunkt noch auf dem Rücken. Dann unterzog er sich einen Monat lang harten körperlichen Übungen, um für seine Rückkehr zum Dienst gerüstet zu sein. Verrückterweise wurde ich im gleichen Maße, wie es ihm besser ging, immer deprimierter. Und dann war er plötzlich nicht mehr da.

Am Morgen seiner Abreise hatte er mich noch besucht, mir Segen für meine Genesung gewünscht und das Versprechen gegeben, meine Schmiede ausfindig zu machen und mich zu besuchen, wenn er einmal in Camulodunum vorbeikäme. Wir schüttelten uns die Hände und gingen als Freunde auseinander.

Inzwischen war ich wieder im normalen Krankenrevier, wo ich von den allgemeinen Sanitätsärzten betreut wurde, und ich tat mir wohl selbst leid. Doch Britannicus' Weggang führte dazu, daß ich meinen Problemen ins Auge blickte. Ich hatte die Wahl, apathisch zu werden und im Bett zu sterben oder aber das Beste aus meinem verkrüppelten Bein zu machen. Ich machte mich daran, meine Behinderung in den Griff zu bekommen, und es gelang mir.

Die meisten Ärzte und Chirurgen, die meine Verletzungen untersucht hatten – und das waren in den Monaten nach meiner Verwundung viele gewesen, vertraten den medizinischen Standpunkt, daß ich nie wieder in der Lage sein würde, aufrecht zu gehen. Ich war entschlossen, sie eines Besseren zu belehren, und war ausgesprochen dankbar, daß es auch andere, gleichermaßen qualifizierte Ärzte gab, die nicht ihrer Meinung waren. Einer der schonungslosesten unter ihnen war Comius Attribatus, ein brillanter Militärarzt römisch-keltischen Bluts, der nach dreißigjährigem Dienst im Sanitätskorps gleichzeitig ein graubärtiger Veteran war. Comius sagte zu mir, daß es, was Wunden angehe, nichts gebe, was er in diesen drei Jahrzehnten nicht gesehen hätte, und er schwor mir, Männern begegnet zu sein, deren Verletzungen weit schlimmer gewesen waren und die ihren Körper ihrem Willen unterworfen und wieder laufen gelernt hatten, obwohl sie aller Vernunft und Logik nach für immer hätten Krüppel bleiben müssen. Ich verschlang seine Worte und konnte von diesen Geschichten nie genug bekommen. Ich glaubte ihm, weil es nichts auf der Welt gab, was ich lieber glauben wollte. Unter seiner strengen Aufsicht machte ich mich daran, die durch den tiefen Schnitt verkümmerten Muskeln zu bewegen und zu fördern.

Es war eine qualvolle, einsame und bedrückende Arbeit, und ich machte nur ganz langsam Fortschritte. Doch dann wurden diese deutlicher, und schließlich glaubten selbst die skeptischsten Beobachter, daß ich es schaffen würde, und unterstützten mich bei meinen Bemühungen. Ich schwitzte mir alles Fett vom Körper, und allmählich, zitternd und bebend bei meinen nicht nachlassenden Anstrengungen, ersetzte ich es durch gesundes Muskelfleisch. Natürlich blieb mein linkes Bein zertrümmert, waren die Muskeln zerrissen und trotz der ausgezeichneten Arbeit der Ärzte nur schlecht wieder aufgebaut; mit diesem Mangel mußte ich mich abfinden. Doch nach sechsmonatigem Üben und Bemühen tat das Bein seinen Dienst. Ich konnte laufen. Es war ein hinkendes, manchmal etwas holpriges Laufen, doch es funktionierte.

Acht Monate nachdem Gaius Britannicus zum Dienst zurückgekehrt war, mitten im tiefen Winter, kam ich zu Hause in Camulodunum an. Auf dem Rücken meines Pferdes sah ich so gut wie früher aus, doch mein Gang ähnelte dem Watscheln einer lahmen Ente.

Zweites Buch

CAMULODUNUM

VI

Die Schmiede meines Großvaters – nun die meinige – war leer, als ich eintraf. Die Türen hatten keine Schlösser und hingen lose und mitgenommen in den Rahmen. Ich sah mich überall um und fand nichts - keine Ambosse, kein Werkzeug, rein gar nichts. Die Esse selbst lag still, und ihr Grill war stark verrostet. An den Wänden hingen morsche, schlecht befestigte und leere Holzregale, die unter einer dicken Staubschicht ermüdet nachzugeben schienen. Die Werkstatt sah aus, als wäre sie seit Jahren nicht benutzt worden, obwohl ich es so verstanden hatte, daß sie einer der Brüder meiner Mutter nach dem Tod meines Großvaters übernommen hatte, um sich bis zu meiner Rückkehr darum zu kümmern. Ich schloß die Türen und machte mich auf den Weg zum Haus meines Großvaters, wo ich die Familie eines Vetters antraf.

Würde ich behaupten, daß sie überrascht waren, mich zu sehen, wäre das eine Untertreibung. Und würde ich behaupten, daß sie *froh* waren, mich zu sehen, wäre das eine glatte Lüge. Sie hatten fest geglaubt, ich wäre, wie mein Onkel und seine Frau, bei der Invasion ums Leben gekommen. Und nun stand ich auf der Türschwelle, lebendig und einigermaßen gesund, und wollte mein Haus in Besitz nehmen, was bedeutete, daß sie enteignet waren. Wenn ich jetzt so daran zurückdenke, dann meine ich, daß ich ihnen vielleicht erlaubt hätte zu bleiben, wenn sie mich nur ein

wenig willkommen geheißen hätten, doch sie waren nicht einmal so höflich, ihre Enttäuschung darüber, daß ich noch lebte, zu verbergen; sie schienen es darauf anzulegen, mich gegen sie aufzubringen. Ich gebe allerdings zu, daß es angesichts der Schmerzen in meinem Bein, der Enttäuschung, die Schmiede verlassen vorzufinden, und meiner langen Reise nicht allzu schwer war, mich in Wut zu versetzen.

Wie dem auch sei, sie zogen aus. Und zwar schnell. Und ich war daheim. Das Haus war sehr schmutzig, doch ich hatte es in guter Erinnerung. Es war einigermaßen geräumig, im Stil römischer Stadthäuser, und ich beschloß, am nächsten Tag ein paar Dienstboten anzuheuern, die es saubermachen und sich dann weiterhin für freie Kost und Logis um das Haus und mich kümmern sollten.

Am nächsten Morgen wurde ich in der Wohnung des örtlichen Verwaltungsbeamten vorstellig und konnte meine Identität und mein Anrecht auf die mir von Großvater Varrus hinterlassenen Besitztümer nachweisen. Vorsichtshalber hatte ich Britannicus in seiner offiziellen Eigenschaft als Kommandant der Legion einen entsprechenden Brief für mich schreiben lassen. Als meine Identität und Person offiziell bestätigt waren, ging ich zu der verlassenen Schmiede zurück, die nun von drei Gassenkindern besetzt war, welche im Dunkeln spielten. Bei meinem Kommen nahmen sie Reißaus, wobei sie über die Schulter auf diese hinkende Mißgestalt starrten.

Einsam und verlassen, wie sie war, bildete ich mir ein, daß an den Mauern der Schmiede noch immer Spuren der Gerüche hafteten, die sie mir als kleinem Knaben zu einem magischen Ort gemacht hatten. Da war noch dieser rußige, rauchige Geruch in den Steinen, und ich trat ganz dicht an die hintere Wand und atmete tief ein, wobei mir Szenen

und Bilder meiner weit zurückliegenden Kindheit durch den Kopf zogen. Der allerhinterste Teil der Schmiede war mit schweren, steinernen Bodenplatten gefliest. Eine davon war eine Tür, und darunter war ein Raum aus dem Erdreich gegraben worden. An ebendiesem Ort, von dem meines Wissens nur mein Großvater und ich Kenntnis hatten, waren die Schätze gelagert, die er mir vermachen wollte. Im tiefsten Herzen befürchtete ich, daß der geheime Raum entdeckt worden war, als die Werkstatt verlassen dalag.

Langsam ging ich zur Feuerstelle der Schmiede hinüber. Dort lagen nur noch ein paar Schlacken, Überreste der letzten Glut eines Feuers, das einstmals einen Himmelsstein geschmolzen hatte.

»Wer ist da?«

Die Stimme kam vom Eingang. Ich drehte mich um und erblickte gegen das helle Licht die Silhouette eines großen Mannes. Obwohl ich seine Gesichtszüge nicht sehen konnte, erkannte ich ihn, und es wurde mir ganz leicht ums Herz.

»Ich habe gefragt, wer da ist! Wer bist du?«

Ich stellte eine Gegenfrage: »Wem gehört diese Schmiede?«

»Was geht dich das an?« Er trat einen Schritt in die Werkstatt.

»Ich bin nur neugierig. Wem gehört diese Schmiede? Oder gehörte sie? Steht sie zum Verkauf?«

»Nein. Sie gehört der Familie Quintus Varrus.«

»Und wo ist die Familie Quintus Varrus?«

Jetzt konnte ich ihn sehen. Mein Großvater hatte ihn immer Equus genannt, weil er so stark wie ein Pferd war. In meiner Kindheit war er mir ein guter Freund gewesen.

»Wer will das wissen?«

»Ich offenbar.«

»Und wer im Hades bist du?« Er wurde langsam ärgerlich.

»Ich heiße Publius. Publius Varrus. Hallo, Equus!«

»Publius!« Mit einem Satz war er bei mir und hob mich hoch ins Licht, um mein Gesicht zu sehen und sich zu vergewissern, daß ich es wirklich war.

»Publius, bei Minerva, du bist es wirklich! Woher kommst du? Seit wann bist du hier?«

Ich mußte über seine Freude lachen. »Laß mich runter, Equus, laß mich runter! Ich bin kein Kind mehr. Denk an meine Würde – die Würde Roms. Ich bin ein Offizier der kaiserlichen Legionen!«

»Ich pisse auf die Würde Roms!« Er hörte auf, mich herumzuwirbeln. »Doch du hast recht. Du bist jetzt erwachsen. Deshalb lasse ich dich nun hinunter, deiner Würde und meinem Rücken zuliebe. Publius! Wie geht es dir? Geht es dir gut? Bleibst du hier?« Er hörte nicht auf, Fragen zu stellen, bis ich ihm die Hand auf den Mund legte, um ihn zum Schweigen zu bringen.

»Genug, Equus, genug! Ich bin hier, es geht mir gut, wenn mich auch die Axt eines Barbaren zum Krüppel gemacht hat, und ich bleibe hier, jedenfalls so lange, bis ich herausgefunden habe, was mit der Schmiede passiert ist.«

»Krüppel? Was ist geschehen? Zeig es mir!« Er sah jetzt sehr besorgt aus.

»Da gibt es nichts zu sehen. Ich habe eine Axt mit dem falschen Körperteil abgewehrt. Sie schlug mir eine Kerbe ins Bein, doch ich kann noch laufen.«

»Zeig es mir!« wiederholte er mit gerunzelter Stirn. Ich zeigte es ihm.

»Das ist nichts! Du hinkst also ein bißchen. Ich hatte mir schon Sorgen gemacht.« Er packte mich an den Schultern und lachte mich voller Freude an; fast verschlang er mich mit den Augen vor Wiedersehensfreude. »Bei der Keuschheit aller Vestalischen Jungfrauen, du siehst prächtig aus, Publius! Du siehst genauso aus wie dein Großvater, als ich ihm zum erstenmal begegnet bin, nur sind dessen Haare erst viel später grau geworden. Du bist noch nicht einmal dreißig, und dein Kopf ist so silbrig wie der eines alten Fuchses! Was hast du gemacht, mein Sohn? Wo bist du gewesen, seit ich dich zum letztenmal gesehen habe? Weißt du, daß es elf Jahre her ist?«

Wir standen jetzt draußen in der strahlenden Sonne, und ich blickte in die Werkstatt. »Wie lange ist sie schon geschlossen, Equus?«

Er sah mir in die Augen. »Ungefähr zwei Jahre.«

»Warum?«

»Warum nicht? Überall waren diese Hurensachsen, und dein Onkel war tot. Ich sah keinen Sinn darin, Plünderer anzulocken. Also schloß ich die Schmiede.«

»*Du* hast sie geschlossen?«

»Wer sonst?«

»Und was ist aus dem ganzen Werkzeug und der Einrichtung geworden?«

»Ich habe alles weggeräumt. Versteckt. Ich wußte nicht, ob du je wiederkehren würdest, entschloß mich aber, dir fünf Jahre zu geben. Solltest du bis dahin nicht zurückkommen, wollte ich das ganze Zeug wieder ausgraben und selbst verwenden. Es hätte dir dann ja nichts ausgemacht, weil du tot gewesen wärst.«

Trotz des plötzlichen Schlingerns in meinem Magen spürte ich, wie sich mein Gesicht zu einem Lächeln verzog.

»Du hast alles eingegraben? Du meinst *vergraben?* Eisenwerkzeuge? In der Erde?«

Nun mußte er grinsen. »Publius, wenn man mich

›Pferd‹ nennt, dann wegen meiner Muskeln und nicht wegen meiner Ähnlichkeit mit dem Hinterteil dieses Tiers. Ich habe alles versteckt. Unter dem Boden. Im geheimen Gewölbe deines Großvaters.«

»Unter dem Boden?« Ich war fassungslos.

Er nickte. »Unter dem Boden. Es war der beste Ort, der mir einfiel. Hättest du vielleicht eine bessere Idee gehabt? Ich wußte, daß du, falls du zurückkommen würdest und mir inzwischen etwas zugestoßen sein sollte, früher oder später dort nachschauen würdest. Und ich wußte auch, daß niemand sonst diesen Raum kennt.«

»Woher kennst *du* ihn denn? Hat mein Großvater dir davon erzählt?«

»Davon erzählt? Ich habe ihm beim Ausschachten geholfen mußten nachts arbeiten, um den Raum geheimzuhalten. Als ich mich entschloß, alles zu verstecken, habe ich einfach die Schätze deines Großvaters dichter zusammengeschoben und alles andere davor aufgebaut. Wenn du jetzt hinunter willst, dann müssen wir erst einmal alles hinter der Tür wegräumen, weil das Gewölbe bis oben hin voll ist.« Er hüpfte fast herum vor Aufregung. »Es ist alles da. Jedes einzelne Stück. Wenn du wirklich bleiben willst, dann können wir morgen alles herausholen, und in einer Woche kannst du den Betrieb wiederaufnehmen. Komm! Sieh selbst!«

Er stapfte zum hinteren Teil der Schmiede, bückte sich und tastete den Boden nach einer verborgenen Rille ab. Nachdem er aus dieser den Schmutz herausgekratzt hatte, zog er mit durchgedrückten Knien kräftig daran. Die geheime Steintür schwang in ihren ausbalancierten Scharnieren auf. Ich ging zu ihm hinüber und blickte nach unten. Das Loch unter dem Boden war voller Werkzeug, Ambosse und verschiedenem Zubehör – es war alles da, was man in einer Schmiede brauchte. Ich sah es voller Freude.

»Equus, du bist ein Genie und wahrer Freund« Ich klopfte ihm auf die Schulter. »Wo ist die nächste Taverne? Jetzt haben wir gleich zwei Gründe zum Feiern: meine Heimkehr und deine Teilhaberschaft an meiner Schmiede!«

Sein Gesicht umwölkte sich vor Verwirrung. »Teilhaberschaft? Habe ich richtig gehört? Wie stellst du dir das vor? Ich habe kein Geld, Publius. Ich kann es mir nicht leisten, eine halbe Schmiede zu kaufen.«

»Wer hat denn etwas von kaufen gesagt? Du hast sie dir verdient, indem du dich um sie gekümmert hast. Kennst du nicht die Geschichte von dem treuen Verwalter? Gehen wir zusammen ein Glas Wein trinken, Partner!«

Voller Freude und Glückseligkeit betranken wir uns an jenem Abend, und am nächsten Tag begannen wir den Keller auszuräumen. Es war wirklich alles da, einfach alles, was wir benötigten. Am Nachmittag des dritten Tages loderte bereits ein Feuer in der Esse und meine Stimmung stieg mit jedem Funken des rotglühenden Eisens unter meinem Hammer. Der Rauchgeruch weckte Erinnerungen, die wie Knaben, die ihr Lehrer aus dem Unterricht entlassen hatte, in meinem Kopf herumschwirrten, und ich entdeckte die fast geschlechtliche Spannung wieder, die einstmals, wenn ich nachgiebiges Metall nach meinem Willen und Geschick beugte und formte, in meinem Leben etwas ganz Alltägliches gewesen war. Als ich die Zangen in der Hand fühlte, fielen mir wieder die jahrelang ungenutzten und halbvergessenen Kniffe, Abläufe und alten Gewohnheiten ein, und die Liebe zum Handwerk meines Großvaters mit all seinen Überlieferungen brachte mir die Erinnerung an ihn und seine Stimme zurück.

»Hüte dich vor schwarzem Eisen!« hatte er zu mir gesagt, und ich hatte diese Warnung abgetan, bis ich eines Tags ein ganz normal aussehendes Eisenstück aufhob, das neben der Esse gelegen hatte, und schmerzlich merkte, daß die Röte es gerade erst verlassen hatte. Als ich an jenen so weit zurückliegenden Tag dachte, holte ich tief Luft, kostete den Geruch der Holzkohle und des metallgewürzten Rauchs aus und freute mich über die vertraute, beißende Bitterkeit, das Brennen in den Augen und angenehme Knirschen zwischen den Zähnen.

Ich fing mit der Herstellung von Nägeln an, weil etwas mit den traurig schiefen Regalen geschehen mußte. Die Bretter waren trocken, verworfen und rissig um die alten Nägel herum, von denen viele ganz und gar vom Rost zerfressen waren. Ich mühte mich gerade damit ab – ich ächzte und biß mir auf die Zunge, als ich mich darauf konzentrierte, zwei winklige Holzstücke zum Einspannen aneinanderzuhalten –, als ich hinter mir Schritte hörte. Da ich annahm, daß es Equus war, der Öl für die Lampe hatte kaufen wollen, blickte ich mich nicht einmal um.

»Hier«, brummte ich. »Halt das, während ich das Querstück anbringe.«

Neben mir tauchten zwei Hände auf und taten, worum ich gebeten hatte, doch es waren nicht die von Equus. Überrascht wollte ich mich aufrichten, doch der Fremde hatte die Aufgabe schon übernommen und nickte mir zu, ich solle weitermachen. Ich dankte ihm mit einem leichten Lächeln, zog das Querstück zurecht und befestigte es ordentlich mit zwei großen Nägeln.

»So!« sagte ich. »Das sollte halten, jedenfalls für eine Weile.« Nun richtete ich mich auf und streckte meinem Helfer die Hand hin. »Vielen Dank. Ich hielt dich für meinen Partner Equus, sonst hätte ich dich nicht angestellt. Ich bin Publius Varrus.«

Er lächelte kurz und nickte. »Ich werde Cuno genannt. Als Abkürzung für Cunobelin. Ich bin mit Phoebe, Equus' Schwester, verheiratet.«

»Phoebes Mann? Dann bist du allerdings ein König. Cunobelin war doch ein König, nicht wahr?«

»Ja, vor langer Zeit. Heißt es jedenfalls.« Seinen Blikken, die in der Schmiede umherschweiften, schien nichts zu entgehen. »Du bist also der Enkel. Equus hat uns erzählt, daß du zurück bist und die alte Werkstatt in Betrieb genommen hast.«

Cuno war mittelgroß, breitschultrig und hatte einen kräftigen Oberkörper. Über seiner Arbeitskleidung – einer groben Tunika und über Kreuz gewickelten Beinkleidern – trug er eine Lederschürze. Seine Haare und sein Bart waren kräftig und blond – ungewöhnlich für die Gegend – und voller Sägemehl und winziger Sägespäne. Auch seine Kleidung war von Sägemehl übersät, und seine eng zusammenstehenden Augen zwinkerten heftig, als wollte er vermeiden, daß Holzspäne hineinflogen.

»Hast du meinen Großvater gekannt?«

»Nein. Ich bin erst vor zwei Jahren hergezogen. Als ich Phoebe heiratete. Da war die Werkstatt schon geschlossen.«

»Was bist du von Beruf? Sägewerker?«

Er lachte, so daß ich kurz seine langen, schmalen braunen Zähne sehen konnte. Er war nicht gerade ein wohlgestalteter Mann und vermied es, mir in die Augen zu schauen.

»Nein! Keineswegs. Ich bin Stellmacher. Stellmacher und Wagenbauer.« Das erklärte die kleinen Holzspäne; sie stammten von rotierenden Speichen.

»Stellmacher, he? Dann mußt du aber tüchtig sein. Den Sägespänen in deinem Haar nach zu urteilen, hast du Arbeit.«

»Ja.« Er lächelte. »Ich bin gut. Das muß ich auch sein, denn quadratische Räder verkaufen sich schlecht.«

»Das möchte ich meinen!« Ich wollte diesen Mann akzeptieren, weil er Equus' Schwager war, empfand aber eine instinktive Abneigung und fühlte mich deswegen auf unbestimmte Art schuldig, weil er mir ja nichts getan hatte. Schon immer waren mir erste Eindrücke wichtig gewesen, und aus irgendeinem Grund hielt ich Cuno für nicht vertrauenswürdig. Ich versuchte dagegen anzugehen, indem ich es seinen ungleichmäßigen Gesichtszügen, für die er ja nichts konnte, zuschrieb, und ganz bewußt bemühte ich mich, freundlich zu ihm zu sein.

»Schau, du bist unser erster Besucher, und als du kamst, hatte ich gerade an einen Becher Bier gedacht. Möchtest du einen?«

Sein Blick hörte auf, in der Schmiede umherzuwandern, und kehrte zu mir zurück. »Ja, gern.«

»Gut.« Ich schenkte aus Equus' Krug zwei Becher Bier ein, und schweigend prosteten wir einander zu, bevor wir einen kräftigen Schluck des Hefegebräus nahmen. Ich wischte mir den Schaum von der Nasenspitze.

»Willkommen in unserer Schmiede! Kann ich etwas für dich tun, oder bist du rein zufällig hier?«

»Nein, ich bin nicht zufällig hier. Ich wollte dich begrüßen und schauen, was du machst.«

Ich zeigte auf die Esse. »Nicht viel, wie du siehst.«

»Nun, du hast ja auch noch nicht viel Zeit gehabt.« Er nahm ein paar der neuen Nägel vom Haufen. »Hast du die gemacht?«

»Ja.«

»Und davon willst du noch mehr fertigen?«

»Ja.« Ich fragte mich, worauf er hinauswollte.

»Wo willst du sie lagern?«

Jetzt hatte er mich neugierig gemacht. »Sie lagern? Ich will sie verkaufen. Ich habe nicht vor, sie zu lagern.«

»Nein. Natürlich nicht. Was willst du dafür? Geld?«

»Was sonst? Ist das nicht das Übliche?«

Ihm huschte wieder das kaninchenartige Grinsen, das die braunen Zähne entblößte, übers Gesicht, und er warf mit seiner großen Hand die Nägel in die Luft und fing sie wieder auf. »Ich wäre vielleicht daran interessiert, dir ein paar davon abzunehmen. Aber nicht für Geld.«

Nun lächelte ich, spürte allerdings, daß ich die Augenbrauen zusammenzog. »Wofür dann?«

»Für den Gefallen, daß du sie nicht auf diesen Regalen lagern mußt.« Er ging hinüber und griff nach dem erstbesten. Als er daran zog, knackte das alte, trockene Holz laut und bedrohlich.

»He, Vorsicht! Sie sind nicht allzu stabil!«

»Das sehe ich.« Er drehte sich um und sah mir fast in die Augen, doch in allerletzter Minute glitt sein Blick wieder zur Seite, zu seinem Becher. »Ich möchte dir ein Angebot machen«, meinte er. »Ich habe einen Auftrag für sechs schwere Wagen. Fürs Heer.« Er lächelte wieder. »Das Heer zahlt noch mit Geld, aber erst bei Lieferung.«

Ich erwiderte das Lächeln. »So? Und wie lautet dein Angebot?«

»Nägel und Metallteile. Ich brauche gute, und ich brauche sie schnell. Mein Lieferant ist vor einem Monat gestorben, weil ein Pferd, das er beschlug, nach ihm austrat. Seine beiden Söhne werden sich über nichts einig. Wenn du auf Treu und Glauben meinen Bedarf deckst, dann erneuere ich dir die Holzteile hier. Wenn ich dann das Geld vom Militär bekomme, leiste ich alle eventuellen Ausgleichszahlungen in bar.«

Ich versuchte nicht einmal, ein wenig zu schachern. Er war mit der Schwester meines Partners verheiratet. Wir spuckten uns in die Hände und schlugen die Handflächen aneinander, um den Handel zu besiegeln, und ich hatte meinen ersten Kunden.

Als Equus kurz darauf hereinkam, schien er überrascht zu sein, Cuno zu sehen. Eine Weile unterhielten wir uns über Nebensächliches, und ich stellte mit Genugtuung fest, daß Equus seinen Schwager auch nicht allzusehr mochte. Es herrschte keine offene Feindschaft zwischen den beiden, doch seine Abneigung Cuno gegenüber war offensichtlich. Ich erwähnte das Geschäft, das ich abgeschlossen hatte, und Equus nickte nur und sprach sich weder dafür noch dagegen aus.

Später, als Cuno gegangen war, erkundigte ich mich bei Equus über ihn und erfuhr, daß es ihn ein paar Jahre zuvor in die Stadt verschlagen und er einige Monate bei dem alten Stellmacher gearbeitet hatte, dessen Werkstatt er jetzt besaß. Der alte Mann war ohne Erben gestorben, und Cuno hatte in der Stadt das Amt des Stellmachers übernommen und kurz danach Phoebe geheiratet. Er leiste gute Arbeit, erzählte mir Equus, trinke jedoch zuviel und habe Phoebe schon mehrmals auf grausame Art geschlagen. Er habe ihm gesagt, daß etwas passieren würde, wenn seine Schwester noch einmal mit blauen Flecken auftauche. Nun vertraute er mir auch an, daß er Cuno nicht leiden und vertrauen könne. Ich fragte ihn sogleich, ob es dumm von mir gewesen sei, auf dieses Geschäft mit ihm einzugehen, doch Equus versicherte mir, daß dies in Ordnung gehen würde. Geld sei knapp, erklärte er mir. Nur das Heer zahle in bar. Equus glaubte jedoch, daß sich weitere Tauschgeschäfte daraus ergeben würden, sobald Cuno mit seinen Nachbarn über unsere Vereinbarung gesprochen hätte.

Er behielt recht: Die Nachricht verbreitete sich schnell. Schon nach einer Woche hatten wir die Zusage, als Gegenleistung für vier Ofenschaufeln mit langem Stiel einen Monat lang frisches Brot geliefert zu bekommen. Der Blasebalghersteller am Ende der Straße versorgte mich mit neuen Blasebälgen im Tausch gegen kurze Nägel, und ein paar Bauern der Umgebung hatten mir für Eisenwerkzeuge Frischwaren und Getreide versprochen. Das Geschäft florierte, und schon nach erstaunlich kurzer Zeit mußten wir die Einstellung von Hilfskräften ins Auge fassen.

Damit wir, bis wir geeignete Fachkräfte und Lehrlinge gefunden hatten, wenigstens Hilfe bei den täglichen Verrichtungen hatten, brachte Equus seine Schwester Phoebe mit. Anfangs kochte sie für uns und dachte sich eine Methode aus, über unsere Tauschwaren Buch zu führen und die Waren und Dienstleistungen gegeneinander aufzurechnen. Als sie dann mit unserer Arbeit und unseren Erfordernissen vertrauter wurde, begann sie eine aktivere Rolle als Vermittlerin zwischen uns und unserem wachsenden Kundenstamm zu übernehmen. Schon nach wenigen Monaten hatte sie sich unentbehrlich gemacht.

Als Cuno erstmals Phoebes Namen erwähnte, konnte ich mich nicht an ihr Gesicht erinnern. Natürlich wußte ich gleich, wer sie war. Ich wußte auch noch, daß ich sie einmal gemocht hatte. Sie war viel jünger als Equus – eigentlich etwa so alt wie ich, ja sogar noch etwas jünger –, und wir hatten in unserer Jugend vieles gemeinsam erlebt. Mir fiel wieder ganz deutlich ein, daß sie mich als Knaben immer zum Lachen bringen konnte, auch wenn ich sehr schlecht gelaunt war. Ich wußte auch noch, daß sie zwar keineswegs ein unerfreulicher Anblick gewesen war, aber auch nicht gerade eine Schönheit. Der flüchtige Umgang, den wir seinerzeit miteinander gehabt hatten, beruhte auf Sympathie und einem gelegentlichen Bedürfnis nach Gesellschaft, nicht aber auf geschlechtlicher Anziehung unter irgendeinem Deckmantel.

Jedenfalls war es herzerwärmend und angenehm zu sehen, wie sehr sie sich freute, weil ich sie, als sie eines Morgens erstmals in die Schmiede kam, sofort erkannte. Phoebe hatte sich gut entwickelt und war eine hübsche, rothaarige Frau mit kühnen, forschenden Augen, festen, runden Armen und Beinen und vollen Brüsten geworden. Und nicht zuletzt hatte sie sich ihren Sinn für Humor bewahrt, durch den sie sich immer von den anderen Gassenkindern, mit denen sie befreundet gewesen war, abgehoben hatte.

Eines Abends, als wir gerade die Schmiede schließen und nach Hause gehen wollten, geschah etwas Erstaunliches. Equus traf sich irgendwo mit einem Kunden, und ich hatte gerade die Schürze abgelegt und begonnen, mich vom Schmutz und Ruß des Tages zu säubern. Phoebe stapelte ein paar Holzkästchen mit Nägeln auf ein Regal hinten in der Schmiede, und ich hatte beinahe vergessen, daß ich nicht allein war, als mich ihre Stimme aufschreckte.

»Hast du sie jemals gefunden, Meister Varrus?«

Da ich mir gerade das Gesicht abtrocknete, fragte ich durchs Handtuch: »Wie? Wen gefunden?« Ich nahm das Tuch vom Gesicht. »Wovon sprichst du, Phoebe? Wen gefunden?«

»Sie, deine verlorene Liebe, Cassie. Cassiopeia. So hieß sie doch, nicht wahr?«

Ich spürte, wie mir der Kiefer herunterfiel. »Mein Gott, Phoebe, woher weißt du das?«

Mit überrascht hochgezogenen Augenbrauen drehte sie sich zu mir um.

»Woher? Von dir, Meister Varrus, du hast mir alles über sie erzählt. Kannst du dich nicht mehr daran erinnern?«

»Ich habe dir das erzählt? Nein, Phoebe, daran kann ich mich nicht erinnern. Wann soll denn das gewesen sein?«

»Damals, als du aus Verulamium zurückkehrtest. Du warst den ganzen Sommer über weg gewesen, und zwar überhaupt zum erstenmal. Als du zurückkamst, hattest du dich verändert. Du warst verliebt. Du hattest sie auf einer Hochzeit getroffen und noch am selben Abend wieder verloren. Erinnerst du dich denn nicht mehr daran?«

Ihre Stimme hatte sich leicht verändert, war mit dem langsamen, stetigen und gemütlichen Gleichmaß der einheimischen Kelten fast unmerklich wieder die Stimme der Phoebe meiner Erinnerung geworden. Sie hatte es mir mit ihren freundlichen, halbverschluckten Worten wirklich wieder ins Gedächtnis gerufen, doch ich wunderte mich, daß sie es noch wußte, und sagte ihr das auch.

»Nun«, meinte sie, »es ist weniger so, daß ich mich daran erinnerte, als daß ich daran erinnert wurde, wenn du verstehst, was ich meine.«

»Nein, ich weiß nicht, was du meinst. Sag es mir!«

»Nun, hier ist es.« Sie nickte zur Wand vor ihr hin. »Hier hast du es aufgeschrieben, weißt du nicht mehr? Du hast mir beigebracht, es zu lesen, und viele Jahre lang war es alles, was ich lesen konnte.«

Ohne ihre Worte weiter zu beachten, ging ich zu ihr hinüber und blickte erstaunt auf das, was sie vor Augen hatte. Im Wandputz waren zwei ineinander verschlungene Buchstaben, ein P und ein C, eingeritzt. Sie waren an den Rändern verblichen und verschwommen, aber immer noch lesbar, obwohl sie fast fünfzehn Jahre lang Rauch und Ruß ausgesetzt gewesen waren. Mir fiel nun wieder ein, wie ich sie in Phoebes Beisein eingeritzt und ihr dabei von meiner unsterblichen Liebe zu dem schönen Mädchen in Blau mit den langen schwarzen Haaren erzählt hatte. Es war mir jetzt unfaßbar, daß ich es so völlig vergessen hatte. Ich zog die Buchstaben mit den Fingerspitzen nach. In Erinnerung an den Knaben, der ich einstmals gewesen war, und die Hoffnungen, Träume und Phantasien, die mich dazu bewegt hatten, dieses zum Andenken an ein Mädchen, von dem ich nur wußte, daß es Cassie hieß, einzuritzen, wurde mir ganz rauh im Hals. Es stand nicht einmal fest, daß sie wirklich so geheißen hatte. Wir hatten miteinander kokettiert, Spaß gehabt und uns geneckt, ohne auch nur einen Gedanken an die Wirklichkeit und unser Leben mit anderen Menschen zu verschwenden.

Phoebe beobachtete mich aufmerksam.

»Nein, Phoebe«, sagte ich seufzend, »ich habe Cassie nicht wiedergefunden. Wo ich auch hinkam, habe ich nach ihr gesucht, sie aber kein einziges Mal mehr zu Gesicht bekommen. Es ist jedoch merkwürdig, daß mir so völlig entfallen war, daß ich ihren Namen hier eingeritzt und dir von ihr erzählt hatte. Ich hatte die Wirklichkeit vergessen.«

Phoebe schniefte und wandte sich ab. Geschäftig eilte sie zu ihrem Schal und ihrer Tasche. »Du wirst sie wiederfinden, wart's nur ab!«

Ich lachte laut auf. »Phoebe, überleg doch, was du sagst! Es ist fast fünfzehn Jahre her. Höchstwahrscheinlich ist sie längst verheiratet und Mutter mehrerer Gören. Ihre Schönheit, so wunderbar sie auch war, wird längst vergangen sein ...« Doch mitten im Lachen erstarb meine Stimme.

»Und? Was würdest du tun, Meister Varrus, wenn du

dich eines Tages, vielleicht morgen, umdrehst und sie dich ansieht, verblüht und fünfzehn Jahre älter, umringt von ihren Kindern? Was würdest du tun?«

Schweigend stellte ich mir das große, blaugekleidete Mädchen Cassie vor und versuchte vergeblich, fünfzehn Jahre und deren Auswirkungen dem, was mir noch in Erinnerung war, hinzuzufügen. Phoebes Stimme rief mich in die Gegenwart zurück.

»Meister Varrus?«

»Phoebe, meine Liebe, ich wünschte, du würdest mich Publius nennen. Wir beide sind schon so lange befreundet, daß alles andere Unsinn ist.«

Sie lächelte und senkte den Kopf. »Danke, doch ich fühle mich mit Meister Varrus wohler. Du wirst eine andere Frau finden. Sie ist in dir, diese Liebe. Es darf einfach nicht sein, daß solche Gefühle, wie du sie für dieses Mädchen empfunden hast, verrotten und verderben. Vergiß nicht, daß ich das gesagt habe. Doch ich sollte längst zu Hause sein. Cuno bekommt sein Essen gern pünktlich. Gute Nacht, Meister Varrus!«

Als sie weg war, saß ich noch lange neben der mit Kohlenstaub abgedeckten, leicht rauchenden Esse und dachte über mein Leben und die Veränderungen nach, die ich gern an ihm vornehmen würde. Eine davon war unbedingt erforderlich, falls ich das Mädchen in Blau, oder aber eine andere wie sie, jemals wiedertreffen würde: Seit meiner Verwundung hatte ich keine bewußte Erektion mehr gehabt. Paradoxerweise hatte ich regelmäßig nächtliche Ergüsse und wußte daher, daß mein Körper noch irgendwie funktionierte, doch wenn ich wach war, war mir Lust fremd.

Schließlich stand ich auf und machte mich auf den Weg zu meinem Haus.

Es wurde mir sehr schnell klar, daß Equus und Cuno recht damit gehabt hatten, daß in dieser Gegend nur das Heer mit Bargeld bezahlte. Daher strebte ich danach, etwas davon in die Finger zu bekommen. Daß mir dies schnell gelang, verdankte ich mehr meinem Glück als meiner Voraussicht.

Ein Name, den ich eines Tages in einer Taverne hörte, wo ich nach Feierabend mit Equus saß, führte dazu, daß ich mich zu Beginn meines zweiten Monats in Camulodunum, in der ersten Märzwoche, am Eingang des örtlichen Militärhauptquartiers wiederfand. Die beiden jungen Soldaten, die am Tor Dienst hatten, blickten mich mit jener stummen, fast unverschämten Gleichgültigkeit an, die ihresgleichen Zivilpersonen zuteil werden lassen, auch wenn diese offensichtlich Kriegsveteranen sind. Unbeirrt blieb ich stehen, erwiderte ihren Blick ohne Bitterkeit und wartete darauf, daß mich einer anredete. Ich war nicht wie ein Schmied gekleidet, doch es wies mich auch nichts als Offizier oder Person edler Herkunft aus.

»Was willst du? Dies ist ein Militärlager. Wenn du hier etwas zu schaffen hast, dann sag es und fertig! Wenn nicht, mach, daß du weiterkommst!«

Fast wörtlich, was ich erwartet hatte. Meine Erwiderung war recht scharf.

»Pontius Aulus Plautus! Euren *primus pilus*!«

Sie sahen sich mißtrauisch an und überlegten, ob sie einem Mann gegenüber, der den Namen ihres obersten Zenturios mit soviel Autorität aussprach, nicht vielleicht doch zu kurz angebunden gewesen waren. Der Soldat ergriff wieder das Wort, und diesmal klang seine Stimme nicht mehr so barsch, sondern verbindlicher und unsicherer.

»Was ist mit ihm?«

»Sagt ihm, es sei ein Fremder am Tor, der wissen möchte, ob er Hammeleintopf immer noch mit Kameldung würze.«

Wir waren zu dritt gewesen, drei junge Zenturionen in Afrika, außerdem ein sehr unangenehmer Tribun, der lange Zeit unter chronischen Magenbeschwerden litt. Nur wir drei kannten den Grund dafür. Mit der Andeutung einer guten Geschichte kriegte ich sie, das hatte ich gewußt. Einer der Soldaten machte mit erstaunt aufgerissenen Augen auf dem Absatz kehrt und verschwand durch das schmale Türfenster.

Die Zeit verging. Die zurückgebliebene Wache sah mich nicht mehr an, sondern stand stramm, die Augen ins Unendliche gerichtet. Dann war das Geräusch von Schuhnägeln auf Kopfsteinpflaster zu hören, das Türfenster ging wieder auf, und eine Gestalt in poliertem Leder und glänzender Bronze kam hindurch und blickte mich mit tiefliegenden Augen unter dicken Brauen scheinbar ungehalten an.

»Publius Varrus!« Die Stimme war noch so, wie ich sie in Erinnerung hatte – tief und kernig, geeignet, sowohl bei Offizieren als auch bei neuen Rekruten Furcht hervorzurufen. »Du Bankert einer alexandrinischen Hure! Ich hielt dich für tot!«

»Nein, Plautus, ich bin dir nur, wie üblich, aus dem Weg gegangen.«

Mit zwei großen Schritten war er bei mir und warf mir den rechten Arm um den Hals, um mich in den Schwitzkasten zu nehmen. Doch dann fiel ihm ein, wer und wo wir waren, und er machte eine Umarmung daraus und drückte mich wortlos fest an die Brust. Sein sauberer Geruch, den ich noch gut in Erinnerung hatte, versetzte mich Jahre zurück in eine Zeit, in der wir sorgenfreier, vielleicht auch glücklicher gewesen waren. Schließlich gaben wir einander frei, und er hielt mich auf Armeslänge, um mich anzuschauen, so daß ich die Tränen sehen konnte, die ihm aus den grimmigen Augen tropften.

»Ich dachte, du wärst tot, weißt du«, murmelte er, und dann räusperte er sich, fluchte und drehte sich auf dem Absatz zu den uns anstarrenden Wachen um, den Arm um meine Schulter gelegt.

»Seht diesen Mann hier, ihr zwei. Merkt ihn euch gut. Er ist an all euren Problemen schuld. Dies hier ist Gaius Publius Varrus, ein Hurensohn und Soldat, wie ihr jämmerlichen Scheißkerle es nie sein werdet. Dieser Mann hat mir öfter den Arsch aus der Klemme gezogen und mein wertloses Leben gerettet, als ich zählen kann. Wenn ihr mich das nächste Mal verfluchen wollt, verflucht statt dessen ihn, denn ohne ihn wäre ich nicht hier, um eure nutzlosen Seelen zu quälen. Und wenn ihr lange genug in diesem Heer bleibt, dann findet auch ihr vielleicht eines Tages einen so guten Freund wie ihn. Vielleicht, sage ich, doch ich bezweifle es.«

Jener Tag ging über in eine lange, trunkene Nacht.

Am nächsten Nachmittag saß ich dann im Büro von Antonius Cicero, einem direkten Abkömmling des goldenen Redners und dem für den Militärdistrikt mit Zentrum Camulodunum zuständigen Legaten. Auch ihn kannte ich von alters her, weil ich in Afrika unter ihm und nach meiner Beförderung mit ihm in Nordbritannien gedient hatte. Er war ein enger Freund von Britannicus und hatte sein Kommando von Theodosius neu erhalten. Außerdem anwesend waren Trifax, der Waffenmeister, und Lucius Lucullus, der Zahlmeister, die ich beide noch aus der Zeit vor der Invasion kannte und mochte. Plautus war ebenfalls da und stand steif an der Wand, weil er sich in der Gesellschaft von Stabsoffizieren unbehaglich fühlte, auch wenn es ein informeller Anlaß war. Es war schön zu sehen, daß sie sich noch so gut an mich erinnerten und sich offensichtlich freuten, mich wiederzusehen. Daher erzählte ich ihnen ganz ungezwungen, was ich jetzt machte.

Cicero wartete, bis ich fertig war, und fragte dann: »Dann bist du also hier in Camulodunum und arbeitest als Schmied?« Wohlerzogen bemühte er sich, seine Ungläubigkeit zu verbergen.

»Ja, Legat, das stimmt.«

»Erstaunlich. Und was machst du da genau?«

Ich sah einen nach dem andern an und stand dann auf. »Ich will es euch zeigen.« Ich schnallte den Gürtel ab und legte ihn mitsamt Kurzschwert und Dolch auf den Tisch. »Ein Muster meiner Arbeit.« Alle beugten sich vor, als Cicero das Schwert herauszog und sorgfältig prüfte.

»Das hast du gemacht?«

»Ja, und auch den Dolch und die Scheiden. Das gehört alles zusammen.«

»Ja, das sehe ich.« Sein Sprechen ging in Murmeln über. »Gute Arbeit, wirklich gute Arbeit ...« Er wußte nicht, was er sagen sollte, weil ihm unklar war, was ich bezweckte, und er mich nicht beleidigen wollte. Ich wartete, als er das Schwert Trifax und den Dolch Lucullus reichte. »Hilf mir auf die Sprünge, Varrus. Bietest du die Waffen hier zum Verkauf an?«

Ich grinste ihn an. »Ja. Diese und soviel weitere, wie ich Aufträge bekommen kann. Das ist mein Geschäft.«

Der arme Cicero verlor den Boden unter den aristokratischen Füßen und sah Trifax an. »Was meinst du dazu, Trifax?«

Trifax nahm kein Blatt vor den Mund. »Da brauche ich

nicht erst zu überlegen, Legat. Dieses Schwert ist makellos. Ich wäre ein glücklicher Mann, wenn ich meine Leute dazu bringen könnte, dergleichen zu fertigen. Doch das schaffe ich nicht. Ich kaufe so viele davon, wie ich anfordern kann, Lucullus?«

Der Zahlmeister zuckte mit den Patrizierschultern. »Ich bin nur fürs Geld zuständig. Was die Qualität angeht, nehme ich dich beim Wort, auch wenn ich sie ausnahmsweise selbst erkennen kann.« Er sah mich an. »Einmal abgesehen von der Qualität, Publius, wie steht's mit der Quantität? Kannst du so viele davon herstellen, daß sich die Schreibarbeit lohnt?«

»Wenn du gleich ab morgen hundert pro Tag willst, dann nicht. Wenn deine Erwartungen jedoch vernünftig sind und du die Rechnungen prompt bezahlst, dann kann ich dich mit Waffen dieser Qualität versorgen.«

»Bitte mach genaue Angaben! Wie viele kannst du, so wie du jetzt eingerichtet bist, pro Woche fertigen?«

»Im Augenblick zwei pro Tag. In einem Monat acht pro Tag. Wie gesagt, ich kann, wenn erforderlich, ohne Qualitätsverlust erweitern, wenn ihr prompt zahlt. Eine Geschäftserweiterung kostet Geld.«

Er nickte. »Wir zahlen prompt. Was ist mit der Schmiedevereinigung? Hast du deren Genehmigung?«

»Wozu? Ich gehöre keiner an.«

»Oh! Aha! Das könnte Probleme bereiten.«

Ich runzelte die Stirn. »Wieso? Ich weiß nicht, was du meinst.«

Er räusperte sich. »Das Gesetz, Publius. Das Gesetz verlangt, daß wir nur mit zivilen Lieferanten Geschäfte machten, die in gutem Einvernehmen mit ihrer Vereinigung stehen.«

»Pferdeäpfel darauf!« Ärger wallte in mir hoch, und ich

stand auf. »Entschuldigt mich bitte, meine Herren. Dann habe ich wohl eure Zeit vergeudet. Wie gesagt, ich gehöre keiner Vereinigung an. Ebensowenig wie es mein Großvater tat. Um den Kopf für das Kaiserreich hinzuhalten, bedurfte es auch keiner Genehmigung, und ich will verdammt sein, wenn ich sie jetzt einhole, um mir mein Brot zu verdienen.«

»Setz dich wieder, Publius!« meinte Cicero in verbindlichem Ton. Dann wandte er sich direkt an seinen Zahlmeister. »Ist das dein Ernst? Du meinst, wir können Varrus' Schwerter nicht kaufen, weil er nicht dieser lächerlichen zivilen Vereinigung angehört?«

Lucullus räusperte sich wieder. »So will es das Gesetz, Legat.«

»Und wie können wir es umgehen?«

»Das geht nicht, Legat.«

»Auch darauf Pferdeäpfel!« Mit Ciceros kultivierter Stimme klang die Lästerung merkwürdig. »Ich will Varrus' Schwerter für meine Soldaten. Willst du behaupten, daß ich sie nicht bekommen kann?«

Der arme Lucullus fühlte sich offensichtlich sehr unbehaglich. »Nein, Legat, nicht ich. Diese Verträge werden alle über das Büro des Prokurators abgewickelt.«

»Aha! Das Büro des Prokurators. Ich beginne zu begreifen. Die ›Abteilung‹ des Prokurators erhält doch sicher für ihre Dienste eine Provision?«

Nach einer kleinen Pause. »Ja, Legat.«

»Wieviel?«

»Zehn bis fünfzehn Prozent, abhängig von der Liefermenge.«

»Glatter Diebstahl!« Cicero wandte sich mir zu. »Publius, wenn unser vortrefflicher Lucullus einen Weg aus diesem Unsinn findet, einen legalen natürlich, wärst du dann bereit, die erforderliche *Per-Centum*-Abgabe an den Prokurator zu zahlen?«

Jetzt lächelte ich. »Natürlich, Legat. Mit Freuden.« Besonders, da wir noch nicht über den Preis verhandelt hatten und ich soeben zwanzig Prozent aufgeschlagen hatte.

»Ausgezeichnet! Lucullus, läßt sich das machen?«

Lucullus war kein Narr. Lächelnd blickte er mich an. »Bestimmt, Legat!«

»Sehr schön. Übrigens, Lucullus, das erinnert mich an etwas. Wann müssen wir dem Prokurator unser Budget vorlegen?«

»Im nächsten Monat, Legat.« Man sah ihm an, daß er in Gedanken hinzufügte: »Wie du wohl weißt, Legat.«

»Nun, Publius Varrus, es ist gut zu wissen, daß wir künftig gut bewaffnet und versorgt sind. Ich meine, ein Krug Wein wäre jetzt durchaus angebracht.«

Auf dem Heimweg schwebte ich wie auf Wolken, und nach Monatsfrist hielten wir einen zwischen Eisendeckeln gebundenen Vertrag über die Lieferung von Waffen an die örtliche Garnison in den Händen.

VII

Am Mittsommertag erlaubte ich mir endlich, mich an den Schätzen meines Großvaters zu ergötzen. Ich hatte ungeduldig von einem Monat zum andern gewartet, bis ich das Gefühl hatte, es mir verdient zu haben, meine Zeit mit dem Durchsehen dieser Kostbarkeiten zu verbringen, die nun gesetz- und rechtmäßig mir gehörten.

Aus der Art, wie ich von »Schätzen« spreche, schließt wahrscheinlich jeder Leser, daß es sich um einen Hort von Münzen und Juwelen handelt. Das ist nicht ganz richtig. Mein Großvater war Waffenschmied gewesen – ein Meister der Schwertherstellung und außerdem ein ernsthafter Historiker auf dem Gebiet der Waffen und des Waffenwesens. Während seiner ersten Jahre in den Legionen hatte er ein paar erlesene Muster der Waffen- und Metallschmiedekunst erworben, die ihn in freudige Erregung versetzt und ihm großes Vergnügen bereitet hatten. In späteren Jahren, als er als Waffenschmied für die verschiedenen in Britannien stationierten Legionen diente, hatte er die Soldaten ermuntert, ihm weitere Exemplare zu beschaffen. Das Endergebnis nach vierzig Jahren war eine Sammlung antiker, in Fachkreisen geschätzter Waffen, wie es sie meines Wissens sonst nirgends gab. Dies waren die Schätze meines Großvaters. Jedes einzelne Teil war zum Schutz in ein Tuch eingeschlagen, und viele lagerten in Kisten, die er eigens dafür angefertigt hatte. Bei jedem lag eine Schriftrolle mit der dazugehörigen Geschichte, soweit sie bekannt war. Wenn diese im dunkeln lag, studierte mein Großvater alle möglichen Quellen und stellte manchmal sehr schlaue Vermutungen an.

An einige der Verpackungen konnte ich mich noch aus meiner Knabenzeit erinnern, und ich kam mir wieder wie ein Kind vor, als ich eine nach der anderen öffnete. Besonders ein Gegenstand ließ mich ehrfurchtsvoll erschauern: ein Gesichtsschutz aus mattem schwarzem Eisen, der so geformt war, daß er auf die Stirn und das Maul eines Pferds paßte. Er wies Scheuklappen auf und als Verzierung einen grob gezeichneten Reiter, der mit einem langen, schweren, auf der Schulter balancierten Speer angriff. Darunter stand das griechische Wort für »Gefährten«. Ich spürte einen Kloß im Hals, als ich dieses Rüstungsteil sah, da ich wußte, daß es eines der Pferde der Gefährten, der handverlesenen Freunde des Königs, geschützt hatte, die an der Seite Philipps von Makedonien und später seines Sohnes, des großen Alexander, in die Schlacht geritten waren, ganze siebenhundert Jahre bevor ich geboren wurde. Die Gefährten! Wie oft hatte ich als Knabe von ihnen geträumt und mir vorgestellt, unter dem größten Feldherrn des Altertums Ruhm zu erwerben.

Als Ergänzung zum Gesichtsschutz gab es den stark verrosteten Überrest einer *sarissa*, des sechzehn Fuß langen Speers des makedonischen Reiterheers. Unter dessen Klinge war ein langes Querstück angebracht, vermutlich um zu verhindern, daß der Speer den Körper des Aufgespießten ganz durchdrang, und um dem Reiter wenigstens die Chance zu geben, ihn beim Vorbeigaloppieren wieder aus dem Opfer zu ziehen. Mein Großvater hatte diese Waffe in seiner Jugend richtiggehend studiert. Wie auf dem Gesichtsschutz für das Pferd ersichtlich, trug der Reiter die *sarissa* mit gesenkter Spitze, den Schaft über die Schulter gelegt, und schleuderte sie ganz nach unten. Zunächst wurde sie im Körper des ersten Opfers zurückgelassen und der Kampf mit Schwertern fortgeführt. Später kehrte dann das siegreiche Reiterheer zurück – und Alexanders Reiterheer war immer siegreich –, um sich die Speere aus den Leibern der Feinde, die sie beim Angriff aufgespießt hatten, zurückzuholen. Durch das später hinzugefügte Querstück erhielten sie dann eine Chance, die Speere für weitere Feinde in der Hand zu behalten.

In einem großen, langen Kasten befand sich eine Sammlung original römischer *pila*, der Kampfspeere der Legionen des Altertums. Diese waren sieben Fuß lang; die untere Hälfte der Schäfte war aus Holz und die obere aus Metall mit einer heimtückischen Spitze. Das weiche Eisen verbog sich, wenn es im Schild des Feindes festsaß, und das hinderliche Gewicht des Speers zog und zerrte am Schild, bis dieser dem Mann dahinter keinen Schutz mehr bot.

Ein anderer, sorgfältig umwickelter Gegenstand war der große afrikanische Bogen, den ich als Kind so bewundert hatte. Er bestand aus mehreren Schichten Holz, Horn und Sehnen und war wirklich eine gewaltige Waffe, wie ich sie in diesem Teil der Welt noch nie zuvor gesehen hatte. Ich legte den Bogen zur Seite, um ihn mir später genauer anzusehen.

Einige Gegenstände waren mir neu. So fand ich ein in Hirschleder eingeschlagenes, an mich adressiertes Pergament, auf dem stand, daß ich es, wenn ich einmal Zeit dafür haben würde, sorgfältig lesen und seinen Inhalt und die darin beschriebenen Methoden genau studieren sollte. Das machte mich zwar neugierig, doch ich legte auch dieses vorsichtig beiseite. In einem weiteren, ebenfalls neu aussehenden Päckchen fand ich ein prächtiges Hemd aus weichem Leder, auf das unglaublich genau in überlappenden Reihen Tausende winziger Metallringe gestickt waren, und zwar im Stil unserer römischen Waffenhemden, aber viel leichter und geschmeidiger. Auf dem beiliegenden Zettel stand, daß es aus dem Land nördlich der Donau stammte und solche Kettenhemden jetzt von vielen germanischen und sächsischen Stammesführern getragen würden.

Als letztes fand ich einen wunderschönen Kasten aus prächtigem, geöltem Holz, der knapp einen Fuß lang, eine Hand breit und ungefähr eine halbe tief war. Zunächst wußte ich nicht einmal, wie er sich öffnen ließ, doch schließlich entdeckte ich, daß die Einkerbungen im Deckel und im unteren Teil ineinander paßten. Aus der Art, wie der Kasten ganz hinten im Hort versteckt war, schloß ich, daß es sich hier um etwas Besonderes handelte. Leicht zitternd vor gespannter Erwartung, öffnete ich ihn, ließ ihn dann aber beinahe fallen, als ich sah, was sich darin befand. Es war ein Messer. Ein Dolch. Doch was für ein Dolch! Seine Klinge glänzte wie poliertes Silber, wofür ich es auch wirklich anfangs hielt, und der Griff sah wie blank geriebenes Gold aus. Er war ganz und gar von einer dünnen Ölschicht bedeckt.

Ehrfürchtig nahm ich den Dolch in die Hand und prüfte die Klinge mit der Daumenkuppe, die sofort blutete. Erstaunt, da ich kaum Druck ausgeübt hatte, blickte ich auf das Blut und trug das Messer nach oben und in die Sonne hinaus, wo es in meiner Hand wie eine Fackel leuchtete. Plötzlich hörte ich Schritte hinter mir, und Equus tauchte neben mir auf.

»Wie ich sehe, hast du ihn gefunden. Ich bin vor Ungeduld schon fast gestorben. Ich dachte schon, du würdest nie hinuntergehen. Bei Boadiccas Hintern, Mann, manchmal könnte man meinen, du bist kein Mensch. Wie hast du es nur fertiggebracht, so lange zu warten?«

Ich machte mir nicht einmal die Mühe, ihm zu antworten. Das Wunder in meiner Hand beanspruchte meine ganze Aufmerksamkeit.

»Er bedauerte, daß es kein Schwert werden konnte, doch das war das ganze Himmelssteinmetall, das noch übrig war, und er wollte es nicht mit gewöhnlichem Eisen verderben wie bei dem Schwert für deinen Vater. Er wußte nicht, was es war, hielt es jedoch, was immer es war, für angemessen, daß es vom Himmel gefallen war. Es gibt nichts vergleichbar Scharfes auf der Welt. Der Dolch rasiert dir die Haare vom Arm. Versuch es mal!«

In der Tat sammelten sich die Härchen meines Handrückens als kleiner Haufen auf der Kante der Schneide.

»Hast du so etwas schon einmal gesehen?«

Ich schüttelte den Kopf und wog den Dolch in der Hand. Er hatte ein ungewöhnliches, leicht kreuzförmiges Heft, das über und unter der Klinge ungefähr einen Zoll vorstand.

»Warum dieses Kreuzstück?«

»Als zusätzliches Gewicht. Und als Ausgleich. Man kann ihn werfen. Er fliegt, als habe er Flügel, wie durch Zauberei.«

»Ist der Griff aus echtem Gold?«

Equus schüttelte den Kopf. »Nein. Er hat aber einen Goldüberzug. Darunter ist Messing. Gold war zu schwer. Und zu weich.«

»Und zu teuer. Er sieht aus, als sei er aus einem Stück gefertigt, jedenfalls sein Heft. Wie hat er das gemacht?«

»Er hat das Heft gegossen.« Equus lächelte über meine weitaufgerissenen Augen. »Hast du die Rolle gefunden, die er dir hinterlassen hat? Da steht alles drin. Dein Großvater hielt es für eine völlig neue Technik, revolutionär, sagte er, wenn sie richtig angewandt wird.«

»Wie hat er diesen Hochglanz auf der Klinge erreicht, Equus?«

Dieser zuckte mit den kräftigen Schultern. »Den hat er nicht erreicht, der war schon da. Wir mußten nur noch polieren ... polieren, polieren und nochmals polieren. Doch es war der Mühe wert. Und je mehr die Klinge glänzte, um so leichter wurde das Polieren. Wir haben sie eingeölt, um sie vor Rost zu schützen, obwohl wir gar nicht wußten, ob der Himmelsstein rostet. Doch wir wollten kein Risiko eingehen.«

Ich hielt mir den wunderschönen Gegenstand direkt vor die Augen. Am oberen Ende der Klinge, direkt unter dem Kreuzheft, hatte mein Großvater ein winziges V für seinen und meinen Namen eingraviert: Varrus. Ich spürte einen Kloß im Hals und schluckte schwer.

»Equus, ich gehe jetzt mit der Rolle und dem Dolch nach Hause. Könntest du bitte abschließen?«

Er grinste wieder. »Das dachte ich mir beinahe. Natürlich schließe ich ab. Geh nach Hause! Na, geh schon!«

VIII

– ❋ –

»Wie schlimm war denn deine Verletzung?«

Plautus und ich saßen in einer der von den Garnisonszenturionen besuchten Tavernen im Ort, warteten auf Equus und beobachteten die Possen einiger Gäste. Seine Frage kam für mich unerwartet.

»Ganz schön schlimm. Warum fragst du?«

»Nur so aus Neugier. Ich habe gerade die Schlampe mit dem üppigen Busen dort drüben beobachtet, und etwas an ihr erinnert mich an das Weibsstück, das seinerzeit in Alexandria das große, alte Bordell führte. Du weißt schon, welches ich meine! Das große!«

»Das große Bordell oder das große Weibsstück?«

Er lachte. »Beide.«

»Du meinst Fatia?«

»Ja, richtig! Fatia! Was für eine Hure sie doch war! Die konnte einem den Knauf vom Schwert saugen. He! Was ist da drüben los?«

Ich drehte mich nach dem Tumult hinten in der Taverne um. Beim Würfelspiel war ein Betrüger erwischt worden, und nun blitzten blanke Klingen. Die Streitenden waren jedoch Zivilisten, so daß Plautus nicht eingreifen mußte. Wir waren zu weit entfernt, um klar erkennen zu können, was vor sich ging, doch aus dem plötzlichen Handgemenge und Geschrei schlossen wir, daß Blut geflossen war, bevor der Tavernenbesitzer und seine Helfer etwas unternehmen konnten. Allerdings waren sie Augenblicke später da und stellten mit roh zupackenden Händen und Knüppeln die Ordnung wieder her.

Plautus lehnte sich zurück. »Diese gottverdammten Zivilisten machen mich krank! Für den Militärdienst nicht tauglich, und dann machen sie hier in einer Nacht mehr Probleme als all die alten Kämpfer, die hierherkommen. Wenn ich der Besitzer wäre, würde ich Zivilisten den Zutritt verweigern.«

»Wie nett! Dann könnte ich nicht mehr kommen.«

Wir hatten unser Bier ausgetrunken, und ich signalisierte der Kellnerin, daß wir beide noch eins wollten. Schweigend beobachteten wir, wie sie, ihren fülligen Körper wiegend, auf uns zukam, so daß das Bier in den Krügen, die sie in einer ihrer großen Hände hielt, überschwappte. Als sie sich über den Tisch beugte, konnte ich sie riechen – sie roch warm, verschwitzt und leicht säuerlich. Sie warf Plautus lüsterne Blicke zu, der versuchte, sie in eine ihrer ausladenden Brüste zu kneifen, doch lachend wehrte sie ihn ab und wandte sich anderen Gästen zu.

»Sie stinkt wie eine Ziege«, sagte ich. »Was an ihr erinnert dich an Fatia? Fatia war wenigstens sauber.«

»Ja, sauber, aber gierig. Was für ein Mund!« Er schüttelte in nostalgischer Verwunderung den Kopf. »Was für einen Mund das Miststück hatte!«

»Plautus, bist du betrunken?«

Er blinzelte mich an. »Nicht mehr als sonst zu so später Stunde. Warum? Du etwa?«

»Ich glaube nicht, doch was du sagst, macht keinen Sinn. Erst fragst du mich nach meinem Bein, und dann plapperst du von Fatia. Ich sehe da keinen Zusammenhang.«

Er blickte mir direkt in die Augen. »Du warst ein größerer Hurenbock als ich. Du hast mich zu Fatias Haus gebracht, weißt du noch? Wie lange sind wir jetzt schon hier? Zwei Monate? Und die ganze Zeit habe ich dich nicht ein einziges Mal eine Frau anblicken sehen. Mir ist einfach der Gedanke gekommen, daß du vielleicht ...« Er sprach immer undeutlicher. »Weißt du ...« Ich schaute ihn amüsiert und überrascht an. Er war verlegen! »Deine Verletzung ... ich dachte, vielleicht ... verdammt, ich glaube, ich bin wirklich betrunken.«

Ich grinste breit. »Es ist noch alles an mir, wenn du darauf hinauswillst. Allerdings war es knapp. Nur um einen Zollbreit verfehlt.«

»Eine Axt, sagtest du?« fragte er sehr interessiert.

»Ja, mit einem Haken daran. Und dieser richtete mich so zu. Der Hurensohn schwang die Axt auf ganz hinterhältige Weise und zwar von unten in den Schritt.«

»Ojemine!« Sein Gesicht verzog sich vor Mitgefühl und Entsetzen. »Es tut schon weh, sich das nur vorzustellen.«

»Dann kannst du dir ja denken, wie es mir geht. Ich träume immer noch davon und wache dann schweißgebadet auf.«

Er erschauerte, konnte das Thema aber auch nicht fallenlassen. »Und du hast nichts eingebüßt?«

Über sein besorgtes Gesicht mußte ich lachen. »Ich sagte ja schon: nein. Wenn man einmal davon absieht, daß ich nicht mehr gerade gehen kann. Alles ist noch da und funktioniert. Ich habe nachts nämlich regelmäßig Ergüsse. Doch sonst ...« Ich seufzte resigniert, weil ich es ihm wohl erzählen mußte, sah mich aber erst einmal um, ob auch niemand mithörte. »Ich weiß nicht, Plautus. Es scheint einfach nicht zu funktionieren, wenn ich wach bin. Dann bekomme ich ihn nicht hoch. Ich habe nicht einmal mehr das

Verlangen. Seitdem es passiert ist, habe ich keine Frau gehabt, und das ist jetzt über ein Jahr her.«

»Hast du es denn mal versucht?«

Ich lachte kurz und bitter. »Nein, eigentlich kann ich das nicht behaupten. Wie gesagt, mir fehlt jegliches Verlangen.«

»Vielleicht käme alles in Ordnung, wenn du dir mal 'ne Hure nehmen würdest? Ich meine, wenn es in deinen Träumen funktioniert, müßte es doch auch gehen, wenn du wach bist, nicht wahr? Es ist doch merkwürdig, daß du nur beim Schlafen den Drang verspürst!«

Ich nickte leicht. »Das sollte man meinen, doch es scheint anders zu sein.«

»Ist schon merkwürdig«, nuschelte er. Er war jetzt wirklich betrunken. »Das ist ... merkwürdig. Und eine Schande. Ich finde, wir sollten sehen, daß du in Ordnung kommst, Publius.«

»Vielleicht. Aber nicht heute nacht, Plautus.«

»Nein. Nicht heute nacht. Es ist schon so spät. Wieviel Uhr ist es denn?«

»Gleich Ausgangssperre!«

»Dann wird es Zeit, daß ich gehe. Was nur aus Equus geworden ist?«

»Oh, der wird schon kommen, früher oder später. Du gehst jetzt besser. Wie ich sehe, brechen deine Freunde da drüben auch auf. Ich bleibe hier sitzen, trinke noch ein Bier und warte auf ihn.«

»Ist das nicht lächerlich? Ein Mann in meinem Alter, der um Mitternacht im Bett sein muß?«

»So ist das nun mal beim Militär, Plautus! Wenn ich nicht hier in der Stadt aufgetaucht wäre, würdest du alle Abende in der Kaserne verbringen.«

»Das stimmt. Es ist ein gutes Leben. Nun, ich mache

mich jetzt lieber auf den Weg.« Ein wenig schwankend stand er auf und blickte grinsend auf mich herab. »Sag Equus, daß er ein Saftheini von einem Zivilisten ist und die schlechten Manieren eines Saftheinis von Zivilisten hat, weil er einen *primus pilus* versetzt. Gute Nacht, mein Freund. Mach dir über deinen Schwanz keine Sorgen. Den bringen wir schon in Ordnung. Überlaß das nur dem alten Plautus!«

Ich verbeugte mich im Sitzen. »Mit Freuden. Wenn ich sterbe, soll er dir gehören.«

Mein Kommentar entging ihm völlig. Er blinzelte mich wieder an und salutierte. Ich blieb lächelnd sitzen und sah ihm nach, wie er mit drei anderen Zenturionen, die mir noch kurz zuwinkten, die Taverne verließ.

Ich trank ein weiteres Bier und überlegte, was Equus aufgehalten haben mochte. Er hätte schon seit mindestens einer Stunde dasein müssen. Zwei Biere weiter war immer noch nichts von ihm zu sehen, ich jedoch von einer übelriechenden Gruppe spät eingetroffener Feiernder umringt. Bei dem Gestank drehte sich mir der Magen um. Ein Römer zu sein hatte schon manchmal seine Nachteile, und dazu gehörte, daß man ständig Sauberkeit erwartete. Ich ließ meinen Krug stehen und ging mit unsicheren Schritten zur Tür, wo mich die kühle Nachtluft etwas wiederbelebte, und machte mich auf den Heimweg.

Ich war betrunkener, als ich geglaubt hatte, und die Strecke erwies sich in der für die Jahreszeit zu kalten Nacht als lang und ermüdend. Mein Weg führte an der Schmiede vorbei, und ich sagte mir aus einem vom Bier inspirierten Impuls heraus, daß Equus wahrscheinlich noch dort war und arbeitete. Es war jedoch schon weit nach Mitternacht, so daß es wohl lediglich rührselig betrunkene Sentimentalität war, die mich in die schoßähnliche Wärme der

Schmiede statt ins Bett gehen ließ. Ich fand ohne weiteres den Schlüssel unter dem Stein, brauchte im Dunkeln aber eine ganze Weile, bis ich die Tür offen hatte.

Kaum hatte ich jedoch die Schmiede betreten und die Tür gewissenhaft hinter mir abgeschlossen, da wußte ich, daß jemand im Raum war. Ich spürte es nicht nur ganz deutlich, sondern auf einer der Bänke brannte auch eine Lampe.

»Equus? Bist du's?«

Keine Antwort, dennoch war ich sicher, daß ich nicht allein war. Ich bin nicht abergläubisch, doch die Schmiede war offensichtlich leer, und als mir einfiel, daß ich erst hatte aufschließen müssen, um hineinzugelangen, sträubten sich die Härchen in meinem Nacken. Ich ging zur Lampe, versuchte dabei die Schatten um mich herum mit Blicken zu durchdringen, aber ich konnte nichts Alarmierendes entdecken. Als ich jedoch nach der Lampe griff, sah ich vom Boden in der Ecke neben der Esse große Augen aus einem geisterhaften Gesicht zu mir hochstarren. Ich machte vor Schreck einen Satz und hätte die Lampe beinahe fallen gelassen; in demselben Augenblick erkannte ich Phoebe. Sie lag auf dem Boden, eingewickelt in eine dunkle Decke, deren Umrisse sich mit den tiefen Schatten in der Ecke vermischten.

»Phoebe«, sagte ich und versuchte mir nicht anmerken zu lassen, was für einen Schrecken sie mir eingejagt hatte. »Was im Namen Gottes tust du hier? Um diese Nachtzeit?«

Zu meinem Entsetzen begann sie zu weinen, wodurch ich sofort ins Hintertreffen geriet. Stumm stand ich da und blickte sie bestürzt an, während ihr Schluchzen immer heftiger wurde und schließlich den ganzen Raum ausfüllte. Ich komme mit fast allen Situationen zurecht, doch Frauentränen haben mich schon immer hilflos gemacht. Mir blieb nichts anderes übrig, als zu warten, bis sie sich ausgeweint hatte. Und dann kam schließlich zwischen Seufzern und unterdrückten Schluchzern ihre Geschichte heraus.

Cuno hatte wieder einmal getrunken. Ein viertägiges Bacchanal hatte in einem Gewaltausbruch geendet, in dem er versucht hatte sie umzubringen. Phoebe war ihm entwischt und hatte hier bei Equus Schutz gesucht. Dieser hatte sie beruhigt, ihr ein paar Decken gegeben, sie zu ihrer eigenen Sicherheit in der Schmiede eingeschlossen und sich dann auf den Weg gemacht, um Cuno in die Hände zu bekommen. Sie hatte sich in den Schlaf geweint und mich erst bemerkt, als meine Stimme sie aufschreckte.

Während sie erzählte, fand ich mich plötzlich neben ihr auf dem Boden sitzend wieder, den Arm tröstend um ihre Schultern gelegt, während sie mir mit gesenktem Kopf in die Achselhöhle flüsterte. Wäre ich nüchtern gewesen, hätte mich ihre Geschichte aus der Fassung gebracht. Doch so hörte ich ohne allzu großes Entsetzen zu, bis sie fertig war, und sagte dann »hmm« oder etwas ähnlich Intelligentes.

Phoebes Schluchzen ließ allmählich nach, und es schien mir nur natürlich zu sein, daß ich blieb, wo ich war, bis sie sich ganz beruhigt hatte. Als ich ihr so wie eine Eule von oben auf den Kopf starrte und durch ihr Haar ihre weiße Kopfhaut schimmern sah, wurde mir plötzlich bewußt, daß sie still war und sich nicht mehr rührte. Die Augen drohten mir zuzufallen, so daß ich heftig zwinkerte und sie angestrengt offenhielt. Ich fühlte mich ausgesprochen wohl mit der harten Wand im Rücken, dem ebenso harten Boden unter meinem Hintern und der weichen Wärme von Phoebes Körper an meiner Brust. Sie richtete sich unter meinem Arm ein wenig auf und hauchte mir etwas ins Ohr.

»Dann kann ich also bleiben?«

Ob sie bleiben konnte? Natürlich konnte sie bleiben! Da ich den Kopf noch gesenkt hielt, schaute ich ihr ins Kleid. Ich stellte mir die Wärme ihrer vollen, schweren weißen Brüste vor, die sich dort schmiegten, weich und verletzlich, meinen Blicken ausgesetzt. Plötzlich wurde mir bewußt, daß meine Hand, die rein zufällig auf ihrem Nacken und ihrer Schulter lag, voll weiblichen Fleisches war. Schulterfleisch, gewiß, doch das war nur der Anfang, denn nun war mir klar, daß ich sie haben konnte, hier und jetzt. Da sie verschmäht und geschlagen worden war, war sie verletzlich und erreichbar, und sie wäre sogar noch dankbar dafür. Diese Gewißheit erschreckte mich so sehr, daß mir wieder in den Sinn kam, wer und wo ich war. Zerknirscht zog ich den Arm zurück und richtete mich auf.

»Bleiben? Natürlich kannst du bleiben.« Ich hörte selbst, daß ich zu laut sprach. »Equus kommt bald zurück. Es kann aber auch sein, daß er mit Cuno schon fertig ist und bis morgen früh wartet, damit du dich ein bißchen ausruhen kannst. Leg dich einfach hin und schlaf weiter. Du wirst sehen, morgen früh ist alles wieder in Ordnung.« Ich versuchte hochzukommen, doch mein verräterisches, verkrüppeltes Bein ließ mich im Stich. Ich hatte überhaupt kein Gefühl darin. Daraufhin stützte ich mich mit beiden Armen an der Wand hinter mir ab und versuchte mich mit meinem gesunden Bein hochzustemmen, doch es gelang mir nicht.

»Was ist los? Kannst du nicht aufstehen?«

»Mein Bein. Das kaputte. Anscheinend ist es eingeschlafen. Ich habe kein Gefühl mehr.«

»Komm, laß dir helfen!« Im Nu war sie auf, aus ihren Decken, und zog mich hoch. Sie war eine große Frau, und ich war dankbar für ihre Stärke. Als ich auf den Beinen war, ließ ich ihre Hände los und griff Halt suchend wieder hinter mich an die Wand. Ich merkte, daß ich ein wenig schwankte.

»Danke, Phoebe. Es wird jetzt wohl gehen. Kriech wieder unter die Decke. Es ist kalt.«

»Aber nein! Es ist warm hier. Bist du sicher, daß es jetzt geht?«

»Ja, alles in Ordnung. Mein Bein macht einfach manchmal Zicken, wenn ich falsch sitze. Es wird dann irgendwie steif.«

»Tut es sehr weh?«

»Gewöhnlich nicht.«

»Und jetzt?«

»Nein, jetzt auch nicht. Es ist nur taub.«

»Kannst du laufen?«

»Gleich, wenn ich wieder Gefühl darin habe.«

»Ich habe das auch schon ein paarmal erlebt. Es ist ein merkwürdiges Gefühl. Als würden überall Nadeln pieksen.«

Sie stand dicht vor mir und schaute mir mit einem merkwürdigen Ausdruck ins Gesicht, die Arme unter den Brüsten verschränkt, so daß diese aus dem Ausschnitt quollen. Ich blickte beiseite. »So«, sagte ich, »jetzt ist es besser.« Ich beugte mein Knie und bewegte es. Als ich einen Schritt von der Wand weg machte, fiel ich seitlich hin. Phoebe fing mich in ihren starken Armen auf, so daß mein Gesicht auf ihren Brüsten lag, zog mich wieder hoch und lehnte mich an die Wand. Ich fühlte mich schwach, idiotisch und plötzlich ausgesprochen nüchtern.

»Es ist überhaupt nicht besser, nicht wahr?«

»Nein.« Ich schüttelte den Kopf und lächelte dümmlich. »Noch nicht.« Doch dann begann es »besser« zu werden, und zwar so plötzlich auf eine so brutale und unerwartete Art, daß ich pfeifend nach Luft schnappte, weil sich die zerrissenen Muskeln in meinem Oberschenkel verknoteten und verkrampften und ich wieder hinfiel. Ich lag jetzt mit meinem ganzen Gewicht in Phoebes Armen, und sie schleppte mich zu dem einzigen Stuhl im Raum, auf dem sie mich kurzerhand ablud. Ich war außer mir vor Schmerzen, die alles übertrafen, was ich je zuvor erlebt hatte. Mein ganzes Bein war vom Hintern abwärts ein gewaltiger, verzerrter, qualvoller Knoten. Wie durch einen Nebel hörte ich ihre Stimme in mein Ohr zischen: »Hör auf, dich zu krümmen, sonst kann ich dir nicht helfen! Heb das Bein hoch! Hoch damit! Halt still, verdammt noch mal!« Und dann begann schließlich und allmählich, nach unzähligen Äonen Zeit, wie mir schien, der schreckliche, wahnsinnige Schmerz nachzulassen, vertrieben von der festen, rhythmischen und lindernden Bewegung ihrer starken Hände, die meine Beinmuskeln kneteten und entspannten, behutsam die Verhärtung aus ihnen entfernten und das krampfartige Zittern nach und nach verschwinden ließen. Ich öffnete die Augen und fühlte den Schweiß auf meiner Haut trocknen.

Ich lag auf dem Boden der Schmiede neben dem umgekippten Stuhl, auf den mich Phoebe geworfen hatte. Ich konnte mich nicht erinnern, hingefallen zu sein. Phoebe kniete rittlings über meinem schlimmen Bein; das Haar war ihr ins Gesicht gefallen. Ich hatte ein merkwürdiges Gefühl, das zwar angenehm und irgendwie vertraut war, das ich jedoch nicht einordnen konnte. Und dann erkannte ich es. Es war die sanfte Wärme nackter Schenkel um meinen bloßen Fuß. Ich erstarrte vor Schreck. Sie spürte es, setzte sich auf die Fersen zurück, um mich anzusehen, und strich sich die Haare mit einer Hand aus den Augen. Durch diese Bewegung erreichte die erstaunliche Hitze ihrer

Mitte meine Zehen, doch sie schien sich dessen nicht bewußt zu sein.

»Das war schlimm«, sagte sie. »Passiert das öfters?«

Stumm schüttelte ich den Kopf, in Gedanken mit dem beschäftigt, was mein Fuß spürte, und fragte mich, wie es dazu gekommen war. Voller Anteilnahme blickte sie mich unverwandt an.

»Ist es jetzt besser? Tut es noch weh?«

Ich schüttelte nochmals den Kopf und schluckte, um den Kloß aus dem Hals zu bekommen. »Nein«, flüsterte ich. »Danke!«

»Ich bin froh, daß ich helfen konnte. Etwas mußte ich ja tun. Eine Weile glaubte ich, du würdest sterben.«

»So schlimm war es? Ich weiß nichts davon.«

»Dann sei froh. Du hast vor Schmerzen fast den Verstand verloren. Schau nur, wie du mich gepackt hast.« Sie zeigte mir ihren rechten Arm, der rote Druckstellen von meinen Fingern hatte. »Du bist ein starker Mann, selbst für einen Schmied.«

»Das war ich? Wirklich?« Ich hatte ein trockenes, wundes Gefühl im Hals. »Das tut mir leid. Ich kann mich nicht daran erinnern.«

»Ich weiß. Wie gesagt, hast du fast den Verstand verloren. Ich mußte dir einen Schlag auf den Kopf geben. Tut es weh?«

»Nein. Wo hast du hingeschlagen?«

»Da!« Sie berührte die eine Seite meines Kopfs, und plötzlich spürte ich dort Schmerz. Dieser war jedoch nicht mit den überstandenen Krämpfen in meinem Bein zu vergleichen, sondern lediglich ein kleines Ärgernis. Vorsichtig betastete ich die Stelle und spürte eine dicke Beule.

»Womit hast du mich denn geschlagen?«

»Mit einem Holzstück.«

Sie senkte den Kopf und begann wieder mein Bein zu kneten. Dann beugte sie sich vor, um mehr Halt zu finden und mit den Knien fester zupacken zu können, und nahm ihren Körper von meinen Füßen, wodurch es mir an den Zehen recht kalt wurde. Ihre Daumen gruben sich so tief ein, daß ich zusammenzuckte.

»Au! Wo hast du das gelernt?«

Sie sah mich wieder an, wobei ihre Finger und Daumen in Bewegung blieben. »Ich bin Masseuse, das heißt, ich war es, bevor ich geheiratet habe. Ich habe im Frauenbadehaus neben der Hauptkaserne gearbeitet und hauptsächlich Offiziersfrauen massiert.«

»Du sprichst sehr gut.« Ich merkte gleich, was ich gesagt hatte und wie arrogant es klang. »Ich meine …«

»Ich weiß, was du meinst, aber danke. Ja, ich spreche gut. Ich hatte einen Lehrer. Ich habe ihn selbst bezahlt, von meinem Verdienst im Badehaus. Ich war zu der Überzeugung gelangt, daß es nicht besonders sinnvoll war, Analphabetin zu bleiben.«

»Aha.« Ich hätte gern das Bein angewinkelt, um meinen Fuß wieder in ihre Wärme zu bringen. Sie senkte den Kopf, um weiterzuarbeiten, und mir fiel auf, daß Phoebes Gesicht ganz und gar nicht so uninteressant war, wie ich immer gemeint hatte. Ich überlegte, was ich sie fragen könnte, damit sie wieder aufschaute.

»Kann Cuno auch lesen und schreiben?«

Damit erreichte ich mein Ziel. »Mein Mann? Cunobelin? Der Königsproß? Ha! Er kann kaum sprechen. Trinkt und schlägt mich lieber.«

»Warum bleibst du dann bei ihm? Verlasse ihn doch!«

»Ihn verlassen? Das ist leicht gesagt.« Sie senkte den Kopf wieder, und ihre Hände arbeiteten sich rasch und behende an meinem Oberschenkel hoch, so daß sie auf den Knien mitrutschen mußte. Dabei hielt sie meinen Schenkel immer fest eingeklemmt. »Dem brutalen Kerl weglaufen! Wohin sollte ich denn gehen? Und was tun? Und wo?«

Ich japste wieder, als sie einen Knoten fand. »Tu' was du gelernt hast! Irgendwo. Es gibt noch andere Städte. Geh nach Londinium. Du bist Masseuse. Dort wird man Verwendung für dein Können haben. Er würde dir nicht folgen. Du hast doch keine Kinder, oder?«

Phoebes Finger hielten im Kneten inne. »Nein. Ich habe keine Kinder.« Sie setzte sich wieder zurück und brachte das Feuer ihrer Mitte auf mein Bein zurück. Diesmal war es jedoch anders: Mein abgewinkeltes Knie paßte genau in ihre Weichheit. Ich sah sie erschreckt die Augen aufreißen, als ihr die Unanständigkeit der Berührung auffiel. Instinktiv versuchte sie sich zurückzuziehen, doch ich hielt sie mit einem unwillkürlichen »Nicht!« zurück. Sie erstarrte.

»Was nicht?«

»Hör nicht auf damit! Noch nicht. Es tut immer noch etwas weh.«

»Wo?«

»Dort, in meinem Schenkel. Da ist noch eine Verspannung. Weiter unten, direkt über dem Knie.«

Selbst in dem trüben Licht der einen Lampe konnte ich sehen, wie Phoebes Hals sich rötete. Sie hatte schon aufspringen wollen, so daß mich eines ihrer Beine nicht mehr berührte. Nun setzte sie sich langsam zurück, wobei ihre Knie über meine Beine streiften. Ihre Röcke zupften an meinen Zehen, und dann streifte der vordere Saum ihres Kleids über sie. Mit den Fingerspitzen tastete sie die Gegend über meinem Knie ab.

»Wo ist die Verspannung?«

In ihrer Stimme schwang jetzt etwas anderes. Etwas Heiseres, Flüsterndes. Ich stützte mich auf die Ellbogen und sah, daß meine Beine bloß waren, mir die Tunika aber anständig übers Geschlecht gezogen war. Ihre Röcke waren hochgeschoben und gaben auf beiden Seiten von mir ihre weißen, runden Knie frei.

»Dort«, sagte ich, »wo deine Daumen sind.« Sie grub sie so tief ein, daß ich nach Luft schnappte.

»Leg dich zurück. Hier!« Sie griff nach meiner abgelegten Hose und faltete sie zu einem Kissen zusammen. »Nimm das unter den Kopf!«

Verwirrt tat ich, was sie sagte. Ich wünschte mir zwar, es würde nicht aufhören, hatte aber Angst. Angesichts dessen, was mir durch den Kopf ging, und der Anspannung in meinen Eingeweiden hätte ich erregt und steif sein sollen, doch meine Männlichkeit lag still und schlaff da. Phoebes Finger gruben sich tief in die Muskeln über meinem Knie. Dort war nichts verspannt, doch es war ein angenehmes Gefühl, und ich war trotz der Schmerzen immer noch ein bißchen betrunken.

Mit ihrer heiseren Flüsterstimme sagte sie: »Entspann dein Bein! Laß es locker!« Ich versuchte es. »Kannst du es ganz strecken?«

Ich schüttelte den Kopf. »Nein. Die Kniesehne ist geschrumpft. Ich kann das Bein nicht ganz strecken.«

»Kannst du es abwinkeln? Beugen? Versuch es!«

Ich beugte es langsam, weiter, als ich vorgehabt hatte, so daß mir ihre hinteren Rocksäume von den Zehen fielen und meine Füße im Zelt ihrer Kleidung frei lagen. In meinem Nacken pochte es.

»So ist es gut! Und nun streck es wieder!«

Auch das tat ich, und ich spürte an der Fußsohle die Innenseite des rauhen Rockstoffs. Sie schien sich des Ganzen nicht bewußt zu sein und holte tief Luft, so daß sich ihre Brüste unter dem Kleid abzeichneten.

»Na also!« meinte sie und machte sich nun ernsthaft an die Arbeit, bohrte und grub, knetete und walkte, wobei ich, als sie ein wenig nach hinten rückte, auch wieder ihre Hitze spüren konnte. Es war jedoch keine direkte Berührung; die empfindliche Haut meines Fußes wurde nur ganz zart von kräftigem Haar gekitzelt.

Ich lag da und aalte mich in den angenehmen Gefühlen, die Phoebe in mir hervorrief. Doch plötzlich hielt sie inne.

»Genug jetzt! Allmählich werde ich müde. Ich muß jetzt aufhören.«

»Nein! Bitte nicht!«

Sie seufzte. »Was willst du von mir, Meister Varrus? Es ist keine Lust. Du zeigst kein Begehren.«

»Ich würde gern, Phoebe, aber ich kann nicht. Doch ich genieße deine Wärme. Deine Berührung.«

»Du kannst nicht?« Sie schwieg, wie mir schien, sehr lange, und dann fragte sie: »Wegen deiner Verwundung? Diesen Narben? Haben sie dich entmannt?« In ihrer Stimme lag sehr viel Güte.

»Ja. Es scheint so, jedenfalls in gewisser Weise.«

Sie seufzte wieder. »Du Armer!« Ihre Hände glitten wieder über meine Oberschenkel, doch jetzt streichelten sie mich. Danach sank sie auf die Fersen zurück und legte, diesmal offen und vollkommen absichtlich, ihre siedendheiße, bloße Scham auf meinen Fuß.

Ich schämte mich nicht, sondern nahm es ganz zufrieden hin, daß sich Phoebes Hände an meinem Oberschenkel hinauf zu meinem Unterleib vortasteten. Ihre Finger rieben mein schlaffes Geschlecht. Ich preßte den Fuß gegen ihre Nacktheit, so daß ich ihre nachgiebige Weichheit spüren konnte, und sie drückte dagegen, glitt an meinem knöchernen Fußgewölbe entlang. Dann beugte sie sich langsam vor und legte ihr Gesicht in die Beuge zwischen meinen Schenkeln und meinem Bauch. Ihr warmer Atem kitzelte mich, während sie sich weiter langsam an meinem Fuß rieb, eine Hand auf meinem Hintern, die andere auf meinem Geschlecht. Eine meiner Hände lag auf ihrem weichen Nacken, und ich nahm mit dem Fuß die Feuchtigkeit ihrer Bereitschaft wahr. Dann regte sich plötzlich in meinen Lenden Begehren. Ich hielt den Atem an, wagte nicht, mich zu rühren, und spürte, wie ich, sanft von ihr umfangen, zum Leben erwachte. Und als ich immer mehr anschwoll, hörte sie auf, sich zu bewegen, blickte schweigend auf das, was sie vor Augen hatte, und meinte: »Oh, was für ein phantastischer Lügner du doch bist!« Schnell setzte sie sich rittlings auf mich und ließ das Wunder, das sie vollbracht hatte, langsam in sich eindringen.

Es war eine großartige, leidenschaftliche Vereinigung, wie ich sie nie wieder erlebt habe. Ich fühlte mich, wie sich der Blinde nach der Heilung durch Jesus Christus gefühlt haben mochte, und die Ekstase meiner Erlösung war unbeschreiblich, weil sie gewissermaßen dadurch vertieft wurde, daß mir etwas Verlorengeglaubtes wiedergegeben wurde. Ich will gar nicht erst versuchen, meine Gedanken und Gefühle zu beschreiben. Es war, als wäre irgendwo in mir ein Damm gebrochen, und die Säfte, die nun hindurchschossen, schienen unerschöpflich zu sein. Unersättlich wurde ich immer wieder aufs neue steif, fast ohne zwischendurch Erholung zu brauchen. Als Phoebe Stunden später flüsterte: »Nicht mehr, genug! Es tut weh. Es geht nicht mehr!«, glaubte ich ihr sofort. Wir waren wieder zu ihren Decken neben der Esse zurückgekehrt, und es begann bereits hell zu werden. Ich rollte von ihr weg und stand auf.

»Wohin gehst du?«

Ich beugte mich hinunter und küßte sie. »Nach Hause. Equus kann jeden Augenblick auftauchen. Ich komme aber zurück, mach dir keine Sorgen.« Ich ging zum Löschtrog, spritzte mir eiskaltes Wasser ins Gesicht, trocknete mich mit einem rauhen Handtuch ab und quälte mich in meine Tunika. Erst als sie dicht an meinem Ohr leise mit mir sprach, merkte ich, daß sie zu mir gekommen war.

»Meister Varrus? Bist du mir böse?«

Ich sah sie erstaunt an. »Böse? Dir?« Und dann sah ich die Furcht und Unsicherheit in ihren Augen. Ich lächelte sie an, nahm sie fest in die Arme und flüsterte ihr ins Ohr: »Meine wunderschöne Phoebe, wie um alles in der Welt könnte ich dir jemals böse sein? Du hast mir meine Männlichkeit zurückgegeben. Ich hatte schon geglaubt, ich würde nie wieder bei einer Frau liegen, nie wieder eine Furche pflügen.« Ich küßte sie und spürte die weiche Sanftheit ihrer von der Liebe geschwollenen Lippen. »Nein, ich bin dir nicht böse. Ich kann mir auch gar nicht vorstellen, es jemals zu sein. Aber dein Bruder wird bald kommen und vielleicht deinen Mann mitbringen. Es wäre nicht gerade gut für dich, hier mit mir gefunden zu werden, so offenkundig befriedigt. Meinst du nicht auch?«

Sie blickte mich mit zusammengekniffenen Augen an und versuchte festzustellen, ob ich die Wahrheit sagte. Dann lächelte sie leicht boshaft. »Befriedigt? Das ist ein Wort für Leute, die wissen, was das bedeutet. Mein Mann würde nichts merken. Er hat mir so ein Gefühl nie gegeben und würde mein Vergnügen daher auch nicht erkennen.« Ihre Hand glitt wieder zu meinem Unterleib, wo sie mein Geschlecht sanft drückte. »Ich freue mich, daß ich ihm zum Leben zurückgeholfen habe. Sei nett zu ihm, jetzt wo es ihm wieder gutgeht.«

»Ja, Phoebe, ja.« Lächelnd liebkoste ich ihre Brust. »Aber du hast mir gerade erzählt, daß du nicht mehr kannst, und nun reizt du ihn.«

»Oh, ich möchte ihn wirklich nicht reizen, dafür bedeutet er mir zuviel.«

Auf Zehenspitzen schob sie ihren Bauch gegen mich, und ich zog sie an mich und glitt gerade wieder sanft in ihre schlüpfrige Hitze, als wir Equus an der Tür der Schmiede hörten. Wir erstarrten und wagten nicht, uns zu rühren. Beim Gedanken an die groteske Ehebrecherskulptur, die wir Equus darbieten würden, mußte ich fast kichern. Ich hörte ihn nach dem Schlüssel suchen, den ich mit hereingenommen hatte. Phoebe versuchte sich mir zu entziehen. Ich packte sie jedoch, weiterhin in ihr, fester am Hintern und schüttelte den Kopf. Dann beugte ich mich vor und flüsterte ihr ins Ohr: »Es ist abgeschlossen. Und ich habe den Schlüssel. Er kann nicht herein.« Sie bekam große Augen, und wir hörten Equus murren. Dann rief er: »Phoebe? Phoebe, laß mich rein! Ich bin's, Equus!« Ich schüttelte den Kopf: Sie sollte keinen Ton von sich geben. Er rief noch ein paarmal, fluchte empört, und dann hörten wir, wie sich seine Schritte entfernten, weil er nach Hause ging, um dort nach dem Schlüssel zu suchen.

Als er weg war, kicherte Phoebe. »Armer Equus. Er wird schrecklich wütend sein.«

»Ja, und bald wieder hier sein. Ich muß gehen. Doch hör mir jetzt mal zu. Ich komme mit einem Beutel Geld für dich zurück. Gold. Kein Wort! Hör einfach zu! Es ist ein Geschenk, das ich dir machen möchte. Ich brauche es nicht, wohl aber du. Du hast mir ein Leben zurückgegeben, von dem ich schon glaubte, es sei für mich für immer verloren. Verstehst du? Ein Leben für ein Leben. Verwende es, um von hier und deinem Mann wegzukommen. Du hast etwas Besseres verdient. Wenn ich zurückkehre, wird Equus hier sein. Lüg ihn nicht an. Sag ihm, daß ich gestern abend nach ihm sehen wollte und dich vorfand und daß du mir erzählt hast, was geschehen ist. Mehr sag nicht. Er wird nie auf die Idee kommen, daß ich geblieben bin. Ich übergebe dir das Geld, wenn er gerade nicht hinsieht. Keine Widerrede! Nimm es einfach!« Ich beugte mich über sie und sah sie scharf an. »Du nimmst es, ja?«

Sie blickte mich mit großen, tränenerfüllten Augen an und nickte, erst leicht, dann heftig. »Ja. Ich nehme es. Gott segne dich.«

»Vielleicht wird er das, aber ich bezweifle es. Doch du hast mich gesegnet. Laß mich wissen, wo du hingehst, ja? Vielleicht sehen wir uns ja einmal wieder.« Sie nickte, und jetzt stürzten ihr die Tränen aus den Augen. »Gut«, sagte ich. »Wo waren wir stehengeblieben? Mir gefiel das. Es gibt nichts Besseres für einen Brummschädel.«

Sie lächelte mich ruhig und träge an, lehnte sich in meine Handflächen zurück und schob ihre Hand zwischen uns, während sie sich auf die Zehenspitzen stellte.

»Ich glaube«, flüsterte sie und griff nach mir, sanft, bestimmt, führend, »wenn ich es richtig in Erinnerung habe –« eine Pause, voll angespannter Konzentration, köstlichem Tasten, Prüfen, in Stellung bringen – »dann warst du gerade –« noch ein wenig wahnsinnig machendes Zurechtrücken – »ungefähr –« ein langes, langsames, siedendheißes Gleiten – »da!«

Eine Stunde später war ich, wie versprochen, mit dem Geld für ihre Flucht zurück, und ich schob es ihr zu, ohne daß Equus etwas merkte. Er war außer sich, weil er Cuno, Phoebes gewalttätigen Ehemann, fast die ganze Nacht lang vergeblich gesucht hatte. Doch Cuno war offenbar nicht so betrunken gewesen, als daß er sich nicht erinnert hätte, was ihm Equus für den Fall, daß er Phoebe noch einmal mißhandelte, angedroht hatte. Er war für immer verschwunden und kam nie wieder nach Camulodunum zurück. Wir vermuteten, daß er vor Equus geflohen war, konnten es aber nicht beweisen, und niemand hatte Lust, wertvolle Zeit mit der Suche nach dem Kerl zu verschwenden.

Auch Phoebe reiste noch in derselben Woche ab. Für ihren Bruder ließ sie einen Brief zurück, in dem sie erklärte, warum sie die Stadt verließ. Sie erwähnte nicht, wohin sie gehen wollte, sondern schrieb nur, daß sie ihm eine Nachricht schicken würde, sobald sie sich in ihrem neuen Leben eingerichtet hätte, damit er wüßte, wie es ihr ginge. Die Nacht vor ihrer Abreise verbrachte sie bei mir. Sie schrieb mir noch mehrmals aus Verulamium, wo sie hingezogen war. Equus war anfangs bestürzt über ihr Verschwinden, beruhigte sich jedoch wieder, als er Nachricht von ihr hatte und wußte, daß es ihr gutging. Nie ahnte er auch nur, daß ich mit Phoebes Flucht etwas zu tun haben könnte.

IX

Es war ein brütendheißer Tag mitten im Sommer, und ich war nicht gerade begeistert, in der dunklen Schmiede eingesperrt, noch einen Auftrag für Spießköpfe für die germanischen Söldner der Garnison ausführen zu müssen. Er war zunächst wegen anderer, wichtigerer Lieferungen zurückgestellt worden und sollte nun dringend erledigt werden. Mir kam es in der Schmiede düster wie im Grab vor, doch in Wahrheit war ich ganz einfach faul und stand mir der Sinn an diesem Tag nicht nach Arbeit. Ich hämmerte einen abkühlenden Spießkopf fertig, tauchte ihn in den Löschtrog und schaute dabei durch die Dampfwolke zur Tür. Und da sah ich Britannicus hoch auf einem prächtigen Schimmel in einer Galauniform, die eine einzige purpurrote, weiße und goldene Pracht war. Ich warf die Zange und den Hammer hin und rannte, so schnell mich mein lädiertes Bein trug, zum Eingang, wo ich dann, plötzlich von Scham ergriffen, stehenblieb.

Spöttisch musterte er meinen Bart, mein rußiges Gesicht, meine ebenso schwarzen Arme und meine Lederschürze.

»Beim heiligen Augustus! Vulcanus in Person! Sag mir, Mann, ich suche einen Freund, dem wahrscheinlich diese Schmiede gehört. Varrus, den Römer. Wo finde ich ihn?«

»Vulcanus war von Geburt an lahm«, erwiderte ich. »Doch ich habe mir das Hinken erst kürzlich zugezogen, als ich meine Zeit damit verschwendete, einem undankbaren Kameraden aus der Klemme zu helfen.«

Über sein Gesicht lief ein breites Grinsen. Dann schwang er ein Bein über den Pferderücken und glitt mit weitausgebreiteten Armen zu Boden, offenbar in der Absicht, sie um mich zu werfen. Ich sprang entsetzt zur Seite. Eine Berührung mit mir, und seine Galauniform würde von dem Ruß ruiniert sein. Ich wehrte ihn mit beiden Händen ab.

»Um der Liebe Gottes willen, Kommandant, faß mich nicht an! Du wirst nie wieder sauber!«

Er hielt gerade noch rechtzeitig inne und blieb stehen. »Du magst ja recht haben, alter Freund, du magst ja recht haben. Du siehst wirklich ganz schön ... rußig aus. Aber die Hand kann ich dir doch wenigstens drücken!«

Wir begrüßten uns nach Art der Römer, Arm an Arm, und musterten einander voller Freude. Es war drei Jahre her, daß sich unsere Wege getrennt hatten. Britannicus schien in bester Verfassung zu sein, obwohl er inzwischen siebenunddreißig Jahre alt sein mußte. Er war schlank, braungebrannt und kräftig. Sein purpurroter Umhang und Federbusch, der Goldhelm und die Rüstung ließen die schöne weiße Wolle seines Militärrocks wie Damast erscheinen.

»Was führt dich nach Camulodunum, Kommandant? Und warum bist du so formell gekleidet? Was für ein Anblick für meine müden Augen! Du siehst phantastisch aus!«

»Danke, Varrus, du auch. Und wie geht es dir? Geht das Leben gut mit dir um? Bist du glücklich?«

»Was ist schon Glück, Kommandant? Ich führe ein gutes Leben und habe einen Ort zum Wohnen und einen zum Arbeiten. Ich bin zufrieden. Was kann sich ein Mann denn mehr wünschen?«

»Was macht dein Bein?«

»Ist in Ordnung. Es wird nie wieder gerade sein, und im Winter tut es weh, doch wie du siehst, kann ich laufen.«

»Ausgezeichnet!« Er blickte sich im Hof um. »Hast du einen Becher Wein für einen durstigen Mann?«

»Nein, aber etwas Besseres.« Ich sah ins Dunkel der Schmiede. »Equus! Komm doch mal raus! Ich will dich mit jemandem bekannt machen.«

Equus trat, sich die Hände an der Tunika abwischend, in die Sonne. Ich stellte ihn Britannicus als meinen Partner vor und bat ihn, uns etwas von seinem selbstgebrauten Bier einzuschenken. Im Hof war eine Bank, und während wir es uns darauf bequem machten, ging Equus die Getränke für uns holen.

»Du hast meine Frage nicht beantwortet, Kommandant! Was ist der Anlaß für diesen Staat?« Ich deutete mit dem Kinn auf seine Uniform, und er zuckte geringschätzig mit den Schultern.

»In ganz Britannien scheint Frieden zu herrschen. Ich bin mit Theodosius auf dem Weg nach Verulamium. Heute abend findet ein Abendessen mit Antonius Cicero und der hiesigen Garnison statt. Wir sind am Morgen eingetroffen, und mittags hat eine Truppeninspektion in Galauniform stattgefunden. Ich bin gleich nach dem Zeremoniell hergekommen.«

»Aha, deswegen der Aufruhr! Ich habe die Fanfaren gehört, war aber zu beschäftigt, um es groß zu beachten. Ich wußte, daß ich von Plautus noch früh genug erfahren würde, worum es sich handelt. Bleibst du heute nacht in der Stadt?«

»Ja. Morgen früh bei Tagesanbruch reise ich wieder ab. Ich wollte dich einladen, heute abend mit mir im Kastell zu speisen. Kommst du? Du kennst ein paar der Offiziere.«

Ich war überrascht. Es handelte sich um ein formelles Offiziersessen. Blitzschnell ging ich in Gedanken meine Garderobe durch. Für ein Bankett war nichts Geeignetes dabei.

»Ich kann nicht, Kommandant«, sagte ich. »Es tut mir leid, aber für einen solchen Anlaß habe ich nichts anzuziehen. Seit ich hier bin, habe ich keine neue Kleidung gekauft – jedenfalls nichts Elegantes. So etwas brauche ich normalerweise nicht.«

Er schüttelte den Kopf. »Kein triftiger Grund! Zu leicht zu beheben und zu schwach als Entschuldigung! Überhaupt nicht annehmbar! Ich lasse dir ein paar meiner Sachen schicken. Am Abend nehmen wir dann zusammen ein Bad und lassen von den Heeresmasseuren mit Dampf, Wasser, parfümierten Ölen und Muskelkraft den Ruß aus deinen Poren entfernen. Du mußt ja wie ein Ziegenbock stinken!«

Ich lachte laut. »Der Schmutz dient nur als Tarnung. Ich bade schon von Zeit zu Zeit.«

»Den Göttern sei Dank!«

Beim Hinsetzen hatte er den Helm abgenommen, und nun hakte er seinen Militärmantel auf und ließ ihn achtlos hinter sich fallen. Equus kam mit zwei riesigen Krügen des Biers, das er bei sich zu Hause braute. Wir hatten immer ein Faß davon im kühlen Keller, und es löschte den Durst besser als jedes andere Getränk. Britannicus nahm seinen Krug dankbar lächelnd entgegen und setzte ihn sich gleich an die Lippen. Equus sah zu, wie er dem Bier kräftig zusprach, dann ging er wieder.

Nach einer guten Weile hörte Britannicus auf zu trinken und wischte sich mit dem Unterarm, tief Luft holend, den Mund ab.

»Das ist ein köstliches Zeug, Varrus! Hat Equus ... Equus? Ist das sein richtiger Name?«

»So wird er genannt. Wahrscheinlich kennt nicht einmal er selbst seinen richtigen Namen.«

»Hat er das hier gebraut?«

»Ja, Kommandant. Er ist sehr stolz auf sein Bier.«

»Und das mit Recht!« Er trank noch mal. »Wie viele Sklaven arbeiten für dich, Varrus?«

Ich schüttelte den Kopf. »Keine, Kommandant, wie du sehr wohl weißt. Sklaverei ist unproduktiv.«

Er lächelte. »Ach ja, ich erinnere mich an deine Ketzerei. Das Kaiserreich beruht auf Sklaverei, Varrus!«

»Pferdeäpfel, Kommandant, und das weißt du auch. Die Republik wurde von den freien Bauern und Bürgern Roms erbaut, aus dieser wurde das Kaiserreich, und die Sklaverei setzte beidem ein Ende.«

Jetzt grinste er übers ganze Gesicht. »Das ist Verrat, Varrus. Wenn Valentinian das hört, läßt er dir die Zunge herausschneiden. Wie kannst du nur die Vorzüge der Sklaverei leugnen?«

»Auf die gleiche Weise, wie letztes Mal, als du das zur Sprache brachtest! Das ist schlichtweg eine Frage des gesunden Menschenverstands. Mich überrascht nur, wie sich jemand mit einem bißchen Grips für die Sklaverei aussprechen kann.«

Britannicus stand auf und blickte auf das Meer wildwachsender Malven in der einen Ecke des Hofs. Gedankenverloren blieb er dort eine Weile stehen, so daß ich zu seinem Rücken sprach.

»Ich weiß, daß du im Prinzip mit dem, was ich sage, übereinstimmst. Jedenfalls habe ich dich das sagen hören. Ich bin nicht so dumm zu glauben, daß alle Sklaven befreit werden sollten oder könnten. Doch ich meine wirklich, daß jemanden seiner Menschenwürde zu berauben der sichere Weg ist, jedermann, einschließlich sich selbst, den wahren Nutzen des Lebens vorzuenthalten. Ein Sklave hat keinen Anreiz, etwas besser zu machen. Deshalb hat es in den Legionen nie Sklaven gegeben. Nehmen wir mal die Zeit der Republik, als Rom so stark war wie nie zuvor. Die besten Ideen und Entscheidungen, die größten Fortschritte im Wissen, in der Strategie, in der Kriegsführung, wo auch immer, kamen von freien Männern. Nie von Sklaven. Nicht ein einziges Mal. Mehr will ich dazu nicht sagen. Es ist mir egal, wenn sich andere Leute Sklaven halten. Mir geht es nur darum, daß jeder, der für mich oder bei mir arbeitet, dadurch auch sein Leben und dessen Umstände verbessert. Es soll sein Schaden nicht sein, wenn er sein Bestes gibt.«

Britannicus hatte sich umgedreht und blickte mich an. »Und was ist mit den griechischen Stadtstaaten?«

»Was soll mit denen sein? Darüber haben wir doch schon gesprochen. Sie beweisen meinen Standpunkt.«

»Keineswegs, Varrus. In Athen, einem Sklavenstaat, hat sich der menschliche Geist zu den allergrößten Leistungen aufgeschwungen.«

»Ja, und doch sind sie ausgestorben! Das war nicht anders möglich! Kommandant, wie kannst du als Christ nur glauben, daß Gott die Menschen nach seinem Ebenbild erschaffen hat, und gleichzeitig behaupten, daß ein Mensch das Recht hat, einen anderen zu besitzen?«

»Religiöse Philosophie? Von dir, Varrus?« Er lächelte wieder.

»Das ist keine Philosophie!« Ich spürte, wie mir das Blut ins Gesicht stieg. »Das Zeug ist zu hoch für mich. Die Demokratie Athens beruhte auf einem grundlegenden Fehler: Nur Bürger durften denken, und nur Sklaven durften arbeiten. Die Sklaven hatten kein nennenswertes eigenes Leben, mußten aber alles herstellen, was die parasitären Denker zu ihrem Leben brauchten. Das konnte ja nicht gutgehen. Auf der einen Seite führte es zu Haß und auf der anderen zu Faulheit.«

Als Britannicus seinen Krug hob, fiel mir noch ein Beispiel für meinen Standpunkt ein.

»Das Bier, das du da trinkst – woher, glaubst du wohl, kommt das?«

Er zog die Augenbraue hoch. »Du hast es mir doch gesagt, Equus hat es gebraut.«

»Richtig, aber woraus?« Er sah jetzt belustigt aus. »Wir kennen einen Bauern, Kommandant, der uns mit den Zutaten für Equus' Bier versorgt. Equus wiederum liefert mir sein Bier, weil ich ihm die Werkstatt zur Verfügung stelle, in der er die Nägel und das Werkzeug herstellen kann, womit er den Bauer für seine Ernte bezahlt. Wenn der Bauer nichts mehr anbaut, ich Equus seinen Arbeitsplatz wegnehme oder er keine Nägel und Werkzeuge mehr herstellt, dann bricht die Kette zusammen. Der Bauer geht mit seiner Ware woandershin, oder Equus muß sich einen anderen Bauern für die Lieferung des Hopfens suchen. In der Zwischenzeit habe ich kein Bier. Einer ist dabei immer der Verlierer.«

Er lächelte und nickte leicht, seine Augenbraue immer noch – wie mir schien – spöttisch hochgezogen. Doch ich fuhr fort.

»Dieses Beispiel mag an den Haaren herbeigezogen erscheinen, ist es aber nicht. Es ist so einfach und echt wie das Leben. Bevor etwas verbraucht werden kann, muß es produziert werden, und ich finde, daß kein Mensch das Recht zu leben hat, wenn er nichts herstellt. Parasiten sind destruktiv. Doch unsere Gesellschaft, unser römischer Staat, hat es nie für nötig gehalten, sein Volk darin zu ermutigen, vernünftig und eigenständig zu produzieren. Mehr möchte ich darüber nicht sagen. Sonst werde ich noch wütend.«

Er lächelte über meine Heftigkeit. »Genug! Es tut mir leid. Zeig mir deine Werkstatt!«

»Gern. Jetzt sag mir aber noch, warum du mich gleich nach deiner Ankunft auf dieses Thema gebracht hast! An fast der gleichen Stelle sind wir vor zwei Jahren auseinandergegangen!«

Er grinste. »Das stimmt. An ebendieser Stelle. Ich war einfach neugierig, ob du dich noch an dein wohlgesetztes Argument erinnern würdest, obwohl ich es keinen Augenblick ernsthaft bezweifelt habe.«

Ich ging mit ihm in die Schmiede, und wir verbrachten die nächste halbe Stunde damit, über die laufenden Arbeiten zu reden. Britannicus stellte viele gescheite Fragen, und ich versuchte ihm diese ebenso intelligent zu beantworten. Er war von unserer Ausstattung beeindruckt, worüber ich mich freute. Als wir eine Weile so dagestanden und Equus bei der Herstellung der letzten der bestellten Spießköpfe zugesehen hatten, zog Britannicus sein Schwert aus der Scheide und hielt es mir mit dem Heft voran hin.

»Was hältst du davon?«

Ich nahm es und sah es mir an. Es war keine gute Waffe, trotz der Juwelen und Einlegearbeit auf dem Heft. Die Klinge war minderwertig und schlecht ausbalanciert. Ich hob das Schwert hoch und wog es in der Hand.

»Nun?« Er wollte unbedingt, daß ich das Schwert begutachtete, und ich wollte seine Gefühle nicht verletzen.

»Woher hast du es, Kommandant?«

»Das spielt im Augenblick keine Rolle. Würdest du es kaufen?«

Ich sah ihm voll ins Gesicht. »Nein, Kommandant, das würde ich nicht. Die Klinge ist schlecht ausbalanciert und wird nicht lange scharf bleiben, außerdem fängt sie schon an, sich im Heft zu lockern.«

»Hm! Als ich das Schwert im letzten Jahr kaufte, saß sie noch fest. Woran liegt das?«

»Wahrscheinlich ist es von einem Sklaven hergestellt worden.« Den kleinen Seitenhieb konnte ich mir nicht verkneifen. »Kein Waffenmeister, der etwas auf sich hält, würde ein so schludriges Stück Arbeit aus der Hand geben. Ich möchte fast wetten, daß ein Juwelier es billig erstanden, ihm ein hübsches Aussehen verpaßt und es dann mehr wegen seines dekorativen Werts als wegen seiner Nützlichkeit verkauft hat!«

Angesichts meiner Offenheit schüttelte er reuevoll den Kopf und steckte den Stein des Anstoßes wieder in seine verzierte Scheide. »Hast du Schwerter zu verkaufen?«

Ich schüttelte den Kopf. »Nein. So ein Galastück habe ich sowieso nie anzubieten. Dergleichen wird nur auf Bestellung gefertigt. Ich habe zwar ein Schwert, doch das ist ein Versuchsstück, an dem ich schon seit Monaten arbeite. Es ist noch nicht ausgereift.«

»Kann ich es mal sehen?«

Ich holte das Schwert. Er betrachtete es, wog es in der Hand und richtete dann seine Aufmerksamkeit auf das Heft.

»Wie hast du das gemacht? Es ist aus Bronze, nicht wahr?« Ich nickte. »Aber massiv! Keine Nahtstellen! Wie ist das möglich?«

»Eine neue Technik, oder vielmehr die Abwandlung einer alten Technik. Ich glaube, daß es ein recht gutes Schwert wird. Das Heft ist aus einem Stück gegossen und mit der Klinge zusammengefügt.«

Er schwang es mehrmals scharf und schneidend durch die Luft. »Machst du mir auch so eins?«

»Mit Freuden. Ich würde dir dies hier geben, wenn es besser ausbalanciert wäre. Ich mache dir ein perfektes Schwert! Kein Zierstück, Kommandant, sondern eins, das so ausgewogen wie möglich ist.«

Er legte das Schwert flach auf die Bank. »Tu das, mein Freund, ich zahle dir jeden Preis dafür.«

Als wir wieder in die Sonne hinausgingen, mußte ich bei dem Gedanken, Gaius Britannicus etwas dafür abzuverlangen, daß er eins meiner Schwerter gebrauchte, fast lächeln.

Sein Pferd fraß das Gras ab, das im Hof zwischen den Steinplatten wuchs, und er legte ihm die Hand auf den Hals. »Varrus, hast du schon einmal von den Bagaudae gehört?«

Ich dachte einen Augenblick nach. »Waren das nicht die Rebellen in Gallien, aus denen vor etwa hundert Jahren Banditen wurden? Wenn ich mich recht entsinne, hatte die dortige Verwaltung mit den Bagaudae in ein gewaltiges Wespennest gegriffen. Was ist mit ihnen?«

Er streichelte seinem Pferd die Nase. Der große Schimmel wieherte leise und legte ihm den Kopf auf die Schulter.

»Du hast ein gutes Gedächtnis, mein Freund. Ich würde sie zwar nicht Banditen nennen, doch sie gelten als Rebellen. Sie sind noch immer aktiv, und die dortigen Legionen unternehmen nichts gegen sie. Faszinierende Leute, Varrus. Seit fast hundert Jahren beherrschen sie quasi einen größeren Teil Südgalliens.«

Ich sah ihn erstaunt an. »Was meinst du mit ›beherrschen‹?« Er zuckte bloß mit den Schultern. »Du meinst, sie *regieren* die Provinz? Und die Legionen *lassen es zu?* Das kann ich kaum glauben. Warum hört man nicht mehr von ihnen und hat sie nicht unschädlich gemacht?«

»Feigheit, Varrus. Reine Feigheit.«

»Von wem? Von den Legionen?«

»Nein. Vom Kaiserreich.«

Nun runzelte ich die Stirn. »Was du sagst, Kommandant, macht keinen Sinn.«

»O doch, Varrus. Es macht durchaus Sinn.«

»Nicht für mich.«

»Das liegt daran, daß du hier geboren und aufgezogen worden bist, Varrus, geschützt von den Legionen und dem Meer rund um diese Insel. Britannien ist nicht so stark im Würgegriff der kaiserlichen Bürokratie wie andere Länder. Nehmen wir doch einmal dich als Beispiel. Weißt du, daß es weder dir noch deinem Großvater erlaubt gewesen wäre, so zu leben und zu arbeiten, wie ihr es immer getan habt, wenn ihr in einem anderen Teil des Römischen Reichs gelebt hättet? Die Vorschriften und Einschränkungen hätten euch den Garaus gemacht.«

»Du meinst die Vorschriften der Vereinigung der Handwerker? Doch, mit denen bin ich in Berührung gekommen!«

Er zog wieder seine Augenbraue hoch. »Ja? Und mit welchem Ergebnis?«

»Ich bin noch hier und werde der Vereinigung nicht beitreten.«

»Gut für dich. Ich hätte es wissen müssen. Nun, ihre Vorschriften beeinträchtigen nicht nur die Schmiede. Sie sind überall. Im ganzen Kaiserreich machen sie den Handel und das Handwerk kaputt. Britannien ist wohl der einzige Ort, wo es immer möglich war, die Vorschriften zu umgehen und in dem Sinn, daß ein Händler selbständig und ohne Einmischung seinen Geschäften nachgehen kann, frei zu bleiben. Doch das weißt du alles, nicht wahr?«

»Einiges. Das meiste. Doch worauf willst du hinaus, Kommandant?« Ich war völlig verwirrt.

»Darauf, Varrus: Die Bagaudae in Gallien rebellierten vor hundert Jahren, doch sie sind keine Banditen. Sie sind ganz gewöhnliche, aber mutige Leute, die schon damals zu dem Schluß kamen, daß sie nicht länger nach den Gesetzen des Reichs leben wollen.«

»Zum Beispiel?«

»Nehmen wir doch die erdrückenden Steuern, die ungerechten und selbstsüchtigen Gesetze, die unaufhörliche Inflation, die korrupten Beamten, die einschränkenden Vorschriften, wie sie ihr Leben führen sollten, und die ständige Einmischung von seiten der Regierung.«

Da ich dazu nichts zu sagen hatte, fuhr er fort: »Sie sind weggelaufen – weg vom Kaiserreich. Weg von ihren Heimen, ihren Geschäften, ihrer Arbeit. Weg von den Steuern, Pflichten und Lasten. Sie liefen in die Berge und Wälder und weigerten sich zurückzukommen. Sie bauten Hütten und lebten von dem, was sie selbst anpflanzten und erjagten.« Britannicus' Stimme war jetzt fast monoton. »Es begann als Tröpfeln am Ende des dritten Jahrhunderts und schwoll zu einer Flut an. Jetzt haben wir das Ende des vierten Jahrhunderts, und es geht noch immer weiter. Die Bagaudae haben nun schon seit über hundert Jahren keine Steuern gezahlt, die römischen Gesetze nicht beachtet und keinen römischen Soldaten verschont, der hinter ihnen her war. Die meisten von ihnen wohnen in Gemeinschaften auf großen Gutshöfen und in Siedlungen, und ein jeder leistet nach eigener Fähigkeit und Können seinen Beitrag zum Leben in der Gemeinschaft. Sie brauchen kein Geld, sie tauschen. Unter ihnen sind Ärzte, Architekten, Rechtsanwälte, Verwaltungsbeamte und viele Berufssoldaten.«

»Das ist unglaublich«, sagte ich. »Und das Kaiserreich unternimmt nichts?«

Er spreizte die Finger, eine typisch gallische Geste. »Was kann es schon tun? Die Bürokraten befürchten, daß es sich herumspricht. Die offizielle Politik ist, nichts zu tun, was auf das Problem aufmerksam machen könnte. Es in der Hoffnung, daß es von selbst wieder verschwindet, zu ignorieren. Rom läßt die Bagaudae in Ruhe, damit ihr Beispiel nicht Schule macht und am Ende das ganze Kaiserreich voller Bagaudae ist.«

»Woher weißt du das alles?«

Er lächelte. »Ich lese und unterhalte mich und stelle vielen Leuten eine Menge Fragen. Was hältst du davon, Schmied in meiner Bagaudae-Gemeinde zu werden?«

Die Frage kam so unerwartet, daß ich laut auflachte, doch bevor ich antworten konnte, setzte Britannicus hinzu: »Es gibt dort keine Sklaven, Varrus!«

Ich sah, daß er es ernst meinte, doch ich hatte keine Ahnung, worauf er hinauswollte. Er las mir meine Ratlosigkeit vom Gesicht ab.

»Denk darüber nach, Varrus. Ich meine es ernst. Du wärst bei meinen Plänen für die nächsten Jahre ein großer Gewinn. Ich möchte dich bei mir haben.«

Ich schüttelte den Kopf. »Bei was für Plänen, Kommandant? Ich habe keine Ahnung, wovon du sprichst. Wo ist dein Hof? Bei Aquae Sulis? Das ist über hundert Meilen von hier. Was außer dem Vorteil, daß ich dann näher bei dir bin, spräche dafür, daß ich meine Werkstatt schließe und dorthin ziehe? Welchen Sinn würde das machen? Hier kennt man mich. Hier habe ich meine Arbeit, und alles läuft gut. Wahrscheinlich werde ich nie reich sein, doch solange ich gesund bin, wird es mir an nichts fehlen.«

»An deiner Meinung ist nicht zu rütteln?«

»Doch, schon! Ich würde aber gern wissen, worauf du hinauswillst.«

Das breite Lächeln, das ich so gut kannte, lief ihm wieder übers Gesicht. »Eines Tages, Varrus, werde ich dir alles erklären. Doch jetzt sollte ich ins Kastell zurück. Kommst du mit?«

Ich sah mich nach Equus um, der noch immer allein vor sich hin arbeitete. »Nein, ich muß mich hier noch um ein paar Dinge kümmern, und danach gehe ich nach Hause und ziehe mir etwas an, was mich an den Torwachen vorbei bringt. In ungefähr zwei Stunden bin ich am Badehaus.«

»Also gut! Ich werde etwas Staat für dich bereithalten lassen. Als Held der Legionen sollten wir dich so gut wie möglich herausputzen, wenn das auch mit deinem Gesicht ...« Er schlug mich auf den Arm. »Also dann, mein Freund, bis später! Es ist schön, dich wiederzusehen.«

Ich sah ihm zu, wie er sich aufs Pferd schwang und langsam zum Hof hinausgaloppierte, ein Bild militärischen Glanzes in Purpur und Gold. »Held der Legionen« hatte er mich genannt. Ich fragte mich, was ich getan hatte, um das zu verdienen. Allerdings war mir das Bein aufgeschlitzt worden und hatte ich überlebt, was an sich schon ungewöhnlich war. Vielleicht qualifizierte mich das für den Status eines kleineren Helden. Ich lachte über meine Albernheit und machte mich wieder an die Arbeit.

X

Das Essen an jenem Abend war ein typisches formelles Offiziersbankett, eine sehr männliche Angelegenheit, wenn man einmal davon absah, daß mehr Mädchen daran teilnahmen, als ich seit Jahren auf einmal gesehen hatte. Auch Plautus war dabei, beaufsichtigte offiziell die Wache und beäugte die Mädchen mit Argwohn.

Natürlich war Theodosius anwesend. Als Britannicus ihn auf mich aufmerksam machte, tat er so, als wüßte er, wer ich sei, doch ich merkte, daß er sich überhaupt nicht an mich erinnerte und keine Ahnung hatte, wer oder was ich war, und daß es ihm auch völlig egal war. Ich ließ mich von seinen schlechten Manieren nicht aus der Ruhe bringen. Er war schon immer ein Pferdearsch gewesen und sehr beständig in seinem Verhalten.

Doch ohne Zweifel hatte mich der Legat Primus Seneca erkannt. Gleich nachdem wir den Festsaal betreten hatten, noch bevor ich mich an die prächtige Kleidung, mit der ich ausgestattet worden war, gewöhnt hatte, standen wir ihm gegenüber. Er wandte sich ab und ignorierte Britannicus völlig, doch nicht ohne mir vorher den eisigsten und giftigsten Blick zuzuwerfen, mit dem ich jemals bedacht worden war. Mit fragend hochgezogenen Brauen sah ich meinen Gastgeber an, doch dieser lächelte nur leicht und ging weiter in den Raum hinein, als wären wir zwei die einzigen Gäste.

Ein Legionär reichte uns beiden einen Kelch Wein, und ein Weilchen standen wir schweigend da und verschafften uns einen Überblick über die anderen Personen in dem großen, überfüllten Saal. Einer der prunkvoll herausgeputzten Offiziere kam mir irgendwie bekannt vor, doch ich konnte nicht sagen, woher. Britannicus hatte offenbar gesehen, daß ich ihn beobachtete, und deutete mein leichtes Stirnrunzeln richtig.

»Umnax«, sagte er. »Tribun der Einundvierzigsten. Senecas Faktotum. ›Lächler‹ genannt, weil er niemals lächelt.«

»Hmmm«, brummte ich. »Ein übler Hurensohn, nicht wahr? Jetzt erinnere ich mich an ihn. Es überrascht mich, daß es so lange gedauert hat.« Ich blickte Britannicus an, dann wieder Umnax. »Wußtest du, daß sie heute abend hier sein würden, Kommandant? Seneca und seine Leute?«

»Ja, natürlich. Warum?«

»Oh, einfach so.« Ich räusperte mich. »Haben sich eure Wege in letzter Zeit gekreuzt?« Er lächelte. »Sehr oft. Es ist mir einige Male gelungen, Senecas Pläne zu durchkreuzen. Der Mann ist eine Spinne, Varrus. Eine bösartige, hinterhältige Spinne, die ständig mit neuen Netzen beschäftigt ist.«

»Was meinst du, Kommandant?«

»Ich meine, es ist an der Zeit, daß du mich nicht mehr ›Kommandant‹ nennst. Ich bin Gaius, und wir sind jetzt schon so lange Freunde, daß du mich so nennen solltest.« Ich spürte Unbehagen in mir aufsteigen. »Seneca und seine Familie scheinen den einzigen Sinn des Lebens darin zu sehen, ihren Wohlstand zu vergrößern, obwohl dieser bereits sagenhaft ist. Sie haben dabei keinerlei Skrupel. Im letzten Monat konnte ich meinen Einfluß geltend machen, um ihren neuesten Plan, sich am Heer zu bereichern, zu durchkreuzen. Sein Vetter Quinctilius Nesca versuchte Oberster Quartiermeister zu werden. Kennst du ihn?«

»Nein!« Ich schüttelte den Kopf und hoffte, er würde nicht merken, daß ich ihn nicht beim Vornamen nennen konnte.

»Eine Kröte. Fett, schleimig, gierig, unmenschlich. Ein abstoßendes Wesen.« Er hielt inne, um einer schönen jungen Frau zuzulächeln, die zu uns herübergekommen war und auf einem Tablett süße Leckereien anbot, die er jedoch ablehnte. Sie sahen wundervoll aus, und ich nahm eine winzige Birne aus süßer Mandelpaste. Als sich das Mädchen wieder entfernte, fuhr Britannicus fort: »Primus ist es auch fast gelungen, Nesca den Vertrag zuzuschanzen. Kannst du dir das vorstellen? Oberster Quartiermeister! Das hätte bedeutet, daß alle Lieferungen ans Heer durch seine Schweißfinger gegangen wären und dadurch gelitten hätten, während seine Familie immer reicher geworden wäre. Zum Glück erfuhr ich rechtzeitig davon und konnte es abwenden. Seitdem ist unser lieber Seneca höchst unglücklich.«

Ich grinste und sah zu Seneca hinüber – nur um festzustellen, daß sein böser Blick voll auf mir lag! Er wußte, daß wir über ihn sprachen. Von da an waren Primus Senecas kalte Augen jedesmal, wenn ich ihn anschaute, entweder auf mich oder auf Britannicus gerichtet, und wenn er bemerkte, daß ich ihn ansah, blickte er woandershin. Es konnte für mich kein Zweifel daran bestehen, daß Primus Seneca seinen Abscheu gegenüber Gaius Britannicus dergestalt erweitert hatte, daß dieser nun auch Publius Varrus einschloß.

Als es im Laufe des Abends immer lauter und ausgelassener wurde, dachte ich jedoch nicht mehr an Seneca. Es traten Ringer, Gladiatoren und Tanzmädchen aus dem ganzen Kaiserreich auf. Außerdem gab es reichlich Wein und opulentes Essen, und als die Wirkung bei den Gästen einsetzte, entspannten sich alle, so daß sich schnell unbeschwerte Heiterkeit einstellte. Ich amüsierte mich prächtig.

Ein paar der jüngeren Offiziere begannen ihre Stärke mit den Ringern zu messen, und einer forderte sogar dreist einen Gladiator heraus. Es wurden hölzerne Übungsschwerter hervorgeholt, und die beiden begannen in der Mitte des Saals, wo schnell Platz gemacht worden war, miteinander zu kämpfen. Der junge Offizier hielt sich erstaunlich gut. Er konnte mit dem Schwert umgehen und schien es dem professionellen Gladiator zeitweise schwerzumachen, sich seiner zu erwehren. Die Wetten wurden immer stürmischer abgeschlossen, als bei diesem rituellen römischen Kampf mal der eine und mal der andere die Oberhand zu gewinnen schien.

Schließlich machte sich jedoch das Können und die Erfahrung des Gladiators bemerkbar, und der junge Offizier ermüdete sichtlich. Es war deutlich zu erkennen, daß es ihn immer mehr Anstrengung kostete, den Arm mit dem Schwert ausgestreckt zu halten. Jene, die gegen ihn gewettet hatte, zählten in Gedanken schon ihren Gewinn, als er sich plötzlich und sehr brillant, wie ich fand, seines Schilds entledigte und geschickt abrollend nach vorn hechtete. Bei diesem Überraschungsangriff gelang es ihm, dem Gladiator mit einer weit ausholenden Beinbewegung die Füße unter dem Körper wegzuschlagen. Der Mann ging zu Boden, und im Nu war das Schwert des Offiziers an seiner Kehle. Im darauffolgenden Aufruhr wurde der junge Sieger von den Gewinnern bejubelt und von den Verlierern beschimpft; außerdem gab es Streit über die Rechtmäßigkeit und überall Herumgefeilsche, weil einige wegen der

Art und Weise, wie der Kampf geendet hatte, ihre Wetten zurückzuziehen versuchten.

Der Gladiator jedoch gab genau acht, als der Sieger ihm zeigte, wie er ihn zu Fall gebracht hatte. Offensichtlich war er von dem Zug beeindruckt und wollte ihn sich merken, um später darauf zurückzukommen.

Eine Fanfare am obersten Tisch brachte alle im Saal schlagartig zum Schweigen. Theodosius stand mit ausgebreiteten Armen da.

»Meine Freunde! Laßt uns im Gedächtnis behalten, daß wir uns an diesem Abend würdig und kameradschaftlich verhalten wollen. Ich habe bei diesem Ereignis selbst eine Wette verloren und verliere ebenso ungern wie alle anderen. Doch das Ziel eines bewaffneten Kampfs, und zwar eines jeden, ist der Sieg – das eigene Überleben und die Niederlage des Gegners. Und das haben wir hier gesehen. Ich erkläre den Tribun Drusus zum Sieger und alle Wetten zu seinen Gunsten für gültig.«

Erneut gab es Hurra- und Buhrufe, doch nur kurz. Ich für meinen Teil war angenehm überrascht, daß Theodosius auf diese Art eine Entscheidung getroffen hatte, und bewunderte ihn dafür, denn schließlich hätte er seine eigene Wette gewonnen, wenn er Drusus' Vorgehen für regelwidrig erklärt hätte.

Später am Abend machte mich Britannicus mit drei Männern bekannt. Zwei der Namen sind seit langem den Weg der meisten flüchtigen Bekanntschaften gegangen, doch an den dritten erinnere ich mich sehr wohl. Mit diesem Mann sollte mich eine enge Freundschaft verbinden, die bis zum heutigen Tag anhält. Er hieß Alarich und war – und ist es noch – christlicher Bischof.

Vor diesem Abend hatte ich den Namen Alarich noch

nie gehört, doch jetzt, vierzig Jahre später, während ich dies schreibe, gehört er zu den wichtigsten der Welt. Ein anderer Alarich, der kriegliebende Führer des Volks der Westgoten, droht heute die Totenglocke Roms zu läuten und der Legende vom unbesiegbaren Kaiserreich ein Ende zu bereiten.

Die beiden Begleiter Alarichs in jener Nacht waren auch Bischöfe, und es war besonders ihrer dreifachen Anwesenheit zu verdanken, daß der Abend nicht zu einer wilden Orgie ausartete.

Ich mochte Bischof Alarich sofort. Einfach, in eine weiße, togaähnliche Robe gekleidet, besaß er die Haltung eines Soldaten. Er sprach so schlicht und klar, daß es mir wie eine andere Sprache vorkam – keine Rhetorik, keine Übertreibungen, keine blumigen Worte. Der Mann überlegte sich, was er mitteilen wollte, und sagte es dann mit so wenigen Worten wie möglich. Seltsam dabei war, daß man daher sehr genau hinhörte. Ich kann das beurteilen, weil wir uns längere Zeit unterhielten. Britannicus war, kaum daß er uns miteinander bekannt gemacht hatte, von jemand anders mit Beschlag belegt worden, so daß wir allein blieben.

Zunächst glaubte ich, daß es schwierig sein würde, mit ihm als Mann der Kirche ins Gespräch zu kommen, doch dem war keineswegs so. Ich fand ihn faszinierend. Er erzählte von den Problemen, die er und seine Leute hatten, die Worte Christi den Barbaren und dem einfachen Volk Britanniens, das noch immer überwiegend heidnisch war, zu überbringen. Davon ausgehend, begann er die Gründe zu analysieren, die der jüngsten Woge heidnischen Götzendienstes in Britannien während der letzten dreißig bis vierzig Jahre zugrunde lagen, sowie dessen verheerende Wirkung auf den Glauben der Christen, die noch immer damit leben mußten. Ganz offen erzählte er mir, daß es einfach nicht genug Priester gebe, um diese Wiedergeburt des Heidentums wirkungsvoll zu bekämpfen. Besonders die Bauern, sagte er, schienen zu den alten Gebräuchen zurückzukehren. Die Menschen in den Städten hingegen seien offenbar kultivierter, oder zumindest aufgeklärter, und daher wesentlich schwerer zu beeindrucken und in ihrem Festhalten am Christentum viel hartnäckiger.

Worin er die Lösung des Problems sehe, fragte ich ihn, und er versicherte mir, daß sich das Heidentum gegenüber der langsamen und geduldigen Unterweisung und Aufklärung, wie sie die Kirche bot, nicht behaupten könne. Angesichts seines ruhigen Selbstvertrauens und der Überzeugung in seiner Stimme fiel es mir nicht schwer, ihm zu glauben.

Ich fragte ihn auch, ob er jemals besondere Schwierigkeiten mit den Druiden gehabt habe. Waren sie nicht die Priester der alten Religion? Meine Frage amüsierte ihn, und er erwiderte, daß er große Hoffnung für die Druiden hege. Sie seien ein nettes Volk, meinte er, weit entfernt von ihren blutigen und grausamen Ursprüngen. Sie würden noch in den bergigen Gegenden Britanniens leben, seien jedoch Anhänger des Lichts und so leicht zu den Lehren des sanftmütigen Christus bekehrbar.

Nun wandte sich das Gespräch den unterschiedlichen Stammesbräuchen zu, denen er in früheren Jahren seines Priestertums auf Reisen durch das Kaiserreich begegnet war. Als er erwähnte, daß er einige Jahre in Gallien verbracht hatte, fragte ich ihn sogleich, ob er jemals mit den Bagaudae zu tun gehabt habe. An der Art, wie er mich ansah und lächelte, erkannte ich, daß ich dem richtigen Mann die richtige Frage gestellt hatte, und in der nächsten Viertelstunde erklärte er mir, warum er glaubte, daß das System der gemeinschaftlichen Bewirtschaftung von Bauernhöfen, das diese bemerkenswerten Menschen – so nannte er sie – bevorzugten, dazu bestimmt sei, die ländliche soziale Einheit der Zukunft zu werden. Als er so darüber sprach, sah ich natürlich auch, daß ein solcher Verband die perfekte Grundlage für die Verkündung und das Fortbestehen des christlichen Glaubens war, doch vieles von dem, was er erzählte, betonte und unterstrich nur das, was Britannicus am Nachmittag gesagt hatte. Zu meiner Überraschung war ich enttäuscht, als einer der anderen Bischöfe zu uns herüberkam, um Alarich daran zu erinnern, daß sie gehen mußten.

Kaum waren die drei Kirchenmänner fort und hatten sich Theodosius, Cicero und die anderen hohen Offiziere in ihre Quartiere zurückgezogen, da ließ die Sittlichkeit auch schon rasch nach. Ich wäre gern noch zu einer Kostprobe dessen geblieben, was die überwältigend schönen Tanzmädchen, die sich nun auf das ernste Geschäft des Abends einzustellen schienen, zu bieten hatten, ging jedoch mit Britannicus, der – als höherer Offizier in diesem Stadium der Nacht eine *persona non grata* – im Hinblick auf Frauen immer sehr heikel, ja fast schon fanatisch war. Er hatte seinen Geleitschutz entlassen und kam allein mit zu mir, und wir unterhielten uns noch bis spät in die Nacht hinein. Es war während dieses langen Gesprächs, daß ich den Kasten holte, um ihm den aus dem Himmelsstein gefertigten Dolch zu zeigen.

»Was hältst du davon?« Ich reichte ihm den Kasten, und auch er wußte nicht gleich, wie er ihn öffnen sollte. Ich ließ es ihn selbst herausfinden, und bald hatte er es begriffen. Er ließ sich nicht anmerken, was in ihm vorging, als er den Inhalt sah, sondern nahm das Messer heraus, stellte den Kasten auf einen Tisch in der Nähe und sagte eine Zeitlang nichts. Dann fragte er: »Ist dieser Dolch von dir, Varrus?«

»Nein. Wiederum von meinem Großvater. Erinnerst du dich noch an die Geschichte von dem Himmelsstein?« Ohne den Blick von dem Dolch zu wenden, nickte er. »Dies hat er aus dem restlichen Metall aus dem Himmelsstein hergestellt. Er hat es so, wie es war, verwendet, da er es nicht mit gewöhnlichem Eisen verunreinigen wollte wie bei dem Schwert für meinen Vater. Mit dem Dolch kann man sich die Haare auf den Armen abrasieren.«

»Varrus«, flüsterte er. »Er ist unglaublich schön. Man könnte an Magie glauben! Ich habe noch nie eine so reine, vorzügliche Klinge gesehen. Auch nicht ein so makelloses Heft. Ich sage das, obwohl ich weiß, daß ›makellos‹ gewöhnlich für Klingen reserviert ist. Daneben sieht Theodosius' Schwert ordinär aus.« Ehrfurchtsvoll den Kopf schüttelnd, legte er den Dolch in den Kasten zurück, ließ jedoch, um ihn weiter betrachten zu können, den Deckel offen. »Diese Waffe ist eines Kaisers würdig.« Lächelnd sah er mich an: »Es ist nur traurig, daß es noch nie einen Kaiser gegeben hat, der einer solchen Waffe würdig gewesen wäre. Was macht die Klinge so silbrig?« Er hob den Dolch hoch, so daß sich die Flammen der Lampen in ihm spiegelten.

»Ich weiß es nicht, Kommandant, doch ich glaube, daß sie nicht nur Eisen, sondern noch ein weiteres Metall enthält.«

Er sah mich scharf an; sein Interesse war sogleich geweckt. »Was für ein Metall? Was ist es?«

»Ich weiß es nicht, Kommandant. Ich habe keine Ahnung.«

»Du mußt doch eine Ahnung haben! Was vermutest du denn?«

Ich lächelte in mich hinein. »Kommandant, wenn ich es wüßte, wäre ich ein reicher Mann.«

»Publius, im Namen aller Caesaren, so viele Metalle gibt es doch nicht, oder? Müßtest du nicht feststellen können, um welches es sich handelt?«

Ich zuckte mit den Schultern und sprach einen Gedanken aus, der mich schon seit geraumer Zeit beschäftigte: »Ja, das sollte man meinen, und ich müßte dir recht geben, wenn ich davon überzeugt wäre, daß es nicht so viele Metalle gibt. Doch das bin ich nicht. Es ist möglich, daß es Hunderte von Metallen gibt, die wir einfach noch nicht entdeckt haben.«

»Hunderte?«

»Nun, vielleicht nicht Hunderte, aber Dutzende. Wir kennen Gold und Silber, Blei und Zink, Kupfer und Zinn, außerdem Eisen. Möglicherweise noch ein paar andere.«

»Und was ist mit Bronze und Messing?«

Die Naivität dieser Frage überraschte mich. »Das sind Legierungen, Kommandant, Mischungen aus Metallen, die ich gerade genannt habe.«

»Ach ja, natürlich. Das wußte ich. Weitere fallen dir nicht ein?«

»Nein, jedenfalls nicht so aus dem Stegreif. Als letztes ist das Eisen entdeckt worden.«

»Das Eisen? Das ist doch schon seit Jahrhunderten bekannt?«

»Ja, richtig! Aber wir lernen erst jetzt, damit umzugehen. Allerdings ist es das härteste aller Metalle, jedenfalls von denen, die wir kennen.«

Er runzelte die Stirn. »Ich bin mir nicht sicher, ob ich weiß, wovon du sprichst, Publius.«

Ich lächelte. »Ich auch nicht, Kommandant, doch ich habe im Hinblick auf die Härte der Metalle gewissermaßen eine Theorie. Je härter sie sind, um so schwieriger ist es, sie zu finden, und vor allem ist das Schmelzen um so schwieriger.«

»Das Schmelzen? Das Flüssigmachen?«

»Genau. Nur wird hier das Eisen aus dem Rohgestein herausgeschmolzen.«

»Faszinierend! Erzähl mir mehr vom Eisen, Publius!«

»Was möchtest du wissen?«

»Alles!«

Ich lachte. Das Flackern der Lampe auf dem Tisch zeigte, daß Öl nachgefüllt werden mußte. Als wir Platz genommen hatten, war sie voll gewesen. Ich deutete mit dem Kopf nach ihr.

»Ein andermal, befürchte ich. Es ist schon spät, und darüber gibt es sehr viel zu erzählen. Meintest du nicht, daß du im Morgengrauen aufbrechen willst? Sonst bekommst du heute nacht keinen Schlaf!«

»Das wäre nichts Neues. Ich würde wirklich gern etwas von deinen Theorien über die Härte von Metallen, besonders von Eisen, hören.«

»Also gut. Wie du willst. Doch erst einmal muß ich die Lampe nachfüllen.«

Während ich Öl für die Lampe und weiteren Wein für uns holte, ordnete ich meine Gedanken, und als ich mich dann wieder hinsetzte, wußte ich, was ich sagen wollte. Mit dem Kinn wies ich auf den Himmelssteindolch auf dem Tisch.

»Nehmen wir mal an, daß meine Theorie stimmt. Was auch immer es ist – ich meine, das Metall in der Klinge –, es ist kein Eisen. ›Also gut‹, folgern wir dann, ›es ist also etwas anderes – aber was?‹« Ich warf Britannicus einen kurzen Blick zu und beugte mich dann vor, um die Kohlen im Becken aufzulockern. »Verstehst du, was ich meine?«

Er blinzelte mich an. »Nein.«

»Wie nennen wir es, wenn es nicht Eisen ist?«

»Tut mir leid, Publius. Ich verstehe dich nicht.«

»Dann zeige ich es dir. Warte bitte hier. Ich bin gleich wieder da.«

Kurz darauf kam ich mit einer schweren Holzkiste zurück. Er sah mir wortlos zu, wie ich deren Inhalt – drei fast gleiche Eisenstangen, so lang wie mein Unterarm und so dick wie ein Finger, sowie eine einfache Schwertklinge – auf dem Tisch neben ihm ausbreitete.

»Was siehst du hier?« fragte ich ihn, während ich wieder Platz nahm.

»Drei Eisenstangen und eine Schwertklinge.«

»Siehst du einen Unterschied zwischen den Stangen?«

»Nein, sie sehen alle gleich aus.«

»Richtig! Und nun paß auf!« Ich griff nach der ersten und verbog sie mühelos, nur mit den Händen, so daß sie fast die Form eines Hufeisens bekam. Ich legte sie wieder auf den Tisch und nahm die zweite und verbog auch sie, was aber nicht so leicht und nicht so weit ging. Schweigend beobachtete Britannicus alles. Um die dritte Stange zu verbiegen, mußte ich sie auf die Tischkante legen und mit beiden Armen mit aller Kraft drücken. Die Schwertklinge gab ein bißchen nach, ließ sich aber überhaupt nicht verbiegen.

»Das ist alles Eisen, doch jedes ist anders. Das erste ist das, was wir Schmiedeeisen nennen. Es handelt sich um reines Eisen, vor kurzem geschmolzen und unbearbeitet, weich, wie du gesehen hast, und formbar. Das zweite ist erhitzt und einige Male gehämmert worden. Das dritte ist länger im Feuer gewesen und öfter mit dem Hammer bearbeitet worden. Und die Schwertklinge ist unter Luftzufuhr in einer mit Holzkohle beschickten Esse erhitzt und in Form geschlagen worden, danach geschliffen, erneut erhitzt und rotglühend mit Wasser gelöscht worden. Sie ist am härtesten. Dieses Schwert wird einer der Garnisonsoffiziere tragen, wenn es fertig ist. Und nun schau!«

Ich nahm die Schwertklinge und ritzte mit ihrer Spitze die drei Stangen ein. Wie schon zuvor zeigte sich, daß diese unterschiedlich hart waren. Dann versuchte ich mit den Stangen Gravuren auf dem Eisen der Schwertklinge anzubringen. Doch keine hinterließ auch nur einen Kratzer.

»Siehst du jetzt, was ich meine?«

»Ich glaube ja.« Er sah noch immer verwirrt aus. Ich griff wieder nach der Schwertklinge.

»Dieses Metall, diese Klinge, ist das härteste Eisen, das ich herzustellen vermag, und ich kenne niemanden, der es besser kann. Soviel ich weiß, gibt es auf der ganzen Welt kein härteres Eisen. Außer in Theodosius' Schwert und hierin.« Mit der rechten Hand griff ich nach dem Himmelssteindolch und mit der linken legte ich die Schwertklinge zwischen uns.

»Halte das eine Ende ganz fest. Die Klinge darf sich nicht bewegen.« Dann beugte ich mich über sie, stützte den in meiner Faust liegenden Himmelssteindolch gegen meine Schulter und zog ihn der Länge nach über die Schwertklinge. Er schnitt tief ein, und es bildete sich sogar eine kleine Eisenspanlocke. Ich richtete mich wieder auf und hielt Britannicus die Dolchspitze zur Begutachtung hin.

»Sieh! Nicht die geringste Beschädigung!«

»Guter Gott!« Er nahm den Dolch in die Hand und starrte darauf, während ich weiterredete.

»Das ist kein Eisen, doch solange ich nicht weiß, was es ist, nenne ich es so. Und hier hast du die Theorie, die du hören willst: Ich weiß, daß große Hitze das Eisen aus dem Gestein herausschmilzt. Wenn wir erst einmal das reine Eisen haben, können wir mit stärkerer Hitze und verschiedenen Bearbeitungsmethoden härteres Eisen erlangen. Und Eisen wiederum ist das härteste Metall, das wir kennen. Alle anderen Metalle sind weicher, leichter zu schmelzen und zu bearbeiten. Ich glaube, daß die Hitzemenge, die wir hervorbringen und einwirken lassen können, viel mit der Härte des Metalls zu tun hat. Das vom Blasebalg angeheizte Holzkohlenfeuer, mit dem wir heutzutage arbeiten, ist das heißeste, das Schmiede jemals benutzt haben.«

Ich nahm ihm den Dolch aus der Hand. »Großvater Varrus hatte alle Mühe, dieses hier, was immer es ist, herauszuschmelzen. Und ich habe den Himmelsstein nie gesehen. Vielleicht war es ja noch nicht einmal das Eisenerzgestein, das uns bekannt ist. Wenn ich es gesehen hätte, könnte ich vielleicht andere erkennen, wer weiß? Doch eins ist mir klar: Dieses Metall enthält ein Geheimnis, das darauf wartet, entdeckt zu werden. Käme ich dahinter, was auch immer es sein mag, was dieses ... Eisen – ich muß es so nennen – so anders, soviel besser macht als das übliche, dann würden mich alle beim Anblick der Klingen, die ich dann herstellen könnte, für einen Zauberer halten. Und das wäre ich dann ja wohl auch ... denn schließlich ist Magie nichts anderes als das Produkt eines Wissens, das andere nicht teilen.«

Britannicus schüttelte staunend den Kopf.

»Publius, ich glaube dir jedes deiner Worte. Doch wo auf Erden können wir noch so einen Himmelsstein finden, und woran würden wir ihn erkennen?«

Ich stand auf und warf die Eisenstücke wieder in die Kiste. »Das ist das Bedauerliche daran, Kommandant. Ich glaube, meine Chance, noch einen Himmelsstein zu finden, ist nicht viel größer als die, in meinem Alter noch eine Frau zu finden.«

Viel mehr hatten wir in dieser Nacht nicht zu sagen, und

kurz danach verabschiedete sich Britannicus. Er versprach, mich bald einmal wieder zu besuchen, und lief groß und aufrecht im Vollmondlicht davon. Bedrückt und unzufrieden ging ich zu Bett und nahm mir vor, ohne schlechtes Gewissen bis zum Mittag zu schlafen.

Doch es sollte nicht sein. Kaum war ich im Bett, da hörte ich draußen Hufgeklapper von näherkommenden Pferden, und zwar außergewöhnlich laut in der stillen Nacht. Noch bevor das Getrappel vor meinem Haus zum Stillstand kam, war ich im Gefühl aufziehenden Unglücks aus dem Bett.

Es war Plautus, ungekämmt und ohne Uniform.

»Ist Britannicus noch hier?«

»Nein. Warum?« Ich war schon dabei, mich anzuziehen, und hielt den Schwertgürtel in der linken Hand.

»Wann ist er gegangen?«

»Eben erst. Was ist los?«

»Welchen Weg hat er genommen? Ich habe einen Hinweis von einem meiner Soldaten. Es gibt eine Verschwörung. Sie wissen, daß er hier war, und wollen sich ihn schnappen.«

»Verdammt! Auf welchem Weg bist du gekommen?«

»Auf dem direkten, habe ihn aber nicht getroffen. Vielleicht hat er da hinten an der Gabelung die andere Straße genommen.«

»Geh zurück und schau nach, Plautus. Ich versuch es in die andere Richtung.«

Ich mußte nicht erst fragen, wer »sie« waren. Ich verfluchte mich, weil ich nicht darauf geachtet hatte, wohin sich Gaius gewandt hatte. Er konnte, um zum Kastell zu gelangen, sich vor meinem Tor nach rechts oder nach links wenden. Plautus ritt nach links, und ich rannte zu Fuß nach rechts.

Ich hatte eine Lauftechnik entwickelt, mit der ich das beste aus meinem schlechten Bein machte. In einer Reihe von Sprüngen schnellte ich mich mit dem gesunden Bein ab und benutzte das krumme nur zum Balancieren. Das ging gut und erlaubte mir, recht schnell vorwärts zu kommen. Doch in jener Nacht ermüdete mich die Anstrengung und Angst sehr rasch. Schon nach zweihundert Schritten umschlossen mich auf beiden Seiten dunkle Häuser, und als ich um eine Ecke kam, sprang eine aufgeschreckte Katze aufkreischend zur Seite, und zwar so plötzlich, daß ich beinahe hingefallen wäre. Ich blieb stehen und lauschte, hörte aber nur mein Herz pochen und meinen Atem rasseln. Vielleicht zwanzig Herzschläge lang stand ich still da und zwang mich, ruhiger zu werden, bevor ich weiterrannte, die Steigungen der Straßen verfluchend, die zum Kastell oben auf dem Hügel führten.

Ich kam an eine Kreuzung und blickte im Vorüberhasten nach links und rechts. Im schwachen Mondlicht konnte ich erkennen, daß sich in beiden Straßen nichts regte. Als ich ungefähr die Hälfte des nächsten, immer steiler werdenden Wegstücks hinter mich gebracht hatte, entging ich um Haaresbreite dem Tod.

Mich rettete meine schiefe Art zu rennen. Durch die immer stärkere Steigung und meine zunehmende Müdigkeit kam ich zu diesem Zeitpunkt nur noch unregelmäßig hoppelnd voran. Bei einem dieser Sprünge zischte die Spitze einer Schwertklinge an meinem Kopf vorbei und traf mein rechtes Ohr. Mein in manchem Gefecht geschulter Instinkt ließ mich sofort mein schlechtes Bein unter mir zusammenklappen. Ich rollte über den Boden von meinem Angreifer weg und zog aus dieser Bewegung heraus das Schwert. Gerade noch rechtzeitig konnte ich die Klinge vor meinem Gesicht hochreißen, um einen weiteren mächtigen Schlag, der mich fast entwaffnete, abzuwehren. In letzter Not schlug ich das Schwert des Gegners zur Seite, und es gelang mir, die schwarzgekleidete Gestalt, die sich drohend über mich beugte, aus dem Gleichgewicht zu bringen. Dann drehte ich mich auf den Hinterbacken, warf mich mit aller Kraft gegen den anderen und hieb dorthin, wo ich ein bloßes Knie erspäht hatte. Die Schneide meines Schwerts drang tief ein und traf knirschend auf Knochen. Im selben Augenblick kam mir der Gedanke, daß es womöglich Gaius Britannicus war, der in mir einen Angreifer gesehen hatte.

Doch es war nicht Britannicus, was mir bei seinem hohen, qualvoll wimmernden Fluchen klar wurde, als er zu Boden ging. Wir rangen eine Weile miteinander am Rand der mit Kopfsteinen bepflasterten Straße. Froh über meine Muskeln als Schmied, drückte ich seine Arme nieder und ließ meine Schwertspitze in das weiche Fleisch unter seinem Kinn gleiten, von wo aus ich sie dann nach oben zum Schädel riß, so daß er ganz plötzlich starb, sich seine wilde Lebendigkeit krampfartig erschauernd binnen Augenblicken in einen toten Körper verwandelte.

Zitternd wie ein alter Mann mit Schüttellähmung und heftig nach Luft ringend, kam ich wieder auf die Füße. Außer mir und dem toten Angreifer war niemand auf der Straße. Doch dann hörte ich das Klirren von Eisen und Kampfesgeräusche aus einem Durchgang, an dem ich kurz vor dem Angriff vorbeigekommen war. Ohne mich weiter um den Leichnam auf dem Boden zu kümmern, rannte ich in Richtung dieses Lärms und sah vielleicht zwanzig Schritte vor mir eine Gruppe kämpfender Männer.

Britannicus stand mit dem Rücken zur Wand fünf bewaffneten Männern gegenüber. Gellend schreiend warf ich mich auf sie, und sie drehten sich um, um zu sehen, von wem sie angegriffen wurden. Dabei durchbohrte der Kommandant einen von ihnen, der auf die Knie und nach vorne auf das Kopfsteinpflaster fiel. Dann war ich in ihrer Mitte und hackte und hieb mit dem Schwert in der einen und dem Dolch in der anderen Hand um mich. Ich muß ein schrecklicher Anblick gewesen sein, da der erste Mann, der sich mir gegenübersah, in Panik geriet und sich zur Flucht wandte. Mit dem linken Arm bekam ich ihn um den Hals zu packen und rammte ihm die Klinge zwischen die Rippen. Ich spürte, wie er sich aufbäumte und leblos zusammensackte, und warf ihn, den Dolch festhaltend, auf seine Begleiter. In diesem Moment wurde ich an der Schulter gepackt und heruntergerissen, und zum zweitenmal in dieser Nacht wälzte ich mich auf dem Boden und kämpfte gegen einen großen, unbekannten Feind um mein Leben. Neben meinem Kopf fiel ein Schwert klirrend auf den Boden: dann wurde mein Gegner, der mir gerade den Rest geben wollte, steif und brach über mir zusammen. Ich hörte Menschen rennen, dann Hufgeklapper und Geschrei, und stellte fest, daß ich nicht die Kraft hatte, den Körper, der auf mir lag, wegzustoßen.

Plautus war mit Verstärkung eingetroffen, und zwei der Angreifer wurden gefangengenommen. Britannicus half mir auf die Beine, und erschöpft lehnte ich mich an die Mauer, um ein wenig zu verschnaufen, um mich herum lautes Stimmengewirr. Ich hörte Plautus sagen: »Fünf dieser Schweine! Sie hatten es auf dich abgesehen, Legat!«

Erst nach kräftigem Räuspern brachte ich heraus: »Sechs!«

»Nein, fünf. Es ist keiner entkommen, Varrus. Es waren fünf.«

»Sechs«, wiederholte ich. Meine Stimme war schwach und mein Magen in Aufruhr. »Es liegt noch einer da oben auf der Straße. Er sprang mich an, als ich vorbeirannte.« Ich drehte mich zur Mauer und erbrach mich.

»Lars und Pector, geht hin und seht nach! Holt ihn her!« Ich spürte Plautus' kalte, kräftige Hand im Nacken. »Bei Christus, Publius! Außer dir kenne ich keinen, der kotzt, wenn der ganze Spaß vorbei ist. Alles in Ordnung? Bist du verwundet? Überall ist Blut! Ist auch von dir welches dabei?«

Es gelang mir, den Kopf zu schütteln, doch natürlich war, wie ich später feststellte, auch von mir welches dabei. Der Schnitt in meinem Ohr blutete heftig.

Als ich meine Selbstbeherrschung wiedergewonnen hatte, waren die beiden Männer, die Plautus weggeschickt hatte, um den Kerl oben auf der Straße zu suchen, zurückgekehrt, den Toten zwischen sich an den Füßen mitziehend. Ein Soldat hatte einen Handwagen gefunden, auf den nun die Leichen geworfen wurden, wobei Plautus jedem einzelnen mit einer Laterne ins Gesicht leuchtete. »Aha!« meinte er plötzlich. »Schaut nur, wen wir hier haben.«

Der herbeigeschaffte Mann war der »Lächler«, Primus Senecas Faktotum und Tribun. Das überraschte keinen von uns. Alle anderen kannten wir nicht; es handelte sich offenbar um Schläger von der Straße, die für den speziellen Anlaß angeheuert worden waren. Die beiden Gefangenen mußten den beladenen Handwagen zum Kastell ziehen. Ich lief zwischen Plautus und Britannicus, die beide unverletzt waren.

Es muß wohl nicht eigens erwähnt werden, daß Gaius Britannicus Camulodunum nicht im Morgengrauen verließ. Er berichtete in aller Form über den Zwischenfall und erhob offiziell Anklage gegen Seneca als Anstifter des Mordanschlags. Niemand – einschließlich Theodosius –

hatte auch nur den geringsten Zweifel, daß die Vorwürfe berechtigt waren, doch konnte Seneca nichts nachgewiesen werden. Seine Verteidigung lief darauf hinaus, daß sein Untergebener in einer Anwandlung falsch verstandener Treue zu seinem Vorgesetzten selbst die Initiative ergriffen hatte, um Beleidigungen zu rächen, die diesem seiner Meinung nach zugefügt worden waren, und dafür Meuchelmörder angedingt hatte. Die Mörder selbst hatten lediglich mit dem »Lächler« zu tun gehabt. Sie wurden noch am selben Tag hingerichtet, und da es keine schlüssigen Beweise gab, wurde Seneca vor dem Gesetz von jeglicher Komplizenschaft in dieser Angelegenheit freigesprochen.

Als Britannicus dann mit einem Tag Verspätung abreiste, war die Liebe zwischen ihm und Seneca nicht gerade größer geworden. Mir selbst war inzwischen mein Ohr verbunden worden, und ich hatte eine Nacht ordentlich durchgeschlafen.

XI

Ungefähr einen Monat nach Britannicus' Besuch starb die Mutter meines Hausdieners. Für mich persönlich hatte dieses Ereignis keine Bedeutung, und ich würde mich auch nicht mehr daran erinnern, hätte ich nicht am ersten Abend, den ich allein, ohne meinen Diener und seine Frau, im Haus verbrachte, unerwartet Besuch bekommen. Es war mir an diesem Tag wieder ins Bein gefahren, wenn auch bei weitem nicht so heftig wie beim letztenmal, aber doch so schlimm, daß ich für den Rest des Tages nach Hause ging. Den Nachmittag verbrachte ich auf einer Bettstatt liegend, das Bein auf einen Berg Kissen gelagert, und studierte die Schriftrollen, die mir mein Großvater hinterlassen hatte. Besonders fasziniert war ich von der, die von seiner verbesserten Methode handelte, metallene Schwerthefte aus einem Stück zu gießen. Ich las sie gerade zum vielleicht zehntenmal, als ich jemanden an der Haustür hörte. Beim Aufstehen stellte ich erfreut fest, daß mein Bein wieder in Ordnung zu sein schien, und ging zur Tür, wo ich mich einem großen Mann gegenübersah, den ich gegen die Spätnachmittagssonne nur als Silhouette wahrnahm.

»Publius? Meister Varrus? Kennst du mich denn nicht mehr?«

Blinzelnd neigte ich den Kopf zur Seite, und da erkannte ich ihn.

»Bischof Alarich!«

Ich führte ihn herein. »Ich erkannte dich nicht, weil ich in die Sonne blickte. Bitte nimm Platz!« Er setzte sich in einen der großen Sessel, die mein Großvater so geliebt hatte. »Wie wär's mit einem Glas Wein?«

»Ja«, lächelte er, »sehr gern.«

Dann saß ich ihm gegenüber und fragte mich, was ihn hergeführt haben mochte. Während wir tranken, überlegte ich, was ich sagen könnte, ohne daß es dumm oder neugierig klang. Er half mir aus der Verlegenheit, indem er zuerst das Wort ergriff.

»Mir gefiel unsere Begegnung im letzten Monat, Meister Varrus, und ich habe seitdem immer mal wieder an dich gedacht.«

Das erweckte meine Neugier. »So?« fragte ich. »Warum? Warum solltest du an mich denken? Oder dich auch nur an mich erinnern?«

Er lächelte. »Warum nicht? Hältst du dich für keiner Erinnerung würdig?« Ich zeigte keine Reaktion. »Zunächst einmal erinnerte ich mich an dich wegen deines Berufs und dann wegen einiger anderer Dinge, von denen mir Gaius Britannicus auf unserer Reise nach Verulamium nach dem Anschlag auf sein Leben erzählt hatte. Er sagte, du seist Metallhandwerker. Nicht nur einfacher Schmied.«

Etwas Bescheidenes und Zurückhaltendes lag mir schon auf der Zunge, doch dann fiel mir wieder ein, was ich an diesem Mann so bewundert hatte: seine schlichte Ausdrucksweise. »Ja«, sagte ich also, »so kann man es nennen, beinahe jedenfalls. Ich bin Eisenhandwerker.«

»Ein Handwerker nur für Eisen?«

»Hauptsächlich nur für Eisen. Es ist das Metall, das mir am liebsten ist. Gelegentlich arbeite ich auch mit Bronze und Messing oder auch mit Kupfer. Aber ich bevorzuge Eisen. Ich finde, es hat mehr ...«

»Mehr was?«

»Charakter, wollte ich sagen, doch ich glaube, ›Herausforderung‹ wäre genauer.«

»Du magst Herausforderungen?«

»Ja, tut das nicht jeder?«

Er lächelte wieder. »Nein, Meister Varrus. Nicht jeder. Und was ist mit Silber?«

»Silber?« Mit einem kleinen Schulterzucken deutete ich meine Geringschätzung an. »Ein schönes Metall, jedenfalls für Juweliere. Was ist damit?«

»Hast du schon mal mit Silber gearbeitet?«

»Nein. Das Silberschmieden ist ein eigenes Handwerk. Es ist mehr Kunst als Disziplin, verstehst du?« Er schwieg, offenbar in der Erwartung, daß ich fortfuhr. »Silber ist zu weich und formbar, um einem Eisenschmied zuzusagen. Seine Zartheit und Zerbrechlichkeit verträgt sich nicht mit der Kraft und Direktheit, mit der dieser sein Handwerk ausübt. Warum fragst du mich nach Silber?«

Als Antwort griff er in seine lange Robe und holte ein zusammengefaltetes Papyrusblatt hervor.

»Hast du so etwas schon einmal gesehen?«

Ich nahm das Blatt, faltete es auseinander und fand auf seiner Innenseite ein Filigranmuster von Kurven und komplizierten spiralförmigen Linien.

»Das sind keltische Zeichen«, sagte ich. »Sie sind sehr schön ausgeführt. Von wem stammen sie?«

»Von mir!« Er nahm mir den Papyrus wieder aus der Hand, und ich sah, wie seine Blicke beim Weiterreden auf den Zeichen ruhten: »Sie stammen aus verschiedenen Quellen. Ich habe sie abgemalt, als ich im Westen war, dort in den Bergen.«

»Und warum?«

»Weil es mir Vergnügen bereitete. Es ist die Kunst des keltischen Volks in Britannien. Und ich bin Bischof der Kirche Britanniens. Deshalb hätte ich gern ein schlichtes, silbernes Brustkreuz, das mit solchen keltischen Zeichen verziert ist. Vermutlich ist es Eitelkeit, aber zumindest eine praktischere und weniger protzige als dies hier.«

Er griff wieder in seine Robe, zog ein goldenes, dicht mit roten und grünen Juwelen besetztes Kreuz heraus und reichte es mir. Ich nahm es und sah es mir genau an. Dabei war ich mir bewußt, wie überraschend schwer es war und welche Handwerkskunst darin steckte.

»Es ist wunderschön.«

»Es ist barbarisch. Schwelgerisch. Ich finde es ordinär.«

Ich kratzte mit dem Daumennagel daran und spürte, wie solide es war. »Woher hast du es – wenn ich fragen darf?«

Er sah es nachdenklich an. »Aus Rom, als ich das letzte Mal dort war. Es stammt aus dem Osten, aus Konstantinopel.«

»Ja.« Ich drehte das Kreuz um. Auf der Rückseite war es mit orientalischen Schnörkeln bedeckt. »Ich habe so etwas schon einmal gesehen, allerdings noch nie auf einem Kreuz.«

Er schnaubte. »Die Kirche wird reich. Es hat sich eingebürgert, daß Bischöfe dergleichen tragen.«

»Doch du findest es ordinär.«

»Ja, das stimmt.«

Ich gab es ihm zurück. »War es ein Geschenk?«

»Ja.«

»Warum hast du es angenommen, wenn du es so geschmacklos findest?«

Er sah mich an, als hätte ich den Verstand verloren. »Wegen seines Werts natürlich. Ich habe gesehen, wie kostbar es ist, und beabsichtige, es in Londinium zu verkaufen. Das Geld, das ich dafür bekomme, wird mir meine Arbeit erleichtern.«

»Die Arbeit Gottes?«

»Das ist für mich ein und dasselbe.« Es war auch nicht ein Hauch von Tadel in seiner Stimme wegen meiner ein wenig zynischen Frage.

»Aha. Wann warst du in Rom?«

»Vor drei Jahren.«

»Und warum hast du es noch nicht verkauft?«

»Es war nicht nötig. Doch jetzt brauche ich Geld.«

»Für deine Arbeit?« »Für meine Arbeit.«

Ich räusperte mich und kam zu der Überzeugung, daß dieser Mann die volle Wahrheit sprach. »Erzähl mir, was für ein silbernes Kreuz du vor Augen hast. Warum willst du es?«

Er schürzte die Lippen. »Als ein Zeichen. Ein Symbol.«

»Wofür? Verzeih mir meine Unverblümtheit, aber ich verstehe es nicht. Wieso brauchst du ein Symbol? Wofür? Für deinen Glauben? Für deine Position?«

»Für beides, aber noch mehr.« Er nahm seinen Becher in die Hand und schaute hinein, dann stand er auf und ging, immer mal wieder am Wein nippend, im Zimmer auf und ab.

»Ich sehe es so, Meister Varrus, daß es der Kirche hier in Britannien an Identität fehlt, an einer landestypischen Atmosphäre, wenn du so willst, die sie den Menschen hier annehmbarer machen würde. Das Brustkreuz ist ein ausgezeichnetes Dienstabzeichen, daran besteht für mich kein Zweifel. Es ist groß, gut zu sehen und unverkennbar. Die Grellheit dieses goldenen Kreuzes und all der anderen, die ich gesehen habe, wirkt jedoch fremd und versinnbildlicht in einem Maße weltlichen Wohlstand und Macht, die mich beleidigt. Verstehst du mich? Ich spreche von Eitelkeit, und hier stehe ich nun mit meiner eigenen und mache die anderer schlecht. Jedenfalls meine ich, daß ein bescheidenes silbernes Kreuz, eins, das schlicht und einfach ist und nur mit solchen keltischen Mustern, wie ich sie dir gezeigt habe, verziert ist, einem doppelten Zweck dient: Es bekundet dem Volk, zu dem ich gehöre, meine Funktion und weiht gleichzeitig ihre Kunst, Tradition und ihr Können der Herrlichkeit Gottes. Macht das Sinn?«

Ich nahm das juwelenbesetzte Kreuz, das er auf die Armlehne seines Stuhles gelegt hatte, wieder in die Hand. »Ja, Bischof«, sagte ich. »Ich denke schon, daß es Sinn macht. Aber warum aus Silber? Warum nicht aus reinem Gold? Und warum eigentlich nicht aus Holz?«

»Ja, warum nicht? Sagen wir doch einfach, daß ein Fünkchen Eitelkeit im Spiel ist. Holz sagt mir nicht zu. Wohl aber Silber. Es ist von einzigartiger Schönheit und Reinheit. Es hat etwas Ursprüngliches.«

Ich hielt ihm das Kreuz auf der flachen Hand hin, und er steckte es in die Robe zurück. »Darüber läßt sich nicht streiten. Doch warum bist du zu mir gekommen? Ich bin nicht die geeignete Person dafür. Es gibt haufenweise Silberschmiede in Londinium, von denen dir jeder im Schlaf ein solches Kreuz fertigen kann.«

»Nein, Meister Varrus. Da irrst du dich.« Er stellte seinen leeren Becher auf den Tisch. »Ich will dich nicht länger aufhalten, doch überlege dir bitte folgendes: Du magst ja nie mit Silber gearbeitet haben und, wie du sagst, wenig an seiner Zartheit interessiert sein, aber du bist ein Mann, der Integrität schätzt, sei es bei einem Menschen oder einem Metall. Ich habe mich nach dir erkundigt. Außerdem gibst du zu, daß du ein Mann bist, der Herausforderungen liebt. Ich bin auf dem Weg nach Londinium. Dort werde ich aus diesem goldenen Flitterzeug Geld machen. Ich wäre dir dankbar, wenn du einmal über alles, was mit der Herstellung des Kreuzes für mich zusammenhängt, nachdächtest, darüber, wie du die Integrität des Metalls respektieren, wie du das Kreuz selber entwerfen und welche Verzierungen du anbringen würdest. Denk auch an die Herausforderung, die das Silber für dich bedeuten würde! Ich komme in einem Monat wieder. Wenn du mir dann sagst, daß du diesen Auftrag nicht willst, dann respektiere ich deine Entscheidung. Ist das fair?«

Ich zuckte verwirrt mit den Schultern. »Ja, ich glaube schon. Ich denke darüber nach. Aber ich kann dir nichts versprechen.«

»Das verlange ich auch nicht. Doch jetzt muß ich gehen.« Aus einem Impuls heraus hielt ich ihn zurück. Er wartete und blickte mich schweigend an, während ich mich mit der Frage herumschlug, die mir ungebeten auf die Lippen gekommen war. Nach ein paar Augenblicken wußte ich, wie ich sie in Worte fassen konnte; genauer gesagt, hatte ich eine kleinere Frage gefunden, mit deren Hilfe ich auf die eigentliche zusteuern wollte.

»Bitte«, sagte ich, »wenn du etwas Zeit hast, würde ich dich gern etwas über den Legaten Britannicus fragen.«

Er setzte sich wieder und verschränkte die Hände vor dem Bauch. »Was möchtest du denn wissen, Meister Varrus?«

»Nichts, was einen von uns beiden in Verlegenheit bringen könnte, Bischof, doch mir läge daran, über etwas, das mich beschäftigt, Klarheit zu bekommen. Kennst du den Legaten schon lange?«

Er nickte. »Schon mein Leben lang. Unsere Familien sind eng befreundet, und zwar schon seit vielen Jahren.«

»Das dachte ich mir. Bist du von Geburt Römer?«

»Nein, ich bin hier in Britannien zur Welt gekommen, wie Gaius auch.«

»Was kannst du mir über die Feindschaft zwischen ihm und Primus Seneca sagen? Ich weiß, daß sie tief und verbittert ist, konnte aber nie den Grund dafür herausfinden.«

»Hast du Gaius danach gefragt?«

»Den Legaten Britannicus? Nein, das habe ich nicht. Er hat wohl darüber gesprochen, doch ich habe ihm keine Fragen gestellt. Unsere Beziehung ist nicht von der Art, daß sie solche Intimität erlaubt.«

Alarich lächelte. »Ich glaube, da irrst du dich, Meister Varrus, doch ich respektiere es, daß du so denkst. Du würdest eine solche Frage unverschämt finden, nicht aber Gaius Britannicus. Er betrachtet dich als Freund und nicht als Untergebenen. Ich meine, daß er dir die Geschichte mit Freuden selbst erzählen würde, wenn du ihn danach fragen würdest.«

»Das könnte ich nicht.«

»Wie du meinst. Zwischen ihnen besteht eine Blutfehde – eine Familienfehde, deren Ursprung in Vergessenheit geraten ist. Sie hält jedoch unvermindert an und scheint sogar an Schärfe zuzunehmen.«

»Alle Senecae hassen alle Brittanici? Willst du das damit sagen?«

»So etwa.« Nachdenklich runzelte er die Stirn. »Gaius Britannicus ist der vorletzte seiner Linie. Er hat eine Schwester Lucia, einen Sohn Picus, auf den er sehr stolz ist, und drei weitere kleine Kinder. Außer ihnen lebt in seiner Familie niemand mehr, es gibt nicht einmal Vettern dieses Namens. Die Senecae hingegen sind ausgesprochen fruchtbar. Primus ist der älteste von sieben Brüdern, die alle, außer dem jüngsten, einem Nichtsnutz, Soldaten sind. Die Familie ist sagenhaft reich, mußt du wissen, und das schon seit Zeiten Julius Caesars, als Seneca der Ältere, der Großhändler und Geldverleiher, als reichster Mann der Welt galt.« Ich nickte, um zu zeigen, daß ich die Seneca-Legende kannte.

»Wie gesagt«, fuhr Alarich fort, »niemand weiß, wann dieser Krieg zwischen den Familien seinen Anfang genommen hat, doch er hat sich wie Unkraut verbreitet und beide Familien zerstört, besonders die von Britannicus. Gaius hatte einen älteren Bruder Jacobus, der mit den Eltern vor fast zwanzig Jahren in Rom ermordet worden ist. Die Umstände des Verbrechens wiesen auf Primus Seneca als Anstifter hin, doch es konnte nie nachgewiesen werden. Der Fall wurde dem Senat vorgelegt, doch in rechtlicher Hinsicht konnte nichts unternommen werden.

Gaius dachte jedoch anders darüber. Er war damals noch ein sehr junger Mann und so hitzköpfig und rachelüstern, daß man es nicht nur seiner Jugend zuschreiben konnte. Er forderte Primus Seneca heraus, beschuldigte ihn öffentlich des Verbrechens, und sie bekämpften sich, beide von Söldnern unterstützt. Das Ganze wuchs sich zu einem Skandal aus. Es kam zu offenen Straßenschlachten zwischen den Anhängern beider Familien, und es gab viele Tote. Die öffentliche Sympathie lag bei dem jungen Gaius, doch da Primus' Schuld nicht nachgewiesen werden konnte, schritten die Behörden ein und beendeten ihre Kämpfe, indem sie die beiden Männer – Soldaten beide, darfst du nicht vergessen – an entgegengesetzte Enden des Kaiserreichs versetzten.« Er seufzte tief und voller Abscheu. »Natürlich löste das zwar das unmittelbare Problem, im Grunde jedoch gar nichts. Die Familie Seneca lebte weiter in Rom und Konstantinopel, und Lucia, Gaius' kleine Schwester, wurde zum Familienbesitz hier in Britannien geschickt, wo sie noch heute ist.«

»Ist der Kommandant wohlhabend?«

»Außerordentlich. Offenbar hast du sein Gut im Westen noch nicht gesehen.«

»Nein.« Ich schüttelte den Kopf. »Doch ich glaube, er hätte es gern, wenn ich hinginge und dort als einer seiner Bagaudae lebte.«

»Ach ja, seine Kolonie. Weißt du, ich glaube, er wird sie wirklich ins Leben rufen. Ich hoffe es aufrichtig.«

»Warum – wenn ich fragen darf?«

Er lächelte. »Warum nicht? Gaius ist ein Mann, der Beschäftigung braucht. Mit seinem Verstand ist er zu Großem fähig. Weißt du, daß er den Untergang des Römischen Reichs kommen sieht?«

»Wie bitte?« Es war mir anzuhören, wie überrascht ich war.

»Ich meinte, daß Gaius glaubt, das Kaiserreich, wie wir es kennen, sei dem Untergang geweiht.«

»Rom? Dem Untergang geweiht? Weshalb?«

»Durch seine eigenen Exzesse.«

»Das ist doch Unsinn! Das ist unmöglich! Das ist … das ist ein geradezu obszöner Gedanke!«

»Ja? Wirklich? Da bin ich mir nicht so sicher. Unser eigener Herrgott hat vorausgesagt, Er würde eines Tages zum Jüngsten Gericht zurückkommen und die Welt würde dann enden. Er ist gestorben, um die Seelen der Menschen zu erlösen. Um der Menschheit Gelegenheit zu geben, im Geiste zu wachsen und die weltlichen Angelegenheiten hinter sich zu lassen. Und mir scheint das Kaiserreich von dieser Welt zu sein. Es hat wenig Himmlisches an sich.«

Ich war ganz durcheinander. »Bitte verzeih mir«, sagte ich, »wir sind zu rasch auf zu vieles gekommen. Ich gerate ins Schwimmen. Anfangs sprachen wir vom Kommandanten und seinen Feinden, und plötzlich geht es um Metaphysik und das Ende des Kaiserreichs. Ich bin nicht befähigt, über so etwas zu reden.«

Alarich lächelte. »*Ich* muß um Verzeihung bitten, Meister Varrus. Du hattest nur nach der Fehde gefragt, doch meine persönlichen Überzeugungen haben mich in die Irre geführt. Ich will nun meine Gedanken über Gaius Britannicus und die Senecae so zusammenfassen, daß ich nicht zu weit von dem, was ich gerade gesagt habe, weggetragen werde und dir meine Überlegungen vielleicht doch klarmache. Ich weiß, daß du nicht bezweifelst, daß Gut und Böse nebeneinander existieren, und niemand kann bezweifeln, daß das Kaiserreich, zumindest nach außen hin, stark ist. Meiner Meinung nach, Meister Varrus, verkörpern Männer wie Gaius Britannicus alles Gute der Römer. Ihre Parolen sind Ehre, Aufrichtigkeit, Integrität, Redlichkeit, Respekt vor Recht und Ordnung, sowohl in geistiger als auch in weltlicher Hinsicht. Die Kehrseite der Medaille sind die Exzesse, die Käuflichkeit, Korruption und Geringschätzung der Menschlichkeit und Göttlichkeit, wie sie die schlimmsten und leider auch mächtigsten Elemente im heutigen Kaiserreich charakterisieren. Weiß und Schwarz. Recht und Unrecht. Tag und Nacht. Britannicus und Seneca. Mehr sage ich nicht, denn ich muß jetzt wirklich aufbrechen. Danke für die Gastfreundschaft. Wir unterhalten uns wieder, wenn ich in einem Monat aus Londinium zurückkehre.«

In jener Nacht liefen meine Gedanken in zwei Richtungen: zum einen zu dem Papyrusblatt, das Alarich auf dem Tisch hatte liegen lassen, und zum anderen zu dem erschreckenden, kaum vorstellbaren Szenario, von dem er gesprochen hatte und zu dem, wie es schien, der Legat Britannicus beisteuerte. Das Ende Roms. Das Ende des Kaiserreichs. Ich legte die Pergamente meines Großvaters beiseite und vergaß sie erst einmal.

Mein Verstand konnte die entsetzliche Tragweite dieses neuen Gedankens nicht fassen. Kein Mensch kann das Ende der Welt mit allen persönlichen Auswirkungen begreifen, und Rom war die Welt. Die barbarischen Länder außerhalb des Kaiserreichs waren *Ultima Thule* – so weit weg, daß man sie sich gar nicht mehr vorstellen konnte. Ich versuchte den schrecklichen Gedanken zu ignorieren, doch ohne großen Erfolg. Es gelang mir auch nicht, eine etwas rationalere Perspektive davon zu bekommen, wie sich das Ende Roms auf unser Leben hier in Britannien auswirken würde. Schließlich redete ich mir ein, daß es unmöglich und einfach nur eine exzentrische Anwandlung von Gaius Britannicus war. Ein jeder, folgerte ich, hat das Recht auf eine persönliche Torheit.

Eine Woche später war ich damit beschäftigt, Silbererz zu kaufen und mich mit den Eigenschaften dieses Metalls vertraut zu machen. Und als Alarich einen Monat später zurückkam, verbrachte ich bereits endlose Stunden mit dem Studium von Proportionen und der keltischen Kunst.

Nie wieder war ich danach ganz frei von dem Zwang, Silberkreuze aller Formen und Größen zu entwerfen.

Ein halbes Jahr später, als ich eines Abends an einem Brustkreuz für Alarich arbeitete, kam mein Diener herein und teilte mir mit, daß ein Soldat mich sprechen wolle. Ich ließ ihn den Mann hereinbitten.

An seinen Rangabzeichen erkannte ich sofort, daß mein Besucher im Dienste des Legaten Antonius Cicero stand. Er nahm nach dem Eintreten Haltung an.

»Zenturio Publius Varrus?« Ich nickte zustimmend. Er

salutierte zackig. »Der Legat Cicero schickt dir seine Empfehlungen, Zenturio. Diese Schriftrolle ist ihm heute durch Militärkurier mit der Bitte überbracht worden, sie an dich weiterzuleiten.«

Ich dankte ihm und nahm die Schriftrolle entgegen, wobei mir sofort ihr Gewicht auffiel. Als der Soldat gegangen war, merkte ich, daß es schon dämmerte. Ich zündete mehrere Lampen an und entschloß mich, in der Küche zu Abend zu essen, solange es dort noch hell genug war. Ich belud eine Platte mit Brot, kaltem Fleisch und ein paar eingelegten Zwiebeln, goß mir einen Krug von Equus' Gebräu ein und warf dann einen Blick auf die schwere Schriftrolle. Sie war mit Britannicus' Siegel versehen. Überrascht, da ich noch nie zuvor von ihm eine derartige Mitteilung erhalten hatte, löste ich das Siegel vorsichtig mit dem Daumennagel, um das Wachs nicht zu zerbrechen, und rollte das Schreiben auf. Meine Überraschung nahm noch zu, als ich feststellte, daß das dicke Pergament nur als Schutzhülle für vier feine Papyrusblätter diente, die mit Britannicus' charakteristisch sauberer Schrift bedeckt waren. Essen und Trinken ließ ich achtlos stehen und zog eine Lampe heran.

Gaius Britannicus
an
Publius Varrus.
Grüße – Dies ist nur für Dich bestimmt:

Mir ist wieder die Geschichte von dem Schwert eingefallen, das Dein Großvater für Deinen Vater entworfen hatte, der dann in der Ferne starb, ohne es je gesehen zu haben. Ich hoffe, es wirkt sich nicht verhängnisvoll aus, daß Du nun eins für mich fertigst.

Immer wieder überrascht es mich festzustellen, daß die Angelegenheiten des Kaiserreichs ungeachtet unserer geringfügigen Angelegenheiten hier in Britannien weitergehen und daß die Mächtigen, die die Geschicke der Menschen und Völker lenken, der kleinen Funktionäre in den Provinzen gewahr bleiben. Ich habe den Befehl erhalten, mich sofort nach Rom und von dort aus nach Konstantinopel zu begeben, wo mir Kaiser Valentinian persönlich die Prokonsulschaft von Numidien verleihen wird, desgleichen die Mittel und Autorität, alle entsprechenden Konsularfunktionen in der Provinz Numidien angemessen und achtungsgebietend auszuführen.

Die Ernennung, die allgemein als Höhepunkt einer Militärlaufbahn betrachtet wird, ist natürlich eine hohe Ehre, und ich vermute, daß Theodosius etwas damit zu tun hat. Vor ein paar Jahren hätte ich mich darüber sehr gefreut. Doch nun sehe ich das Ganze mit gemischten Gefühlen, als unbequeme Pflicht und pflichtschuldige Unbequemlichkeit. Doch Ihr, Du und meine Frau, seid die einzigen beiden Seelen, denen ich eine solche Sicht der Dinge anvertrauen kann.

Noch einmal fünf Jahre unter der Sonne Afrikas! Die Aussicht gefällt mir nicht. Und noch weniger gefällt mir, daß ich weitere fünf Jahre mit den verdrießlichen und streitlustigen Nomaden des Landes zu tun haben werde, besonders da der Haß und die Schmach auf mein Haupt fallen werden, wenn während meiner Dienstzeit, unter meiner Obhut etwas nicht klappt. Und wann hat in Afrika schon einmal etwas fünf Jahre lang geklappt? Bislang hat es dort nur Scipio wirklich zu Ruhm gebracht, und das Konsularheer, das ihm den Titel »Africanus maior« eingebracht hat, bestand aus vier richtigen Legionen! Meine Soldaten werden bloß Wehrpflichtige und Söldner sein.

Das jedoch ist der pessimistische Gesichtspunkt. Es gibt noch eine Kehrseite der Medaille. Am Ende meiner Dienstzeit werde ich frei sein, um mich mit vollen militärischen und zivilen Ehren in der Provinz meiner Wahl zur Ruhe zu setzen, mit anderen Worten, nach Hause zurückzukehren, und zwar mit allen finanziellen Mitteln des Rangs eines Senators und Konsuls. Das bedeutet, mein lieber Freund, daß ich mit knapp fünfzig Jahren Landbesitzer im Ruhestand sein werde, wohlhabend genug, um mich meinen Launen hinzugeben und meine Träume zu verwirklichen. Vergiß nicht meine Bitte an Dich!

Ein weiterer Vorteil des Prokonsularstatus besteht darin, daß ich meine Familie mitnehmen und unter komfortablen, ja luxuriösen Bedingungen bei mir behalten darf. Ich bin zwar noch nicht davon überzeugt, daß dies klug ist, doch Heraclita ist hartnäckig. Sie ist es leid, immer klaglos als Opfer des Militärlebens zurückzubleiben, und glaubt, es werde meinem Sohn Picus guttun, Rom, Afrika und den kaiserlichen Hof in Byzanz zu sehen (Konstantinopel ist ein zu neuer Name für eine so alte Stadt). Ich neige dazu, mich hierin ihren Wünschen zu fügen, wenn mir auch eine innere Stimme zuflüstert, daß es wider besseres Wissen ist.

Solltest Du einmal in den Westen reisen, während wir fort sind, dann bist Du auf meinem Gut bei Aquae Sulis herzlich willkommen. Während unserer Abwesenheit betreut es mein Schwager Quintus Varo. Du wirst sehen, daß er ein liebenswürdiger und nützlicher Freund ist, so Du einmal einen brauchen solltest. Ihm gehört das Gut neben meinem; unsere Ländereien grenzen aneinander.

Ich habe ihm von Dir erzählt. Er wird Dich willkommen heißen, ebenso wie meine Schwester Lucia, die mit dem Bruder seiner Frau verheiratet war.

Ich habe diese Zellen im Bewußtsein meines Versprechens geschrieben, Dich bald zu besuchen. Leider wird es nun später, als wir voraussehen konnten. Paß gut auf mein neues Schwert auf und finde für mich einen Himmelsstein, während ich weg bin.

Für immer Dein Freund,
Britannicus

Prokonsul von Numidien! Ich freute mich für ihn, machte mir aber gleichzeitig Sorgen wegen der von ihm richtig diagnostizierten Probleme, denen er sich dort gegenübersehen würde. Im großen und ganzen war ich jedoch zuversichtlich, daß er gut zurechtkommen würde. Noch mehrere Male las ich den Brief und dachte, daß die fünf, mit Reise und allen Verpflichtungen vielleicht sogar sechs oder sieben Jahre, ohne ihn zu sehen, eine lange und einsame Zeit sein würden. Länger als das waren er und ich nun schon Kameraden und nur in den letzten drei Jahren getrennt gewesen. Fünf Jahre! Mein natürlicher Stolz und meine Freude über die Ehre, die meinem Freund erwiesen wurde, wichen Niedergeschlagenheit, und ich starrte blicklos auf Bischof Alarichs keltische Schriftrollen. Dann begann ich die vorbereitete Abendmahlzeit einzunehmen, doch alles schmeckte wie Sägemehl, und selbst Equus' Bier fand ich fad. Tief betrübt warf ich mir den Umhang über und machte mich auf den Weg zu Plautus, um mit ihm meinen Kummer in einer Taverne zu ertränken.

XII

In den Jahren nach Theodosius' Feldzug gegen die Invasoren herrschte ein Geist des Wiederauflebens, ein neuer Optimismus in Britannien, und Equus und ich zogen reichlich Nutzen daraus. Unser Geschäft florierte; wir mußten die Schmiede auf mehr als das Doppelte vergrößern und regelmäßig neue Arbeitskräfte einstellen. Equus hatte eine natürliche Begabung zum Führen unserer Geschäfte gezeigt, sowohl was das Einhalten eines festen, aber flexiblen Produktionsplans als auch was die tägliche Verwaltungsarbeit anging. Meine Hauptfunktion bestand nun darin, neue Verträge abzuschließen und herzliche Beziehungen zu unseren Kunden zu unterhalten, von denen die Besatzungsarmee unser wichtigster war. Das Leben hatte es gut mit uns gemeint.

Meine Freundschaft mit Alarich, dem Bischof von Verulamium, hatte sich im Laufe der Jahre so vertieft, daß ich in ihm, wie in Equus und Plautus, fast einen Bruder sah. Nur selten dachte ich an ihn als einen Mann Gottes, es sei denn, die Arbeit, die ich für ihn ausführte, erinnerte mich daran. Das erste Kreuz, das ich für ihn gefertigt hatte, war genauso gewesen, wie er es sich vorgestellt hatte, und ich hatte dabei mein Herz für Silber entdeckt und wegen dessen guter Hämmerbarkeit, Reinheit, Beschaffenheit und glänzender Pracht großen Gefallen an seiner Bearbeitung gefunden. Es war eine Liebe, die meine Liebe zu Eisen nicht schmälerte, sondern vielmehr reflektierte, denn nur im polierten, neuen Silber fand ich eine ähnliche Brillanz wie in meinem Himmelssteindolch.

Plautus zeigte seinen wahren Charakter, der unter der aggressiven, rauhbeinigen Person der Öffentlichkeit lag, indem er meine Silberarbeit ausgesprochen zu schätzen wußte und die Geschichte von meinem Himmelsstein vorbehaltlos glaubte. Auch er fragte mich, ob noch mehr solche Steine herumliegen könnten, und erhielt die gleiche Antwort wie Britannicus. Keineswegs entmutigt, ging Plautus die Sache ganz pragmatisch an. Ohne den Grund für seine Anordnung zu nennen, befahl er seinen Patrouillen, überall, wohin sie kamen, nach merkwürdigen Geräuschen, Knallen, heruntergefallenen Steinen und dergleichen zu fragen, ganz gleich, ob sie bei Tag oder Nacht aufgetreten waren. Daraufhin hörten wir ein paar sonderbare Berichte, und zwei davon setzten Plautus und mich in der Hoffnung in Bewegung, einen weiteren Himmelsstein zu finden. An der einen Stelle stießen wir auf eine schwere Eiche, die vor langer Zeit von irgendeiner verheerenden Kraft gesprengt worden war, und an der anderen auf nichts weiter als einen riesigen Haufen spitzer Steine, die sich von einem hohen Felsen gelöst und das darunterliegende Tal verschüttet hatten. Doch Plautus zog seine Anordnungen nicht zurück, und die Nachforschungen gingen weiter, wofür ich sehr dankbar war.

Eines warmen Abends im Frühling meines zehnten oder elften Jahrs in Camulodunum saß ich allein in meinem kleinen Garten hinter dem Haus, sah mir das letzte einer Serie von Silberkreuzen an, die ich für Alarich gefertigt hatte, und wartete auf Equus und Plautus, die zum Abendessen kommen wollten. Meine Kreuze wurden immer kunstvoller, und das vor mir liegende war wirklich einzigartig. Dennoch konnte ich jetzt, da es fertig war, nicht einmal sagen, ob ich es überhaupt mochte.

Im vergangenen Jahr hatte ich begonnen, das Kreuz, an dem Christus gestorben war, mit dem anderen Symbol seiner Erniedrigung, der Dornenkrone, die ihm seine römischen Peiniger auf den Kopf gesetzt hatten, zu kombinieren. Das Ergebnis war ein schönes, aber recht unpraktisches Stück gewesen, weil sich die realistischen Silberdornen ständig in der Kleidung des Trägers verfangen hatten. Es war dekorativ, aber nutzlos, weswegen ich es eingeschmolzen hatte, um das Silber wiederverwenden zu können. Nun, Monate später, blickte ich auf dessen Nachfolger. Diesmal hatte ich die Krone als schlichten, großen Silberring dargestellt, der von dem Kreuz in Quadranten geschnitten wurde, und in den Ring hatte ich eine graphische Darstellung miteinander verflochtener Dornen eingraviert, wobei ich eine Abwandlung der in der keltischen Kunst so häufigen stilisierten Dornenzweige verwendet hatte. Als Gegengewicht zum zentrumsbezogenen Kreis hatte ich anschließend die Kreuzarme keilförmig verlängert. Dadurch hatte ich eine völlig neue Wirkung erzielt und konnte nur hoffen, daß es Alarich gefallen würde. Solange wollte ich mich mit meinem eigenen Urteil noch zurückhalten.

Während ich so in Gedanken versunken dasaß, öffnete sich der Himmel, der sich von mir unbemerkt bewölkt hatte, und es setzte ein sintflutartiger Regen ein. Ich hastete zur Tür und stellte mich unter den Dachvorsprung, um zu sehen, was der Wolkenbruch bei den Pflanzen im Garten anrichtete. Es regnete so stark, daß die jungen Blumen schwankten und zu Boden gedrückt wurden. Ich wartete, bis der Regen nachließ, und dann war mein Blick an etwas hängengeblieben. Es war etwas Ungewöhnliches, das mir eigentlich schon seit meiner Rückkehr ins Haus keine Ruhe gelassen hatte, dem ich aber nie richtig Beachtung geschenkt hatte. Es handelte sich um ein Paar Militärpiken, die mein Großvater zur Dekoration einander schräg gegenüber an die Gartenmauern genagelt hatte. Als ich jetzt auf sie mit ihren vom Regenwasser überströmten Köpfen blickte, hatte ich plötzlich eine Eingebung. Sie waren sehr alt und verrostet, zumindest die Köpfe. Die Schäfte hingegen sahen verhältnismäßig neu aus. Von Rechts wegen hätten diese Pikenköpfe zu den anderen Waffen der Sammlung meines Großvaters gehört, um gegen weitere Zersetzung geschützt zu sein. Warum also befanden sie sich hier im Freien, der Witterung ausgesetzt, als nutzlose, fast schon frivole Dekoration an der Mauer befestigt?

Ich bekam eine Gänsehaut, als ich erkannte, daß mein Großvater einen bestimmten Zweck damit verfolgt haben mußte, denn mir war klar, daß es in keiner Weise seinem Charakter entsprach, alte Waffen so zu behandeln. Doch welchen? Ich wußte nur, daß es mit mir zu tun hatte – mit mir zu tun haben mußte. Es gab keine andere Erklärung.

Aufgeregt, ohne zu wissen warum, lief ich in den Regen hinaus zur nächstgelegenen Pike, um sie mir genauer anzusehen. Es war so, wie ich vermutet hatte: Ihr Kopf war an manchen Stellen fast durchgerostet, doch der Holzschaft sah kräftig, ja funkelnagelneu aus. Ich wollte sie von der Mauer nehmen, doch sie war mit drei großen, U-förmigen, beidseitig spitzen Nägeln befestigt. Nun war ich mir sicher, einem Geheimnis auf der Spur zu sein, holte ein Brecheisen und hebelte die Nägel sorgfältig aus der Wand. Die Pike fiel auf den Boden. Sie war mindestens zehnmal schwerer als gewöhnlich: Ich konnte sie kaum hochheben. Überrascht kniete ich im nassen Gras nieder, zog den

Dolch, und mit dessen Spitze kam ich dem Geheimnis dann schnell auf die Spur.

Der Schaft bestand aus um eine Zinnröhre gewickelten Holzstreifen. Als mir das klargeworden war, machte ich mit der Ummantelung kurzen Prozeß und legte die ganze Röhre frei, die so lang wie der Schaft war. Ungeduldig hackte ich mit der Klinge meines Dolches auf das weiche Zinn ein und stieß auf reinen Goldglanz. Nun stand ich auf, legte einen Fuß mitten auf die hohle Röhre und riß deren Enden hoch. Das schwache Zinn brach an der Stelle auseinander, wo ich hineingestochen hatte, und eine Kaskade goldener Münzen ergoß sich ins nasse Gras. Ungläubig blickte ich darauf, und dann rannte ich zur anderen Mauer und riß die zweite Pike herunter, aus der ich ebenfalls goldene Münzen herausschüttete. Ich war reich! Ich stand im Regen und blinzelte fassungslos auf den goldenen Haufen zu meinen Füßen. Dann drehte ich mich um und ging langsam hinein.

Dort traf ich Equus, der zur Vordertür hereingekommen war. Als er meinen Gesichtsausdruck sah, fragte er mich, was passiert sei. Ich konnte nicht sprechen, schüttelte nur den Kopf und deutete mit dem Daumen über die Schulter in den Garten. Entschlossen ging er zur Tür und verschwand. Plötzlich fand ich, daß er sehr komisch ausgesehen hatte, als er an mir vorbeigegangen war, und begann zu lachen. Mein Gelächter nahm schreckliche Ausmaße an, als er wieder hereinkam. Er sah jetzt so verblüfft und erschüttert aus wie vorher sicher ich. Ich schüttelte mich nun vor Lachen und hielt mir den Bauch. Equus' ungläubiger Gesichtsausdruck raubte mir die letzte Beherrschung, so daß meine Beine unter mir nachgaben und ich hinfiel. Er sah jetzt nicht mehr ungläubig, sondern völlig verwirrt aus, und schließlich fing auch er schwach und unsicher zu lachen an. Als wenig später Plautus erschien, kugelten wir uns beide hilflos am Boden, und sein Anblick raubte uns noch den letzten Rest Männlichkeit.

Doch bald, was ja unvermeidlich war, kehrte unser Verstand zurück, und wir gingen mit Plautus hinaus, um ihm zu zeigen, was dort im tiefen, nassen Gras lag. Alles in allem waren es mehr als viertausend Goldmünzen, vollkommen reine Aurum, von denen ein jedes heute eine Wagenladung silberner Denare wert war. Die meisten Münzen stammten aus der Zeit der frühen Caesaren. Auf einigen war Claudius' Kopf zu sehen, auf anderen Neros. Es gab jedoch auch welche mit dem Kopf von Augustus selbst, außerdem mehr als zweihundert neuere Münzen aus der Zeit der letzten Kaiser.

Angesichts des riesigen Schatzes waren wir alle drei verblüfft, doch es war der wie immer pragmatische Plautus, der Fragen zu stellen begann.

»Warum nur hat er den Schatz auf diese Art versteckt?«

»So war mein Großvater. Welcher Platz wäre denn besser gewesen? Die Piken brachte er an, im Wissen, daß ich früher oder später merken mußte, daß etwas nicht stimmte. Ich kannte ihn gut genug, um zu begreifen, daß er eine solche alte Waffe niemals ohne Grund entweihen würde. Ich mußte nur einmal darauf schauen und darüber nachdenken.«

»Es hätte dir aber auch nie auffallen können!«

Doch er konnte mich nicht widerlegen. »Plautus«, sagte ich, »früher oder später hätte ich es bemerkt! Glaub mir! Heute bin ich zum erstenmal bei Regen im Garten gewesen, und schon habe ich es gesehen.«

Nun fragte Equus: »Was wäre geschehen, wenn du nicht aus den Legionen zurückgekehrt wärst?«

»Was meinst du wohl? Dann würde mein Onkel noch

hier wohnen oder einer meiner Vettern. Eigentlich spielt es keine Rolle, wer hier lebt. In zwei oder drei Jahren wäre der Zinnboden der Röhren durchgerostet gewesen, und die Münzen wären aufgrund ihres Gewichts heruntergefallen. Deshalb waren die Piken diagonal befestigt. Wenn ich nicht nach Hause gekommen wäre, hätte jemand anders davon profitiert. Und dies, glaube ich, beabsichtigte mein Großvater. So war er.«

»Aber woher stammt denn überhaupt das ganze Geld?« fragte Plautus. »Hätte er dir denn nicht irgendwo eine Erklärung hinterlassen?«

»Das hat er wahrscheinlich. Ich habe noch nicht einmal nachgeschaut.« Ich hob eine der zerbrochenen Zinnröhren auf und fand oben in ihr ein eng gerolltes Pergament. Ich glättete es und las laut vor, was darauf stand.

Leser, ich hoffe, daß Du es bist, Publius Varrus. Wenn ja, dann hast Du mein Rätsel gelöst, meinen Glauben an Dich gerechtfertigt und Dir die Belohnung, die Du jetzt vor Dir hast, verdient. Die Münzen stehen Dir rechtmäßig zu. Einige davon habe ich mir durch die jahrelange Arbeit in der Schmiede verdient. Auch an die anderen, die älteren, kam ich auf ehrliche Art. Ich stöberte sie zufällig auf, als ich den Keller unter der Schmiede ausschachtete.

Fragend blickte ich Equus an, doch dieser zuckte nur mit den Schultern, und seinem Gesicht war anzusehen, daß er davon nichts gewußt hatte. Ich las weiter.

Die jüngsten Münzen dieses Horts sind während Claudius' Regierungszeit geprägt worden. Daher nehme ich an, daß sie seitdem hier in der Erde lagen, also seit jener

Zeit, als Camulodunum auf den Ruinen einer keltischen Siedlung erbaut wurde. Wenn das so ist, dann sind sie seit fast dreihundert Jahren hier versteckt. Mach mit ihnen, was Du willst. Ich brauche sie nicht. Wenn Du das hier liest, dann bist Du in Sicherheit und sind meine Gebete erhört worden. Ich wünsche Dir ein langes und glückliches Leben!

Beim Lesen der letzten Worte spürte ich, wie Tränen meinen Blick verschleierten, und eine Zeitlang herrschte Schweigen. Dann ergriff Plautus wieder das Wort.

»Was machst du mit ihnen?«

»Womit? Mit den Münzen?«

»Ja, mit den Münzen. Hier liegt mehr Geld unbeaufsichtigt herum als in ganz Britannien. Das ist eine Aufforderung zum Diebstahl, Publius!«

Ich blickte auf den willkürlich auf dem Tisch gehäuften Schatz. »Du hast recht. Es muß etwas damit geschehen. Aber was?«

»Vergrab alles wieder!«

»Aber wo?«

»Was spielt das für eine Rolle? Schaff das Geld einfach aus den Augen!«

Wir schütteten die Münzen schließlich als Zwischenversteck, bis Equus und ich eine Geldkassette für sie anfertigen konnten, in eine große Amphore. Dann mußten wir alle drei anpacken, um sie in mein Arbeitszimmer zu bringen, wo ich den Amphorenhals später in der Nacht mit Wachs versiegelte. Zuvor hatte ich den beiden noch einen Lederbeutel voller Münzen zugeworfen und dann mindestens eine Stunde gebraucht, um sie zur Aufnahme derselben zu bewegen. Es geht über meinen Verstand, wie wir es an jenem Abend fertigbrachten, daß die Diener nichts merkten, doch sie ahnten nie etwas davon. Sie waren es seinerzeit gewöhnt, daß wir drei mindestens einen Abend in der Woche miteinander zechten, und ich glaube, sie waren dann erleichtert, mich nicht von vorn und hinten bedienen zu müssen und sich im ihre eigenen Angelegenheiten kümmern zu können.

Ich brauchte lange, bis ich es wirklich schätzen konnte, nun ein wohlhabender Mann zu sein. Erst als noch jemand starb, wurde mir das so richtig klar.

Eines Morgens kam ich mit Plautus vom Kastell, wo ich Lucullus, den Zahlmeister, besucht hatte, am Haupttor eines großen luxuriösen Stadthauses vorbei, als wir auf der anderen Mauerseite lautes Schreien und Jammern hörten. Neugierig blieben wir stehen und blickten zum Tor hinein, und Plautus begann Fragen zu stellen. Es zeigte sich, daß der alte Mann, der dort jahrelang gewohnt hatte – ein hoher Offizier im Ruhestand – am Morgen tot im Bett aufgefunden worden war. Das Geheul stammte von seinen Dienern, die es, wie ich vermutete, wohl mehr aus Angst um sich selbst als aus Kummer um ihren Herrn angestimmt hatten, da der alte Mann ohne Erben gestorben war.

Plautus nahm die Dinge in die Hand, weil es sich bei dem Toten um einen ehemaligen Offizier handelte. Er ging zurück, um der Militärbehörde Meldung zu erstatten und das Begräbnis in die Wege zu leiten. Ich setzte meinen Weg nach Hause fort und vergaß den Zwischenfall bis zum Abend, als Plautus unerwartet auf meiner Türschwelle auftauchte. Sofort sah ich, daß er getrunken hatte. Er goß sich einen Becher Wein ein und ließ sich in einen Sessel fallen.

»Das ist also erledigt! Ich habe den alten Knaben zur Beerdigung in die Kaserne bringen lassen. Auf dein Wohl!« Er nahm einen kräftigen Schluck. »Es gab keinen Grund, ihn dort im Haus zu lassen, den armen, alten Kerl.

Gemäß seinen Dienern hat er keine Verwandten und Freunde mehr, die ihn betrauern würden. Weißt du, Publius, manchmal lebt ein Mensch einfach zu lange.«

»Wie meinst du das?«

»Genau so, wie ich es sage. Dieser arme, alte Sohn einer adligen römischen Hure hat seine Zeitgenossen überlebt. Alle seine Freunde. Er ist ganz allein gestorben. Das ist überhaupt nicht gut. Ich hoffe, daß ich einmal jung sterbe.«

»Jung? Du?« machte ich mich über ihn lustig. »Plautus, du bist schon jetzt ein alter Mann! Außerdem hat er vielleicht noch nie Freunde gehabt. Vielleicht haben ihn alle gehaßt.«

»Nein!« Er schüttelte trunken den Kopf. »Seine Diener nicht, und wenn die ihn nicht gehaßt haben, dann muß er ganz in Ordnung gewesen sein. Sie stecken jetzt knietief in der eigenen Scheiße, weil sie nicht wissen, was mit ihnen passiert.«

»Was willst du damit sagen? Was passiert denn mit ihnen?«

»Nichts, aber sie müssen morgen ausziehen. Sie sind am Ende. Sie können dort nicht bleiben. Es ist nicht ihr Haus, also müssen sie raus.«

»Sie werden woanders unterkommen, Plautus. Es bedeutet nicht das Ende der Welt.«

»Für sie schon. Wer soll sie denn nehmen?« Er schnaubte. »Sie können nicht einmal das Haus ausrauben. Gleich heute sind die Leute des Prokurators eingezogen.«

»Warum denn das?«

»Um Inventur zu machen. Das müssen sie. Der Alte hatte keine Erben, also geht alles an den Staat.«

»Und was macht der Staat damit?«

Er schüttelte den Kopf. »Ich weiß es nicht. Wahrscheinlich verkauft er das Haus.«

»An wen? Wer kann sich ein so großes Haus leisten? Ich wüßte niemanden hier in der Stadt.«

»Aber ich«, lächelte er selbstzufrieden. »Warum kaufst du es nicht?«

Überrascht sah ich ihn an. »Ich? Warum im Namen Gottes sollte ich es kaufen?«

»Weil es zu dir passen würde und du es dir leisten kannst. Außerdem würdest du es zum halben Preis bekommen. Du hast nämlich recht: Sie können es sonst niemandem verkaufen und selbst keinen Gebrauch davon machen.«

Mein Interesse war schon halb erwacht, als ich fragte: »Warum meinst du, daß es zu mir passen würde?«

»Weil es dort ein Zimmer gibt, mein Freund, bei dem dir die Augen übergehen werden. Der alte Knabe war reich. Steinreich. Er baute das Haus nämlich um einen kleinen Innenhof herum, der zum Himmel hin offen ist. Und über alles zog er ein Glasdach! Ein richtiges Glasdach! Das Ganze muß ihn ein Vermögen gekostet haben. Nun gibt es dort also einen großen, hellen Raum, wie draußen, mit einem Glasdach ... Tageslicht, immer helles Tageslicht! Außer in der Nacht natürlich. Und überall Pflanzen. Als ich ihn sah, dachte ich, das ist der richtige Ort für Publius' Schätze. Er ist einfach wie geschaffen dafür. Es wäre dort so, als hätte man sie draußen, im Tageslicht, sie sind aber drinnen und doch im Tageslicht, wenn du verstehst, was ich meine.«

Ich sah ihn an. »Ich glaube ja. Zumindest würde ich ... hm ... diesen Raum gern einmal sehen. Kannst du das bewerkstelligen?«

Weil ich mich in diesen einen Raum verliebte, versuchte ich dann am folgenden Tag das Haus zu kaufen. Dies war jedoch in rechtlicher Hinsicht nicht möglich. Dank Antonius Ciceros Einfluß wurde mir aber gestattet, das Haus für einen horrenden Betrag zu mieten. Die Bedingungen waren ausgezeichnet; im Grunde gehörte es mir in jeder Hinsicht, auch wenn ich nicht als Eigentümer angesehen werden konnte. Die Leute des Prokurators erklärten mir, daß von mir erwartet wurde, auszuziehen, sollte der Kaiser jemals in diesem Teil des Reichs und dieser bestimmten Stadt zu leben wünschen.

Von nun an lebte ich, wie ich meinte, daß ein reicher Mann leben sollte, wenngleich ich manchmal das Gefühl hatte, in dem riesigen Haus wie eine einsame Erbse in einer trockenen Schote herumzurasseln. Da ich mir mein Bett aber nun mal auf diese Art bereitet hatte, war ich entschlossen, auch darin zu liegen, und setzte meine Freude über das Schatzzimmer jedem aufkommenden Bedauern über meine impulsive Entscheidung, dieses Haus als Mieter zu übernehmen, entgegen.

XIII

Das Alter ist ein faszinierendes Phänomen, und die Ansichten eines Mannes darüber ändern sich mit zunehmenden Lebensjahren rasch. Ich bin jetzt in jenem Stadium, in dem meine Enkelkinder belegen, daß man mich zu Recht als alt bezeichnen kann. Da ich jedoch noch jung im Kopf bin, freue ich mich auf eine lange Kette zufriedenstellender, geschäftiger Jahre, bevor ich alt genug bin, um zu sterben.

Das ist nicht immer so gewesen. Als ich jünger war, Jahrzehnte jünger, hatte ich eine Zeitlang panische Angst – die ich mir jedoch kaum selbst eingestand –, daß ich alt werden könnte, bevor ich Zeit zum Leben gehabt hatte. Wahrscheinlich erleben alle Männer einmal eine solche Furcht, halten diesen Alptraum aber tief in sich verborgen. Ich war damals noch keine vierzig, und die Windungen meiner inneren Unruhe brachten gelegentlich eine Unbesonnenheit in mir hervor, eine Impulsivität und ab und zu auch Unnachgiebigkeit, die ich mir selbst nicht zugetraut hatte.

Ungefähr drei Monate nachdem ich in mein neues Haus gezogen war, mitten in einem wunderschönen Sommer, ereignete sich etwas, was mir den Gestank der Senecae derart in die Nase steigen ließ, daß ich mich fragte, warum ich ihn nicht schon früher wahrgenommen hatte. Ich weiß, daß es mein Schicksal war, mich so zu benehmen, wie ich es an jenem Tag tat, und würde es heute nicht anders machen. Auf bestimmte Anreize reagierte ich bloß, ohne an die Konsequenzen zu denken.

Es war ein langer Tag gewesen, der zweite einer Woche, in der Plautus, der Urlaub hatte, und ich herumreisen wollten. Wir waren auf dem Weg nach Verulamium, um Alarich zu besuchen und diesem ein weiteres silbernes Kreuz zu überbringen, und zwar diesmal ein großes, das während seiner Gottesdienste aufgestellt werden sollte. Die Schmiede hatten wir unter Equus' Aufsicht zurückgelassen und uns langsam auf den Weg in Richtung Süden gemacht. Wir wollten die eigentlich halb so lange Reise zu drei Tagen ausdehnen und führten lederne Legionärszelte, Pfeil und Bogen zum Jagen sowie eiserne Angelhaken mit uns. Es war herrliches Wetter. Ich war neununddreißig Jahre alt und fühlte mich wie zwanzig, bis wir an jenem Morgen auf dem Feld zwei junge Frauen trafen. Plautus, zwar drei Jahre älter als ich, aber mit schwarzem, kurzgestutztem Haar und glattrasiertem Gesicht, hatte bei seiner Erwählten Erfolg, ich jedoch nicht. Das junge Ding blickte auf mein Haar und meinen Bart, die beide ergraut waren, sowie mein Hinken und behandelte mich wie ihren zahnlosen Großvater. Mich auslachend, sagte sie, ich solle mich wegen meines fast inzestuösen Betragens schämen. Sie gab mir das Gefühl, alt zu sein, und die Schönheit des Tages um mich herum welkte dahin.

Und nun, am Nachmittag, saßen wir im Vorhof einer florierenden *mansio*, die von der Straße durch eine niedrige Mauer mit weit offenen Toren getrennt war. Wir hatten uns an einer Fleischpastete mit frischem Gemüse, gleichfalls frischem Brot und süßen, köstlichen Pflaumen gütlich getan, und Plautus hatte endlich aufgehört, sich mit der Eroberung des Mädchens am Morgen zu brüsten. Ich war noch immer schlecht gelaunt, und die grausame Ungerechtigkeit, die meinen Jahren widerfahren war, saß wie ein Stachel in meinem Fleisch.

Der Besitzer der Herberge, ein alter Veteran, hatte gerade einen Krug frischen Wein an unseren Tisch gebracht und vertrieb sich ein wenig die Zeit mit uns, als wir in der Ferne rauhe Stimmen hörten. Träge schauten wir alle drei in die Richtung, aus der sie kamen, und sahen mehrere Männer um zwei Wagen herumstehen, vor die jeweils drei Pferde gespannt waren. Ich bemerkte, wie sich das Gesicht unseres Gastgebers bei ihrem Anblick verdüsterte.

»Was sind das für Männer?« fragte ich ihn. »Sind sie aus dieser Gegend?«

»Nein.« Er sah besorgt aus. »Das heißt doch, allerdings, dem Himmel sei es gedankt, nicht die ganze Zeit. Gelegentlich besuchen sie jemanden hier in der Nähe.«

»Ihre Anwesenheit erfüllt dich nicht gerade mit Freude. Was sind das für Leute?«

»Ich kenne nur zwei von ihnen. Neffen von Quinctilius Nesca, dem Geldverleiher, der im Süden ein großes Gut hat. Die anderen sind ihre – Freunde.«

Quinctilius Nesca. Wo nur hatte ich diesen Namen schon einmal gehört? Er war mir bekannt und vor noch gar nicht so langer Zeit genannt worden. Bevor ich etwas dazu sagen konnte, ergriff Plautus das Wort.

»Sie haben dir schon einmal Schaden zugefügt?«

Der Wirt sah ihn ironisch an. »Schaden? Ja, so könnte man es nennen. Manchmal. In Wirklichkeit fast immer. Sie sind sehr wohlhabend und verdorben. Disziplin ist ihnen fremd. Sie meinen darauf verzichten zu können, jedenfalls den hiesigen Leuten gegenüber.« Er beobachtete noch immer die kleine Gruppe in der Ferne. »Bitte entschuldigt, aber ich muß Vorkehrungen treffen.« Er eilte davon, und ich wandte mich an Plautus, der die letzte Pflaume aß.

»Wir sollten uns auf den Weg machen. Bist du soweit?«

Er spuckte den Pflaumenstein aus, streckte sich und ließ laut einen Wind fahren. »Wofür? Wir haben doch keine Eile, oder? Es ist ein schöner Tag, die Sonne scheint, wir haben noch einen Krug Wein, und mir ist nicht nach Gehen zumute.«

Für einen Augenblick vergaß ich meine schlechte Laune und grinste. »Plautus, manchmal bist du eine richtige Sau. Sieh dich doch an: Du bist unrasiert und ungekämmt, furzt, kratzt dich, rülpst und spuckst, als hättest du nie einen Paradeplatz gesehen. Wenn dich deine Rekruten je außer Dienst und ohne Uniform zu Gesicht bekommen, geht ihr ganzer Respekt vor dir in Gelächter unter.«

Er furzte absichtlich noch einmal. »Dafür ist der Urlaub da, mein Freund. Er soll einem Mann Gelegenheit geben, sich von allem Rost zu befreien, der sich wegen mangelnder Benutzung angesammelt hat.«

»Das sage ich ja! Du bist eine Sau!«

»Nun, wenigstens bin ich eine friedfertige Sau und bezahle für das, was ich esse und trinke. Ich möchte nicht an der Stelle unseres Wirts sein und mich darauf verlassen müssen, daß diese Gecken es ebenso halten.«

Er deutete mit dem Kopf auf die beiden Wagen, die auf uns zugerast kamen. Sie ratterten über die Straße und direkt in den Vorhof, wo wir saßen. Lachend und einander zurufend, stiegen fünf Männer aus, die nach jemandem für die Pferde brüllten. Sie machten unglaublich viel Lärm. Jedenfalls diese fünf. Ein sechster, der im Wagen blieb, stach in jeder Hinsicht von den anderen ab. Er war größer, breitschultrig, hatte kräftige Muskeln, dichtes blondes Haar und ein gebräuntes, schönes Gesicht. Er stand still da, und seine strahlendweißen Zähne und leuchtendblauen Augen erweckten den Eindruck, als würde er lächeln. Doch er lächelte nicht. Sein Gesicht hatte nichts Humorvolles, vielmehr blickte er Plautus kalt an. Ich hatte bis ins Mark ein ungutes Gefühl.

»Komm!« sagte ich zu Plautus, der nicht merkte, daß er angestarrt wurde. »Laß uns austrinken und weitergehen. Wir nehmen den Krug mit. Hier kehrt jetzt nicht so schnell wieder Ruhe ein.«

»Mal langsam, Mann! Das sind bloß verdorbene, reiche Gören. Es wird nicht lange dauern, dann langweilen sie sich und ziehen weiter. Wenn wir sie in Ruhe lassen, lassen sie uns auch in Ruhe.« Während er sprach, schaute er zu ihnen hinüber, und der schweigend dastehende Mann wußte, daß über sie gesprochen wurde. Mit leichtem Zügelschlag lenkte er seine Pferde direkt auf unseren Tisch zu. Seine fünf Begleiter verstummten plötzlich und beobachteten alles. Plautus und ich blickten lediglich auf die drei Schimmel, die nun in Armeslänge von uns entfernt standen. Der Wagen neigte sich, als der Fahrer ausstieg, und ich sah aus dem Augenwinkel, wie seine in Sandalen steckenden Füße auf Plautus zukamen. Dieser schaute mich ausdruckslos an und nahm einen Schluck Wein, den er hinter geschürzten Lippen im Mund behielt.

»He du! Kümmre dich um die Pferde!« In seiner tiefen, unheilverkündenden Stimme schwang die Androhung von Gewalt.

Plautus spülte den Wein im Mund herum, schluckte ihn hinunter, zog eine Grimasse, machte schmatzende Geräusche und sog die Lippen ein, als wolle er darauf herumbeißen. Die dreifachen Lederzügel landeten zwischen uns auf dem Tisch. Ich hob die Augen und sah den Mann an, der die Worte gesprochen hatte, mich aber in keiner Weise beachtete. Er hielt den Blick auf Plautus gerichtet, der unbeweglich, ihm die Seite zugewandt, dasaß und mich anschaute, als wären wir beide allein.

»Ich habe dir einen Befehl gegeben, du Misthaufen!« Der Ton seiner Stimme war unverändert. Keiner der anderen fünf machte Anstalten, näher zu kommen, doch einer von ihnen ließ sich jetzt vernehmen.

»Verdresch ihn, Deus!«

Deus? Ich sah mir den Kerl, den sie Gott nannten, genauer an. Aus der Nähe besehen war er noch eindrucksvoller als aus der Ferne, doch etwas in seinem Gesicht sagte mir, daß er älter war, als er aussah, und außerdem erinnerte er mich an den jungen Tribun, der vor so langer Zeit in Afrika Plautus' Dungeintopf gegessen hatte. Sein Ausdruck zeigte die gleiche intolerante und selbstherrliche Härte, die gleiche erbitterte Arroganz und Unnachgiebigkeit. Außerdem irritierten mich seine Augen. Irgendwie kamen sie mir bekannt vor.

Jetzt ergriff Plautus das Wort: »Ich habe mich geirrt. Was die Ruhe angeht. Wie dumm von mir! Ich hatte es mir nicht richtig zusammengereimt.« Herausfordernd stellte er seinen Becher auf den Tisch. »Ich möchte aber trotzdem noch etwas trinken.«

Jetzt hatte ich das ganz merkwürdige Gefühl, in einer griechischen Tragödie gefangen zu sein, als wäre es uns vom Schicksal bestimmt, einen unaufhaltsamen Tanz aufzuführen, ohne daß es in unserer Macht stand, den Lauf der Dinge zu ändern. Als ich Plautus einzuschenken begann, schickte sich der Fremde an, nach dem Krug zu greifen, doch Plautus' nun folgende Worte hielten ihn davon ab.

»Weißt du was, Fremder«, sagte er gelassen, aber so leise, daß nur wir es hören konnten, »wenn du unbedingt willst, reiße ich dir den rechten Arm ab und stecke ihn dir in den Hintern. Ich lege aber keinen großen Wert darauf.«

Zum erstenmal wandte er sich dem jungen Mann zu, der auf ihn herabblickte. »Nun, wie ich sehe, hast du dich in eine Situation gebracht, in der deine Freunde von dir erwarten, daß etwas geschieht. Ich mache dir also einen Vorschlag. Scher dich fort, jetzt sofort, geh zu deinen Freunden und laß uns in Frieden unseren Wein trinken. Wenn du das tust, dann kümmere ich mich darum, daß deine Pferde versorgt werden. Danach komme ich zurück, und wir trinken unseren Wein aus und gehen. So verlierst du nicht das Gesicht vor deinen Freunden, und niemand erleidet Schaden. Einverstanden?«

Der junge Mann antwortete nicht. Er stand einfach nur da und blickte Plautus merkwürdig wild an, mit einem Ausdruck, der mir immer noch seltsam bekannt vorkam. Es lag Wahnsinn darin, doch auch Vertrautheit. Dann machte er wortlos auf dem Absatz kehrt und lief in seiner prächtigen, weißen griechischen Tunika aufrecht davon. Ich hörte ihn hinter dem Wagen stehenbleiben und dann weitergehen.

»Ein schöner Mann, nicht wahr?« Plautus' Stimme war voller Ironie.

»Ich glaube, daß er verrückt ist.«

»Das ist er. Wahnsinnig wie Caligula.« Langsam stand er auf. »Sie werden ganz bestimmt mit dem anderen Wagen kommen, sobald ich die Pferde wegbringe. Laß sie! Rühr dich nicht! Sag nichts, halte dich raus! Bleib einfach sitzen!«

Ich sah ihn an. »Und was dann?«

»Ich komme zurück und bringe den anderen Wagen weg.«

»Ist das dein Ernst? Warum machst du dir die Mühe? Laß es uns lieber angehen und hinter uns bringen. Auch wenn du beide Wagen wegbringst, werden sie es nicht auf sich beruhen lassen. Dieser Hurensohn trachtet danach zu kämpfen.«

»Soll er! Doch nicht mit mir. Und daß du ihn nicht gegen dich aufbringst! Er hat es auf mich abgesehen!«

»Warum, Plautus? Kennt er dich?«

»Nein, aber das spielt keine Rolle.«

»Dann vernasch ihn! Bringen wir es hinter uns und machen wir sie fertig!« Ich wollte aufstehen, doch er drückte mich wieder auf den Stuhl.

»Vergiß es! Das ist es nicht wert. Im übrigen ist er derjenige, der Knaben vernascht. Sieh dir die beiden Hübschen, die er dabei hat, doch einmal genauer an. Mit angeklebten Brüsten würde ich sie selbst mit ins Bett nehmen. Bleib einfach hier und reg dich nicht auf.« Er griff nach den Zügeln und führte die Pferde weg.

Als der Wagen außer Sichtweite war, sah ich mir die einzelnen Mitglieder der Gruppe auf der anderen Seite des Hofs an. Sie standen nebeneinander und blickten Plautus an. Keiner schaute zu mir herüber. Abgesehen von dem Großen, der mir einen geringschätzigen Blick zuwarf, benahmen sich bislang alle so, als wäre ich Luft. Ich begann vor Wut zu kochen.

Der Schönling hielt zwei Schwertgürtel in der Hand. Kaum war Plautus um die Ecke herum verschwunden, da warf er einen davon einem seiner Begleiter zu und legte sich den zweiten selbst um. Aus dem anderen Wagen wurden noch zwei geholt, so daß nun vier der sechs Männer bewaffnet waren und ich beunruhigt. Mein anfänglicher Eifer, sie anzugreifen, war verschwunden. Plautus und ich waren nicht kampfbereit, weil unsere Waffen bei den Pferden waren. Eingelullt von dem wunderschönen Sommernachmittag, hatten wir in dieser ruhigen *mansio* nicht mit Gewalttätigkeit gerechnet. Ich hatte lediglich Alarichs

Kreuz mit an den Tisch genommen, weil man es wegen seines Werts nicht aus den Augen lassen konnte. In ein Tuch gewickelt, lag es nun vor mir auf dem Tisch.

Ich sah sie die Köpfe zusammenstecken, sich unterhalten, kichern und neuen Unfug aushecken. Einer lachte lauthals und nahm einen seiner Kameraden in den Schwitzkasten. Sie rangen miteinander, ohne daß ihnen die anderen, die noch dem großen Kerl zuhörten, Beachtung schenkten. Würde sich ihr Führer nicht so bösartig aufführen, hätte man sie für eine Gruppe ganz normaler junger Männer, die Spaß miteinander hatten, halten können.

Gemächlich kehrte Plautus zurück und setzte sich wieder hin. Er nahm seinen vollen Becher in die Hand, blickte hinein und meinte: »Die Knaben sind bewaffnet!«

»Ja«, erwiderte ich, »und wir nicht. Wie lange sind wir eigentlich schon Soldaten?«

»Lange genug, um uns nicht so überrumpeln zu lassen! Vielleicht geht es aber noch einmal gut aus.«

»Das bezweifle ich.« Ich blickte auf die stille *mansio* hinter uns, deren Tür zu war. »Hast du bemerkt, daß niemand zu ihrer Begrüßung herausgekommen ist?«

»Ja. Haben sie dich belästigt, als ich fort war?«

»Nein. Sie haben mich ignoriert.«

»Gut, hoffen wir, daß es so bleibt. Paß auf, daß du nicht die Beherrschung verlierst.« Während er das sagte, wurde meine Aufmerksamkeit von dem großen blonden Mann auf der anderen Seite des Hofs in Anspruch genommen, der den zweiten Wagen bestieg.

»Da kommt ja schon der andere!« meinte ich.

»Schon gut! Das hatte ich erwartet.« Ohne hinüberzublicken, fuhr er fort: »Hast du ihn nicht erkannt? Es ist Claudius Caesarius Seneca. Sagt dir das etwas, abgesehen davon, daß du seine Brüder kennst?«

Ich sah ihn erstaunt an. »Du meinst, das ist der jüngste von ihnen, der Prasser?«

»Genau! Eine richtige Schönheit. Der Stolz der Familie. – Wie weit ist es von hier nach Londinium? Ob wir wohl bis morgen abend dort sein können?«

Ich dachte schon, er verliere den Verstand, doch dann merkte ich, daß unser Gegenspieler jetzt so nah war, daß er uns hören konnte. Ich nickte. »Wenn wir gut vorankommen, müßten wir es leicht schaffen.« Danach schwieg ich, und wir warteten auf die nächste Vorstellung. Wieder landeten die Zügel zwischen uns. Die Hand betont auf das Heft seines Schwerts gelegt, blickte der junge Flegel schweigend auf uns, drehte sich dann um und ging. Als er weg war, fuhr ich fort: »Natürlich! Quinctilius Nesca war der Schwager, den Primus zum Obersten Quartiermeister ernennen wollte. Doch seine Pläne wurden von Britannicus vereitelt. Der Wirt sagte aber doch, es wären Nescas Neffen!«

»Zwei von ihnen vielleicht, doch dieser junge Hurensohn ist ein Seneca und kein Nesca. Und er ist der Schlimmste der ganzen Brut. Völlig unzurechnungsfähig und unbeherrscht, selbst seinen Brüdern gegenüber.« Plautus schob die Unterlippe vor, ein mir wohlbekanntes Zeichen, daß er scharf und intensiv nachdachte. »Glaub mir, Publius, ich habe von diesem Mistkerl gehört. Er ist schlimmer als Nero und Caligula zusammen und der reichste Hurensohn der ganzen Seneca-Sippschaft. Eigentlich sogar des ganzen Reichs. Er sieht aus wie ein junger Gott und hat den Ruf eines Charakterschweins und Lustmolchs.«

»Ich bitte dich, du übertreibst! So schlimm kann er wohl nicht sein. Er ist doch höchstens zwanzig.«

»Er ist mindestens fünfundzwanzig und eher noch schlimmer.«

Er sah zu dem jungen Mann hinüber. »Ja, er ist es!« Er stand auf. »Ich bin gleich wieder da. Halte dich bereit! Ich bringe unsere Pferde mit und werde einen Pfeil aufgezogen haben. Errätst du, auf wen ich zielen werde? Bei einem gespannten Bogen werden sie kein Risiko eingehen, doch verlier keine Zeit. Sei bereit, auf den Tisch und dein Pferd zu springen. Die Pferde des einen Wagens habe ich schon ausgespannt und verscheucht. Bei diesem Wagen mache ich es genauso. Bleib einfach ruhig und hoffe, daß sie dich weiter ignorieren. Ich beeile mich.«

Wieder griff er nach den Zügeln und führte die Pferde hinters Gebäude. Ich saß da und blickte ehrfurchtsvoll und fasziniert auf den Führer der Gruppe. Claudius Caesarius Seneca, der jüngste Sohn des Hauses, das meinen besten Freund derart haßte, aus edelstem Blut und Abkömmling der wohlhabendsten Familie Roms! Ich erinnerte mich, daß Britannicus gesagt hatte, er erbe den sagenhaften Reichtum seines betagten Vaters. Er sei im Testament des alten Mannes der einzige Erbe. Seine Brüder seien schon durch eigene Rechte reich, und es habe wegen des Testaments keine Auseinandersetzungen gegeben. Der Kommandant hatte noch hinzugefügt, daß die wirklich Reichen, jene wenigen mit unvorstellbar großem Vermögen, ihre eigenen Gesetze haben und von gewöhnlichen Menschen unbehelligt bleiben.

Plötzlich merkte ich, daß mich alle sechs anstarrten, und mein Magen krampfte sich zusammen. Einer der beiden, die kein Schwert trugen, kam auf mich zu, schamlos die Hüften schwingend und den Gang einer Frau parodierend. Mit der Hand auf der Hüfte blieb er stehen und warf mir einen anzüglichen Blick zu. Man sah ihm den Lustknaben schon von weitem an, und ich blickte voller Abscheu auf seine karmesinroten Lippen und Wangen und die glänzenden, geschwärzten Augen. Doch ich mußte zugeben, daß Plautus recht hatte. Mit Brüsten wäre dieser Knabe unwiderstehlich gewesen.

Er wandte sich halb um und winkte seine Begleiter herbei. Unbeweglich saß ich da und sah sie näher kommen. Ich verspürte eine merkwürdige, irrationale Angst in den Eingeweiden. Und dann stieg plötzlich wieder Wut in mir auf. Wer waren denn diese Senecae, daß ich schon vor dem jüngsten Angst hatte? Diese jungen Männer verkörperten nackte Gewalt, zumindest einer von ihnen, doch was zählte diese hier im ruhigen Herzen des ländlichen Britannien? Sie kannten mich nicht, und wenn mir nicht der Name ihres Anführers und der Ruf seiner Familie bekannt gewesen wären, hätte ich es sogar gewagt, ihnen allein gegenüberzutreten. Vier junge Rüpel und zwei weibische Geschlechtslose!

Fünf von ihnen blieben ein paar Schritte von mir entfernt stehen und beobachteten mich mit einem merkwürdig ängstlichen, spöttischen Lächeln, während ihr Anführer auf mich zuging. Unmittelbar vor mir blickte er mich zum erstenmal direkt an. Und da sah ich wieder die feindselige, seltsame Leere in den strahlendblauen Augen und ein Gesicht, das mir nun allzu vertraut erschien.

»Weg da! Wir wollen diesen Tisch!« Langsam streckte er die Hand nach Plautus' Becher aus, nahm diesen, hielt ihn seltsam förmlich und steif zur Seite und ließ ihn fallen, so daß er auf dem Boden zerschmetterte. Ich rührte mich nicht. Er griff nach dem Weinkrug. Ich ebenfalls.

»Keine Dummheiten!« hörte ich ihn wild knurrend warnen.

Ich nahm die Hand zurück, und er ließ dem halbvollen Weinkrug, dann meinem Becher und der leeren Schüssel, in der unsere Pflaumen gewesen waren, die gleiche Behandlung zuteil werden. Noch immer bewegte ich mich nicht und fragte mich, wo Plautus so lange blieb.

Seneca seufzte. »Ich habe gesagt, du sollst verschwinden, Alter!«

Etwas Schlimmeres hätte er nicht sagen können. Der ganze Groll des Tages wallte in mir hoch und lief bei dem verächtlichen »Alter« über. Mich auf den Tisch stützend, wollte ich aufspringen, als sich seine Hand auf das mit dem Tuch umwickelte Kreuz legte, das vor mir lag. Beim Gedanken daran, wofür das Kreuz bestimmt war, wäre schon bei der Vorstellung, daß dieses Tier auch nur daran dachte, es zu berühren, Zorn in mir aufgestiegen. Ich schmetterte meine Hand auf den umhüllten Gegenstand, so daß er wieder auf den Tisch fiel. Seneca hatte jedoch aus dem Gewicht und der Form geschlossen, daß es sich um eine Waffe handelte, und nun überstürzten sich die Ereignisse.

Ich hörte, wie er sein Schwert aus der Scheide riß, und konnte aus seinem Gesichtsausdruck schließen, daß mir wenig Zeit blieb. Ich hechtete zurück und hörte, wie seine Schwertspitze eben dort durch die Luft zischte, wo gerade noch mein Kopf gewesen war. Er verfolgte mich um den Tisch herum, und ich wich mit dem eingewickelten Kreuz in der rechten Hand weiter zurück. Nun holte er weit zu einem tödlichen Schlag aus, und als das Schwert nach unten durch die Luft schnitt, wehrte ich es in letzter Not mit Alarichs Kreuz ab. Durch die Wucht des Hiebs wurde es mir beinahe aus der Hand geschlagen, und Seneca riß schokkiert und erstaunt die Augen auf, weil er das Klirren von Eisen und nicht diesen tiefen, metallischen Klang erwartet hatte. Außerdem hatte er geglaubt, daß sein Schwert abprallen würde. Statt dessen war die gehärtete Klinge tief in den einen Arm des Silberkreuzes eingedrungen und dort steckengeblieben. Seine Verwirrung reichte mir, um zu erkennen, was geschehen war, und schneller als er zu reagieren. Ich warf mich auf ihn und drehte mich dabei so, daß ihm meine rechte Schulter mächtig auf das Brustbein schlug, stieß den rechten Arm an ihm vorbei vor, packte mit einer schnellen Bewegung meines vom Schmieden gekräftigten Handgelenks die festsitzende Klinge und riß ihm das Schwertheft aus der Hand. Er taumelte nach hinten, und mit der linken Hand befreite ich die Klinge aus ihrer silbernen Falle.

Für Senecas Freunde war alles zu schnell gegangen, doch nun stürzten sie sich auf mich und rissen ihre Schwerter aus der Scheide. In diesem Augenblick hörte ich Plautus »Halt!« rufen, zischte ein Pfeil vor mir durch die Luft und drang einem von ihnen in die Schulter, so daß er seitwärts umfiel. Nun blickten alle auf Plautus, der keine sechs Schritte entfernt auf seinem Pferd saß. Bereits hatte er einen neuen Pfeil aufgezogen, und aus den Federn, die ihm über die Schulter ragten, konnte man auf einen vollen Köcher schließen.

»Weiteres Blutvergießen ist wohl nicht nötig! Werft eure Schwerter weg, Knaben! Weit weg! Auch du! Du Hübscher dort! Heb das Schwert deines Freundes auf und wirf es zu den anderen!« Plautus blickte mich an und deutete mit dem Kopf auf mein Pferd. »Steig auf! Keine Namen, keine Beschuldigungen! Gehen wir!«

Ich wußte, daß er mich warnte, doch jetzt war ich so wütend, daß ich ihm keine Beachtung schenkte.

»Nein«, knurrte ich. »Noch nicht. Dieser Hund hat mich Alter genannt. Mich gelüstet nach seinen Kaldaunen.«

»Vergiß es! Laß es auf sich beruhen! Steig auf!«

Ich kümmerte mich nicht um ihn und ließ unseren Widersacher nicht aus den Augen. Sollte er mir doch jetzt seine Kraft unter Beweis stellen! Ich ging zum Tisch, legte das Schwert und das Kreuz nebeneinander darauf und trat vor.

»Da ist das Schwert, du Stutzer!« sagte ich. »Zwischen dir und ihm befindet sich nur ein alter Mann. Entweder holst du es dir und machst Gebrauch davon, oder aber du gibst mir deinen Gürtel mit der Scheide und kannst dann im Erbrochenen deiner Freunde schwimmen.«

Mit funkelnden Augen sah er mich an und spuckte mir ins Gesicht, so daß ich reflexartig die Augen schloß. Dann sprang er mich mit zu Klauen gekrümmten Fingern an, um mir die Augen auszukratzen. Er hielt mich wirklich für einen alten Mann! Ich sprang zurück, packte mit meiner linken seine rechte Hand, unsere Finger verschlangen sich ineinander, und mit meiner ganzen Kraft als Schmied gelang es mir, ihn auf mich zu und nach unten zu reißen, so daß er die Balance verlor. Als er der Länge nach auf mich fiel, verlegte ich mein ganzes Gewicht auf das schlechte Bein und schmetterte ihm mein rechtes Knie ins schöne, verkommene, junge, wahnsinnige Gesicht. Ich spürte, wie Senecas Nase nachgab. Schnell ließ ich seine Hand los und stellte mich wieder zwischen ihn und den Tisch. Ich warf Plautus einen raschen Blick zu. Dieser saß ganz still auf seinem Pferd und musterte mit gespanntem Bogen die anderen. Mein Gegner hatte es nicht allzu eilig, wieder auf die Beine zu kommen. Mit gesenktem Kopf kniete er auf allen vieren; Blut und Speichel tropften ihm aus dem lädierten Gesicht.

»Schon erledigt?« verspottete ich ihn, und er hob langsam den Kopf und blickte mich mit einer Boshaftigkeit ohnegleichen an. Ich hätte ihn jederzeit wieder niederstrecken können, als er jetzt langsam aufstand, doch ich wartete.

»Los, Deus! Töte das alte Schwein!« zischte einer seiner Freunde. Es war ihre erste Äußerung überhaupt. Deus! überlegte ich wieder. Eine Abkürzung für Claudius? Wenn dieser Geck ein Gott war, dann einer aus dem Hades.

Wieder ging er auf mich los, diesmal vorsichtiger, und ich bekam seine Muskeln zu spüren. Er war es offensichtlich gewöhnt, mit *cestes*, den gepanzerten Handschuhen der Gladiatoren, zu kämpfen, denn er gebrauchte seine bloßen Fäuste wie Hämmer. Ich erhielt einen ordentlichen Schlag auf die Schulter, der mich enthauptet hätte, wenn er besser gezielt gewesen wäre. So geriet ich nur ins Taumeln, und Seneca sprang mich an wie eine Wildkatze und versuchte mich zu zerfetzen. Er war gut ausgebildet, doch ich auch, und ich war durch eine viel rauhere Schule gegangen als er. Methodisch machte ich mich nun daran, ihn so gewaltig zu verprügeln, daß seine Schönheit für immer Schaden erleiden würde, und das gelang mir auch. Ich kann mich nicht erinnern, später jemals wieder so wütend gewesen zu sein. Einen Augenblick lang, als er schwankend und hilflos dastand, die Tunika voller Blut und Auswurf, das Gesicht gänzlich zerschlagen, wurde mir bewußt, daß ich zu weit ging, doch ich war von einem geradezu elementaren Zorn besessen. Ich hörte Plautus rufen, ich solle ihn gehen lassen, er habe genug. Doch auch diesmal ignorierte ich ihn und verpaßte meinem Gegner einen letzten Hieb wie von einem Vorschlaghammer. Ich legte meinen ganzen Groll, meine Wut, meine Ängste und meine Abscheu hinein, und der Mann ging zu Boden, als hätte ich wahrhaftig einen schweren Eisenhammer verwendet. Doch ich war immer noch wütend. Ich nahm sein Schwert vom Tisch und schnalzte mit dem Daumen über die scharfe Schneide. Damit schnitt ich ihm die Tunika vom Kragen bis zum Saum auf und danach die feinen, wollenen Hosen, die er darunter trug, so daß er nackt dalag. Und dann – Gott möge es mir verzeihen – schnitt ich ihm ein großes V in die unbehaarte Brust.

»Die Begegnung mit mir wird dir in Erinnerung bleiben, du Hurenlaich«, knurrte ich. »Du kannst froh sein, daß ich dir nicht den Schwanz abgeschnitten und dir damit das Maul gestopft habe.« Ich fuhr zu den anderen herum, die alle weiß im Gesicht waren. »Nun? Werdet ihr mich in Erinnerung behalten? Und alte Männer künftig in Frieden lassen?« Sie zuckten vor mir zurück, und plötzlich fühlte ich mich elend. Ich spuckte ihnen vor die Füße, nahm das eingewickelte Kreuz und bestieg mein Pferd, um diesen Ort in Plautus' Gefolge zu verlassen. Die Türen der *mansio* blieben verschlossen. Niemand versuchte uns zurückzuhalten.

Schweigend ritten wir über eine halbe Stunde, und die meiste Zeit schüttelte ich mich, als hätte ich eine Lähmung. Und dann setzte die Reaktion ein, ich stieg ab und erbrach mich heftig. Danach war mir immer noch elend, jedoch auf eine andere Art. Ich fühlte mich unsauber, im Innern beschmutzt.

Plautus wartete ohne abzusteigen, bis ich fertig war. Ich führte mein Pferd zu einem geeigneten Baumstumpf, stieg wieder auf und nickte ihm zu. Schweigend ritten wir weiter, und als er seinem Roß die Sporen gab, folgte ich ihm, ohne ihn nach dem Grund zu fragen.

Einige Stunden später kamen wir an einen Fluß, und Plautus stieg ab und trank. Ich blieb auf meinem Pferd und beobachtete ihn, ohne eigentlich etwas wahrzunehmen, bis ich den üblen Geschmack in meinem Mund bemerkte. Nun glitt ich zu Boden, beugte den Kopf zum fließenden Wasser hinunter und spülte den Mund gründlich aus. Ich hatte jedoch das Gefühl, im Innern nie wieder rein werden zu können. Mich aufrichtend, blickte ich auf den breiten Fluß. Die Sonne schien mir noch warm auf die Schultern, doch nicht mehr mit voller Kraft. Langsam lief ich ins Wasser, und dann ließ ich mich hineinsinken und abkühlen.

Als ich mich anschickte, es wieder zu verlassen, sah ich, daß mich Plautus, der mit dem Rücken an einen Baum gelehnt auf dem Boden saß, beobachtete. Seine Augen ließen die meinen nicht mehr los, als ich ans Ufer kam und vor ihm stehenblieb und auf ihn hinunterblickte.

»Willst du darüber sprechen?« fragte er.

Ich schüttelte den Kopf.

Er zuckte mit den Schultern. »Ich denke, wir sollten unser Lager heute nacht an dieser Stelle aufschlagen. Es ist nicht sehr wahrscheinlich, daß man uns hier sucht.«

Ich sah mich um. »Wo sind wir?«

»Das fragst du mich? Wir haben uns verirrt! Wir konnten nicht weiter Richtung Süden gehen. Dort ist das Gut des Onkels, du erinnerst dich? Jedenfalls hatte er uns sagen hören, daß wir auf dem Weg nach Süden seien. Daher wandte ich mich nach Osten, sobald wir außer Sichtweite waren. Nach über einer Stunde ritten wir weiter nach Norden. Und da sind wir jetzt. Jemand, der uns sucht, müßte wissen, wo wir hingegangen sind. Da wir es aber selbst nicht wissen, können sie es auch nicht. In dem großen Teich da unten müßten Fische sein. Ich schau mal, ob sie anbeißen.«

Er stand auf und ging zu seinem Pferd, während ich mich hinlegte und die kühle Feuchtigkeit meiner durchweichten Sachen genoß. Nach kurzer Zeit, wie mir schien, wachte ich bis auf die Knochen durchgefroren auf. Rasch zog ich mich aus und rubbelte mich mit meinem Umhang ab. Plautus angelte noch immer. Als er schließlich mit vier recht ordentlichen Fischen zurückkehrte, hatte ich bereits ein Feuer angezündet, und wir spießten die Fische auf und garten sie. Ich war hungriger, als ich es von Rechts wegen hätte sein dürfen, und die Fische schmeckten gut. Schweigend aßen wir. Als wir dann bequem in einer Kuhle am Ufer lagen, hatte ich das Gefühl, darüber sprechen zu können.

»Woher wußtest du, wer er war?«

»Anfangs wußte ich es nicht«, antwortete Plautus sofort, als sprächen wir schon die ganze Zeit darüber. »Es fiel mir erst wieder ein, als ihn jemand Deus nannte. Ein ungewöhnlicher Name für einen Lebenden! Ich hatte ihn zuvor nur ein einziges Mal gehört, und da handelte es sich um den jüngsten Seneca. Dann fiel mir wieder ein, daß damals auch gesagt worden war, daß er mit Quinctilius Nesca verwandt sei. Ich erinnerte mich, dies seinerzeit für sehr passend gehalten zu haben. Hast du Nesca einmal kennengelernt?«

»Nein, ich habe den Mann noch nie auch nur gesehen.«

»Da kannst du von Glück sagen! Ein widerlicher Kerl. Die meiste Zeit lebt er in Konstantinopel am Hof, doch er besitzt Güter vor den Toren Roms, offenbar auch eins hier und eine Insel in der Ägäis, wo er nur Päderasten und Lustknaben haben soll. Nirgends eine Frau! Es heißt sogar, daß er Menschenfleisch ißt. Säuglinge, unzerteilt gebraten und mit Gewürzen und Zimt abgeschmeckt.«

»Ach!« erschauerte ich. »Das ist obszön! Wie kannst du dir solchen Unsinn auch nur anhören?«

Er zuckte mit den Schultern. »Es würde mich nicht wundern, wenn alles wahr wäre, jedes einzelne Wort. Würde mich überhaupt nicht überraschen! Ich sagte dir ja, daß er ein Widerling ist.«

»Woher kennst du ihn überhaupt?«

»Ich kenne ihn gar nicht. Doch mein Bruder. Er arbeitete vor seinem Tod für ihn.«

»Und dieser Deus ist sein Neffe?«

»Nein, nicht sein Neffe, aber irgendwie mit ihm verwandt. Vielleicht ein Vetter.«

»Doch der Mann von der *mansio* sagte, zwei der Bande seien Nescas Neffen.«

»So? Dann müssen es zwei der anderen gewesen sein. Das erklärt die Anwesenheit dieses Hurensohns in Britannien. Er ist auf Familienbesuch hier.«

»Auf Familienbesuch?« Ich erschauerte wieder. »Bei einer Familie denke ich an Heim und Herd. Ideelles. Werte.«

»Oh, sie haben Werte. Diese unterscheiden sich lediglich von denen anderer Leute. Einem seiner Vorfahren, dessen Namen ich leider vergessen habe, wurde doch tatsächlich wegen Grausamkeit das Amt des Gouverneurs einer der Provinzen entzogen. Sicher nichts Einmaliges, wenn man einmal davon absieht, daß es Caligula war, der ihn zurückrief. Caligula! Kannst du dir das vorstellen? Wie schlimm er da wohl gewesen sein mag?«

»Glaubst du, daß sie uns suchen werden?«

»Die Senecae? Das ist vielleicht eine Frage! Du hast einem von ihnen, dem Liebling der Familie, mit seinem eigenen Schwert dein Initial eingeritzt! Natürlich werden sie nach uns suchen! Aber sie werden nicht wissen, wo sie anfangen sollen. Er kann nicht ahnen, wer wir sind, weil keine Namen genannt wurden. Oder doch? Hast du ihnen, als ich weg war, gesagt, wer du bist?«

Ich schüttelte den Kopf.

»Na also! Wie soll er uns finden? Er wird nie auf die Idee kommen, in einem Militärlager nach mir zu suchen, und ich bezweifle, daß er allzuoft in eine Schmiede geht. Er erkennt dich an deinem Haar und dem Bart. Rasier dir beides für einen oder zwei Monate ab. Wahrscheinlich siehst du dann um Jahre jünger aus. Du weißt ja, er hält dich für einen alten Mann.«

»Und was ist mit dir, Plautus? Warum hatte er es auf dich abgesehen?«

Plautus spuckte ins Feuer. »Woher soll ich das wissen? Ich sagte dir ja, daß er verrückt ist. Er ist bekannt dafür. Und er tötet einfach gern. Wir sollten jetzt ein wenig schlafen und im Morgengrauen aufbrechen. Wir sind noch immer weit von Verulamium entfernt.«

»Verulamium!« Ich fühlte mich unbehaglich. »Meinst du, wir sollen jetzt noch dorthin?«

»Warum nicht? Dahin waren wir doch unterwegs!«

»Nur um das Kreuz abzugeben, und das ist nun ruiniert. Ich meine, wir sollten auf dem schnellsten Weg nach Hause, nach Camulodunum zurück.«

Er sah mich nachdenklich an. »Meinst du wirklich?«

»Ja. Du hast bestimmt recht. Er und seine Leute werden nach uns suchen, und wenn er so wohlhabend ist, wie du sagst, dann kann er es sich leisten, eine ganze Menge davon anzuheuern. Ich lasse mir meine Haare und den Bart abrasieren.«

Plautus schüttelte grinsend den Kopf. »Du siehst schon normalerweise so schlimm aus, daß du einem Kind Angst einjagen kannst, doch mit Glatze muß es schrecklich sein.«

Ich zog eine Grimasse. »Es tut mir leid, daß ich dir deinen Urlaub ruiniert habe.«

»Das hast du nicht. Das war dieser Hurensohn. Wie hast du ihn genannt? Einen Hurenlaich?« Er lachte. »Du bringst die Geschlechter ganz schön durcheinander, aber nicht so schlimm wie er!«

Ich sah ihn erstaunt von der Seite an, sagte aber nichts.

XIV

Mit meiner Einschätzung, wie die Senecae reagieren würden, hatte ich teilweise recht gehabt. Sie heuerten jedoch nicht einfach irgendeinen Trupp an, um uns zu suchen, sondern das ganze römische Heer. In der ersten Woche nach unserer unerwartet frühen Rückkehr nach Camulodunum geschah nichts, und wir erzählten auch nur Equus etwas von dem Ereignis. Doch dann wurde ich eines frühen Morgens, als ich auf dem Weg zur Schmiede aus dem Haus trat, entführt. Ich erinnere mich nur noch, daß mir ein Tuch über den Kopf geworfen wurde und Arme mich umschlangen.

Als ich die Augen wieder aufschlug, lag ich auf einem Sofa und sah Antonius Cicero, den Militärgouverneur des Distrikts, in voller Uniform vor mir stehen. Überrascht blinzelte ich ihn an.

»Cicero?«

Er nickte. »Varrus! Wie fühlst du dich?«

Wie ich mich fühlte? Ich war ganz durcheinander. Als ich mich aufzusetzen versuchte, ließ mich mein Kopf sogleich wissen, daß zumindest er sich alles andere als gut fühlte. Mich krümmend und stöhnend, gelang es mir schließlich, hochzukommen.

»Was ist mit mir passiert? Wo bin ich? Was ist denn los?«

»Hier, trink dies!« Er reichte mir einen Becher mit etwas Heißem, Dampfendem. »Du bist in meinem Quartier. In Gewahrsam.«

Ich nahm das Gebräu, trank aber nicht. »In Gewahrsam? Weshalb? Ist das dein Ernst? Was habe ich denn verbrochen? Und wer hat das veranlaßt?«

»Es ist mein tödlicher Ernst. Und ich habe es veranlaßt. Du stehst unter Arrest.«

Prächtig! Mir dröhnte der Kopf. Vorsichtig tastete ich ihn ab und fand unten am Schädel eine sehr schmerzhafte Stelle.

»Mußten sie dermaßen heftig zuschlagen? Was soll denn das? Hält man mich für so gefährlich, daß man nicht einfach auf mich zugehen und mich festnehmen kann? Was soll ich denn getan haben?«

Er drehte sich um und entfernte sich ein paar Schritte von mir, um einen weiteren dampfenden Becher vom Tisch zu holen. Dann nahm er auf einem Stuhl mir gegenüber Platz und blickte mich, an seinem Becher nippend, eine Weile schweigend an. Ich wartete. Und dann kam seine Antwort.

»Was würdest du sagen, wenn ich dir eine Geschichte über einen brutalen und grundlosen Angriff auf einen bedeutenden Besucher Britanniens erzählen würde? Auf einen jungen Mann, der hier seine Familie – eine sehr mächtige Familie – besuchen wollte und zum Zeitpunkt des Angriffs in persönlicher Mission des Kaisers unterwegs war? Und wenn ich dann noch hinzufügen würde, daß dieser junge Mann nicht nur Senator und ein Freund des Kaisers ist, sondern einer der wohlhabendsten und einflußreichsten Leute im ganzen Römischen Reich, dessen engste Familienangehörige, besonders seine Brüder, zu den ranghöchsten Offizieren des Heers in Britannien zählen? Was würdest du sagen, wenn ich dir berichten würde, daß dieser

Mann brutal angegriffen und verstümmelt wurde, in meinem Zuständigkeitsbereich, keine fünfzig Meilen von hier entfernt in einer öffentlichen *mansio*, am hellichten Tage, als er bei einem ebenso reichen und illustren, wenn auch etwas entfernteren Verwandten zu Besuch war? Sag, Varrus, was würdest du darauf erwidern?«

Nachdenklich befühlte ich die Beule unten an meinem Schädel. Ich versuchte es mit einem wenig überzeugenden Ausweichmanöver.

»Was für eine Antwort willst du? Wovon sprichst du eigentlich außer von zuviel Macht und Einfluß?«

»Mach keine Witze, Varrus! Du weißt sehr wohl, wovon ich spreche, und ich möchte eine Antwort.«

»Worauf? Mir zerspringt der Schädel. Die Hälfte dessen, was du gesagt hast, habe ich nicht verstanden. Erzähl es mir noch einmal!«

Während ich von dem heißen Gebräu – gewürztem Wein – trank, wiederholte Cicero alles. Ich zog eine Grimasse.

»Ich würde sagen, daß du vielleicht indirekt in Schwierigkeiten bist, weil es in deinem Militärdistrikt passiert ist, kann mir aber nicht vorstellen, daß man dich für jeden Verrückten im Land zur Verantwortung ziehen kann. Grundloses Angreifen und Verstümmeln eines Senators? Nur ein Verrückter würde so etwas machen! Doch was hat das mit mir zu tun?«

»Trink aus, Publius, dann sag ich es dir!« Bevor er fortfuhr, nippte auch er am gewürzten Wein. »In diesem Augenblick wird die ganze Stadt auf der Suche nach einem grauhaarigen und graubärtigen Mann, der merklich hinkt, auf den Kopf gestellt. Es soll ein sehr starker Mann sein. Eine Kohorte der kaiserlichen Garde aus Londinium überprüft jedes einzelne Haus. Sie sind gestern am späten

Nachmittag hier eingetroffen, und ihr Befehlshaber war am Abend hier in diesem Zimmer, um mich über seine Mission zu informieren und um Erlaubnis für sein Vorgehen nachzusuchen. Sein Befehl lautet, den Mann zu finden, egal, wie lange es dauert oder wie weit die Suche ausgedehnt werden muß.«

»Aha. So ist das also. Wissen sie denn, wie der Mann heißt?«

»Nein. Sie haben nur eine Beschreibung von ihm.«

»Wer war der Mann, den er angegriffen hat?«

»Claudius Seneca.«

»Oh.«

»Ist das alles, was du dazu zu sagen hast?«

»Was gibt es sonst noch dazu zu sagen? Du hast mich offenbar aufgrund der Beschreibung verhaftet.«

»Deswegen und weil ich außerdem wußte, daß du zum Zeitpunkt des Angriffs in jener Gegend warst, und zwar in Begleitung meines eigenen *primus pilus*, auf den rein zufällig die Beschreibung des zweiten Mannes genau paßt.«

»Plautus.« Vor Schreck wurde mir eiskalt. »Wo ist er jetzt?«

»Er ist da, wo er sein sollte. Draußen in der Stadt mit der Gardetruppe. Er koordiniert die Suche.«

Ich nahm einen tiefen Schluck Wein, um meine Verwirrung zu verbergen. »Das verstehe ich nicht.«

»Warum nicht? Es ist ganz einfach.« Er stand auf und ging zur Tür, öffnete sie angelegentlich und blickte im Gang in beide Richtungen. Dann schloß er sie wieder und kehrte zu seinem Stuhl zurück. »Plautus hat mir heute früh alles erzählt. Ich hielt es für das Sicherste, ihn die Suche in seiner offiziellen Eigenschaft und in voller Uniform koordinieren zu lassen. Du warst derjenige, der mir Kopfzerbrechen bereitete.« Er schüttelte den Kopf. »Bei allen

Göttern, Varrus! Man kann ja auf jemanden wütend sein, aber mußtest du ihm deine Initialen in die Brust ritzen? Obwohl du wußtest, daß er ein Seneca war? In welchem Licht erschiene denn Gaius Britannicus, wenn dir das Verbrechen angelastet würde? Es würde ihn mit Primus Seneca auf eine Stufe stellen – auch er würde Meuchelmörder dingen, um das zu tun, was er nicht selbst zu tun wagt. Gaius würde es dir nicht danken.«

Ich fühlte mich beschämt. Cicero sah es vollkommen richtig, nur war mir bis dahin noch gar nicht der Gedanke gekommen, daß ich den Ruf meines Freundes in Gefahr gebracht hatte. Ich nahm Zuflucht zum Trotz.

»Er ist kein Mensch«, knurrte ich. »Er ist ein krankes Tier. Und es war nur ein Buchstabe, ein V. Er steht für *Vae victis*! Findest du das nicht passend? Daß er diese Warnung – Wehe den Eroberten! – bei sich trägt?«

Ein paar Augenblicke lang herrschte Schweigen, dann fuhr ich fort: »Du hast aber recht. Es war unverzeihlich dumm von mir. Ich habe sehr unüberlegt gehandelt.«

»Hm. Jedenfalls bist du jetzt erst einmal in Sicherheit. Hier werden sie nicht nach dir suchen.«

»Nein? Da bin ich mir nicht so sicher, Tonius. Sie werden auf ihrer Suche Fragen stellen und alles herausfinden: wo ich arbeite und wo ich wohne.«

Er stand abrupt auf. »Darum habe ich mich gekümmert. Sie werden dich finden und wieder freilassen. Du bist bewußtlos und mit einer Eskorte in einem Planwagen hergebracht worden. Und diese Eskorte bestand aus lauter Soldaten, denen Plautus vertraut. Sie werden schweigen. Sonst hat dich niemand gesehen. Dein Partner in der Schmiede ist vorgewarnt; er wird den Suchtrupp zu deinem Haus schicken, wo man Publius Varrus finden wird. Man wird ihn zur Rede stellen und in Ruhe lassen.«

»Was? Wieso?«

Zum erstenmal lächelte er. »Hast du schon einmal Leo, meinen Majordomus, kennengelernt?« Verwundert schüttelte ich den Kopf. »Das wirst du noch. Er ist seit meiner Geburt bei mir. Und davor hat er schon meinem Vater zeit seines Lebens gedient. Er ist ein alter Mann mit grauem Haar und grauem Bart, und sein linkes Bein ist verkrüppelt, genau wie bei dir. Andererseits ist er jetzt zu alt und schwach, um das Verbrechen, weswegen du gesucht wirst, begehen zu können. Heute stellt er in deinem Haus Publius Varrus dar.«

Ich staunte. »Warum?« war die einzige Frage, die ich herausbrachte, und sie umfaßte hunderterlei.

Wieder lächelte er. »Wie du schon sagtest, muß ein Mann verrückt sein, um das, dessen man dich beschuldigt, zu tun, wenn er nicht herausgefordert worden ist. Ich kenne dich. Und ich kenne Plautus. Den jungen Seneca kenne ich nicht, doch nach allem, was ich über ihn gehört habe, scheint er ein Wahnsinniger, ein richtiges Tier zu sein.«

»Wir sollten die Tiere nicht schlechtmachen. Dieser Mann ist ein Monster.«

»Genau. Und deshalb wird er dich und Plautus nicht finden und mit seiner monströsen Wut und Macht völlig unbefriedigt wieder dorthin zurückkehren müssen, woher er gekommen ist. Offenbar befindet er sich wirklich auf einer Mission für den Kaiser, und das bedeutet, daß er nicht viel Zeit hat, persönlichen Rachegelüsten nachzugeben. Solange mußt du hierbleiben, eine Woche, vielleicht auch länger.«

»Eine Woche?«

»Mindestens. Bis etwas Gras über diesen Unsinn gewachsen ist. Das mit deinem Kopf tut mir leid, doch ich hatte keine andere Wahl. Wir wußten nicht, wer sonst noch auf der Straße in Senecas Auftrag Ausschau hielt. Er hat als Belohnung für deine Gefangennahme Gold ausgesetzt. Wir hatten keine Zeit, dich zu informieren oder uns mit dir herumzustreiten. Mir ging es darum, dich klammheimlich herzubringen, und dies schien mir der schnellste und sicherste Weg zu sein.«

Bedächtig schüttelte ich den Kopf. »So sei es denn. Ich bin dir dankbar und tief in deiner Schuld, Antonius Cicero. Doch was nun?«

Er grinste. »Jetzt mache ich dich mit einer Frau bekannt. Es ist die reinste Magie, was sie bei ihren Geschlechtsgenossinnen vollbringt, und genau das wird sie jetzt für dich tun.«

Mißtrauisch sah ich ihn von der Seite an. »Was denn?«

»Sie macht einen anderen Menschen aus dir. Deine Haare und den Bart färbt sie blond, und dann rasiert sie den größten Teil des Bartes weg und formt dir einen langen keltischen Schnurrbart. Außerdem tönt sie deine Haut dunkler. Danach wird dich selbst Equus nicht mehr erkennen.«

Ich stand auf und lief im Zimmer auf und ab. Da die Zeit so drängte, vergaß ich meinen schmerzenden Kopf. »Nein«, sagte ich dann. »Nein, Tonius, das funktioniert nicht. Es mag ja sein, daß mich der jüngere Seneca nicht kennt, wohl aber sein ältester Bruder, und der ist der Fuchs in der Familie. Ich muß Camulodunum verlassen. Ich muß weg von hier.«

»Warum? Das ist doch lächerlich! Meine Freundin wird dich völlig verändern, glaub mir, Varrus. Du wirst in Sicherheit sein. Niemand wird dich entdecken. Sie färbt dir die Haare blond, rasiert dir den Bart weg, tönt deine Haut, und dein Bein bandagieren wir. Du bist dann ein Offiziersveteran, ein germanischer Söldner, der beim Feldzug im Norden verwundet worden ist.«

Meine Antwort kam leise, als würde ich nur laut denken. »Ja, und eine Weile wird der Trick auch funktionieren. Bis sie merken, daß sie mich nicht finden, und bis Primus Seneca einfällt, daß ein Mann, auf den die Beschreibung genau paßt, eng mit Gaius Britannicus befreundet ist und er diesen zuletzt hier in Camulodunum zusammen mit Britannicus gesehen hat, als dieser ihn, Seneca, öffentlich beschuldigte, er würde Mörder dingen.« Ich spürte Bitterkeit in mir aufwallen, als mir die Ausweglosigkeit meiner Situation immer klarer wurde. »Nein, Tonius«, fuhr ich fort, »deine ursprüngliche Einschätzung war schon richtig. Ich habe Gaius in Gefahr gebracht und kann jetzt weiter nichts tun, als zu versuchen, den Schlamassel möglichst klein zu halten, indem ich verschwinde. Es mag ja sein, daß die Gardetruppe von deinem Mann Leo überlistet wird, doch nur wenn ich nicht mehr da bin, wird alles stichhaltig sein. Wenn Primus Seneca zurückkommt und mich hier antrifft, ist alles aus.«

Er sah mich besorgt an. »Wohin willst du denn gehen, Varrus? Wo wärst du denn vor den Kundschaftern Senecas sicher?«

Ich lächelte, da ich die Antwort auf diese Frage gerade gefunden hatte. »Ich gehe in den Westen. Britannicus drängt mich schon seit langem, in seine Gegend zu ziehen, um ihm nach seinem Ausscheiden aus dem Militärdienst beim Aufbau dieser Kolonie zu helfen. Er ist jetzt fast fünf Jahre in Afrika und müßte bald heimkehren. Ich werde ihn dort erwarten. Es wird niemand auf die Idee kommen, daß ich während seiner Abwesenheit zu ihm gegangen sein könnte.«

Cicero zog die Augenbrauen hoch und neigte den Kopf

zur Seite. »Nun, du könntest recht haben. Es klingt vernünftig. Doch was wird aus deinem Betrieb? Deiner Schmiede?«

»Equus kann sie allein führen. Er macht das jetzt schon die meiste Zeit. Doch das bringt mich auf etwas. Wie lange muß ein Mann als vermißt gelten, damit man ihn offiziell für tot erklären kann?«

»Das ist eine komische Frage. Warum willst du das wissen?«

»Ich glaube, ich sollte sterben«, meinte ich. »Wie könnten wir das bewerkstelligen?«

Sein Gesicht versteinerte, als er begriff, was ich meinte. »Es läßt sich machen«, sagte er schließlich. »Es kommt vor, daß wir Leichen finden, und manchmal sind sie unkenntlich. Das meinst du doch, nicht wahr?«

»Ja. Wenn ich dir als meinem Freund mein Testament anvertraue, dann müßtest du es doch nach meinem Tod vorlegen, nicht wahr?« Er nickte bedächtig. »Gut. Dann werde ich also eins schreiben und meinen ganzen Besitz Equus, meinem Partner, vermachen. Dann gehört ihm die Schmiede rechtmäßig und kann ihm nicht weggenommen werden. Ich könnte dir auch etwas überlassen, was eindeutig von mir ist und bei einem geeigneten Leichnam gefunden werden könnte.«

Er räusperte sich: »Was zum Beispiel?«

»Wer weiß?« Ich zuckte mit den Schultern. »Darüber habe ich noch gar nicht nachgedacht, aber wir werden etwas finden.«

»Varrus, das ist ganz und gar gesetzwidrig …«

»Ja, Tonius, doch die Senecae halten sich auch nicht ans Gesetz. So müßte es gehen. Ich verschwinde und werde für tot gehalten. Du findest irgendwo einen geeigneten verstümmelten Körper und erklärst mich offiziell für tot. Das kann Monate dauern, doch das spielt keine Rolle. Inzwischen kümmert sich Equus um unsere Angelegenheiten, und wenn er will, kann er mir später folgen, wenn dies gefahrlos möglich ist. Auf jeden Fall entgeht Gaius Britannicus den Verunglimpfungen der Senecae, zumindest im Hinblick auf mich.«

»Du vertraust ihm so sehr, ich meine Equus?«

Ich lächelte. »Unbedingt. Bisher gab es nur drei Männer – Equus, Plautus und Gaius Britannicus –, denen ich unbedingtes Vertrauen geschenkt hätte. Durch dich sind es nun vier.«

»Hm. Da bin ich ja in guter Gesellschaft. Danke! Wann reist du ab?«

»Bald, doch nicht zu früh. Die Jagd nach mir ist gerade auf dem Höhepunkt. Ich warte, bis sie ein wenig abgeflaut ist. Vielleicht zwei Wochen, aber nicht länger, es sei denn, Primus Seneca kommt her. Dann mache ich mich sofort aus dem Staub.«

Er hüstelte. »Nun gut, dann bleibst du also hier, bis die Gardetruppe Camulodunum verlassen hat. Das wird voraussichtlich morgen oder übermorgen sein, da die Suche nach dir vergeblich sein wird. Halte dich hier in meinem Privatquartier auf. Ich lasse für Plautus im anderen Zimmer ein Feldbett aufstellen. Du darfst dich jedoch erst blikken lassen, wenn ich es dir erlaube, und solange wird auch Leo in deinem Haus bleiben.«

Mein Einverständnis und meinen Dank für seine Großzügigkeit tat ich ihm durch ein Nicken kund.

Ich verbrachte nur eine Nacht in seinem Quartier, da die kaiserliche Gardetruppe schon am nächsten Morgen abzog. Von Tonius hörte ich, daß sie in meinem Haus gewesen waren und Leo für mich gehalten hatten. Sie hatten jedoch gesehen, daß er zu alt und schwach war, um ihr Mann zu sein. Auch Equus war als möglicher Täter nicht in Frage gekommen, weil er zu groß und blond war, als daß die Beschreibung des zweiten gesuchten Mannes auf ihn gepaßt hätte.

Die nächsten beiden Wochen verbrachte ich mit Vorbereitungen für meine Reise in den Westen. Ich überließ Cicero einen kleinen Silberbarren mit meinem Namen, mit dem er mein Ableben erhärten konnte, falls man jemals einen geeigneten Toten fände. Mein Letzter Wille war kurz und sachlich, und auch diesen übergab ich ihm. Er lautete wie folgt:

> Seit dem nächtlichen Angriff auf Gaius Britannicus, bei dem ich unvorbereitet und ohne Vorwarnung mein Leben hätte verlieren können, habe ich viel über das Sterben nachgedacht. Es ist mir bewußt geworden, daß mein Freund und Partner, allgemein als Equus bekannt, im Falle meines Todes nicht beweisen könnte, daß die Schmiede, die wir gemeinsam führen, nach Recht und Gesetz sein Eigentum ist, da ich dann keine Verwendung mehr für sie hätte und ohne Erben bin. Sie und alles, was in ihr ist, soll Equus gehören, wenn ich sterbe und er am Leben bleibt, und er soll frei darüber verfügen können.
>
> Dieses Dokument überlasse ich meinem edlen Freund Antonius Cicero, dem Militärgouverneur dieses Distrikts, zur sicheren Verwahrung.
>
> Gaius Publius Varrus

Drei Tage vor dem Aufbruch ging ich in mein Waffenzimmer und nahm den großen afrikanischen Bogen meines Großvaters von der Wand. Ohne Sehne maß er fünfeinhalb Fuß von einem Ende zum anderen.

Er bestand aus drei Lagen, und zwar aus Holz, Horn

und Sehnen, mit dem Holz in der Mitte und den Sehnen auf der Außenseite. Anfangs konnte ich ihn trotz meiner kräftigen Arme nicht spannen, doch Equus zeigte mir einen Trick. Als ich es erst einmal raus hatte, stellte ich fest, daß ich mit diesem Bogen einen Pfeil so kraftvoll abschießen konnte, daß er noch aus einer Entfernung von fast zweihundert Schritten einen Baum durchbohrte.

Ich hatte den Bogen in den beiden Wochen nach dem Seneca-Zwischenfall nicht benützt, entschloß mich jedoch, ihn mitzunehmen – ihn, meinen Himmelssteindolch und ein selbstgefertigtes Schwert.

Der Garnison kaufte ich drei gute Pferde ab, zwei zum Reiten und eins fürs Gepäck. Der Handel war natürlich völlig illegal, doch meine Freunde im Kastell, Cicero und Plautus, kamen überein, daß ein ehemaliger *primus pilus* und geschätzter Lieferant zu einer langfristigen »Anleihe« berechtigt war.

Eines schönen Tages im Herbst war ich dann schließlich reisebereit. Eine Schwadron leichter Reiter sollte mich auf dem ersten Drittel, von Camulodunum nach Verulamium, begleiten und gleichzeitig ein Sonderkommando ablösen, das schon längere Zeit in Verulamium Dienst tat. Equus verabschiedete sich vor der Schmiede von mir. Plautus, der auch dorthin gekommen war, ritt mit mir zum Kastell zurück. Als er mich mit den besten Segenswünschen auf die Reise schickte, grinste er in sich hinein.

»Warum grinst du?«

»Oh, es sind nur flüchtige Gedanken«, meinte er. »Liebe Grüße an Phoebe!«

»Phoebe? Was soll das heißen?«

»Du kommst doch durch Verulamium, nicht wahr? Einen Stoß für mich.«

Ich wußte nicht, ob ich lachen oder ärgerlich sein sollte.

»Plautus«, sagte ich, »du bist ein Schwein. Das habe ich dir schon einmal gesagt.«

»Ja.« Er lachte wieder auf seine dreckige Art. »Und Phoebe ist eine Taube, hübsch und rund, die darauf wartet, verspeist zu werden. Und es ist eine weite Reise in den Westen. Ein weiches Kissen auf dem Weg, wenigstens für eine Nacht, ist da sehr willkommen.«

»Ich übernachte in Verulamium bei Alarich.«

»Natürlich. Und ich werde dich wegen deiner Keuschheit stets achten. Denk aber an meine Bitte, wenn du Phoebe doch sehen solltest.«

Ich lächelte, umarmte ihn und ritt dann neben dem jungen Befehlshaber an der Spitze der Kolonne davon.

Den ersten Reiseabschnitt legten wir schnell und auf angenehme Art zurück, obwohl wir unser Lager nachts immer auf Feldern und Lichtungen ein wenig abseits der Straße aufschlugen. Ich konnte mich einfach nicht daran gewöhnen, in einem Militärlager zu schlafen, das nicht von Palisaden und Graben umgeben war. Es störte mich sehr, obwohl sich sonst niemand Gedanken darüber zu machen schien. Ich gebe ja gern zu, daß ich vielleicht durch Britannicus und seine Ideen überkritisch geworden war, doch entbehrten meine Bedenken nicht der Logik. Das befestigte Heereslager war schon seit über tausend Jahren die rettende Stärke der römischen Soldaten auf dem Marsch. Erst im letzten Jahrhundert war diese Praxis aufgegeben worden, besonders hier in Britannien, wo nun schon seit über dreihundert Jahren Frieden herrschte. Die Lockerung der Vorschriften hatte ihre Wurzeln in einem allgemeinen Nachlassen der Disziplin: Man war heutzutage der Ansicht, daß man zu sehr in die Rechte eines Soldaten eingriff, wenn man von ihm erwartete, daß er in Friedenszeiten ein Nachtlager befestigte. Ich mußte an die ersten Tage der Invasion im Hochmoor denken. Graben und Erdwall hatten allein dort tausend Menschen das Leben gerettet, dank Britannicus und seiner hartnäckigen Weigerung, sich bei irgendeiner Sache, die er tat, mit weniger als dem höchsten Standard zu begnügen. Ich sah mich um, ließ den Blick über das offene Land schweifen und entschloß mich, den Mund zu halten.

Im Grunde waren leichte Reiterschwadronen nichts anderes als Bogenschützen zu Pferde, und so war mein großer afrikanischer Bogen bei den Soldaten ein Riesenerfolg. Jeden Abend nach dem Essen stellten wir in der Stunde vor Einbruch der Dunkelheit am Straßenrand Zielscheiben auf, um Wettkämpfe im Bogenschießen durchzuführen. Ich freue mich, in aller Bescheidenheit sagen zu können, daß sich mein Bogen zu den ihren wie eine *ballista* zur Steinschleuder eines Knaben verhielt.

Phoebe freute sich sehr, mich zu sehen. Darüber konnte kein Zweifel bestehen, als ich ohne Vorankündigung an ihrem Arbeitsplatz auftauchte. Man sagte mir, sie maniküre gerade die Hände der Frau eines hohen Stadtbeamten, doch sie ließ alles stehen und liegen, sobald sie von meinem Kommen erfuhr, rannte in meine Arme und küßte mich, als wolle sie mir die Seele aus dem Leib reißen. Ich sagte ihr, daß ich nur für eine Nacht in der Stadt sei, um Bischof Alarich zu besuchen, und verabredete mich mit ihr für später, wenn sie freihaben würde.

Eigentlich wußte ich, daß Alarich nicht in Verulamium war. Ich war bei meiner Ankunft gleich zu seinem Haus gegangen, wo ich erfahren hatte, daß er in Angelegenheiten seines Herrn unterwegs war. Das hatte mich nicht überrascht, da Alarich nur wenig Zeit in Verulamium verbrachte. Was mich hingegen verblüffte, war meine Reaktion – eine Mischung aus Erleichterung und Erlösung.

Ich hatte seiner Haushälterin meine Empfehlung hinterlassen und mich geradewegs auf die Suche nach Phoebe gemacht.

Den ganzen Nachmittag hatte ich Zeit, darüber nachzudenken, warum ich Phoebe angelogen hatte. Bei einem Händler kaufte ich frisches Brot, Käse und einen kleinen Krug Wein, und dann ritt ich zur Stadt hinaus, um allein zu sein. Unter einem Baum fand ich eine bequeme Böschung, ließ mein Pferd zum Weiden frei und dachte beim Essen über meine Gefühle für Phoebe nach. Mein Verlangen nach ihr war so stark wie eh und je – warum sollte ich mich hierin einer Täuschung hingeben? Ich hatte, als sie sich mir in die Arme warf, eine drängende und fordernde Erregung gespürt. Doch Phoebe bedeutete mir noch mehr: Sie war eine gute Freundin. Noch mehr? Beim Gedanken daran mußte ich lächeln. Nichts ist fordernder als ein aufgerichteter Phallus, und in den Armen einer willigen Frau verblaßt alles andere neben dem Verlangen, die Furche immer tiefer zu pflügen. Phoebe war meine Freundin, das stimmte – eine bewährte, loyale, liebende Freundin. Zu liebend. Das war mein Dilemma. Ich war auf der Flucht, und wenn man mich schnappte, war ich ein toter Mann. So wie Phoebe nun einmal war, würde sie meine Odyssee mit mir teilen wollen, mein Lager am Straßenrand und die Gefahr. Das konnte ich nicht guten Gewissens erlauben, und zwar aus mindestens zwei Gründen: wegen ihrer Stellung im Leben und ihrer Ehe mit Cuno. Ich konnte mir Phoebe nicht als meine Frau vorstellen und daher auch nicht einem derartigen Risiko aussetzen, nur um meine fleischlichen Gelüste zu befriedigen.

Diese meine innere Auseinandersetzung war natürlich recht philosophisch und bereitete mir großes Vergnügen. Bei meiner Rückkehr in die Stadt war ich jedoch fest entschlossen, ihr nichts über die Gründe meiner Reise oder mein Ziel zu sagen.

Als ich sie zur verabredeten Zeit und am verabredeten Ort wiedersah, hüpfte Phoebe vor Aufregung fast herum. Im Amphitheater gebe es an diesem Abend ein Schauspiel, erzählte sie mir, und sie habe noch nie eins gesehen. Natürlich gingen wir zusammen hin.

Das nur wenige Jahrzehnte zuvor am Stadtrand erbaute Amphitheater war riesengroß. Ich kann mich nicht erinnern, welches Stück wir sahen, weil ich mich die meiste Zeit ob Phoebes Begeisterung über das Schauspiel freute. Ich weiß jedoch noch, daß ich beeindruckt war, wie viele Menschen das Theater fassen konnte, und wie gut man die Schauspieler hören konnte, obwohl wir in den oberen Rängen saßen. Jemand erzählte mir, die Sitzplätze würden für mehr als siebentausend Zuschauer reichen.

Am Ende der Vorstellung, als wir gerade gingen, kam es dicht neben mir zu einem lautstarken Streit, und ich hörte jemanden »Dieb!« rufen. Dann sah ich ihn, einen Taschendieb, die blanke Klinge noch in der Hand, auf mich zukommen. Als er bemerkte, daß ich auf ihn aufmerksam geworden war, tauchte er in der Menge unter, bevor ich auch nur daran denken konnte, ihn festzuhalten. Da das Gedränge sowieso zu stark war, ließ ich ihn laufen. Ich wandte mich wieder Phoebes Geplapper zu und dachte nicht mehr an ihn.

Gleich neben dem Amphitheater gab es Stände in Hülle und Fülle, wo der Appetit der Menschen, die zu den Vorstellungen drängten, gestillt wurde, und es gelang Phoebe und mir, einen zu finden, wo das Essen gut sein sollte. Dort teilte ich ihr mit, daß ich eine weite Reise vor mir hätte und wir uns wahrscheinlich niemals wiedersehen würden. Ich bat sie, mich nicht nach meinen Gründen zu fragen, gab dann aber nach und berichtete ihr, was geschehen war. Ich erzählte ihr alles, nur nicht, wohin ich unterwegs war, und auf ihr flehentliches Bitten hin sagte ich ihr auch, daß ich sie nicht mitnehmen würde, es nicht konnte.

Danach war sie eine Weile niedergeschlagen, und ich schwieg und überließ sie ihren Gedanken. Wenigstens einmal im Leben hatte ich den Scharfsinn, das Richtige zu tun. Ich saß da, nippte an meinem Wein und versuchte mir nicht allzu deutlich anmerken zu lassen, daß ich sie beobachtete. Zeigte ihr Gesicht Schmerz? Enttäuschung? Groll? Ich konnte es nicht sagen. Es gab nichts von dem preis, was in ihr vorging. Nur ihr Schweigen zeigte mir, daß sie angestrengt nachdachte.

Hand in Hand schlenderten wir das kurze Stück zu ihrer Wohnung zurück, und sie erwähnte meine Reise nicht mehr. Statt dessen sprach sie wieder von der Theateraufführung an diesem Abend und von dem Vergnügen, das ihr diese bereitet hatte. Wenn ich nicht geahnt hätte, daß es anders war, hätte ich geschworen, daß sie noch dieselbe fröhliche Sylphe war, die sich mir am Morgen in die Arme geworfen hatte.

Vor dem Haus, in dem sie wohnte, blieben wir stehen, und ruhig sah sie mich an. Dann zog sie mein Gesicht am Bart behutsam zu sich herunter, um mich sanft und keusch zu küssen.

»Gute Nacht, lieber Publius. Geh schnell, paß auf dich auf und komm bald zu mir zurück. Und halt mich bis dahin in guter Erinnerung.«

Schon wollte ich mich zum Gehen wenden, doch schelmisch lächelnd hielt sie mich am Bart fest.

Einmal, irgendwann mitten in der Nacht, rollte sie zu mir herüber und legte sich auf mich. Dann ritt sie langsam auf mir, wobei sie sich mir immer wieder allmählich so weit entzog, daß ich ständig damit rechnete, den Kontakt mit ihr zu verlieren. Doch jedesmal, wenn ich mit ihr eigentlich nur noch durch unser Gefühl verbunden war, gelang es ihr, innezuhalten und mich unendlich langsam und geschmeidig erneut in sich aufzunehmen. Es war ein unvergeßliches Erlebnis. Sie war sich meiner Reaktionen so sicher, daß sie genau zum richtigen Zeitpunkt aufhören und meinen Erguß auf einen halben Herzschlag genau voraussagen konnte. Dann bewegte sie sich nicht mehr, bis der Sturm vorbei war und sie von vorn beginnen konnte. Nach einer dieser herrlichen Unterbrechungen sank sie ganz auf mich nieder, schob die Knie unter ihre Schultern, so daß sie auf mir kauerte und ihr Hintern gegen meinen Unterleib gepreßt war. Ich war so tief in ihr, daß ich spüren konnte, wie sich mein Phallus in den tiefsten Winkel ihres lebendigen Fleisches grub, und dann begann sie zu rotieren, so daß ich mich wie ein Rührlöffel in ihr bewegte und ihre Weichheit und heißen Tiefen dermaßen aufwühlte, daß ich befürchtete, ihr weh zu tun. Das sagte ich ihr auch, und sie hielt inne, ohne mich loszulassen.

»Publius, mein Lieber, das ist eine Art Schmerz, wie ich ihn mit Freuden in jedem einzelnen Augenblick meines Lebens erleiden würde. Gefällt es dir?«

Ich schob ihr mein Becken entgegen. »Mußt du das noch fragen?«

»Nein. Eins kannst du mir glauben, du Zauberer: Dein Vergnügen kann auch nicht annähernd an meins herankommen. Wenn ich dich von allem lösen und für den Rest meines Lebens hier in mir halten könnte, stürbe ich als glückliche Frau und mit einem Lächeln auf den Lippen.« Wieder erhob sie sich, so daß ich sie beinahe verlor. Doch dann sank sie erneut auf mich und beugte sich vor, um mir heftig, mit heißem Atem und voller Leidenschaft ins Ohr zu flüstern: »Du bist jetzt vielleicht das letzte Mal in meinem Körper, Publius Varrus. Ich möchte es im Gedächtnis behalten, und auch du sollst es niemals vergessen. Du magst danach noch viele andere Frauen haben, doch keiner wirst du mehr Freude bereiten als mir. Daher bin ich jetzt selbstsüchtig. Diese Nacht gehört mir. Und auch dein Körper gehört heute nacht mir. Die Milch deiner Hoden gehört mir. Und dieser schöne, luststrotzende Dolch gehört mir, um mich heute nacht zu durchstoßen, so daß ich sterbe, wenn ich ihn nur tief genug in mich hineinsauge. Stoß zu, Varrus! Spieß mich auf, du schöner, liebestoller, unersättlicher Mann!«

Es war zuviel für mich. Ich stöhnte und krümmte mich, warf die Arme um sie und preßte sie an mich, bis ich die Kontrolle über mich verlor und mich tief, tief in sie hinein ergoß.

Am Morgen, noch bevor die Sonne aufging, badete und fütterte sie mich, und bevor ich weiterreiste, legte sie sich vor mir auf den Tisch, so daß ich mich mit ihrer Feuchtigkeit auf dem Unterleib und dem Duft ihrer Säfte, die mir im Gesicht hafteten und in die Nasenlöcher stiegen, wieder auf den Weg machte.

Drittes Buch

WESTWÄRTS

XV

Zwei Tagesritte von Verulamium entfernt, als ich mich gemächlich der Stadt Alyncester näherte, geriet ich in Schwierigkeiten. Ich fühlte mich wegen meines Liebesmarathons mit Phoebe noch immer euphorisch und träumte mit offenen Augen. So sehr war ich in meinen Phantasievorstellungen verloren, daß es zum Handeln schon fast zu spät war, als ich die fünf Männer bemerkte, die etwa siebzig Schritte vor mir den Weg versperrten. Etwas Bedrohliches ging von ihnen aus, etwas Bösartiges.

Ich zügelte mein Pferd und sah mich um: auf beiden Seiten offene Heide und nichts, wohin ich rennen und mich einigermaßen sicher fühlen konnte. Es überraschte mich nun nicht mehr, daß ich, als ich hinter mich schaute, fast genauso nah drei weitere Männer sah. Mir der Gefahr erst einmal bewußt, fühlte ich mich gleich in alte Legionärszeiten zurückversetzt. Ohne noch groß nachzudenken, schwang ich ein Bein übers Pferd und glitt zu Boden. Dabei nahm ich mit der einen Hand den gespannten Bogen von den Schultern und griff mit der anderen nach einem Pfeil. Ich verschwendete keine Zeit damit, mich wegen meiner Unaufmerksamkeit zu verfluchen. Anlegen, den Bogen spannen, zielen und den Pfeil abschießen waren eins. Angesichts dessen muß man sagen, daß ich Glück hatte. Der Pfeil traf den mittleren der fünf Männer vor mir mitten in die Stirn, so daß er kopfüber nach hinten fiel.

Der schnelle Tod ihres Kameraden verwirrte die anderen mächtig. Da jedoch zwei von ihnen Bogen trugen, war mir klar, daß sie mir das Leben ganz schön schwermachen würden, sobald sie sich von ihrem ersten Schreck erholt hatten. Um meine Pferde aus der Schußlinie zu halten, rannte ich hinkend an den Straßenrand und damit fast in den ersten Pfeil. Er zischte ungefähr einen Fuß vor mir vorbei. Ich erinnere mich, daß ich dachte, wenn sie so schlecht zielten, sollte ich einfach still dastehen und warten, bis sie ihre Pfeile vergeudet hatten.

Blitzschnell schoß ich auf die drei hinter mir und hatte wieder Glück: Einer von ihnen ging mit Schmerzensgeheul zu Boden. Nun behandelten sie mich mit Respekt. Einer der beiden Bogenschützen kniete zum Zielen nieder. Ruhig zog ich die Sehne meines Bogens bis ans Ohr zurück und hielt sie dort vor dem Abschießen des Pfeils. Nicht zum erstenmal stellte ich fest, daß die Muskeln eines Schmieds manchmal nicht mit Gold aufzuwiegen waren. Mein Pfeil durchbohrte ihn, bevor er den seinen auch nur abschießen konnte, und obwohl er kniete, flog er durch die Luft, was von der gewaltigen Kraft der Waffe in meinen Händen zeugte.

Sogleich drehte ich mich wieder nach den beiden noch verbliebenen Männern hinter mir um. Sie hatten sich getrennt und kamen von beiden Straßenseiten auf mich zugestürzt. Einer war keine dreißig Schritte mehr von mir entfernt, als ich meinen Bogen erneut hochriß und ihn erledigte. Automatisch griff ich nach dem nächsten Pfeil. Sein Begleiter schrie auf, machte kehrt und rannte den Weg, den er gekommen war, wie ein Hase wieder zurück. Ich ließ ihn laufen und wandte mich wieder den anderen zu, mußte aber feststellen, daß auch sie das Weite suchten. Schaudernd und erleichtert entrang sich mir ein Seufzer, und ich ging zu meinen Pferden zurück, die noch immer an der Stelle standen, wo ich sie zurückgelassen hatte, da ich den Wunsch verspürte, mich an sie zu lehnen. Und wie konnte es anders sein: Ich sah das traurige Gesicht meiner Großmutter vor mir, begann zu zittern und erbrach mich.

Vier Männer tot in so kurzer Zeit! Ich spuckte aus, um den Gallegeschmack loszuwerden, und machte mich daran, meine wertvollen Pfeile wieder einzusammeln. Drei konnte ich herausziehen und reinigte sie mit einer Handvoll Gras, doch der vierte saß so fest in der Stirn des Mannes, den ich zuerst erschossen hatte, daß ich ihn zurücklassen mußte.

Das wellige Hügelland, das vor mir lag, war dicht bewaldet. Ich dankte Gott für die römischen Straßen. Während der nächsten beiden Stunden meiner Reise sah ich keine Menschenseele, obwohl ich jetzt genau aufpaßte und nicht mehr vor mich hin träumte.

Als die Dämmerung hereinbrach und ich nach einem geeigneten Lagerplatz Ausschau hielt, sah ich plötzlich einen Trupp Männer auf mich zukommen. Metall glänzte im Licht, und ich erkannte, worum es sich handelte: um einen Manipel Fußsoldaten. Als sie näher kamen, erblickte ich die Fahne der Zwanzigsten Legion – in der ich selbst gedient hatte –, nahm Haltung an und erwartete die Männer. Der Zenturio an der Spitze kam auf mich zugeritten und blieb wenige Schritte vor mir stehen. Mit geballter Faust, dem Gruß der Legionen, salutierte ich, und er musterte mich erstaunt.

»Zenturio? Zenturio Varrus?«

Ich stupste mein Pferd zu ihm. »Ja, Varrus. Und wer bist du?«

»Strato, Strato Pompejus, Zenturio. Ich war 367 bei den Hämmerern dabei.«

»Strato! Bei allen Caesaren, Junge, du hast dich aber gemacht!«

Er lachte, und wir ritten aufeinander zu und umarmten uns. Er hatte sich wirklich gemacht. Er war der jüngste der Hämmerer gewesen, ein Knabe von erst siebzehn, aber schon Dekurio.

»Wo bist du seitdem gewesen?«

Er trat zurück und sah mich an. In seinem Blick lag echte Bewunderung und Sympathie.

»Weiterhin bei der Zwanzigsten, Zenturio. Sie wurde nach der Invasion neu formiert. Wie du siehst, habe ich jetzt den Rang eines Zenturios, eines *primus pilus*. Und ich wünschte, du würdest nicht mehr zu jedem Pompejer, den du triffst, ›bei allen Caesaren‹ sagen. Ich habe schon immer gedacht, daß dich das eines Tages in Schwierigkeiten bringen würde. Wir Pompejer sind ein wildes Volk und haben wie eh und je eine Abneigung gegen den Namen Caesar.« Er lächelte scheu, sich der Kühnheit derartiger Worte gegenüber seinem ehemaligen Vorgesetzten durchaus bewußt. Doch jetzt war er selbst *primus pilus*; den jungen Strato gab es schon lange nicht mehr. »Wir wollen gerade ein Lager für die Nacht aufschlagen. Ungefähr eine Meile vor uns liegt eine kleine, offene Hochebene. Schließt du dich uns an?«

»Mit Freuden, mein Freund. Ich bin dort vor einer Weile selbst vorbeigekommen und wäre geblieben, wenn ich nicht zuvor ein paar Probleme mit ein paar Einheimischen gehabt hätte. Ich hoffte nun, einen Platz zu finden, den ich allein besser verteidigen kann. Doch was die Caesaren angeht, gebe ich dir recht. Manche sind ausgesprochen unangenehme Personen.«

Er runzelte die Stirn. »Was für Probleme hast du gehabt, Zenturio? Und wo?«

Ich nickte in die Richtung, aus der ich gekommen war. »Dort hinten. Etwa acht oder zehn Meilen von hier. Ein paar Kerle trachteten mir nach den Pferden – und dem Leben.«

»Du bist aber unverletzt?«

»Ja, alles in Ordnung, doch ich habe vier von ihnen auf der Straße zurückgelassen. Ihr werdet sie sicher morgen früh finden, es sei denn, sie sind noch von ihren Freunden geholt worden.«

Er riß die Augen auf. »Vier?«

»Vier.« Ich grinste. »Aber nicht im Nahkampf. Ich habe sie aus der Ferne erschossen. Hiermit.« Ich hielt den Bogen hoch.

Er blickte darauf und schien einen Pfiff ausstoßen zu wollen. »Unglaublich! Vier!«

Während wir uns unterhielten, war sein Manipel weitermarschiert und jetzt gut hundert Schritte vor uns.

»Komm, Zenturio! Wenn wir sie nicht einholen, laufen sie noch am Lagerplatz vorbei.«

Ich ritt an seine Seite. »Wohin geht's, Strato?«

»Wir haben kein bestimmtes Ziel. Wir sind bloß auf einer Routinepatrouille. Hier in der Gegend haben wir es mit Banditen zu tun gehabt. Wir wissen nicht, um wen es sich handelt, aber sie sind sehr lästig, und daher müssen wir das ganze Gebiet regelmäßig kontrollieren. Und was ist mit dir?«

»Ich ...« Fast hätte ich ihm erzählt, wohin ich unterwegs war, und ich fand mein Zögern sehr auffällig. »Ich mache eine Reise, Strato, schaue mir die Landschaft an und lasse einfach für ein paar Tage den Alltag zurück.«

Er hatte immer noch sein frohes Lächeln auf den Lippen, als wir den Manipel einholten, der sich bereits auf dem Lagerplatz versammelte. Auch jetzt wies nichts darauf hin, daß sie das Lager befestigen wollten, doch diesmal hielt ich mit meiner Meinung nicht hinter dem Berg.

»Ein unbefestigtes Lager, Strato? Ich dachte, wir hätten dich besser ausgebildet.«

»Gewiß, Zenturio, und ich fühle mich auch nie wohl dabei. Aber so ist es heutzutage nun mal in der Zwanzigsten. Und auch sonst überall. Der Legat will keine Probleme mit den Soldaten, und die bekäme er unweigerlich, wenn sie jeden Abend einen Graben ausheben und einen Wall errichten müßten.«

»Selbst auf feindlichem Gebiet?«

»Leider ja, Zenturio. Es ist nicht mehr wie früher.«

»Offensichtlich nicht.« Ich sah mich um. Das Lager wurde so ordentlich errichtet, wie ich es gewohnt war, lediglich die Befestigung fehlte. »Seid ihr schon mal mit runtergelassenen Hosen erwischt worden?«

Er zuckte mit den Schultern. »Gott sei Dank noch nicht. Wir stellen mehr Wachen auf als früher.«

»Du meinst wirklich, daß die Männer lieber zusätzlich Wache schieben, als ein sicheres Lager aufzubauen?«

»Ja, so ist es.«

Jetzt zuckte ich mit den Schultern. »Nun, Strato, hoffentlich kommst du nie in die Lage, dir zu wünschen, auf dem, was du für richtig erkannt hattest, bestanden zu haben.«

»Das hoffe ich auch, Zenturio.«

»Wo kann ich mich niederlassen? Im Offiziersbereich?«

»Wieso, gleich hier, Zenturio, auf dem Platz des Tribuns. Ich kommandiere zum Aufschlagen deines Zelts einen Mann ab.«

»Nein, Strato, das mache ich selbst. Dann weiß ich wenigstens, daß es nicht mitten in der Nacht einstürzt. Kümmere du dich jetzt lieber um deine eigenen Angelegenheiten. Ich lasse mich hier nieder und warte auf dich. Komm, wenn du Zeit zum Ausruhen hast.«

Er salutierte und verließ mich, um die Vorbereitungen für die Nacht zu überwachen.

Beim Abendessen machte er mich mit den anderen Zenturionen und jüngeren Offizieren bekannt, und der Abend verlief ausgesprochen angenehm beim Austausch von Erinnerungen an unseren Rückzugskampf vom Wall in den Jahren 367 und 368. Danach schlief ich wie ein Stein bis zum Weckruf.

Früh am Morgen machte ich mich auf die letzte Etappe meiner Reise nach Alyncester. Mir gefiel der Ort, der kaum mehr als ein Dauerlager mit einem Marktplatz war, sich aber einer *mansio* rühmte, wo ich ein heißes Dampfbad und überraschend gutes Essen bekam. Erfrischt und belebt, besuchte ich dann den Markt, wo ich sehr schöne, von einem ortsansässigen Handwerker gefertigte Töpferwaren entdeckte. Eine Vase mit blauer Glasur auf kohlrabenschwarzem Grund ließ mich so sehr an Britannicus denken, daß ich sie für ihn kaufen mußte. Ich war mir sicher, daß sie ihm gefallen würde. Sie hatte einen langen, schlanken Hals und war sehr hübsch geformt, dabei schwer und solide.

Da es inzwischen spät am Nachmittag war, ging ich zum Hauptheereslager von Alyncester und stellte mich dem befehlshabenden Offizier vor. Dieser war mir fremd, doch er wußte – wiederum dank Antonius Cicero – wer ich war, und lud mich zum Abendessen zusammen mit seinen Offizieren ein. Freudig nahm ich an und verbrachte sehr angenehme Stunden mit ihnen, wobei es mir gelang, mich ihrer gelegentlich aufkommenden Neugier über mein Reiseziel zu entziehen und bei ihnen den festen Eindruck zu erwekken, daß ich auf dem Weg nach Südwesten war, und zwar nach Portus Adurni, um ein Schiff nach Gallien zu nehmen, dort nach exotischen Waffen zu suchen und mich trägem Zeitvertreib hinzugeben, wie es wohlhabende Männer überall in der Welt zu tun pflegen. Als ich schließlich zur *mansio* zurückkehrte, war es bereits dunkel.

Der Haupteingang zur *mansio* lag in einem engen Durchgangsweg, der mehr einer Gasse als einer Straße glich, aber zu meiner Überraschung von brennenden Fakkeln gut beleuchtet war. Als ich ungefähr vierzig Schritte vom Eingang der *mansio* entfernt war, kamen zwei Männer mit umeinandergelegten Armen betrunken auf mich zugetorkelt. Gerade wollte ich ihnen Platz machen, als das Licht einer Fackel auf sie fiel und die Ereignisse sich überstürzten. In dem einen erkannte ich den Taschendieb aus dem Theater in Verulamium und in dem anderen einen der Männer, die mich auf der Straße angegriffen hatten, und zwar denjenigen, der schreiend davongelaufen war, als ich seinen Gefährten aus kürzester Distanz umgelegt hatte. Ohnc mich auch nur umzudrchen, wußte ich, daß zwei weitere hinter mir waren, denn es waren ja vier Wegelagerer am Leben geblieben.

Noch immer trug ich die Vase mit dem langen Hals, die ich wenige Stunden zuvor auf dem Markt erstanden hatte. Ohne nachzudenken, die Vase wie eine Keule schwingend, sprang ich auf die beiden »Trunkenbolde« zu. Ich traf den Taschendieb oben am Kopf und schleuderte ihn gegen die Mauer auf der anderen Seite der Gasse, wo er bewußtlos liegenblieb. Sein Freund war wie vom Donner gerührt und erstarrt, gerade so lange, daß ich mein Gewicht verlagern und ihn mit dem Fuß meines guten Beins voll in den Unterleib treten konnte. Als er zusammenklappte, schlug ich ihm mit der noch heilen Vase so stark auf den Nacken, daß ich seine Rückenwirbel krachen hörte. Sogleich wirbelte ich zu den beiden anderen Möchtegernmördern herum, die vor Fassungslosigkeit wie gelähmt waren. Meine Töpferkeule hoch über dem Kopf schwingend, griff ich sie brüllend an. Panikartig ergriffen sie die Flucht, und ich jagte hinter ihnen her, obwohl ich wußte, daß keine Aussicht bestand, sie einzuholen. Während mir klar war, daß ich ein Krüppel war, hatten sie es offenbar vergessen.

Rasend vor Wut blieb ich schließlich stehen und kehrte zu den beiden zurück, die ich zu Boden geschlagen hatte. Mein zweites Opfer lag mit zerschmettertem Schädel mausetot mitten auf der engen Straße. Ich ging zu dem anderen hinüber, den ich für einen Dieb gehalten hatte. Dieser war zwar bewußtlos, aber noch am Leben. Ich blickte nach allen Seiten. Keine Menschenseele weit und breit. Wer waren diese Leute? Es war ja wohl kein Zufall, daß ich ihnen über eine Entfernung von etwa fünfzig Meilen an drei Tagen gleich dreimal begegnet war.

Ich beugte mich über den Ohnmächtigen, setzte ihn auf und ohrfeigte ihn, damit er das Bewußtsein wiedererlangte. Ich hatte keine Sorge, dort entdeckt zu werden: Niemand würde einem Gast des Offiziersquartiers Fragen stellen. Der Mann zeigte keine Reaktion. Ich zog meinen Himmelssteindolch und kniete neben ihm nieder. Dann griff ich nach seiner Hand und drückte die Dolchspitze in den Halbmond seines Daumennagels. Darauf reagierte er sehr schnell. Als er beim Aufwachen mein Gesicht über sich gebeugt fand, flackerten seine Augen voller Furcht.

»Du kennst mich, nicht wahr?« Ich packte ihn an den Haaren und steckte ihm die Spitze meines Dolchs in die Nase. »Nun, ich kenne dich nicht. Aber ich weiß, daß du versucht hast, mich zu töten, und das gefällt mir nicht. Ich kann mir bessere Todesarten vorstellen als von der Hand eines Misthaufens wie dir.«

Meine Stimme klang ruhig und gelassen. Es war ihr

nichts von dem Zorn, Entsetzen und Abscheu anzumerken, die jetzt, als die Gefahr vorbei war, in mir tobten. Ich drehte meine Hand noch fester in sein fettiges Haar und zog ihn hoch, so daß sich sein Gesicht vor Unbehagen verzerrte, als er den Kopf vor der Dolchspitze in seinem Nasenloch zurückziehen wollte.

»Du bist ein häßlicher Hurensohn, wirst aber keinesfalls besser aussehen, wenn ich deine Nase auf beiden Seiten aufschlitzen muß. Und das werde ich, Freund, wenn du mir nicht sagst, was ich wissen will. Und wenn du wirklich stark bist und den Schmerz aushältst, ohne es mir zu sagen, dann schneide ich dir die Ohren ab, eins nach dem andern. Und dann schnitze ich dir einen neuen Mund, einen ohne Lippen.« Ein leichtes Ziehen, und die Dolchklinge schnitt sauber durch das empfindliche Fleisch seines Nasenflügels und rief einen Blutschwall und einen Schmerzensschrei hervor. Ich legte die Spitze in sein anderes Nasenloch. »Diesen Trick habe ich von den Barbaren in Afrika. Er funktioniert gut – findest du nicht auch?«

Ihm fielen fast die Augen aus den Höhlen, und vor Entsetzen verschluckte er sich an der eigenen Zunge. Ich nahm die Messerspitze weg, schüttelte ihn brutal am Haar, und dann legte ich den Dolch wieder an.

»Also! Warum willst du mich töten? Warum mich?«

Sein Mund zuckte heftig, doch er brachte kein Wort heraus. Ich ließ sein Haar los, packte ihn vorn an der Tunika und zog ihn zu mir hoch, so daß ich seinen üblen, ranzigen Atem roch.

»Ich zähle jetzt bis drei, und dann ist deine Nase weg, und wir machen uns an deine Ohren. Eins!«

Weiter mußte ich nicht gehen. Er stammelte: »Angeheuert! Angeheuert! Man hat uns angeheuert, um dich zu töten! Zehn Aurum!«

»Wer hat euch angeheuert? Woher kennt ihr mich?«

»Wir kennen dich nicht, wir kennen dich nicht! Wir haben nach einem grauhaarigen, hinkenden Mann gesucht. Nach einem starken Mann! Wir haben dich in Verulamium gesehen.«

»Du hast mich gesehen?« Ich griff wieder in sein schmutziges Haar und zog heftig daran. »Willst du damit sagen, daß ich vielleicht nicht der Mann bin, den du töten sollst?«

Völlig verstört nickte er grinsend. Er schien zu glauben, er könne davonkommen, wenn er die Möglichkeit einräumte, daß es sich bei mir um die falsche Person handelte. Ich empfand Abscheu und packte noch fester zu.

»Wie lange hältst du schon nach diesem Mann Ausschau?«

»Eine Woche! Vielleicht auch länger!«

»Eine Woche? Du bist nicht nur mordgierig, sondern auch wahnsinnig!« Abrupt ließ ich ihn los. »Eine Woche, sagst du? Wer will diesen Mann so unbedingt, daß er ein derart hohes Kopfgeld auf ihn aussetzt?« fragte ich, obwohl ich es bereits wußte. »Du sagst, du weißt nicht, wie der Gesuchte heißt?«

Erleichtert, daß ich losgelassen hatte, schüttelte er den Kopf. »Nein. Keinen Namen. Nur eine Beschreibung. Wie ich bereits sagte. Graues Haar, grauer Bart, lahmes Bein. Wie du.«

»Wie ich! Weißt du, wie viele Männer wie ich es in Britannien gibt, du Schwachkopf? Gewiß Hunderte! Lauter alte Veteranen! Alle durchaus in der Lage, jemanden wie dich bei lebendigem Leib aufzufressen und in die Gosse zu spucken.« Ich befühlte mit dem Daumen die Dolchschneide. »Am liebsten würde ich dich töten, du Dreckskerl, und das habe ich mir schon seit Jahren nicht mehr gewünscht. Und der Welt würde ich damit sogar einen Dienst erweisen.« Ich setzte ihm den Dolch an die Kehle. »Ich gebe dir aber noch eine Chance. Wer hat das Geld ausgesetzt?«

Noch bevor er sprach, wußte ich, daß er lügen würde. Ich konnte es ihm von den Augen ablesen.

»Ich weiß es nicht.«

Schnell griff ich nach einem seiner Ohren, schnitt es zur Hälfte ab und hielt ihm das abgetrennte Stück vor die Nase. Ungläubig starrte er darauf.

»Willst du die andere Hälfte behalten? Ich soll glauben, daß du nicht weißt, wo du dein Blutgeld eintreiben kannst? Wer hat das Angebot gemacht?«

Er schluckte schwer und flüsterte einen Namen, den ich nicht verstehen konnte. Als ich nach seinem anderen Ohr griff, stieß er ihn kreischend hervor.

»Quinctilius Nesca!«

»Quinctilius Nesca!« Das Blut schoß mir ins Gesicht. Meine Anspannung ließ nach und machte kalter Wut Platz. »Du hättest dir ein Ohr retten können, wenn du das früher ausgespuckt hättest.« Ich ließ ihn los. Gleich darauf stellte ich ihn auf die Beine und drückte ihn an die Mauer. Er blutete fürchterlich, sowohl aus der Nase als auch aus dem Ohr, und ließ mich nicht aus den Augen.

»Du bringst mich nicht um?«

»Warum sollte ich dir jetzt das Leben nehmen? Ich übergebe dich dem Heer. Dort wirst du dann gehängt.« Ich zog ihn von der Mauer weg, stieß ihn herum und mit der Dolchspitze im Rücken vor mir her zur *mansio*, wo ich den Sohn des Besitzers losschickte, um vom Lager eine Patrouille zu holen.

Als dann alle offiziellen Befragungen vorbei waren und ich auf dem Weg zu meinem Bett war, wurde ich von einem jungen Soldaten angehalten.

»Zenturio Varrus?«

»Ja? Was gibt's?«

»Verzeihung, Zenturio, gehört das dir? Wir haben das draußen auf der Straße gefunden.«

Meine Vase war unbeschädigt, was für die gute Handwerksarbeit sprach. Ich überlegte, ob ich sie am Morgen zurückbringen und gegen eine andere eintauschen sollte – gegen eine ohne Blutflecken. Doch ich verwarf diesen Gedanken sogleich wieder. Die Vase hatte mir gute Dienste geleistet: Ohne sie hätte Britannicus einen Freund und seinen guten Ruf verloren.

An jenem Abend ging ich bedrückt und niedergeschlagen zu Bett, weil ich an den Haß der Seneca-Famille und die Macht jedes einzelnen ihrer Mitglieder dachte. Vor einem Mann, der mit Hilfe seiner Familie überall in Britannien töten lassen konnte, mußte man sich wahrlich in acht nehmen.

Nach diesem Zwischenfall war ich noch zehn Tage unterwegs, wobei ich nunmehr sehr darauf achtete, nur als schlichter Reisender zu erscheinen. Ich nahm die Sehne vom Bogen, wickelte alles zusammen mit meinem Pfeilköcher in ein Tuch und führte dieses Bündel auf der Seite meines Packpferds mit mir, um den Eindruck zu erwecken, daß es ein Teil meines Schlafsacks oder ein Ersatzzelt wäre. Während der ersten vier Tage beeilte ich mich sehr und legte viele Meilen zurück; erst dann begann ich mich zu entspannen und die Reise zu genießen.

Als ich in Britannicus' Gegend kam, veränderte sich die Landschaft. Die Wälder waren nicht mehr so dicht und dunkel, die Bäume kleiner und dünner, und das Gebüsch nahm zu. Im Süden, zu meiner Linken, fiel das wellige Hügelland allmählich zur Küste hin ab, während das Hochland zu meiner Rechten in die sogenannten Mendips überging. Südlich und westlich davon gab es, je näher ich meinem Ziel kam, immer mehr fruchtbares Ackerland.

Als ich schließlich Aquae Sulis selbst erreichte, freute ich mich sehr auf die berühmten Heilquellen, die dem Ort ihren Namen gegeben hatten. Ich kam Anfang der Woche an und hatte eine ruhige Stadt erwartet, doch statt dessen fand ich mich in dichtem Gedränge wieder. Alle aus dem Westen schienen nach Aquae Sulis gekommen zu sein, zum einen wegen der Bäder und zum andern wegen der Märkte, die nur so von den landwirtschaftlichen Produkten der Umgebung strotzten. Als ich einem Standinhaber gegenüber die Qualität seiner Waren lobte, brüstete er sich damit, daß es nirgends sonst auf der Welt so gutes Ackerland gebe, und schon bald merkte ich, daß er damit recht hatte.

Ich nahm mir in einer Herberge ein Zimmer und verbrachte an den ersten drei Tagen viel Zeit damit, einfach nur über die Märkte zu laufen und die zum Verkauf angebotenen Eßwaren zu probieren. Nun, da ich mein Ziel erreicht hatte und durch ganz Britannien gereist war, war ich mir plötzlich nicht mehr sicher, daß ich willkommen sein würde. Gaius war nicht im Land, und ich kannte weder seine Schwester Lucia noch seinen Schwager Varo. Meine Gedanken liefen immer wieder zu jenem Tag zurück, an dem mir meine eigene Familie einen so unfreundlichen Empfang bereitet hatte, als ich unangekündigt in Camulodunum eingetroffen war, um mein Erbe zu beanspruchen.

Dies ging mir auch durch den Kopf, als ich am Nachmittag des dritten Tages in der Stadt zu meiner Bleibe zurückkam. Ich hatte gebadet, an verschiedenen Marktständen gut gegessen und mir eine recht hübsche Tunika, eine lederne Kniehose und Sandalen gekauft. Am Tag zuvor hatte ich bereits einen prächtigen, mit dem weichen Fell vieler Kaninchen gefütterten und mit Hermelinpelz besetzen Umhang erstanden. Als ich diesen dann am Abend, wenn auch nur kurz, getragen hatte, war mir aufgefallen, wie schäbig meine übrige Kleidung geworden war. In dem Versuch, meine Laune zu heben, zog ich nun meinen neuen Staat an und ging in die Taverne, um einen Krug Bier zu trinken.

Es war dort sehr laut und voll, doch als ich eintrat, herrschte einen Augenblick lang Stille, und ich spürte, wie vielleicht hundert Augenpaare mein Äußeres musterten. Einen Herzschlag lang zögerte ich, und als ich dann zur Theke hinten im Raum ging, setzten die Gespräche wieder ein und wurde ich nicht mehr beachtet. Drei Männer hatten alle Hände voll zu tun, Bier für die sich drängenden Gäste auszuschenken. Ich kaufte mir einen großen Krug, drehte mich, daran nippend, wieder um und blickte von Gesicht zu Gesicht. Nur ein Mann schenkte mir noch Aufmerksamkeit, er sah mich stirnrunzelnd an. Als ich seinem Blick begegnete, schüttelte er, als wäre er bestürzt, leicht den Kopf, und die Falten auf seiner Stirn vertieften sich noch. Dann stand er unbeachtet von den anderen am Tisch auf und kam direkt auf mich zu, offenbar in der Absicht, mich anzusprechen.

Während er näher kam, versuchte ich angestrengt, ihn einzuordnen. Er war mir völlig fremd, und ich fragte mich, was er von mir wollen könnte. Verwechselte er mich mit jemandem? Das schien allerdings nicht sehr wahrscheinlich. Die einzige andere Möglichkeit war, daß er ein Kundschafter Senecas war und mich suchte. Doch warum kam er dann so offen zu mir herüber? Ich war auf alles gefaßt.

Der Mann war mittelgroß, gut gekleidet und von kräftiger Statur. Sein Gesicht war gerötet, und er hatte nur noch einen Saum eisengrauen Haars, das auf römische Art kurz geschoren war. Er trug eine Tunika aus guter, schwerer Wolle unter einem ärmellosen Ledermantel, der von einem breiten Ledergürtel mit einer schön gearbeiteten, schweren Silberschnalle zusammengehalten wurde.

Schließlich standen wir uns von Angesicht zu Angesicht gegenüber und blickten uns, wie mir schien, lange Zeit schweigend an. Dann neigte er den Kopf ein wenig zur Seite und fragte mich mit tiefer, rauher Stimme: »Verzeih! Bist du Publius Varrus?«

Ich versuchte meine Überraschung zu verbergen. »Ja. Woher kennst du mich? Wer bist du?«

»Bei den alten Göttern, ich wußte es! Ich erkannte dich gleich, als du reinkamst.« Die Falten auf seiner Stirn waren verschwunden, und er lächelte breit, als er nach meiner Hand griff und diese fest drückte. »Varo. Quintus Varo. Gaius ist mein Schwager. Er hat mir viel von dir erzählt. Er spricht ständig von dir. Er hat gesagt, daß du vielleicht eines Tages kommst, und ich mußte schwören, daß ich dich dann gut behandle. Willkommen! Willkommen in Aquae Sulis! Hast du vor zu bleiben? Lucia wird es mir übelnehmen, daß ich dich zuerst kennengelernt habe. Eine willensstarke Frau, diese Lucia. Hast du schon gegessen? Bei den Göttern, du siehst genauso aus, wie dich Gaius beschrieben hat. Erstaunlich. Wann bist du eingetroffen? Was trinkst du? Bier? Ich persönlich trinke lieber Wein. Komm, setz dich zu mir! Ich habe einen ausgezeichneten Rotwein aus Mittelgallien, über den du staunen wirst, und hier im Haus bekommst du das beste Rindfleisch. Möge ich schon zu Lebzeiten in den Hades kommen, doch du siehst genauso aus, wie dich Gaius beschrieben hat. Komm, komm, setz dich zu mir! An meinen Tisch!«

Bei seiner Wortflut schaute ich ihn mit offenem Mund an. Ich nahm zwar seine Fragen in mich auf, konnte jedoch, da sie so schnell aufeinander erfolgten, auf keine einzige etwas erwidern. Ohne eine Antwort von mir abzuwarten, packte er mich am Unterarm und zog mich zu dem Tisch, an dem ich ihn zuerst bemerkt hatte. Nur allzu bereitwillig folgte ich ihm mit meinem Bierkrug und fragte mich lediglich, was an mir Britannicus so deutlich und offenbar akkurat hatte beschreiben können. Am Tisch stellte er mich den anderen Männern als besten Freund seines Schwagers vor, und sie nickten und wechselten ein paar Worte mit mir, hießen mich willkommen und machten Platz, damit ich mich zu ihnen setzen konnte. Danach widmeten sie sich wieder ihren eigenen Gesprächen und überließen uns beide höflich uns selbst, damit wir uns kennenlernen konnten. Es waren alles Bauern, die zum jährlichen Viehmarkt in die Stadt gekommen waren.

Nach einer Stunde kam es mir so vor, als würde ich Quintus Varo bereits mein Leben lang kennen und mögen. Er und Lucia Britannicus hatten ein Geschwisterpaar geheiratet. Lucias Mann war vor ein paar Jahren gestorben; Varos Frau hieß Veronica. Wie ich schon wußte, grenzten seine Ländereien an die von Gaius und Lucia. Außerdem stellte sich heraus, daß während Gaius' Abwesenheit Lucia selbst den Besitz verwaltete. Quintus ließ keinen Zweifel an ihrer Tüchtigkeit. Er sprach von Lucia Britannicus mit echter, unverkennbarer Zuneigung, gestand ihr aber keine weiblichen Schwächen zu. Sie sehe gut aus, meinte er, wäre aber besser als Mann auf die Welt gekommen, weil nicht viel Feminines an ihr sei. Sie leite das Anwesen mit spitzer Zunge und Härte und verstehe sich aufs Geschäft. Eigentlich wisse sie über jegliche Art von Geschäft besser Bescheid, als es einer Frau anstehe.

Ich hielt in Gedanken fest, daß Lucia eine Frau war, die man höflich behandeln und meiden sollte, und unser Gespräch wandte sich wieder anderen Dingen zu, zu denen die erschütternde Mitteilung gehörte, daß Gaius seine Frau Heraclita und seine drei jüngsten Kinder während des ersten Jahrs in Afrika durch die Pest verloren hatte. Wohl wußte ich, wie sehr er sie alle – und vor allem seine Frau Heraclita – geliebt hatte, und ich trauerte mit ihm, auch wenn es jetzt schon mehrere Jahre zurücklag. Ich konnte mich noch deutlich und genau daran erinnern, wie liebevoll er von seiner Familie gesprochen hatte, als wir an die Bettstatt gefesselt nebeneinander lagen, und nicht zuletzt auch an seine Worte, daß ein Mann die Liebe einer guten Frau brauche. Ich fragte mich, wie er mit dem Verlust fertig geworden war, und bat Quintus Varo um weitere Einzelheiten. Doch der Unglückliche war für die Beantwortung meiner Fragen schlecht gerüstet, wußte nur vage über alles Bescheid und regte sich noch jetzt sehr darüber auf.

Undeutlich, zögernd und widerwillig erzählte er mir, daß Britannicus' Schwester Lucia von einem Nomus Nomena, dem Lagerpräfekten ihres Bruder, einen Brief erhalten hatte, in dem stand, daß Numidien von einer heftigen Pest heimgesucht worden sei, die dem gesamten Heer große Verluste zugefügt und wild unter der Zivilbevölkerung gewütet habe. Auch Gaius Britannicus sei davon betroffen gewesen, sei aber mit dem Leben davongekommen. Seine Familie habe jedoch nicht soviel Glück gehabt. Offenbar waren seine Frau, seine Tochter Mella und seine Zwillingssöhne Marcus und Paulus innerhalb weniger Tage gestorben, als es ihm selbst am schlechtesten ging. Nur sein Sohn Picus sei am Leben geblieben: Ihm habe die Krankheit nichts anhaben können. Varo hatte den Eindruck, daß Britannicus, als der Brief geschrieben wurde, noch nichts von dem Verlust gewußt hatte. Entsetzt über den unmenschlichen Schmerz, dem der Prokonsul bei seiner Genesung ausgesetzt gewesen sein mußte, behielt ich meine Gedanken für mich, als Varo schließlich seine Erzählung beendet hatte, und versuchte ihn von dem, was ich ihm wieder ins Gedächtnis gerufen hatte, abzulenken.

An jenem Abend tranken wir viel und lange. Einerseits trauerten wir um Gaius und seinen Verlust, andererseits feierten wir unser Kennenlernen. Varo war im selben Haus wie ich untergebracht, und ich habe keine Ahnung, wann wir dorthin zurücktorkelten, um uns schlafen zu legen. Wir verabredeten uns jedoch zum Frühstück, wonach wir uns gemeinsam auf den Weg zu Quintus' Heim und anschließend zu Gaius' Landsitz machen wollten.

XVI

Der Gutshof, den Quintus Varo sein Heim nannte, war riesengroß, viel größer als alle, die ich in der Gegend von Camulodunum jemals gesehen hatte. Ich hielt ihn sogar, als ich ihn von Osten kommend zum erstenmal von einem Hügel aus sah, für ein kleines, von einer Mauer umgebenes Dorf. Schnell sollte ich jedoch merken, daß die Villa Varo für diesen Teil des Landes eigentlich bescheiden war.

Später dann, als ich allmählich begriff, welche Werte in dieser Gegend Gültigkeit besaßen, erkannte ich, daß das Anwesen zu seinem Besitzer paßte. Quintus Varo war ein ehrlicher, offener Mann mit einfachen Vorlieben und Ideen. Er war Bauer und eine Zeitlang auch Soldat gewesen, und der Tatsache, daß er ein edler Bürger Roms mit Titel war, maß er nur wenig Bedeutung bei, außer wenn er gelegentlich dünkelhafte Besucher unterhalten und hofieren mußte. Auf seinem Gut wurden nicht nur Ackerbau und Viehzucht betrieben, sondern es war auch ein Hort für die Familie, wo die Kinder in liebevoller Atmosphäre aufwachsen konnten. Es war ein Kompliment für mich, daß er mich nicht bloß als Besucher behandelte, sondern mir die Ehre erwies, mich als Soldatenfreund und bescheidenen Gast in seinem Haus aufzunehmen.

Es war ein nebliger, schöner Morgen, der die Nachwirkungen des Trinkgelages vom Vorabend linderte, als wir von Aquae Sulis aus erst nach Süden und dann nach Westen ritten. Schließlich stand die Sonne hoch am Himmel, der Nebel war verdampft, und ich fühlte mich richtig euphorisch. Begleitet vom Gesang der unterschiedlichsten Vögel, kamen wir auf der schnurgeraden Straße sehr schnell voran und mit jeder Meile tiefer in das üppigste landwirtschaftliche Gebiet, das ich je gesehen hatte. Überall auf den Feldern wuchsen Gerste und Hafer und daneben mir unbekannte Getreidearten. Fette, prächtige Ochsen weideten knietief im saftigen Gras, und riesige Heuschober schmorten und bräunten in der warmen Herbstsonne. Quintus Varo redete den ganzen Tag, und ich wünschte mir kein einziges Mal, es wäre anders. Er sprach endlos und anregend vom Land, von seiner Familie, seinem Besitz, der Ernte und von seinem Schwager. Und wenn er nicht erzählte, sang er mit tiefer, kräftiger und angenehmer Stimme.

Am Nachmittag verließen wir dann die gepflasterte Straße und folgten quer über die Felder Wagenfurchen, die uns schließlich auf einen grünen Hügel führten, von dem aus ich Varos Gutshof zum erstenmal sah.

Wie schon gesagt, war er riesig. Er bestand aus einem großen Rechteck miteinander verbundener Gebäude, wobei das eigentliche Gutshaus L-förmig in der nordwestlichen Ecke lag und sich die Nebengebäude – kleinere Wohnungen, Werkstätten, Lagerhallen und Viehställe – von den Flügeln des Hauses aus nach Süden und Osten erstreckten, wo sie im rechten Winkel aneinanderstießen. Der Viehhof in der Mitte maß bestimmt dreihundert Schritte in der Diagonalen, und soweit ich erkennen konnte, gab es zu dem so gebildeten, riesigen umbauten Grundstück nur einen Eingang. Auf den ersten Blick schienen alle Gebäude aus Stein gemauert zu sein und ein

Strohdach zu haben, doch später merkte ich, daß die Mauern aus Schlamm und Balken bestanden und dick von getrocknetem Putz überzogen waren, dessen Oberfläche so kunstvoll bearbeitet war, daß er wie Stein aussah. Der Innenhof, der einem Marktplatz glich, war voller Tiere und Menschen.

Überrascht stieß ich einen leisen Pfiff aus. »Alles ist so solide, Quintus! Und viel größer, als ich erwartet hatte. Es ist richtig –« ich suchte nach einem passenden Wort »– prächtig!«

Er brummte halb lachend, halb spöttisch. »Das hier ist ein Bauernhof, Varrus, schlichtweg ein Bauernhof. Warte es ab, bis du Gaius' Gutshaus siehst. *Das* ist prächtig! Meine Frau und ich sind nicht so reich wie er, und wir haben auch einen anderen Geschmack. Es ist jedoch unser Heim, und ich habe dafür gesorgt, daß man nicht so leicht eindringen kann.«

»Eindringen?« fragte ich überrascht. »Wieso eindringen? Du brauchst doch wohl keine Angst vor einem Angriff zu haben! Doch nicht hier!«

Er zügelte sein Pferd, und ich ritt an seine Seite. Nebeneinander beobachteten wir das Treiben unter uns. Er deutete auf eine dicke Rauchsäule im Nordosten.

»Da drüben wird wieder Land gerodet. Nicht weil wir Ackerland brauchen. Der Wald ist einfach zu verdammt nah an den Gebäuden.« Er schniefte laut, hustete und spuckte etwas Schleim aus. »Ich mache mir keine Sorgen, daß wir heute angegriffen werden. Auch nicht morgen. Aber wenn man dem, was Gaius sagt, auch nur ein wenig Glauben schenken will, sollte man auf das, was die Zukunft bringen kann, vorbereitet sein. Es ist mir lieber, ausgelacht zu werden, aber auf alles eingerichtet zu sein, als überrascht zu werden. Jedenfalls können wir das gewonnene Land nutzen. Für gutes Ackerland gibt es immer eine Verwendungsmöglichkeit.«

Nachdem er sich das von der Seele geredet hatte, trieb er sein Pferd zum langsamen Galopp an, und ich folgte ihm hinunter ins Tal, wo wir auf einen breiten Weg mit tiefen Furchen stießen, der zum Haupteingang des Gutshofs führte. Wir kamen an mehreren Wagen vorbei – zwei- und vierrädrigen –, die alle von Ochsengespannen gezogen wurden. Die Leute, die wir trafen, sei es auf den Wagen oder zu Fuß, grüßten Quintus Varo höflich und fröhlich, und es fiel mir auf, daß sie ihn mit *domine* – Herr – anredeten. Er kannte sie alle beim Namen, und der Ton, in dem er mit ihnen sprach, zeigte mir – woran ich auch keinen Augenblick gezweifelt hatte –, daß Varos Gut vorbildlich geführt wurde.

Unsere Ankunft und mein unerwarteter Besuch versetzten den ganzen Varo-Haushalt in Aufregung. In diesem unabsichtlich von mir verursachten Aufruhr fand ich jedoch Zeit zu bewundern, wie Varos Frau Veronica ihre große Familie und Dienerschaft unter Kontrolle hielt. Jeder einzelne der Kinderschar – das älteste war ein Knabe von vielleicht fünfzehn und das jüngste ein tolpatschiger, süßer Kerl von etwa anderthalb Jahren – wurde mir vorgestellt, und danach eilten die Kinder geschäftig von dannen. Veronica wies sofort ihr Küchen- und Hauspersonal an, für mich ein Willkommensmahl zu bereiten und das Gästequartier fertig zu machen. Als das erledigt war, kümmerte sie sich um mein unmittelbares Wohlergehen, was eigentlich – wie ich ihr versicherte – nicht nötig war.

Veronica war keine schöne, aber eine gesunde und anziehende Frau mit reiner Haut, deren matronenhaftem Körper ihre reiche Fruchtbarkeit und häufigen Schwangerschaften anzusehen waren. Doch ihrem Gesicht und

Geist nach war sie noch jung, und dank ihrer netten, fröhlichen Art fühlte ich mich gleich wohl und willkommen. Auch sie wußte sofort, wer ich war, und außerdem vieles aus meinem Leben. Sie hatte ebenfalls von meinem ersten Zusammentreffen mit ihrem Schwager in Afrika und unseren späteren gemeinsamen Feldzügen gehört. Ich fand ihre Aufmerksamkeiten schmeichelhaft und angenehm, wenn ich auch ein bißchen nervös war, weil ich nicht daran gewöhnt war, daß sich ein weibliches Wesen mütterlich um mich kümmerte.

Varo und ich genossen eine lange Sitzung in seinem prächtigen Badehaus unter der Obhut und Sorge seines ausgezeichneten Masseurs Nemo, der mit Dampf, Öl und kräftigem Trommeln seiner Hände den Staub der paar hundert Meilen aus meinen Poren und sämtliche Verkrampfungen aus meinen Muskeln löste. Als wir von dort wiederauftauchten, wurde uns von einem Diener mitgeteilt, daß das Abendessen in einer Stunde serviert werde. Varo schlug mir auf die Schulter.

»Dann haben wir noch genügend Zeit, einen ausgezeichneten Wein zu probieren. Du hast doch sicher nichts dagegen?«

Lächelnd verbeugte ich mich vor ihm. »Nicht allzuviel! Und ich spreche als neuer Mann – sauber, verwöhnt und parfümiert. Ein Schluck guten Weins würde alles noch abrunden.«

Er lachte und führte mich durch zwei schwere, prächtige Türen aus polierter Eiche ins *triclinium*, den offiziellen Speisesaal, wo in zwei Steinkrügen Weine aus Gallien – ein tief purpurroter aus dem Süden und ein blasser, goldgelber Nektar aus dem Landesinnern – auf unseren Zuspruch warteten. Der helle Wein, für den ich mich entschied, war stark gekühlt und einfach wunderbar: weich und von milder Süße. Bald gesellte sich Veronica zu uns, um mit uns den Wein und die Spätnachmittagssonne zu genießen. Die Hausangestellten leisteten offenbar gute Arbeit, denn von den Kindern war nichts zu hören und nichts zu sehen.

Die untergehende Sonne warf durch die offenen Fensterläden lange Strahlen goldenen Lichts in den großen Raum, auf den glänzenden Holzfußboden und die solide, gemütlich wirkende Einrichtung. Ich spürte tiefes Wohlbehagen. Ohne groß darüber nachzudenken, bemerkte ich, daß an dem großen, hohen Tisch vier Plätze gedeckt waren. Als ich von Veronica einen weiteren Becher des köstlichen Weins entgegennahm, strich ich gedankenverloren, jedoch voller Bewunderung über die geschnitzten, glänzenden Holzteile von einem der um den Tisch stehenden gepolsterten Stühle mit hoher Rückenlehne.

Quintus, der dies bemerkte, lächelte. »Gefallen sie dir?« Der Anflug von Stolz in seiner Stimme war nicht zu überhören.

Ich nickte und sah mir die Schnitzereien genauer an. »Ja. Sie sind prächtig. Derjenige, der sie geschnitzt hat, ist ein Genie.«

Veronicas Lachen war wie Harfenklang. »Nein«, rief sie, »er ist ein Mann seiner Zeit, der es nicht ertragen hätte, seine Mahlzeiten auf dem Rücken liegend einzunehmen, wie es früher üblich war. Er ist ein Mann, der gern im Sitzen ißt, weil er glaubt, daß es gut für die Verdauung ist, wenn man beim Essen geradesitzt und den Kopf hochhält. Und mit dieser Bemerkung hast du einen Freund fürs Leben gewonnen! Die Stühle und auch die Schnitzereien sind von meinem Mann.«

Ich war darüber sehr erstaunt und machte kein Hehl daraus. »Wirklich? Die sind von dir, Quintus?«

Er nickte und lächelte noch breiter. »Ja. Ich arbeite sehr

gern mit Holz. Es ist meine liebste Freizeitbeschäftigung. Die meisten meiner Freunde finden mich merkwürdig.«

Ich prostete ihm zu. »Hier hast du einen, der dich nicht merkwürdig findet! Ich weiß genau, was du meinst, weil es mir genauso geht. Mich begeistert Metall. Hauptsächlich Eisen, doch seit ein paar Jahren arbeite ich auch mit Silber. Das verlangt ganz andere Fertigkeiten, lohnt einem die Mühe aber auf eine Art, wie es bei Eisen nur selten der Fall ist. Silber ist von einzigartiger Schönheit.«

Daraufhin unterhielten wir uns eine Weile über Handwerkskunst. Ich erfuhr, daß buchstäblich das ganze Zimmer, vom Boden bis zu den Türen, von Quintus' eigener Hand stammte. Die Türen, die jeweils aus zwei massiven, durch Zapfen und Rille miteinander verzahnten Brettern aus solider Eiche bestanden, waren atemberaubend. Auf der Seite zum Zimmer waren sorgfältig Felder herausgeschnitzt, sechs pro Tür, und auf diesen waren die Arbeiten des Herkules dargestellt. Die andere Seite war einfach schlichte, polierte Eiche mit einem Griff als einzigem Schmuck. Ich mußte nicht nur so tun, als erfülle mich diese Handwerkskunst mit Ehrfurcht, als ich die Türen öffnete und wieder schloß und entzückt war, wie leicht das trotz ihres Gewichts ging.

Ich lehnte einen dritten Becher Wein vor dem Abendessen ab und entschuldigte mich, um mich in meinem Zimmer umzuziehen. Seit langem hatte ich mich mit niemandem so wohl gefühlt wie mit diesen beiden, und ich pfiff vor mich hin, als ich meine besten Sachen anlegte. Ich fuhr mir mit den Fingern durchs kurzgeschnittene Haar, um zu sehen, ob es trocken war und richtig lag, und machte mich dann, noch immer leise vor mich hin pfeifend, auf den Weg zurück zu meinen Gastgebern.

Nach wenigen Schritten auf der Treppe von den Schlafräumen zu den eine Etage tiefer liegenden Wohnräumen blieb mein Blick auf etwas haften, was ich jetzt nur noch als *Bläue* beschreiben kann. Im Leben eines jeden Menschen gibt es – gewöhnlich spontan, nur selten geplant – Augenblicke großer Bedeutung. Blitzschnell treten dann Ereignisse auf, die den Status quo drastisch für immer verändern. Ein solcher Augenblick überwältigte mich nun, bevor ich auch nur erkennen konnte, daß etwas Ungewöhnliches geschah. Noch jahrelang danach versuchte ich mich an den genauen Ablauf der Ereignisse, Handlungen und Reaktionen zu erinnern, was mir aber nie richtig gelang.

Doch erinnere ich mich noch an die Bläue. Es kam mir so vor, als habe die Wand überall um mich herum einen bläulichen Schimmer, als flackere irgendwo ein bläuliches Licht. Ich glaube, ich drehte mich sogar ein wenig um, um nach dessen Ursache zu suchen. Doch dann nahm ich die Frau wahr, die unten durch die Eingangshalle ging. Sie wandte mir den Rücken zu und war noch etwa drei oder vier Schritte von den offenen Türflügeln zum *triclinium* entfernt. Mich übermannte sofort der Eindruck, daß wir auf unheimliche, fast erschreckende Art miteinander vertraut waren. Ich nahm langes, glattes schwarzes Haar, eine große, anmutige Gestalt in einem blauen Kleid und einen geschmeidigen, schwerelosen Gang wahr.

In meinem Kopf toste es, und ich weiß noch, daß ich am Treppengeländer Halt suchte, als ihr Name erst in meinem Kopf und dann in der Stille der Halle erklang.

»Cassie?«

Sie blieb auf der Stelle stehen, neigte den Kopf ein wenig, als lausche sie, und dann drehte sie sich um und blickte die Treppe hinauf, wo ich wie angewurzelt stand.

»Cassie?« fragte ich noch einmal, diesmal krächzend.

Sie rührte sich nicht. Mit großer Willensanstrengung ging ich die Treppe zu ihr hinunter.

Ich erinnere mich noch, daß ich dachte, sie sehe viel jünger aus, als sie es sein müßte, überhaupt nicht matronenhaft. Doch als ich näher kam, sah ich, daß es nicht Cassie war. Es war eine vollkommen Fremde, die nur wenig Ähnlichkeit mit dem Mädchen hatte, das ich vor so vielen Jahren getroffen hatte. Sie hatte lediglich wie dieses schwarze Haare und große blaue Augen und trug wie dieses ein blaues Kleid. Doch sie war es nicht. Ich blieb unten an der Treppe stehen und sah sie an, und es wurde mir bewußt, daß Cassie in meinem Denken und Fühlen immer jung geblieben war. Dieses bezaubernde Wesen aber, das nun schweigend vor mir stand, war in jeder Hinsicht eine Frau, deren Schönheit mir das Herz bis zum Hals schlagen ließ. Ich schüttelte den Kopf, sei es, um die letzten, noch nachklingenden Gedanken an Cassie loszuwerden, sei es, um mich wegen der Verwechslung zu entschuldigen; ich wußte es selbst nicht. Sie kam nun auf mich zu.

Wieder nahm ich vieles gleichzeitig wahr: ihre hohe Gestalt, ihre Würde, geschmeidigen Bewegungen, atemberaubende Schönheit und eben diese Bläue. Ich hatte eine große, schlanke, selbstbewußte und bezaubernde Vision vor mir. Sie hielt beim Gehen den Kopf hoch und den Rükken gerade, so daß sich die stolze Fülle ihrer Brüste noch unter der dunkelblauen Stola abzeichnete, die sie über einem langen, drapierten Gewand in einem blasseren Blau trug. Selbst in der dunklen Eingangshalle unterstrich ihre Kleidung noch das strahlende Blau ihrer Augen, die mich über den breiten, hohen Wangenknochen anzufunkeln schienen. Langes, dunkles Haar umrahmte schlicht und glatt ihr Gesicht und fiel in Kaskaden über ihre Schultern, rauschte auf ihren Rücken.

Ich hatte keine Ahnung, wer sie war. Ich wußte nur, daß ich diese Frau mehr als alle anderen wollte. Meine Gedanken rasten, so daß ich schon, als sie mir erst zwei Schritte näher war, zu der Überzeugung gekommen war, daß sie eine von Veronicas persönlichen Dienerinnen sein mußte, obwohl ich noch nie eine so schöne gesehen oder von einer so schönen gehört hatte. Es spielte auch keine Rolle. Herrin oder Dienerin – sie war wunderbar. Ihre Schönheit, Geschmeidigkeit und Würde verdienten meine Bewunderung. Unbewußt ballte ich die Hand über der Brust zum militärischen Gruß und verbeugte mich rückwärts gehend vor ihr. Mit niedergeschlagenen Augen sah ich sie näher kommen. Die Spitzen ihrer Sandalen kamen in mein Blickfeld und direkt vor mir zum Stillstand. Das Schweigen schien kein Ende zu nehmen und begann mich zu quälen, und ich hatte das Gefühl, daß ich mich aufrichten und ihr in die Augen sehen mußte.

Als ich es tat, stellte ich fest, daß sie noch viel schöner war, als es aus der Ferne den Anschein gehabt hatte. Das Blau ihrer Augen war von geradezu schmerzlicher Tiefe, und die Freundlichkeit und einladende Wärme ihres Lächelns ließen meinen Mund ganz trocken werden. Sie nannte mich beim Namen, und ich staunte, nicht weil sie diesen kannte, sondern über ihre Stimme, die warm, weich, sanft und tiefer war, als ich es erwartet hätte. Sie griff nach meinen Handgelenken, und für mich gab es auf der Welt nur noch ihr Gesicht und die Wärme und Weichheit ihrer Hände.

»Lucia, da bist du ja! Wo bleibst du denn so lange?« Veronicas Worte schienen aus weiter Ferne zu kommen und verwirrten mich vollends. Sie stand im offenen Türrahmen des Speisesaals und sprach offenbar mit der Frau, die mich an den Handgelenken hielt. Doch sie hatte sie Lucia genannt! Konnte das Lucia Britannicus sein? Jene Frau, die

Quintus Varo als unweiblich beschrieben hatte? Unfeminin?

Sie schenkte Veronicas Worten keine Beachtung und ließ ihre Augen und ihr Lächeln weiterhin voll auf mir ruhen. »Willkommen!« sagte sie. »Wir glaubten schon, du würdest nie zu uns in den Westen kommen. Ich dachte bereits über das Für und Wider nach, dich entführen und hierherbringen zu lassen, damit du in der Nähe bist, wenn Gaius nach Hause kommt.«

Ich schluckte schwer, fuhr mir zum Anfeuchten mit der Zunge im Mund herum und weiß noch, daß ich irgend etwas Banales und Dummes sagte. Offenbar waren meine Worte aber passend gewesen, weil sie meine Handgelenke losließ und mit mir ins *triclinium* ging, wo sie Veronica und Quintus umarmte. Bei dem anschließenden Geplauder gewann ich meine Fassung wieder und erholte mich von der erstaunlichen Wirkung, die sie auf mich ausübte. Doch obwohl mir der Moment, in dem ich sie zum erstenmal sah, unauslöschlich in Erinnerung geblieben ist, so habe ich, wenn ich an die nächste Stunde denke, nur bläulichen Dunst voller Wärme und Freude vor Augen.

Aus späteren Gesprächen mit Quintus und Veronica weiß ich inzwischen, daß mir mein Zustand deutlich anzumerken war und sie während des Abendessens sehr heiter stimmte. Netterweise zeigten sie es aber nicht. Quintus gab später zu, daß ihm Veronica gesagt hatte, er solle Lucias Schönheit nicht erwähnen. Sie hatten sehen wollen, welche Wirkung Gaius' Schwester auf mich hatte, wenn ich sie ohne Vorwarnung traf.

Nach dem Abendessen brach der Majordomus den Zauber, der mich gefangenhielt, indem er verkündete, daß im äußeren Hof ein Feuer angezündet sei und der Unterhaltungsteil beginnen könne.

Quintus dankte ihm und ging voraus zu einem umbauten Hof hinter dem Haus. Dort brannte in einer Grube ein großes Feuer, das hüpfende Schatten auf die Mauern ringsum warf. Ungefähr ein Dutzend Leute, die ich für Bedienstete hielt, saßen still und in lockerer Gruppierung auf der einen Seite der Feuerstelle und hörten einem Jüngling zu, der in einer Ecke des Hofs eine Art Lyra stimmte. Wir machten es uns am Feuer bequem, und dann sang er uns über eine Stunde lang vor, wobei er sich selbst begleitete. Seine Stimme war kräftig und rein, und seine Lieder handelten von der Schönheit unseres Landes. Er hätte kein besseres Thema wählen und kein dankbareres Publikum haben können. Quintus Varo überraschte mich damit, daß er vom Anfang bis zum Ende versunken dasaß und nach jedem Lied reichlich Applaus und Anerkennung zollte.

Während sich die Stimme des jungen Mannes hob und senkte und einen Zauber der Schönheit um uns wob, saß ich da und sog die vom Lichtschein umspielte Schönheit der Frau, die auf der anderen Seite des Feuers saß, in mich auf. Das in meiner Brust tobende Gefühl war etwas ganz und gar Wunderbares und überstieg alles bis dahin Erlebte. Noch nie zuvor hatte mich eine Frau – selbst die Cassie meiner Jugend und die Phoebe der Stunden meines größten Verlangens nicht – so stark berührt. Und ich hatte auch noch nie etwas gesehen, was sich mit dem Schwung dieser Wangenknochen, der Vollkommenheit dieses Mundes oder der Mystik dieses vom Feuerschein gesprenkelten Gesichts vergleichen ließ.

Schließlich hatte der Jüngling seinen Vorrat an Liedern erschöpft. Er erhielt von Quintus eine Münze und eine weitere von mir und durfte gehen. Das war auch für die anderen Bediensteten das Zeichen zum Aufbruch, und bald hielten nur wir vier – Quintus, Veronica, Lucia und ich – uns noch im Hof auf.

Eine Zeitlang herrschte Schweigen, das nur vom Flakkern des Feuers unterbrochen wurde. Als ich den Blick hob, um Lucia anzuschauen, bemerkte ich, daß auch sie mich ansah. Beschämt wandte ich mich gleich wieder dem Feuer zu. Als ich es erneut wagte aufzusehen, lag ihr Blick noch immer auf mir, und ein kleines Lächeln umspielte ihre Lippen.

Quintus räusperte sich. »Publius, ich kann mich nicht erinnern, in den vergangenen Jahren einen so angenehmen Abend verbracht zu haben. Doch jetzt bin ich müde und muß mich schlafen legen. Du willst am Morgen abreisen, und ich möchte davor die Arbeit für den Tag eingeteilt haben, so daß ich alles in guten Händen weiß. Gute Nacht, mein Freund. Komm, Veronica!«

Ich wollte mich erheben, doch Quintus bedeutete mir, sitzen zu bleiben. »Nein, nein! Du brauchst noch nicht zu gehen. Bleib schön gemütlich mit Lucia am Feuer! Lucia, du weißt ja, wo dein Zimmer ist. Gute Nacht, ihr beiden! Schlaft gut! Wir sehen uns morgen früh vor eurer Abreise.«

Nachdem sie gegangen waren, saß ich da, brachte keinen Ton heraus und wagte nicht, Lucia anzusehen. Sie war es dann, die das Schweigen brach.

»Der gute Quintus ist nicht gerade zartfühlend, nicht wahr?«

Daraufhin blickte ich sie an und sog so viel von ihrer Schönheit in mich auf, daß es reichte, bis ich es wieder wagen würde, sie anzusehen. »Zartfühlend? Was meinst du damit?«

»Was ich damit *meine*?« Ihr Lachen glich dem Klang der Lyra des Jünglings. »Ich meine, daß er ein unglaublicher Kuppler ist.«

»Ein Kuppler?« Ich merkte, daß meine Stimme schrill klang, und sprach sofort im Flüsterton, so daß es nur noch dumm klang. »Ach! Wirklich?«

»Nun, etwa nicht? Ich kann mich nicht erinnern, daß er mich schon einmal, ganz gleich unter welchen Umständen, nachts mit einem Mann allein gelassen hat.«

Ich schluckte und fühlte mich ausgesprochen unbehaglich. »Ach so. Möchtest du lieber schlafen gehen? Ich meine, lieber als hierbleiben? Mit mir, meine ich?« Ich verfluchte mich innerlich, weil ich so ein Narr war und ihr Möglichkeiten aufzeigte zu fliehen.

»Nein, danke. Ich fühle mich ganz wohl. Es war ein reizender Abend, und ich habe noch nicht den Wunsch, ihn zu beenden.«

Das war Balsam für mich, doch das Schweigen senkte sich wieder auf uns, bleiern und für mich undurchdringbar.

»Ich heiße Lucia.«

Ich sah sie überrascht an. »Ich weiß.« Sie lächelte seltsam. Ich hatte das Gefühl, daß mir etwas entgangen war. »Warum sagst du das?«

»Was? Daß ich Lucia heiße? Weil das so ist und mir mein Name gefällt und er dir noch kein einziges Mal über die Lippen gekommen ist. Allerdings scheint mir, daß du mich anfangs mit einem anderen Namen angeredet hast. Wie war der noch gleich?«

Ich räusperte mich nervös. »Cassie«, krächzte ich, und dann räusperte ich mich erneut. Der Name klang merkwürdig aus meinem Mund, wie aus einem alten Märchen. Cassie hätte irgendeine Traumgestalt sein können, ein geisterhafter Vorbote der Frau, die ich jetzt vor mir hatte. »Als ich dich zum erstenmal sah, dort im Atrium mit dem Rücken zu mir, hast du mich an sie erinnert. Ich kannte vor sehr langer Zeit, als ich noch ein Knabe war, einmal ein Mädchen, das so hieß.«

»Sie muß dir viel bedeutet haben!«

»Ja, und doch auch wieder nicht. Ich habe sie nur einmal, an einem Nachmittag, gesehen.«

»Doch du kannst dich immer noch an sie erinnern!«

Langsam begann ich mich wieder sicherer zu fühlen, maß den lange gehegten Erinnerungen des Knaben die richtige Bedeutung bei und beurteilte sie vom Standpunkt des Mannes. Kopfschüttelnd tat ich das von Lucia Gesagte ab.

»Nicht wirklich. Ich erinnere mich an die Gefühle, die sie in mir erweckte, die Stimmung, die sie in mir hervorrief. Doch ich stelle sie mir immer noch als Fünfzehnjährige vor. Sie ist eine Erinnerung, nicht mehr. Ihre Schönheit war deiner sehr ähnlich: Sie hatte dunkles Haar wie du und trug auch Blau.«

»Hast du es bedauert, als du merktest, daß es nicht Cassie war?« Diesmal hob sie nicht den Blick, um mich anzusehen.

»Nein. Überhaupt nicht. Wieso sollte ich? Cassie war ein Kind, ebenso wie ich.«

Einige Herzschläge lang herrschte Schweigen, und dann sagte sie: »Es ist ein ungewöhnlicher Name. Ich meine Cassie.«

»Eine Abkürzung für Cassiopeia. Ich weiß nicht einmal, ob das ihr richtiger Name war.«

»Cassiopeia ... ein sehr schöner Name.«

»Nicht schöner als Lucia. *Das* ist ein wirklich schöner Name!«

Lächelnd blickte sie auf. »Sag ihn noch einmal!«

»Lucia.«

Jetzt strahlte sie übers ganze Gesicht. »Schon viel besser! Doppelt so gut. Nun habe ich das Gefühl, daß wir richtig miteinander bekannt gemacht worden sind.« Auch ich lächelte jetzt. »Du bist ein faszinierender Mann, Publius Varrus«, fuhr sie fort. »Ich hatte die ganze Zeit das Gefühl, dich schon mein Leben lang zu kennen, und daran hat sich auch jetzt, da wir uns wirklich begegnet sind, nichts geändert. Ich wußte nur nicht, wie du tatsächlich aussiehst.«

»Und?«

»Was und?«

»Sehe ich der Person, die du dir vorgestellt hast, ein bißchen ähnlich?«

Sie lächelte schalkhaft. »Nun ja. Was soll ich darauf sagen?« Ich wartete. »Ich könnte sagen, ich hätte mir dich als so gutaussehenden Mann vorgestellt, daß die Wirklichkeit da einfach nicht mithalten konnte ...«

Ich war Wortspielereien mit Frauen nicht gewöhnt, und meine Unsicherheit war mir bestimmt vom Gesicht abzulesen, denn plötzlich war jegliche Anzüglichkeit aus ihrem Lächeln gewichen, und sie machte einen völlig aufrichtigen Eindruck, als sie fortfuhr.

»Gaius hat ununterbrochen von dir geredet. Von früh bis spät hieß es: ›Varrus hat dies ...‹, ›Varrus hat das ...‹ und ›Varrus hätte ...‹, und so spricht mein Bruder sonst von niemandem. Es ist nicht seine Art. Da mich dieses Muster militärischer Tugend und solider, gradliniger Werte neugierig gemacht hatte, habe ich ihn natürlich immer nach dir ausgefragt, um eine Vorstellung von deinem Aussehen zu bekommen. Das Bild, das ich mir schließlich von dir machte, war fast richtig. Ich wußte, daß du groß und breitschultrig bist, unwahrscheinlich starke Arme hast und kräftig gebaut bist. Ich wußte, daß du die Haare auf Militärart kurz geschnitten sowie den Bart sorgfältig gestutzt trägst. Ich wußte, daß du wegen des Graus in Bart und Haupthaar aus der Ferne etwas Silbriges hast. Ich wußte, daß du noch alle Zähne hast und oft lachst. Und ich wußte, daß du im Dienst meines Bruders eine schreckliche Wunde davongetragen hast, die dich verkrüppelt oder zumindest mit einem Hinken zurückgelassen hat.«

Als sie meine Mißbildung so angelegentlich erwähnte, fühlte ich mich einen Augenblick lang zutiefst gedemütigt; dann stieg Verwunderung in mir auf, daß es ihr überhaupt nicht peinlich war, davon zu sprechen. Sie hielt es nicht einmal für nötig, mehr darüber zu sagen. Sie nahm meine Verkrüppelung einfach als Teil von mir hin und redete weiter.

»Das einzige, was ich nicht wußte, nicht wissen konnte, war, wie deine Gesichtszüge, dein Gesichtsausdruck aussehen. Dein Antlitz war immer ein leeres Blatt für mich gewesen. Bis heute. Bis jetzt.«

Ich stand auf und legte ein Scheit nach, weil ich nicht wollte, daß das Feuer ausging und ich ihr Gesicht an die zunehmende Dunkelheit verlor. Ich hatte mich nicht mehr so töricht und kindisch gefühlt, seit ich nicht mehr töricht und kindisch war, und ich wollte nicht, daß Lucia zu reden aufhörte. Sie hatte eine leise und angenehm tiefe Stimme, wie ich es noch nie zuvor bei einer Frau gehört hatte. Ein Funkenregen stob von der Feuerstelle hoch, und ich spürte brennende Nadelstiche auf der Hand. Ich nahm ihr gegenüber wieder Platz und wartete darauf, daß sie weitersprach, doch sie erwartete eine Reaktion von mir. Ich hätte sie so gern gefragt, ob ihr das nunmehr beschriebene Blatt gefiel, doch ich wäre bestimmt noch die ganze Nacht dagesessen, ohne den Mut dafür aufzubringen.

Sie lachte wieder auf ihre bezaubernde Art. »Und nun sitzt du da und fragst dich, ob mir das, was ich sehe, gefällt, fühlst dich aber zu unsicher, um mich danach zu fragen.

Stimmt's?« Sie zog eine Augenbraue so hoch, wie ihr Bruder es getan hätte, und ich mußte grinsen und nickte. »Nun, mein Herr, dann frag ruhig weiter. Es gibt ein paar Dinge, die eine römische Dame nicht tut, und dazu gehört, fremden Männern Honig um den Bart zu schmieren.«

Erst nach einer Weile begriff ich, daß dies ein Kompliment war.

»Also gut!« sagte sie dann. »Da wir nun dich abgehandelt haben, meine ich, daß wir als nächstes von mir sprechen sollten. Findest du nicht, daß dies ein hübsches Thema wäre?«

Ich lachte laut auf. Mit dieser wundervollen Frau fühlte ich mich immer wohler und entspannter. »Aber ja!« erwiderte ich. »Was, glaubst du wohl, sollte ich über dich wissen, da ich nicht in den Genuß ständiger Berichte deines Bruders gekommen und so auf dich vorbereitet worden bin?«

»Du meinst, Gaius hat es versäumt, dich vor meiner Schönheit zu warnen? Vor meinem Witz? Meiner Brillanz?«

»Ich kannte nur deinen Namen.« Sie tat so, als wäre sie aufgebracht, und machte einen Schmollmund. »Ich bin ihm aber dankbar dafür«, fuhr ich fort. »Wenn ich die Wahrheit gekannt hätte, hätte ich es nicht erwarten können, dich kennenzulernen. Er hat mir jedoch erzählt, daß du seine *Lieblingsschwester* bist.«

»Nun, das ist ja wenigstens etwas. Wenn man einmal davon absieht, daß ich seine *einzige* Schwester bin.«

»Im Ernst«, lächelte ich jetzt, »was sollte ich denn über dich wissen?«

»Ja«, sagte sie und hielt dann scheinbar nachdenkend inne. »Was du über mich wissen solltest? Zunächst einmal solltest du wissen, daß ich mich wirklich freue, daß du hier bist. Schon seit Jahren habe ich den Wunsch, dich kennenzulernen. Dann solltest du wissen, daß ich für etwas merkwürdig gehalten werde, weil ich mich weigere, mich wie eine Frau zu benehmen, insofern, als ich nicht bereit bin, nichts anderes zu tun, als Kinder zu kriegen. Ich habe einen Kopf und lerne gern. Ich kann es kaum erwarten, daß du mir von deinem Himmelsstein erzählst. Und du solltest auch wissen, daß ich mit den Männern ausgesprochenes Pech habe. Ich habe schon zwei verloren, was erklärt, daß ich hier bin, eine fünfundzwanzigjährige Witwe im Haus meines Bruders, während ich glücklich in einem eigenen Heim sein und viele kleine Britannici aufziehen sollte.«

Erschüttert von dieser Mitteilung, stand ich auf und setzte mich neben sie. »Zwei?«

Sie nickte. »Zwei.«

»Aber wieso?«

»Ich weiß es nicht. Nachlässigkeit? Nein, verzeih mir. Das war eine schnodderige Antwort. Vielleicht habe ich mich der Anmaßung, des sträflichen Stolzes schuldig gemacht. Ich weiß es nicht.«

»Zwei! Ich wußte nur von einem!«

»Woher? Von Quintus? Dumme Frage, natürlich von ihm! Veronica ist Julius' Schwester.« Eine Weile blickte sie schweigend ins Feuer. Die Stola um ihre Schultern kam ins Rutschen, und ich legte sie ihr fester um, selbst überrascht von meiner plötzlichen Kühnheit. Sie war mir sehr nah. Ich hatte den Wunsch, sie noch enger an mich zu ziehen. Dankbar erschien ein winziges Lächeln auf ihrem Gesicht.

»Meinen ersten Mann kannte ich kaum. Er wurde als siebzehnjähriger Knabe auf der Jagd von einem wilden Eber getötet. Ich war damals fünfzehn. Mir kommt es vor, als läge dies Jahrhunderte zurück, und ich erinnere mich an ihn wie an einen geliebten Bruder. Es bestand schon seit

Generationen eine enge Verbindung zwischen unseren beiden Familien, obwohl wir hier in Britannien lebten und sie mit dem Kaiserhof nach Konstantinopel gezogen waren. Wir waren keine drei Monate verheiratet.« Ich sagte nichts, da ich wußte, daß sie noch nicht fertig war. »Und dann war da Julius, Veronicas Bruder. Ein guter, rechtschaffener Mann. Auch diesmal arrangierte mein Vater die Heirat. Ein Jahr lang lebten wir ganz glücklich zusammen, damit beschäftigt, uns kennenzulernen, danach drei weitere Jahre unglücklich, weil wir einander zu gut kennengelernt hatten. Er ist vor vier Jahren gestorben, und ich habe ihm nicht allzusehr nachgetrauert, obwohl er bestimmt kein schlechter Mann war. Seine Schwester liebe ich jedoch mehr, als ich Julius je geliebt habe.« Sie blickte fragend zu mir hoch. »Bist du entsetzt, daß ich so etwas zu dir sage?«

Ich schüttelte den Kopf.

»Ich habe immer eine klare eigene Meinung über dergleichen, und das gehört sich vermutlich nicht für eine Römerin. Meine Pflicht als gehorsame Tochter habe ich aber erfüllt. Jetzt ist mein Vater tot, und von nun an nehme ich mein Leben selbst in die Hand. Ich bin kein kleines Mädchen mehr, sondern eine Frau und noch dazu eine reiche. Eine reiche *junge* Frau! Fünfundzwanzig ist noch nicht allzu alt, und ich schmeichle mir, noch immer einen Mann meiner Wahl anziehen zu können, wenn ich das möchte.« Nach einer kleinen Pause: »Jetzt bist du doch entsetzt, nicht wahr?« Es war eigentlich eine Lüge, als ich wieder den Kopf schüttelte.

Doch sie nahm es mir offenbar ab. »Gut!« meinte sie beifällig. »Ich hatte einmal eine Tante, Tante Liga. Eine bemerkenswerte Frau. Sie war fest davon überzeugt, daß die Welt nur deshalb von Männern regiert werde, weil die

Frauen es versäumten, deren Überlegenheit in Frage zu stellen. Sie wurde Geschäftsfrau, kaufte Grundbesitz und verdiente damit ein Vermögen. In ihrer Jugend war sie recht skandalumwittert, sogar in Rom, was an sich schon ein Skandal war. Doch als sie starb, war sie ganz respektabel, gewissermaßen durch blanke traurige Berühmtheit und lächerlichen Reichtum. Und alles, ihr Geld und ihren sonstigen Besitz, hinterließ sie mir.« Sie blickte mir über die Entfernung von vielleicht zwei Fuß, die uns trennten, direkt in die Augen.

»Ich bin eine sehr reiche Frau, Publius. Mir gehört sogar ein großer Teil Roms, außerdem ein ordentliches Stück von Konstantinopel in Form von Grundbesitz und Gebäuden. Ich liebe meinen Bruder aufrichtig, doch jetzt, da ich über eigene Mittel verfüge, stelle ich fest, daß ich auch den Mut habe, meine eigenen Ideen zu verwirklichen. Ich will wohl nichts anderes sagen, als daß ich immer mehr mit den Vorstellungen meiner Tante Liga über das Leben und die Art, wie man es führen sollte, übereinstimme. Wenn ich noch einmal heirate, dann suche ich mir den Mann aus, auch wenn das Gaius Sorge bereitet. Ich lasse über mich nicht mehr verfügen wie über einen veräußerbaren Besitz, nur weil ich zufällig in einem Frauenkörper zur Welt gekommen bin. Ich habe einen guten Verstand. Ich lese, schreibe, denke und führe meine Geschäfte mit Hilfe eigener Rechtsberater.«

Inzwischen völlig verwirrt, fragte ich mich, warum sie mir alles erzählte. »Hast du Gaius etwas davon gesagt?« Merkwürdigerweise dachte ich in ihrer Gesellschaft nicht mehr an ihn als den »Kommandanten«.

»Nein. Ich hatte noch keine Gelegenheit dazu.« Sie lachte. »Ich übe jetzt schon mal mit dir. Gaius kann furchtbar sein, wenn seine Werte mit Füßen getreten werden. Er ist so traditionsbewußt. Ich weiß, daß er Tante Ligas Verhalten stark mißbilligt hat. Ihn trifft der Schlag, wenn er erfährt, daß sie ihr ganzes, in seinen Augen unrecht erworbenes Vermögen mir hinterlassen hat. Sie starb kaum ein Jahr, nachdem er nach Afrika gegangen war, und ein weiteres Jahr später erfuhr ich, daß sie mich als Erbin eingesetzt hatte. Seither lerne ich, mit Hilfe von Rechtsberatern – zwei habe ich hier und fünf in Rom – meine Geschäfte zu führen. Ich bin nach Rom gereist, um sie alle persönlich kennenzulernen, und seitdem habe ich viel Zeit mit dem Studium meiner Angelegenheiten verbracht. Ich weiß, daß mich alle auf unverschämte Art und Weise ausbeuten, doch darum werde ich mich eines Tages auch kümmern. Dann werden sie eine unangenehme Überraschung erleben. Bis jetzt hatte ich einfach noch keine Gelegenheit, Gaius etwas davon zu erzählen.«

Ihr Blick wanderte zum Fenster, und wieder herrschte Schweigen. Doch diesmal fühlten wir uns nicht unbehaglich, weil wir beide über das, was sie mir erzählt hatte, nachdachten. Ein Harzklumpen in einem der Scheite zischte laut, und das Feuer fiel allmählich in sich zusammen. Es sah aus, als schwirrten Millionen Glühwürmchen über den brennenden, sich allmählich zu Glut verwandelnden Scheiten. Träge überlegte ich, ob ich noch einmal nachlegen sollte, doch sie nahm mir die Entscheidung ab.

»Leg noch etwas Holz nach und erzähl mir von dem Himmelsstein!«

»Was möchtest du darüber wissen?«

»Alles! Ich bin ganz fasziniert davon. Gaius hat mir, bevor er nach Afrika ging, von Theodosius' Schwert erzählt. Er sagte, dein Großvater fertigte es ursprünglich für deinen Vater aus dem Metall eines Steins, der seiner Meinung nach vom Himmel gefallen war. Diese Geschichte würde ich jetzt gern einmal von dir hören. Du glaubst auch, daß der Stein vom Himmel gefallen ist, nicht wahr?«

Ich stand auf. »Ja, das ist richtig!« erwiderte ich. »Doch Theodosius' Schwert ist nichts. Sieh dir diesen Dolch an!« Ich zog ihn an der gewohnten Stelle in meinem Kreuz aus der Scheide. »Vorsicht!« sagte ich, als ich ihn ihr reichte, »er ist schärfer als alle Klingen, die du kennst.«

Nachdem ich weitere Scheite ins Feuer gelegt hatte, drehte ich mich wieder nach ihr um und fand sie in den Anblick der Klinge vertieft. Ich setzte mich neben sie.

»Wovon ist die Klinge so silbrig?« Sie hob den Dolch hoch, so daß sich das Feuer darin spiegelte.

»Ich weiß es nicht, Lucia, glaube aber, daß er außer Eisen noch ein anderes Metall enthält.«

»Hm, das sagte Gaius schon. Doch erzähl mir von dem Eisen. Er meinte, du hättest erwähnt, es handle sich um etwas ganz Neues.«

»Das stimmt.« Meine Überraschung war mir bestimmt anzuhören. »Ich sprach jedoch von etwas verhältnismäßig Neuem. Wieso interessierst du dich eigentlich für Eisen?«

»Ich sagte dir doch, daß ich einen Kopf habe. Über alles, was mich interessiert, möchte ich soviel wie möglich erfahren. Und ich weiß nichts über Eisen. Überhaupt nichts.«

»Also gut. Einverstanden! Wo soll ich beginnen?«

»Ganz am Anfang! Sprich aber bitte mit mir, wie du mit Gaius sprechen würdest. Versuch in mir nicht die Frau zu sehen!«

Ich widerstand der Versuchung, auf ihre Brüste zu schauen oder auf den Stoff ihres Gewands, unter dem sich ihre Hüften abzeichneten. Verzweifelt versuchte ich, nicht auf ihr schimmerndes Haar oder ihre anmutig geschwungenen Wangenknochen zu blicken. Mühsam vermied ich es, auf ihren vollen Mund zu sehen. Ganz bewußt und zielstrebig bemühte ich mich, alles an ihr zu ignorieren, was man einfach nicht ignorieren konnte, und zu überlegen, wie ich einem Mann die gleiche Frage beantwortet hätte.

»Nun«, murmelte ich dann, »laß mich einen Augenblick nachdenken. Ich habe das schon einmal zu erklären versucht, und zwar Gaius gegenüber. Es ist nicht ganz einfach. Ich möchte dich nicht verwirren, aber auch nicht langweilen. Zunächst einmal: Ich weiß darüber nicht viel mehr als du – oder sonst jemand. Du kennst die Geschichte vom Himmelsstein, aber weißt du auch, daß mein Großvater es fast aufgegeben hatte, ihn einzuschmelzen?«

»Ja. Es kam mir seinerzeit merkwürdig vor, daß jemand versuchte, einen Stein zu schmelzen, doch ich wollte Gaius nicht zeigen, wie unwissend ich war, und nahm es daher hin. Was steckt denn dahinter?«

»Nun«, erklärte ich, »fast alles Metall stammt aus Gestein, doch nicht alles Gestein enthält Metall. Wenn es jedoch welches enthält, wird es als erzhaltiges Gestein bezeichnet, wobei das Erz, wenn du so willst, das Rohmaterial ist.«

»Du meinst roh im Sinne von ungegart?«

»Genau! Eisenerz ist rot. Hast du schon mal Berghänge gesehen, die wirkten, als hätten sie Rostflecken?« Sie nickte. »Nun, genau das hatten sie. Fels, der so rostig wirkt, ist Eisenerz. Er wird zerkleinert, gründlich gewaschen und dann unter Hitze getrocknet. Durch das Waschen werden die gewöhnliche Erde und sonstigen löslichen Materialien entfernt. Was übrigbleibt, brennen wir lange Zeit unter starker Hitzeeinwirkung in einem großen Brennofen. Im Laufe des Brennens oder Schmelzens, wie wir es nennen, schmilzt das Metall aus dem Erz heraus und tropft in den Schmelztiegel unten im Ofen. Nach dem Abkühlen bleibt als Brennrückstand im wesentlichen ein

Klumpen reines Eisen gemischt mit Schlacke. Diesen bearbeiten wir dann mit unseren Hämmern und entfernen durch einfaches Schlagen dieser Masse – die Ähnlichkeit mit einem großen, schmutzigen Schwamm hat – soviel Schlacke wie irgend möglich. Diese fällt einfach heraus, und am Ende des Prozesses bleibt uns ein Eisenklumpen. Wir nennen ihn Schmiedeeisen, weil wir ihn buchstäblich im Schweiße unseres Angesichts herausgeschmiedet haben. Kannst du mir soweit folgen?«

Sie nickte mit großen Augen und offensichtlichem Interesse.

»Gut. Doch nun wird es kompliziert. Dieses Schmiedeeisen ist solides Eisen und für alle möglichen Zwecke geeignet. Es ist gut form- und bearbeitbar, für eine haltbare Schneide jedoch zu weich. Schon eine Klinge aus mittelmäßiger, gehämmerter Bronze ist schärfer und haltbarer als eine aus Schmiedeeisen. Eisen kann natürlich fast überhaupt nicht bearbeitet werden, wenn es kalt ist. Nur im rotglühenden Zustand ist es formbar.« Sie nickte, um diese wohlbekannte Tatsache zu bestätigen.

»Also gut!« fuhr ich fort. »Nun zum nächsten Schritt. Irgendwann vor langer Zeit, niemand weiß wann, machte jemand eine bedeutende Entdeckung. Schon seit Jahrhunderten wußte jeder, der mit Eisen arbeitete, daß man eine Schneide, wenn sie scharf bleiben sollte, hämmern und dann langsam auskühlen lassen mußte. Wenn man sie zu schnell abkühlte, hielt sie nicht. Doch dann hat sich wohl jemand entschlossen, eine Klinge neu zu schärfen. Er ließ sie aus Versehen länger, als man eigentlich für nötig hielt, im Holzkohlenfeuer. Vielleicht hämmerte er sogar die Schneide in die Klinge und erhitzte sie dann aufs neue. Als er merkte, was er getan hatte, glaubte er wahrscheinlich, alles verdorben zu haben, und tauchte die Klinge ins Wasser, um sie schnell abzukühlen und noch einmal von vorn zu beginnen. Niemand weiß, wie es zu der Entdeckung kam. Es war jedenfalls ein Zufall. Tatsache bleibt, daß in einem Holzkohlenfeuer nochmals erhitztes und rasch zum Abkühlen in Wasser getauchtes Eisen eine unglaublich harte Schneide erhält, während dasselbe Eisen, ohne Holzkohle erhitzt, aber genauso ins Wasser getaucht, keine stabile Schneide bekommt.«

»Das klingt unmöglich!«

»Ich weiß. Es ist aber wahr.«

»Ist in der Holzkohle etwas Magisches?«

»Es muß wohl so sein.« Ratlos schüttelte ich den Kopf, wie schon so viele Male zuvor. »Es muß irgendwie mit Magie zusammenhängen. Andererseits glaube ich nicht an Magie. Und ich kann einfach nicht glauben, daß es angesichts all der Dinge auf der Welt, die man für magisch hält, es aber nicht sind, auch nur eins gibt, und zwar Holzkohle, das nicht für magisch gehalten wird, es aber ist. Nein, Lucia, es hat nichts mit Magie zu tun. Es ist einfach etwas, was wir noch nicht verstehen.«

Sie lächelte mich an, ein wunderbares Lächeln voller Wärme und Bewunderung, und vor Freude räkelte ich mich fast wie eine Katze.

»Kein Wunder, Publius Varrus, daß du deine ganze Zeit über einer Esse verbringst. Das ist wirklich faszinierend! Da es nicht das Wasser sein kann, das die Schneide weich macht, muß es wohl die Holzkohle sein.«

»Nein, ganz im Gegenteil. Eisen ist weich, wenn Holzkohle fehlt.«

»Ja, wenn sie fehlt ... das meinte ich. Also liegt das Geheimnis der scharfen Schneide in der Holzkohle. Und niemand weiß warum. Das ist faszinierend.«

»Nicht wahr? Du kannst natürlich verstehen, daß es

lange gedauert hat, bis man das begriffen hat. Schon seit Jahrhunderten war das Härten eine Sache des Zufalls. Doch allmählich setzte sich eine Methode zur Herstellung von gehärtetem Eisen durch, und als die Schmiede lernten, die Hitze ihrer Feuer zu vergrößern, verbesserte sich die Qualität des Eisens vom anfänglichen Schwarz bis zum heutigen Blaßgrau.«

»Moment mal! Was meinst du damit, daß sie die Hitze ihrer Feuer vergrößerten? Was kann heißer sein als Feuer?«

»Heißeres Feuer.« Über ihren Gesichtsausdruck mußte ich grinsen. »Deshalb pressen wir mit dem Blasebalg Luft in unsere Kohle. Der Luftstoß vergrößert die Hitze der Kohle. Niemand weiß, wie und warum. Manche Brennstoffe werden heißer als andere. Und manche verbrennen langsamer. Deshalb verwenden wir Holzkohle. Sie entwikkelt höhere Temperaturen und verbrennt langsamer als gewöhnliches Holz. Sie kann extreme Temperaturen entwickeln. Wie ich schon sagte, hatte mein Großvater es fast schon aufgegeben, den Himmelsstein zu schmelzen. Er hatte mehrere Brennstoffe ausprobiert, ebenso verschiedene Arten von Holzkohle, und den Zustrom von Luft in einem Maße erhöht wie nie zuvor, doch nichts hatte funktioniert. Dann aber, als der Ofen nach seinem, wie er sich geschworen hatte, letzten Versuch, den Stein zu schmelzen, wieder abgekühlt war, bemerkte er, daß er zwar keine Schmelze herbeigeführt hatte, die Oberfläche des Steins aber doch irgendwie anders aussah, fast so, als hätte sie angefangen sich zu verändern. Er entschloß sich daher, es noch einmal zu versuchen und die Hitze seines Ofens noch mehr zu erhöhen. Inzwischen hatte er sieben Monate darauf verwendet, doch es hatte ihm Spaß gemacht, und er fand, daß er die Zeit gut verbracht hatte.«

Wieder fiel mir ihr verzückter Gesichtsausdruck auf. Ich hatte das Gefühl, daß sie weit davon entfernt war, sich zu langweilen, doch dann dachte ich, daß sie vielleicht nur so tat, als interessiere es sie. Ich schwieg, um ihr Gelegenheit zu geben, das Thema zu wechseln, wenn sie es wollte.

»Nun? Was dann? Ich weiß, daß er Erfolg hatte, aber wie machte er das?« Der Eifer in ihrer Stimme war echt. Lächelnd erzählte ich weiter.

»Er erwähnt in seinen Notizen, daß ein Bekannter von ihm – ein Brennstoff- und Ölhändler –, auf eine Kohlenhalde gestoßen war, für die er keine Verwendung hatte. Offenbar war die Kohle zu bröcklig. Sie zerfiel in winzige Stückchen und war nicht entflammbar. Meinem Großvater fiel das wieder ein. Der Mann hatte nicht gesagt, daß sie nicht brannte, verstehst du? Bloß daß sie nicht entflammbar war. Mein Großvater wußte, daß Holzkohle auch nicht entflammbar war, aber doch heißer als das Holz wurde, aus dem sie bestand. Seine Neugier war geweckt. Er bat seinen Bekannten, ihm etwas von der Kohle zu verkaufen. Dieser schnaubte verächtlich und erklärte ihm, wo er selbst danach suchen konnte, und wünschte ihm viel Glück.

Großvater Varrus holte sich etwas von der Kohle und mischte sie mit seiner besten Holzkohle, um zu sehen, ob er damit höhere Temperaturen erzielte. Und es funktionierte! Sie brannte kräftig und sauber, und nach einigem Experimentieren mit dem Verhältnis Kohle zu Holzkohle brannte ein Feuer im Ofen, das heiß genug war, um den Himmelsstein zu schmelzen. Den Rest kennst du. Das Metall reichte für das Schwert für meinen Vater und diesen Dolch hier.«

»Nahm er für die Schwertklinge ganz gewöhnliches Eisen?«

»Nein, kein gewöhnliches. Sein bestes. Doch Theodosius' Schwert kommt bei weitem nicht an den Himmelssteindolch heran.«

Lucia machte ein nachdenkliches Gesicht. »Wie lange ist das her, Publius?«

»Keine Ahnung. Es muß kurz nach meiner Geburt gewesen sein. Wenig später zog mein Vater zum letztenmal ins Feld. Es kann neununddreißig Jahre her sein. Oder vierzig. So ungefähr. Den genauen Zeitpunkt könnte ich wahrscheinlich nach den Notizen des alten Mannes bestimmen.«

»Er hat alles so peinlich genau festgehalten?«

»Ja. Er hat auf alles geschrieben, was er hatte: auf gewachste Tafeln, Papyrus und Pergamentfetzen.«

Sie lächelte wieder, ruhig und geheimnisvoll. »Dein Großvater war ein weiser Mann. Du könntest also herausfinden, wann das war? So ist es doch, nicht wahr?«

»Ich denke schon. Warum? Ist das wichtig? Weshalb?«

Sie tat meine Fragen mit einem Achselzucken ab. »Oh, ich weiß nicht. Mir geht da etwas nicht aus dem Kopf, etwas, wovon ich erst kürzlich erfahren habe. Ich möchte nicht darüber sprechen, bevor ich es überprüft habe. Es könnte jedoch sehr interessant sein. Es handelt sich um etwas, was ich gehört oder zu hören geglaubt habe, als ich letztesmal in Aquae Sulis war. Weißt du, daß die Leute dort an Drachen glauben?«

Das veranlaßte mich, auf Art der Britannici eine Augenbraue hochzuziehen. »Drachen?«

Sie nickte.

Ich grinste sie an. »Aha. Da bin ich nun also durch ganz Britannien gereist und finde hier Leute, die an Drachen glauben.«

Sie grinste nicht weniger. »Kein Spott bitte, mein

Freund. Nimm sie, wie sie sind. Ich meine, daß es deine Drachen sind.«

Ich konnte ihr vom Gesicht ablesen, daß sie mir etwas verschwieg, hatte aber keine Ahnung, was es sein könnte. Ich wollte ihr keinen Anlaß geben, mich zu necken. Angestrengt dachte ich darüber nach, wovon sie sprach und warum es sich um meine Drachen handeln sollte, doch es war hoffnungslos.

»Nun gut, ich gebe mich geschlagen. Ich weiß nicht, wovon du sprichst. Wieso sind das meine Drachen?«

»Weil du sie zu deinen machen wirst, sobald du von ihnen hörst, und morgen schon wirst du alles über sie erfahren. Das Feuer ist fast aus, und ich bin plötzlich recht müde.«

Tatsächlich war das Feuer fast erloschen; ich hatte nicht darauf geachtet. Widerstrebend stand ich auf, da ich sie nur ungern gehen ließ, nicht einmal für ein paar Stunden Schlaf.

»Entschuldige«, sagte ich, »ich hatte nicht gemerkt, wie die Zeit verstrichen ist.«

»Ich weiß. Ich auch nicht. Ich habe jeden Augenblick genossen.«

Dabei erhob sie sich, und wieder fiel mir auf, wie groß sie war. Sie stand so dicht vor mir, daß ich ihre Wärme und ihren Geruch wahrnehmen konnte. Ohne mich auch nur vorzubeugen, hätte ich ihr den Arm um die Taille legen können. Doch das tat ich natürlich nicht. Sie blickte mir lange in die Augen, und heftig drängte sich mir der Gedanke auf, wie weich und köstlich ihre Lippen sein würden. Dann lächelte sie wieder, sanft und irgendwie wissend, und zog sich die Stola fester um die Schultern. Sie wollte sich schon von mir abwenden, als ihr noch ein Gedanke gekommen zu sein schien.

»Was ist?« fragte ich sie. »Kann ich noch etwas für dich tun?«

Sie streckte die rechte Hand aus und berührte mich mit der Oberseite von zwei Fingern ganz zart an der rechten Wange. Meine Haut brannte. »Gute Nacht, Publius!« flüsterte sie. »Danke!« Und dann wandte sie sich zum Gehen.

Ich hielt sie am Ellbogen fest. Als sie halb über die Schulter schaute, brachte ich wieder kein Wort heraus.

»Ja, Publius?«

Ich mußte etwas sagen. »Morgen!« stammelte ich. »Ich sehe dich doch noch, bevor du abreist?«

»Bevor ich abreise?« fragte sie lachend. »Ja, und auch später noch. Du kommst mit mir. Erinnerst du dich nicht mehr daran? Wir haben beim Abendessen darüber gesprochen. Die Villa Britannicus ist von jetzt an dein Zuhause.« Ich konnte mich überhaupt nicht an das Tischgespräch erinnern. Sie lachte wieder, offenbar über mein Gesicht. »Mach dir keine Sorgen, Varrus!« Es war köstliche Neckerei in ihrer Stimme. »Es ist groß genug für uns beide.«

Inzwischen war es auf dem Hof fast völlig dunkel geworden, doch ich konnte gerade noch das köstliche Wiegen ihrer Hüften sehen, bis sie gänzlich von der Düsternis umfangen wurde.

Völlig durcheinander starrte ich noch eine Weile ins erlöschende Feuer, und dann ging ich ganz benommen zu Bett.

XVII

In jener Nacht schlief ich nur wenig, da mich Phantasien, Lust und Schuldgefühle quälten. Diese Frau war die Schwester meines besten Freundes, meines Mentors und militärischen Vorgesetzten. Meine Familie hatte den Rang freier kaiserlicher Ritter, während sie aus einer alten Patrizierfamilie kam, die schon vor den Caesaren adlig gewesen war und direkt von den Gründerfamilien Roms abstammte. Lucia war selbst wohlhabend, und der Familienbesitz machte sie noch reicher. Ich hingegen besaß nur eine kleine Schmiede. Sie war eine Adlige von hohem Geist und Verstand, während ich ein Handwerker war, ein Schmied mit Schmutz unter den Fingernägeln und Rauchgeruch und Ruß in den Kleidern, woran auch der Hort goldener Münzen meines Großvaters nichts änderte. Es stimmte zwar, daß sie sich herabließ, aufrichtig mit mir zu sprechen und Interesse an meinem Wohlergehen zu zeigen, doch im Grunde meines Herzens wußte ich, daß sie es aus Dankbarkeit dem Mann gegenüber tat, der ihrem geliebten Bruder das Leben gerettet hatte. Es stimmte auch, daß sie eifriges Interesse an meiner Eisenkunde gezeigt hatte, aber nur weil Gaius davon fasziniert gewesen war und seine Erzählungen ihren ungewöhnlichen Verstand und ihren Wissensdurst angeregt hatten.

Doch ich wußte, daß ich dazu verdammt war, Lucia immer und ewig zu lieben. So war ich schon vor dem ersten

Lerchengezwitscher auf den Beinen und wartete ungeduldig darauf, den ersten Blick des Tages auf sie werfen zu können.

Ich mußte lange warten. Lucia stand spät auf und verschwand dann, nachdem sie mich nur mit einem knappen Lächeln begrüßt hatte, mit Veronica und einigen der Kinder im Haus. Auf Quintus war ich schon im Morgengrauen gestoßen und hatte mich kurz mit ihm darüber unterhalten, was er an jenem Tag zu tun hatte, und dann war er auch seinen Geschäften nachgegangen und hatte mich mir selbst überlassen.

Während es allmählich hell wurde und das Anwesen zum Leben erwachte, erforschte ich die Gebäude. Dabei fand ich auch den Schmied, der sich um die Gerätschaften kümmerte, und machte mich mit ihm bekannt. Er war ein schweigsamer Mann, zwar freundlich, aber zu beschäftigt, um sich von seiner Arbeit ablenken zu lassen. Ich hielt mich gerade so lange in der Schmiede auf, bis ich beruhigt sein konnte, weil er sich auf seine Arbeit verstand, und dann überprüfte ich meine Sachen und die Pferde, um reisebereit zu sein, wenn Lucia aufbrechen wollte.

Da es nun wirklich nichts mehr zu tun gab, nahm ich meinen afrikanischen Bogen und ein paar Pfeile und entfernte mich von den Gebäuden, um etwas zu üben. Zu meiner großen Überraschung fand ich nicht nur einen dafür geeigneten Platz, sondern sogar eine häufig benutzte Zielscheibe. Auf einem festgetrampelten Platz hinter einem der Schuppen mit Steinmauern, welche die Hofbegrenzung bildeten, fand ich eine mannshohe, grob einem Menschen nachgebildete und von Bindfaden zusammengehaltene Strohfigur, die in eine alte Tunika gewickelt und arg durchlöchert war. Nachdem ich mich umgesehen und niemanden entdeckt hatte, nahm ich das Geschenk des unbekannten Schützen an und spannte den Bogen.

Beim ersten Schuß merkte ich, daß sich hinter dem Stroh ein Holzstamm verbarg. Mein Pfeil blieb fest darin stecken, und ich hatte große Schwierigkeiten, ihn wieder herauszubekommen. Von da an nahm ich nur noch Übungspfeile ohne Metallspitzen.

Nach einer Weile hatte ich mich an die Beschaffenheit des Ziels gewöhnt und festgestellt, daß ich den Bogen auch nicht annähernd so stark spannen mußte, wie ich es gewöhnt war. Am Ende war ich dermaßen darauf konzentriert, das Ziel mit so wenig Bogenspannung wie möglich zu treffen, daß ich den Mann nicht kommen hörte, dessen Stimme mich nun aufschrecken ließ.

»Ein derart großer Bogen für so ein kleines Ziel! Kommt mir wie Zeit- und Kraftverschwendung vor!«

Überrascht drehte ich mich um und fand mich einem kleinen Mann mit unwahrscheinlich breiten Schultern und einem Buckel gegenüber. Er wurde von diesem nach vorn und zur Seite gezogen, so daß sein ganzer Körper irgendwie verdreht aussah, obwohl nur eine Seite, nämlich die linke, tatsächlich mißgebildet war. Trotz seiner Verunstaltung schien er stark zu sein, und sein dunkelbraunes Gesicht zeigte eindeutig einen höhnischen und abschätzigen Ausdruck, als er jetzt auf meinen großen Bogen blickte. Ich lächelte ihn an, wobei ich bemerkte, daß er einen kleineren Bogen schußbereit in der rechten Hand hielt.

»Verschwendung?« fragte ich. »Wie kann man es Verschwendung nennen, wenn der Pfeil jedesmal trifft?«

»Pah!« meinte er verächtlich. »Jedesmal trifft, he? Wenn das Ziel nur groß genug ist, trifft es ein Knabe sogar mit einem Stein, jawohl! Das Ziel, auf das du schießt, ist das Spielzeug meines Sohns! Komm mit! Ich zeige dir ein richtiges.«

Er machte auf dem Absatz kehrt und lief mit einem seltsam hüpfenden Schritt davon, der, wie ich mit Schmerz feststellte, dem meinen sehr ähnlich war. Ich folgte ihm etwa hundert Schritte, bis er stehenblieb und mich mit der freien Hand heranwinkte.

»Das ist ein richtiges Ziel!«

Ich blickte mich um. Ungefähr hundertzwanzig Schritte von uns entfernt lag ein großer, vom Sturm entwurzelter Nadelbaum, und die flache Scheibe seines Wurzelkissens bildete einen riesigen braunen, runden Fleck vor den dahinterstehenden Bäumen. Direkt davor steckte ein weißer Stock im Boden.

»Was ist das für ein weißer Stock?«

Während ich das fragte, hob er den Bogen und schoß einen Pfeil ab. Dieser streifte den weißen Pfosten und wurde nach rechts abgelenkt. Dann sah ich das leuchtende Purpur der Pfeilfedern in der Erde des Wurzelkissens sitzen, das zum Auffangen diente.

»Es ist eine in die Erde gerammte Schaufel. Nun wollen wir mal sehen, ob du sie mit deinem großen Ding da triffst.«

Mein erster Pfeil ging daneben, wenn auch knapp, ebenso mein zweiter. Der kleine Mann sagte nichts, sondern begnügte sich mit Schweigen, das mich, wie ihm klar war, irritieren mußte. Ich unterdrückte die Wut auf mich selbst und überlegte, was ich falsch machte. Sogleich kam mir die Antwort: Ich spannte den Bogen immer noch nur halb und konzentrierte mich mehr auf Feinheit als auf Kraft. Also dachte ich nun um und schoß einen weiteren Pfeil ab. Dieser berührte den Rand des weißen Pfostens, wurde abgelenkt und landete ganz nah an seinem ersten. Ich sagte nichts.

»Das ist besser«, meinte der Mann, hob erneut den Bogen und schoß, scheinbar ohne zu zielen. Diesmal ging der Pfeil geradewegs ins Ziel, und die weiße Stange zerbarst. Er grunzte, und ich staunte. Entweder war es ein unglaublicher Schuß oder aber unglaubliches Glück.

Ich heuchelte Gleichgültigkeit. »Nicht schlecht. Könntest du das wiederholen?«

Er tat es sogleich, und mir blieben die Worte weg, weil sein voriger Pfeil, der noch in dem Spalt des geborstenen Schaufelschafts gesteckt hatte, durch die Luft wirbelte und auf den Boden fiel. Das Ziel war zerstört. Ein Versuch von mir wäre nun sinnlos gewesen, was ich ihm auch sagte.

»Versuch es trotzdem«, brummte er.

Sorgfältig zielte ich und schoß meinen Pfeil ab. Er ging nur knapp vorbei, doch wie knapp, war nicht festzustellen.

Auf seine brummige Art wandte er sich wieder mir zu. »Feinheit, mein Junge, das ist es, was dir fehlt. Dein großes Ding da muß zu kräftig gespannt werden. Mit so etwas kann man nicht genau zielen. Feinheit ist vonnöten, nur darauf kommt es an! Doch wer bist du überhaupt?«

Ich lächelte und stützte mich auf meinen Bogen. »Ich heiße Varrus. Publius Varrus. Ich bin ein Gast von Gaius Britannicus.«

Zischend holte er Luft. »Sein Gast, so? Aber du bist doch Römer!« Er sagte das, wie jemand anders vielleicht »eine Kröte« oder »eine Schlange« gesagt hätte.

Ich lachte. »Ja, ich bin Römer. Was hast du denn gedacht? Und wer bist du?«

»Cymric. Hab dich für einen von uns gehalten! War offenbar von Blindheit geschlagen!«

Ich hatte noch nie jemanden so sprechen hören. Ich kam zu dem Schluß, daß er ein ortsansässiger Kelte sein mußte. »Du bist also von hier?«

»Nein.« Den Blick auf mein Gesicht geheftet, schien er

seinen persönlichen Maßstab an mich anzulegen. Schließlich begann er wieder zu sprechen. »Nein. Ich wohne hier. In der Nähe. Doch ich komme aus den Bergen. Dem Bergland. Von dort drüben!« Er deutete zum fernen Horizont im Nordwesten, wo ich allerdings keine Berge sehen konnte. Dann kniff er die Augen zusammen, und ich sah einen Mann aus dem Haus treten und zu uns herüberkommen.

»Meister Varrus«, sagte dieser, »*domina* Lucia macht sich reisefertig.«

»Danke!« erwiderte ich. »Bitte sag ihr, daß ich gleich komme.« Er ging wieder, und ich wandte mich noch einmal an Cymric: »Warte hier!«

Schnell schritt ich den Weg zwischen ihm und dem zersplitterten Schaufelschaft ab. Ich hatte die Entfernung richtig geschätzt: Es waren hundertsechsundzwanzig Schritte bis zur Schaufel. Ich zog sie aus dem Boden, wobei mir auffiel, daß ihr Blatt in dem Bereich, in dem es eingegraben gewesen war, noch ganz blank war. Dann waren es noch einmal zwölf Schritte bis zum Wurzelballen. Dieser überragte mich, als ich vor ihm stand und die Schaufel mit dem Blatt nach oben in seinen sandigen Ton steckte. Danach ging ich zu Cymric zurück, der mich die ganze Zeit beobachtet hatte.

»Also, mein Freund Cymric«, sagte ich lächelnd, »ich habe die Entfernung um zwölf Schritte vergrößert, doch das Ziel ist auch größer. Wir wollen doch mal sehen, ob du jetzt triffst. Sechs Pfeile!«

Cymric sah mich mitleidig an und begann zu schießen. Bei vier seiner Pfeile zeigten laute Geräusche an, daß sie das Schaufelblatt getroffen hatten. Ich stand währenddessen hinter ihm und steckte sechs meiner besten Pfeile mit der Spitze nach unten in den Boden. Nachdem wir den

Aufprall seines letzten Pfeils – den vierten Treffer – gehört hatten, drehte er sich wieder nach mir um. Ich konnte ihm nicht vom Gesicht ablesen, was er dachte, als ich ihm zuwinkte, er solle zur Seite treten.

»Gut gemacht, Cymric!« sagte ich. »Vier von sechs – das ist eine gute Leistung. Eine feine Leistung, wie du sagst. Jetzt paß mal auf, besonders auf den Mangel an Feinheit.«

Und nun lief der oft geübte Vorgang reibungslos ab. Ich zog die Sehne bis ans Ohr zurück und schoß alle sechs Pfeile so schnell ab, daß der nächste schon folgte, wenn der vorhergehende noch in der Luft war. Fünfmal hörten wir die Pfeile aufschlagen, wobei es einmal so wie bei seinen Pfeilen klang, viermal jedoch ganz anders.

»Fünf!« knurrte ich. »Komm!«

Er folgte mir zum Baumstamm hinüber. Ich wußte, was ich vorfinden würde, und lief so vor ihm her, daß ich das Ziel verdeckte. Ungefähr zwei Schritte davor blieb ich stehen.

»Nun, Cymric?«

Als er jetzt an mir vorbeiging und dann schweigend, den Blick auf das Ziel gerichtet, stehenblieb, hatte ich meine Rache für seinen Hohn und Spott. Seine sechs Pfeile und zwei der meinen hatten sich um den Schaufelkopf herum tief ins sandige Wurzelbett des Baumstamms gegraben. Das Blatt hatte vier Kratzer, die Stellen, wo seine Pfeilspitzen aufgeschlagen und abgelenkt worden waren, außerdem eine tiefe Furche, wo einer der meinen das gleiche widerfahren war. Doch vier meiner Pfeile hatten das Schaufelblatt sauber durchdrungen und festgenagelt.

Zu seinem steifen Rücken meinte ich: »Nicht fein, Cymric, aber wirkungsvoll.«

Er drehte sich nach mir um und blickte mit großen Augen auf den Bogen in meiner Hand. Ich nahm sein anschließendes Nicken als Anerkennung für eine überlegene Waffe. Dann sammelte ich meine Pfeile wieder ein.

»Ich begebe mich jetzt zur Villa Britannicus. Ich würde mich freuen, wenn du mich dort einmal besuchen würdest. Bis dahin auf Wiedersehen!« Ich reichte ihm die Hand, und er schüttelte sie, noch immer schweigend. Auf dem ganzen Weg zu Varos Gutshaus zurück spürte ich seine Augen im Rücken.

Als ich den Hof betrat, sah ich Lucia, Veronica und Quintus vor dem Haupteingang des Hauses neben einem prächtig geschmückten vierrädrigen Wagen stehen, vor den zwei Grauschimmel gespannt waren. Nirgends waren Diener zu sehen, nicht einmal ein Kutscher. Lächelnd hießen mich die drei schon von weitem willkommen.

»Bitte entschuldigt, wenn ich euch warten ließ!« rief ich. »Ich war gerade dabei, meine Kräfte geistig und beim Pfeilschießen mit einem deiner Leute zu messen, Quintus.«

»Du hast uns nicht warten lassen«, antwortete Lucia. »Es besteht kein Grund zur Eile. Wer war denn dein Gegner?«

»Cymric!« erwiderte ich. »Was macht er?«

Quintus lachte. »Cymric macht nichts, was er nicht machen möchte. Cymric ist einfach Cymric. Er kommt aus Kambria, aus den Bergen, und macht hier alles, was zu tun ist, bis er keine Lust mehr dazu hat und weiterzieht.«

»Aha!« Ich sah Lucia an und versuchte mir nicht anmerken zu lassen, wie berauscht ich von ihr war. »Ich habe ihn eingeladen, mich auf deinem Gut zu besuchen. War das dumm von mir?«

Sie lachte. »Aber nein! Wenn er dich mag, kommt er

vielleicht sogar. Es gibt nicht viele Römer, die er leiden kann.«

»Den Eindruck hatte ich auch. Zumindest respektiert er mich, das weiß ich.«

»Da tut er auch gut daran!«

Sie macht sich über mich lustig, dachte ich. Dann sah ich mich um. »Du bist abfahrbereit! Meine Pferde und Reiseausrüstung sind im Stall. Ich gehe sie holen.«

»Das ist alles schon weg! Ich habe Jacobus damit vorausgeschickt, in der Hoffnung, daß du vielleicht lieber mit mir fahren würdest.«

Ich spürte, wie ich vor Freude rot wurde, und versuchte meine Verlegenheit zu verbergen, indem ich Veronica und Quintus für ihre Liebenswürdigkeit und Gastfreundschaft dankte.

Schließlich verließen wir winkend Varos Anwesen und machten uns auf den Weg zur Villa von Britannicus, die, wie man mir gesagt hatte, nur sechs Meilen südwestlich lag. Unsere Fahrt führte uns über einen häufig benutzten Weg voller Furchen, der um den rechteckigen Hof Varos lief und an dem großen, entwurzelten Baum vorbeiführte, der Zeuge meines Triumphs über Cymric gewesen war.

Lucia kutschierte, und sie war eine gute Fahrerin. Der Wagen war für die Bequemlichkeit der Reisenden und offensichtlich nicht für die Arbeit gebaut. Er hatte sechs Sitzplätze, außerdem ein weiches, jetzt offenes Lederdach, das bei Regen heruntergerollt werden konnte. Die Fahrerbank war gepolstert und so bequem wie möglich, und ich konnte mich nicht erinnern, jemals zuvor so zufrieden gewesen zu sein. Wir fuhren etwa eine Meile, ohne ein Wort zu sagen, Lucia auf den gefurchten Weg und ich auf sie konzentriert, wobei ich mich zwang, nicht zu sehnsüchtig auf ihr vollkommenes Profil zu schauen.

Als sie merkte, daß ich sie musterte, sah sie mich leise lächelnd an. »Du bist sehr still heute morgen, Meister Varrus. Ist alles in Ordnung?«

Ich holte tief Luft. »Ja, in allerbester Ordnung, danke, *domina*«, erwiderte ich. »Ich habe mir soeben dazu gratuliert, einen Tag wie diesen erleben zu dürfen.«

Ihr Lächeln verstärkte sich, und sie fragte: »Du hast nicht den Wunsch, dich zu unterhalten?«

»Überhaupt nicht.«

»Gut, dann laß uns gemeinsam die Stille und den Tag genießen.«

Schweigend fuhren wir weiter, und sie ließ mir das große Vergnügen, sie einfach nur anzuschauen. Wir wußten beide, daß es ungezogen war, wie ich sie anstarrte, doch sie war so gnädig, es mir nicht übelzunehmen, und so selbstbewußt, darüber nicht nervös zu werden.

Ihre Hände waren lang und zart, aber dennoch braun und kräftig, und auf den Unterarmen, die von den Ärmeln ihres weißen Gewands nicht ganz bedeckt waren, hatte sie einen ganz feinen, zartgoldenen Flaum. Sie war im klassischen römischen Stil gekleidet: Ihr langes, schlichtes Gewand aus weichem, fließendem Stoff wurde in der Taille von einem Gürtel zusammengehalten, und oben war es auf der Schulter mit einer juwelenbesetzten Brosche gerafft. Lucia war wunderschön, und mein Bedürfnis, ihr das zu sagen, wurde immer stärker, doch fehlte mir der Mut. Ich fing jedoch an, vor mich hin zu träumen, und stellte mir vor, daß ich es sagte und sie mich anlächelte und ihre Hand in meine legte, damit ich sie küssen konnte. Und das tat ich im Traum dann auch wirklich: Ich drückte die goldene Haut sanft an meine Lippen und kostete mit der Zungenspitze ihre Süße. Lucias Stimme brachte mich wieder zur Besinnung.

»Das hier ist die Grenze zwischen den beiden Anwesen. Dort drüben, auf der anderen Seite des Flusses, ist dein neues Zuhause.« Sie sah mich an, eine Augenbraue wie ihr Bruder hochgezogen. »Das heißt, wenn du bleiben möchtest!?«

Ich lächelte und sagte nichts, doch mein Herz rief: »Ja, das möchte ich, das möchte ich wirklich!«

Der Fluß war seicht, eigentlich mehr ein Bach, und unser Weg führte geradewegs hindurch und verzweigte sich dann in drei Richtungen, und zwar geradeaus sowie flußauf und flußab am Ufer entlang. Ich hatte erwartet, daß sie auf dem Hauptweg bleiben würde, doch sie schwang das Gespann nach rechts, und wir folgten dem Fluß, bis er sich zu einem von Weiden umgebenen Teich erweiterte. Direkt unter den Bäumen brachte sie die Pferde zum Stehen.

»Nun, mein Herr, wenn du den Korb hinter uns nehmen und mir hinunterhelfen würdest, dann essen wir hier etwas, bevor wir weiterfahren, und ich erzähle dir dabei von den Drachen.«

Erfreut sprang ich hinunter, ohne an mein Bein zu denken, kam aber zum Glück gut auf. Dann half ich ihr von der Bank herunter, wobei ich zum erstenmal die wunderbare Weichheit ihrer Taille in meinen Händen spürte.

Als ich völlig gesättigt war, machte ich es mir bequem, indem ich mich an den Baumstamm hinter mir lehnte.

Lucia lächelte mich an. »Nun, ist es so gemütlich?«

»Ja!« sagte ich zufrieden. »Doch erzähl mir von deinen Drachen und warum ich sie zu den meinen machen werde!«

Nun wurde sie ernst. Sie pflückte einen Grashalm und blickte stirnrunzelnd und konzentriert darauf, als sie ihn mit dem rechten Daumennagel sorgfältig der Länge nach spaltete. »Was weißt du von den Druiden, Publius?«

»Nicht viel. Hauptsächlich das, was mir Bischof Alarich

über sie erzählt hat. Du kennst Alarich?« Sie nickte. »Er sagt, sie seien die Priester der Kelten. Sie gehören der alten Religion an, die hier herrschte, bevor wir kamen. Sie brachten Menschenopfer, und man schrieb ihnen magische Fähigkeiten zu. Sie beten Bäume an, besonders die Eiche, und halten deren Parasiten, die Mistel, für eine heilige Pflanze. Heute haben sie gemäßigte Ansichten, die der grundsätzlichen Lehre des Christentums in keiner Weise widersprechen, denn sie glauben, daß alles von einem gütigen Gott für einen bestimmten Zweck erschaffen worden ist. Das ist so ungefähr alles. Warum fragst du?«

»Ich war einfach neugierig zu erfahren, wieviel du über sie weißt. Glaubst du, daß sie magische Kräfte besitzen?«

»Nein. Ich sagte dir ja schon, daß ich nicht einmal glaube, daß Holzkohle magische Kräfte hat.«

Sie zog die Augenbraue auf die süffisante Art ihres Bruders hoch. »Nun, Publius«, sagte sie dann schleppend, »da irrst du dich. Sie haben wirklich magische Kräfte. Richtig magische, jedoch rein natürliche Kräfte. Und zwar die eines geübten Gedächtnisses.«

Das tat ich mit einem Brummen ab. »Ein geübtes Gedächtnis hat nichts mit Magie zu tun, Lucia. Es ist das erste, was man in der Legion beigebracht bekommt. Wenn ein Mann nicht lesen oder schreiben kann, schule man sein Gedächtnis, wenn man will, daß er sich etwas merkt, angefangen vom Drill bis zu einer entscheidenden Nachricht.«

»Gewiß, doch bei den Druiden hat es eine andere Dimension. Sie haben es über jene Bereiche, die Römer für möglich halten würden, hinaus entwickelt. Sie tragen ihre ganze Geschichte im Kopf und im Herzen, Publius. Sie sind wirklich ein wunderbares Volk. Ich habe unter ihnen einige Freunde, die ich mehr schätze als viele ›achtbare‹ Römer.«

Auch diese Gefühle tat ich in Gedanken ab, indem ich sie als typisch weiblich einstufte, und meine folgenden Worte verrieten dies.

»Vermutlich haben dich diese Leute mit den Drachen bekanntgemacht?«

»Sei nicht gemein, Publius Varrus, das paßt nicht zu dir. Zufälligerweise hast du aber recht. Es war tatsächlich so.«

»Aha. Und was haben diese Drachen nun mit mir zu tun?«

»Noch nichts, und doch vielleicht alles. Ich sagte dir ja schon, daß du sie zu deinen machen wirst.«

Ich seufzte. Ich hatte gut gegessen und fühlte mich in ihrer Gesellschaft ausgesprochen wohl, war aber nicht in der Stimmung, um den heißen Brei herumzureden. Trotzdem gab ich mir große Mühe, jegliche Ungeduld aus meiner Stimme herauszuhalten, und ein Teil von mir – ein sehr großer Teil – hätte sowieso nichts dagegen gehabt, den ganzen Tag dort mit Lucia zu vertrödeln, selbst wenn sie unzusammenhängendes Zeug geschwafelt hätte.

»Könnte man dich vielleicht überreden, das zu erklären?« fragte ich sie.

»Mit Freuden. Die Kelten hier im Westen nennen sich Drachenvolk. Pendragon, oberstes Drachenvolk, genaugenommen. Ich achte und bewundere sie sehr. Und wie ich schon sagte, habe ich mit einigen der Druiden Freundschaft geschlossen. Du sagtest vorhin ja schon, daß die Christen die alte Religion in den letzten Jahren zurückgedrängt haben, doch die Druiden sind weit davon entfernt, ihren ehrenvollen Platz im Land zu verlieren. Einer von ihnen hat mir die Geschichte vom Pendragon erzählt und warum man sie so genannt hat. Es war alles sehr mystisch, und ich hörte hauptsächlich aus Höflichkeit zu, verstand aber nur sehr wenig. Doch dann erweckte etwas, was du zu

Gaius über deinen Großvater sagtest, meine Aufmerksamkeit. Er erzählte es mir weiter, und seitdem grüble ich darüber nach.«

Ich wartete.

»Du hast mich gefragt, ob ich Berge mit Rostflecken gesehen habe. Das habe ich auch, ohne jedoch zu wissen, was das bedeutete. Ich habe viele in dem Gebirge nordöstlich von hier, den Mendips, gesehen. Und das Drachenvolk war vor allem für sein Metallhandwerk berühmt. Sie arbeiten mit Zinn, Silber, Blei und Eisen. Ihre größten Stammesgeheimnisse betrafen Metall.«

Jetzt hatte sie meine volle Aufmerksamkeit: »Erzähl weiter!«

»Nun, verständlicherweise wollten sie ihre geheimen Überlieferungen vor mißgünstigen Augen bewahren. Daher fand das Schmelzen, wie du es nennst, in aller Heimlichkeit, in Berghöhlen und vor allem bei Nacht statt. Die glühenden Öfen sowie der Lärm und Rauch ließen die Legende entstehen, die von dem Volk selbst noch aktiv genährt wurde, daß sich in den Bergen feuerspeiende Drachen befänden – Monster, deren Geheul und Gedröhne man nachts hören konnte, wenn man die Dummheit besaß, sich ihren Höhlen zu nähern. Und ihre List hatte das gewünschte Ergebnis. Neugierige und Eindringlinge wurden wirkungsvoll abgeschreckt, so daß ihre Geheimnisse jahrhundertelang sicher waren.«

»Bis die Römer kamen.«

»Genau, Publius. Bis die Römer kamen. Die Römer mit ihrem gewaltigen Appetit auf Rohstoffe und ihrer nüchternen Weigerung, an Drachen oder irgend etwas zu glauben, worauf man nicht mit Schwert, Schild oder Speer antworten konnte. Die Öfen in den Höhlen wurden verlassen und sind es nun schon seit über vierhundert Jahren geblieben.«

»Dann sind deine Drachen also alle tot?« fragte ich. Sie nickte. »Wie kann ich sie dann zu den meinen machen? Und warum sollte ich das wollen?«

Sie lächelte süß und wissend. »Nach einer Pendragon-Legende werden die Drachen dereinst, wenn die Römer das Land verlassen, in die Berge zurückkehren.«

»So?«

Das Lächeln auf ihrem Gesicht machte einem kleinen Anflug von Ärger Platz. »Was meinst du mit ›so‹? Überleg doch, was ich gesagt habe!«

»Lucia, ich möchte dich nicht beleidigen oder gemein erscheinen, wie du es nennst, doch ich habe, seit ich in der Legion bin, bestimmt schon tausend ähnliche Geschichten und Legenden gehört. Worin unterscheidet sich denn diese so sehr von den anderen?«

»Durch die Beweise. Diese Geschichte ist ganz genau, Publius. Sie sagt, daß die Drachen zu den Pendragon-Bergen zurückkehren, wenn die Römer Britannien verlassen. Gaius glaubt, daß dies vielleicht nicht erst in ferner Zukunft sein wird.«

»Du meinst seine Theorie, daß die Römer nach Hause gehen müssen, um ihr Vaterland zu verteidigen?«

»Ja.«

Ich nickte. »Also gut, laß mich nachdenken. Deshalb will dein Bruder, daß ich hier in Aquae Sulis lebe, nicht wahr? Um darauf vorbereitet zu sein?«

Unmißverständlich antwortete sie: »Ja, und um uns, während wir auf die Rückkehr der Drachen warten, beim Aufbau eines neuen Lebens zu helfen.«

Ich grinste. »Nun, warum nicht?«

»Ja, warum auch nicht? Sie scheinen schon damit angefangen zu haben.«

»Was meinst du?«

In Vorfreude auf die Wirkung dessen, was sie nun sagen wollte, lachte sie auf. »Sie kommen schon zurück! In die Berge. Die Drachen. Sie sind gesehen worden – es gibt Zeugen dafür!«

»Wann? Von wem? Deine Druiden?«

Anstatt direkt zu antworten, versuchte sie es anders: »Hast du mir gestern abend nicht erzählt, daß dein Großvater seinen Himmelsstein vor mehr als vierzig Jahren gefunden und geschmolzen hat?« Ich nickte. »Nun, meine Freunde, die Druiden, behaupten, daß die Drachen vor zweiundvierzig Jahren nachts hier in den Bergen waren. Man sei darüber sehr entsetzt gewesen. Es bestehe überhaupt kein Zweifel daran. Die Drachen seien in der Nacht mit Feuer, Donner und Rauch durch die Dunkelheit geflogen gekommen und hätten sich unter Lärm und Getöse in den Bergen im Osten niedergelassen. In den Mendips. Den Drachenbergen.

Ich hatte das nicht gewußt. Es war siebzehn Jahre vor meiner Geburt, und meine Familie lebte zu jener Zeit noch in Rom oder Konstantinopel. Jedenfalls hat mich die Geschichte deines Großvaters auf die Idee gebracht, daß es zwischen den beiden Ereignissen einen Zusammenhang geben könnte. Vielleicht waren die ›Drachen‹ in Wirklichkeit ein Regen deiner Himmelssteine? Der Zeitpunkt scheint zu stimmen, wenn du ihn richtig in Erinnerung hast. Meinst du nicht auch? Oder klingt das verrückt? Nach den bloßen Vermutungen einer dummen Frau?«

Ich war mittlerweile aufgesprungen und hüpfte vor Aufregung fast herum. Es war absolut nicht verrückt – es bestand sogar eine gewisse Wahrscheinlichkeit! Es könnte durchaus sein, daß genau das die Leute erschreckt hatte – ein Regen von Himmelssteinen! Ich sah es vor mir, wie sie rotglühend und donnernd vom Himmel fielen.

»Großer Gott, Lucia«, stieß ich hervor. Mir war die Kehle plötzlich wie zugeschnürt. »Natürlich besteht da ein Zusammenhang! Das ist ganz offensichtlich! Du hast vollkommen recht, ich weiß es! Ein Himmelssteinregen!«

Doch kaum hatte sie mich überzeugt, da schien sie selbst unsicher zu werden. »Publius«, sagte sie fast im Flüsterton, »du glaubst wirklich an diese Theorie?« Es klang ganz verwirrt. »Du glaubst, daß es so gewesen sein könnte?«

»Daß es so gewesen sein könnte? Natürlich könnte es so gewesen sein! Davon bin ich überzeugt, absolut überzeugt!«

»Ach du meine Güte! Ich war auch einmal davon überzeugt, und zwar, als mir erstmals der Gedanke gekommen war. Doch nachdem ich mit Gaius darüber gesprochen hatte, kam ich mir dumm vor und beugte mich seiner Logik.«

Ich sah sie hart an, ernüchtert wie von einem kalten Wasserstrahl, als sie jetzt von Gaius' Logik sprach. »Welcher Logik?«

Sie errötete und blickte zu Boden. »Oh, Publius, ich habe ein richtig schlechtes Gewissen. Du bist nun so aufgeregt, während mich Gaius ganz unsicher gemacht hat, so daß ich eigentlich beim besten Willen nicht mehr glauben kann, daß Steine vom Himmel fallen können. Es sei denn, jemand hat sie mit einem Katapult hochgeschossen.«

»Lucia, das ist unwichtig. Dein Bruder ist ein römischer Offizier, und sein sachlicher Verstand erlaubt ihm einfach nicht, etwas zu glauben, was eigentlich nicht sein kann. Ich weiß, daß deine Folgerungen stimmen. Ich weiß nicht, warum ich das weiß, doch ich weiß es. Ein Gefühl im Bauch sagt mir, daß du recht hast. Es waren Himmelssteine!«

»Was willst du nun tun?«

»Das hängt von dir und deinen Druiden ab. Weißt du oder wissen sie genau, wo das gewesen ist?«

»Ja. Offenbar weidete dort gerade eine kleine Herde Rinder. Am nächsten Tag waren alle tot, entweder verbrannt oder offenbar verschlungen.«

Ich war ganz aus dem Häuschen und hinkte auf und ab. »Lucia, kannst du feststellen, wo genau das war? Und kannst du jemanden finden, der mich dorthin bringt? Bei Gott, Lucia, kannst du dir vorstellen, wie aufgeregt ich bin?«

Sie strahlte vor Freude. »Ich glaube schon. Ich sehe dich ja.«

»Stell dir das vor, Lucia! Noch einen Himmelsstein zu finden!« Ich klatschte vor Begeisterung in die Hände. »Ich werde die Drachen in die Berge zurückbringen, wenn dort Himmelssteine sind!«

»Siehst du, Publius? Sagte ich nicht, daß du sie zu deinen machen würdest?«

Ich sah sie an und wußte, daß ich, hätte ich sie nicht schon geliebt, mich jetzt auf der Stelle in sie verliebt hätte.

XVIII

Die Villa Britannicus schüchterte mich ein. Ich sah mich einem derart erhabenen Wohlstand gegenüber, daß ich mich trotz meines Goldschatzes und meiner erfolgreichen Waffenschmiede in Camulodunum wieder ganz arm fühlte. Schon vorher hatte ich gewußt, daß die Familie Britannicus reich war, doch der Überfluß, dem ich mich nun gegenübersah, überstieg die menschliche Vorstellungskraft.

An meinem ersten Tag dort führte mich Lucia, nachdem ich zu meinem Zimmer gebracht worden war und meine wenigen Sachen ausgepackt hatte, zu dem Raum, den sie ihr *cubiculum* nannte, obwohl er, wie sie zugab, eigentlich ihrem Bruder gehörte. Dort zeigte sie mir einen Plan des Anwesens, wies auf dessen einzelne Abschnitte hin und erklärte den jeweiligen Zweck. Das Haus selbst war ein riesiges, auf einer Ost-West-Achse errichtetes »H«. Der Hauptwohnbereich der Familie schloß das westliche Ende des »H«, so daß dort ein Rechteck gebildet wurde. Alle vier Gebäude mit Blick auf dessen Innenhof waren Haushaltsgebäude, wo die Bediensteten sowie die häuslichen Einrichtungen wie die Bäder, die Wäscherei, Bäckerei, die Küchen und dergleichen untergebracht waren. Der große Querstrich des »H« enthielt einen Portikus, der zu einem zweiten, äußeren Hof am Ostende führte. Dieser war auf drei Seiten geschlossen – von dem »Querstrich« selbst und von einem Nord- beziehungsweise Südflügel. Dort befanden sich die Stallungen, außerdem die Kornkammern, eine große Schmiede mit mehreren Essen, eine Tischlerei mit angeschlossener Böttcherei, eine Töpferei und eine Gerberei.

Lucia machte mit mir einen Rundgang. Die Gebäude waren alle zweistöckig und die Mauern um den Innenhof aus solidem Gestein – aus riesigen, glatten, runden Granitsteinen, die durch Zement fest zusammengefügt waren. Die verlängerten Flügel des Außenhofs bestanden aus Fachwerk und mit zerkleinertem Feuerstein vermengtem Putz.

Zu Recht war die Familie Britannicus stolz auf ihr Gutshaus. Es hatte zwei völlig getrennte Bäder, eins für die Familie selbst, und ein weiteres, größeres für die Bediensteten und Pächter, die das Land in der Umgebung bearbeiteten. Lucia wies mich darauf hin, daß alle Gebäude um den Innenhof auch von dort aus betreten wurden. Das überraschte mich nicht und schien mir nicht einmal sonderlich erwähnenswert, bis sich herausstellte, daß die Eingänge aller Häuser um den Außenhof zu den Feldern hin lagen. Nur vier kleine Türen führten von den Gebäuden zum Außenhof. Das überraschte mich dann doch.

Sie sah mein Erstaunen, lächelte und meinte, die ungewöhnliche Gestaltung des Außenhofs sei ihr zuzuschreiben. Nachdem Gaius nach Afrika gegangen war, hatte sie beschlossen, den Besitz zu verschönern. Sie hatte den Hof umgewandelt, indem sie die Eingänge zu den Gebäuden um diesen herum versperrte und auf der Gegenseite neue entstehen ließ. Nun blieben dem zufälligen Besucher der Dreschboden, die Tore zu den Viehschuppen, Schafhürden und Schweineställen verborgen. Nachdem die Gebäudefront verkleidet war, ließ sie eine breite, in einem weiten

Bogen verlaufende Zufahrtsstraße zum Portikus bauen. Dann säte sie auf dem ganzen Hof Gras aus und ließ diesem viel Sorgfalt angedeihen. Sobald es kräftig sproß, wurden Blumenbeete angelegt – mit Rosen, Veilchen, Stiefmütterchen und Klatschmohn. Die einzigen Überbleibsel von früher waren die zwölf riesigen Bäume, die schon immer dort gestanden hatten: vier Eichen, drei Ulmen und fünf mächtige Rotbuchen.

»Komm, Publius«, sagte sie, nachdem ich alles angemessen bewundert hatte. »Du hast nun eine Vorstellung von der Anlage des Ganzen. Jetzt können wir uns alles näher ansehen.«

Und da begann der Einschüchterungsprozeß. Als sie mir den Plan des Guts erklärte, hatte ich wohl geglaubt, eine Vorstellung davon zu bekommen, doch das war ein Irrtum gewesen. Die Wirklichkeit spottete jeder Beschreibung. Das Erdgeschoß des Wohnhauses der Familie beispielsweise war palastartig, und jeder Raum hatte einen anderen Fußboden. In den Haupträumen stellten herrlich farbenfrohe Mosaiken Szenen aus griechischen Mythen und Legenden dar: Europa mit dem Stier, Leda mit dem Schwan und Theseus mit dem Minotaurus. Die weniger wichtigen Zimmer waren lediglich gefliest, und zwar in geometrischen Formen und Mustern, deren Glanz und Farbenpracht das Auge blendete.

Im *triclinium*, dem großen Speisesaal, befanden sich zueinander passende Tische aus Eiche, die bequem mehr als sechzig Personen Platz boten. Die Wände waren mit Platten aus grün und gelb schimmerndem Marmor verkleidet, der so blank poliert war, daß ich mich darin spiegeln konnte. An den Wänden reihten sich Schränkchen mit tiefen Schubladen aneinander – einige vorn offen, andere mit Türen –, in denen der Familienbesitz an Tafelsilber und -geschirr untergebracht war: Platten, Schüsseln, Servierschalen, Messer, Utensilien aus Gold, Silber, Kupfer, Zinn und Bronze, exquisite samische Töpferwaren, glasiert und reichlich verziert, Tassen, Becher und Vasen aus feinstem Glas sowie zwei riesige Trinkbecher aus Auerochsenhorn, die poliert und mit einem feinen Goldrand verziert waren und vor Alter glänzten.

Die Familie schlief im oberen Stockwerk, zu dem zwei breite Marmortreppen führten. Dort hatte ich dann erst recht Grund zum Staunen. Alle zehn Schlafräume in der oberen Etage waren nämlich mit Fenstern ausgestattet und somit sehr hell. Diese Fenster hatten Holzläden mit Jalousiestäben, die man ganz schließen oder aber anwinkeln konnte, um Licht und Luft hereinzulassen. Ich hatte davon schon gehört und auch bereits ein paar gesehen, doch nie zuvor erlebt, daß so verschwenderisch davon Gebrauch gemacht wurde. Normalerweise waren römische Schlafräume lediglich winzige, lichtlose Kammern mit einem Bett und vielleicht noch einem Tisch. Wegen der verschwenderischen Lichtfülle waren alle zehn Zimmer in unterschiedlichen Farben dekoriert: Die Wände, mit Vorhängen versehenen Fenster und Teppiche harmonierten farblich miteinander und verliehen jedem Raum einen ganz besonderen Charakter. Mein Zimmer, das von dem Gaius' durch einen kurzen Seitenkorridor mit einem Fenster am östlichen Ende und einer Zimmertür auf jeder Seite getrennt war, war in blaßgoldenen Farben gehalten, während seins ein großer Raum in kühlen Grüntönen war. Lucias Zimmer war weißsilbern dekoriert, mit zartblauen Teppichen und Gardinen und einer Bettdecke aus blauer und silberner Seide, die von unermeßlichem Wert sein mußte, weil sie aus den fernen Ländern im Osten weit hinter Konstantinopel stammte.

Im ganzen Haus war es gleichmäßig warm dank der heißen Luft, die durch *hypocausta* – Heißluftrohre, die von dem Ofen versorgt wurden, der ständig unter dem Badehaus brannte und zweimal am Tag von den Bediensteten beschickt wurde – in die einzelnen Zimmer strömte. Lucia führte mich vom oberen Stockwerk zu dem um dieses herumführenden Gang und von dort über eine Treppe in den Innenhof.

Und wieder war ich über alle Maßen beeindruckt. Das Familienbadehaus verfügte über Einrichtungen, wie man sie eigentlich nur von einem größeren öffentlichen Badehaus erwartete. Es gab einen geräumigen Umkleideraum, der durch an Stangen aufgehängte Gardinen unterteilt war und Nischen zum Verstauen der Kleidung hatte. Direkt davor lagen nebeneinander drei Schwimmräume – einer mit kaltem, einer mit warmem und einer mit heißem Wasser –, und dahinter befand sich, abgeteilt durch schwere, wasserdichte Vorhänge, das *sudarium* oder Dampfzimmer, das mit vielen Steinsockeln ausgestattet war und von einem Bademeister betreut wurde, der sich auf Massage und Enthaarung verstand.

Es war angenehm, wieder in die Kühle des Innenhofs zurückzukehren, wo es intensiv nach verschiedenen Pflanzen duftete. Dieser Hof war durch sich kreuzende Wege in vier Flächen geteilt. Die beiden den Wohnräumen am nächsten gelegenen Parzellen waren sehr kunstvoll angelegt, von einer Ligusterhecke umgeben und mit einer Fülle roten Klatschmohns bepflanzt, der teilweise noch blühte. Die beiden weiter entfernten Flächen standen voller Obst und Gemüse. Aus dem Stolz, mit dem mir Lucia die Pflanzen beschrieb, schloß ich, daß ihr dieser Garten besonders am Herzen lag.

An der Stelle, wo sich die beiden Wege kreuzten, wandte

sie sich nach rechts und führte mich zu der Küchenanlage und Bäckerei. Beide Räumlichkeiten waren riesengroß, makellos sauber und so gut ausgestattet, daß in kürzester Zeit zweihundert Leute versorgt werden konnten.

Am Ende des Hofs, also am weitesten entfernt von den Öfen, die das Haus beheizten, befand sich der Raum, wo Gaius seine Weine lagerte. Ich bekam große Augen, als mir Lucia die dort untergebrachten Schätze zeigte. Dieses Zimmer war vom Boden bis zur Decke mit Regalen ausgestattet, zwischen denen Gänge lagen, die gerade so breit waren, daß auch die größten der Amphoren, Fässer und Gefäße, die in allen Formen und Größen in den Regalen aufgereiht waren, eingelagert und hervorgeholt werden konnten. Jeder einzelne Behälter war deutlich beschriftet und numeriert. Es gab ein breites Angebot von den süffigen schweren, gesüßten Weinen Griechenlands bis zu den dunkelroten, kräftigen aus den Trauben, die an den Hängen des Vesuvs wuchsen, Amphoren mit dem vollmundigen Wein aus Aminaea und eine große Auswahl der verschiedenen Weine aus Gallien einschließlich des leichten, süßen Weins aus dem Süden, der weder rot noch weiß, sondern eine Mischung aus beiden war.

In einem größeren Regalbereich lagerten Weine in kleinen Kännchen, die man leicht zum Mund führen konnte. Eines davon brach Lucia auf und reichte es mir. Reinstes Ambrosia! Der Wein war kühl und süß wie Nektar und stammte, wie sie mir erzählte, aus den Ländern jener germanischen Stämme, gegen die ich selbst vor vielen Jahren gekämpft hatte. Hätte ich geahnt, daß es dort so herrliche Weine gab, wäre ich nach der Schlacht noch geblieben.

Dann gingen wir wieder über den Hof zu der Mauer im Norden, ich noch immer mit dem Krug in der Hand. Dort zeigte mir Lucia die in diesem Flügel untergebrachten Wäschereien und Trockenlagerräume, außerdem die Kühlkammer. Diese war von den Räumen, die auf beiden Seiten an ihn angrenzten, durch dicke Steinmauern getrennt und innen mit verfestigtem und reichlich mit Stroh vermischtem Schlamm verputzt und weiß gestrichen. Ich sah, daß sie einen Zementboden und Abwasserrinnen hatte. Während der Sommermonate war sie zur Kühlung mit Eis, Salz und Stroh vollgepackt, und von den Deckenbalken hingen an Eisenhaken Rümpfe von Ochsen, Schafen, Schweinen, Rehen und anderem Wild.

Als wir den Rundgang durch den Gutshof beendet hatten, ging der Tag bereits zur Neige. Ich war sprachlos. Wir waren jeden Quadratfuß des Gebäudekomplexes abgelaufen und kamen nun als letztes in eine große, geräumige Schmiede. Mein Blick wanderte über die leeren Essen, die Kohlenbecken und die Werkzeuge, die überall, wohin ich schaute, in ordentlichen Reihen hingen.

»Nun?« fragte Lucia. Es war das erste Wort seit langem. »Was hältst du davon?«

Ich scharrte mit dem Fuß über den Zementboden. Kein Splitt. Keine Asche. Ich sah mir das Kohlenbecken neben mir sowie die dort aufgehängten Zangen und Hämmer noch einmal an.

»Das sieht alles neu aus.«

Lucia zog die Augenbraue hoch und lachte. »Alles hier ist neu, Publius. Das hier gehört dir, es ist Publius Varrus' Schmiede, entworfen von Gaius und eingerichtet und ausgestattet von uns beiden in der, wie uns allerdings schien, törichten Hoffnung, daß du eines Tages kommen würdest. Wir waren uns darin einig, daß du dich unter unserem Dach nicht langweilen oder nutzlos fühlen solltest.«

»Du hast wirklich erwartet, daß ich komme? Warum?«

Sie ließ mich voll in den Genuß ihres strahlenden,

schwindelerregenden Lächelns kommen. »Warum nicht? Du bist der engste Freund meines Bruders. Und er hofft schon seit langem, seit du das Heer verlassen hast, daß du zu uns in den Westen kommst und eines Tages seinen Traum mit ihm teilst. Wir haben das beide gehofft, obwohl ich dich nicht kannte. Und wir haben auch gehofft, daß dich diese Schmiede, wenn du wirklich einmal kommst – und sei es nur zu Besuch –, zumindest ermutigt, zu bleiben oder öfters zu kommen. Publius«, sagte sie und sah jetzt erneut ernst aus, »ich weiß, daß du dir ein eigenes Leben aufgebaut und ein Unternehmen in Camulodunum gegründet hast. Doch Gaius kommt bald nach Hause und ist dann kein Soldat mehr. Sein ganzes Leben wird sich verändern, und dafür schmiedet er schon seit Jahren Pläne. Es würde ihn sehr glücklich machen, wenn er dich zu seiner Begrüßung hier vorfinden würde. Wir haben weiß Gott Platz genug für uns alle. Gaius hat dir eine besondere Rolle zugedacht, über die du schon etwas weißt, und bald wirst du noch mehr darüber wissen.«

Lächelnd setzte ich mich auf den Rand des nächsten Kohlenbeckens. Als sie meinen Blick sah, sprach sie eilends weiter.

»Doch ganz gleich, ob du bleibst oder nicht: Du willst sicher in den Bergen nach Himmelssteinen suchen. Stimmt's?« Ich nickte. »Na also! Und wenn du sie findest, willst du wahrscheinlich gleich mit dem Schmelzen beginnen. Das kannst du! Hier!« Sie blickte sich um und sah plötzlich nicht mehr wie ein ganz junges Mädchen, sondern wie eine schöne, reife Frau aus. »Vielleicht ist nicht alles da, was du brauchst. Wenn wir etwas Wichtiges vergessen haben, können wir es leicht in Aquae Sulis besorgen.«

Ich schüttelte den Kopf und ging dann zu dem Stapel

rostiger Barren in der Ecke. Neben diesem stand ein großer Eimer, dessen Deckel ich hob und hineinschaute. Er war voller Holzkohle. Ich prüfte etwas davon zwischen Daumen und Zeigefinger. Sie war von hoher Qualität. Dann sah ich wieder Lucia an.

»Wo habt ihr zwei, du und Gaius, all das gefunden?«

Sie sah verdutzt aus. »Ich ließ Quintus Varos Schmied alles kaufen, was er für nötig hielt. Warum? Hat er schlechte Arbeit geleistet?«

Ich lachte ungläubig. »Nein, Lucia, ganz und gar nicht! Diese Schmiede ist besser eingerichtet und ausgestattet als meine eigene zu Hause. Ich bin nur überrascht, das ist alles. Überrascht und dankbar. Dies ist eine Geste, die eines Kaisers – und einer Kaiserin – würdig ist.«

»Nein, Publius«, wehrte sie ab. »Aber eines Freundes, wie ich hoffe. Ich freue mich, daß sie dir gefällt.«

»Daß sie mir gefällt? Ich bin begeistert! Und falls doch etwas fehlt, was ich bezweifle, dann habe ich alles hier, was ich benötige, um es selbst herzustellen.«

»Schön. Ausgezeichnet. Doch jetzt sollten wir ins Haus gehen. Wir müssen uns für unsere Gäste fertig machen.«

»Gäste? Wer kommt denn?«

»Freunde und Nachbarn, die alle unbedingt den respektgebietenden Varrus kennenlernen möchten.«

Sie nahm mich am Arm und führte mich wieder ins Tageslicht hinaus, zu dem Weg, der hinter dem Gutshof um die Außenmauern herum lief. Im Nordosten zeichnete sich am Abendhimmel das Gebirgspanorama ab. Die tieferen Hänge waren schon von der einbrechenden Dunkelheit überschattet, doch die oberen fingen noch die Strahlen der untergehenden Sonne ein. Ich nickte hinüber.

»Sind das deine Drachenberge, die Mendips?«

»Ja. Dort liegen deine Himmelssteine.«

Während ich so auf die dunkler werdenden Umrisse schaute, stieg Erregung in mir auf, und ich blieb stehen.

»Und du kennst wirklich jemanden, der mich dorthin, zur genau richtigen Stelle bringen kann?«

Ihre Hand lag noch auf meinem gebeugten Unterarm, den sie nun beruhigend drückte. Das brachte mein Herz fast zum Stehen.

»Es ist schon alles geregelt. Meric, einer unserer hiesigen Druiden, weiß, wohin er dich bringen und was er dir zeigen soll. Du lernst ihn heute abend kennen.«

»Du lädst Druiden zum Abendessen ein?«

Sie lachte. »Natürlich! Es sind Menschen wie du und ich. Sie essen sogar das gleiche, so daß es einfach ist, sie zu bewirten. Es wird dir mit den Druiden gefallen, Publius Varrus, das verspreche ich dir.«

Wir gingen weiter, und das perlende Lied einer Drossel erinnerte mich plötzlich an meine Auseinandersetzung mit Nescas Meuchelmördern auf der Straße. Lucia hatte mich offenbar genau beobachtet, denn sie bemerkte meinen plötzlichen Stimmungsumschwung und fragte mich, was los sei.

»Nichts«, antwortete ich. »Das Vogelgezwitscher hat mich bloß an ein paar Schwierigkeiten auf der Straße erinnert. Es ist aber nichts, worüber du dir Sorgen machen müßtest.«

»Das tue ich aber, wenn es dich angeht.« Sie sprach leise und ernst, und ich drehte mich zu ihr um. Ihr Gesichtsausdruck ließ mich impulsiv den Entschluß fassen, mich ihr anzuvertrauen.

»Nun, ich gebe zu, daß ich mir ein wenig Sorgen mache. Das hängt mit dem Grund meines Kommens zusammen.«

»Das klingt beunruhigend. Bitte sag mir ganz ehrlich, warum du hier bist! Du hast es nicht erwähnt. Nicht daß es einen Unterschied macht«, beeilte sie sich hinzuzufügen. »Ich freue mich sehr, spüre aber, daß dich etwas bedrückt.«

Nach kurzem Nachdenken fragte ich sie: »Kennst du einen Mann namens Quinctilius Nesca?«

Sie hob den Blick vom vor ihr liegenden Weg und sah mich an. Ruhig und zurückhaltend meinte sie: »Ja, aber nicht gut. Ich habe ihn ein- oder zweimal getroffen. Warum fragst du?«

»Was für ein Mann ist er?«

»Er ist ein absolutes Ekel! Dick, abstoßend und widerwärtig. Ein Geldwechsler und -verleiher. Doch das ist es nicht, was du meinst, nicht wahr?« Sie zögerte. »Quinctilius Nesca ist ein Mann, dessen Gesellschaft Gaius nicht lange dulden und um die er sich niemals bemühen würde. Woher kennst du ihn?«

»Ich kenne ihn nicht.« Tief holte ich Luft und wunderte mich, daß ich dieser Frau gegenüber, die ich vierundzwanzig Stunden zuvor noch gar nicht gekannt hatte, so offen war. Dann erzählte ich ihr ganz von vorn die Geschichte von Claudius Caesarius Seneca und unserem Zusammenstoß einschließlich des Nachspiels auf der Reise von Camulodunum hierher. Sie hörte mir zu, ohne mich zu unterbrechen, und als ich fertig war, hatten wir wieder den Haupteingang des Familienwohnhauses erreicht. Sie führte mich direkt in ihr *cubiculum* und ließ mich Platz nehmen. Schweigend wartete ich, während sie uns Wein einschenkte und sich das, was ich ihr erzählt hatte, durch den Kopf gehen ließ.

»All dies ist geschehen, seit Gaius nicht mehr im Land ist?«

»Ja. In den letzten Monaten.«

»Und du hast diesen Seneca nur dieses eine Mal gesehen?«

»Diesen bestimmten Seneca, ja. Einmal reichte.«

»Ja. Da gebe ich dir recht. Doch alle in seiner Familie haben diese merkwürdige Gabe, sich beliebt zu machen. Wie lange ist das genau her?«

»Zwei Monate.«

»Und sie suchen noch immer nach dir? Wie dumm, daß du hinkst.«

»Ja. Und dann mein graues Haar.«

»Du bist noch immer auf Seneca wütend, nicht wahr?«

Ich nippte am Wein. »Ja, das stimmt!«

»Warum?«

»Warum nicht?«

»Das kann ich dir sagen.« Erstaunt stellte ich fest, wie sehr sie mich an ihren Bruder erinnerte. Er hätte genau das gleiche in gleichem Ton gesagt. »Du hast den Kampf gewonnen. Er war der Verlierer. Du hast durch seine Hand nichts erlitten. Nur durch seine Zunge, und das solltest du inzwischen vergessen haben. Zumindest sollte es dir nicht mehr so wichtig sein.«

»Lucia, du magst ja recht haben. Wahrscheinlich sollte es mir wirklich nicht mehr so wichtig sein. Doch ich scheine einfach nicht in der Lage zu sein, diesem Mann zu verzeihen und ihn und die ganze Angelegenheit zu vergessen.«

Sie beharrte auf ihrer Frage: »Ich frage dich noch einmal: Warum?« »Ich weiß es nicht, Lucia! Verzeih mir, aber er hat nun mal diese Wirkung auf mich. Ich habe mich nach ihm erkundigt. Er ist berüchtigt – voller Niedertracht. Und ich habe das Gefühl, ihn um so mehr zu verabscheuen, je mehr ich über ihn höre. Er ist eine Beleidigung all dessen, was mir hoch und heilig ist. Manchmal denke ich …«

»Fahr fort! Sprich weiter! Was denkst du manchmal?«

Ich schüttelte den Kopf. »Ich weiß es nicht. Ich finde plötzlich selbst, daß es dumm klingt. Ich wollte sagen, daß ich manchmal denke, daß er die Personifizierung all dessen ist, was im Kaiserreich korrupt ist. Doch damit würde ich ihm zuviel Bedeutung geben. Er ist ganz einfach ein böser, kleiner Mann mit zuviel Macht und zuviel Geld.«

Lucia stand auf, ging zu dem Beistelltisch, wo die Weine standen, und goß mir nach.

»Die Senecae sind unwahrscheinlich reich, Publius, und Reichtum ist Macht. Das haben wir Britannici von den Senecae über Generationen schmerzhaft erfahren müssen. Aber ein böser, kleiner Mann? Du sagtest doch, er sei ein grobschlächtiger, brutaler Kerl!«

»Ja, das ist er. Er ist groß und kräftig, hat starke Muskeln und ist in guter Verfassung. Ich meinte ›klein‹ anders. Ich meinte es mehr im Sinne von gemein und unbedeutend.«

Sie setzte sich wieder hin. »Diesen Fehler solltest du niemals machen, Publius. Dieser Mann ist nicht unbedeutend. Kein Seneca ist unbedeutend. Gemein, niederträchtig, boshaft und grausam, ja, aber nicht unbedeutend. Und was du denkst, ist keinesfalls dumm. Er und seine ganze Familie sind wirklich die Personifizierung all dessen, was in Rom krank ist. Es liegt ihm im Blut. Leider ist die Familie alles andere als einzigartig. Ich habe Gaius oft sagen hören, daß unser Land, ja das ganze Kaiserreich, eben durch diese Eigenschaften, die du genannt hast, heruntergekommen ist. Alle Korruption, alle Laster, alle Fehler und Schwächen Roms sind auf den sogenannten Adel konzentriert, und die Familie Seneca ist für deren schlimmste Auswüchse typisch. Ich fürchte, du hast dir da einen schlimmen Feind gemacht. Du sagst, er sei nach Konstantinopel zurückgekehrt?« Ich nickte. »Gut! Dann wollen wir alle hoffen, daß er sich künftig von Britannien fernhält. Jedenfalls ist es nicht sehr wahrscheinlich, daß du Quinctilius Nesca hier begegnest.«

Kaum hatte sie zu Ende gesprochen, kam der Majordomus ins Zimmer und kündigte an, daß wir nur noch eine halbe Stunde bis zum Eintreffen der Gäste hätten. Lucia entschuldigte sich und ging sogleich, und auch ich machte mich auf den Weg zu meinem Zimmer.

Ich lief langsam und dachte über die erstaunlichen Tiefen nach, die ich in so kurzer Zeit bei dieser bemerkenswerten Frau entdeckt hatte. Während ich so ging, sah ich mein Spiegelbild auf den Marmorwänden des Raums, den ich durchquerte. Ich blieb stehen, sah mich an und versuchte die rechte Augenbraue so hochzuziehen, wie sie und ihr Bruder es taten.

»Mein Freund«, sagte ich zu meinem Spiegelbild, »du wirst es lernen müssen, den Rest deines Lebens ohne diese Frau zu verbringen. Für immer. Es sei denn, du findest wie durch ein Wunder einen Weg, sie zu erobern.« Doch Schuldgefühle lagen im Widerstreit mit dem Verlangen in meinem Bauch und der Liebe in meinem Herzen, und ich verdrängte den Gedanken an Gaius' Reaktion, sollte er jemals meiner Unverschämtheit gewahr werden, von seiner kleinen Schwester zu träumen.

Das Abendessen war teils eine Freude und teils eine Prüfung. Es war wie bei einer Parade: Ich wurde nicht weniger genau und sorgfältig inspiziert als beim Heer unter Gaius' Kommando. Ich kämpfte meine natürliche Abneigung nieder, Fremden zu begegnen, und versuchte von ganzem Herzen freundlich und umgänglich zu sein. Zu meiner Überraschung schien mir das zu gelingen, und ich freute mich über die Aufmerksamkeit, mit der ich überschüttet wurde, und reagierte darauf auf eine Art, zu der ich vorher nie fähig gewesen war.

Es muß wohl nicht eigens erwähnt werden, daß ich meine neue Leichtigkeit Lucia verdankte. Sie schien an diesem Abend vor Begeisterung über alles, was ich je getan hatte, zu glühen. Beim Essen führte sie die Unterhaltung mit dem unfehlbaren Talent, mich und meine Ansichten zum Mittelpunkt des Abends und Maßstab für alle anderen Meinungen und Erfahrungen zu machen. Im übrigen war ich mir während des langen, formellen Mahls stets ihrer Gegenwart und strahlenden Schönheit dort am anderen Ende des Tisches bewußt.

Es saßen sechzehn Personen am Tisch, und ich habe schon längst vergessen, wer sie waren, obwohl ich sie in den nächsten Jahren noch alle gut kennenlernen sollte. Nur an drei kann ich mich noch erinnern, weil sie über Nacht blieben: Meric, der Druide, der weit weniger sonderbar und barbarisch war, als ich vermutet hatte, Domitius Titens, ein Gutsbesitzer aus der Nachbarschaft und früherer Tribun, mit dem ich mich später rasch anfreundete, und Cylla, seine schöne und giftige Frau, die damals und auch danach bis zu ihrem Tod immer wieder versuchte, mich in ihr Bett zu locken.

Daß es ihr nicht gelang, ist nicht meiner Standhaftigkeit zuzuschreiben, sondern anfangs nur den Umständen und später der Loyalität.

Sie begann ihren Angriff auf mich bei unserer ersten Begegnung, indem sie mich – wie nur Frauen das können – auf recht deutliche Art und Weise, jedoch nur mit den Augen, wissen ließ, daß sie mir nach Lust und Laune zu Willen sein würde. Ihr Mann merkte nichts, wohl aber Lucia, und später wurde ich Zeuge einer Reihe lächelnder, verbaler Dolchstöße, die einem Mann die Eingeweide zerfetzt hätten. Der Beginn dieses Austauschs zerfleischenden Witzes und weiblichen Giftes war mir entgangen, und später konnte ich im Lichte dessen, was Lucia sagte, nur vermuten, daß Cylla eine anzügliche Bemerkung über die Annehmlichkeit des Arrangements gemacht hatte, daß Lucia und ich allein im Haus waren. Zunächst sagte Lucia wenig dazu, da sie es einer Antwort nicht für wert erachtete. Doch Cylla ließ sich mit eifersüchtiger Beharrlichkeit weiter darüber aus, bis es Lucia reichte und sie dies Cylla auch mitteilte. In diesem Augenblick kam ich nichtsahnend dazu und wurde Zeuge ihres Austauschs von Freundlichkeiten, bevor sie mich bemerkten. Ich tat so, als hätte ich nichts gehört, und sie beendeten ihren Streit, als wir kurz darauf zum Essen gerufen wurden.

Am Ende des Mahls war ich wieder so von Lucias Schönheit hingerissen, daß ich Cyllas Reize völlig vergaß. Ich dachte nicht mehr an sie, bis sie nach Mitternacht in mein Bett schlüpfte, mich weckte und in Panik versetzte.

Ich hatte von Lucia geträumt, sie im Bett neben mir gespürt, warm, stark, seidig, und dann träumte ich plötzlich nicht mehr. Die Brust, die ich streichelte, war warm und echt und der an meinen geschwollenen Phallus gepreßte Körper lebendig und fordernd. Schlagartig wachte ich auf und mußte wohl »Lucia« gerufen haben, weil eine Stimme leise lachte und dicht an meinem Ohr flüsterte: »Nein, nicht Lucia. Lucia ist nicht hier.«

Als ich mich in schläfriger Panik mühsam auf einen Ellbogen stützte, hörte ich Lucia aber sagen: »Doch, sie ist hier, meine Liebe, und du bist wohl im falschen Bett.«

Bis ich mich aufgesetzt und ganz wachgeschüttelt hatte,

war Cylla weg, und Lucia flüsterte von der Tür meines Zimmers aus: »Schlaf weiter, Publius! Schlaf gut!«

Im Mondlicht sah ich ihre Umrisse, als sie sich zum Gehen wandte. »Warte! Warte, Lucia!« Sie drehte sich wieder zu mir um, während ich mir den letzten Schlaf aus den Augen rieb. »Was ist los?« fragte ich sie, obwohl ich es mittlerweile wußte. »Was war denn hier los?«

»Ich habe Cylla weggeschickt. Sie ist eine dumme und gefährliche Frau. Ihr Mann ist nicht so einfältig, wie sie glaubt. Wenn er aufgewacht wäre und gemerkt hätte, daß sie weg ist, wäre er geradewegs hierhergekommen. Außer seinem konnte sie nur zwei Betten aufsuchen, und Meric ist zu alt und gottgefällig für ihren Geschmack.«

»Oh!« brummte ich, da ich nicht wußte, was ich sagen sollte. Dann fand ich die Sprache wieder. »Vielen Dank! Ich schlief und dachte, es wäre ein Traum.«

»Ich weiß.« Ich hätte schwören können, daß sie ein Lächeln unterdrückte. »Ich habe dich gehört.«

»Aber ... wie kommt es, daß du hier bist? Wie spät ist es denn?«

»Nach Mitternacht, Publius, doch ich kenne Cylla schon zeit meines Lebens. Ich wußte, daß sie sich zu dir schleichen würde. Deshalb habe ich auf sie gewartet. Wäre es dir lieber gewesen, wenn ich das nicht getan hätte?«

»Nein, nein! Danke für deine Umsicht! Möglicherweise hast du mir das Leben gerettet. Du hast recht. Das war dumm und gefährlich. Und unerwünscht.«

»Dann hast du nicht gerade von Cylla geträumt, als du aus dem Schlaf gerissen wurdest?« Wieder klang es, als lächle sie.

»Ich kann mich nicht daran erinnern«, log ich. »Nein, nein, ich habe nicht von Cylla geträumt.«

»Gut! Dann schlaf weiter. Heute nacht kommt sie

nicht noch einmal, und wir müssen früh aufstehen. Meric ist nicht gerade ein geduldiger Führer. Gute Nacht, Publius!«

Leise schloß sie die Tür hinter sich, und ich hatte große Mühe, wieder einzuschlafen.

XIX

Ich weiß, daß es Menschen gibt, die Berge und Hügel lieben. Ich hasse sie. Dort stinkt es nach Blut, Tod und Hinterhalt. Dort halten sich Feinde verborgen. Ich habe in den Bergen zu viele Kameraden verloren, als daß mich ihre Schönheit noch beeindrucken könnte. Sie stellen ein Risiko für Reisende und Soldaten dar. Oben auf einem Berg mit ungehinderter Aussicht in alle Richtungen könnte ich vielleicht der Versuchung unterliegen, mich eine Weile zu entspannen. Niemals jedoch könnte ich mich hinlegen und schlafen, ebensowenig wie ich auf einer Reise durch Täler fröhlich und gesprächig sein könnte. Wie gesagt, ich hasse die Berge.

Die Mendips unterscheiden sich in keiner Weise von anderen Gebirgsketten Süd-Britanniens. Sie sehen ganz genauso aus. Doch sie versprachen Himmelssteine, und da ich seit meiner Ankunft in diesem Teil des Landes nur gute Erfahrungen gemacht hatte, war ich bereit, die Mendips zunächst einmal als ungefährliches Gebiet zu behandeln. Zum erstenmal in meinem Leben fühlte ich mich im Gebirge nicht bedroht und bekam keine Platzangst. Das fiel mir allerdings erst auf, als wir unsere Pferde auf dem Gipfel eines Berges zügelten und ins Tal auf der anderen Seite blickten, ein Tal, das von Drachen heimgesucht worden war.

»Nun, was hältst du davon?«

Ich antwortete Meric nicht sofort, da ich zu sehr damit beschäftigt war, die Augen übers Tal wandern zu lassen. Selbst aus dieser Höhe konnte ich erkennen, daß das Gras dick und verwildert und schon winterlich braun und goldgelb gesprenkelt war. Alles machte bereits einen so feuchten, kalten und unwirtlichen Eindruck wie im Dezember und war nicht gerade vielversprechend, auch wenn ich etwa dreißig große, im Tal verstreute Felsbrocken zählte. Auch die Oberfläche des Sees am anderen Ende sah kalt und feindlich aus und war durch kleine, vom Wind verursachte Wellen getrübt. So verwandelte sich meine Aufregung über die Reise plötzlich in Enttäuschung und Niedergeschlagenheit. Ich blickte auf meine beiden Begleiter. Zusammengekauert saßen sie auf ihren Pferden und hatten die Umhänge gegen die eisigen, scharfen Windböen fest um sich gewickelt.

»Ich weiß nicht, was ich davon halten soll, Meric«, antwortete ich. »Bist du sicher, daß dies die richtige Stelle ist?«

Ihm lag schon eine patzige Antwort auf der Zunge, doch er beherrschte sich und wandte den Blick von mir ab ins Tal. Offenbar war er entschlossen, sich von meiner schlechten Laune nicht anstecken zu lassen.

»Ja, Varrus, ich bin sicher, daß dies die richtige Stelle ist. Ich bin schon öfters hier gewesen, und es hat sich nichts verändert.« Er nickte in Richtung Tal. »Sind das die Felsbrocken, die vom Himmel gefallen sein sollen?«

»Vielleicht. Ich bezweifle es jedoch. Ich glaube, sie sind zu groß. Weißt du, daß ich auch noch keine Himmelssteine gesehen habe? Ich habe keine Ahnung, wie sie aussehen.« In meiner Stimme war eine Rauheit, die ich – zu spät – zu verbergen versuchte. Es war nicht Merics Fehler, daß die Stelle anders aussah, als ich es erwartet hatte. Um die

Wahrheit zu sagen, hatte ich nicht gewußt, was ich erwarten sollte. »Erzähl mir noch einmal, was in jener Nacht geschehen ist, Meric!« sagte ich etwas freundlicher.

Er zitterte und zog sich den Umhang enger um die Schultern. Falls ihn mein Wunsch irritierte, so war es seiner Stimme jedenfalls nicht anzuhören.

»Also gut, aber vergiß bitte nicht, daß ich nur berichte, was mir erzählt worden ist. Es war in meiner Kindheit, bevor ich der Bruderschaft beitrat. Es soll in jener Nacht bedeckt und stürmisch gewesen sein, allerdings waren große Lücken in der Wolkendecke, durch die man deutlich die Sterne sehen konnte. Ein oder zwei Stunden vor Mitternacht sah man viele Lichter am Himmel. Anfangs hoben sie sich noch deutlich voneinander ab, doch als sie dann unter schrecklichem Getöse heruntergeschossen kamen, wurden die Leute von ihrer Helligkeit geblendet. Unter Feuer und Flammen krachten diese Lichter zwischen den Bergen zu Boden, so daß die Wolken von unten angestrahlt wurden und so rot aussahen wie das Feuer selbst und Qualm die Sterne verdunkelte. Das sahen Hunderte von Menschen hier in den Bergen und in der Umgebung, und alle waren davon überzeugt, daß die Drachen der Legende zurückgekehrt waren.

Am nächsten Tag gingen ein paar abenteuerlustige Leute in die Berge, um nachzuschauen, unter ihnen Athyr, der alte Mann, der später mein Lehrer wurde. Er erzählte mir, was er mit eigenen Augen gesehen hatte. Er war es auch, der mich hierherbrachte und mir die Verwüstungen zu beschreiben versuchte.«

Er hielt inne, und eine Zeitlang war oben auf dem Berg lediglich das Tosen des Windes und das Klappern der Hufe von Lucias Pferd, das sich ein wenig von uns entfernte, zu hören. Meric räusperte sich und erzählte weiter.

»In jener Nacht weidete eine kleine Viehherde – der ganze Reichtum des Dorfes – im Tal. Alle Tiere kamen um, so daß den Dorfbewohnern nichts blieb. Einige der Rinder waren in Stücke gerissen und im weiten Umkreis verstreut. Manche waren völlig verschwunden, ohne auch nur eine Spur zu hinterlassen. Wieder andere waren bei lebendigem Leib verbrannt. Das Tal versank stellenweise fußtief im Schlamm. Athyr sagt, dieser habe sich bis zu den Gipfeln der umliegenden Berge erstreckt. Die ganze Bergseite dort drüben war ein einziger Geröllhaufen. Man kann noch heute die Brocken am Fuß des Felsens sehen, obwohl sie nun fast überwuchert sind.«

Ich blickte hinüber, und tatsächlich war der untere Teil des Felsens auf der anderen Seite des Sees, den ich aus der Ferne für einen Berghang gehalten hatte, in Wirklichkeit ein Haufen Schutt und Geröll, der von üppigem Unkraut und Gestrüpp überwuchert war.

»Obwohl alles von Schlamm bedeckt war, behauptet Athyr, daß Rinder bei lebendigem Leib verbrannt sind. Ich kann immer noch nicht begreifen, wie das möglich war.« Meric zuckte mit den Schultern. »Doch mir bleibt nichts anderes übrig, als es zu glauben. Athyr lügt nie. Er ist der ehrlichste Mensch, den ich kenne. Er hat zu mir gesagt, daß er das gesehen hat, also hat er es gesehen. Er hat geglaubt, was er zu mir gesagt hat, also glaube ich es ihm. Als er mich hierherbrachte, waren bereits zehn Jahre vergangen, und es hatte sich schon eine Grasdecke darüber gebildet, wenn sie auch noch nicht so dicht war wie jetzt.«

»Und was ist mit dem See?«

»Was soll denn damit sein?«

»Ich weiß es nicht. Deshalb frage ich dich ja. Hat Athyr auch etwas über den See gesagt?«

Stirnrunzelnd versuchte er sich an jenen Tag zu erinnern. »Nein. Nein, über den See hat Athyr nichts gesagt. Warum fragst du?«

»Ich weiß es nicht.« Ich sah mir das Tal jetzt genauer an. »Es ist ein völlig abgeschlossenes Tal. Wie sind die Rinder hierhergekommen?«

Verblüfft antwortete er: »Das weiß ich nicht. Sie müssen über die Berge gekommen sein.«

Ich versuchte die Ungeduld aus meiner Stimme zu halten, als ich fragte: »Warum sollten sie das? Auf der anderen Seite der Berge besteht kein Mangel an Weideland. Warum sollten sich die Leute aus dem Dorf die Mühe machen, ihr Vieh den ganzen Weg die Berge hinauf- und auf der anderen Seite wieder hinunterzubringen, um sie in einem geschlossenen Tal grasen zu lassen?«

»Vielleicht, um sie zu schützen?«

»Vor wem? Gab es seinerzeit Probleme mit Räubern?«

»Nicht, daß ich wüßte.«

»Und du bist sicher, daß er nichts von dem See gesagt hat?«

»Er hat nichts davon gesagt. Davon bin ich fest überzeugt.«

»Gab es den See schon immer?«

»Was ist das für eine Frage? Natürlich gab es ihn schon immer!«

»Woher kam dann all der Schlamm?«

»Das weiß ich nicht, mein Junge!«

»Was hat er dir sonst noch erzählt? Denk scharf nach, Meric! Es ist wichtig. Gibt es *irgend etwas*, was er dir noch über diesen Ort gesagt hat, woran du aber vielleicht nicht mehr gedacht hast? Etwas, das du damals vielleicht nicht für so wichtig gehalten hast? Irgend etwas?«

Mit nachdenklichem Gesicht blickte er wieder ins Tal hinunter. Ich beobachtete ihn genau, ließ ihn nicht einen

Moment aus den Augen. Sein Blick schweifte von rechts nach links übers Tal, und dann sah ich es – ein kurzes Zukken zwischen seinen Augenbrauen. Ich hielt den Atem an, als er offensichtlich sein Gedächtnis nach den Einzelheiten seines ersten Besuchs an dieser Stelle durchforstete und auf etwas stieß, auf etwas Vages, dem er jahrelang keine Beachtung geschenkt und das er fast schon vergessen hatte.

»Es gibt da etwas. Etwas, was er über den Berghang gesagt hat.« Und dann leuchteten seine Augen plötzlich auf. »Ich erinnere mich jetzt. Er sagte, das Gesicht des Sonnengottes sei dort im Schlamm des Berghangs gewesen.«

»Wie? Was im Hades bedeutet das?«

Ein Grinsen überflog sein Gesicht, als er mich jetzt ansah. »Das habe ich mich auch gefragt und ihn gebeten, es mir zu erklären. Und Athyr sagte, im Schlamm am Hang dort drüben sei ein kreisrundes Stück ganz ohne Schlamm gewesen. Es sei so gewesen, als habe einer jener Drachen aus all dem Schlamm ein genaues Abbild des Sonnengottes herausgeschaufelt. Einen vollkommenen Kreis aus silbergrauem Fels, sagte er, inmitten eines Schlammsees.«

Ich schwieg eine Weile. Etwas nagte in mir. Ich befand mich in einem Zustand nervöser Erwartung, als würde mir gleich etwas einfallen, was es dann aber doch nicht tat. Ich zwinkerte heftig und schüttelte den Kopf, um Klarheit in meine Gedanken zu bringen.

»Wo?« fragte ich. »Wo war das?«

»Dort drüben am Berghang!«

Angestrengt blickte ich in die Richtung, in die er deutete, konnte aber nichts entdecken.

»Wie groß war dieser Kreis?«

»Ich weiß es nicht. Das hat Athyr nicht gesagt, und ich habe ihn nicht danach gefragt.«

Ich fluchte leise vor mich hin und kämmte in dem heftigen Wunsch, dort das Porträt des Sonnengottes zu sehen, den Hang mit den Augen ab. Doch da war nichts. Und dann bekam ich ein nervöses Gefühl im Magen, weil mir einfiel, was jenes Nagen in mir ausgelöst hatte: ein heißer, staubiger Sommertag in Germanien vor mehr als zwanzig Jahren. Den ganzen Tag über waren wir marschiert und legten nun eine kurze Pause ein. Ich hatte nicht einmal mehr die Kraft, meine Ausrüstung abzulegen, hockte mich einfach auf einen Meilenstein am Straßenrand und starrte, ohne etwas zu sehen, auf den Staub, der das Kopfsteinpflaster vor mir bedeckte.

Fast den ganzen Nachmittag über war in der Ferne Donnergrollen zu hören gewesen, doch der Regen war ausgeblieben. Während ich so dasaß, begannen plötzlich um mich herum einzelne große, dicke, schwere Tropfen zu fallen. Es waren wirklich buchstäblich einzelne Tropfen, von denen jeder für sich einen Abdruck im Staub hinterließ: einen vollkommenen Kreis – ein Wassertropfen in einem perfekt runden Staubwall, den er um sich herum aufgeworfen hatte. Wäre ich nicht so müde gewesen, hätte ich es nie und nimmer wahrgenommen. Doch wie es der Zufall wollte, landete der erste Regentropfen mitten auf dem Kopfstein, auf dem gerade mein Blick ruhte. Leicht überrascht von der vollkommenen Form, die er schuf, blickte ich auf den nächsten. Dann auf weitere, und alle waren gleich! Alle waren gleich groß und gleichermaßen perfekt geformt, und zwar nicht nur auf den Steinen der Straße, sondern auch im Staub am Straßenrand. Ich saß mitten auf einem Feld winziger, makelloser Kreise. Und dann brüllte der Zenturio nach uns, und ich vergaß über der erneuten Qual des langen Marsches alles wieder.

Ein paar Tage später, als wir unseren Marsch beendet

und unser Lager aufgeschlagen hatten, fiel es mir wieder ein. Überall lag dicker Staub, und unser Zenturio hatte ein paar Männer – darunter auch mich – abkommandiert, die Umgebung des Zelts des Tribuns anzufeuchten. Ich versuchte dabei, erneut jenen Regentropfeneffekt hervorzurufen, indem ich Wasser in die Luft spritzte und beobachtete, wie es am Boden ankam. Manchmal funktionierte es und manchmal nicht. Es schien von der Größe der Tropfen abzuhängen. Waren sie sehr groß, verspritzten sie einfach. Es hatte keine Bedeutung für mich, ich war lediglich neugierig, und als meine Kameraden um mich herum merkten, was ich tat, und anfingen, sich über mich lustig zu machen, genierte ich mich und hörte damit auf.

Noch monatelang interessierte mich die Wirkung fallender Regentropfen. Ich beobachtete, wie sie auf der Wasseroberfläche aufkamen und dort kleine, runde Wellen schlugen. Doch dann verlor ich das Interesse an diesem Phänomen und vergaß es schließlich völlig, bis wir an einem Sommertag ungefähr fünf Jahre später an den Rand eines heftigen Hagelsturms kamen und ich den gleichen Kreiseffekt im Staub des Feldes sah, das wir überquerten.

Jahrelang hatte ich nicht daran gedacht, doch die ganze Zeit hatte es in der Tiefe meines Bewußtseins geschlummert und nur darauf gewartet, wieder ins Gedächtnis gerufen zu werden. Als es mir nun wieder einfiel, wurde ich ganz aufgeregt. Ich wußte noch, daß mein Vater den Himmelsstein in einem Loch gefunden hatte – und dieses konnte durch die Heftigkeit des Einschlags, als er vom Himmel fiel, entstanden sein. Außerdem hatte der alte Athyr im Schlamm am Hang einen Kreis gesehen, der immerhin so groß war, daß er seine Aufmerksamkeit erregt hatte.

Lucia, die lange Zeit geschwiegen hatte, unterbrach nun meine Träumerei. »Wie wär's, wenn wir hinuntergehen und einen Blick auf die Felsbrocken werfen, Publius?«

Ich lächelte wegen ihres Feingefühls, nichts davon zu sagen, daß sie sich auf dem ungeschützten Berggipfel zu Tode fror.

»Wir können natürlich hinuntergehen und nachsehen, doch ich bezweifle, daß wir heute irgendwelche Himmelssteine finden werden.«

Sie sah enttäuscht aus. »Woher weißt du das?«

»Ich weiß es nicht. Ich weiß es ganz und gar nicht. Ich habe nur so das Gefühl, daß die Felsbrocken dort keine Himmelssteine sind. Aber schauen wir doch nach! Vielleicht irre ich mich ja.«

Langsam ritten wir den Berg hinunter, und ich sah Lucia an, daß sie irgendwie ratlos war.

»Worüber machst du dir Sorgen, Lucia? Was ist los?«

Sie schüttelte den Kopf. »Eigentlich nichts. Ich habe mich nur gerade gefragt, woran du erkennen würdest, ob ein Stein ein Himmelsstein ist oder nicht.«

»Ich muß das heute anscheinend immer wieder sagen: Ich weiß es auch nicht. Ich habe keine Ahnung, woran ich es erkennen werde, ja nicht einmal, ob ich es erkennen werde. Es sei denn, wir finden einen aus reinem Metall. Wahrscheinlich werde ich es erst merken, wenn ich versuche, einen aufzuheben.«

»Publius Varrus! Willst du damit sagen, daß du wirklich nicht weißt, wie ein Himmelsstein aussieht?«

Ich nickte. »Ich habe nicht die geringste Ahnung. Ich habe nur von ihnen gehört, aber noch keinen zu Gesicht bekommen.«

»Du sagst, du wirst es erst merken, wenn du versuchst

einen aufzuheben. Ist das ein Witz? Die Brocken da unten im Tal sind riesengroß! Niemand kann so einen aufheben.«

»Da gebe ich dir recht, Lucia, doch ein Mann mit etwas Verstand im Kopf sollte in der Lage sein, ein Stück davon abzubrechen, wie? Meinst du nicht?«

Sie errötete, weil sie glaubte, ich nehme sie auf den Arm.

»Im Ernst, Lucia! Ich muß alle Steine zerbrechen, um ihr Inneres zu sehen. In einem frisch gebrochenen Stein kann man metallisches Erz gut erkennen. Da die Außenseite gewöhnlich verwittert und verblichen ist, sieht man die Erzadern meist nicht auf den ersten Blick. Ich zeige es dir, wenn wir unten sind.« Ich drehte mich nach Meric um, der direkt hinter mir ritt. »Schon Drachen gesehen, Meric?« Er brummte nur und hob den Blick nicht einmal vom Boden, auf den sein Pferd zierlich Fuß vor Fuß setzte. Ich entspannte mich und überließ es meinem Pferd, den Weg hinunter zu finden. In Gedanken war ich mit dem Tag der Invasion vor vielen Jahren beschäftigt, als Britannicus' und mein Leben von der Trittsicherheit unserer Pferde abhing.

Während unseres Abstiegs teilte sich die Wolkendecke, so daß die blasse Herbstsonne durchkam. Ihre Strahlen waren jedoch zu schwach, um etwas gegen den kalten Wind ausrichten zu können. Der Talgrund war genau von der Art, die mir als Berufssoldat immer eine Magenverstimmung bereitet hatte: Er war völlig von Bergen umschlossen. Zu unserer Rechten neigte er sich leicht nach Westen, und am Ende des Tals schloß sich der See an. Man konnte sich gut vorstellen, wie dort eine ganze Legion in eine Falle geriet und von den Bergen aus niedergemetzelt wurde, weil ihnen der Rückweg durch den See abgeschnitten war.

»Hat der See einen Namen, Meric?«

»Nicht, daß ich wüßte. Es ist einfach nur ein See. In dem Tal darunter, im Westen, gibt es noch einen, allerdings viel kleineren. Auch er hat keinen Namen.«

Die nächste halbe Stunde verbrachten wir damit, uns die ersten der Steine, die wir von oben aus gesehen hatten, genau anzusehen. Ich schlug von jedem ein Stück ab und zeigte Lucia die Streifen darin, fand aber keinen Hinweis auf Metall. Lucia stellte selbst fest, daß sich das Innere nicht allzusehr vom Äußeren unterschied, womit sie recht hatte. Diese Steine waren ganz neu, höchstens dreißig oder vierzig Jahre alt. Es handelte sich um große Felsbrocken, die von der bedrohlichen Felswand im Norden in der Nacht der Drachen weggesprengt worden waren.

Das lange, saftige Gras, das unseren Pferden in Büscheln bis zu den Knien reichte, machte den Boden sehr uneben für sie. Schon bald war ich zu der Überzeugung gelangt, daß sich die Felsbrocken in diesem Tal in keiner Weise voneinander unterschieden. Es waren einfach Steine, so wie der See einfach ein See war. Lucia jedoch wollte mit dem Überschwang des Laien jeden einzelnen überprüfen. Sie hatte keine Ahnung, wonach sie suchte, ritt jedoch enthusiastisch durchs Tal und sah sich die Gesteinsoberflächen in der Hoffnung auf eine Offenbarung an. Schließlich zügelten Meric und ich unsere Pferde und sahen ihr zu, wie sie im Schritt reitend sich hinunterbeugte, um jeden Stein zu mustern, und mit jedem, der sich von den anderen nicht unterschied, ein wenig mißmutiger wurde.

Es machte mir Freude, sie unauffällig zu beobachten. Am Morgen hatte sie mich in Erstaunen versetzt, als sie in einer ledernen Legionärskniehose unter einer langen Tunika erschienen war. Diese Tunika hatte mir den Atem stocken lassen, weil sie auf beiden Seiten vom Knie bis zur

Hüfte geschlitzt war. Es war eine ausgesprochen vernünftige Kleidung für eine Frau, die wie ein Mann reiten wollte, ließ jedoch viel von ihren wohlgeformten Beinen sehen. Den ganzen Tag über war es mir einigermaßen gelungen, mir meine Gedanken nicht anmerken zu lassen und nicht nach ihren Beinen zu schauen. Da sie nun in sicherer Entfernung war, konnte ich meine Augen an ihr weiden.

Der Schatten der Wolke, der vor ihr über den Berghang jagte, erregte meine Aufmerksamkeit. Ich beobachtete die Wolke gerade träge und schätzte ihre Geschwindigkeit ab, als Meric das Schweigen brach.

»Das ist merkwürdig!«

Ich sah ihn an. Er hatte sein Pferd gewendet und starrte die Berge hinter uns hinauf. Eine Wolke huschte über die Sonne, und ein heftiger Windstoß ließ mein Pferd nervös tänzeln.

»Was ist?« fragte ich.

Leicht verblüfft schüttelte er den Kopf. »Einen Augenblick meinte ich dort am Hang einen Kreis zu sehen.«

»Wie?« Ich riß mein Pferd so heftig herum, daß es laut aufwieherte. »Wo?«

Er deutete den Berg hinauf. »Dort oben, genau da, wo Athyr behauptete, ihn gesehen zu haben. Es ist aber nichts da. Ich muß es mir wohl eingebildet haben.«

Er hatte recht. An dem kahlen Berghang war nichts zu sehen. Einen Kreis herbeisehnend, schaute ich mir die Augen aus dem Kopf, doch es war zwecklos. Ärgerlich riß ich das Pferd herum.

»Deine Augen narren dich, mein Freund. Wir sollten lieber umkehren. Es ist schon spät.« Ich formte mit den Händen einen Trichter um den Mund und rief Lucia zu, sie solle zurückkommen.

»Sieh doch, Varrus! Dort! Schau!«

Wieder riß ich mein Pferd herum und nahm dabei vage und flüchtig etwas Kreisförmiges wahr. Es verschwand jedoch wieder, bevor ich erkannte, worum es sich handelte. Mir schlug das Herz bis zum Hals.

»Es ist ein Schatten, Meric. Ein Schatten! Schau, die Sonne ist wieder verschwunden. Wenn sie durch die Wolken bricht, werfen die Ränder des Kreises Schatten.« Ich blickte zu der großen, die Sonne verdeckenden Wolke hinauf. Mir war ganz heiß vor Aufregung. »Merk dir die genaue Lage des Rings am Hang, wenn die Sonne wieder durchkommt. Ich reite hinauf, und du bleibst hier und dirigierst mich, falls ich die Stelle nicht finden kann.«

Es schien Jahre zu dauern, bis die Sonne wieder den Weg hinter der Wolke hervor fand, doch dann zeichnete sich am Hang schwach, aber deutlich ein Ring ab. Ich gab meinem Pferd die Sporen und ritt im Galopp den Berg hinauf. Obwohl die Sonne noch schien, konnte ich den Kreis schon nach fünfzig Schritten nicht mehr sehen. Ich hatte mir die Stelle jedoch anhand einer Felsennase gemerkt und ritt weiter.

Ich brauchte einige Zeit, bis ich an die Stelle kam, wo meiner Meinung nach der Kreis sein mußte. Schließlich zügelte ich mein Pferd und blickte zu Meric hinunter, dem sich inzwischen auch Lucia zugesellt hatte. Obwohl die Sonne noch schien, war von dem Ring nichts mehr zu sehen.

»Rechts! Rechts von dir!«

Ich ritt langsam, eine ganze Strecke, wie mir schien, nach rechts, und dann brüllte er, ich solle anhalten.

»Jetzt hierher! Auf mich zu!«

Ich ritt den Berg wieder ein Stück hinunter.

»Halt! Bleibt dort!«

Hoch zu Pferde wartete ich auf die beiden. Meric kam

kurz vor Lucia an, deren Blick beim Aufstieg ständig über den ganzen Berghang streifte.

»So!« sagte er atemlos. »Was immer es auch ist: Du bist genau mittendrin.«

»Wie weit bin ich vom Rand entfernt?«

»Ich habe versucht, das von unten zu schätzen, soweit mir das anhand deiner Größe in der Mitte des Rings und der Länge deines Schattens möglich war. Der äußere Rand sollte rundum ungefähr vier oder fünf Schritte von dir entfernt sein.«

Ich blickte zu der Stelle, auf die er deutete. Ich warf auf dem Gras des Hangs einen langen Schatten.

»Beim Aufstieg konnte ich den Ring nicht mehr sehen«, sagte ich. »Ging es euch auch so?«

»Ich sah ihn ganz deutlich, als du hinaufgeritten bist. Deshalb konnte ich dich ja in ihn hinein dirigieren. Als ich selbst heraufkam, verlor ich ihn dann aber aus den Augen. Es scheint mit dem Ort eine magische Bewandtnis zu haben.«

»Bestimmt.« Ich glitt vom Pferd und lief nach rechts, die Augen fest auf den Boden gerichtet. Nach fünf Schritten sah ich den Rand des Kreises vor mir. Ich hätte ihn keinesfalls bemerkt, wenn ich nicht an dieser Stelle nach ihm gesucht hätte. Es war nur ein kleiner Wall, am höchsten Punkt vielleicht eine Handbreit hoch, doch wenn man ihn erst einmal entdeckt hatte, fand man auch leicht den ganzen Ring. Ich atmete schwer, und es gelang mir nur mühsam, meine Beherrschung zu bewahren, als ich erkannte, wo ich stand. Ich trat über den kleinen Wall und drehte mich erst nach zwanzig Schritten wieder um. Im Ring war wirklich eine leichte, aber deutlich erkennbare schüsselförmige Vertiefung auszumachen. Triumphierend ging ich in die Mitte des Kreises zurück.

»Was bedeutet das, Varrus?« fragte Meric völlig verwirrt. »Ist das wichtig?«

Ich lachte laut. Meine Aufregung ließ das Lachen selbst in meinen Ohren falsch klingen. »Wichtig?« Ich blickte zu Lucia hinüber, die noch auf ihrem Pferd saß und mich ansah, als wäre ich plötzlich vom Teufel besessen. »Lucia, glaubst du, daß das wichtig ist?« Sie schaute mich verdutzt und mit großen Augen an. »Ich möchte, daß ihr beide zu der Stelle hinübergeht, wo ich eben war, und mir dann sagt, was ihr seht. Bitte!«

Sie tauschten höflich verwunderte Blicke aus und gingen gehorsam hinüber. Inzwischen führte ich mein Pferd ein Stück weg und ging zurück in die Mitte des Kreises.

»Nun, was seht ihr?«

Nachdem sie erst sich, dann mich angesehen hatten, antwortete Lucia: »Nichts, Publius!«

»Der Boden, Lucia! Schau dir doch den Boden an. Meric, ich stehe jetzt mitten im Ring. Fällt dir nichts auf? Etwas, was anders ist? Oder überhaupt irgend etwas?« Meric konzentrierte sich so sehr, daß er die Stirn in Falten legte, und dann sah ich sein Erstaunen, als er bemerkte, was er bemerken sollte.

»Es sieht aus wie eine Schüssel! Als habe man die Stelle ausgegraben oder ausgehöhlt. Es ist eine richtige Bodensenke.«

»Ja, Meric. Lucia? Siehst du es jetzt auch?« Sie nickte. »Gut! Nun könnt ihr zurückkommen.«

Sie kamen zu Fuß zu mir zurück; die Pferde ließen sie außerhalb des Kreises. Beide sahen sehr verwirrt aus.

»Wißt ihr immer noch nicht, wo ihr seid?« fragte ich sie.

Meric meinte: »Wir Druiden haben auf der großen Ebene einen der Sonne zugewandten, kreisrunden Tempel. Doch dieser Ring hier ist zu klein dafür.«

»Ha!« rief ich. »Ein der Sonne zugewandter Tempel? Nichts so Zahmes, Meric! Es ist ein Drachennest! Wir stehen mitten in einem Drachennest!«

Es war nicht besonders nett, das zu ihnen zu sagen, und ich verschluckte mich fast vor Lachen, als schlagartig die Farbe aus ihren Gesichtern wich und sie sich instinktiv umsahen, als erwarteten sie, gepackt und verschlungen zu werden. Ich sah ihren Augen an, daß sie mir absolut glaubten, zog mein Schwert und steckte es in den Boden, um zu sehen, wo das Grundgestein begann. Außer in der Mitte der Senke, wo meine Klinge fast bis zum Heft versank, war praktisch kein Erdreich da. Ich richtete mich auf.

»Kommt!« sagte ich. »Es ist schon spät. Beim nächsten Besuch bringen wir Schaufeln mit und graben das Drachenei aus.«

Sie machten noch immer einen verängstigten Eindruck, während ich in mir, als ich ein paar Steine zusammentrug, um daraus in der Mitte des Rings einen kleinen Hügel zu errichten, wildes Lachen spürte. Ich half Lucia aufs Pferd, schwang mich auf mein eigenes, und dann ritten wir zum Bergkamm hoch, die Sonne nun weit unten zu unserer Linken. Ich hatte die Stelle gut markiert. Der Steinhügel ragte empor, ein Fingerzeig für morgen, ein deutlicher Hinweis auf die Stelle, wo – wie mir alle meine Instinkte sagten – der Himmelsstein vergraben lag.

»Wir werden heute noch lange im Dunkeln unterwegs sein«, sagte ich, als ich jetzt zum erstenmal seit über einer Stunde wieder den schneidenden Wind spürte.

»Publius! Schau doch!« hörte ich da Lucia ehrfürchtig sagen. Ich zügelte mein Pferd und wandte mich um. Die Sonne war jetzt fast verschwunden, und in ihrem letzten Licht waren auf den Hängen und im Tal selbst deutlich die

Schatten fünf weiterer Kreise zu erkennen. Erstaunt blickte ich darauf.

»Drachen, meine Freunde!« sagte ich in das fast andächtige Schweigen. »Hier ist eine Drachenkolonie!«

XX

Schon lange bevor wir uns auf den Weg machten, hatte ich Lucia befragt, wie weit es bis zu den Mendips sei. Ihre Antwort hatte gelautet, daß Meric meine, man könne es hin und zurück leicht an einem Tag schaffen. Uns war beiden nicht der Gedanke gekommen, daß Meric als Druide Dinge wie Wetter, Zeit und Entfernung aus einer anderen Perspektive betrachtete als die meisten anderen Menschen. Selbst wenn er eine ganze Nacht, einen ganzen Tag und nochmals eine ganze Nacht unterwegs war, um ans Ziel zu gelangen, würde er es nicht eine zweitägige Reise nennen, solange er nur vor Tagesanbruch ankam.

Erst als wir schon mehrere Stunden unterwegs waren, bekam ich wegen der Entfernung und des eventuell damit verbundenen Zeitaufwands Bedenken. Diese wurden durch Merics optimistisch unpräzise Antworten auf meine Fragen noch verstärkt.

Allmählich wurde es mir trotz der Beteuerungen des alten Druiden klar, daß die Entfernung einfach zu groß war, um mühelos am selben Tag zurückgelangen zu können. Als ich das richtig erkannte, waren wir aber schon zu weit vom Gutshof entfernt, um umkehren und zusätzlichen Proviant holen zu können. Nun hatten wir nur noch die Wahl, die Reise abzubrechen und sie am nächsten Tag neu zu beginnen oder aber die Unannehmlichkeiten einer sich möglicherweise weit in die Nacht erstreckenden Hin- und Rückreise am selben Tag auf uns zu nehmen. Wir überließen die Entscheidung Lucia. Das war morgens, als es noch wunderschön und keine Wolke am Herbsthimmel zu sehen war. Dies änderte sich erst in den nächsten beiden Stunden. Es wurde trüb und bedeckt, und allmählich merkten wir, daß wir die Strapazen des Ausflugs unterschätzt hatten. Mir selbst machte das wenig aus, doch Lucia war nicht gerade ein durch lange Märsche abgehärteter Veteran. Meric bekam von alldem natürlich nichts mit.

Trotz dieser Einsicht waren wir im Jagdfieber länger als geplant im Tal geblieben. Als wir schließlich den Heimweg antraten, begann es schon dunkel zu werden, und der Regen, der bereits den ganzen Nachmittag über im Anzug gewesen war, kam nun noch zum schneidenden Wind dazu. Darüber hinaus verlor Meric einmal die Orientierung, und fast eine Stunde lang quälten wir uns mit den Pferden am Zügel am Berg ab, ständig in Gefahr, Abhänge hinunterzustürzen, die viel steiler waren als alle, die wir vorher zu Gesicht bekommen hatten.

Als wir dann den letzten Abstieg geschafft hatten, war es schon stundenlang stockdunkel. Außerdem waren wir bis auf die Haut durchnäßt und bis aufs Mark durchgefroren. Inzwischen goß es in Strömen und waren die Sturmböen so heftig, daß unsere Welt nur noch aus stygischer Dunkelheit und schier wahnsinnig machendem Lärm zu bestehen schien. Wir waren in jener Nacht bestimmt die drei elendesten Menschen auf dem Boden Britanniens und dabei immer noch mindestens zwölf Meilen von Britannicus' Gutshof entfernt.

Lucia packte mich am Arm und beugte sich zu mir herüber, um mir etwas ins Ohr zu schreien, doch der Sturm verschluckte ihre Worte. Durch Winken und Kopfschütteln gab ich ihr zu verstehen, daß ich nichts gehört hatte, und brachte mein dahintrottendes Pferd so nah an sie heran, daß unsere Beine aneinandergepreßt waren. Diesmal berührten ihre Lippen fast mein Ohr, und ich spürte ihren warmen Atem auf der Haut, so daß mich trotz der Kälte ein Prickeln überlief.

»Einen Unterstand!« schrie sie. »Wir müssen schnell einen Unterstand finden. Wir sind noch Stunden von zu Hause entfernt.«

»Ich weiß!« brüllte ich zurück. »Aber wo? Weißt du, wo wir sind?«

Sie schüttelte den Kopf, und erst nachdem wir weitere drei Meilen triefnaß, wundgescheuert und halb erfroren zurückgelegt hatten, tauchte Meric unvermittelt neben mir auf und teilte uns wild fuchtelnd mit, daß wir eine andere Richtung einschlagen sollten. An seinem plötzlichen Erscheinen so nah bei mir, merkte ich, daß ich gedöst hatte, und diese Erkenntnis blitzte in mir auf wie ein Signalfeuer, das mich vor einer Gefahr warnen sollte. Ich schüttelte heftig den Kopf, um ihn klar zu bekommen, und schenkte dem, was um mich herum vor sich ging, von da an wieder mehr Aufmerksamkeit.

In all den Jahren bei den Legionen war ich in keiner unwirtlicheren Nacht draußen gewesen. Es war stockdunkel, nirgends ein Lichtschimmer oder eine Lücke in der Wolkendecke über uns, und der heftige Regen wurde noch immer erbarmungslos von dem eisigen Sturm gepeitscht, der wie eine Meute hungriger Wölfe heulte. Ich dachte darüber nach, wie lange wir schon unter diesen Bedingungen unterwegs waren, und spürte plötzlich heftige Angst in mir aufsteigen, denn ich erkannte, daß nicht auszuschließen war, daß einer von uns oder wir alle in einer solchen Nacht – mitten im Niemandsland, ohne Wärme oder Schutz – erfrieren würden. Kaum war mir dieser Gedanke durch den Kopf geschossen, flaute der Sturm zum erstenmal seit Stunden ab, so daß ich wieder hören konnte.

»Was ist, Meric?« brüllte ich in die plötzliche Stille.

»Ich glaube, ich weiß jetzt, wo wir sind, sehe aber nicht genug, um sicher sein zu können. Wenn ich recht habe, ist hier ganz in der Nähe eine Hütte, die uns wenigstens etwas Schutz vor dem Wind gewährt. Sie hat allerdings kein Dach.«

»Wo? Wie weit ist es noch?« Mir hüpfte das Herz vor Freude, als ich feststellte, daß ich seine Umrisse und sein rasches Kopfschütteln ausmachen konnte.

»Ich weiß es nicht. Jedenfalls nicht sicher. Wenn ich die Berge sähe, könnte ich es genauer sagen.« Allmählich war er deutlicher zu erkennen. Ich drehte mich um und blickte in Lucias Richtung. Zu meiner Freude konnte ich sie wirklich sehen, wenn auch nur schwach und schemenhaft. Während ich sie anschaute, ließ der Regen immer mehr nach. Ich sah zum Himmel hoch, wo ich nun auch die über uns aufgetürmten Wolkenmassen wahrnahm.

»Schaut!« rief ich. »Es klart auf.«

Noch während ich das sagte, rissen die Wolken direkt über Merics Kopf auf, und einen Augenblick lang drang der Mond durch. Es hatte aufgehört zu regnen, und während wir alle drei unbeweglich auf unseren Pferden saßen und zu den Wolken hinaufstarrten, vernahm ich inmitten der Stille um uns herum ein merkwürdiges Geräusch. Ich lauschte angestrengt, bis ich voll Mitgefühl und Zuneigung feststellte, daß es das Klappern von Lucias Zähnen war. Da ich mich schon so elend fühlte, obwohl ich auf Feldzügen viele Jahre bei jedem Wetter im Freien verbracht hatte, konnte ich mir in etwa vorstellen, wie scheußlich es Lucia gehen mußte.

Jetzt tat sich ein großer Riß zwischen den Wolken auf

und ließ das Mondlicht hindurch, das uns nach den vielen Stunden der Finsternis strahlend hell erschien. Meric sah sich nach allen Seiten um.

»Ich hab's!« hörte ich ihn dann erleichtert und bestimmt sagen. »Ich weiß jetzt genau, wo wir sind.«

»Gut«, erwiderte ich. »Sind wir in der Nähe der Hütte?«

»Nein.« Er sah mich nicht an. »Die ist meilenweit entfernt. Doch ganz in der Nähe, dort drüben in der kleinen Bodensenke, liegt ein kleiner Weiler. Keine halbe Meile von hier. Kommt!«

Unsere Pferde waren erschöpft, und ich merkte, daß meins dem Zusammenbruch nahe war. Ich glitt hinunter und lief, mein schlechtes Bein gewaltsam in Schwung bringend, hinter Meric her, an der einen Hand mein Pferd und an der anderen Lucias.

Der winzige Weiler kam uns luxuriöser vor als Britannicus' Gutshof. Die Bewohner aller vier Häuser wachten durch den Lärm unserer Ankunft auf und überschütteten uns aus dem einfachen Grund, daß Meric dabei war, mit ihrer Gastfreundschaft. Die mit Kohlenstaub abgedeckten Feuer wurden wieder geschürt, und zwei Frauen führten Lucia in ein Haus, wo sie sich ihrer durchnäßten Kleidung entledigen und am anheimelnd warmen Ofen trocknen konnte. Meric und ich führten unsere drei Pferde zu einem Anbau, wo wir sie mit Lumpen trockenrieben und zusammen mit vier Kühen zum Fressen zurückließen, bevor wir selbst hineineilten.

Es war warm in dem kleinen Steinhaus, und überall spiegelten sich die tanzenden Flammen des offenen Feuers, vor dem Lucia zusammengekauert saß. Sie trug ein langes, dunkles Kleid und hielt eine dampfende Schüssel in der Hand. Ich ging zu ihr hinüber, legte ihr die Hand auf die

Schulter und fragte sie, ob es ihr gutgehe. Es war mir ganz deutlich bewußt, daß ich sie zum erstenmal anfaßte. Sie sah zu mir auf und nickte leicht, sagte aber nichts. Allerdings schenkte sie mir ein einziges, ein wenig unsicheres, überraschend kindliches Lächeln. Erleichtert ging ich ins Halbdunkel des Raums, wo ich mir auch meine durchnäßten Sachen auszog. Ich konnte mir nicht vorstellen, jemals wieder warm zu werden.

Doch keine halbe Stunde später, als ich dicht am Feuer auf einem dreibeinigen Stuhl saß und mich ebenfalls an einem warmen Kanincheneintopf gütlich tat, fühlte ich mich schon ganz wunderbar, blickte zufrieden ins Feuer und genoß das angenehme Gewicht von Lucias Körper, die an mein Bein gelehnt auf dem Boden zu meinen Füßen saß. Ich hatte kein Kleidungsstück, um meine Blöße zu bedecken, sondern war statt dessen in ein riesiges Bärenfell gehüllt, das ich von dem Haufen Felle genommen hatte, der den Bewohnern als Bettstatt diente.

Lucia fiel der Kopf herunter, und sie schreckte wieder auf. Ich lächelte über ihr. Sie war todmüde. Ich stellte meine Suppenschüssel weg und sah mich um. Wir waren allein. Die Familie war, ebenso wie Meric, zu Nachbarn übergesiedelt und hatte uns das kleine Haus überlassen. Ein lautes Knacken im Feuer ließ Lucia erneut aufschrekken. Als ich ihren Nacken betrachtete, wo sich ihr langes, glattes Haar in zwei sich nach vorn ergießende Sturzbäche teilte, um am warmen Feuer zu trocknen, hatte ich das Gefühl, daß mein Lächeln nicht mehr von meinem Gesicht weichen würde. Ich empfand Liebe und Fürsorge wie noch nie zuvor in meinem Leben.

Ich stand auf, beugte mich über sie und zog sie ungeachtet ihrer schläfrigen und unzusammenhängenden Einwände sanft hoch. Dann führte ich sie zu dem Haufen warmer Felle, legte sie darauf und deckte sie sorgfältig zu. Sie lächelte mit geschlossenen Augen, kuschelte sich hinein in die weiche Wärme und schlief sofort fest ein. Ich wartete ein paar Augenblicke, bevor ich mich vorsichtig neben ihr niederließ und in dem sanften, tanzenden Feuerschein ihre vollkommene Schönheit betrachtete. Nur eine kurze Zeit lang, sagte ich mir, würde ich mich daran ergötzen und dann zum Feuer hinübergehen und mich dort schlafen legen.

Irgendwann in der Nacht wachte ich auf. Ich fror wieder, weil das Feuer ausgegangen und mein Bärenfell weggerutscht war. Als ich es über mich zog, spürte ich, wie sich Lucia bewegte, und merkte erschrocken, daß ich neben ihr eingeschlafen war. Sofort angespannt und hellwach, versuchte ich mich vorsichtig zurückzuziehen, voller Angst, daß sie aufwachen und mich fast im Bett mit ihr vorfinden würde. Doch als ich mich bewegte, kam ihr Arm aus der Dunkelheit hervor und umschlang meine Taille unter dem Bärenfell. Ich verbrannte beinahe unter ihrer Hand, die mir erst die Seite streichelte, sich mir dann ins Kreuz grub und mich näher ziehen wollte. Ich war so angespannt, daß ich mich nicht rührte. Dann hielt ich den Atem an, als sie sich an mich heranschlängelte, den Kopf in meine Achselhöhle kuschelte und ihr langes, weiches, warmes bloßes Bein auf meins legte. Mir stieg der Duft ihres Haars in die Nase, und ich spürte, wie sich die köstliche Fülle ihrer linken Brust an meine Rippen bettete. Ich versuchte zu atmen, ohne mich zu bewegen, und wartete darauf, daß sie sich entspannte, damit ich mich ihr entziehen konnte. Sie wehrte sich jedoch heftig dagegen; sie klammerte sich an mich und wollte mich nicht gehen lassen, und dann begann sie sich so lange zu winden, an mir herumzuziehen und sich einzubuddeln, wobei sie süße kleine Schlafgeräusche von sich gab, bis mein Arm unter ihrem Hals war und meine Fingerspitzen sanft und scheu auf ihrem Rücken lagen.

Ich starrte an die dunkle Decke und spürte jeden Zoll von ihr durch den Stoff ihres Kleides, das, wie ich wußte, irgendwie bis zur Taille hochgerutscht war. Ich konnte mich nicht entspannen. Köstliche und ehrfurchtsvolle Lust wallte mir in den Adern, und abwechselnd wurde ich von Freude und von Schuldgefühlen geschüttelt. Dann lag sie ganz still.

»Publius Varrus«, sagte sie, »du glaubst nicht wirklich, daß ich schlafe, oder?«

Starr vor Schreck konnte ich nichts erwidern, und nach ein paar Augenblicken spürte ich, wie sie mich mit weichen, feuchten Lippen auf die Brust küßte.

»Ich bin nämlich wach und würde dich viel lieber auf den Mund küssen ...«

Ich möchte nicht die wunderbaren Intimitäten beschreiben, die wir in jener Nacht und in vielen Nächten danach teilten, gebe aber zu, daß wir in den ersten Stunden gegenseitigen Erforschens und Entdeckens wenig sprachen. Doch schließlich kam der Augenblick, in dem zwar der Geist noch willig, die Schwäche des Fleisches aber ihren Tribut verlangte und wir eng umschlungen dalagen und uns gemeinsam über das freuten, was wir im andern gefunden hatten. Und dann fingen wir auch zu sprechen an. Sie zuerst, und ihre Stimme, die so leise war, als flüstere sie mir ins Ohr, kam mir in meinem Überschwang traumhaft vor.

»Publius? Sagst du mal meinen Namen?«

»Hm? Was meinst du?« fragte ich schläfrig.

»Meinen Namen! Wie lautet er?«

»Lucia.«

»Richtig! Sag es noch einmal!«

»Lucia. Lucia Britannicus. Warum willst du, daß ich deinen Namen sage? Kennst du ihn denn nicht?«

»Hm-hm.« Es klang fast wie Schnurren. »Mir gefällt es aber so sehr, wie du ihn sagst. Wenn du ihn so sagst, klingt er wie der einer exotischen Fremden, wie der einer berühmten Heldin aus einer großen Tragödie.«

»Nun«, lächelte ich, »eines Tages wirst du berühmt sein. Schließlich bist du die Schwester von Gaius Britannicus, und wenn es nach ihm geht, wird ihn jeder für alle Zeiten als den Vater der Bagaudae Britanniens kennen.«

»Oh, ich glaube, es würde mir gefallen, berühmt zu sein, Publius. Nicht aber eine tragische Gestalt.«

Ich küßte sie auf die Stirn. »Deine Zukunft wird nichts Tragisches bringen, meine Dame. Das weiß ich. Ich habe deine Druidenfreunde gefragt, und sie haben mir versichert, daß du von Gott gesegnet bist.«

Sie drückte sich träge an mich. »Publius Varrus, das ist Gotteslästerung. Aber sag noch mal meinen Namen!« Ich tat es, und sie seufzte. »Und wenn ich mir vorstelle, daß du diese Worte vor wenigen Tagen noch nie gesagt hattest!«

»Das stimmt!« Ich zog sie noch näher an mich. »Das stimmt wirklich! Ich hatte deinen Namen zwar schon gehört, jedoch nie daran gedacht, von ihm zu träumen. Doch jetzt werde ich immer an ihn denken.«

»Warum?«

»Warum? Weil ich dich jetzt kenne und sich meine Welt für immer verändert hat.«

»Gefällt dir die Veränderung?«

»Ja.«

»Gut, ich glaube, mir auch.« Genüßlich schmiegte sie sich an mich, ihr Bein an meinem ausgestreckt. »Du bist ein faszinierender Mann, Publius Varrus. Habe ich dir das schon einmal gesagt? Nun, du bist es jedenfalls, noch viel faszinierender, als ich es mir vorgestellt hatte, und meine Erwartungen waren hoch. Schon bevor du kamst, hatte ich das Gefühl, dich bereits mein Leben lang zu kennen, und daran hat sich auch nun, da ich dich persönlich kenne, nichts geändert, wenn man einmal davon absieht, daß ich jetzt, da ich dich körperlich kenne, das Gefühl habe, daß sich alles verändert hat. Macht das noch Sinn für dich?«

»Ich glaube schon. Doch hab Nachsicht mit mir, so großzügiges Lob bin ich nicht gewöhnt. Ich werde noch eitel davon!«

Plötzlich ließ sie ihre Fingerspitzen leise über meinen Bauch kreisen. »Und was ist mit anderen Frauen? Bist du es gewöhnt, viele um dich zu haben?«

»Höchstens zehn auf einmal.«

»Aha, ein Soldat und Frauenheld!«

»Nicht ganz«, erwiderte ich. »Vielleicht sollten wir uns einmal ernsthaft darüber unterhalten.«

»Ernsthaft?« Sie legte sich auf die Seite und kuschelte sich an mich.

»Ernsthaft!« antwortete ich. Ich legte den Arm um sie, wobei ich wieder ihre üppigen Brüste spürte, und streichelte ihren weichen Körper. »Ich weiß wenig über Frauen, Lucia, nicht einmal über solche, die Soldaten meistens kennen. Von großen Damen weiß ich überhaupt nichts, und von dir nur, daß ich hier bin und du hier bist und daß ich es immer noch nicht fassen kann, daß wir zusammen sind. Womit habe ich ein solches Schicksal verdient?«

»Du meinst hoffentlich ein glückliches Schicksal! Ist das nicht merkwürdig? Ich habe geglaubt, ich wäre die Glückliche. Erzähl mir mehr von deinen Frauen, Soldat!«

»Du weißt schon alles, was es da zu wissen gibt. Als Schmied habe ich ein eintöniges, ereignisloses Leben geführt. Und dann bist du in mein Leben getreten, und ich habe erkannt, wie wenig ich vom Leben und von den Frauen wußte. Doch erzähl mir von dir, von Lucia Britannicus! Wir haben uns zwar schon ein bißchen über dich unterhalten, als ich ankam, doch nicht genug. Ganz und gar nicht genug. Ich bin ein verschmachtender Mann, der danach lechzt, nach einem Leben voller Durst dein Leben zu trinken. Drum sag mir bitte, was ich über dich wissen sollte!«

»Ah! Mein wunderbares Ich! Was es über mich zu sagen gibt? Laß mich nachdenken!« Sie hielt inne und sah mich im Dunkeln an. »Was du über mich wissen solltest? Zunächst einmal solltest du wissen, daß Gaius meint, ich sei eine gute Frau für dich und du ein guter Mann für mich. Dann solltest du wissen, daß ich der gleichen Meinung bin. Zu diesem Schluß bin ich beim Abendessen bei Varo gekommen, bevor Cylla dich zu verführen versuchte.«

Einen Augenblick lang war ich sprachlos, überwältigt von dem, was sie da so plötzlich gesagt hatte, und seiner Bedeutung. Schließlich fand ich die Sprache wieder. »Du meinst ... du meinst, der Kommandant ... dein Bruder ... Gaius wäre einverstanden?«

»Aber natürlich! Doch das tut nichts zur Sache, es spielt wirklich keine Rolle. In dieser Angelegenheit ist mein Bruder unwichtig und machtlos, Publius Varrus.«

Ich wollte mich aufsetzen, doch sie legte mir die Hand um den Kopf und zog mich zu sich herunter, und bevor sich unsere Lippen wieder trafen, flüsterte sie: »Wenn es um meine Verheiratung geht, muß ich einverstanden sein.«

So schön der Kuß auch war, so konnte ich ihn doch nicht lange ausdehnen. Ich löste mich von ihr und wollte etwas sagen, doch sie legte mir die Hand auf die Lippen, bevor ich außer ihrem Namen etwas von mir geben konnte.

»Ich weiß, daß du dir Gedanken über die Gefühle meines Bruders machst, doch das liegt einzig und allein daran, daß du ein Mann bist mit all seiner Loyalität, seinem Edelmut und seiner Dummheit. Hast du nicht gehört, was ich gesagt habe? Ob mein Bruder zustimmt oder nicht, hat keinerlei Einfluß auf meine Entscheidung, ob ich dich will oder nicht.«

Es war eine winzige Schärfe in ihrer Stimme, die ich gerade noch rechtzeitig erkannte, bevor ich weiterquasselte.

»Mein lieber Bruder Gaius ist ein Idealist. Natürlich billigt er unsere Heirat! Er hält dich irgendwie für musterhaft und kam daher schon vor Jahren zu der Überzeugung, daß es das Beste wäre, wenn ich deine Frau würde. Ihm kam gar nicht in den Sinn, daß ich den Wunsch hegen könnte, in dieser Angelegenheit ein Wörtchen mitzureden. Ich liebe ihn sehr, wenn er auch glaubt, daß er seine zweifellos vorhandene taktische Brillanz überall so gut einsetzen kann wie auf dem Schlachtfeld. Er weiß einfach nicht, daß dies unter gewissen Umständen schlichtweg nicht funktioniert. Ich hätte ihm ebensowenig erlaubt, dein Leben zu gestalten, wie ich ihm erlaubt hätte, über meins zu bestimmen. Bevor wir einander vor wenigen Tagen begegnet sind, wußtest du noch nicht einmal, daß es mich gibt. Und wie lange lebst du schon? Neununddreißig Jahre? Neununddreißig Jahre ohne mich. Du hättest weitere neununddreißig Jahre genauso weiterleben können, sogar genauso glücklich.

Für mich sind zwei Ehen arrangiert worden, ohne daß man mich gefragt hätte. Zwar war niemand schuld daran, daß beide nicht glücklich wurden, doch nun reicht es. Ich habe dir schon einmal, als wir uns zum erstenmal begegnet sind, gesagt, daß ich meine Pflicht als gehorsame Tochter erfüllt habe. Beide Männer sind gestorben. Brauche ich überhaupt noch einen? Das fragte ich mich, und meine Antwort lautete nein. Ich schwor mir, daß ich jedenfalls keinen Mann brauchte, um mir zu helfen, das Leben zu meistern und ich selbst zu sein.« Sie hielt inne. »Doch dann traf ich dich und stellte fest, daß mir der Gedanke, wieder die Frau eines Mannes zu sein, sehr wohl gefällt. Und als Frau sah ich auch, welche Wirkung ich bei unserer ersten Begegnung auf dich hatte. Ich weiß, daß ich dir eine gute Frau sein werde, und ich weiß, daß ich dich glücklich machen kann, weil du, Publius Varrus, der Mann bist, den mir die Schicksalsgötter zu meinem Herrn und Meister bestimmt haben. Bist du darüber entsetzt?«

»Nein«, log ich. »Allerdings bin ich überrascht. Du sprichst sehr viel.«

»Nur wenn ich etwas zu sagen habe. Und nun küß mich noch einmal.«

Erst viel später nahmen wir unser Gespräch wieder auf. Ich wollte mich zwar nicht aus ihrer Umarmung lösen, brauchte aber kühle Luft. Daher setzte ich mich auf und legte die Ellbogen auf die Knie. Es war stockdunkel im Raum.

»Wir haben das Feuer ausgehen lassen«, meinte ich. »Nun müssen sie ein neues anzünden.«

»Das macht nichts«, flüsterte sie neben mir. »Sie holen es mit einer Fackel von einem anderen Feuer. Publius?«

»Ja?«

»Verhalte ich mich schamlos? Findest du, daß ich zu dreist und rundheraus bin?«

»Das ist gar nicht möglich, Lucia.«

»Warum bist du dann so still? Willst du denn nicht heiraten? Wenn du nämlich nicht …«

»Pst, Lucia, laß mich auch einmal zu Wort kommen. Du hast mir viel zum Nachdenken gegeben und mich vor

Freude ein wenig verrückt gemacht, doch jetzt mußt du mir Gelegenheit geben, das zu sagen, was mir durch den Kopf geht, ja?«

»Ja, Publius.«

Ich legte mich gegen die Fellrolle zurück, die wir als Kissen verwendeten, und zog Lucia an mich, so daß ihr Kopf wieder auf meiner Brust und ihr Gesicht unter meiner Schulter lag. Beim Sprechen kämmte ich mit den Fingern ihr langes schwarzes Haar.

»Lucia«, sagte ich, »ich kann nur denken, was mich mein Kopf denken läßt. Ich habe noch nie geliebt. Ich weiß nicht, was Liebe ist. Weder habe ich die Zeit gehabt noch den Drang verspürt, zu versuchen, es herauszufinden. Ich habe nur wenige Frauen körperlich gekannt, und die meisten habe ich bezahlt. Und ich habe noch nie jemanden wie dich getroffen. Als ich dich zum erstenmal sah, machte mir deine Schönheit angst, weil ich dachte, daß du in mir nur einen Krüppel sehen würdest. Jetzt weiß ich, daß dies unwürdig war. Doch dein Verstand, Lucia! Deine Unabhängigkeit, die Art und Weise, wie du dich ausdrückst, wie du lächelst, lachst und dich bewegst, die Farbe deiner Augen, die Form deines Mundes – all das ist neu für mich und erregt mich. Ich denke ständig an dich, in jeder wachen Minute, und anscheinend auch, wenn ich schlafe ...

Ich hatte nicht beabsichtigt, heute nacht neben dir zu schlafen. Es ist aus Versehen passiert, weil ich so müde war. Gott weiß, daß ich nie die Hoffnung hegte, deinen Körper zu besitzen. Doch nun habe ich ihn besessen, und er ist das Wunderbarste, was ich je kennengelernt habe. Ich fühle mich wieder wie ein jungfräulicher Knabe. Keine andere Frau hat je kennengelernt, was ich dir heute nacht von mir gegeben habe. Du hast meine Seele besessen und besitzt sie noch immer und wirst nie aufhören, sie zu besitzen. Von nun an gehöre ich dir, mit Leib und Seele, ganz gleich, was uns widerfahren wird.

Wenn das Liebe ist – und ich halte es für möglich –, dann habe ich sie endlich entdeckt. Ich kann dich hier in der Dunkelheit ansehen und jeden Zug deines Gesichts und jede Nuance deines Lächelns wahrnehmen, und ich kann nur sagen, daß ich dich liebe, und ich weiß, daß es wahr ist. Und wenn du dich freuen würdest, meine Frau zu werden, dein Leben mit mir zu teilen, meine Kinder unter deinem Herzen zu tragen und ein Heim für uns beide zu schaffen, dann wäre ich der glücklichste Mann der Welt. Denn eigentlich glaube ich, daß es ein solches Glück nur in dem Himmel gibt, von dem die Priester sprechen.«

Ich hielt inne und holte tief Luft.

»Ich habe nur eine Befürchtung, und die betrifft deinen Bruder Gaius. Er bedeutet mir mehr als alle anderen Männer seit dem Tod meines Großvaters. Ich hätte nie zu hoffen gewagt, daß er seinen Segen zu einer Heirat zwischen mir und seiner Schwester geben würde. Und heute abend erzählst du mir nun, daß er sich diese sogar gewünscht hat, und ich glaube es dir trotz meiner bisherigen Bedenken und freue mich. Doch ich sage dir, Liebste, daß ich nach dieser Nacht bereitwillig – nicht freudig, aber bereitwillig – seine Freundschaft aufs Spiel setzen würde, wenn er uns die Heirat verwehren sollte. Für dich würde ich meinen Freund hingeben. Denn ich liebe dich. Mehr kann ich darüber nicht sagen.«

Ich war überrascht und froh, daß ich diese Worte gefunden hatte, und die Wärme, die mir Lucia während der nächsten unendlich langen und herrlichen Augenblicke schenkte, zeigte mir, daß ich das Richtige gesagt hatte.

Als ich einige Zeit später wieder die Augen öffnete, wurde es draußen schon hell. Lucia war bereits auf den Beinen, so daß ich allein in dem kleinen Zimmer war, das wir die Nacht über geteilt hatten. Ich sprang aus dem Bett und zog mich an, wobei sich meine Gedanken bei dem Versuch, zwischen Traum und Wirklichkeit zu unterscheiden, überstürzten. Ich schnürte mir gerade die Sandalen, als sie wieder hereinkam. Sofort stand ich auf und versuchte im Halbdunkel angestrengt, ihren Gesichtsausdruck zu erkennen.

Sie kam direkt auf mich zu und stellte sich, die Arme in die Hüften gestemmt, vor mich hin. Sie war so groß, daß sie mir fast gerade in die Augen sehen konnte, und ich sah erleichtert, daß sie lächelte.

»Und, Publius Varrus, habe ich nun, da es Tag ist, noch immer das Recht, meinen Mann in dir zu sehen?«

Ich zog sie an mich.

»Ja, meine Liebe, meine Liebste. Solange ich atme und lebe und dich meine Frau nennen kann.«

Wir küßten uns jedoch nur kurz. Sie entzog sich mir wieder und strich sich das Gewand über der Hüfte glatt.

»So sei es denn. Du wirst es nicht bereuen, Liebster. Es gibt jedoch einiges zu erledigen. Wir müssen zum Gutshof zurückkehren, und ich werde mit den Vorbereitungen für unsere Hochzeit beginnen. Es ist für uns beide das beste, wenn du inzwischen nach dem Himmelsstein gräbst. So stört keiner den anderen. Ich schreibe heute noch an Gaius und schicke die Nachricht morgen per Militärkurier ab.« Sie hielt inne, als sei ihr plötzlich ein Gedanke gekommen, griff nach meinen Händen und hob mir ihren Mund entgegen.

»Jetzt hätte ich fast vergessen«, flüsterte sie, »dir zu sagen, daß die letzte Nacht der Himmel auf Erden war und ich dich liebe. Und du wirst sehen, daß es in meinem Bett zu Hause keine Flöhe gibt!«

Viertes Buch

DAS DRACHENNEST

XXI

In den folgenden Wochen war Lucia mit den Vorbereitungen für unsere Hochzeit beschäftigt. Was mich betraf, so hielt ich Wort und blieb ihr aus dem Weg, indem ich nach Himmelssteinen grub. Zu meiner maßlosen Enttäuschung war der größte der sieben Steine, die ich fand und für Himmelssteine hielt, nicht viel größer als der Schädel eines Neugeborenen. So dürftig meine Schmelzkenntnisse auch waren, gaben sie mir doch die Gewißheit, daß ich – falls es mir denn gelänge, sie zu schmelzen – gemessen an der Mühe wenig Metall gewinnen würde.

Der wirklich entmutigende Aspekt aber war, daß ich versucht hatte, die größten »Nester« zuerst auszugraben. Wenn diese Funde die bedeutendsten Himmelssteine im Tal waren, dann erwiesen sich meine Träume und Mühen als null und nichtig. Und doch, dachte ich, fehlte etwas. Der Himmelsstein meines Großvaters hatte, als er herunterfiel, gerade soviel Lärm gemacht, daß er einen Mann weckte. Den Stein selbst hatte ich nie zu Gesicht bekommen, doch ich wußte, daß er so groß gewesen war, daß er zumindest ein paar Pfund Rohmaterial geliefert hatte. Und keiner der Steine, die ich aus der Erde geholt hatte, würde auch nur ein Pfund Metall ergeben. Rätselhaft dabei blieb, daß *deren* Herunterfallen meilenweit Hunderte von Zeugen gesehen und gehört haben sollten. Daher fehlte etwas bei meinen Überlegungen. Irgendwo mußten noch weitere und größere Himmelssteine vergraben liegen. Wahrscheinlich suchte ich an der falschen Stelle, vielleicht sogar im falschen Tal.

Entmutigt und enttäuscht beschloß ich, das Graben eine Weile sein zu lassen und statt dessen einen Versuch zu unternehmen, die gefundenen Steine zu schmelzen. Ich würde einen Schmelzofen errichten müssen. Daher brach ich das Lager ab und eilte zu jenem Ort, den ich jetzt als mein Heim betrachtete. Lucia würde mich an diesem Tag sowieso erwarten. Ich war seit fünf Tagen unterwegs, und allmählich gingen mir die Vorräte aus.

Es war Mitte Januar, und wenn der Winter auch einigermaßen mild gewesen war, so schien der Wind jetzt doch Schnee anzukündigen. Auf dem Gipfel des Bergs zügelte ich mein Pferd und warf einen letzten Blick auf mein Drachental. Es war öde und feindlich, kalt und unwirtlich. Aus dieser Höhe konnte man meine kläglichen Ausgrabungen nicht erkennen, und die Oberfläche des Sees am anderen Ende des Tals sah unter dem finsteren Himmel wie eine Lage rauhen Schiefers aus. Ich zog den Umhang fester um mich und nahm mir vor, nicht vor Ablauf von drei Monaten wiederzukommen. Bis dahin, hoffte ich, würde der Frühling den Ort etwas einladender gemacht haben.

Ich kam ausgesprochen schlechter Laune im Gutshof an. Der Schnee, der sich angekündigt hatte, war als Schneeregen gefallen und hatte mich unterwegs, acht Meilen von zu Hause entfernt, überrascht. Ich war durchgefroren und hatte einen Bärenhunger, war aber so vernünftig, erst einmal zum Badehaus zu gehen, bevor ich nach Lucia Ausschau hielt. Heißes Wasser und noch heißerer Dampf würden sich wohltuend auf meine Stimmung auswirken.

Ich hatte mein Bad noch nicht beendet, als Lucias persönliches Faktotum, ein Grieche namens Diomedes, mir frische Kleidung brachte. Er hieß mich zu Hause willkommen und teilte mir mit, daß *domina* Lucia Gäste habe und das Abendessen in einer halben Stunde serviert werde. Ob ich inzwischen geruhen würde, sobald ich fertig wäre, zum Vorzimmer zu gehen und ein Glas Wein mit den Gästen zu trinken? Ich dankte ihm, kürzte meine Suhlerei im Becken ab und zog schnell das an, was ich für die beste der schönen Kleidung hielt, die mir Lucias Schneider im letzten Monat genäht hatte. Wenig später eilte ich geschrubbt, abgekühlt und recht prächtig anzusehen in meinen neuen, eleganten Sachen durch die Kolonnaden vom Badehaus zum Hauptgebäude, voller Neugier, um was für Gäste es sich handelte. Es waren drei junge, schmucke Soldaten. Sie trugen die jetzt modischen dekorativen Uniformröcke, denen auf raffinierte Art Ähnlichkeit mit Rüstungen verliehen worden war. Meine Enttäuschung machte unsinnigerweise Eifersucht und Groll Platz, weil sie hier bei Lucia waren, während ich noch in den Bergen hätte sein können. Ich unterdrückte diese Gefühle jedoch, da ich sie selbst kleinlich fand, und rang mir ein Lächeln ab, als ich jetzt zu Lucia hinüberging, um sie zu begrüßen. Den Gästen schenkte ich nur ein freundliches, unpersönliches Nicken im Vorbeigehen.

Lucia strahlte im Licht der, wie es mir vorkam, tausend feinsten Bienenwachskerzen des Haushalts. Noch nie war sie mir so hübsch erschienen, und das sagte ich ihr auch. Ihre vor Freude glänzenden Augen konnten aber nicht bloß meiner Rückkehr zugeschrieben werden. Als sie mich ihren Gästen vorstellte, die alle von der Garnison im Süden, aus Portus Adurni kamen, drückte sie meinen Arm auf unerklärlich aufgeregte und heftige Art. Ich begrüßte jeden einzelnen persönlich und hieß ihn in der Villa Britannicus willkommen. Dann nahm ich von Diomedes ein Glas Wein entgegen und wandte mich wieder den Gästen zu, Lucia noch immer dicht neben mir.

»Nun, meine Herren, zum Wohl! Darf ich fragen, was euch herführt?«

»Ich, Publius!« sagte da jemand direkt hinter mir. Ich wirbelte herum, so daß ich den Wein verschüttete, und sah Gaius Britannicus mit weitausgebreiteten Armen und einem breiten Grinsen auf dem Gesicht zur Tür hereinkommen. Er warf die Arme um mich, hob mich hoch und schwenkte mich im Kreis herum. Dann ließ er mich wieder hinunter und trat einen Schritt zurück, um mich anzuschauen.

»Bei den Göttern, Varrus, du siehst gut aus! Und sauber! Keine Anzeichen von Vulcanus bei diesem Kerl! Meine Schwester hat mir erzählt, daß du nicht mehr zu halten bist, seit du von unseren Himmelssteinen hier gehört hast.«

Sprachlos, mühsam nach Worten suchend, sah ich von ihm zu Lucia, die nicht weniger breit grinste als ihr Bruder. Sie nahm uns beide in die Arme.

»Verzeih mir, Liebster«, sagte sie lächelnd. »Gaius ist gestern in Begleitung dieser drei Offiziere eingetroffen. Als er hörte, daß du hier bist, wollte er gleich losreiten und dich und dein Tal suchen, doch ich habe es ihm nicht erlaubt. Ich wußte ja, daß du heute oder morgen nach Hause kommst, und wollte dich überraschen und deinen Gesichtsausdruck sehen, wenn ihr euch begegnet. Daher habe ich alle zur Geheimhaltung verpflichtet, bis ich euch zusammenbringen konnte. War das sehr grausam von mir?«

Endlich fand ich die Sprache wieder. »Nein, das war es nicht. Aber wohl typisch weiblich und deshalb etwas undurchsichtig. Auf jeden Fall jedoch erfolgreich. Ich bin … überrascht … ja höchst erstaunt.« Ich lächelte Gaius an. »Willkommen zu Hause, Prokonsul! Wie war's in Afrika?«

»Heiß, übelriechend, voller Fliegen und pesterfüllt. Es hat sich wenig geändert, seit wir beide dort waren. Ich habe das Konsulat meinem Nachfolger übergeben. Jetzt bin ich nur noch Gaius Britannicus, ein Bauer und Mann mit ein paar Ambitionen.«

»Ja«, grinste ich. »Außerdem Prokonsul von Numidien, römischer Senator und Befehlhaber in den Legionen. Keiner dieser Titel kann verwirkt werden.«

»Nein, mein Freund, doch sind es nur Titel, und davon habe ich in meinem Leben genug gehabt. Gaius Britannicus reicht von nun an.« Er legte mir den Arm um die Schultern und wandte sich den anderen zu. »Meine Herren, bevor wir uns jetzt zum Abendessen begeben, will ich noch einen Trinkspruch ausbringen. Auf Publius Varrus, meinen besten Freund, dem ich mehr als einmal mein Leben verdanke, und auf seine bevorstehende Heirat mit meiner geliebten Schwester.«

Lucia griff nach meiner Hand, als auf unsere Zukunft getrunken wurde, und danach trat Diomedes vor, um alle ins *triclinium zu* bitten. Doch Gaius hielt uns beide zurück und ließ die anderen in den Speisesaal vorausgehen. Dann zog er mich zu sich herum und sagte leise, wobei er mir direkt in die Augen blickte: »Wie ich von Lucia gehört habe, hast du Zweifel daran, ob ich eure Heirat billige?«

Er seufzte und schüttelte belustigt und bedauernd den Kopf. »Publius Varrus, du versetzt mich in Erstaunen, doch ich wünschte, es gäbe mehr wie dich. Hör mir jetzt ein für allemal zu! Ich könnte mir für keinen von euch einen besseren Partner vorstellen. Ihr seid beide von rein römischem Blut und mir die liebsten Menschen auf der ganzen Welt. Ich liebe einen so sehr wie den anderen. Ihr werdet ein phantastisches Paar abgeben und mich mit einer ganzen Schar bemerkenswerter Nichten und Neffen versorgen, und es wird mir eine Pflicht und ein Vergnügen sein, diese schrecklich zu verwöhnen. Publius, ich gebe dir meinen vollen, uneingeschränkten Segen, und zwar voller Freude, weil wir dann nicht nur im Geiste, sondern auch tatsächlich Brüder sind.«

Jetzt war mir die Kehle völlig zugeschnürt, und ich umarmte ihn schweigend zum erstenmal als Bruder.

Als wir zu Tisch gingen, fiel mir auf, daß für sieben gedeckt war, obwohl wir nur sechs waren. Ich sagte nichts dazu, doch Gaius hatte es auch bemerkt.

»Wo ist Picus?« fragte er gerade in dem Augenblick, als ein großer, hübscher, etwa sechzehnjähriger Knabe hereinkam. »Ach, da bist du ja. Du hast dich verspätet!«

Der Junge nickte und kam näher. »Ich weiß. Bitte verzeiht mir, Vater, Tante Lucia, meine Herren!« Sein Blick traf meinen, und er hielt ihn fest, als er geradewegs auf mich zukam und sich verbeugte.

»Publius«, sagte sein Vater, »dies ist mein Sohn Picus. Picus, mein Freund Publius Varrus. Du hast mich schon seit Jahren von ihm sprechen hören, und es wird allmählich Zeit, daß du ihn kennenlernst. Er wird bald dein Onkel.«

»Ich weiß.« Das Lächeln des jungen Mannes war offen und freundlich und von ruhiger, angenehmer Selbstsicherheit. Ich reichte ihm den Arm wie einem Ebenbürtigen, und er ergriff ihn und fragte: »Darf ich dich Onkel Varrus nennen?«

»Onkel Varrus«, nickte ich, wobei ich ihn nicht aus den Augen ließ. »Das klingt gut. So sei es denn.«

Beim Abendessen gab es mehrere Anlässe zu feiern, und die Gespräche waren lebhaft und oft ausgelassen. Mir fiel jedoch auf, daß sich Gaius weigerte, über seine Zeit in Afrika zu sprechen. Er erzählte hingegen offen von seinen Besuchen in Rom und am kaiserlichen Hof in Konstantinopel, und sein bissiger Witz brachte uns alle immer wieder zum Lachen.

Die Zeit verging schnell, und ich erfuhr, daß die drei jungen Offiziere sofort zu ihrer Garnison zurückkehren sollten und daher gleich bei Tagesanbruch aufbrechen würden. Picus wollte sie begleiten und nach Londinium weiterreiten, wo er seinen Militärdienst als gemeiner Soldat, wie sein Vater und ich auch, beginnen würde. Das bedeutete, daß er sich den Rang eines Zenturios selbst verdienen mußte. Danach würde die Offizersausbildung folgen.

Als ich das hörte, schickte ich Diomedes unauffällig zu meinen Räumen, um dort ein Päckchen zu holen.

Als der richtige Augenblick gekommen war, räusperte ich mich und versuchte das, was ich vorbringen wollte, so einfach und klar zu sagen, wie es mein Freund Alarich getan hätte.

»Picus«, begann ich, »ich möchte an dich, meinen frischgebackenen Neffen, gern ein paar Worte richten.« Das rief allgemeines Gelächter hervor und befreite mich von meiner leichten Verlegenheit. Picus sah mich über den Tisch hinweg erwartungsvoll an. »Du trittst jetzt bald in die Legionen ein. Genaugenommen morgen, wenn man den Zeitpunkt des Verlassens seines Heims schon als Eintritt werten will. Ich habe ein Geschenk für dich, und es wäre mir eine Ehre, wenn du es annehmen würdest.«

Die Augen des Knaben wurden vor Erwartung ganz groß. Ich holte das Päckchen, das Diomedes mir gebracht hatte, unter dem Tisch hervor und wickelte es beim Weitersprechen aus.

»Bevor dein Vater nach Afrika gegangen ist, hat er mich gebeten, dieses Schwert für ihn herzustellen. Es war bei seiner Abreise noch nicht fertig, weil ich erst zu spät davon erfuhr. Und nun schwört er, daß sein Soldatenleben beendet ist. Wie dem auch sei, ich habe dieses Schwert für den Offizier Britannicus gefertigt und meine, daß es eine gute Waffe ist. Das Heft besteht aus einem Stück, eine neue Technik, mit der ich herumexperimentiert habe. Da der Kommandant nun keine Verwendung mehr für ein Schwert hat, kann ich mir keinen geeigneteren Platz dafür vorstellen als am Gürtel seines Sohnes.« Ich zog es aus der bronzebeschichteten Scheide. »Es hat keltische Muster auf der Scheide und dem Heft – die Kunst des britischen Volkes – und paßt daher ebensogut zu einem Britannicus wie sein Name. Das Eisen der Klinge wurde hier in Britannien abgebaut, herausgeschmolzen und verarbeitet. Glaub mir, Picus, du kannst es voller Selbstbewußtsein tragen und verwenden. Es ist gleichermaßen für die Schlacht wie für die Galauniform geeignet.« Ich steckte das Schwert wieder in die Scheide und reichte es ihm.

Stille herrschte, als er das Schwert aus meinen Händen entgegennahm und voller Ehrfurcht betrachtete, wobei seine Blicke den Kringeln und Schnörkeln der keltischen Muster darauf folgten. Die Scheide war aus Schafspelz und besaß daher ein natürliches Wollfutter. Ich hatte das Fell fast kahl geschoren, so daß die Klinge gegen Rost geschützt war und beim Hineinstecken und Herausziehen jedesmal poliert wurde. Außen war die Scheide von einer Bronzeschicht überzogen, die so dünn wie feinstes Pergament war und die ich mit eigener Hand geschlagen und verziert hatte.

Picus zog die Klinge respektvoll aus der Scheide, wog sie in der Hand und schlug damit versuchsweise durch die Luft.

»Onkel Varrus«, sagte er, »noch nie zuvor habe ich etwas so Schönes besessen, in der Hand gehalten oder auch nur gesehen. Ich danke dir für die Ehre, die du meinem Vater mit diesem Schwert erwiesen hast, und für die Ehre, die du mir damit erweist, daß du mich für wert hältst, es zu empfangen.« Er wandte sich an seinen Vater. »Vater, ich schwöre dir, daß ich versuchen werde, mich dieses Schwertes so würdig zu erweisen, wie du es getan hättest.«

Wirklich eine hübsche Rede für einen so jungen Mann! Britannicus sah gerührt aus. Er stand auf, ging zu seinem Sohn hinüber und umarmte ihn wortlos. In Lucias Augen standen Tränen. Als mich Britannicus wieder anschaute, sah ich, daß er mein Tun billigte. Er räusperte sich.

»So laß uns denn, Publius, mein Freund, noch einen Kelch Wein auf den jüngsten Rekruten des Kaiserreichs trinken!«

Während Picus das Geschenk andächtig den drei Offizieren zeigte, wurde erst auf ihn, dann auf die alte Zwanzigste Legion und dann auf mich als den Hersteller des Schwerts getrunken. Als wir unsere Kelche geleert hatten, sah Britannicus mit gebieterisch hochgezogener Braue wieder seinen Sohn an.

»Nun, junger Mann, kannst du dich zurückziehen. Du bist noch Zivilist und nicht im gesetzlichen Waffenalter. Wir wünschen dir eine gute Nacht.«

Als der Knabe gegangen war, nahmen wir wieder Platz.

»Er sieht prächtig aus, Gaius«, sagte ich. »Wie ein griechischer Gott.«

»Er sieht wie ein verdammter Hunne aus, so ist das! In der Familie seiner Mutter sehen alle so aus. Sie behaupten, rein römischer Herkunft zu sein, doch wenn du mich fragst, hat sich eine der Ahninnen in einen Sklaven aus dem Norden vernarrt.«

Picus' Gehen schien das stillschweigende Signal zu sein, die Abendgesellschaft aufzulösen. Kurze Zeit später entschuldigten sich die jungen Offiziere. Lucia ließ Gaius und mich ein Weilchen allein, um sich mit Diomedes und dem Küchenpersonal über die Vorbereitungen für ein frühes Morgenmahl und den Proviant für die Reisenden zu beraten. Als sie zurückkam, wünschte sie uns beiden eine gute Nacht und ermahnte uns, nicht zu lange aufzubleiben.

Gaius nahm den Krug, in dem noch reichlich Wein war, und wir gingen in sein *cubiculum*, wo ein Feuer loderte, das einer von Diomedes' Leuten für uns angezündet hatte.

Eine Weile saßen wir in behaglichem Schweigen da, jeder mit seinen eigenen Gedanken beschäftigt. Gaius brach es schließlich, indem er mir für die Geste mit dem Schwert dankte. Ich tat dies achselzuckend mit der Bemerkung ab, daß ich mir keinen besseren Verwendungszweck für die Waffe vorstellen könne.

»Trotzdem«, beharrte er, »war es die noble Geste eines Freundes.«

»Gut«, lenkte ich mit einem kleinen Lächeln ein. »Ich hatte ein bißchen Sorge – nur ein bißchen –, daß du Einwände dagegen haben könntest, weil ich vorher nicht mit dir darüber gesprochen hatte. Ich habe aus einem Impuls heraus gehandelt, doch ursprünglich war das Schwert für dich bestimmt.«

Er schüttelte den Kopf. »Nein, Varrus. Wie hätte ich Einwände dagegen haben sollen? Es ist ein prächtiges Schwert, das auch ich voller Stolz getragen hätte. Ich brauche aber kein Schwert mehr, und Picus wird es lieben. Niemand sonst in seiner Legion wird ein ähnliches besitzen. Ich weiß, daß ich dich das schon einmal gefragt habe: Wie nur hast du es bewerkstelligt, daß das Eisen der Klinge eine so helle Farbe hat? Handelt es sich um Metall vom Himmelsstein?«

Grinsend schüttelte ich den Kopf. »Nein, keine Himmelssteine, keine Magie, nur ein Trick meines Großvaters,

Kommandant. Wir mischen beim Schmelzen und Anlassen Holzkohle ins Eisen. Das macht die Klinge härter, schärfer und haltbarer. Die hellere Farbe scheint ein Nebeneffekt zu sein.«

»Ach ja, deine Schmelzerei. Du hast mir schon einmal, als wir uns zuletzt begegnet sind, davon erzählt. Morgen würde ich gern ausführlicher mit dir darüber reden. Und was hat es mit den keltischen Verzierungen auf der Scheide auf sich? Das sind doch die gleichen wie auf dem Schwert deines Großvaters, nicht wahr? Ich meine auf dem, das jetzt in Theodosius' Besitz ist!«

»Ja, mehr oder weniger. Mein Interesse daran wurde unter anderem von deinem Freund Bischof Alarich erweckt.«

Er lächelte. »Alarich besitzt eine fast schon magische Ausstrahlungskraft. Noch niemand, der ihn getroffen hat, ist unverändert daraus hervorgegangen. Im übrigen hat mir Lucia erzählt, daß du jetzt ein wohlhabender Mann bist – durch eine Erbschaft deines Großvaters, wenn ich es richtig verstehe? Das scheint eine aufregende Geschichte zu sein, die ich bei Gelegenheit auch gern einmal hören würde.«

»Da gibt es nicht viel zu erzählen, Kommandant.« In kurzen Worten erzählte ich ihm, wie ich in den Piken meines Großvaters den Goldhort entdeckt hatte.

Er hörte wie immer aufmerksam zu und begann dann Fragen zu stellen, die vom Gold zu all dem führten, was ich in den letzten fünf Jahren getan hatte. Ich beantwortete sie kurz, um es hinter mich zu bringen und ihn dann dazu zu bewegen, von seinen Abenteuern zu erzählen. Doch sosehr ich es auch versuchte: Es gelang mir nicht, seinen Fragen auszuweichen und selbst ein paar einzuflechten.

Am Schluß erzählte ich ihm die ganze Geschichte von

meinem Zusammenstoß mit Seneca, meiner Flucht aus Camulodunum und meinen Problemen auf der Straße nach Aquae Sulis.

»Dann«, meinte er, »verdanken wir also den Senecae das Vergnügen deiner Gesellschaft. Seit wann bist du hier? Seit einem Monat? Oder seit zwei Monaten? Und dein erster Zusammenprall mit diesem Senecabalg war ungefähr einen Monat vor deiner Ankunft?«

»Knapp zwei Monate davor.«

»Kennt dich Quinctilius Nesca vom Ansehen?«

»Nein, überhaupt nicht. Eigentlich weiß keiner von ihnen richtig, wer ich bin. Die Dreckskerle auf der Straße hielten lediglich Ausschau nach einem grauhaarigen Mann, der stark hinkt. Sonst hatten sie keinerlei Hinweise. Sie werden mich hier nie finden.«

»Hm, es sei denn, Primus Seneca erinnert sich, daß er mich zuletzt mit einem grauhaarigen, stark hinkenden Freund gesehen hat, was nicht allzu unwahrscheinlich ist. Diese Senecae darf man nicht unterschätzen, Publius. Sie sind nicht wie andere Menschen. Sie haben einen fast übernatürlichen Drang zum Bösen.«

»Dann, Kommandant«, sagte ich, besorgt durch den unheilschwangeren Ton in seiner Stimme und dadurch, daß er sofort den Finger auf etwas legte, was ich schon vor Monaten erkannt hatte, »ist es wohl besser, wenn ich weiterziehe. Ich möchte kein Unheil in dein Haus ziehen.«

»Sei nicht naiv, Publius, das löst das Problem nicht. Wenn sie kommen wollen, dann kommen sie; deine Abwesenheit schreckt sie nicht ab. Doch wir sollten jetzt sehen, daß wir etwas Schlaf bekommen. Es ist spät, und wir müssen morgen in aller Frühe wieder auf den Beinen sein. Wir unterhalten uns morgen noch einmal darüber. Du brauchst dir aber keine Sorgen zu machen, mein Freund. Ich kenne eigene Mittel und Wege. Zunächst einmal müssen wir sehen, wie stark ihre Wut ist – ein paar Fragen stellen und herausfinden, wie intensiv noch nach dir gesucht wird. Es ist durchaus möglich, daß Primus dich und mich anhand der knappen Beschreibung, an die er sich halten kann, nicht in Zusammenhang gebracht hat. Ich bin lange Zeit weggewesen, aus den Augen und, wie wir hoffen können, auch aus dem Sinn. Jedenfalls werden wir es in zwei Wochen wissen. Doch jetzt sollten wir schlafen gehen.«

»Kommandant!« Mühsam sammelte ich meine Gedanken. »Ich habe noch eine Frage, Kommandant.«

Ihm sank das Kinn auf die Brust, und ich hatte den Eindruck, daß er mir gar nicht zuhörte.

»Kommandant?«

»›Kommandant!!‹ Das war dreimal ›Kommandant‹ in einem Atemzug!«

Bei diesem unerwarteten Ausbruch zuckte ich zusammen, und er seufzte verzweifelt.

»Varrus, wir beide kennen uns jetzt, als Männer und Kameraden, schon über elf Jahre. Es gibt keinen Mann, den ich mehr bewundere und schätze. Ich meine, daß ich das Recht habe, dich meinen Freund zu nennen, aber ich weiß, daß etwas in dir nie aufgehört hat, in dir den Zenturio und in mir den vorgesetzten Offizier zu sehen. Ich habe dich zu meinem *primus pilus* gemacht, Varrus, und es nicht einen Augenblick lang bereut, doch habe ich es nicht aus Freundschaft getan, sondern weil du dir diese Beförderung verdient hast. Dieser Rang entspricht deinem Talent und natürlichen Können. In vielerlei Hinsicht bist du, mein Freund, die Verkörperung all dessen, was für mich an Ehrenwertem mit dem Ausdruck ›Römer‹ verbunden ist. Ich kenne Hunderte von Berufsoffizieren sowie Politiker, Senatoren und Kaiser, die auch nicht annähernd mit dir vergleichbar sind. Mach nicht so ein Gesicht! Ich weiß, daß es dir peinlich ist, so etwas zu hören, aber hör mir trotzdem zu. Für alle meine Kollegen und Bekannten bin ich Britannicus. Meine Freunde nennen mich Gaius. Außer dir nennt mich niemand mehr Kommandant. Ich heiße Gaius. Und das möchte ich jetzt einmal von dir hören.«

»Gaius.«

»Richtig! Und ich nenne dich Publius. Wir reden uns von nun an wie Freunde und Brüder an, es sei denn, wir vergessen es im Eifer einmal. Einverstanden?«

Ich nickte. »Einverstanden.«

»Du bist ein guter Mann. Und ich weiß, daß du dich um meine Schwester kümmern wirst. Sie ist ein prächtiges Mädchen, Publius. Sie wird dir eine großartige Frau sein und diesem Haus Kinder schenken. Söhne, Publius, Söhne braucht ein Mann! Man hat nie zu viele Kinder. Sieh doch, wie es mir ergangen ist. Im Lauf von nur einem Monat habe ich drei verloren, und jetzt tritt mein Sohn in die Legionen ein. Wenn Picus getötet wird, stirbt mein Name mit mir aus.«

Er verfiel in Schweigen, und ich nützte die Pause, um Wein nachzuschenken. Nach einer Weile ergriff er wieder das Wort.

»Nun? Wonach wolltest du mich fragen?«

»Nach deiner Familie.« Ich zögerte. »Ich habe dir nach deiner Rückkehr noch nicht mein Beileid ausgesprochen, und du hast mir nicht erzählt, was geschehen ist. Was ist in Afrika passiert, Gaius?«

Mit zitternden Händen blickte er in seinen Becher.

»Es war schlimm, Varrus. Sehr, sehr schlimm.« Er sprach mit leiser, tonloser Stimme, doch ich konnte ihn gut verstehen. »Ich hatte von Anfang an gewußt, daß es keine angenehme Zeit werden würde, und wollte meine Familie hier in Britannien lassen, wo sie außer Gefahr gewesen wäre. Doch Heraclita wollte davon nichts wissen. Sie ließ sich nicht davon abbringen, daß es wegen der immer häufigeren Überfälle der verdammten Sachsen nicht mehr sicher in Britannien war, und ich gebe zu, daß ich ihr seinerzeit in gewisser Hinsicht recht gab.

Jedenfalls bestand sie darauf, daß diesmal die ganze Familie gehen würde. Wie du weißt, war ich als Soldat immer allein gewesen. Ich hatte sie bei den Kindern gelassen, und sie hatte sich nie darüber beklagt. Wie du dich vielleicht erinnern kannst, habe ich dir das in dem Brief mitgeteilt, den ich dir vor meiner Abreise geschrieben habe.« Ich nickte. »Nun, wider besseres Wissen gab ich nach. Sie sagte, Numidien sei seit Jahrhunderten besiedelt und ungefährlich. Ich war ein Narr, ihr zuzustimmen. Mir gefiel der Gedanke, meine Familie einmal um mich zu haben. Es war reiner Egoismus. Ich unterdrückte meine Bedenken und schloß die Augen vor den tausenderlei Unwägbarkeiten, die sich gegen uns stellen konnten.

Wie du weißt, unterbrachen wir unsere Reise in Rom und in Konstantinopel. Sie haßte Rom, und ich ebenso. Es ist dort jetzt sehr deprimierend. Ein recht verlassener Ort, seit der Hof weggezogen ist. Zwar ist dort zumindest nominell noch ein Hof, den der sogenannte Westkaiser unterhält, jedoch ist dieser bloß ein Witz. Wer auf sich hält, lebt jetzt in Konstantinopel. In Rom sind wirklich nur noch der Pöbel und die Beamten, die diesen so zufrieden wie möglich halten. Es ist einfach schrecklich. Konstantinopel hingegen ist ganz anders. Fremd und orientalisch geheimnisvoll. Wir wären dort gern länger geblieben.« Seine Stimme erstarb, da er offenbar an die dort genossenen Freuden dachte. Doch dann riß er sich zusammen und erzählte weiter.

»Nun, wir kamen schließlich in Numidien an, und anfangs war es ... erträglich. Ich hatte zwar viel zu tun, so daß ich nur wenig Zeit mit meiner Familie verbringen konnte, obwohl sie so nah war. Und dann, ein halbes Jahr nach unserer Ankunft, erkrankte ich an der Pest. Unsere besten Ärzte waren ihr gegenüber hilflos, und sie breitete sich aus wie Wellen auf dem Wasser. Nichts konnte ihr Einhalt gebieten. Du kennst ja unsere Militärärzte. Zunächst einmal verboten sie das Trinken von Wasser, was aber keinen Unterschied machte. Es wehte unsere Männer um, so wie die Blätter im Herbst von den Bäumen fallen. Hunderte starben, Hunderte. Und wer nicht starb, wurde noch lange nicht gesund: Er vegetierte nur dahin, und scheinbare Fortschritte wurden gleich wieder zunichte gemacht. Ich war einer davon. Es gab Zeiten, in denen ich zu sterben glaubte, und dann wieder welche, in denen ich befürchtete, es nicht zu tun. Es war unbeschreiblich. Die Pest brachte mich an den Rand des Todes, raffte mich aber nicht dahin.

Dafür aber meine Frau, meine Tochter Melia und meine beiden Söhne Marcus und Paulus. Alle innerhalb eines Monats. Das war der Monat, in dem es mir am schlechtesten ging, und sie faßten den Entschluß, es mir nicht zu sagen, aus Furcht, es würde mich umbringen. Die Ärzte rechneten jeden Tag mit meinem Tod, doch Gott hatte beschlossen, mich nicht sterben zu lassen. Meine restliche Dienstzeit war die reinste Strafe, ohne militärische oder zivile Auszeichnungen, aber auch ohne weiteres Unglück. Und hier bin ich nun.«

»Das alles tut mir schrecklich leid, mein Freund. Ich habe es erst bei meiner Ankunft hier vor ein paar Wochen erfahren. Es hat mich tief erschüttert.«

»Nun ja!« Er seufzte laut. »Es liegt schon Jahre zurück,

und ich habe mich damit abgefunden, jedenfalls beinahe. Nur manchmal suchen mich noch plötzlich und unerwartet quälende Erinnerungen heim, meist dann, wenn ich es am wenigsten erwarte.«

»Was war mit Picus, Kommandant? Wurde er nicht krank?«

»Nein. Und glücklicherweise gelang es ihm mit der Stärke der Jugend, seinem Kummer und seinen Erinnerungen Einhalt zu gebieten.«

Da ich nichts mehr zu sagen wußte, was nicht töricht geklungen hätte, schwieg ich. Abrupt wechselte Britannicus das Thema.

»Ich wünschte, du wärst bei unserem Eintreffen hier gewesen. Mich hätte deine Reaktion auf das Tischgespräch gestern abend interessiert. Eine faszinierende Diskussion über ein entsetzliches Thema. Ich wünschte, du hättest es gehört.«

»Worum ging es denn?«

»Wir haben über Truppenmoral gesprochen.«

»Truppenmoral? Und das ist ein entsetzliches Thema?«

»Ja.« Zunächst konnte sein ernster Ton meinem Lächeln nichts anhaben, doch als er weitersprach, verschwand es schnell.

»Ich sage dir, Publius, die Moral der Legionen ist noch nie so schlecht gewesen, nicht einmal während der Invasion, wobei da ja auch nur Britannien betroffen war. Es handelt sich um eine Krankheit, die sich über das ganze Kaiserreich ausgebreitet hat. Überall ist Verfall festzustellen. Meuterei ist weit verbreitet, nirgends gibt es Disziplin, Ordnung oder Strukturen von Bedeutung. Heutzutage sind im Heer mehr barbarische Söldner als je zuvor, dazu bezeichnen sich diese jetzt noch alle als römische Bürger.

Du weißt, wie ich darüber denke. Es fehlt jedoch eine Struktur, Varrus. Die Grundlage. Es gibt keine Vorbilder mehr. Keine Werte, mit denen sich die römische Jugend identifizieren, die sie guten Glaubens übernehmen und auf die sie sich verlassen kann. Die ganze Welt versinkt im Chaos … Weißt du, Publius, daß ich mich von meinen Legionen zum römischen Kaiser hätte ernennen lassen können, wenn ich mich in Afrika, bevor uns die Pest heimsuchte, auch nur ein bißchen darum bemüht hätte? Ist dir klar, was das bedeutet?«

Ich sah ihn mit großen Augen an und überlegte, was folgen würde. Noch nie zuvor hatte ich ihn so niedergeschlagen gesehen.

»Ich, Gaius Britannicus, der ich jetzt hier vor dem Feuer sitze, hätte von meinen Soldaten zum Kaiser ernannt oder gewählt werden können. In Afrika hatte ich fünfzigtausend direkt unter meinem Kommando, und Tausende weiterer hätten sich in Marsch gesetzt und unter meine Fahne gestellt.«

Mir kam nicht einen Augenblick der Gedanke, daß er übertreiben könnte. Ich wußte, daß er die volle Wahrheit sagte.

»Die römischen Soldaten sind Rom gegenüber nicht loyal, Publius. Der Staat hat ihnen zuviel genommen und ihre Interessen und ihr Vertrauen zu oft mißbraucht. Die Treue der Soldaten findet kein Ziel, so daß sie sich, wenn sie doch einmal jemanden in einer Machtposition finden, mit dem sie sich identifizieren können, dessen Sache mit schrankenloser, selbstmörderischer Hingabe anschließen. Ich bin in aller Stille von einigen meiner Offiziere angesprochen worden. Es fielen keine ausgesprochen verräterischen Bemerkungen, doch man gab mir zu verstehen, daß die Heere bereit seien, jemandem die Macht zu übertragen, der sich um ihre Bedürfnisse und die Festigung der Grenzen kümmern würde. Ich hätte es tun können, Publius, wenn ich nicht erkrankt wäre.«

»Du meinst, du hast es in Erwägung gezogen?«

»In Erwägung gezogen? Vermutlich ja. Ja, natürlich! Ich habe darüber nachgedacht.«

»Und hättest du es getan?«

»Ob ich das Kaiserreich angenommen hätte?« Seine Blicke wanderten von mir zum Feuer. »Ich weiß es nicht. Vielleicht. Anfangs war ich in Versuchung, doch nach einer Weile erkannte ich, daß es eine Versuchung war, und widerstand ihr. Und dann wurde ich ja krank. Wie du weißt, bin ich in Rom und Konstantinopel gewesen und habe dort nichts gesehen, was in mir auch nur einen Funken Loyalität irgend jemandem gegenüber hätte erwecken können. Und als ich auf meine Soldaten blickte und sah, wie sie von ebendieser Regierung behandelt wurden, fühlte ich mich ihnen gegenüber schuldig und unloyal.

Rom ist nichts ohne seine Legionen, Varrus. Und trotzdem behandelt man sie dort jetzt schon seit über zweihundert Jahren wie Dreck. Unsere wenigen guten Kaiser waren alle Soldaten, außer Claudius, den ich allerdings für den besten unter ihnen halte. Soldaten wissen, was ein Kaiserreich braucht. Sie wissen, wie wichtig Disziplin ist. Sie verstehen sich auf Logistik und die Gesetze von Angebot und Nachfrage. Und sie sind sich auch über die Bedeutung reger Kommunikation über große Entfernungen im klaren, ebenso wie über die Notwendigkeit, wichtige Entscheidungen in Krisenzeiten dem Befehlshaber vor Ort zu überlassen. Vielleicht wäre ich ja ein guter Kaiser geworden.«

Mit Nachdruck entgegnete ich: »Meiner Meinung nach gibt es gar kein ›vielleicht‹, Gaius. Ich hätte jede Wette gehalten, daß du der Versuchung widerstehen würdest. Aber das steht hier nicht zur Debatte, nicht wahr? Wie, glaubst du wohl, wird es weitergehen?«

Er schüttelte den Kopf. »Ich weiß es nicht. Es ist jedoch seit langem nichts Gutes mehr geschehen. Wenn meine Soldaten bereit waren, mich zum Kaiser zu erheben, dann ist es nur logisch, daß auch anderswo Soldaten aus den Reihen ihrer Offiziere Kaiser ernennen. Gott weiß, daß es nicht an Präzedenzfällen fehlt.«

»Aber ...« Ich hielt inne.

»Aber was?«

»Nun, selbst wenn das geschieht, kann ich darin keine Gefahr für den römischen Staat selbst sehen. Ich weiß, daß auch schon früher Heere Kaiser ernannt haben. Es waren die Prätorianer, die Claudius auf den Thron setzten, wenn auch aus Hohn – sie hatten keine Ahnung, daß sie dem Kaiserreich damit einen großen Gefallen taten. Es hat Meutereien und sogar Bürgerkriege gegeben, doch das Kaiserreich hat stets überlebt. Und ich sehe nicht, wie ein Bürgerkrieg in Rom große Auswirkungen auf uns hier in Britannien haben könnte.«

»Wahrscheinlich würde es auch keine großen Auswirkungen geben. Bei einem Bürgerkrieg nicht. Doch was ich fürchte, ist nicht ein Bürgerkrieg, sondern eine Invasion. Bevor ich abschweifte, wollte ich sagen, daß den Legionen die Moral, die Einstellung fehlt. Den Soldaten ist Rom egal. Überall gibt es Barbarenvölker, Publius, denen es einzig und allein ums Überleben geht. Sie wollen ihre unfruchtbaren Heimatländer verlassen und irgendwohin gehen, wo das Leben leichter ist. Wo sie nicht zu Tausenden im Winter erfrieren. Wo ihre Kinder nicht hungern müssen. Sie alle sehen im Kaiserreich das Gelobte Land. Merk dir, was ich sage, Publius: Eines Tages, und wahrscheinlich schon bald, werden die Horden ins Herz des Reichs eindringen, und dann wird es zu spät sein, Rom zu retten. Doch zunächst einmal wird die Invasion Panik hervorrufen. Eine Legion nach der anderen wird von den Grenzen zurückgerufen, um die Hauptstadt und Kampanien zu verteidigen.«

Ich ging zum Feuer hinüber und hielt die Hände über die Glut. Ich war bestürzt über Britannicus' klare Darlegung seiner Bedenken. Obwohl ich das Gespräch eigentlich nicht fortsetzen wollte, meinte ich, es zu müssen.

»Und du glaubst, daß das bald geschehen wird?«

»Zu bald, Publius! Ja, das glaube ich. Es wird in den Mannschaften Britanniens schon gemunkelt, daß die Legionen hier einen Kaiser bestimmen wollen.«

»Hier in Britannien?« Das war ein völlig überraschender und unerfreulicher Gedanke für mich. »Und du meinst, das stimmt?«

»Wer weiß? Vielleicht. Gerade jetzt tun einige Männer hier in Britannien Dienst, die so ehrgeizig sind, daß sie vielleicht einen Versuch unternehmen.«

»Wirklich? Wer denn zum Beispiel?«

»Nun, ich habe ein paar Namen nennen hören. Zum einen Magnus Maximus.«

»Wer ist das?«

Er sah mich erstaunt an. »Wer das ist …? Mein Gott, Publius, du bist wirklich nicht auf dem laufenden. Er ist der Liebling und Wunderknabe der Legionen. Seine Soldaten glauben, er könne auf dem Wasser laufen. Wenn sich jemand zur Wahl stellt, würde ich auf ihn setzen.«

»Du würdest ihn unterstützen?«

Angesichts des Unbehagens in meiner Stimme lächelte er gezwungen. »Das habe ich nicht gesagt! Ich habe nur gesagt, daß ich wetten würde, daß er es wäre, wenn hier in Britannien jemand die Hand nach dem Kaiserreich ausstrecken würde.«

»Dann würdest du ihn also nicht unterstützen?«

»Niemals. Der Mann ist ein Politiker. Er ist völlig rücksichtslos und ichbezogen. Er tut alles, um sich bei den Truppen beliebt zu machen, weil er ihre Unterstützung braucht. Wenn sie ihn jedoch an die Macht kommen lassen, tun sie gut daran zu sehen, wo sie bleiben.«

»Könnte er denn das Kaiserreich erobern, wenn er ernannt würde?« Britannicus schüttelte zweifelnd den Kopf. »Kaiser in Britannien zu werden ist eine Sache, doch nach Rom zu ziehen, den Westkaiser zu entmachten und dann noch das östliche Kaiserreich einzunehmen, das ist eine andere. Das wäre schon eine gewaltige Unternehmung. Er würde sich dann im Kaiserreich gegen alle festgefügten Interessenbereiche stellen und nur seine Truppen hinter sich haben. Er hätte alle anderen Heeresführer überall im Kaiserreich gegen sich, die denselben Traum von Größe und Macht hegen.«

Ich wurde immer niedergeschlagener. »Mein Gott, Gaius! Bei dir klingt alles so hoffnungslos! Wann, meinst du wohl, werden die Legionen zurückgezogen, um Schutz vor dieser drohenden Invasion zu bieten?«

»Im nächsten Monat. Im nächsten Jahr. In zehn Jahren. Vielleicht in zwanzig. Ich habe wirklich keine Ahnung. Doch ich glaube, daß es früher oder später geschehen wird.«

»Und was machen wir dann?«

»Nichts, Publius. *Wir* tun nichts.« Er lächelte aufrichtig. »Wir bleiben in Britannien, hier auf unserem Gut, genießen das Alter, beobachten das Heranwachsen unserer Kinder um uns herum, kümmern uns um unsere eigenen

Angelegenheiten und leben hier in diesem schönen Land unser eigenes Leben.«

Jetzt mußte ich auch lächeln. »Ungestört?«

»Warum nicht? Wenn wir unsere Vorkehrungen treffen?«

»Du meinst, indem wir dein Gut abgrenzen und befestigen?«

»Ja, mehr oder weniger. Wir müssen uns verteidigen können.«

Ich schüttelte den Kopf. »Du machst mir angst, Gaius, auch wenn ich lächle. Wie kommt es nur, daß wir immer spätabends in solche Diskussionen geraten? Ich hätte dich morgen gern mit zur Schmiede genommen. Ich möchte dir ein paar Sachen zeigen. Doch nun ist es schon fast morgen.«

Gaius streckte sich und gähnte, als ob ich ihn an seine Müdigkeit erinnert hätte.

»Du hast recht, mein Freund«, murmelte er. »Es ist zu spät, die Probleme des Kaiserreichs noch zu lösen. Viel zu spät, in jeder Hinsieht. Gehen wir schlafen!«

In meinem Schlafzimmer zog ich mich langsam aus und schwelgte träumerisch in Lucias Küssen. Ich wußte, daß ich zu ihr gehen könnte, doch Gaius' Anwesenheit im Haus schreckte mich ab. Es wäre unloyal gewesen, wenn auch vielleicht nur in meiner Einbildung. Doch das genügte.

Den Göttern sei gedankt, das Lucia meine Gedanken lesen konnte. Noch bevor ich mich ganz entkleidet hatte, war sie in mein Bett gehuscht.

XXII

Gaius war schon volle zwei Wochen zu Hause, als ich allmählich merkte, daß er ein Schwindler war. Zwar ein harmloser Schwindler, der sich selbst mehr betrog als andere, doch daran, daß er einer war, konnte kein Zweifel bestehen, und ich liebte ihn deswegen um so mehr. Erst viel später erkannte ich, daß ich mir seiner Heuchelei schon seit Jahren bewußt gewesen war, sie jedoch so sehr zu ihm gehörte, daß ich sie, ohne groß zu fragen, ja fast ohne sie wahrzunehmen, hingenommen hatte.

Sein Falschheit lag darin, daß er sich Römer nannte und gern als Verkörperung der Tugenden Roms zur Zeit von dessen wahrer Größe sah. Tatsächlich verkörperte Gaius Britannicus diese zwar, war aber seiner Herkunft und Überzeugung nach Brite. Seine Geburt in Britannien war der Höhepunkt einer Kette von Ereignissen gewesen, an deren Anfang einer seiner Vorfahren das Kognomen Britannicus erhalten hatte. Gaius war der Erstgeborene der dritten Generation seiner Familie, die in Britannien zur Welt kam und aufwuchs. Während all seines Umherwanderns als Soldat des Kaiserreichs, pflegte er zu sagen, hatte er keinen Ort, ja kein Land gesehen, das sich im Hinblick auf Schönheit, Milde des Klimas sowie Festigkeit, Stärke und Schlichtheit seiner Menschen mit Britannien messen konnte.

An jenem Abend, an dem ich meine Entdeckung

machte, wurde es draußen schon dunkel. Diomedes' Leute hatten die Lampen angezündet und ordentlich Kohle als Schutz gegen die Winterkälte aufgehäuft, obwohl es am Tag für die Jahreszeit sehr schön gewesen war. Gaius war unruhig und strich auf der Suche nach Ablenkung herum. Er fand sie in Gestalt eines Kodexes, der auf einem meiner Tische lag. Ich beobachtete, wie er ihn in die Hand nahm und genau ansah. Auf dem Deckel waren die komplizierten Schnörkel keltischer Zeichen, und er schlug das Buch an irgendeiner Stelle auf und fand weitere davon. In dem Kodex waren überhaupt keine Wörter, nur Zeichnungen, die alle von derselben Hand waren.

»Nun, was hältst du davon?« fragte ich ihn.

»Es ist prächtig!« sagte er und schaute sich dabei an, wie die Blätter zusammengebunden waren. »Ist das von dem Priester? Von Andros?«

»Richtig! Er hat mir erzählt, daß er es leid war, sperrige Pergamentbündel mit sich herumzutragen. Er hat mich einmal mit einem Kodex gesehen und mich gebeten, ihm weitere zu zeigen. Dann hat er mit seinem eigenen angefangen. Nicht schlecht, wie? Er hat alle Pergamente auf die gleiche Größe zurechtgeschnitten und sagt, daß sein Leben jetzt zehnmal einfacher ist.«

Andros war ein Wanderprediger, der eines Tages auf Gaius' Schwelle aufgetaucht und nicht wieder gegangen war. Er war ein sehr einfacher Mann, getreu seinem Namen »der Mann«, und besaß die unvergleichliche Gabe, alles, was er sah, mit einem Stück Holzkohle naturgetreu wiederzugeben. Seine Zeichnungen waren ausgezeichnet, doch er konnte weder lesen noch schreiben.

»Aber das ist ja phantastisch! Schau doch!« rief Gaius anerkennend. »Wer sonst käme auf die Idee, vorn und hinten eine dünne Holztafel zu verwenden und alles mit einer

Schnur zusammenzubinden? Man kann so leicht etwas hinzufügen, Seite für Seite und in jeder beliebigen Reihenfolge. Und das Holz macht das Ganze stabil und leicht transportierbar. Das ist wirklich erstaunlich, Varrus!« Er war voll aufrichtiger Bewunderung. »Und das Pergament ist auch hervorragend! Wo hat Andros das gefunden?«

»Er hat es selbst hergestellt.«

»Wie? Er stellt Pergament her? Andros selbst?«

»Ja, Andros selbst. Genaugenommen er und seine beiden Brüder. Ich finde es aber noch aufregender, daß sie wissen, wie man ausgezeichneten Papyrus herstellt.«

»Wo um Himmels willen haben sie das alles gelernt?«

»Ihr Vater hat es ihnen beigebracht. Er hat es in Rom – oder in Konstantinopel – gelernt. Vielleicht auch in beiden Städten. Er hat dort viele Jahre als Handwerker gearbeitet und kam mit seinem Meister hierher zurück, bevor seine Söhne geboren wurden, und als diese heranwuchsen, brachte er ihnen sein Handwerk bei. Er war Afrikaner, ich glaube aus Ägypten. Sie lebten auf einem der großen Güter bei Aquae Sulis. Andros hat mir erzählt, daß sie die Schreiber im ganzen Land versorgt haben.«

»Und warum haben sie damit aufgehört?«

Ich zuckte mit den Schultern. »Wer weiß? Jedenfalls wurde Andros Priester, lernte jedoch nie lesen und schreiben. Er wollte nur zeichnen. Hast du je solche Handwerkskunst gesehen?«

»Nein. Diese Zeichnungen sind zwar nicht gerade klassisch, aber ganz ausgezeichnet.«

»Nicht klassisch?« Ich war verblüfft. »Du findest, daß sie nicht klassisch sind? Kommandant, du erstaunst mich!« Er sah mich seltsam an. »Wenn du genau hinsiehst, ich meine wirklich hinsiehst, dann erkennst du, daß diese Zeichnungen sehr wohl klassisch sind, in jedem Sinn, nur nicht im römischen. Sie sind perfekt – exakte Wiedergaben rein keltischer Muster. Und zwar antiker. Nicht der wertlose Schund, den die Hausierer im ganzen Kaiserreich feilbieten. Du blickst hier auf die Geschichte deines geliebten Britannien. Ich dachte, du würdest hingerissen sein, wenn du merkst, worum es sich handelt.«

»Du hast natürlich recht, Varrus. Ich sollte die Zeichnungen bewundern. Sie sind wirklich prächtig.«

»Gaius, wir beide haben in einigen der besten Häuser des Kaiserreichs Wandgemälde und Mosaiken gesehen, die zwar von gefeierten Künstlern geschaffen worden sind, aber nicht annähernd so gut wie diese hier sind, die dieser Mann ohne nachzudenken hervorbringt. Ich möchte wetten, daß er aus dem Handgelenk heraus einen perfekten Kreis zeichnen kann.«

Gaius war in Gedanken verloren, offenbar mit etwas beschäftigt, worauf ihn dieser Kodex gebracht hatte. »Du hast recht, mein Freund. Absolut recht. Bitte ihn, wenn du ihn nächstesmal siehst, mich zu besuchen, ja?«

»Warum? Du hast doch hoffentlich nicht vor, mich seiner Dienste zu berauben? Seine Zeichnungen sind mir bei meiner Arbeit sehr nützlich!«

Er lächelte mich an. »Nein, Varrus, das habe ich nicht vor, da kannst du ganz beruhigt sein. Was ich brauche, sind sein Pergament und sein Papyrus, nicht seine Feder. Ich habe das Gefühl, daß mir die Zeit jetzt, da ich nicht mehr im aktiven Dienst bin, lang werden könnte, und ich habe schon oft daran gedacht, meine Theorien über Militärtaktiken niederzuschreiben. Das ist schon seit Jahren mein Traum, aber eben nur ein Traum, und zwar hauptsächlich deswegen, weil ich nicht genügend Schreibmaterial zur Verfügung habe und noch nie die Geduld und Zeit zum Anlegen von Tafelbüchern hatte. Andros' Talent könnte mir nun Pergament und eine einfache Art des Bindens, so daß die Seiten nicht verlorengehen oder beschädigt werden, zugänglich machen.«

Wohl das erste Mal, seit ich auf persönlicher Basis mit ihm verkehrte, widersprach ich ihm.

»Warum, Gaius? Ich meine, warum willst du Militärerinnerungen schreiben? Um Caesar nachzueifern? Um Rom von deinen Erinnerungen profitieren zu lassen? Warum schreibst du nicht über dein Gut und dein Leben hier in Britannien?«

Er warf mir einen erstaunten Blick zu; wahrscheinlich hatte er das Gefühl, daß ich ihn herabsetzte. Dann antwortete er gedehnt und zurückhaltend: »Ich würde die Geschichte meiner Militärzeit im Kaiserreich schreiben, weil ich von Beruf Soldat bin. Darauf verstehe ich mich am besten. Das war mein Leben. Findest du das überraschend oder geschmacklos?«

Ich schüttelte den Kopf. »Nein, ganz und gar nicht. Ich meine nur, daß es Zeitverschwendung sein könnte, wenn das, was du angedeutet hast, stimmt und das Kaiserreich dem Untergang geweiht ist.«

Ungeduldig runzelte er die Stirn. »Komm, Publius! Sinnvoll verwendete Zeit ist nie verschwendet. Ich würde zum Nutzen derjenigen schreiben, die nach mir kommen. Es wird welche geben, ganz gleich, wie schlecht die Dinge stehen.«

»Oh«, sagte ich, »dann ist es allerdings etwas anderes.«

»Aber?«

»Was meinst du mit ›aber‹?« fragte ich unschuldig.

»Du hast einen Vorbehalt«, meinte er kühl. »Ich höre das heraus.«

»Nein, Gaius, da irrst du dich. Ich finde, daß du schreiben solltest. Jedoch für Britannien. Für deinen Sohn Picus und auch für meine Söhne. Du wirst ihr Onkel sein. Es wäre gut, wenn ihre Vorfahren für sie nicht nur Namen wären.«

Er lächelte besänftigt. »Das ist ein amüsanter, aber durchaus ernstzunehmender Gedanke, Publius. Na gut, dann schreibe ich eben für die künftigen Bürger Britanniens. Du verstehst dich aufs Überreden.«

»Das war gar nicht nötig. Möchtest du jetzt, da es deine Zeit erlaubt, nicht gern nach Rom, in deine Heimat zurückkehren?«

Jetzt sah er nicht mehr belustigt, sondern angewidert aus. »Nein, das möchte ich nicht. Rom ist ein Sumpf.«

Ich war amüsiert, weil mir endlich die bereits erwähnte Erkenntnis kam.

»Ein Sumpf?« fragte ich. »Rom?«

Er sah mich mißtrauisch an, da er spürte, daß ich ihn neckte. »Publius, du hackst auf mir herum. Weshalb? So bist du noch nie gewesen!«

Ich lachte. »Nein, Gaius. Ich glaube, ich war dir gegenüber immer sehr ehrfürchtig. Doch nun, da wir bald Brüder sein werden, fällt es mir nicht mehr so schwer, über alles offen mit dir zu sprechen.«

»Worüber denn?«

»Nun, beispielsweise über deine – Selbsttäuschung.«

»Meine was?« In seiner Stimme schwang verletzter Stolz.

»Deine Selbsttäuschung. Du sprichst von deinem Römertum, bist aber in Wirklichkeit nicht römischer als Meric. In Wirklichkeit fühlst du dich dieser Gegend hier, diesem Land und diesem Volk, das du Pendragon nennst, verbunden. Das ist dein Zuhause, Gaius. Allein schon der Gedanke, nach Rom zu gehen, widerstrebt dir. Du hast es gerade zugegeben.«

»Schon möglich.« Er sah recht perplex aus. »Schon möglich. Doch das ändert nichts an meinen Verpflichtungen dem Kaiserreich gegenüber.«

Ich warf das Buch, das ich in der Hand hielt, auf den Tisch. »Was für Verpflichtungen, Gaius? Du bist ihnen allen nachgekommen und zwar ehrlich, offen und guten Willens, trotz all deiner Vorbehalte. Das sind jedoch nur Lippenbekenntnisse. Du hast noch nicht akzeptiert, daß du deine Schuld voll beglichen hast.«

Seine Miene hellte sich auf. »Das stimmt, nicht wahr? Das habe ich. Es ist die Wahrheit, Publius. Ich bin jeder einzelnen Verpflichtung gegenüber dem Kaiserreich nachgekommen.«

»Ja, Gaius«, erklärte ich nachdrücklich. »Das bist du. Jetzt nimm dir einmal die Zeit, über deine Verpflichtungen dir selbst gegenüber nachzudenken. Schreib unter allen Umständen deine Lebensgeschichte nieder, jedoch für dein eigenes Volk, deine Familie, und nicht für die Genußmenschen in Rom.«

Er schnippte mit den Fingern. »Da fällt mir etwas ein! Ich wollte dir von einem Brief erzählen, den ich bekommen habe. Er ist heute früh von einem Kurier gebracht worden. Dein Freund in Rom scheint mit Theodosius in Konflikt geraten zu sein.«

Ich runzelte die Stirn. »Was für ein Freund in Rom? Ich habe dort keinen.«

»Richtig. Ich mache nur Witze. Ich meinte den jungen Seneca.«

»Seneca?« Britannicus nickte. »Ich dachte, er wäre in Konstantinopel. Seit wann ist er in Rom, und inwiefern hat er Theodosius vor den Kopf gestoßen? Und woher weißt du das?«

Er lächelte. »Ich habe meine Quellen. Vergiß nicht, daß

ich ein paar Nachforschungen angestellt habe. Diese Information kommt von einem alten Freund, den ich schon seit Jahren kenne. Er hat wenig Gutes über Claudius Caesarius Seneca zu berichten. Offenbar sind die Exzesse dieses Mannes so schlimm geworden, daß sie sogar Theodosius' Nase beleidigen. Unser Kaiser ist enthaltsam und im Grunde ein recht frommer Christ, trotz seines Ehrgeizes, der ihn auf den Thron gebracht hat.«

Ich tat dies als unwichtig ab. »Bei Konstantin war es ja nicht anders. Was ist denn zwischen Seneca und Theodosius vorgefallen?«

»Das scheint niemand genau zu wissen. Seneca stand jedoch Valentinian nahe, was ihn bei Theodosius nicht gerade beliebt machen konnte.« Er wurde vom Lärm einer Schar Krähen unterbrochen, die über das Dach herabstießen und um ein Stückchen Aas stritten, das eine von ihnen im Schnabel hielt. Wir machten keinen Versuch, ihr heiseres Gekreische zu übertönen, und beobachteten sie, bis sie davonstoben.

»Jedenfalls«, fuhr er dann fort, »hat ihm der Kaiser ein, wie ich meine, interessantes Ultimatum gestellt. Er ließ verlauten, daß Seneca und eine Reihe anderer wenig zum Gemeinwohl beitrügen. Wie drückte er sich aus? Sie enthalten dem Kaiserreich die Vorteile ihres Rangs, ihrer Erfahrung und Herkunft vor. Das war's. Es lief darauf hinaus, daß Seneca seine Arbeitskraft eine Zeitlang in den öffentlichen Dienst stellen sollte, wenn er nicht, so die versteckte Drohung, alle seine weltlichen Güter verlieren wollte. Ich finde das ganz schön genial.«

»Inwiefern? Wieso genial?«

»Überleg doch mal! Wenn sich Seneca dem kaiserlichen Edikt widersetzt, verliert er seinen ganzen Reichtum. Mit der Alternative – ihm zu willfahren – stellt er im Grunde auch sein Eigentum dem Kaiser zur Verfügung. Du kannst sicher sein, daß Theodosius für Seneca einen Posten finden wird, der es ihm erlauben wird, größtmöglichen Nutzen aus dessen finanziellen Möglichkeiten zu ziehen, und daß sich Seneca dazu aufraffen wird, während seines Dienstes für den Kaiser noch mehr Reichtum aufzuhäufen. Doch ganz gleich, was Seneca tut, mal abgesehen von direktem, verräterischem Diebstahl auf breiter Basis: Man kann davon ausgehen, daß Theodosius davon profitiert. Du kannst sicher sein, daß das Reich seinen wohlhabendsten Bürger und Diener sehr genau und aufmerksam im Auge behalten wird.«

»Und Seneca hat das akzeptiert?«

»Was blieb ihm anderes übrig? Er bringt es nicht übers Herz, wie ein armer Mann zu leben, und sollte er es dennoch versuchen, dann würde er, schwört mein Freund in Rom, keinen Tag mehr überleben.«

Ich pfiff erstaunt vor mich hin, als mir allmählich die ganze Tragweite bewußt wurde. »Dann steht er also eine Weile unter dem Gebot des Kaisers. Ich frage mich nur, wie er da wieder herauskommen will!«

Gaius räusperte sich voller Abscheu. »Wahrscheinlich sehr gut. Schließlich ist er ein Seneca. Doch er muß gewisse Einschränkungen hinnehmen. Wie gesagt: Theodosius wird ihn genau beobachten. Dennoch bezweifle ich nicht, daß Claudius Caesarius Seneca es irgendwie bewerkstelligen wird, sein Vermögen weiter zu vergrößern.«

Seine Prophezeiung sollte sich in weniger als einem Monat bewahrheiten.

Kurz nach unserem Gespräch lud Gaius Andros' Brüder ein, als Gegenleistung dafür, daß sie Pergament speziell für uns herstellten, bei ihm auf dem Gutshof zu wohnen. Sie nahmen seine Einladung an, und Gaius machte sich ans Schreiben. Anfangs fiel es ihm recht schwer. Durch seine Disziplin gelang es ihm zwar, seine Zeit einzuteilen, nicht aber seine Gedanken zu ordnen. Es gab zu vieles, worüber er schreiben wollte, und schon bald stellte er fest, daß die größte Gefahr war, zuviel über zuwenig zu sagen. Schließlich schrieb er einfach über das, was ihn gerade interessierte; außerdem wurde es ihm zur Gewohnheit, mit mir über seine Gedanken zu sprechen.

Er schrieb seine Gedanken und Theorien über das Leben im allgemeinen und das der Gegenwart und Vergangenheit Britanniens nieder. Wir unterhielten uns über die römischen Könige und darüber, wie Rom diesen Männern abgeschworen hatte. Wir sprachen über die erstandene Republik und deren Glanzzeit bis zu den Caesaren – Julius und sein Großneffe Oktavian, der Kaiser Augustus wurde. Von da an waren im Grunde die Könige zurückgekehrt. Sie nannten sich Kaiser, waren aber eigentlich Könige mit aller Gewalt von Despoten. Und diese hatten Rom den Todesstoß versetzt.

Wir redeten auch ausführlich über Britannien und seine Zukunft, da Gaius der ehrlichen Überzeugung war, daß Gott mit diesem grünen Land Großes im Sinn hatte. Lucia war bei unseren Unterhaltungen meistens dabei, und ihre Beiträge waren einsichtig und erfrischend. Während jener langen Winterabende lernte ich den scharfen Verstand hinter ihrer Schönheit sehr zu schätzen.

Besonders überraschte sie mich eines Abends mit ihrer Behauptung, Rom wäre in Gefahr gewesen zu verhungern. Sie untermauerte diese These mit der Feststellung, daß das Mutterland weitgehend unfruchtbar sei. Da es nicht genug Nahrung für seine Bürger produziere, machte man sich daran, fruchtbare Länder zu erobern. Und da auch diese natürlich nie reich genug waren, um das eigene Volk und Rom zu ernähren, eroberte man mit dem Ziel, sich die ganze Welt untertan zu machen, weitere Länder.

Britannien jedoch, glaubte meine Liebste, würde nie Hunger leiden. Sein Boden sei reich und fruchtbar. Wenn die Bevölkerung wächst, sagte sie, wird sie die Wälder roden und den Boden bestellen. Ich glaube, daß sie damit recht hatte, denn die Menschen hier sind stark. Die ortsansässigen Kelten sind ein edles Volk – meist sehr fleißig und stolz, zwar leicht aufbrausend, aber auch schnell wieder beruhigt – und lieben die Musik und die Kunst. Doch am meisten bewunderte Lucia – und darin stimmte ich mit ihr überein –, wie sie sich gegenseitig respektieren. Die keltische Frau und Mutter ist kein Gebrauchsgegenstand. Sie kann kämpfen wie ihr Mann und macht aus der keltischen Familie eine Einheit, die ernst genommen werden muß. Ohne ihren Rat und ihr Einverständnis werden im häuslichen Bereich keine Entscheidungen getroffen. Sie hat Würde und ist auf ihre Heimat stolz, so wie die Frau in der Republik auf Rom stolz war. Außerdem ist sie wie die römischen Matronen von ehedem sehr tüchtig im Weben, Töpfern und darin, ihre Kinder so zu erziehen, daß sie achten, was sie achten sollten. Als Lucia zum erstenmal davon sprach, handelte ich mir mit meiner wenn auch lächelnd vorgetragenen Bemerkung, daß vierhundert Jahre römischer Besetzung in diesen Kelten viel Römisches herangezüchtet hätten, einen kräftigen Schlag auf den Kopf ein.

Es war eine idyllische Zeit, die jedoch bald von einer Entwicklung getrübt wurde, die zunächst recht harmlos wirkte.

Gaius erhielt von Antonius Cicero eine Nachricht, in der er zum einen in Britannien willkommen geheißen und zum anderen über drei Ereignisse informiert wurde. Das erste war mein offizieller Tod. Man habe mich weit südlich von Verulamium in einem Graben gefunden und nur anhand eines kleinen Silberbarrens mit meinem Namen, den man bei mir gefunden hatte, identifizieren können. Das zweite war, daß mein Haus an den Staat zurückgefallen sei und von Claudius Seneca, dem neuen Prokurator, belegt werden sollte. Und dieser könne jederzeit, je nach Wetterlage bei der Überfahrt von Gallien nach Britannien, in Camulodunum eintreffen.

Das war eine ironische Wende, die auf uns alle Auswirkungen hatte. Doch es war noch etwas Seltsameres passiert, zumindest was mich betraf. Als von mir Begünstigter hatte Equus mein ganzes Eigentum in Besitz genommen und, offenbar entmutigt durch mein Verschwinden und meinen Tod, die Schmiede geschlossen, alles auf ein paar Wagen verladen und Camulodunum den Rücken gekehrt, um sich in einer anderen Stadt niederzulassen. Das gab mir Rätsel auf. Wohin er wohl gegangen war? Er wußte, daß ich nicht tot war. Ob er vielleicht hierherkam? Um mir mein Hab und Gut zurückzugeben? Aber warum hatte Tonius das dann nicht geschrieben?

In dieser Hinsicht konnte mich Gaius jedoch beruhigen. Er schalt mich, weil ich alles zu wörtlich nahm. Natürlich sei Equus auf dem Weg zu uns. Tonius' Brief jedoch sei halb offiziell und unterliege, da er von einem Militärkurier überbracht worden sei, der Zensur. Wie hätte Tonius auch nur andeuten können, ganz gleich wie versteckt, daß ich noch am Leben sei, wenn auch nur der geringste Verdacht bestand, daß der Brief überprüft wurde? Tonius wisse aufgrund seiner Intelligenz und Erfahrung, beharrte er, daß er, Gaius, den Brief richtig interpretieren und seine eigenen Schlüsse daraus ziehen würde. Immerhin habe er uns davon in Kenntnis gesetzt, daß ich für tot gehalten und daher nicht mehr verfolgt würde. Außerdem habe er uns auf schlichte, aber absolut zuverlässige Art und Weise darüber informiert, daß mein Feind wieder in Britannien war, und zwar in einer Machtposition, und daß mein Freund mit meinen weltlichen Gütern auf dem Weg zu uns sei.

Beruhigt und plötzlich von einer riesigen seelischen Last befreit, erkannte ich, wie groß meine Schuld Antonius Cicero gegenüber war. Gaius stimmte darin mit mir überein.

»Wie nannte er dich, als er dich entführte, um deine wertlose Haut zu retten?« fragte er mit undurchdringlichem Gesicht.

Erst nach kurzem Nachdenken fiel mir der Name wieder ein. »Gratens. Publius Gratens. Warum fragst du?«

»Nun, mir kam gerade der Gedanke, daß Tonius vielleicht ganz gern Urlaub nehmen würde, um an der Hochzeit seines alten Freundes Publius Gratens teilzunehmen. Schließlich kennt er die Braut und sind er und ich alte Freunde.«

Lucia sprang auf und gab ihm einen Kuß. »Gaius, mein geliebter Bruder, ich weiß zwar, daß du ein guter Soldat bist, doch manchmal bist du richtig brillant. Ich würde mich sehr freuen, Tonius wiederzusehen. Du nicht auch, Publius?«

Ich war nicht weniger begeistert als sie und grinste. »Ja, allerdings. Ich schulde ihm noch heftige Kopfschmerzen. Es wäre ja recht passend, wenn er diese vom Hochzeitswein bekäme.« Dann fiel mir noch etwas ein. »Besonders wenn er die abscheuliche Geschmacklosigkeit begehen sollte, Plautus als Eskorte mitzubringen.«

Doch Gaius machte meine Hoffnungen sogleich zunichte.

»Nein! Er kann nur allein kommen. Ohne Eskorte. Vergiß nicht, daß dich hier niemand Publius Gratens nennt und Publius Varrus tot ist. Außer guten Freunden darf niemand auch nur etwas ahnen. Es ist zu gefährlich. Tonius weiß das. Ich schreibe ihm noch heute abend und schicke morgen einen Soldaten zum Garnisonskommandanten in Aquae Sulis mit der Bitte, den Brief sofort weiterzuleiten.«

Natürlich hatte er, wie immer, recht. Trotzdem war ich sehr enttäuscht, daß Plautus meine wiederhergestellte Männlichkeit und meinen guten Geschmack bei der Wahl meiner Frau nicht mit mir feiern konnte.

Nach nur zehn Tagen traf Tonius' Antwort ein, so daß sich Gaius fragte, was wohl der Grund für den offenbar verstärkten Nachrichtenaustausch zwischen den Garnisonen war. Sonst ging Militärpost aus Aquae Sulis zunächst nach Londinium und von dort zu den entfernter gelegenen Garnisonen. Daß die Antwort so schnell eingetroffen war, mußte bedeuten, daß eilige Nachrichten direkt zwischen den Hauptquartieren der einzelnen Distrikte ausgetauscht wurden. Britannicus beschloß schon vor Öffnen des Briefs, der Garnison in Aquae Sulis einen Besuch abzustatten, um selbst herauszufinden, was im Busch war.

Antonius' jetziger Brief war länger und weniger förmlich als der vorhergehende und griff unserem Anliegen, zumindest teilweise, schon vor. Er würde sich freuen, uns im Mai zu besuchen, zum einen, um die angenehme Bekanntschaft mit der künftigen Braut zu erneuern, zum andern, um seine alten Freunde Gaius Britannicus und Publius Gratens wiederzusehen, hauptsächlich aber, um bei der Verbindung zweier so illustrer und edler Familien dabeizusein, aus der gewiß Nachkommen von großem Wert für das Kaiserreich hervorgehen würden. Er wies darauf hin, daß ein ausgedehnter Urlaub bei ihm längst überfällig sei, weil er, da er ja selbst keine Familie hatte, selten einen Grund sehe oder den Wunsch habe, seinem Posten oder seinen Verpflichtungen fernzubleiben. Nun würde er aber gern einen ganzen Monat Urlaub beantragen, um angemessen an dem glücklichen Ereignis teilnehmen zu können.

Er habe sich die Freiheit genommen, Gaius' guten Freund, Bischof Alarich von Verulamium, über die Hochzeit zu informieren, weil dieser gerade in Camulodunum gewesen sei, als Gaius' Brief eintraf, und Alarich habe sofort beschlossen, sich selbst zur Hochzeit einzuladen. Sie hofften nun, zusammen in den Westen reisen zu können, doch das hinge einzig und allein davon ab, ob es Tonius gelänge, einen geeigneten Ersatz für seinen *primus pilus*, einen gewissen Pontius Aulus Plautus, zu finden, der zu Tonius' Stolz, aber auch Kummer zum *primus pilus* der Gardeoffiziersschule in Londinium ernannt worden sei. Dies sei zwar eine hohe Ehre für Plautus, für Antonius Cicero jedoch sehr unangenehm. Plautus habe Camulodunum schon verlassen, um seinen angesammelten Urlaub von drei Monaten zu nehmen, bevor er den Dienst auf seinem neuen Posten beginne, und niemand sei als Ersatz für diesen äußerst wichtigen und verantwortungsvollen Posten nach Camulodunum abgeordnet worden.

Am Schluß erwähnte Cicero noch, daß der neue Prokurator eingetroffen und im ehemaligen Haus des armen Varrus einquartiert worden sei. Tonius sei offiziell mit ihm zusammengetroffen, habe aber zum Zeitpunkt, als er den Brief schrieb, noch nicht viel mit ihm zu tun gehabt. Er freue sich auf das Wiedersehen mit uns allen und hoffe, inmitten all der lieben Freunde, die an der Hochzeit in der Villa Britannicus teilnehmen würden, etwas Zeit für ein Gespräch zu finden.

Als ich keine zwei Wochen später, an den Iden des März, in meiner Schmiede arbeitete und ohne großen Erfolg einen Schmelzofen zu entwerfen versuchte, traf vor unserer Tür ein langer, verdreckter Wagentreck ein. Er war während der schlimmsten Zeit eines ohnehin bitteren Winters unterwegs gewesen. Insgesamt handelte es sich um drei große und drei etwas kleinere Heereswagen, die jeweils von zwei Pferden gezogen wurden, und als ich sah, wer darin saß, war ich überglücklich und gerührt zugleich.

Equus kutschierte den ersten und hatte seine ganze Familie mitgebracht. Die Zügel des zweiten hielt Plautus, den ich ohne Uniform, aber mit Mantel und dichtem Bart zunächst gar nicht erkannte. Den dritten Wagen lenkte der Sohn meines Majordomus aus Camulodunum, und dessen Vater und Mutter saßen wieder in einem anderen. Angesichts so starker Loyalität fühlte ich mich überrascht, geschmeichelt und tief bewegt, obwohl sie alle sogleich betonten, daß sie nur zu den Hochzeitsfeierlichkeiten gekommen seien und danach weiterziehen würden. Wohin? Darauf wußte niemand eine Antwort.

Als wir schließlich eine Gelegenheit fanden, über ihre weiteren Pläne zu sprechen, war es eine Angelegenheit von Augenblicken, sie davon zu überzeugen, daß sie alle auf Britannicus' Gutshof bleiben konnten, weil Lucia und ich, sobald wir verheiratet waren, unseren eigenen Haushalt gründen und Bedienstete brauchen würden. Außerdem sei ich dringend auf Equus' Hilfe beim Entwerfen eines Schmelzofens für meine Himmelssteine angewiesen. Es war nicht schwierig, sie zu überreden, und ich wußte, daß sie insgeheim gehofft hatten, daß wir in der Lage sein würden, sie zum Bleiben aufzufordern. Nachdem ich ihnen das versichert hatte, feierten wir unsere Wiedervereinigung.

An jenem Abend wurden Equus, Plautus und ich nach

dem Essen allein gelassen, so daß wir unseren Erinnerungen nachhängen konnten. Equus konnte es offenbar kaum erwarten, mir davon zu berichten, wie er den Entschluß gefaßt hatte, die Werkstatt zu schließen und alles in den Westen mitzunehmen. Nach meiner Abreise hatte er noch eine Weile geglaubt, daß sich der ganze Rummel wieder legen würde und ich zurückkehren würde, um die Schmiede gemeinsam mit ihm zu führen. Diese Hoffnung war jedoch ungefähr einen Monat nach meiner Abreise durch Ciceros Mitteilung über meinen »Tod« zunichte gemacht worden, und dann setzte die Ankündigung, daß Seneca zum Prokurator ernannt worden war, allem ein Ende.

Daraufhin begann Equus alles Werkzeug und Material, das ich mir wünschen oder brauchen könnte, zusammenzustellen. Auch die Schätze meines Großvaters holte er hervor und packte sie ein. Die Schmiede überließ er dem Wagenbauer als Gegenleistung für die drei großen Wagen und kaufte dann die drei kleineren und die Zugtiere von einem Teil des Goldes, das ich ihm gegeben hatte. Dazu schaltete er Tonius Cicero und Plautus als Vermittler ein, weil er nicht alle darauf aufmerksam machen wollte, daß er Gold besaß. Als er dann unser ganzes Hab und Gut einschließlich der Amphore mit dem Gold meines Großvaters auflud, standen auch seine Reisegefährten fest. Plautus verließ die Stadt getrennt und stieß unterwegs wieder zu ihnen.

Ich konnte Equus nur umarmen und aufs wärmste für seine Voraussicht und seine Treue danken. Er drückte mir schweigend und mit Tränen in den Augen den Arm.

Zwinkernd, weil auch mir die Augen feucht wurden, wandte ich mich dann an Plautus. »Nun zu dir, mein Freund! Wir haben von Tonius Cicero gehört, daß man dir gratulieren kann.«

»Wozu? Zu meiner Abkommandierung?« brummte er.

»Cicero hat ein paar Fäden gezogen. Ich soll der neue *primus pilus* an der dortigen Offiziersakademie werden. Eine ehrenvolle Position.«

»Ich weiß«, antwortete ich lächelnd. »Tonius hat es uns erzählt. Eine beachtliche Ehre für einen würdigen Mann. Herzlichen Glückwunsch, meine Freund!«

Er machte ein finsteres Gesicht. »Wozu? Ich bin Soldat, Varrus, kein Höfling – auch keine Amme für sabbernde kleine Offizierswelpen. Gratulier dir lieber selbst zu deiner Heirat.«

Ich war überrascht. »Freust du dich nicht über deine Versetzung?« Er sah mich vernichtend an. »Mich freuen? Publius, häßlich warst du ja schon immer, aber nicht dumm. Natürlich freue ich mich nicht. Es ist ein abscheulicher Posten!«

»Aber …« Mir fehlten die Worte. »Warum hast du ihn dann angenommen? Tonius Cicero schien stolz darauf zu sein, daß du ihn bekommen hast.«

»O ja, das ist er, und ich bin ihm auch dankbar.« Es klang aber nicht so. »Ich hätte den Posten nicht bekommen, wenn Tonius nicht ein paar Fäden gezogen hätte. Doch ich wäre lieber geblieben, wo ich in den letzten zehn Jahren war.«

»Oh!« Erst jetzt erkannte ich, warum er so zornig war. »Seneca!«

»Ja, Seneca, der Sohn einer mißgebildeten Hure! Der neue Prokurator! Wer oder was sonst hätte mich dazu bewegen können, den besten Posten aufzugeben, den ich je hatte?«

»Du glaubst wirklich, daß er dich noch erkennen würde?« fragte ich ungläubig. »Vergiß nicht, daß ich derjenige war, der sich mit ihm angelegt hat. Ich habe ihn verunstaltet. Er sucht mich. Du hast nur zugeschaut und hattest nicht viel damit zu tun. Im übrigen käme er beim Anblick eines *primus pilus* nie auf die Idee, einen Banditen vor sich zu haben.«

Plautus schnaufte. »Wenn du dir das Geschehen von damals genau in Erinnerung rufst, mein Freund, dann fällt dir vielleicht wieder ein, daß das Schwein zuerst an mir Anstoß nahm. Mein Gesicht gefiel ihm nicht. Sobald Cicero erfuhr, wer der neue Prokurator sein würde, ließ er mich gleich kommen. Wir kamen zu der Überzeugung, daß ich in Londinium besser aufgehoben wäre. Mir steht noch Urlaub zu. Soviel, daß ich hierbleiben und an deiner Hochzeit teilnehmen kann. Danach mache ich mich auf den Weg nach Londinium, um meinen neuen Posten anzutreten.«

»Aha!« Dazu gab es wenig zu sagen, doch ich hatte das Gefühl, es wenigstens versuchen zu müssen. »Plautus, es tut mir wirklich sehr leid. Ich weiß, daß ich damit nichts wiedergutmachen kann, möchte aber doch sagen, daß ich mir darüber im klaren bin, daß dich unsere Freundschaft teuer zu stehen gekommen ist.«

Er sah mich an, als würde ich mit fremden Zungen zu ihm reden. »Was im Hades soll das heißen?«

»Es ist die Wahrheit. Durch mich hast du deinen Posten verloren. All dies wäre nicht passiert, wenn ich seinerzeit nicht dermaßen überreagiert hätte.«

»Pferdeäpfel! Es war vom Schicksal so bestimmt. Wenn du dem Hurensohn nicht in die Quere gekommen wärst, hätte er einen anderen Weg gefunden, mich dazu zu bringen, ihm ans Eingemachte zu gehen. Ich hätte es wirklich getan. Ich war schon nahe daran. Und ich hätte ihn umgebracht. Dann säßen wir jetzt beide in der Tinte. Mit einer Leiche am Hals hätten sie uns bestimmt nicht so leicht laufen lassen. Du hast ihn am Leben gelassen, und das hat uns gerettet. Seine Freunde waren zu sehr damit beschäftigt, sich um ihn zu kümmern, als daß sie uns hätten nachjagen können. Also bitte keine Schuldgefühle mehr! Verstanden?«

Ich nickte. »Ich denke schon. Nun, dann trinken wir doch noch einen Kelch Wein auf deinen neuen Posten, so unerwünscht er auch sein mag, und auf Senecas baldigen Rückruf an den kaiserlichen Hof.«

»Ich trinke auf einen frühen und qualvollen Tod dieses Mistkerls. Möge er im Hades dahinsiechen, bis seine Knochen zu Aspik werden!« Er leerte seinen Kelch in einem Zug und rülpste laut. »Das war wohl ein Kelch zuviel, Freunde. Ich bin müde und werde morgen früh einen schrecklichen Brummschädel haben. Varrus, halte deine Diener bis zum Mittag von meiner Tür fern! Dann erhebe ich mich vielleicht, um dem Tag ins Auge zu blicken.« Ein wenig leiser und in den Kelch starrend, fügte er hinzu: »Möglicherweise hast du aber gar nicht so unrecht. Ich war nämlich bei ihm zum Festessen.«

»Bei wem?«

»Wie?«

Als Plautus mich anblinzelte, merkte ich, daß er wirklich ganz schön betrunken war. Ich sah zu Equus hinüber, der mich angrinste und zustimmend nickte. Ich versuchte es noch einmal.

»Du sagtest, du wärst zum Festessen bei ihm gewesen. Von wem redest du? Von Tonius?«

»Nein, verdammt noch mal! Von Seneca!«

»Du warst bei Seneca zum Festessen?« Ich konnte es nicht glauben. »Wann? Wie?«

Er nickte schwerfällig. »Am Abend, bevor ich Camulodunum verließ. Ein offizielles Festessen. Ich hatte den Befehl dazu vom Legaten Cicero erhalten, also tat ich es. Dort konnte ich dann zusehen, wie dieses Seneca-Schwein unseren anständigen Offizierstisch beschmutzte. Hat mich nicht erkannt ...« Seine Stimme wurde so leise, daß ich Mühe hatte, ihn zu verstehen. »Egal. Ich war in Galauniform, alles glänzende Bronze, glänzendes Messing und poliertes Leder. Er sah nur, was ich war, und nicht, wer ich war. Ich hätte die Uniform aber nicht immer getragen, und früher oder später hätte er mich erkannt, und das hätte meinen Tod bedeutet.«

Ich rüttelte ihn an der Schulter. Er warf den Kopf zurück und versuchte, die Augen zu öffnen und den Wein abzuschütteln.

»Plautus«, sagte ich drängend, »komm zu dir! Ich möchte mehr darüber hören!«

Er schnaubte wie ein Pferd, doch seine Augen wurden klarer und seine Stimme lebhafter.

»Dann, Publius, mein Freund, mußt du mich in die kalte Nachtluft bringen. Wenn ich weitersprechen soll, brauche ich erst einmal einen klaren Kopf. Dieses heiße Kohlenfeuer macht mich ganz fertig.«

Ich führte ihn ins Atrium, das nach klassischer Art zum Himmel hin offen war. Es war kalt und ich begann sofort zu zittern. Plautus jedoch schien nichts zu spüren. Er sog die Nachtluft tief ein und hielt den Atem lange an, bevor er ihn als kleine Dampfwolke wieder ausstieß. Als ich gerade wieder ans Feuer zurückkehren und ihn allein da draußen lassen wollte, gab er ein merkwürdiges unterdrücktes Lachen, halb Grunzen und halb Fluchen, von sich.

»Jesus Christus, Varrus, nur selten habe ich solche Angst ausgestanden. Wenn er mich erkannt hätte, wäre ich auf der Stelle einen Kopf kürzer gewesen, *primus pilus* oder nicht. Gehen wir wieder hinein. Lucia würde mir einen noch qualvolleren Tod als Seneca bereiten, wenn du vor der Hochzeit erfrierst.«

Als wir wieder am glühenden Kohlenfeuer saßen, sprach Plautus weiter.

»Es war am Abend vor meiner Abreise. Ich war draußen gewesen, um ein letztes Mal an jenem Nachmittag die Wache an der Südmauer zu inspizieren, und als ich zum Kastell zurückkam, traf ich im Hof lauter fremde Soldaten an. Seneca war eingetroffen! Im Laufe der Jahre bin ich öfters furchtbar erschrocken, Publius, doch nie so wie in dem Augenblick, als ich seine Soldaten sah. Ich dachte – ja, ich war überzeugt davon –, daß sie mich festnehmen und auf der Stelle unter die Augen dieses Schweins bringen und mir den Prozeß machen, mich verurteilen und hinrichten würden, bevor die Sonne unterging.

Ich rannte mit gesenktem Kopf zu meinem Quartier. Kaum war ich dort, da stand auch schon ein Soldat mit einer Nachricht des Legaten Cicero vor meiner Tür. Es war eine Einladung – ein Befehl –, mit ihm in seinem Quartier zu Abend zu essen und mit seinen anderen Gästen zusammenzutreffen. Mir blieb nichts anderes übrig, als die Einladung anzunehmen.

Du kannst versichert sein, daß ich mich für dieses Essen sorgfältig anzog. Seneca hatte mich nur einmal, in grober Bauernkleidung und mit Dreitagebart, gesehen. An jenem Abend nun trug ich meine offizielle Galauniform. Doch sogar so stutzerhaft, in jeder Hinsicht ein kämpfender Römer, fühlte ich mich unsicher, und so ging ich, bevor ich mich zum Quartier des Legaten auf den Weg machte, an den Bädern vorbei, um in den großen Bronzespiegel zu blicken, der dort an der Wand hängt. Danach fühlte ich mich etwas besser. Selbst Seneca hätte magischer Kräfte bedurft, um in mir den Mann vom Hof der *mansio* zu erkennen. Ich habe zwar viele Geschichten über diesen Hurensohn gehört, doch nie hatte es darin geheißen, daß er ein Zauberer sei. Also zog ich den Bauch ein und ging zum Festessen.

Als ich eintraf, waren die anderen schon da, und Tonius stellte mich mit großem Zeremoniell als Stolz der Garnison vor, als seinen *primus pilus*, dem die Ehre der Abordnung nach Londinium, zur dortigen Offiziersschule, zuteil geworden sei. Ich weiß noch, daß mir Seneca zuerst den Rücken zuwandte, doch als wir zu ihm kamen, drehte er sich zu mir um und musterte mich von oben bis unten, als wäre ich der letzte Dreck. Ich knirschte mit den Zähnen und bemühte mich, völlig unbedeutend auszusehen und nicht daran zu denken, was geschähe, wenn er mich erkennen würde. Er nickte und streckte mir den Arm hin. Als ich ihn schüttelte, lächelte er. Ich schwöre dir, Publius, daß ich mich bei diesem Lächeln einen Herzschlag lang fragte, ob es vielleicht der falsche Mann wäre. Doch nur einen Augenblick lang. Seine Zähne haben beim Kampf mit uns keinen bleibenden Schaden davongetragen, doch seine Nase ist ramponiert – flach, eingedrückt und voller Narben. Dann sagte er etwas Belangloses, und ich murmelte etwas zurück. Und dann wurde er jemand anders vorgestellt.«

Equus und ich lauschten gespannt, und Plautus, der dies genau wußte, blickte von einem zum anderen. Als er dann weitererzählte, war von seiner Trunkenheit nichts mehr zu spüren.

»Beim Essen versuchte ich die ganze Zeit, Seneca nicht anzusehen, was mir aber nicht gelang. Zweimal ertappte er mich dabei, und ich tat jedesmal so, als blickte ich über ihn hinweg. Ich hatte jedoch keine Angst mehr vor ihm, weil ich wußte, für wen er mich hielt. Wenn er mich anschaute, sah er nur die Uniform, den *primus pilus*. Allmählich entspannte ich mich, obwohl ich noch nie zuvor mit Tonius Cicero und seinen Stabsoffizieren an einem Tisch gesessen hatte. Ich wußte, daß er, ich meine Cicero, mich beobachtete, um zu sehen, wie ich mich machte. Er merkte wohl, daß meine Anspannung nachließ, denn nach einer Weile sah er mich bei weitem nicht mehr so oft an.

Und dann begann er auf Seneca herumzuhacken. Natürlich war dies niemandem außer ihm und mir klar. Er ging ihm direkt an die Kehle. ›Prokurator‹, sagte er, ›mich würde interessieren, wie dein Mißgeschick hier in Britannien vor ein paar Monaten ausgegangen ist. Wir hatten das Vergnügen, als Gäste ein paar Gardetruppen in der Stadt zu haben, die sich in deinen oder zumindest mit dir in Zusammenhang stehenden Angelegenheiten hier aufhielten. Sie waren auf der Suche nach den Raufbolden, die dich angegriffen haben, als du als Gesandter des Kaisers unterwegs warst. Wann war das? Vor vier Monaten? Vor fünf?‹ Ich sage dir, Seneca wurde ganz starr auf seinem Stuhl«, erzählte Plautus triumphierend. »Tonius tat natürlich so, als merke er nichts, und fuhr fort: ›Jedenfalls‹, sagte er, ›hoffentlich verzeihst du mir meine Neugier, habe ich nie gehört, wie die Geschichte ausgegangen ist. Was ist geschehen? Hast du die Männer gefaßt? Ich finde es unglaublich‹, sagte er, ›daß einem Gesandten des Kaisers so etwas passieren konnte. Noch dazu in meinem Distrikt. Allerdings hast du uns dadurch, daß du die Garde für die Suche nach den Verbrechern eingesetzt hast, jeder Möglichkeit beraubt, der Sache von hier aus nachzugehen, obwohl es sich um eine lokale Angelegenheit handelte.‹

Ich sage dir, Varrus, Seneca wurde ganz dunkelrot im Gesicht! Ich beobachtete ihn so aufmerksam, daß ich erst nach einer Weile bemerkte, daß die Gespräche am Tisch ins Stocken geraten waren. Alle schwiegen und starrten auf Seneca. Sein Gesicht hatte die Farbe gewechselt und war totenbleich. Er umklammerte die Tischkante dermaßen, daß ich befürchtete, er würde ein Stück davon herausbrechen. Seine Knöchel waren genauso weiß wie sein Gesicht.

Jedenfalls dehnte Tonius das Schweigen so lange aus, wie es möglich war, ohne daß es allzu offensichtlich wurde, und fing dann auf die Art des einfachen, unverblümten Soldaten wieder an. Er zog die Augenbrauen hoch und sah sich erstaunt um, als wundere er sich, was auf Erden er gesagt haben könnte. Als er jedoch zu Entschuldigungen ansetzte, schnitt Seneca ihm das Wort ab.

›Nein! Man hat ihn bisher nicht gefangengenommen!‹ Senecas Stimme klang so gepreßt, als hätte er den Mund voller Sand. ›Das wird man aber noch. Du kannst mir glauben, daß ich diesen Hurensohn eines Tages wegen seiner Sünden zur Rechenschaft ziehen werde.‹

Tonius spielte weiter den Unschuldigen. ›*Ihn?* Du meinst, daß es nur einer war? Und daß du ihn noch finden wirst? Nach so langer Zeit?‹

Wenn Blicke töten könnten, wäre Tonius auf der Stelle tot umgefallen. ›Es waren zwei‹, knurrte Seneca, ›doch der Tod des einen wird mir ein besonderes Vergnügen sein. Man wird ihn finden, Legat. Darauf kannst du dich verlassen.‹

›Aha! Es waren also zwei!‹ erwiderte Tonius. ›Das dachte ich mir doch! Und nach welchem der beiden suchst du nun?‹

›Nach dem Alten.‹ Ich konnte sein gepreßtes Flüstern kaum verstehen. ›Es waren zwei. Doch der eine hat mich gezeichnet. Sieh doch!‹ Wie ein Verrückter schreiend, sprang er hoch und riß seinen Rock auf, um mir die Narbe zu zeigen. ›Er hat mich gezeichnet!‹ Er brüllte noch immer, und allen am Tisch außer Tonius und mir war es inzwischen furchtbar peinlich.«

Plautus schwieg jetzt, und auch Equus und ich waren still, bis wir es nicht mehr aushielten.

»Und dann? Was geschah dann, Plautus?«

»Nun, er machte eine Verwandlung durch. Ebenso plötzlich, wie er die Kontrolle über sich verloren hatte, gewann er sie zurück. Es war so, als wäre hinter seinen Augen ein Licht gelöscht worden. Mit offenem Rock stand er ganz still da und blickte von einem zum anderen am Tisch. Und dann lachte er, zog seinen zerrissenen Rock wieder zusammen, nahm Platz und griff nach seinem Kelch, als ob nichts geschehen wäre. ›Dein Wein ist ausgezeichnet, Antonius Cicero‹, sagte er mit ganz normaler Stimme, ›ebenso wie deine Küche. Meine Herren, trinken wir auf unseren Gastgeber!‹ Ich möchte schwören, Varrus, daß er verrückt ist. Das war's.«

Equus und ich saßen schweigend da und versuchten uns einen Reim auf die Geschichte zu machen. Und ich für meinen Teil wollte sie nicht so zu Ende gehen lassen.

»Ist das alles?« fragte ich Plautus. »Weiter war nichts?«

Er schüttelte den Kopf. »Das war's. Allerdings machte ich mich so schnell wie möglich auf und davon. Ich konnte mal wieder eine Nacht Schlaf brauchen und mußte schon früh am nächsten Morgen aufbrechen. Ach so, da war noch etwas. Etwas, was mir immerhin ein Lächeln einbrachte.« Er grinste mich an, wobei die Schatten des verlöschenden Kohlenfeuers dunkle Höhlen auf sein Gesicht warfen. »Einer der anwesenden Offiziere hinkte sehr stark. Es fiel erst auf, als der arme Kerl austreten mußte. Er war schon fast an der Tür, als ihn Seneca bemerkte. ›Du da!‹ brüllte er.

›Prokurator?‹ Der arme Kerl wußte nicht einmal, ob er gemeint war.

›Wo hast du dir dieses Hinken zugezogen?‹

Tonius ergriff das Wort: ›Tribun Scala ist im Kampf verwundet worden, Prokurator. Schon vor Jahren, bei der großen Invasion.‹

Seneca zeigte sich nicht beeindruckt. Und auch nicht gerade liebenswürdig. Er war betrunken, feindselig und mißmutig. ›Ich kann Leute, die hinken, nicht leiden!‹ knurrte er. ›Sie erregen Anstoß bei mir. Wohin gehst du?‹

›Austreten, Prokurator.‹ Scalas Antwort war kaum zu verstehen. Er wußte nicht, womit er sich die Mißbilligung des Hurensohns heraufbeschworen hatte, wohl aber, daß er es getan hatte.

Seneca grinste so höhnisch, daß ich am liebsten mein Messer nach ihm geworfen hätte. ›Sieh zu, daß du dabei auch dein Hinken loswirst, du Misthaufen!‹ sagte er. ›Sonst brauchst du gar nicht erst wiederzukommen!‹

Es steht fest, daß er keine Krüppel mag, Varrus. Ich würde ja gern auf alle Krüppel trinken, doch ich habe schon zuviel gehabt und bin müde. Wo schlafe ich?«

Auch Equus hatte viel getrunken und konnte sein Gähnen nicht mehr unterdrücken. Sie brauchten beide Ruhe.

»Übrigens«, fragte ich Equus, als wir aufstanden, »hast du auf dem Weg nach Verulamium Phoebe besucht?«

Equus kratzte sich am Kopf. »Nein«, erklärte er dann, »wir wollten zu ihr, doch sie ist umgezogen, und die alte Tante wußte nicht, wohin sie gegangen ist. Ich habe bei Bischof Alarich einen Brief für sie hinterlassen. Wenn sie diesen einmal besucht, erfährt sie, wo sie mich finden kann.«

Ich blieb noch eine Weile allein am Feuer sitzen, dachte über mein Leben und die darin stattgefundenen Änderungen nach und freute mich auf all die erfreulichen, die mir die Zukunft noch bringen würde: die Zusammenkunft unserer Gäste an unserer Hochzeit und das vor mir liegende Leben mit Lucia. Der Tag lag nicht mehr fern, da es keine drei Wochen mehr bis zu unserer Hochzeit waren. Als ich dann zu Bett ging, fühlte ich mich angenehm entspannt.

XXIII

Die Ankunft von Equus, Plautus und ihrer Gruppe schien das Signal für unsere Hochzeitsgäste gewesen zu sein, von Tag zu Tag in immer größerer Zahl einzutreffen. Die meisten waren mir fremd, alte Freunde von Gaius und Lucia, obwohl gelegentlich auch ein paar vertraute, liebe Gesichter darunter waren. Alle jedoch hatten den Wunsch, den Mann kennenzulernen, der Lucia Britannicus erobert hatte.

Die letzten drei Wochen vor unserer Hochzeit verbrachte ich an Lucias Seite, doch ich kann mich wegen der vielen Leute und Verpflichtungen nicht daran erinnern, jemals mit ihr allein gewesen zu sein. Equus und Plautus vernachlässigte ich völlig. Bei der stetig zunehmenden Aufregung und dem ständigen Zusammentreffen mit neuen Leuten war es mir nicht möglich, sie zu meinem Himmelssteintal zu führen. Ich wußte zwar, daß dies Plautus einerlei war, empfand jedoch wegen Equus' Enttäuschung, die er sich allerdings nicht anmerken ließ, immer wieder mal Schuldgefühle.

Tonius Cicero und Bischof Alarich trafen zwei Wochen nach jener ersten Gruppe aus Camulodunum und eine Woche vor der Hochzeitszeremonie ein. Sie verloren sich sofort im Gewühl der Gäste, die mittlerweile nicht mehr im Gutshaus unterkamen und überall auf dem Grundstück Quartier bezogen hatten, und so entging mir die Ankunft der beiden völlig. Außerdem kamen sie spät am Nachmittag an, und ich war gerade in den offenen Wäldern im Südwesten auf der Jagd, weil Lucia im letzten Moment Bedenken hatte, ob unsere Vorräte angesichts der ständig größer anwachsenden Menschenmenge reichen würden. Freudig überrascht sah ich die beiden am nächsten Tag, als ich mit einer halben Wagenladung frisch erlegten Wilds zurückkam, mit Equus und Plautus plaudern, jedoch konnten wir nur oberflächliche Höflichkeiten austauschen. Erst spät am Abend führte ich sie auf Alarichs Bitten hin weg von den Festlichkeiten und dem Gedränge ums Lagerfeuer zu Gaius' Wohnzimmer, das von einer Fülle von Öllampen und einem Kohlenfeuer hell erleuchtet war. Als wir die Türen hinter uns geschlossen hatten, um ungestört zu bleiben, warf ich mich in gespielter Erschöpfung auf ein Sofa.

»Nun?« fragte ich grinsend. »Was ist so wichtig, daß ihr mich dem Risiko aussetzt, mir den Zorn meiner Liebsten zuzuziehen, weil ich unsere Gäste verlasse, bevor sie umgekippt sind? Oder habt ihr beide mich so sehr vermißt, daß ihr auf die vielen Menschen eifersüchtig seid und mich für euch allein haben wollt?«

Doch in den Blicken, die sie wechselten, lag soviel Sorge, daß meine gute Laune einem klammen, kalten Gefühl der Furcht Platz machte, das sogar die Hitze des Kohlenfeuers zum Schwinden zu bringen schien. Ich setzte mich auf und wappnete mich gegen schlechte Nachrichten. Tonius hatte mir gegenüber Platz genommen; Alarich blieb dicht neben dem Brennholzkorb stehen.

»Um Himmels willen, Alarich« meinte ich, »was ist los?«

»Varrus«, kam die Antwort von Tonius, »wir haben schlechte Nachrichten für dich. Von einer Art, wie sie auf einer Hochzeitsfeier nichts zu suchen haben.«

»Dann können sie mir gestohlen bleiben!« schmetterte ich ihm entgegen. Vor meinem geistigen Auge war sofort das Schreckgespenst Seneca aufgetaucht, doch ich konnte mir nicht vorstellen, inwiefern er im Augenblick eine Bedrohung für mich sein könnte. Tonius wollte noch etwas hinzufügen, doch ich gebot ihm mit erhobener Hand Einhalt.

»Nein, Tonius, mein Freund. Hör zu, was ich zu sagen habe. Ich bin in guter Stimmung. Alle meine Freunde sind hier, alle auf der Welt, die mir lieb und teuer sind. Ich bin zufrieden, weil keiner von ihnen einer Bedrohung ausgesetzt ist. Daher können schlechte Nachrichten, die du von draußen mitbringst, bis zu meiner Hochzeitsfeier keine Wirkung auf mich haben. Das verstehst du doch sicher? Deshalb möchte ich deine Neuigkeiten gar nicht erst hören. Zumindest nicht vor meiner Hochzeit.«

»Publius«, sagte jetzt der Bischof, »Tonius und ich meinen, nein wir *glauben*, daß Phoebe umgebracht worden ist. Wir glauben, daß sie bei dem Versuch, dich zu finden, entführt und getötet worden ist.«

Einen Augenblick lang konnte ich nicht begreifen, was er gesagt hatte, da seine Vermutung so überraschend für mich kam. Phoebe? Tot? Wegen mir ermordet? Was für eine absurde Idee! Ich wußte, daß es absurd war, weil niemand Phoebe mit mir in Zusammenhang bringen konnte. Nicht einmal Equus, ihr Bruder. Der einzige, der von unserer kurzen Verbindung wußte, war Plautus, und dieser würde kein Wort darüber über die Lippen kommen lassen.

»Das ist unmöglich!« stieß ich heraus. Meine Stimme kam mir selbst fremd vor. »Ihr müßt euch irren. Es ist nicht möglich, daß Phoebe durch mich in Schwierigkeiten geraten ist, sie weiß nicht einmal, wo ich bin. Ihr irrt euch. Ihr müßt euch irren.«

»Ich bete zu unserem Heiland, daß du recht hast, Publius, habe aber keine Hoffnung, daß sie lebt«, sagte Alarich leise und gequält. »Es gibt zu viele Beweise für das Gegenteil, und zwar aus zwei unanfechtbaren Quellen – von mir und Tonius.«

»Was ... Was sind das für ... Beweise? Sagt es mir!«

Alarich erzählte es mir unverschönt. Equus hatte bei ihm einen Brief hinterlassen, den er Phoebe bei ihrer Rückkehr nach Verulamium aushändigen sollte. Am nächsten Tag beichtete einer aus Alarichs Gemeinde etwas, was dem Bischof Sorgen bereitete. Der reuige Sünder gab zu, von ein paar Fremden Geld für ein paar Informationen über eine junge Frau angenommen zu haben. Er habe dies seinerzeit für einen Glücksfall gehalten, weil alle wußten, daß die Frau keine Heilige war und die Männer sie sowieso gefunden hätten, rothaarig und hübsch, wie sie war.

Wochen später habe er dann gehört, daß die Frau am Tag, nachdem er die Information verkauft hatte, tot aufgefunden worden war, erstochen und verstümmelt. Seitdem habe ihn sein Gewissen geplagt, so daß er nun um Absolution ersuche. Alarich hatte ihn losgesprochen, obwohl der Mann eigentlich frei von Sünde war. Da der Bischof jedoch wußte, daß Phoebe rothaarig und ein erfreulicher Anblick war, machte er sich Sorgen. Er befragte den Mann genau und erfuhr zu seiner Erleichterung, daß es sich bei der fraglichen jungen Frau nicht um Phoebe handelte. Trotzdem beschloß er, Phoebe nun ausfindig zu machen.

Im Badehaus, wo sie arbeitete, wurde ihm gesagt, daß man sie seit über einem Monat nicht mehr zu Gesicht bekommen hatte. Sie war zum letztenmal am Abend der Kalenden des Februars gesehen worden. Die zahnlose Alte, der das Haus gehörte, wo Phoebe gewohnt hatte, sagte ihm nur, daß sie verschwunden sei – sich davongemacht habe, ohne ihre Miete zu bezahlen. In ihrer Wohnung sei jetzt jemand anders. Unzufrieden und mit wachsender Besorgnis bezahlte Alarich die ausstehende Miete. Er hielt Phoebe für zu intelligent und verantwortungsbewußt, als daß sie einfach so verschwinden würde, ohne ihrem Bruder und ihren Freunden eine Nachricht über ihren Verbleib zu hinterlassen. Er sagte sich zwar, daß er zu mißtrauisch war, setzte aber seine eigenen Leute darauf an herauszufinden, was aus der Frau geworden war, die sein reumütiger Sünder »verkauft« hatte.

Was er dabei feststellte, war alles andere als erfreulich. Am fraglichen Morgen waren zwei Frauen tot aufgefunden worden, beide rothaarig und hübsch. Beide waren am Abend zuvor verschwunden, an den Kalenden des Februars, in der gleichen Nacht wie Phoebe, auf die diese Beschreibung ebenfalls paßte. Sofortige Nachfragen ergaben jedoch, daß es sich bei der zweiten Frau ebenfalls nicht um Phoebe handelte. Man konnte ihm aber auch nichts weiter sagen, als daß die beiden – und nun, mit Phoebes Verschwinden, drei Frauen – aus unbekannten Gründen entführt worden waren. All dies geschah zwei Wochen bevor er sich von Verulamium aus auf den Weg nach Westen machte.

An diesem Punkt hielt er inne, schien zu zögern und sagte dann, daß Tonius fortfahren würde. Dieser begann mit einer Frage.

»Hat dir Plautus von dem Festessen erzählt, an dem er mit Seneca teilgenommen hat?« Ich nickte. »Hat er auch erwähnt, wie ausfällig Seneca deinetwegen geworden ist?«

»Ja. Außerdem hat er mir erzählt, daß er einen deiner Gäste angeschnauzt hat, einen, der ebenfalls hinkt.«

»Scala. Ja, das stimmt. Der arme Scala brachte ihn wieder auf die Palme. Seneca schimpfte noch über eine Stunde herum, nachdem der arme Kerl in Ungnade gefallen und, ohne zu wissen, womit er Anstoß erregt hatte, gegangen war. Das typische Benehmen von Claudius Seneca – betrunken, verrückt und unsinnig. Er beleidigte alle, auch mich, und schickte seine eigenen Freunde gedemütigt fort. Nur ich blieb. Und er.« Er verzog das Gesicht. »Eine hohe Ehre, auf die ich hätte verzichten können.«

»Nun«, sagte ich, »vermutlich warst du gut geschützt. Du mußt zu diesem Zeitpunkt sehr betrunken gewesen sein.«

Tonius schüttelte den Kopf. »Er schon. Nicht ich. Ich hatte zwar ganz schön getrunken, doch vermutlich hielt mich meine Furcht vor der Fähigkeit dieses Mannes, Kummer und Chaos zu verursachen, nüchtern.«

Ich überlegte, worauf er hinauswollte. »So?«

Voller Ekel und Abscheu verzog er wieder das Gesicht. »Bosheit«, sagte er dann, »ist das einzige Wort, das mir einzufallen scheint, wenn ich an diesen Mann denke. Bosheit. Aber es ist sogar noch schlimmer, Publius. Es ist Bösartigkeit. Der Mann ist von grenzenloser Bösartigkeit. Er ist noch immer auf der Jagd nach dir. Oder zumindest nach dem Mann, für den er dich hält. Sein elender Verwandter Nesca läßt seine Kerle seit jenem Vorfall ständig nach verkrüppelten Graubärten Ausschau halten.«

»Ich weiß.«

»Nach dem, was ich gehört habe – du weißt ja, daß ich ihn vorher auch noch nie gesehen hatte –, muß er recht bemerkenswert ausgesehen haben, bevor du seine Schönheit zerstört hast. Nun, das ist jetzt vorbei. Das wird er dir niemals verzeihen. Und daß er nicht weiß, wer es war, macht es nur noch schlimmer.«

Ich knurrte. »Er war nicht schön. Nicht wirklich. Schon

lange bevor ich ihn traf, war er entstellt. Er hat vielleicht *geglaubt*, er wäre schön, war es aber bei weitem nicht.«

»Also gut, einverstanden. Er glaubte, er wäre schön. Doch das reicht schon. Für einen Mann seiner ... Veranlagung ist äußere Schönheit sehr wichtig. Und diese hast du beeinträchtigt, Varrus, für immer, unwiderruflich. Sollte er dich jemals finden, wird er dich töten. Und zwar auf unerfreuliche Art.«

»Ich weiß.« Es wurde allmählich spät, und ich reckte mich in dem Gefühl, gehen zu sollen. »Was hat das mit Phoebe zu tun?«

Er machte jetzt einen sehr ungeduldigen Eindruck. »Ich weiß es nicht. Vielleicht bin ich ja einfach nur ein Pessimist. Doch unserem edlen Prokurator rutschte in jener Nacht betrunken eine Bemerkung heraus, daß zumindest eine Frau beim Verhör in der Angelegenheit des hinkenden, grauhaarigen Mannes gestorben wäre.«

»Phoebe?«

Er schüttelte den Kopf. »Ich weiß es nicht. Wie gesagt, es war ihm so herausgerutscht, und er versuchte dann, es zu verschleiern. Es wurde nicht wieder erwähnt. Damals wußte ich noch nichts von Phoebe und wollte die Sache nicht erneut offen zur Sprache bringen. Außerdem wollte ich nicht seinen Zorn oder Argwohn erregen, indem ich ihn spitzfindig ausfragte. So ließ ich die Angelegenheit auf sich beruhen, war aber äußerst beunruhigt. Meine Arbeit als Militärgouverneur ist schon schwierig genug. Ich möchte nicht mit in die Aktivitäten unseres so geschätzten Prokurators hineingezogen werden. Wenn ich mehr erfahren hätte, wäre ich gezwungen gewesen, Ermittlungen anzustellen, ohne zu wissen, wo ich anfangen oder wonach ich suchen sollte.«

Empört sah ich zu Alarich hinüber. Dieser hörte aufmerksam zu, ohne eine Regung zu zeigen. Meine eigenen Gefühle konnte ich nicht so unter Kontrolle halten.

»Verdammt, Tonius, das ist abscheulich! Was hat er gesagt?«

»Ich konnte nicht alles hören. Du darfst nicht vergessen, daß ich selbst kräftig getrunken hatte. Er murmelte, er habe den Mistkerl fast geschnappt, dessen Hure in seiner Gewalt gehabt, doch das Biest sei starrköpfig gewesen und ohne ein Wort zu sagen gestorben. Es war das Lallen eines Betrunkenen, Publius. Als ich anfing, richtig zu hören, was ich hörte – wenn du verstehst, was ich meine –, war es fast schon wieder vorbei. Ich dachte kurz darüber nach und kam zu der Überzeugung, daß ich gar nicht mehr wissen wollte. Es hatte sich mir aber eingeprägt. Ich bekam es nicht mehr aus dem Kopf.«

»Das überrascht mich nicht. Mord ist gegen das römische Gesetz, Legat.«

»Möglich. Doch hat er wirklich von Mord gesprochen? Das weiß ich nicht, Varrus. Und selbst wenn ich mir dessen sicher gewesen wäre, hätte ich nicht viel dagegen unternehmen können. Mein einziger Informant hätte seine Selbstanklage in nüchternem Zustand ja wohl kaum wiederholt, oder?«

Ungeduldig fragte ich: »Und? War das alles, was er gesagt hat?« Tonius nickte. Ich gab mir keine Mühe, mir meine Wut nicht anmerken zu lassen: »Warum um Himmels willen glaubst du dann, daß es etwas mit Phoebe zu tun hat? Die Andeutung eines Betrunkenen, daß irgendeine Frau bei der Fahndung nach einem verkrüppelten Mann gestorben, vielleicht auch vorsätzlich getötet worden ist. Das bedeutet für mich noch lange nicht, daß Phoebe gemeint ist!«

Tonius richtete sich auf. »Aber für mich, Publius! Überleg doch mal! Der verkrüppelte Mann, von dem wir sprechen, bist du! Und die Frau war aus Verulamium. Soviel habe ich gehört. Ich dachte nur nicht an Phoebe, weil ich von ihr noch nichts wußte. Erst als mir Alarich erzählte, daß er sich um sie Sorgen machte, brachte ich es in Zusammenhang.«

Ich war sehr wütend, doch nicht auf Tonius, sondern wegen der ganzen Situation. Es mußte ein Zufall sein! Niedergeschlagen stand ich auf und hielt die Hände übers Feuer.

»Verdammt, Tonius, außer Alarich weiß niemand in Verulamium, wer ich bin, geschweige denn, daß ich Phoebe kenne! Was ihr beiden vermutet, ist einfach nicht möglich. Es kann nicht sein, nein, es kann einfach ...« Mitten im Satz hielt ich inne und bekam eine Gänsehaut, weil ein Gesicht vor meinem geistigen Auge aufgetaucht war – das Gesicht des Taschendiebs in der Menschenmenge beim Verlassen des Amphitheaters in Verulamium, das Gesicht des Mannes, den ich in Alyncester dem Heer zur Hinrichtung übergeben hatte. Er war mit gezückter Klinge auf mich zugekommen. Jemand war bestohlen worden und hatte geschrien, und als ich hinschaute, hatte ich den Mann gesehen und ihn für den Dieb gehalten. *Das* war Zufall gewesen! Alles andere nicht. Er hatte mich schon vorher beobachtet. Und das bedeutete, daß er Phoebe mit mir zusammen gesehen hatte. Er war zwar in Alyncester hingerichtet worden, aber mit sieben Kameraden unterwegs gewesen, von denen zwei noch am Leben waren. Einer davon – vielleicht auch beide – war vielleicht mit ihm in jener Menschenmenge gewesen. Möglicherweise hatte er ihnen auch erzählt, daß er mich schon einmal, und zwar im Theater in Begleitung einer Frau, gesehen hatte. Und dann hatte er die Frau beschrieben.

Mir drehte sich der Magen um. Das hatte gereicht. Einer der beiden überlebenden Schurken hatte sich daran erinnert, daß ich in Begleitung einer hübschen rothaarigen Frau gewesen war. Verulamium war keine große Stadt, und ich war mit Phoebe in aller Öffentlichkeit aufgetreten. Möglicherweise erinnerten sich hundert Leute daran, uns zusammen gesehen zu haben, und viele davon konnten Phoebe wiedererkannt haben. All dies schoß mir durch den Kopf, und nunmehr bestand für mich kein Zweifel daran, daß Tonius und Alarich recht hatten und sie tot war. Schuldgefühle drückten mich plötzlich nieder und ließen mir buchstäblich die Knie weich werden.

Alarich fing mich auf und führte mich zusammen mit Tonius zum Sofa. Dort saß ich lange Zeit wie ohnmächtig.

Ich weiß nur noch, daß ich erkannte, daß Phoebe ein Opfer meiner Lust war. Hätte ich sie an jenem Tag auf meinem Weg durch Verulamium nicht besucht, wäre sie noch am Leben. Danach war nichts als Leere in meinem Kopf, bis ich Alarich wahrnahm, der vornübergebeugt vor mir saß und mich mit sorgenvollem Gesicht anblickte.

Später, viel später, akzeptierte ich die Tatsache, daß meine Schuldgefühle sinnlos und ungerechtfertigt waren, was meinen Schmerz aber nicht verringerte. Und ich akzeptierte auch die Tatsache, daß entweder Claudius Caesarius Seneca oder ich dem Tod geweiht war. Einer von uns beiden würde den anderen töten, und ich war fest entschlossen, der Überlebende zu sein.

Noch in derselben Nacht erzählte ich Lucia, was geschehen war, und sie trauerte mit mir um die unglückliche junge Frau, die einzig und allein deshalb hatte sterben müssen, weil ich Umgang mit ihr gepflegt hatte. Während der endlosen, schlaflosen Nacht beschloß ich, meinen Kummer vor den Hochzeitsgästen zu verbergen, und schwor mir, später, wenn Zeit dafür war, um Phoebe zu trauern. Außerdem schwor ich mir, ihren Tod zu rächen, und ließ meinen Phantasien darüber, was ich Seneca antun würde, wenn ich ihn das nächste Mal zu Gesicht bekam, freien Lauf.

XXIV

Die Hochzeitsfeierlichkeiten streckten sich über zwei Wochen hin. Bürgerliche Würdenträger und Provinzverwaltungsbeamte mischten sich unter Offiziere und Soldaten aller Ränge einschließlich des jungen Picus. Zu den Gästen zählten Bischöfe, Druiden, Händler, Gutsbesitzer, Bauern, Steinmetzen, Schmiede, Tuchmacher, Schuster, Weber, Wahrsager und Musiker. Da waren Römer römischer Herkunft, Römer britischer Herkunft, Griechen, Afrikaner, Briten von überallher, Gallier von der anderen Seite des Meeres und Kelten aus dem Bergland hinter uns. Es herrschte eine solch ausgelassene Stimmung, daß das Fest Ähnlichkeit mit den Saturnalien vergangener Zeiten hatte, und alle kosteten es bis zur Neige aus.

Am Hochzeitstag selbst herrschte strahlender Sonnenschein, und ich war sogar noch leutseliger, als es von einem Bräutigam erwartet wurde. Ich hatte die Nacht zuvor in den Armen meiner Liebsten verbracht, und meine letzten Zweifel über Phoebe waren mit meinem Samen verströmt und durch die Liebe und das Verständnis der Frau, die ich am nächsten Tag heiraten würde, ausgemerzt worden. Endlich hatte der Frühling Einzug gehalten, überall grünte und blühte es, und die Luft war erfüllt von Frühlingsduft und Vogelgezwitscher. Meine Braut sah in ihrem Hochzeitskleid aus afrikanischem Tuch wunderschön aus, und ich wußte in aller Bescheidenheit, daß ich in dem Anzug aus weichem Leder, den Lucia eigenhändig für mich geschneidert hatte, ebenfalls einen prächtigen Anblick bot. Als wir uns gegenseitig Treue schworen und aneinander banden, schienen sogar die Vögel ihren Gesang zu unterbrechen, damit alle unsere Stimmen hören konnten – Lucias klare und liebliche und meine überraschend scheue. Nachdem wir unseren Vertrag mit einem Kuß besiegelt hatten, begannen die eigentlichen Hochzeitsfeierlichkeiten.

An all diesen herrlichen Frühlingstagen fanden Spiele, Wettkämpfe aller Art, Jagdwettbewerbe und dergleichen statt. Es gab Essen in Hülle und Fülle und wann immer einen der Hunger quälte. Die Abende waren mit Gesang, Tanz und Tändelei erfüllt, und ich könnte mir denken, daß ich nicht der einzige Mann war, der in dieser Zeit die Wonnen einer Frau genoß.

Ich weiß, daß sich Gaius während dieser beiden Wochen sehr glücklich fühlte, wenn auch kaum aus ehelichen Motiven. Er sah in diesem Zusammentreffen all seiner vertrautesten Freunde eine einzigartige Gelegenheit, sie über ihre Ansichten in bezug auf die Angelegenheiten des Kaiserreichs auszuhorchen und ihnen seine eigenen Überzeugungen nahezubringen.

In dieser Zeit ergab es sich auch, daß ich Zeuge und Hebamme beim Wunder einer Geburt wurde. Und ich sollte danach für immer Kindermädchen des kleinen Wesens bleiben, das damals zum Leben erwachte. Manche mögen sich über diese Worte lustig machen und sie als Phantasterei abtun, doch ich stehe dazu, daß es so war. An meiner Hochzeitsfeier fand die geistige Geburt dessen statt, was wir später unsere Kolonie nannten, und ich kann mich noch deutlich daran erinnern, durch welche Umstände die Kette von Ereignissen, die unser aller Schicksal verändern sollten, ausgelöst wurde.

Schon seit Jahren redete Gaius von seinen Ansichten über das Kaiserreich und seinen Befürchtungen im Hinblick auf dessen Zukunft, nicht nur mir, sondern allen seinen Freunden und Bekannten gegenüber. Manche waren seiner Meinung, manche anderer, und einige ließen es gutmütig über sich ergehen, ließen, leidend zum Himmel blikkend, ihn gewähren, sobald er zu einer seiner Schmähreden ansetzte. Wenn man sie drängte, räumten jedoch alle ein, daß er teilweise recht hatte und mit der römischen Welt nicht alles in Ordnung war. Allerdings ließen sich nur wenige davon überzeugen, daß alles so schwarz aussah, wie Gaius es zeichnete, und zu diesen Zweiflern gehörte auch ich.

Durch Terra und Firma Atribatus änderte sich alles an einem einzigen Abend.

Die beiden waren eineiige Zwillinge und hießen eigentlich Terrix Polonius und Arpius Fermax Atribatus. Als alleinige Eigner der größten Flotte von Meereshandelsschiffen in Britannien waren sie märchenhaft reich geworden, und bei ihrer Tätigkeit auf dem Meer war es unvermeidlich, daß sie von ihren Freunden Terra und Firma genannt wurden. Ich hatte sie vorher nicht persönlich gekannt, doch sie waren von klein auf eng mit der Familie Britannicus befreundet gewesen. Ihre Namen hatten auf der Gästeliste weit oben gestanden, so daß von ihrer Abwesenheit allgemein Notiz genommen wurde, als sie am Ende der ersten Woche der Festivitäten noch nicht eingetroffen waren. Am Abend des zehnten Tages, als es schon dunkel geworden war, kamen sie dann doch noch und wurden um so begeisterter begrüßt, als man mit ihnen nicht mehr gerechnet hatte.

Ich nahm sie nur kurz zusammen mit Gaius in Empfang. Dann ging ich zum Lagerfeuer zurück und überließ es Gaius, sie einzuquartieren.

Diese abendlichen Zusammenkünfte machten mir mehr Freude als alles andere – abgesehen von meiner mir frisch angetrauten Frau –, weil dann Gaius und seine Freunde mit einem Kelch Wein, einem Krug keltischen Mets oder einem Becher selbstgebrauten Biers um das lodernde Feuer saßen. Unweigerlich kamen anregende Gespräche und Diskussionen auf, die um ihrer selbst willen Spaß machten. Wir hatten an jenem Abend andere Gesprächsthemen, doch ganz gleich, worüber wir uns unterhielten, sei es über Politik, Philosophie, Religion, Poesie, Landwirtschaft oder die Wettermuster vergangener Jahre: Es war immer äußerst angenehm. Am Abend des Eintreffens der Neuankömmlinge hatten wir uns gerade über die große Republik und den römischen Lebensstil unterhalten – über die alten Zeiten und Gepflogenheiten. Gaius war in seinem Element gewesen, und selbst Plautus hatte sich in die Diskussion eingeschaltet und seine sonstige Zurückhaltung beim gesellschaftlichen Zusammensein mit seinem Vorgesetzten Tonius vergessen. Ohne Gaius' disziplinierende Gegenwart war das Gespräch jedoch etwas zu zwanglos geworden. Gerade überlegte ich träge, ob ich meine schöne Frau suchen und zu Bett bringen sollte, als Quintus Varo bemerkte, daß Gaius ja verdammt lange brauche, um die Neuankömmlinge wieder ans Feuer zu bringen. Ich stand auf, streckte mich und gähnte laut, was mir allgemeines Gelächter und schlüpfrige Bemerkungen einbrachte. Titus Gallus, ein anderer enger Freund von Britannicus, beugte sich elegant vor und warf ein Hölzchen ins Feuer.

»Schon wieder müde, Publius? So bald? Hat dir niemand gesagt, daß man im Bett auch schlafen kann?«

Ich grinste. Ich fühlte mich merkwürdig scheu und verleugnete mich.

»Wer ist denn müde, Titus? Ich langweile mich, das ist alles. Ich möchte nach Gaius und unseren neuen Gästen Ausschau halten. Wir brauchen frischen Wind, um das Gespräch hier etwas anzufachen.« Ich verließ den Chor von Sticheleien und Scherzen und machte mich auf die Suche nach Britannicus.

In seinem privaten Wohnzimmer traf ich ihn in eine Unterhaltung mit den Zwillingen vertieft an. Angesichts der Intensität ihres Gesprächs blieb ich im Türrahmen stehen, weil es mir widerstrebte, sie zu stören. Als ich gerade wieder gehen wollte, winkte mich Gaius, der mich aus dem Augenwinkel heraus gesehen hatte, gebieterisch zurück. Da ich zögerte, drehte er sich halb zu mir um, ohne jedoch den Zwilling aus den Augen zu lassen, der gerade redete. Als dieser dann ans Ende seines Satzes kam, unterbrach ihn Gaius durch Heben der Hand.

»Verzeih mir, Terra!« Er drehte sich ganz zu mir um. »Publius, du mußt mir ebenfalls verzeihen. Ich wollte mich nicht schlecht benehmen, doch du solltest nicht gehen. Terra, Firma, das ist mein neuer Schwager Publius Varrus. Ihr seid ihm schon begegnet, doch war eure Ankunft ziemlich hektisch. Publius, das sind zwei meiner ältesten und besten Freunde, von denen du mich schon oft hast reden hören. Dies hier ist Terra – merk dir die blaue Tunika – und dies Firma – weiße Tunika. Morgen tauschen sie vielleicht die Sachen und bringen uns beide durcheinander.«

Lächelnd nickten wir uns zu.

»Es tut mir leid, Gaius. Was ich dir sagen wollte, war nicht wichtig, und es war nicht meine Absicht, euch zu stören. Ich wollte schlafen gehen, und die anderen fragten sich, was aus dir geworden sei. Ich meinte, ich würde bei dir vorbeischauen und dich zu ihnen schicken. Doch ihr unterhaltet euch offenbar über wichtige Dinge. Deshalb lasse ich euch jetzt in Ruhe und sage ihnen, daß sie nicht auf dich warten sollen.« Ich schickte mich an, wieder zu gehen.

»Nein, Publius, ich möchte, daß du das hörst.« Er hielt kurz inne. »Doch die anderen sollten es auch hören. Wie viele sind denn noch da?«

Ich rief mir die Gruppe ins Gedächtnis zurück, die ich am Feuer zurückgelassen hatte. »Titus, Varo, Tonius, Plautus, ein paar weitere, vielleicht noch fünf. Das ist alles. Die anderen sind schon vor mir gegangen.«

»Gut. Das sind genau die richtigen.« Er wandte sich wieder den Zwillingen zu. »Ich glaube, wir sollten unser Gespräch hier beenden und dann Varrus und den anderen erzählen, was ihr mir berichtet habt. Einverstanden?«

Die beiden nickten zustimmend, und Gaius sagte zu mir: »Bitte die anderen, auf uns zu warten. Wir kommen gleich.«

Ich lächelte. »Schließt das mich ein? Sicher erwartet mich meine Frau.«

Mein Lächeln wurde nicht erwidert. »Ja, es wäre mir lieb, wenn du auch bliebest. Es gibt eine Menge zu besprechen.«

Meine Neugier war erwacht. »Wie du willst«, meinte ich, »ich bitte sie zu warten.«

Ich gesellte mich den anderen wieder zu, und eine Weile stellten wir Vermutungen darüber an, was so wichtig sein könnte, einen Bräutigam von seinen Pflichten abzuhalten.

Bald kam Gaius mit den neu eingetroffenen Gästen ans Feuer, was einer schmutzigen Geschichte, die Quintus Varo gerade erzählte, ausgesprochen zum Nachteil gereichte. Die drei sahen so düster aus, daß die Begrüßung übers Feuer hinweg recht ernst ausfiel und Titus Gallus, kaum daß sie Platz genommen hatten, die Frage stellte, die uns alle beschäftigte.

»Was ist los, Gaius?«

Gaius blickte vom einen zum andern, bevor er antwortete. »Terra und Firma wollen hier in der Gegend einen Hof kaufen. Kennt jemand von euch einen, der zum Verkauf ansteht? Oder auch zwei?«

Nach kurzem Schweigen fragte Varo: »Zwei Höfe? Im Ernst?« Ungläubig, wenn auch nachsichtig, sah er Terra und Firma an. »Ihr sucht einen Altersruhesitz? Hier? Unter den Bauern? Was ist mit eurem Landhaus bei Londinium? Und dem in Aquae Sulis? Und eurer Inscl in der Agäis? Eurem Palast in Konstantinopel? Mit eurem Geld und eurer Jugend würde ich mich in die Sonne legen und nicht listig versuchen, andere glauben zu machen, daß ihr daran interessiert seid, in einer so rückständigen Gegend wie der hiesigen zu leben.«

Firma zog eine Grimasse. »Das ist alles weg, Quintus!«

»Weg?« fragte Titus. »Was meinst du mit ›weg‹?«

»Genau das, was ich sage. Wir haben es nicht mehr.«

»Du meinst, du mußtest das alles *verkaufen*?«

»Nein.« Der leicht anhebende Tonfall zog die Aufmerksamkeit auf seine nächsten Worte: »Wir sind all dessen verlustig gegangen.«

»Verlustig!« Die Erschütterung in Titus' Stimme gab das Erstaunen aller Anwesenden wieder. »Du meinst, du bist bankrott? Abgebrannt?«

Diesmal antwortete Terra: »Nein, keineswegs. Wir sind jedoch nicht mehr im Geschäft.« Er räusperte sich. »Wir haben in letzter Zeit mehrere Schiffe an Piraten verloren. Zu viele!«

»Wie viele?« fragte Varo.

»Sieben Schiffe in den letzten beiden Monaten.«

»Sieben?«

»Ja, sieben. Alle acht Tage ein Schiff, eine Mannschaft und eine Ladung, und es wird immer schlimmer. Eines der Schiffe war eine Quadrireme, außerdem vier Triremen und zwei Biremen – große Schiffe, große Ladungen, große Verluste.«

»Um Himmels willen!« rief Varo empört. »Solche Verluste kann niemand verkraften. Wo war denn die Marine?«

»Wo sie immer ist – auf dem Meer.« Terra seufzte niedergeschlagen. »Die Marine trifft keine Schuld, Quintus. Sie kann, verdammt noch mal, nichts tun. Sie ist machtlos. Zu wenig Schiffe, zu viele Piraten, und das Meer ist zu groß.« Er hielt inne und blickte in die Runde. »Erzähl es ihnen, Firma!«

Dieser stand auf und trat ans Feuer. Er hielt die Hände darüber und sprach direkt in die Flammen hinein.

»Es ist keine Übertreibung. Auf der ganzen Welt gibt es keine sichere Seeroute mehr. Nicht eine einzige. Natürlich ist das nicht allgemein bekannt, weswegen die Häfen noch voller Schiffe sind, die beladen und entladen werden. Hunderte kommen auch sicher durch, doch ebenso viele werden gekapert. Sie alle gehören Geschäftsleuten wie uns, die sich das Risiko nicht mehr leisten können. Die Geldverleiher halten ihre Säckel fest verschlossen und konzentrieren sich auf das Eintreiben von Schulden. So sind wir nun, wie die meisten unserer Konkurrenten, nicht mehr im Seehandel.« Er nahm wieder Platz, und sein Bruder fuhr fast ohne Pause fort.

»Mit anderen Worten, Freunde: Das Kaiserreich ist nicht mehr im Geschäft, und ihr wißt, was das bedeutet.«

Plautus, der die ganze Zeit still dagesessen hatte, blinzelte jetzt verwirrt, eine tiefe, sorgenvolle Falte auf der

Stirn. »Ich weiß es nicht«, meinte er. »Was bedeutet es denn?«

Firma sah ihn an. »Es bedeutet Auflösung, mein Freund – zunächst allmähliche, aber unausweichlich fortschreitende Zersetzung. Den Zusammenbruch. Das Ende.«

Der arme Plautus fiel aus allen Wolken. »Das Ende wovon, um Himmels willen?«

Firma schnaubte voller Abscheu. »Von allem! Das Ende des Versorgungssystems, das den römischen Mob mit Nahrung und Kleidung beliefert. Das Ende des Handelsnetzes, welches das Kaiserreich vor dem Zusammenbruch bewahrt. Das Ende des Status quo. Das Ende der Herrschaft Roms. Soll ich fortfahren? Gaius prophezeit es schon seit Jahren, und wir haben ihn alle ausgelacht und einen Unheilspropheten genannt.«

»Doch was ist mit der Regierung?« fragte Quintus Varo. »Kann sie euch denn nicht helfen?«

Terras spöttisch hochgezogene Augenbrauen sprachen Bände. »Ach ja, natürlich. Die Regierung. Die tut viel, um uns zu helfen. Zum einen erlaubt sie uns gnädig, funktionstüchtig zu bleiben – voll im Betrieb und haftbar –, obwohl wir gar nicht mehr wollen. Die Regierung hat angeordnet, daß wir den Handel fortsetzen und weiterhin unsere ganzen Investitionen verlieren. Sie droht damit, unser Eigentum zu beschlagnahmen, wenn wir nicht gehorchen.« Daraufhin herrschte entsetztes Schweigen.

»Ungefähr eine Woche bevor wir uns auf den Weg hierher gemacht haben«, fuhr er fort, »hat uns ein getreuer Freund gewarnt, daß eine Militärabordnung auf dem Weg zu uns sei, ›um uns bei der Wahrung unserer Interessen zu helfen‹. Wir brachten unsere Angelegenheiten soweit in Ordnung, wie es in einer Woche möglich ist, sammelten unsere bewegliche Habe ein – auch hier soviel wie möglich –, unterzeichneten einen Vertrag, womit wir unsere Flotte freiwillig dem Kaiserreich vermachten, und verließen die Stadt, bevor das Militär eintraf. Alles, woran wir nicht gedacht haben und was wir nicht mitnehmen konnten, haben wir als Strafe für das Nichtbefolgen der Anordnung verwirkt. Wir sind jetzt Geächtete – verbannte Flüchtlinge. Beantwortet das deine Frage, Quintus?«

»Bei Christus' Wunden, das ist teuflisch!« Wütend um sich blickend, sprang Varo auf. Schließlich heftete er den Blick auf Tonius, den einzigen anwesenden Offizier. »Stimmt das, Cicero?«

»Keif Tonius nicht an, Varo«, sagte Terra, »wir sind nicht einmal aus seinem Distrikt.«

Tonius stand auf und hob ein Holzscheit auf, um es ins Feuer zu werfen, bevor er Varos Frage beantwortete.

»Sagen wir, daß es mich nicht überrascht, Quintus. Wahrscheinlich mußte es so oder so ähnlich kommen, wenn ich es auch nicht vorher erkannt hatte. Sie haben das Gefühl, daß sie es jemandem in die Schuhe schieben müssen. Also geben sie den Händlern die Schuld, jedenfalls für das Chaos auf dem Meer. Doch nicht nur die Meeresstraßen sind geschlossen. Auch Landkarawanen gibt es fast keine mehr. Früher genügte es, wenn wir zum Schutz einer größeren Karawane einen Manipel mitschickten. Jetzt brauchen wir dazu ein ganzes Heer. Und selbst dann haben wir keine Garantie.«

Nun ließ sich Titus Gallus vernehmen: »Es stimmt. Jeder ist davon betroffen. Ich habe drei Lagerhäuser, die bis obenhin voller Ziegel sind. Sie warten schon seit fast einem halben Jahr darauf, verschifft zu werden. Nach Gallien. Direkt über die Meerenge. Es gibt aber keine Schiffe, jedenfalls keine, die sie mitnehmen würden. Ziegel! Dachziegel!«

Der arme Varo geriet bei seinem hilflosen Versuch zu verstehen, was hier gesagt wurde, fast ins Stottern. »Aber ... aber ... was bedeutet das alles? Du meinst ... du meinst, die Regierung sei machtlos? Sie schikaniere unschuldige Händler, mache sie zu Sündenböcken, und niemand könne etwas tun? Was ist denn mit dem Heer?« Sein Blick wanderte verwirrt zwischen Tonius und mir hin und her. »Warum unternimmt denn das Militär nichts? Es wäre ja nicht das erste Mal, daß es einen neuen Kaiser wählt und eine neue Regierung bildet. Warum also nicht jetzt?«

Titus schüttelte den Kopf. »Das wäre nicht gut, Varo. Es würde nicht funktionieren. Es ist zu spät. Keine neue Regierung könnte den bereits angerichteten Schaden wiedergutmachen. Allein schon der Gedanke, daß ein Heer einen Kaiser ernennen kann, ist ein Eingeständnis der Vergeblichkeit des Ganzen.« Er deutete mit dem Daumen auf Gaius. »Frag Britannicus!«

Alle Blicke richteten sich auf Gaius, der tief seufzte, als fühle er plötzlich das Gesicht des Alters. »Was soll ich dir sagen, Quintus? Daß sie nicht recht haben? Daß mit dem Kaiserreich und der Welt alles in Ordnung ist? Meinst du, ich würde nach all den Jahren, die du mich kennst, noch meine Meinung ändern?« Er schüttelte den Kopf. »Nein, mein Freund. Sie haben recht. Ja, sie haben recht. Die Zeichen sind überall um uns, auf der ganzen Welt. Ich hatte bisher nur keine Ahnung, daß es so schlimm, verzweifelt und aussichtslos steht. Doch ich habe es kommen sehen – wir alle haben es immer mal wieder kommen sehen, wenn wir es nur zugeben. Rom hat mittlerweile die ganze Welt so ausgehungert, daß alle rebellieren. Und das geschieht nun heute.«

»Doch nicht hier in Britannien!« meinte Plautus.

»Nein, Plautus. Nicht hier in Britannien. Doch damit steht es allein.«

»Britannien wird immer allein dastehen!« Das war Tonius Cicero, und Gaius nahm seinen Kommentar auf.

»Wieso das, Tonius?«

»Weil Britannien als Insel von Wasser umgeben ist und somit verteidigt werden kann.«

»Gegen wen?«

»Gegen alle, die kommen!« In Ciceros Stimme schwang Ärger.

»Sogar gegen die Römer?« spöttelte Gaius.

»Sogar gegen die Römer!« Er war zwar noch ärgerlich, machte jetzt aber einen unbehaglichen Eindruck.

»Das sind verräterische Worte, mein Freund! Sie könnten deinen Tod bedeuten.«

Ciceros Gesicht hatte sich gerötet. »Dieses ganze Gespräch ist Verrat, Gaius. Nach Ansicht jener Maden in Rom und Londinium begehen Terra und Firma Verrat, weil sie sich weigern, durch das Rausschmeißen ihres Geldes bankrott zu gehen. Weil sie sich weigern, sich selbst zu zerstören, um eine Illusion von Normalität für gesichtslose Räuber zu erwecken, die in Angst vor dem Mob leben, dem Mob, der alles für nichts will. Warum, glaubt ihr wohl, leben der Kaiser und sein Hof in Konstantinopel? Weil sie schon vor langer Zeit zu dem Schluß gekommen sind, daß sie mit Rom und seinen ungewaschenen, mißlaunigen und übelriechenden Bürgern nichts mehr zu tun haben wollen. Denkt einmal darüber nach!« Er sah uns, die wir ihn beobachteten, so finster an, als wolle er uns abraten, anderer Meinung zu sein. »Wenn es nach diesen Maden geht, dann hat keiner, der hier am Feuer sitzt, das Recht auf ein eigenes Leben. Wir sind da, um ihnen zu nützen. Und zwar ganz nach ihrem Belieben. Pfui und nochmals pfui! Beim Gedanken daran, daß SPQR, das Zeichen für den Senat und das Volk von Rom, einstmals das größte Symbol der Freiheit und der Rechte freier Männer in der Geschichte war, würde ich am liebsten ausspucken! Die Menschen *in* Rom sind eine mörderische, fleischfressende Viehherde, und der Senat ist ein lächerlicher Eunuch. Wenn es Verrat ist, sich zu weigern, alles, was uns heilig ist, dem römischen Mob in den Schlund zu werfen, dann bin ich eben ein Verräter!«

Nach diesem Ausbruch herrschte wieder Schweigen. Tonius war aufgesprungen und sank nun mit gerötetem Gesicht, wütend und trotzig auf den Stuhl zurück.

»Gut gesagt, Tonius!« sagte Gaius leise in das Schweigen hinein. »Ich glaube, hier gibt es niemanden, der deinen Standpunkt nicht teilt. Ich muß dich jedoch daran erinnern, daß du ein Legat der Legionen in Britannien und durch heiligen Eid verpflichtet bist, diesen Status zu erhalten. Mit deiner Meinung bringst du dich in einen direkten Interessenkonflikt.«

»Aber nein!« Cicero beugte sich vor, und jede Faser an ihm zeigte die Heftigkeit seiner Gefühle. »Aber nein, Gaius! Überhaupt nicht. Ich bin ein Legat in Britannien, gewiß. Befehlshaber eines Militärdistrikts. Für wie lange, das weiß Gott allein, denn die kaiserliche Gunst ist unberechenbar wie eh und je. Vielleicht bin ich schon ersetzt worden, doch werde ich, bei Gott, solange ich in Rang und Würden bin, meine ganze Energie darauf verwenden, meinen Aufgaben nachzukommen, zu denen alles Militärische und Zivile in meinem Zuständigkeitsbereich gehört. Soweit es in meinen Kräften steht, werde ich meine Pflicht nach den alten römischen Gesetzen, den einzigen, an die ich glaube, erfüllen. Und meine Pflicht ist es, die *Pax Romana* in meinem Distrikt und in diesem Land aufrechtzuerhalten. Und nirgendwo sonst!« Hart sah er uns an.

»Ihr habt alle gehört, wie Varo davon gesprochen hat, daß das Heer einen neuen Kaiser ernennen soll. Das wäre nicht das erste Mal, aber vielleicht ist es diesmal das letzte Mal. Ich habe gehört, daß das Militär in Hispanien genau das getan hat – einer seiner Befehlshaber, dessen Namen ich vergessen habe, soll der neue Kaiser sein. Wenn das stimmt, wird er sich seinen Titel erkämpfen müssen, weil er viele mit dem gleichen Ehrgeiz gegen sich hat. Das ist es ja, was die Sache mit dem Kaiserreich so hoffnungslos macht. Es ist eine Angelegenheit geworden, bei der sich der Stärkste durchsetzt, und zwar zum eigenen Nutzen!

Ich glaube, ich habe mich klar ausgedrückt. Unsere Insel ist noch immer eine Insel des Friedens. Doch ich weiß, daß einige in Britannien gern einen Kaiser hätten, der hier residiert. Und in gewisser Hinsicht stimme ich mit ihnen überein. Doch nur in einem klar umrissenen Umfang. Wenn jemand versucht, sich hier in Britannien als römischen Kaiser einzusetzen, gerät er mit mir in Konflikt. Denn das ist wirklich Verrat. Rom hat schon einen Kaiser – eigentlich sogar drei dieser Schweine, die alle ordentlich eingesetzt und gesalbt worden sind.

Sollte ich jedoch etwas von Kaisern hören, die wie durch Magie aus Heeresgliedern anderer Länder emporkommen, von unrechtmäßigen Machthabern, die sich wie Geier auf die Trümmer dieser Welt stürzen, dann würde ich von dem Tag an dafür eintreten, daß in Britannien eine gerechte Regierung nach römisch-republikanischen Richtlinien eingesetzt wird. Doch nur in Britannien! Nicht auf der ganzen Welt! Eine Regierung in und für Britannien und mit einem

Senat für die Rechtspflege nach altem republikanischem Standard.«

»Bravo, Antonius Cicero! Sollten wir diesen Tag je erleben, kannst du bei deiner Rebellion auf meine Unterstützung zählen.« Gaius beugte sich zu ihm hinüber. »Doch wenn es nun anders kommt?«

»Was meinst du mit anders?«

»Wenn der Kaiser doch nicht angefochten wird? Und der Tag kommt, an dem die Heere all der weit auseinandergezogenen Vorposten auf Anordnung des Kaisers nach Rom zurückgerufen werden, um das Vaterland zu verteidigen? Es ist unvermeidlich, Freunde. Wir haben die ganze Welt hungern lassen, damit der Mob, von dem Tonius gesprochen hat, sich den Wanst vollschlagen konnte. Nun ist die ganze Welt voller wütender Leute, die kein Dach über dem Kopf und nichts zu essen haben. Und sie alle haben den Eindruck, daß Rom hat, was ihnen fehlt. Nun wollen sie ihren Anteil. Sie sehen es als ihr Recht an. Millionen ihrer Söhne sind jahrhundertelang für Rom gestorben. Millionen! Und wer am Leben blieb, ging, als ausgebildeter Soldat nach Hause. Diese Leute *wissen*, daß die römischen Legionen heutzutage ein Mythos sind. Wir alle wissen es. Wir wollen es nur nicht zugeben.«

Varo unterbrach ihn. »Gaius, Gaius! Du übertreibst, um deinen Standpunkt zu bekräftigen. So schlimm kann es doch gar nicht sein! Wenn ich dich so höre, glaube ich schon das Geschrei der Barbaren zu hören, die das Haus hier niederbrennen wollen! Du legst es auf Wirkung an! Gib's zu!«

»Nein!« erklärte Britannicus nachdrücklich. »Das stimmt nicht, Quintus! Ich übertreibe nicht. Es sind im Kaiserreich lediglich ein paar Vorposten geblieben, wo die Legionen noch in etwa ihre ursprüngliche Stärke haben, und das mehr zufällig. Tonius wird mir da zustimmen.« Cicero nickte. »Diese Insel gehört dazu, weil Leute wie wir – wie du, Varrus und ich – vom Sitz der Macht, von Rom und Konstantinopel, ferngehalten worden sind. Männer wie wir, Quintus, sind für das heutige Rom zu störrisch und unnachgiebig. Wir verletzen ihr Zartgefühl nicht weniger als sie unseres. Daher bleiben wir als Vorposten hier und halten unsere Streitkräfte zusammen. So sind wir, Quintus und unseresgleichen, die letzte Hoffnung Roms.«

Gaius wandte sich wieder an Cicero: »Wenn die Krise kommt, Tonius – und sie wird kommen! –, wenn Gefahr für das römische Vaterland selbst besteht, dann *werden* unsere Legionen zu seiner Verteidigung zurückgerufen werden. Was wirst du dann tun?«

»Dann quittiere ich den Dienst«, knurrte er.

Gaius lächelte. »Nein, Tonius, das darfst du nicht. Das wäre wirklich Verrat. Direkter Widerstand gegen einen kaiserlichen Befehl. Es hätte deinen augenblicklichen Tod zur Folge.«

Aufbrausend meinte Cicero: »Lieber sterbe ich, als daß ich meine Männer für eine Sache, an die ich nicht glaube, in den Hades marschieren lasse und zusehe, wie sie abgeschlachtet werden!« Er räusperte sich und spuckte ins Feuer. »Doch das wird nicht geschehen. Zumindest nicht morgen oder übermorgen. Ich habe die sichere Information, daß sich das oberste Kommando zum Handeln entschlossen hat. Überall auf der Welt wird es eine Aufwertung militärischer Tugenden und militärischen Geists geben. Wenigstens für eine Weile. Merkt euch, was ich jetzt sage: Wenn künftig jemand versucht, auf den Schnabel des Adlers zu schlagen, wird er eine verdammt hübsche Überraschung erleben.«

»Ist das offiziell? Was geht denn vor?« fragte ich.

Er sah mich an und brummte: »Ja, man kann wohl sagen, daß es offiziell ist. Ziemlich offiziell. Überall wird mehr rekrutiert, und angeblich werden die alten Normen wieder aufgegriffen und revidiert. Valentinian hat vor ein paar Jahren eine Studie über das Militär in Auftrag gegeben. Diese wurde durchgeführt von jemandem namens ... ich weiß nicht mehr, wie er hieß, habe das Buch aber gelesen. Es ist recht gut. Natürlich enthält es nichts Neues, preist jedoch die Art, wie früher alles gemacht wurde – die alte Art.«

»Die Schrift über das Heerwesen!« sagte Gaius leise. »Von Flavius Vegetius Renatus. Ich habe es auch gelesen, und es hat mir gefallen. Wird es von Nutzen sein, was meinst du?«

»Es ist zur Pflichtlektüre für Offiziere geworden. Man hat es übernommen, zwar nicht als Übungsbuch, so doch immerhin als offiziellen Text über Waffen, Methoden und Taktiken.«

»Gut. Bedeutet das eine Rückkehr zum kampfbereiten Lager?«

»Zum kampfbereiten Lager?« Tonius lachte verächtlich. »Wohl kaum! Du erwartest Wunder, Gaius! Kampfbereite Lager! Für einen solchen Unsinn sind wir heute doch viel zu zivilisiert! Unsere armen Soldaten kämen damit doch gar nicht zurecht!«

»Unter meinem Kommando schafften sie es!«

»Ach, Gaius! Du hast auch ein strenges Regiment geführt! Du warst dieser verrückte Hurensohn Britannicus, dessen Soldaten alle von bösen Geistern besessen waren, so daß sie sich wie Maschinen und nicht wie Menschen benahmen. Heutzutage bestehen unsere verdammten Offiziere doch aus lauter Angst vor Meuterei nicht mehr auf

Disziplin! Kannst du dir das vorstellen? Römische Offiziere, die Angst vor den eigenen Soldaten haben?«

Gaius seufzte laut. »Ja, ich glaube es dir, Tonius. Ich habe es selbst gesehen. Dann meinst du also, daß dieser große, neue Geist zum Scheitern verurteilt ist?«

»Natürlich ist er das! Du hast doch selbst gesagt, daß der Verfall schon zu weit fortgeschritten ist. Vermutlich wird es diesen Geist noch ein paar Jahre geben. Vielleicht zehn, vielleicht sogar zwanzig, obwohl ich das bezweifle. Er kann jedoch nicht von Dauer sein. Es gibt nichts, was ihn aufrechterhält. Ich kann nur hoffen, daß meine Dienstzeit bis dann ehrenvoll zu Ende gegangen sein wird.«

Er verstummte und blickte wieder in die Glut. Das Feuer war jetzt fast erloschen. Gaius' Blick wanderte über seine Gäste. Diese sahen ausnahmslos düster und niedergeschlagen aus.

»Freunde!« Er stand auf und reckte sich. »Es ist spät, und wir sind alle müde. Morgen ist auch noch ein Tag. In der Frühe stehen Spiele für die Kinder auf dem Programm. Ich schlage vor, daß wir sie ihrem Vergnügen überlassen und uns kurz vor Mittag wieder hier treffen.«

Wir sahen ihn alle neugierig an und fragten uns, was nun kommen würde. Er ließ uns nicht lange warten.

»Wie einige von euch wissen, habe ich schon vor diesem Abend viel und intensiv über dieses Thema nachgedacht. Ich habe ein paar eigene Pläne, die ich euch morgen erläutern will. Vielleicht gehen diese mit euren konform. Zumindest aber werden sie euch in den nächsten Monaten etwas zum Nachdenken geben. Laßt euch aber erst einmal von dem Gespräch heute abend nicht allzusehr deprimieren. Vieles steht günstig für uns, glaubt mir. Nichts ist so schlimm, wie es erscheint. Gute Nacht! Bis morgen!«

Titus Gallus hatte jedoch noch keine Lust, zu Bett zu gehen, und mir ging es genauso.

»Augenblick mal, Gaius«, sagte er. »Es ist noch nicht zu spät, es sei denn, du bist zu müde zum Bleiben.« Er sah die anderen an. »Wie steht es mit euch? Ich jedenfalls würde gern noch etwas über diese Pläne erfahren, bevor ich zu schlafen versuche.«

Alle anderen stimmten zu, und Plautus setzte sich gerade hin und verschränkte die Arme vor der Brust, als stelle er sich auf eine längere Zeit des Zuhörens ein.

Mit hochgezogener Augenbraue und leisem Lächeln ließ Gaius den Blick über die Gruppe schweifen. »Ihr wollt alle, daß ich fortfahre?« Er klatschte leicht in die Hände. »Ich warne euch! Das kann eine lange Nacht werden!« Er sah Terra und Firma an. »Habt ihr Hunger? Seit eurer Ankunft habt ihr erzählt, ohne auch nur einen Bissen angeboten zu bekommen. Wir haben reichlich Essen da. Und ich könnte noch einen Becher Bier brauchen, bevor ich fortfahre.«

Der Diener Gallo hatte alles gehört. Er nickte Gaius zu und eilte davon, um Speisen und Getränke herbeizuschaffen.

»Jetzt machen wir erst einmal eine Pause. Wir unterhalten uns schon lange, und es wäre vielleicht ratsam, alles ein wenig setzen zu lassen. Bitte steht auf und bewegt euch ein bißchen! Eßt oder trinkt etwas! Unterhaltet euch oder denkt alles noch einmal allein durch! Wenn ihr Fragen habt, laßt sie euch durch den Kopf gehen und bereitet euch darauf vor, sie zu stellen.«

»Ich habe eine Frage!« ließ sich da ein Mann aus Glevum, ein Freund der Familie, dessen Name mir entfallen ist, vernehmen.

Gaius sah ihn an. »Dann stelle sie!«

»Nun, ich weiß, daß es hier draußen eine Latrine gibt, irgendwo ganz in der Nähe, doch ich weiß nicht mehr wo, und meine Blase droht zu platzen. Wo ist sie also?«

Die Versammlung löste sich unter allgemeinem Gelächter auf, als Gaius ihm antwortete.

XXV

Mir den Hintern reibend, stand ich auf und fing Plautus' Blick auf, der auf dem Weg zum Hof des Haupthauses, wo sich eine weitere, kleinere Latrine befand, an mir vorbeiging. Mit einer Kopfbewegung gab er mir zu verstehen, daß ich ihm folgen sollte, und ich fiel neben ihm in Gleichschritt.

»Nun, was hältst du davon?« fragte er mich.

»Wovon? Von der ganzen Sache?«

»Ja, von der ganzen Sache, vom Ende des Kaiserreichs. Ein bißchen übertrieben, nicht wahr? Zuerst glaubte ich nicht richtig zu hören. Ich sag dir, wenn mir das jemand anders als Britannicus, zu einem anderen Zeitpunkt oder an einem anderen Ort, erzählt hätte, dann hätte ich die Wache gerufen und Klage wegen Aufwiegelung erhoben.« Ungläubig schüttelte er den Kopf und trat beiseite, um mich zur Latrine in der hinteren Ecke des Hofs vorangehen zu lassen. »So etwas habe ich noch nie gehört«, redete er jetzt von hinten auf mich ein. »Du etwa? Bist du nicht auch erschüttert?«

»Nein!« Ich blickte über die Schulter. »Eigentlich nicht. Für mich ist das nichts Neues. Gaius, Lucia und ich haben schon oft darüber gesprochen.« Ich blieb stehen und drehte mich nach ihm um. »Für dich aber war das völlig neu. Sag, glaubst du das, was du eben gehört hast?«

Plautus wirkte besorgt. Er wandte den Blick von mir ab

und sah mit grimassenhaft heruntergezogenen Mundwinkeln zu den beleuchteten Gebäuden zu unserer Rechten hinüber. Ich wartete schweigend, bis er mich wieder anschaute.

»Ja, verdammt, das tue ich«, sagte er knapp und gepreßt. »Und es hat mir einen gehörigen Schrecken eingejagt.«

Ich nickte, und wir gingen weiter. Als wir bei der gemauerten Latrine ankamen, verrichteten wir rasch unsere Notdurft.

Wieder in der kalten Nachtluft, blieb ich noch einmal stehen. »Hör mal«, sagte ich, »ich sage rasch meiner Frau gute Nacht. Ich habe heute nicht viel von ihr gesehen und möchte keinesfalls, daß sie denkt, ich würde eure Gesellschaft der ihren vorziehen. Ich komme gleich wieder ans Feuer. Doch vorher möchte ich im Vertrauen noch etwas sagen. Du sagst, du bist erschrocken. Mit gutem Grund, meine ich. Wir alle haben guten Grund dafür.

Ich glaube Gaius, Plautus. Ich glaube, daß er völlig recht hat. Das Kaiserreich ist am Ende. Alles bricht zusammen. Ich weiß, daß es nicht vorstellbar ist. Jahrelang konnte ich es auch nicht begreifen. Es gibt jedoch einfach zu viele Anzeichen, die man nicht ignorieren kann. Es stimmt, was uns Terra und Firma erzählt haben, und sie gehörten weltweit zu den bedeutendsten Händlern auf dem Meer. Jetzt sind sie erledigt, nicht weil sie unfähig waren, sondern einfach weil das System zusammengebrochen ist. Und ihr Geschäft ist bei dem ganzen Chaos nur ein Aspekt. Die restliche Welt ist im gleichen Zustand.«

Irgendwo im Dunkeln, ganz in unserer Nähe, lachte laut eine Frau, und dann ging ihr Gelächter in Kichern und Flüstern über. Ich nahm Plautus am Ellbogen und lief mit ihm weiter auf die brennenden Fackeln am Haupteingang des Hauses zu. Er hielt den Kopf gesenkt und schwieg.

Offenbar schlug er sich in Gedanken mit dem bevorstehenden Chaos herum.

»He!« sagte ich und drehte ihn zu mir herum, so daß ich ihm in die Augen schauen konnte. »Ich hoffe, du bist nicht selbstmordgefährdet, Soldat! Nicht alles ist trostlos! Du kannst mir glauben, daß Gaius einen Plan hat, um das Chaos zu überleben. Ich weiß nicht genau, worin dieser besteht, doch ich bin sicher, daß es ein solider Vorschlag ist. Und wie fremdartig dieser heute abend auch erscheinen mag: Er wird funktionieren, glaub mir. Habe ich dich je angelogen, Plautus? Ja oder nein?«

Er lächelte dümmlich über seine Ängste, und es entrang sich ihm ein tiefer Seufzer. »Nein, Kamerad, noch nie. Jedenfalls über nichts Wichtiges.«

»Richtig! Und damit möchte ich auch jetzt nicht anfangen. Die Welt, die wir kennen, wird nicht schon morgen enden und auch nicht im nächsten Jahr. Es kann noch Jahrzehnte dauern. Hör dir an, was Gaius dazu zu sagen hat. Ich komme gleich nach. Hör gut zu! Und rechne dich bei allem, was er vorschlägt, mit ein.«

Ich sah ihm nach, als er sich der Runde ums Feuer wieder zugesellte, und dachte darüber nach, wie schrecklich das Gehörte sein mußte, um eine derart tiefe Wirkung auf einen so bodenständigen und redlichen Mann wie Plautus zu haben. Ich kannte ihn bereits seit meiner ersten Abkommandierung. Plautus war ein richtiger Bulle: Nichts konnte ihn entmutigen, kein Mensch ihm Angst einjagen. Dann machte ich mich auf den Weg zu meiner Frau, um ihr zu sagen, daß ich später kommen würde.

Doch ich kam schon zu spät. Sie schlief fest und herrlich warm unter ihren Decken. Ich war in starker Versuchung, zu ihr zu kriechen, küßte sie jedoch nur sanft, ohne sie zu wecken, und gab mich damit zufrieden, eine kurze Weile neben ihr auf dem Bett zu liegen. Als ich sicher war, daß ich sie nicht wecken würde, schob ich meine Hand vorsichtig unter die Decken, um sie zu streicheln, schmiegte mein Gesicht an ihre Schulter und ergötzte mich an ihrem warmen, parfümierten Duft. Aus den wenigen Augenblicken wurde eine längere Zeit, und ich schlief fast ein, so daß ich mich zwingen mußte, wieder aufzustehen. Widerstrebend ging ich fort, in Gedanken noch mit der Wärme ihrer Brust an meiner Hand beschäftigt.

Als ich zum Feuer zurückkam, hatte Gallo inzwischen, wie mir schien, eine Wagenladung Essen und Trinken herbeigeschafft, und alle drängten sich um diese herum. Die Besprechung war in gegenseitiger Übereinstimmung bereits wiederaufgenommen worden, bevor das Essen gekommen war, und die Dinge hatten sich mittlerweile so weit fortentwickelt, daß mich Plautus auf den neuesten Stand bringen mußte, während die anderen aßen.

»Du hattest recht. Dein Freund Gaius hat schon alles haarklein ausgetüftelt.«

»Wie? Was für einen Plan hat er?«

Brummend riß er einem großen Huhn eine Keule ab. Das dabei erzeugte Geräusch ließ mir das Wasser im Mund zusammenlaufen. Er warf das Fleischstück auf ein Holzbrett und nahm sich einen halben Laib Brot, an dem er sich die fettigen Finger abwischte, bevor er hineinbiß und mit vollem Mund antwortete.

»Die Bagaudae. Hat er dir schon mal von ihnen erzählt?«

Ich lachte und sah zu Britannicus hinüber, der gerade allein dastand und sich Met einschenkte. »Ja, schon oft. Gaius bewundert sie. Ihm gefällt ihr Lebensstil.«

»Hm«, murmelte Plautus und schluckte den Bissen in seinem Mund herunter. »Er gefällt ihm? Wenn er von ihnen spricht, klingt es mehr so, als gehöre ihnen das Universum.«

»Du glaubst, er hat vor, hier eine Bagaudae-Gemeinde ins Leben zu rufen?«

»Es klingt so. Es klingt sogar so, als könnte es klappen, solange nicht irgendein Hurensohn auf die Idee kommt, alles auffliegen zu lassen. Das ist der einzige Haken, den ich sehe, allerdings ist das ein großer. Ob er daran wohl gedacht hat? Daß es unmöglich ist, den Ort hier zu verteidigen?«

Ich lächelte. »Plautus, wenn er daran nicht gedacht hat, dann ist ihm zum erstenmal, seit ich ihn kenne, etwas Wichtiges entgangen. Was die Details angeht, ist Gaius ausgesprochen pingelig.«

Er schlürfte einen halben Becher Wein, riß mit den Zähnen ein Stück saftiges, kaltes Hühnerfleisch ab und sprach mit vollem Mund weiter: »Nun, das werden wir ja sehen. Danach werde ich ihn als erstes fragen. Jetzt gleich.«

Die anderen gingen alle zu ihren Plätzen am Feuer zurück, und ich riß von dem Huhn, das so gut ausgesehen hatte, schnell die andere Keule ab, legte sie auf ein Holzbrett und bestreute sie großzügig mit Salz. Als ich mich ihnen, nachdem ich mir noch einen Krug Bier eingegossen hatte, dann zugesellte, waren sie schon wieder mittendrin in der Diskussion: Plautus richtete das Wort gerade an Gaius.

»Versteh mich nicht falsch!« hörte ich ihn sagen, während ich Platz nahm. »Ich glaube, dein Konzept stimmt. Mir gefällt der Gedanke, daß sich alle die Last teilen und jeder einzelne seinen Beitrag leistet. Keine Parasiten. Das ist gut. Aber – und das halte ich für ein großes Aber – wo findest du die richtigen Leute dafür? Und wie willst du beim Bilden dieser Gemeinschaft die Prioritäten setzen?«

Überrascht von der Redseligkeit des sonst immer so schweigsamen Plautus, sah ich die anderen an und stellte fest, daß sie seinen Fragen beipflichteten.

Gaius lächelte. »Durchaus berechtigte Fragen, Plautus. Ich will versuchen, sie so klar wie möglich zu beantworten.« Er blickte sich wieder in der Runde um. »Doch ich möchte, daß sich alle hier über den wahren Sachverhalt im klaren sind. Ihr müßt begreifen, daß wir hier nicht nur vom Überleben sprechen. Wir schmieden dafür Pläne! Es ist etwas Reales! Wir sprechen vom Ende der Welt, wie wir sie kennen. Wir glauben, daß dieses Ende, ob uns das nun gefällt oder nicht, unausweichlich kommt und das Kaiserreich dann zusammenbricht, nichts mehr so ist wie heute. *Nichts!* Die Legionen werden verschwunden sein – gänzlich! Das bedeutet, daß es kein Gesetz mehr geben wird. Stellt euch das vor! Kein Gesetz mehr! Auch kein von Waffen- oder Regierungsgewalt gestütztes Zivilrecht, weil die Städte keine Garnisonen und kein System zu seiner Durchsetzung mehr haben werden. Positiv daran ist lediglich, daß keine Steuern mehr gezahlt werden müssen, nicht zuletzt, weil es keine Bürokraten mehr gibt, die diese einfordern.

Es werden keine Straßen mehr gebaut, und die jetzigen werden rasch baufällig. In den Kastellen entlang der südöstlichen Küste gibt es keine Truppen mehr, um vom Meer kommende Plünderer abzuhalten. Und nur der hat Nahrung, der sie selbst anbaut. Allein das müßt ihr euch einmal vorstellen, Freunde! Keine Nahrung, es sei denn, man baut sie selbst an. Die Menschen in den Städten werden hungern. Ihr habt gehört, was Terra und Firma gesagt haben. Das alles geschieht ja schon!

Wenn Rom fällt, geht die ganze Welt im Chaos unter, und die größte Gefahr heute liegt in der Versuchung zu meinen, daß es nicht geschehen kann und wird. Glaubt mir,

Freunde, nur die werden es überleben, die sich darauf vorbereitet haben. Die verteidigungsbereit sind. Eine eigene Nahrungsversorgung haben. Schon vor dem Chaos das Fortbestehen und die Struktur ihrer Existenz geplant haben.«

Er holte aus seiner Rocktasche eine Münze, schnippte sie in die Luft und fing sie wieder auf. »Ihr denkt vielleicht, daß ich dramatisiere, doch ich will noch eins zu bedenken geben.« Er hielt die Münze hoch. »Hiervon werden keine mehr hergestellt. Überhaupt keine. Schon heute sind sie nahezu wertlos. Was nun werden wir ohne Geld tun? Wer noch Münzen hat, wird sie horten, doch ohne Nachschub werden sich die Hortenden bald dem Tag gegenübersehen, an dem Geldstücke überhaupt keinen Wert mehr haben, weil man sie nicht mehr verwendet. Man ist zum Tauschhandel zurückgekehrt. Wir selbst, wir hier in unserer Gemeinde, müssen sofort aufhören, Geld zu verwenden.« Die Pause, die er nun einlegte, hielt uns ebenso gefangen wie seine Worte und seine stillschweigende Annahme, daß wir ihm beipflichteten. »Ich sage ›sofort‹, weil ich möchte, daß ihr euch dessen bewußt seid, daß wir, die wir hier versammelt sind, und unsere Familien, Freunde, unsere Diener und unsere Nachbarn überleben werden. Wir alle. Wir haben den Willen, Intellekt, die erforderlichen Fähigkeiten, die Zähigkeit und den Vorteil vorheriger Kenntnis der Entwicklung. Wir *werden* überleben. Und gedeihen. Wir werden auf der Insel Britannien eine Insel echter römischer Tugenden und Werte, eine Insel alter römischer Maßstäbe von Freiheit und Würde bewahren.«

Es war eine bewegende Rede. Als er fertig war, blickte er einen nach dem andern an. Niemand rührte sich oder sagte etwas.

»Natürlich wird das Ende, wie Tonius bereits sagte,

nicht schon morgen oder übermorgen kommen. Doch ihr habt auch gehört, was Terra und Firma berichtet haben, und wißt, daß es stimmt. Vielleicht dauert es zehn Jahre, vielleicht auch zwanzig oder sogar noch mehr, doch es wird eintreffen, Freunde.«

Nach kurzem Schweigen fragte Titus Gallus: »Wann fangen wir nun damit an, diese Gemeinde zu organisieren? Und wie? Du hast immer noch nicht Plautus' Fragen beantwortet!«

»Das werde ich aber jetzt, und deine auch. Wir haben schon damit angefangen. Heute abend. Du hast nach den Prioritäten gefragt, Plautus. Nun, fangen wir mit der Verteidigung an. Tonius? Ist es falsch, wenn ich diesen Aspekt voranstelle?«

Plautus und Tonius lächelten, wobei Plautus mich ansah, und Tonius meinte: »Nein, Gaius. Ich würde an deinem Verstand zweifeln, wenn du es nicht tätest.«

»Na also! Wie siehst du unsere Sache?«

Tonius, jetzt in der Rolle des Legaten Cicero und Militärbefehlshabers, zuckte mit den Schultern. »Ich habe keine Ahnung. Ein wie großes Gebiet möchtest du denn halten?«

»Dieses Tal.«

»Das ganze?« Es klang überrascht.

»Warum nicht? Es ist eine römische Enklave.«

»Aber das sind doch bestimmt zwölf auf zwölf Meilen, Gaius!«

»Ich schätze, daß das Tal vierzehn Meilen lang und ungefähr elf breit ist.«

»Ein großes Land, wenn man es verteidigen muß!«

»Nichts im Vergleich zum Kaiserreich, Tonius! Die ganze Ebene ist viermal so groß. Ich hoffe eines Tages alles abzudecken.«

»Das ist ja alles gut und schön, Gaius!« ließ sich Plautus wieder vernehmen. Er schien seine Ehrfurcht vor Offizieren völlig verloren zu haben. »Doch woher willst du die Soldaten nehmen?«

»Die bekommen wir schon, Plautus, keine Angst. Wenn wir genügend Zeit haben, ziehen wir sie uns selbst heran. In Eigenzüchtung!« Das löste erleichtertes Gelächter aus. »So lange wird jeder taugliche Bürger der neuen Kolonie Waffen tragen wie früher unsere Vorfahren. Der Wehrdienst wird zum festen Bestandteil eines Bauernlebens. Zum Merkmal unseres Gemeindelebens. Mit wachsender Bevölkerung steigt auch unsere Kampfesstärke. Tonius, wo würdest du unser Heer stationieren, wenn wir genug Soldaten haben?«

Cicero dachte darüber nach. »In den Hügeln. Dort gibt es ein paar alte keltische Festungen. Diese würde ich aufpolieren. Ihre Lage ist gut.«

»Ja!« nickte Gaius. »Von dort aus kann man die ganze Ebene überblicken. Für diese hatte ich mich auch schon entschieden. Da du der gleichen Meinung bist, steht es nun fest. Eine der Festungen ist nicht einmal eine Meile von hier entfernt. Sie muß ungeheuer gewesen sein, als man noch Gebrauch von ihr machte. Ich habe sie mir angesehen und glaube, daß sie unseren Bedürfnissen mit geringer Mühe angepaßt werden kann. Jedenfalls mit vergleichsweise geringer.«

Plautus lächelte boshaft und fragte: »Kommandant Britannicus, wie sicher bist du in den alten Disziplinen?«

»Völlig sicher.«

»Dann bin ich dabei!« Er lächelte nochmals auf so boshafte Art. »Aha! Oberste Priorität hat also die Verteidigung. Wie viele Festungen brauchen wir denn deiner Meinung nach?«

Zuversichtlich erwiderte Gaius: »Zunächst einmal genügt eine. Die anderen können später folgen. Wenn wir stärker werden.«

Plautus nickte zustimmend. »Du glaubst also, daß wir stärker werden?«

»Ich weiß es.«

»Gut. Und dann?«

»Nach der Verteidigung?« Gaius blickte jeden einzelnen in der Runde an. »Die Menschen. Wir müssen für unsere künftigen Bedürfnisse planen. Wir werden Baumeister, Maurer, Bäcker, Weber, Dachdecker, Böttcher und viele andere Handwerker brauchen.«

Tonius Cicero unterbrach ihn. »Und was ist mit der Überwachung? Ich meine, im Sinne eines Gesetzes. Eine Regierung. Hast du darüber auch nachgedacht?«

»Ja, das habe ich. Ich würde gern einen Rat wie den alten römischen Senat aufstellen.«

Das rief zustimmendes Gemurmel hervor. Ein guter Anfang! Die restliche Nacht verbrachten wir mit genauerem Planen. Je länger wir darüber sprachen, um so größer erschienen uns die auf uns zukommenden Probleme, und trotzdem hielt unsere Vision damit Schritt und wurden unsere Überlegungen immer ehrgeiziger.

Es wurde der Ankauf umliegender Güter und deren baldige Verknüpfung zum Zwecke der Verteidigung ins Auge gefaßt. Wir wußten, daß das Ganze eine Angelegenheit von Jahren war, konnten aber nicht einmal auf ein ganzes Jahrzehnt zählen.

Es wurden Listen aller für unsere Autonomie erforderlichen Fachkräfte angefertigt, und von da an richtete ein jeder sein Augenmerk darauf, Männer geeigneten Kalibers zu finden. Am Ende mußte sich jeder zur Geheimhaltung verpflichten, da allen klar war, daß der ganze Plan Verrat war, solange die Legionen noch im Land waren. Sorgloses Ausplaudern könnte zum Tod der Beteiligten führen.

Als vier Tage später die Hochzeitsfeierlichkeiten zu Ende gingen, waren weitere für unseren Plan gewonnen worden, und alle, die davon wußten, nahmen einen Traum der Hoffnung für die Zukunft mit sich nach Hause. Einem jeden war klar, daß die Sicherheit und das Wohlergehen seiner ganzen Familie in seinen Händen lag. Und ein jeder hatte schon zu planen begonnen, wie er, wenn die Zeit dafür gekommen war, seine weltlichen Güter zu Gaius' Kolonie bringen würde. Mit von Herzen kommendem Lächeln und Händedruck gingen wir auseinander.

XXVI

Am Morgen nach der Abreise unserer letzten Gäste stand ich mit den Lerchen auf und machte mich allein auf den Weg in die Mendips, weil ich nicht einmal Equus dabeihaben wollte. Meine Frau hatte ein zufriedenes Lächeln auf dem Gesicht, als ich, in Gedanken schon mit der Himmelssteinsuche beschäftigt, sie im Bett zurückließ.

Nun, da die Festlichkeiten vorbei waren, stieg ein Gefühl der Enttäuschung und Ungeduld in mir auf. Alle Steine, die ich gefunden hatte, waren zu klein. Zwar waren sie keineswegs winzig, andererseits aber auch nicht groß genug, um allzu starke Hoffnungen zu erwecken, daß himmlisches Metall herausgeschmolzen werden könnte. Ich hatte den Eindruck, daß mir im Tal der Drachen, wie wir es mittlerweile nannten, etwas entging – daß ich an etwas vorbeisah oder etwas nicht begriff. Seit meinem letzten Besuch waren mehr als drei Monate vergangen, und ich hoffte, das Tal dadurch mit neuen Augen zu sehen.

Diese Hoffnung erfüllte sich an jenem Tag auf eine Art, wie ich es mir nicht zu träumen gewagt hätte. Die Information, die meine Augen meinem Gehirn übermittelten, war so aufrüttelnd und überwältigend, daß ich glaubte, meiner eigenen Wahrnehmung nicht trauen zu können. Mit halsbrecherischer Geschwindigkeit ritt ich, vor Aufregung fast erstickend, zum Gut zurück.

Als ich ankam, war es schon dunkel. Noch bevor das Klappern der Hufe meines Pferds auf dem Kopfsteinpflaster des Hofs verklungen war, sprang ich ab und schloß meine Frau, die angerannt kam, um mich zu Hause willkommen zu heißen, in die Arme. Sie spürte sogleich meine Aufregung, doch es entsprach nicht ihrer Art, mich darüber sprechen zu lassen, bevor wir allein im Bad waren. Als ich im Dampfraum den Schmutz und die Erschöpfung meiner langen Abwesenheit herausgeschwitzt hatte und mit ihr in das heiße Becken gestiegen war, lenkte sie mich ab, wie es Neuvermählte überall auf der Welt tun, indem sie sich auf köstliche Art um mich wand und sich das heiße Wasser, unsere Nacktheit und die durch meine Abwesenheit geweckte Begehrlichkeit zunutze machte. Dann legte sie sich matt in meine Arme zurück und fragte mich, was ich im Tal der Drachen entdeckt hätte.

Sofort fluteten meine Begeisterung und meine Zweifel zurück, und ich erzählte ihr von der Unregelmäßigkeit, die mir aufgefallen war, von der möglichen Bedeutung des Gedankens, der mir plötzlich gekommen war, von meiner Interpretation der Zeichen, die sich auf einmal gezeigt hatten, und von meiner tiefverwurzelten Befürchtung, daß ich vielleicht nur phantasierte, Hoffnungen nährte und Möglichkeiten sah, die einer soliden Grundlage entbehrten.

Als ich fertig war, sah sie mich lange Zeit schweigend an, wobei sie die Oberfläche des dampfenden Wassers träge von unten mit der Hand in Bewegung versetzte, und fragte mich dann, was ich als nächstes zu tun gedenke. Ich sagte ihr, ich könne nur eins tun, und zwar sofort zum Tal zurückkehren, um mir das, was ich dort gefunden zu haben glaubte, noch einmal genau anzusehen. Wenn die Zeichen dann noch immer vorhanden und leicht erkennbar wären, könnte ich es riskieren, andere einzuladen, um mir meine Theorie bestätigen zu lassen. Bei meinem nächsten Besuch würde ich jedoch gern sie, die meine Besorgnis kannte, dabeihaben, um ihre Meinung zu hören. Selbst wenn sie es nicht so sehen sollte wie ich, müßte ich doch nicht befürchten, daß sie mich auslachte.

Nachdem sie eine Weile darüber nachgedacht hatte, lächelte sie und gab mir einen Kuß, da sie das Problem offenbar zumindest zu ihrer eigenen Zufriedenheit gelöst hatte. Sie glaube nicht, sagte sie, daß sie mir besonders nützlich sein könne, besonders weil ich ihr erzählt hatte, wonach wir Ausschau halten würden. Da sie wüßte, wie wichtig mir ihre Zustimmung war, wolle sie nicht der Versuchung erliegen, mir bloß aus Liebe und Zuneigung beizupflichten. Sie schlug vor, das nächste Mal ihren Bruder mitzunehmen. Ich solle mich aber nicht dazu verleiten lassen, diesem zu sagen, wonach er suchen solle, sondern ihn nur ein wenig anleiten, damit er das Gewünschte von allein fand. Die Idee war so einfach und perfekt, daß ich sie nur sprachlos anschaute, bis sie das Wasser wieder in Unruhe versetzte, zu mir herüberglitt und sich über meinen Schoß legte. Dann waren wir lange Zeit sehr still.

Es muß wohl auf die zehnte Stunde zugegangen sein, als ich in Gaius' *cubiculum* trat, wo er im Licht zweier heller Lampen las. Ich war überrascht, ihn dort anzutreffen, weil ich angenommen hatte, er wäre längst schlafen gegangen. In Ovids *Liebeskunst* vertieft, fühlte er sich, wie er mir später erzählte, ein wenig nostalgisch, weil die Vergnügen der Jugend nun der Vergangenheit angehörten.

»Gaius? Störe ich dich?«

Freudig überrascht sah er auf. »Nein, überhaupt nicht! Schön, daß du wieder auf den Beinen bist.«

Man sah mir bestimmt an, daß ich keine Ahnung hatte, wovon er sprach. »Wie?«

»Ich sagte, daß es schön ist, daß du wieder munter bist. Durch Heirat werden mehr Männer ans Bett gefesselt als durch Krankheit.«

»Oh!« lächelte ich, plötzlich befangen. »Jetzt verstehe ich, was du meinst.«

»Komm rein! Setz dich und kümmere dich nicht um mich. Ich wollte dich nur ein wenig aufziehen. Vielleicht neide ich dir allmählich deine Jugend.«

»Bist du denn schon so alt, Kommandant? Auf einmal?«

»Nenn mich nicht so. Ich bin alt genug, um zu wissen, was ich noch tun kann und was ich nie wieder tun werde, mein Freund. Was hast du denn heute gemacht?«

»Gaius –«

Ich wollte schon mit dem, was ich ihm zu sagen hatte, herausplatzen, hielt dann aber inne. Britannicus wartete geduldig wie immer, bis ich meine Gedanken geordnet hatte.

»Ich wollte damit schon gleich nach meiner Ankunft zu dir kommen, wurde dann aber, wie du ja bemerkt hast, abgelenkt.«

Er lächelte. »Wo ist sie denn jetzt, daß du nicht mehr so abgelenkt bist?«

»Sie schläft. Gaius, was hast du morgen vor?«

»Nichts, was nicht geändert werden könnte. Was soll ich denn tun?«

»Würdest du mit mir in die Berge reiten? Ich möchte dir dort etwas zeigen. Ich brauche deinen Rat.«

»Nichts lieber als das. Was willst du mir denn zeigen?«

Ich schüttelte den Kopf. »Das würde ich dir lieber noch nicht sagen. Du denkst sonst vielleicht, daß ich den Verstand verloren habe. Es ist aber wichtig. Ich glaube, daß ich recht habe. Eigentlich weiß ich es sogar. Mir fehlt jedoch noch der Mut, zu meiner Überzeugung zu stehen. Deshalb möchte ich, daß du es selbst siehst und mir deine Meinung mitteilst. Wenn ich mich irren sollte, was durchaus der Fall sein kann, käme ich mir sehr dumm vor.«

Die Britannicus-Augenbraue schnellte hoch. »Du machst mich neugierig, Publius. Das klingt sehr aufregend. Ich kann es kaum erwarten zu sehen, was es ist. Werde ich es erkennen?«

»Das hoffe ich, Gaius! Das hoffe ich!«

»Offenbar hat es mit deinen Himmelssteinen zu tun!«

»Ja, das stimmt!«

Er zog mit Daumen und Zeigefinger die Unterlippe im Mundwinkel nach außen und unten, als wolle er sich Krümel der letzten Mahlzeit wegwischen. »Ein paar davon habe ich heute früh in der Schmiede gesehen. Equus hat mir gesagt, worum es sich handelt. Ich hoffte, mit dir darüber sprechen zu können.«

»Was hast du denn in der Schmiede gemacht? Du gehst ja nicht gerade oft dorthin.«

Er lächelte und erzählte mir, wie er den Morgen verbracht hatte.

Offenbar war es im Haus nach all dem Trubel der vorangegangenen Wochen so still wie im Grab gewesen, und es war Gaius schwergefallen, sich in Erinnerung zu rufen, daß dies der Normalzustand war. Wie eine verlorene Seele war er herumgeschlichen, wütend auf sich selbst, daß er länger als üblich geschlafen und dadurch ein paar wertvolle Stunden verloren hatte. Als er dann feststellte, daß ich mich schon in aller Früh auf den Weg in die Berge gemacht hatte, verschlechterte sich seine Laune aus unerfindlichem Grund noch mehr. Lucia, sagte er, hatte beim Frühstück versucht, nett zu ihm zu sein, kannte ihren Bruder aber gut genug, um zu wissen, daß er besonders schlechter Stimmung war, und überließ ihn daher sich selbst.

Zwei Stunden hatte er fruchtlos und verdrossen mit dem Versuch zu schreiben verbracht, jedoch festgestellt, daß er zu unruhig war, um sich längere Zeit auf eine Sache zu konzentrieren. Schließlich, irgendwann nach Mittag, hatte er sich in der Schmiede wiedergefunden und Equus beim Hämmern eines glühenden Barrens zugeschaut.

Als Equus aufschaute und ihn da stehen sah, grüßte er ihn mit »Kommandant!«, was er von mir aufgeschnappt hatte.

Eine Weile plauderten sie, und dann machte sich Equus wieder an die Arbeit und überließ Gaius sich selbst. Dieser ging daraufhin in den hinteren Teil der Schmiede und musterte, ohne groß darüber nachzudenken, die bizarr aussehenden Steine, die dort auf einem Brett an der Wand lagen.

»Die sehen merkwürdig aus, nicht wahr?« schreckte ihn da Equus' Stimme auf.

»Was sind das für Steine?« fragte er.

»Sind Himmelssteine!«

Erst da ging Gaius auf, was er vor Augen hatte, denn ich hatte ihm nichts davon gesagt, weil ich wegen der geringen Größe der Steine so tief enttäuscht war. Nun sah er sie sich näher an. Es waren insgesamt sieben, wobei der kleinste nicht ganz die Größe des Kopfes eines neugeborenen Kindes und der größte die des Kopfes eines halbwüchsigen Knaben hatte. Sie waren alle von einem düsteren, eintönigen Grauschwarz und glatt, wobei es sich allerdings nicht um Glätte durch Abnutzung wie bei Kieselsteinen im Wasser, sondern mehr um eine glasige Beschaffenheit handelte. Gaius nahm einen in die Hand, hob ihn hoch und dachte daran, daß dieser Stein, wenn ich recht hatte, vom Himmel gefallen war. Sein logischer römischer Verstand sagte ihm, daß dies unmöglich war. Alles kam irgendwoher: Woher also kam dieser Stein? Gaius wußte wie jedes Kind, daß etwas nur herunterfallen konnte, wenn es vorher hochbefördert worden war. Doch das Gewicht des Steins ließ den Gedanken, daß dieser von der Erde zum Himmel geschleudert worden war, ausgesprochen grotesk erscheinen. Es war einfach unmöglich. Er wußte, wie hoch und weit das stärkste Katapult einen solchen Stein schleudern konnte. Er hatte seinen Soldaten zugesehen, und die Geschosse waren niemals aus seinem Gesichtsfeld verschwunden. Wie konnte also dieses Ding – noch dazu brennend, wie ich meinte – vom Himmel gefallen und mit solcher Heftigkeit auf der Erde aufgeschlagen sein, daß es sich selbst begrub und einen kreisrunden Erdwall von zehn Fuß oder mehr im Durchmesser aufschüttete?

Und doch stimmte es, räumte er am Abend ein, daß der Stein an der Oberfläche wie angeschmolzen aussah. Außerdem wußte er, daß ich ihn mitten aus einem meiner »Drachennester« gegraben hatte. Jedenfalls nahm er das an.

»Es stimmt. Ich habe ihn aus einem Drachennest ausgegraben, Gaius. Was macht dir solche Probleme?«

Verwirrt schüttelte er den Kopf. »Ich weiß es nicht, Publius. Aufgrund meiner Erziehung meine ich, daß das, was du mich glauben machen willst, nicht möglich ist. Und doch schaust du mich mit der Zuversicht eines Auguren an, der gerade einem gesunden Hähnchen das verwesende Herz aus dem Leib gerissen hat. Solange ich kein aus diesen Steinen gewonnenes Metall gesehen habe, kann ich einfach nicht glauben, daß sie vom Himmel gefallen sein sollen. Und selbst dann nur mit dem Hinweis, daß ich auf deine besondere Art von Verrücktheit vertraue.« Er hielt kurz inne. »Doch du hast recht, deine positiven Ergebnisse geben mir Rätsel auf. Was soll ich mir also morgen anschauen?«

Am nächsten Vormittag blickten wir dann vom Bergkamm ins Tal meiner Drachen. Wir waren nur zu dritt – Gaius, Equus und ich –, und zumindest Gaius hatte der Ritt Freude gemacht.

»So, Publius, das ist also das Tal der berühmten Drachennester. Ich hatte ganz vergessen, wie schön es hier ist.« Er nickte in Richtung eines neu ausgehobenen Lochs am Berghang. »Das dort ist vermutlich ein solches Nest?«

»Ja. Und da unten links ist noch eins. Und ein weiteres dort drüben. Alles in allem sind es sieben, Kommandant.«

»Sieben. Ich sehe nur vier. Und aus jedem hast du einen Himmelsstein gewonnen?«

»Ja.«

»Und wo liegt nun dein Problem? Gibt es keine mehr?«

»Doch, es gibt noch mehr. Nach zehn weiteren habe ich noch nicht gegraben. Sie sind aber zu klein.« Ich räusperte mich und spuckte aus. »Der größte meiner sieben Steine stammt aus dem größten ›Nest‹, das ich finden konnte. Die Nester sind in Wirklichkeit Ringe um die Einschlagstellen und von der Wucht der aufprallenden Steine aufgeworfen worden. Das größte Nest hat einen Durchmesser von zwölf langen Schritten.«

»Von zwölf langen Schritten?« Gaius nagte an der Unterlippe. »Varrus, ich will offen sein. Ich weiß, daß das schon einmal gesagt habe, und ich weiß auch, daß du es wahrscheinlich nicht mehr hören kannst, doch selbst wenn dein Stein wirklich vom Himmel gefallen ist, kann ich nicht begreifen, daß ein so kleiner Stein ein derart großes Loch in den Boden schlägt.«

»Das kann ich auch nicht begreifen, Kommandant«, sagte ich so gleichgültig wie möglich. »Es bleibt jedoch die Tatsache, daß es geschehen ist. Glaub mir. Er ist tatsächlich vom Himmel gefallen. Und hat diesen Wall aufgeworfen. Nur Gott selbst weiß, woher er kam. Vielleicht fiel er von einem Stern. Vielleicht *war* er ja ein Stern!«

Mißbilligend meinte Gaius: »Sterne sind hell, Publius. Doch deine Steine sind schwarz.«

»Ja, jetzt, Gaius. Doch sie sind brennend heruntergefallen. In kaltem Zustand ist Eisen schwarz, doch durch Erhitzen wird es leuchtend weiß. Und wir hier werden durch unser Brennmaterial behindert. Wer kann schon sagen, wie strahlend hell Eisen im Himmelsfeuer werden kann?«

Ich wußte, daß es darauf keine Antwort gab. Gaius starrte mich verblüfft an.

»Jedenfalls«, fuhr ich fort, »ist es wahrscheinlich der größte Stein, den ich hier finden kann, sofern meine Vermutung stimmt. Der Stein meines Großvaters war mehr als doppelt so groß, und als er ihn einschmolz, reichte das Metall gerade für einen Dolch und den Hauptteil eines Schwerts. Das war alles.«

Er merkte mir meinen Verdruß an. »Wenn du nun aber alle sieben zusammen einschmilzt? Würdest du denn dann nicht genügend bekommen? Und was ist mit den anderen zehn?«

Ich zuckte mit den Schultern. »Vielleicht. Wer weiß? Ich kann nicht feststellen, wieviel Metall so kleine Steine enthalten. Möglicherweise überhaupt keins.«

Gaius blickte wieder ins Tal. »Was sollte ich denn hier entdecken?«

»Ein Drachennest, Gaius, das größer als alle anderen zusammen ist. Ein riesiges Drachennest.«

»Wo? Im Tal?«

»Ja. Direkt im Blickfeld. Doch du mußt es selbst sehen, mit eigenen Augen. Ich kann dir dabei nicht helfen. Sonst bin ich nicht davon überzeugt, daß du es wirklich siehst. Ich habe monatelang darauf geblickt, ohne es wahrzunehmen. Du weißt jetzt, daß es da ist. Suche es für mich, Gaius! Und du auch, Equus!«

Sie ließen die Blicke übers Tal schweifen, und ich beobachtete sie dabei genau. Ich sah, wie sie jeden einzelnen der Ringe ausmachten, die ich schon gefunden und mit Steinhügeln kenntlich gemacht hatte. Doch sosehr sie sich auch bemühten: Sie entdeckten keinen besonders großen Ring. In erster Linie beobachtete ich Gaius, der das ganze Tal zwischen dem zerklüfteten Felsen auf der einen und dem in eine Bergfalte geschmiegten See auf der anderen Seite absuchte. Er musterte jeden Berg von oben bis unten. Nichts.

Schließlich meinte er: »Bist du sicher, daß das, was ich suchen soll, auch wirklich da ist, Publius?«

»Ja«, sagte ich zuversichtlicher, als ich mich fühlte. »Es ist da. Ich bin mir nur nicht so sicher, daß es das ist, wofür ich es halte.«

»Und ich müßte es sehen? Jetzt?«

»Genau!«

Er versuchte es erneut, wobei sein Blick von Nord nach Süd und von Ost nach West wanderte, immer wieder, ohne daß er wußte, was er eigentlich suchen sollte. Und dann sah ich, wie er aus dem Augenwinkel heraus etwas wahrnahm. Er warf den Kopf herum – nichts. Doch es war dagewesen, ich wußte, daß es dagewesen war, weil ich es ja am Tag zuvor auch gesehen hatte. Ich sah ihn langsam wegschauen und hielt den Atem an und betete, daß er es noch einmal sehen würde. Dann merkte ich an seinem rascheren Umherschauen, daß er es wiedergefunden und als das erkannt hatte, was es war. Er blickte jetzt geradewegs darauf und sah es ganz deutlich. Es war zwar kein Kreis, jedoch ein Kreissegment, ein klar umrissenes Kreisstück. Ich beobachtete, wie er die Augen verblüfft auf dessen Größe einstellte, und mein Herz begann schneller zu schlagen.

»Der See, Varrus«, flüsterte er schließlich erstaunt, »der See ist ein Drachennest! Und was für ein riesiges! Ein unglaublich großes!«

Ich sprang vom Pferd und zerrte ihn von seinem, drückte ihn an meine Brust und schwenkte ihn triumphierend und lauthals schreiend herum.

»Ich wußte es, Gaius! Ich wußte, daß du es sehen würdest! Es ist der See! Eine große, mit Wasser gefüllte Schüssel! Nicht kreisrund, weil der Berghang einen Großteil des Einschlags abgefangen hat. Und das Gestein und Geröll haben den Abfluß des Wassers in die darunterliegenden Täler blockiert und den Einschlagort in einen See verwandelt.«

Ich stellte ihn wieder auf die Füße, und wir blickten beide hinunter.

»Und das erklärt auch das Vieh«, fügte ich hinzu, als mir plötzlich alles klarwurde.

Gaius blickte mich an. »Welches Vieh? Was meinst du damit?«

»Das tote Vieh. Offensichtlich hielt sich in jener Nacht, als die Himmelssteine herunterfielen, im Tal eine Viehherde auf. Natürlich wurden alle Tiere getötet, doch etwas dabei machte keinen Sinn und ging mir nicht aus dem Kopf. Ich hielt es für ausgesprochen unwahrscheinlich, daß man die Herde über den Berg ins Tal getrieben hatte, obwohl das Weideland auf der anderen Seite genausogut war.« Ich nickte in Richtung See.

»Da haben wir die Antwort! Vor der Verheerung muß das Tal dort am Ende offen gewesen sein, so daß das Vieh auf der Suche nach Schutz vor dem Wind hineingelangen konnte. Der vom Himmelsstein ausgelöste Erdrutsch blockierte dann den Zugang und bildete den Wall, der nun den See aufstaut.«

»Aber hat Meric nicht gesagt, daß hier schon immer ein See gewesen ist?«

»Ja, und wahrscheinlich stimmt das auch. Aber der war sicher kleiner und flacher. Das erklärt den Schlamm, der am Tag danach alles überzog. Der Himmelsstein muß allen Schlamm und alles Wasser gewaltsam aus dem See verdrängt und ein tieferes Bett gebohrt haben.«

Ich drehte mich zu Equus um, der uns beide mit offenem Mund anstarrte, als wären wir verrückt geworden. Gaius sah es auch, und wir brachen beide in Lachen aus.

»Equus«, sagte ich, »was ist denn los? Siehst du es denn nicht, Mann?«

»Doch, ich sehe es. Ich sehe einen großen See! Weshalb also die ganze Aufregung? Wie willst du auf dem Boden eines Sees einen Himmelsstein finden? Das würde ich gern wissen!«

»Genau so, wie er die anderen gefunden hat, Equus!« jubelte Gaius. »Er wird ihn ausgraben!«

Nun war Equus klar, daß wir den Verstand verloren hatten. Es war ihm deutlich anzusehen. Unsere Lachsalven verwirrten ihn nur noch mehr. Schließlich bekam ich Mitleid mit ihm und riß mich wenigstens etwas zusammen, um ihn zu beruhigen.

»Equus«, keuchte ich, »das ist einfache Pionierarbeit. Wir legen den See trocken, indem wir das Wasser in die anderen Täler laufen lassen. Und wenn der Schlamm am Boden des Sees getrocknet ist, graben wir den Himmelsstein aus.«

Der arme Equus! Er war unwahrscheinlich erleichtert, und schon bald ließen wir uns nieder, um das mitgebrachte Mahl zu verzehren. Viel Wein hatten wir nicht mit, doch wir waren so beschwingt, daß er völlig ausreichte.

XXVII

– ❋ –

Es war ein prächtiger Rehbock – schlank, graziös und noch jung. Im Morgenlicht war er fast unbemerkt aus dem Wäldchen aufgetaucht und hatte, zierlich durch das kniehohe, taunasse Wicsengras laufend, auf beinahe magische Art in dem tiefliegenden Nebel Gestalt angenommen. Da sich kein Lüftchen regte, dampfte sein Atem sichtbar, so daß es aussah, als erzeuge er den Nebel selbst. Durch den Schirm junger Blätter, der mich vor ihm verbarg, sah ich Wassertropfen kostbaren Steinen gleich von seinem Geweih hängen. Vorsichtig, plötzliche Geräusche oder Bewegungen vermeidend, zog ich die Bogensehne ans Ohr zurück, wobei ich die Spannung der geflochtenen Sehne an meinen schwieligen Fingerspitzen und den langen, tödlichen Pfeilschaft mit der Eisenspitze an meinem Daumen spürte. Ganz still stand der Bock mit erhobenem Kopf und nach vorn geneigten Ohren da, ein perfektes Ziel.

»Nein, Publius! Nein!«

Der Ruf erschreckte nicht nur den Bock, sondern auch mich. Ich zuckte zusammen, riß den Bogen hoch und spannte die Muskeln an, um den Pfeil nicht instinktiv abzuschießen. Dann lockerte ich langsam und zähneknirschend die Bogenspannung und blickte zu Lucia hinüber, die mich mit den Fingerspitzen einer Hand vor den Lippen mit weitaufgerissenen, ängstlichen Augen beobachtete. Mit der anderen Hand hielt sie eine Decke zusammen, die sie in der Morgenkühle um sich gewickelt hatte. Ich machte keine Anstalten, zu ihr zu gehen, und auch sie stand einfach nur da und wartete darauf, daß sich erstmals mein Ärger über ihr entlud.

»Warum hast du das getan?« fragte ich sie ruhig.

Sie blinzelte mich mit ihren großen Augen an. »Ich ... er war so schön. Ich wollte nicht, daß du ihn tötest.«

»So etwas ahnte ich schon, Lucia. Aber warum mußtest du mich so erschrecken, daß mir das heutige Abendessen durch die Lappen gegangen ist?«

»Wie? Ich habe dich erschreckt? Aber wie ...?« In ihren Augen lag jetzt ein leises Lächeln. »Ich habe dich also erschreckt?«

Ich nickte ernst und bedächtig und nahm dabei ihre herrliche Schönheit in mich auf. Sie war sich offenbar nicht bewußt, daß sich ihr nackter Körper unter der Decke deutlich abzeichnete.

»Fast zu Tode!« erwiderte ich. »Was hättest du getan, wenn ich tot umgefallen wäre? Wie hättest du dich dann gefühlt? Hätte dich der Bock dann trösten können?«

Sie legte sich jetzt die ganze Hand auf den Mund, um das Lachen zu verbergen, das ich jedoch in ihren Augen tanzen sah. »Du bist mir nicht böse?«

»Weib, ich habe dich gefragt, wie du dich gefühlt hättest, wenn ich vor Schreck tot umgefallen wäre. Antworte mir!«

Doch anstatt zu sprechen, überlief sie ein Schauer, und sie kicherte und machte kehrt, um zu dem zwischen den jungen Bäumen hinter ihr verborgenen Lederzelt zurückzueilen. Ich rannte hinter ihr her und holte sie am Zelteingang ein. Drinnen legte ich sie dann auf den noch warmen Fellhaufen.

Als wir Stunden später im goldenen Licht des Frühlingsmorgens dahinritten, sprach sie noch immer von dem Rehbock, dessen Leben sie gerettet hatte, und strich heraus, daß ich, wenn ich ihn getötet hätte, nun die Zeit damit verbringen müßte, ihn zu reinigen, zu häuten und zu zerlegen, und wir so den prächtigen Morgen versäumt hätten. Außerdem, sagte sie, war der Bock noch so jung gewesen, zu jung, um schon das Leben und das Wunder der Paarung zu kennen. Ob ich denn dem Leben gegenüber so gleichgültig und abgestumpft sei, daß ich jemand anderem dessen Vergnügen vorenthalten wolle, auch wenn es nur ein Wild sei?

Die Frühlingssonne schien warm und kräftig auf uns herab, Lucias Augen funkelten vor Gesundheit und Humor, und die weiche Lederkniehose, die sie zum Reiten trug, spannte sich um ihre langen, geraden Oberschenkel. Mir wurde es beim Anblick ihres Körpers ganz rauh in der Kehle; dennoch war ich im Augenblick damit zufrieden, neben ihr zu reiten, ihr Geplapper zu genießen und mich an ihrer Kristallschönheit zu ergötzen. Sie war meine Frau! Das mußte ich mir auch nach fast einem Monat Eheleben immer wieder ins Gedächtnis rufen. Sie war mein! Solange wir lebten, konnte ich sie haben und mich an ihr erfreuen.

»Du hörst mir nicht zu, Publius!«

Der Singsang ihrer Bemerkung schreckte mich auf und holte mich in die Wirklichkeit zurück.

»Ich habe vor mich hingeträumt. Verzeih mir! Was hast du gesagt?«

»Ich habe gesagt, mein lieber Mann, daß ich Mitgefühl und Mitleid mit den armen Tieren habe.«

»Mit welchen Tieren? Mit Wild? Warum?«

»Nicht bloß mit Wild – mit allen Tieren.« Sie lächelte

mich an, und der Schalk funkelte in ihren Augen. »Weil sie so an die Jahreszeit gebunden sind und keine Hände haben.«

»Ich kann dir nicht folgen.«

»Ich weiß, weil du mir nicht zugehört hast. Du könntest mir aber gewiß folgen, wenn ich hier in dem langen, üppigen Gras vom Pferd steigen und mich ausziehen würde, nicht wahr?«

»Wie?« Ich spürte erwartungsvolle Anspannung und blickte mich unbewußt um. »Du meinst hier? Auf diesem offenen Berghang?«

»Offen?« Sie lachte glockenhell. »Wir sind Meilen von allem entfernt, mein lieber Mann, und ich will dich. Ich möchte deine Hände, deinen Körper und das kühle, feuchte Gras auf meiner Haut spüren.«

Unsere Pferde waren irgendwie zum Stehen gekommen, und die Luft zwischen uns schien schwer zu werden, zu zittern und mich zu ihr hinzuziehen.

»Du bist eine schamlose Dirne«, murmelte ich heiser.

»Ganz richtig, mit dir!«

Sie lachte wieder und schien vom Pferd geradezu in das hohe Gras zu fliegen. Ich selbst fiel fast vom Roß, so eilig hatte ich es, ihr zu folgen.

Unsere Pferde grasten über eine Stunde friedlich in unserer Nähe, während wir in der warmen Sonne schäkerten. Dann setzte sich Lucia plötzlich auf und griff nach ihren Sachen.

»Ich bin verloren, lieber Mann!« meinte sie. »Wie weit ist es noch bis ins Tal?«

Ich blieb, wie ich war, auf dem Rücken liegend und alle viere von mir gestreckt, und deutete mit dem Daumen auf die Bergspitze über uns.

»Es liegt direkt hinter dem Berg dort«, erklärte ich ihr.

»Nach einem halbstündigen Ritt können wir ins Tal blicken.«

Sie beugte sich zu mir herüber, um mich auf die Brust zu küssen, und griff dann nach meiner schlaffen Männlichkeit, um sie freundlich, aber bestimmt hochzuziehen, als könne sie mich daran wie an einem Griff hochheben.

»Nun denn! Dann erhebe dich mal von deinem faulen Hintern, damit wir es uns anschauen können!«

Ich wollte schon aufstehen, legte mich dann aber nochmals zurück und starrte zum Himmel.

»Schau doch mal da oben, direkt über uns!«

Da sie von dort, wo sie saß, nichts sehen konnte, zog ich sie noch einmal zu mir herunter, und Seite an Seite sahen wir eine Zeitlang zwei winzige Kreuze mindestens eine Meile über uns am Himmel schweben.

»Was ist das, Publius? Sind das Drachen?« Ihrer Stimme war anzuhören, daß sie lächelte.

»Nein«, antwortete ich, »das sind Adler. Zwei sich paarende Adler.«

»Sich paarende Adler? Du meinst, daß sie sich in diesem Augenblick paaren?«

»Wohl kaum, meine Liebe. Ich meinte, es sind ein Männchen und ein Weibchen.«

»Woher weißt du das? Und woher weißt du überhaupt, daß es Adler sind? Es könnten auch Habichte sein.«

»Nein, nicht so hoch oben. Und beachte doch die Spannweite ihrer Flügel, selbst von hier unten aus gesehen.« Ich griff nach ihrer neben mir liegenden Hand. »Das sind Adler. Wahrscheinlich beobachten sie, wie wir sie beobachten.«

»Du meinst, sie können uns von so hoch oben sehen?«

»Wahrscheinlich besser als wir sie. Adler haben die schärfsten Augen der Welt.«

Sie drückte meine Hand. »Glaubst du, daß sie sich lieben?«

»Wahrscheinlich. Adlerliebe. Sie paaren sich fürs Leben.«

Sie stützte sich auf den Ellbogen und blickte auf mich herab. »Wirklich? Das wußte ich nicht.«

Ich blinzelte sie an. »Ach komm! Ich dachte, du wüßtest alles.«

»Nein!« Sie legte ihren Kopf auf meine Brust. »Nicht alles. Nur was ich wissen muß und will ... Wo haben sie wohl ihr Nest?«

»Ich weiß es nicht, aber es muß irgendwo hier in der Nähe sein. Es ist jetzt Brutzeit. Sie haben bestimmt Junge. Auf jeden Fall ist das Nest irgendwo hoch oben. Wahrscheinlich auf einem Berggipfel oder einem Felsenkliff. Sie haben ihr Nest jedes Jahr an derselben Stelle.«

»Denselben Partner und dieselbe Neststelle ein Leben lang? Sie haben fast etwas Menschliches.«

Ich hatte den Blick immer noch nicht von den beiden einsam über uns kreisenden Vögeln genommen. »Mach sie nicht schlecht, Lucia. Nur wenige Menschen, sehr wenige, können es, was Würde und Ehrhaftigkeit, man könnte fast sagen Reinheit angeht, mit Adlern aufnehmen. Sehr, sehr wenige.«

»Was meinst du damit, Publius?« fragte sie ganz leise.

»Ich meine, daß nur Adler Adler sein können, meine Liebe, und Adler nur Adler sein können. Sie sind einzigartig. Niemals erniedrigen oder blamieren sie sich. Sie sind ganz rein, weil sie niemals freiwillig unvollkommen sind.«

Sie küßte mich. »Ganz so wie du, meinst du?«

Ich erwiderte ihren Kuß. »Nein, Lucia, überhaupt nicht. Ich bin viel zu sehr Mensch.«

»Nun, mein Mann, wenn du schon zu sehr Mensch bist,

dann kann kein Mensch jemals hoffen, einem Adler ähnlich zu sein.«

Ich setzte mich auf und griff ebenfalls nach meinen Sachen. »Das stimmt nicht, meine Liebe. Hast du dir deinen Bruder schon einmal genau angesehen?«

Blinzelnd und still lag sie da.

Die großen Vögel kreisten noch über uns, als wir oben auf dem Berg ankamen und ins Tal der Drachen schauten. Ich zeigte ihr, wo wir die Himmelssteine ausgegraben hatten, und machte sie auf das Kreissegment auf der einen Seite des Sees aufmerksam.

Als ich sie den Bergkamm entlang zum See führte, meinte sie: »Merkwürdig, sich vorzustellen, daß die schweren Steine dort unten im Tal vom Berg abgebröckelt sind.« Mit Blick auf den großen Felsen gegenüber fügte sie hinzu: »Ob die Adler dort ihr Nest haben?«

»Gut möglich. Der Felsen ist steil genug und unzugänglich.«

Schweigend ritten wir dann auf den See zu, und als wir direkt über ihm waren, zügelten wir die Pferde und blickten in die Tiefe. Er war viel größer als Bergseen sonst. Aus dieser Nähe war das Kreissegment, das wir aus der Ferne gesehen hatten, nicht mehr wahrzunehmen. Der klare Himmel und die Sonne über uns ließen den See viel freundlicher erscheinen als viele, die ich schon gesehen hatte, und ich freute mich, daß sie ihn von seiner besten Seite sah.

»Nun, was meinst du? Habe ich damit, daß ich dich hierhergeschleppt habe und du die Nacht in einem Lederzelt verbringen mußtest, deine Zeit verschwendet?«

»Nein! Der See ist sehr groß, Publius. Viel größer, als ich ihn in Erinnerung hatte. Wie tief ist er?«

»Ich weiß es nicht. Man kann es nicht sagen. Er ist aber

tief. Von der Neigung des Talgrunds ausgehend, würde ich annehmen, daß der See an manchen Stellen hundert Fuß tief ist, doch könnte diese Schätzung auch um die Hälfte oder sogar noch mehr zu niedrig sein.«

»Vielleicht hundertfünfzig Fuß? Und den willst du trockenlegen? Wohin willst du das Wasser leiten? Wohin soll all das fließen?«

»Komm, ich zeige es dir.« Ich führte sie eine halbe Meile zum westlichen Seeufer, von wo aus sie selbst sehen konnte, wie steil das Land ins Nachbartal abfiel. »Siehst du, was hier passiert ist? Durch die Wucht der herabstürzenden Steine wurde jener Wall am Ende des Tals aufgeworfen, so daß der bereits vorhandene natürliche Damm vergrößert und gefestigt wurde. Man sieht, daß auf dieser Seite alles frisch ist.« Sie nickte. »Mit dem See hier ist es so ähnlich wie mit Wein in einem Krug. Wir müssen den Krug nur auf der einen Seite, dort drüben, aufbrechen, indem wir ein Loch hineingraben, so daß der Wein in das darunterliegende Tal fließen kann, dann in das nächste und so weiter, bis er die Ebene erreicht und in Flüsse fließt.«

»Das ist gefährlich, Publius, nicht wahr?«

»Wie bitte?«

»Das Loch in die Krugseite zu graben, wie du es nennst. Das ist gefährlich. Wenn ihr nun zu weit grabt?«

»Nein.« Ich schüttelte abschätzig den Kopf. »Das ist einfache Ingenieurarbeit, Lucia. Es ist kinderleicht.«

Sie sah mich scharf an. »Vielleicht für einen Ingenieur. Du bist aber keiner.«

»So? Na und? Ingenieure bekommt man gegen Bezahlung, meine Liebe.«

»Wo?«

Ich zuckte mit den Schultern. »Irgendwo.«

»Wo?« beharrte sie.

»An vielen Orten.«

»*Wo?*«

»Mein Gott! Ich weiß es nicht. Ich habe ja noch nicht einmal zu suchen angefangen, Lucia.«

»Wo willst du denn damit anfangen?«

Ich zuckte wieder mit den Schultern. Plötzlich fand ich ihre Fragerei lästig. Sie schien es darauf anzulegen, schwierig zu sein. Doch da irrte ich mich, wie ihre nächsten Worte zeigten.

»Das ist sehr wichtig für dich, Publius, und deshalb auch für mich. Ich lasse dich da unten jedenfalls nicht allein herumwühlen und graben, also denk nach! Wo würdest du, wenn du für irgend etwas dringend einen Ingenieur brauchtest, zu suchen anfangen?«

Überrascht sah ich sie an. »Beim Heer!«

»Genau. Beim Heer. Sicher habt ihr, Gaius und du, dort noch genug Freunde und soviel Einfluß, daß ihr euch einen ordentlichen Ingenieur ausleihen könnt? Was ist mit Tonius Cicero? Könnte er nicht etwas arrangieren?«

Ein paar Augenblicke lang war ich in Hochstimmung, doch dann verließ mich der Mut wieder. Da sie mich genau beobachtete, merkte sie es.

»Was für Probleme gibt es?«

»Keine«, antwortete ich, »und viele. Die Idee ist gut, aber nicht durchführbar. Gaius würde niemals zulassen, daß kaiserliche Truppen für eine derart private Sache eingesetzt werden, und ich auch nicht, wenn ich so darüber nachdenke.«

»Warum nicht, wenn es auch zum Nutzen des Heeres ist? Ich habe Tonius beim Hochzeitsfest selbst sagen hören, daß seine Leute immer auf der Suche nach Arbeiten seien, damit die Soldaten auf verschiedenen Gebieten Erfahrungen sammeln können. Mir scheint dies hervorragend geeignet zu sein – eine taktische und praktische Übung zur Beseitigung großer Wassermengen.«

Ich kam nicht nah genug an sie heran, um ihr einen Kuß zu geben, doch sie kam zu mir. »Meine Liebe«, sagte ich zu ihr, »du bist wirklich deines Bruders Schwester!«

»Nein, ich bin Publius Varrus' Frau!«

Ich legte einen Arm um sie, drückte sie an mich und blickte zu den still über uns kreisenden Vögeln hoch.

Die Adler waren noch immer da, als ich einen Monat später zurückgekehrt war, und zwar in Begleitung von ein paar Offizieren, die aus Glevum, Venta Belgarum und den großen Goldminen von Dolocauthi in den Bergen Kambrias zusammengezogen worden waren. Jeder einzelne von ihnen war Wasserfachmann, und Verecundius Secundus, der ranghöchste von ihnen, war sogar direkt für die Wasserführung und Entwässerung der Minen von Dolocauthi verantwortlich, wo zwei große Aquädukte mit offenen Kanälen, einer davon sieben Meilen lang, pro Tag drei Millionen Gallonen Wasser zum Waschen des zerkleinerten goldhaltigen Erzes heranschafften. Secundus oblag es, die großen Wasserräder aus Holz zu warten, die für den Abfluß des Wassers aus dem Tagebau und den teilweise über hundert Fuß tief liegenden Bergwerkstollen sorgten.

Eine Weile saßen wir schweigend da und machten uns ein Bild von dem Gefälle des Lands, der Steilheit der Hänge und dem Winkel des dammähnlichen Walls, auf dem wir saßen.

»Nun, Secundus? Was hältst du davon?«

»Cicero hatte recht.« Er sah mich nicht an, da er noch immer abwog und abschätzte. »Eine interessante Übung. Einerseits recht einfach, andererseits aber doch schwierig genug, um unsere Auszubildenden auf Zack zu halten.« Er sah erst mich und dann Rufus Seculus, seinen Kollegen aus Venta Belgarum, an. »Es gefällt mir. Ich denke, wir sollten es machen. Was meinst du, Rufus?«

Rufus Seculus knurrte: »Ja. Es gibt jedoch, wie du ja auch sagst, Probleme. Es läßt sich nicht von einem Tag zum andern erledigen, sondern muß genau geplant werden. Wenn wir den Berg falsch angehen, werden unter Umständen eine Menge Männer davongeschwemmt, wenn die Brühe herausspritzt. Besonders da wir es mit Anfängern und nicht mit ausgebildeten Pionieren zu tun haben. Was sagst du dazu, Rasmus?«

Erasmus Lecio war der Dritte im Bunde, ein grauhaariger, altgedienter Offizier, der bis dahin nur konzentriert zugehört hatte. Nun spuckte er aus und sagte: »Ich meine, daß wir eine Katastrophe erleben, wenn wir nicht zumindest einige Veteranen heranziehen. Es ist ein gutes Übungsprojekt – in dieser Hinsicht habe ich keine Einwände –, kann aber übler ausgehen als ein Spiel mit einer zähnebleckenden Hure. Ich würde mich hierbei nur ungern ausschließlich auf Pionierneulinge verlassen. Du hast recht, Seculus. Der Damm sieht frisch aus und ist nicht von Römern erbaut worden. Man kann nicht sagen, wie es darunter aussieht oder wie stabil er ist. Eine jede Schaufel voll, die wir da unten herausholen, kann die kritische sein, die den ganzen verdammten See eben noch gestaut hält. Ich möchte nicht dafür verantwortlich sein, wenn einer dieser Grünschnäbel, die nicht bis drei zählen können, einen Fehler macht und die Kloake zur falschen Zeit abfließen läßt. Wir sollten es auf alle Fälle tun, aber stets wissen, was wir tun, und zwar bei jedem einzelnen Schritt.«

Seculus wandte sich wieder an mich: »Wofür, sagtest du, willst du den See entwässert haben?«

Ich grinste. »Im Schlamm auf seinem Grund liegt ein Stein. Den will ich.«

»Ja, so hatte ich es in Erinnerung. Ein Stein. Im Schlamm. Hast du ihn selbst hineingeworfen?«

»Nein! Er ist hineingefallen.«

»Aha! Und nun willst du ihn herausholen. Ist es ein großer Stein?«

»Ich glaube ja.«

»Du glaubst ja!«

Ich sah ihm an, daß er dachte, ich hätte den Verstand verloren. Er würde mich aber nicht beleidigen, indem er es mir offen ins Gesicht sagte.

»Hast du eine Vorstellung, wieviel Schlamm sich da unten im See befindet, Meister Varrus?«

»Eine ganze Menge, möchte ich meinen.«

»Und das bereitet dir kein Unbehagen?« Als ich den Kopf schüttelte, fragte er mit zusammengezogenen Augenbrauen: »Worauf bist du wirklich aus?«

»Ich habe es dir doch gesagt! Auf einen Stein! Einen großen Stein im Schlamm unten im See. Schau, Seculus, ich weiß, daß du es mir nicht glaubst, doch es ist die Wahrheit, und wenn ich dir mehr sage, hältst du mich wirklich für verrückt. Ich glaube tatsächlich, daß der Stein dort unten ist, und er ist für mich sehr wertvoll, nur für mich. Jedenfalls glaube ich das. Vielleicht ist er es aber auch nicht. Doch das weiß ich erst, wenn ich ihn gefunden habe.« Als ich ihre Gesichter sah, lachte ich laut auf. »Ich schwöre, daß ich die Wahrheit sage! Kommt, gehen wir zum Gutshaus zurück. Wir schaffen es sonst nicht mehr vor Einbruch der Dunkelheit. Ich verspreche euch, daß Gaius Britannicus beim Abendessen die ganze Geschichte erzählt. Und selbst wenn ihr sie nicht glaubt und der Stein nicht da ist, so lernen eure angehenden Ingenieure doch, einen See trockenzulegen, und Schaden erleiden nur meine Träume.«

Damit gaben sie sich zufrieden, ebenso wie später mit Britannicus' Erzählung über meine Suche nach den vom Himmel gefallenen Steinen, und sie stellten, wie von ihnen nicht anders zu erwarten, intelligente Fragen, die ich so gut wie möglich zu beantworten versuchte. Danach begannen sie zu planen und organisieren, als wäre es das Natürlichste und Dringendste auf der Welt, die Millionen Gallonen Wasser und Schlamm, die zwischen meinem Himmelsstein und mir lagen, so rasch wie möglich zu entfernen.

Noch vor Ablauf des nächsten Monats kehrten die drei Offiziere mit einem Heer von Ingenieuren und Pionieren zurück, und schon wenige Tage nach ihrer Ankunft hatten sie im Tal ein Lager aufgeschlagen und das Unterfangen in Angriff genommen. Man ging mit größter Vorsicht vor, weil es, wie Erasmus Lecio bei der ersten Besichtigung betont hatte, keine Möglichkeit gab festzustellen, wie dick der Damm war oder wie weit das Wasser in das Geröll des Damms selbst eingedrungen war. Es war von Anfang bis Ende eine gefährliche Arbeit, doch erst Mitte Juli begann Wasser durchzusickern. Von da an war es nur noch eine Frage der Zeit – vorsichtiges Weitergraben und Abwarten, bis sich das Wasser selbst den Weg hinaus bahnen würde.

Eines frühen Sommermorgens wurden die Pioniere von einem Tosen und Grollen geweckt, und eine ganze Woche lang ergoß sich der See den Berg hinunter, entleerte sich wie aus einer zerbrochenen Schüssel.

Es gibt wohl kaum etwas weniger Reizvolles als den frisch freigelegten Grund eines Sees – Schlamm, Gestank und giftige Gase dampften in der brennenden Sonne. Man konnte nichts weiter tun, als ihn sich selbst überlassen und hoffen, daß er schnell trocknete.

Es wurde August, und auch im September schien noch die Sonne. Kräftige Herbstwinde kamen zu Hilfe, und ich wartete in fieberhafter Sorge und Ungeduld. Als auch der Oktober trocken und klar blieb, entschied ich, vom Warten zur Verzweiflung getrieben, daß die Zeit gekommen war.

Bevor die Bresche in den Wall geschlagen worden war, hatte ich genaue Zeichnungen angefertigt und auf zehn Schritt genau berechnet, wo mein Schatz liegen mußte. Den ganzen Sommer über hatte ich, sobald der Schlamm fest genug war, um einen Mann zu tragen, Gräben ausheben lassen, um das Restwasser aus der Mitte abzuleiten, so daß das Seebett im späten Herbst einen Irrgarten von unterschiedlich breiten und tiefen Entwässerungsgräben darstellte.

Außerdem beschäftigte ich eine Gruppe Männer damit, am Seeufer Brennmaterialhaufen zu errichten – Büsche, getrocknetes Gras und Disteln, totes Holz, sogar ganze Bäume. Einen riesigen Scheiterhaufen brannte ich nun über der Stelle ab, wo ich hoffte und glaubte, den Himmelsstein zu finden. Wir unterhielten das Feuer zwei Tage lang und ließen dann die Asche abkühlen. Nachdem wir sie weggekratzt hatten, stießen wir auf gebrannten Lehm. Diesen gingen wir so lange mit Breithacke, Spitzhacke und Spaten an, bis wir wieder auf Feuchtigkeit stießen. Dann wiederholten wir den ganzen Vorgang. Es war eine ermüdende, harte und schmutzige Arbeit, doch eines Tages, gegen Ende des Jahres, schlug ein Arbeiter mit seiner Spitzhacke auf Fels, und an dem Triumphgeschrei erkannte ich, daß wir gefunden hatten, wonach wir suchten. Der Himmelsstein war da! Meine Vermutung war richtig gewesen. Und die Größe des Steins nahm mir den Atem. Gaius, dachte ich, wird dies nie und nimmer glauben!

XXVIII

Was den Zeitpunkt anging, möchte ich fast sagen, daß ich den Himmelsstein am falschen Tag in Triumph heimbrachte. Doch das wäre auch nicht ganz richtig.

Jedenfalls war es für mich ein Triumph, mit dem Himmelsstein nach Hause zu kommen, und auf merkwürdige Weise auch für Gaius. Der Fund rechtfertigte nicht nur mich, sondern auch seinen Glauben an meine Besessenheit. Schon jahrelang hatte er mir gewünscht, einen Himmelsstein zu finden; es bedeutete ihm sehr viel. Nur gelegentlich war er in seinem Edelmut vor den damit verbundenen Schwierigkeiten zurückgeschreckt. Eigentlich hätte der Tag, an dem ich den Stein fand und ins Gutshaus brachte, ein einziger Freudentag sein sollen, doch es kam nicht so, wie wir es uns vorgestellt hatten. Unsere Begeisterung wurde schnell durch andere Ereignisse überschattet. Zwar war es für uns alle ein ganz besonderer Tag, doch hinderten uns unsere menschlichen Schwächen daran zu erkennen, in welche Richtung wir steuerten.

Auf dem Gut, das wir schon gelegentlich als Kolonie bezeichneten, hatten wir ein fruchtbares, ausgezeichnetes Jahr gehabt. Die Ernte war erfreulich gewesen, und wir verfügten über mehr Ackerland als je zuvor. Quintus Varo, unser Nachbar im Norden, hatte seine Felder mit uns zusammen bestellt, ebenso Terra und Firma, die zwei Güter östlich und südlich von uns gekauft hatten. Alles in allem besaßen wir ein Gebiet von neun aneinandergrenzenden Gütern und somit einen soliden, rautenförmigen Streifen Ackerland, der ungefähr zwölf Meilen lang und stellenweise fünf Meilen breit war. Außerdem waren wir zuversichtlich, im kommenden Jahr noch weiteren Besitz hinzuerwerben zu können.

Gaius kannte verschiedene Güter in allen Himmelsrichtungen, deren Eigentümer nicht in Britannien lebten: Einer wohnte auf der kaiserlichen Insel Capri, ein anderer vor den Toren Roms selbst und noch ein anderer in Südgallien. Wir wußten, daß wir diese Anwesen bekommen konnten, und zwar kampflos, wenn sich die Dinge zu rasch entwickelten. Sie wurden ohne Ausnahme von erstklassigen und vertrauenswürdigen Leuten instand gehalten und bewirtschaftet, von Leuten der Art, wie wir sie für unsere Pläne brauchten.

Den ganzen Sommer und Herbst über waren langsam, aber stetig von unserem neu gegründeten Rat ausgewählte Handwerker mit ihren Familien zugewandert.

Als erstes kam eine Familie aus Verulamium. Der Vater und seine beiden erwachsenen Söhne waren Gerber, die Mutter, Tochter und Schwiegertöchter verstanden sich ausgezeichnet auf die Verarbeitung von Leder. Gaius nahm sie mit offenen Armen auf. Kaum einen Monat später traf eine Familie von Böttchern ein, die Tonius Cicero aus Londinium geschickt hatte. Domus, der Stammesvater, war gleichzeitig ein tüchtiger Zimmermann, und sein Sohn Andronicus stand ihm in nichts nach.

Im August folgte dann eine Familie von Brauern aus dem Hopfenland im Osten und im September eine weitere von Zimmerleuten und Wagenbauern sowie ein Mann aus dem Norden, der es ebenso wie seine Frau und seine Töchter zu erstaunlicher Fertigkeit im Korbflechten gebracht hatte. Es war noch keine Woche vergangen, da stellten sie schon wasserdichte Körbe her! Kurz danach traf ein Töpfer ein, der seine Drehscheibe, eine riesige Vorrichtung, mitbrachte, auf der er Amphoren und andere große Vorratskrüge und -gefäße anfertigte.

Gaius hatte inzwischen begonnen, alle uns zur Verfügung stehenden Mittel sowie die Leute unserer Gruppe, die davon am besten Gebrauch machen konnten, aufzulisten, und erst die einsetzende Betriebsamkeit machte ihn auf mein Eintreffen aufmerksam. Als ich mit meinem schwerbeladenen Wagen um die letzte Kurve kam, wartete er mit Lucia am Tor, und ich konnte schon aus hundert Schritten Entfernung seine von einem breiten Lächeln entblößten Zähne sehen. Ein Fremder hätte bestimmt gedacht, daß die Aufregung, die meine Ankunft hervorrief, einem wichtigen Besucher besser angestanden hätte als einem Gesteinsbrocken, doch alle in der Kolonie hatten schon seit Monaten mitangesehen, welche Bedeutung ich dem Stein beimaß, nach dem ich so fieberhaft auf der Suche gewesen war.

Mit den Zügeln in der Hand stand ich auf der Wagengabel und grinste über beide Backen. Und dann hatte ich sie erreicht. Ich hielt an und sprang hinunter, um Lucia zu küssen und Gaius zu umarmen.

»So! Dann hast du ihn also gefunden!« meinte Gaius.

»Ja! Ich habe ihn gefunden. Genau da, wo ich ihn vermutet hatte.« In meiner unbeschreiblichen Begeisterung legte ich ihm den Arm um den Hals und drückte ihn fest an mich. Es war ungewöhnlich, daß ich meine Zuneigung so zeigte, und ich war mir nicht bewußt, daß ich ihn seiner Würde zu berauben drohte. Sanft entzog er sich der für uns uncharakteristischen Umarmung und schielte nach dem mit einer Leinwand zugedeckten Haufen auf dem Wagen.

»Na und? Laß uns dieses Wunder sehen! Laß es uns anschauen!«

Wieder auf dem Wagen, warf ich die Abdeckung beiseite. Er war riesig. Oder vielmehr – sie waren riesig. Es waren nämlich vier. Vier gewaltige Steine, von denen der kleinste so groß wie der Rumpf eines kräftigen Mannes und der größte so groß wie die Hinterhand eines Militärpferds war.

Ich hatte gewußt, welche Wirkung dieser Anblick auf Gaius haben würde. Ich sah, daß er wieder von Zweifeln heimgesucht wurde. Wie hatten diese mächtigen Dinger vom leeren Himmel fallen können? Er biß sich auf die Unterlippe. Alle schwiegen jetzt.

Die Felsbrocken schienen in der Sonne zu schimmern. Sie sahen nicht allzu ungewöhnlich aus – es waren einfach vier große Steine. Doch sie hatten teilweise so polierte, glasige Stellen wie die sieben kleineren Steine.

Gaius räusperte sich, da er sah, daß ich und alle anderen offenbar erwarteten, daß er etwas sagte.

»Sie ... sie sind sehr sauber.«

Ich lachte. »Kein Wunder! Wir haben sie gewaschen.«

»Ihr ... habt sie gewaschen?«

»Ja, natürlich! Sie lagen jahrelang unter Tonnen von Schlamm! Ich mußte sie waschen, um sicher sein zu können. Vom Gewicht her waren es Himmelssteine, doch äußerlich war nichts zu erkennen. Also hielten wir am ersten Fluß an und wuschen sie. Und da sind sie nun!«

Ja, da waren sie!

Gaius schien noch immer starke Zweifel zu hegen. »Dachtest du nicht, du würdest nur einen finden, Varrus?«

Ich schlug mit der Hand auf eine der glatten Oberflächen. »Es ist nur einer, Gaius! Jedenfalls glaube ich das. Ich vermute, daß der Stein beim Aufprall auf der Erde zerbrochen ist. Wenn du dir die einzelnen Steine genau anschaust, siehst du, daß alle glatte Oberflächen und gezackte Ränder haben. Ich könnte mir denken, daß ein Mann, der die Zeit und Kraft hätte, mit ihnen zu jonglieren, die Einzelstücke wie bei einer geknackten Nuß wieder zusammensetzen könnte.«

»Ich verstehe!« Der Ton seiner Stimme ließ anderes vermuten. »Und was machst du jetzt mit ihnen?«

»Ich zerbreche sie in kleinere Stücke, die ich dann schmelze.«

»Dauert das lange?«

»Wer weiß? Ich hoffe nicht. Das hängt stark vom Ofen ab, den wir bauen, ebenso von der Hitze, die wir entwikkeln können, der Härte der Steine selbst und der Qualität des Eisens, das sie enthalten. Es könnte einen Monat dauern. Vielleicht aber auch viel länger. Ich weiß nur, daß ich es tun werde, egal, wie lange es dauert.«

»Varrus«, meinte Gaius zögernd, »Publius … und wenn die Steine nun kein Metall enthalten?«

Ich sprang wieder vom Wagen. »Das tun sie aber, Gaius! Das tun sie aber!« Mir wurde plötzlich bewußt, daß uns alle ringsum zuhörten, und ich drehte mich mit erhobenen Armen zu ihnen um, um das Wort an sie zu richten. Ihr Abwägen, ihre Neugier und Skepsis waren deutlich zu spüren, da es nur wenige so gut wie Gaius verbergen konnten.

»Meine Freunde, das sind die Himmelssteine, von denen ihr mich alle habt reden hören.« Ich ließ den Blick über ihre Gesichter schweifen und mußte über die bemühte Ausdruckslosigkeit in ihnen lächeln. »Da gibt es nicht viel zu sehen, wie? Sie sind aber groß, und solche Steine hatte ich mir erhofft.«

Ich kletterte wieder auf den Wagen und strich mit der Hand über die glatte Rundung des größten Steinstücks.

»Laßt euch von ihrer Schlichtheit nicht täuschen! Sie sind echt, und ich habe sie gefunden, wo ich sie vermutet hatte. Das eigentlich Magische an ihnen wartet darauf, in den kommenden Monaten entdeckt zu werden.« Ich zog meinen Himmelssteindolch und hielt ihn hoch, so daß alle seine glänzende, silbrige Klinge sehen konnten. »In den Steinen ist Metall, Metall wie dieses, und das ist Realität. Ich weiß noch nicht, um welches Metall es sich handelt, doch es ist jedenfalls nicht nur einfaches Eisen. Was es auch ist, ich hole es heraus!«

Ihre Gesichter – sowie vereinzelt freundliches, aber skeptisches Kopfschütteln – zeigten mir, daß sie bereit waren, meine Sonderlichkeit hinzunehmen. Noch bevor ich vom Wagen gesprungen war, hatten sie ihre unterbrochene Arbeit wiederaufgenommen. Ich wandte mich an Equus, der mir seit Wochen nicht mehr von der Seite gewichen war.

»Bring den Wagen zur Schmiede und laß dir dort von ein paar Männern beim Abladen helfen. Und vergiß nicht, sie darauf hinzuweisen, daß die Steine schwerer sind, als sie aussehen. Paß auf, daß sich niemand verletzt!«

Dann wandte ich mich an Lucia: »Liebste, ich bin schmutzig und hungrig wie ein Wolf. Könntest du dich um ein Bad und etwas Essen für mich kümmern, während ich mit Gaius spreche?«

»Mit Freuden, mein Herr und Gebieter«, meinte sie lächelnd. »Willkommen zu Hause! Ich warte auf dich!« Und fort war sie.

Ich sah ihr nach, wandte mich dann zufrieden seufzend wieder Gaius zu und legte ihm den Arm um die Schultern. Langsam setzten wir uns in Bewegung.

»Gaius, habe ich mich bei dir schon einmal für deine Schwester bedankt?«

»Nur zehntausendmal! Ich möchte wetten, nicht öfter!«

»Nun denn!« Lachend warf ich den Kopf zurück. »Gaius, am liebsten würde ich einen Freudentanz aufführen! Diese Steine enthalten Eisen! Ich weiß es! Kannst du dich noch daran erinnern, wie sehr sich mein Großvater bemüht hat, seinen Stein zu schmelzen?« Er nickte. »Dann weißt du sicher auch noch, daß ich dir davon erzählt habe, wie er bei seinem letzten Versuch, als er schon verzweifelt aufgeben wollte, bemerkte, daß sich der Stein an der Oberfläche verändert hatte?«

»Ja, das weiß ich noch. Aber was ...?«

»Was er bemerkt hatte, Gaius, war ein glasiger Effekt, als ob der Stein noch beim Erlöschen des Feuers zu schmelzen begonnen hätte. Und dieser glasige Effekt ist bei den Steinen hier schon vorhanden!«

Verblüfft schüttelte er den Kopf.

»Begreifst du das nicht, Gaius? Als diese Steine als Feuerbälle zur Erde fielen, muß die Hitze so groß gewesen sein, daß der Schmelzprozeß einsetzte.«

Doch damit war Britannicus' Phantasie überfordert. Er suchte Zuflucht darin, es ins Lächerliche zu ziehen.

»So? Willst du damit sagen, daß du keinen Brennofen brauchst? Daß du die Steine nur in die Luft zu werfen brauchst und sie dann von allein schmelzen?«

»Gaius«, sagte ich nüchterner, »ich wünschte, ich könnte dir jetzt auf der Stelle beweisen, daß es so gewesen ist. Doch das kann ich nicht. Ich kann dir meine Gefühle nicht einmal erklären – woher ich weiß, daß ich recht habe. Es ist einfach etwas in mir. Du glaubst, daß ich ein Narr bin, und ich kenne dich gut genug, um zu wissen, daß du schon sehr leiden müßtest, um das Risiko einzugehen, mich zu verletzen, indem du es aussprichst. Doch ich weiß auch, daß du von allen Männern, die ich kenne, derjenige bist, der am meisten glauben möchte, daß ich recht habe, und mich verstehen will.

Du hast den Dolch gesehen, die Geschichte gehört und bist der Meinung, daß nur wahr ist, was du mit eigenen Augen siehst. Alles in dir will glauben, daß ich recht habe und Eisen aus diesen Steinen schmelzen werde. Ist es nicht so?« Er nickte. »Der einzig wunde Punkt ist, daß dein so überaus römischer Verstand nicht zuläßt, daß überhaupt irgendwelche Steine irgendwelcher Größe als Feuerbälle vom Himmel fallen. Es sei denn, sie sind vorher angezündet und von Katapulten hochgeschossen worden.«

Wir waren vor dem Badehaus angekommen, und ich wurde schon von einem Diener erwartet. Ich sagte ihm, ich würde gleich kommen, und wandte mich noch einmal an Gaius.

»Nun, Kommandant, ich bin zwar kein Augenzeuge des Geschehens gewesen, kann dir aber eins versprechen: Du erlaubst mir, mich in aller Ruhe meiner Narretei zu widmen, und eines Tages lege ich dir Metall aus diesen himmlischen Steinen vor. Inzwischen wäre ich dir sehr verbunden, wenn du es auf dich nehmen würdest, alle anderen davon zu überzeugen, daß ich nicht gänzlich verrückt bin.«

Blinzelnd sah er mich an, und einen unbegreiflichen Augenblick lang glaubte ich, so etwas wie Tränen in seinen Augen zu sehen. Dann schluckte er schwer, schlug mich auf den Arm und meinte: »Einverstanden!« Dann ließ er mich gehen.

Als ich gebadet und gegessen hatte, war Gaius schon wieder in seine Listen vertieft, so daß ich ihn erst beim Abendessen sah. Doch kaum hatten wir zu speisen begonnen, da wurden wir durch das Eintreffen unseres alten Freundes, des Bischofs Alarich, in Begleitung von zwei Priestern unterbrochen. Gaius bestand darauf, daß sie sofort, staubig und müde von der Reise, wie sie waren, zu Tisch kamen, und nach der Begrüßung stürzten sie sich mit der zielstrebigen Gefräßigkeit von Menschen, die tagelang nichts gegessen hatten, auf ihr Mahl. Es fiel allen auf, doch niemand sagte etwas; lediglich Blicke wurden gewechselt.

Schließlich legte Alarich das Messer hin und wusch sich das Fett von den Händen.

»Gaius, ich danke dir, auch im Namen meiner Brüder hier, für das Mahl. Wir hatten seit vorgestern gefastet.«

»Warum denn, um Himmels willen?« fragte ich erstaunt.

»Wir hatten keine Zeit, Publius, und ich wußte ja, daß wir vor unserer Weltreise hier essen können.«

Stirnrunzelnd fragte Gaius: »Wohin wollt ihr denn? Du bist so aufgeregt, mein Freund! Was geht da draußen in der Welt vor?«

»Du hast nichts gehört? Nein, offenbar nicht. Lauter schlechte Nachrichten, Gaius! Invasionen im Norden, über den Wall. Es handelt sich um nichts Organisiertes, jedoch ziehen große Überfallkommandos bis weit in den Süden. Sie zerstören ganze Städte und plündern ausgiebig; dabei halten sie Distanz zueinander und bewegen sich sehr schnell, so daß die nördlichen Legionen zu ihrer Bekämpfung geteilt werden mußten.«

»Hat man ihnen denn aus dem Süden keine Hilfe geschickt?«

»Nein. Die Garnison in Arboricum hat gemeutert aus Unzufriedenheit, wie es heißt, über den sich erneut abzeichnenden Zusammenbruch der Disziplin. Der Zeitpunkt hätte nicht ungünstiger sein können. Die Garnison ist in der Stadt untergebracht, und das für sie zuständige Heer hatte die Wahl, nach Norden zu marschieren, um die Pikten aufzuhalten, oder zu bleiben, um die Meuterei niederzuschlagen. Es herrscht das blanke Chaos! Natürlich mußten sie bleiben. Deshalb ist es im Norden zu starken, mehr oder weniger ungehinderten Verwüstungen durch die Plünderer gekommen.«

Er schwieg, doch ich sah ihm an, daß er noch nicht fertig war.

»Das ist noch nicht alles, Alarich, nicht wahr?«

Sein Blick wanderte jetzt von Gaius zu mir. »Nein, das ist noch nicht alles. Eine Flotte sächsischer Langboote ist im Südosten, an der Sächsischen Küste, gelandet und hat alles dort verwüstet. Irgendwie gelang es ihnen, das Heer, das gegen sie geschickt wurde, in einen Hinterhalt zu locken. Sie haben alle niedergemetzelt!«

»Wie viele?«

»Eine ganze Kohorte der Siebzehnten.«

Die Haare auf den Armen standen mir zu Berge. »Großer Gott!« flüsterte ich. »Fünfhundert Mann?«

»Tausend! Es war die Erste, eine Doppelkohorte.«

Ich sprang auf. »Das ist unmöglich! Eine Bande undisziplinierter Sachsen? Niemals!« Meine Reaktion ließ sich nur mit dem Schock erklären, denn ich wußte, daß Alarich kein Lügner war.

Er blickte mir direkt ins Gesicht. »Es ist nicht unmöglich, Publius. Vielleicht unwahrscheinlich, doch es ist geschehen.«

»Aber wie, im Namen all dessen, was in Rom gut ist?«

»Keine Ahnung. Man weiß nur, daß es auf dem Marsch war. Die Sachsen zündeten das Gras an. Es war ein trockener Sommer gewesen, und an jenem Tag blies ein kräftiger Wind. Aus den Leichenfunden konnte man schließen, daß die Flammen sie in einen Hohlweg getrieben hatten. Dort saßen sie in der Falle und wurden wie Vieh abgeschlachtet.«

»Es erscheint mir trotzdem unmöglich!« Gaius war anzuhören, daß er ebenso erschüttert war wie ich. »Sie müssen doch Späher ausgeschickt haben! Ein leichtes Reiterheer! Ein römisches Heer, eine Kohorte oder Legion, marschiert doch nicht ins Ungewisse!«

Dazu wußte Alarich nichts zu sagen.

»Wohin, Alarich, führt dich dein Weg denn jetzt?« fragte ich ihn.

»In den Süden! Zur Küste. Man braucht uns da. Dort, wo noch nie Plünderungskommandos aufgetaucht sind, scheint eine weitere Flotte gelandet zu sein. Niemand war darauf gefaßt, und es herrscht großes Leid.«

Gaius warf ein: »Eine Flotte? Südlich von hier? Aber wie? Wie konnten sie unbehelligt von unserer Marine an der Sächsischen Küste vorbeifahren? Was geht im Land vor?«

»Sie scheinen übers Meer gekommen zu sein, Gaius. Aus Gallien.«

»Nein!« Gaius schüttelte fassungslos den Kopf. »Wie ist das möglich? Ich könnte es noch verstehen, wenn sie über den Kanal gekommen wären! Aber eine ganze Flotte über die breiteste Stelle? Am Winteranfang? Wer wagt so etwas um diese Jahreszeit? Die Gallier haben weder den Mut noch die Schiffe dazu.«

»Es sollen fränkische Piraten gewesen sein.«

»Franken? Mein Gott! Diese unbedeutenden Banditen wagen heutzutage viel!«

Alarich beeilte sich, ihm zu widersprechen: »Sie sind nicht mehr unbedeutend, Gaius. Die Franken wagen heutzutage überhaupt mehr, als du weißt. Sie haben Kriegerkönige hervorgebracht. Vom gallischen Festland verlautet, daß sie hochorganisiert sind und rasch zu einer Macht werden, mit der man rechnen muß. Die Legionen dort haben große Probleme.«

Ich blickte über den Tisch zu Gaius und meiner Frau hinüber, die ehrfürchtig, offenbar von der Schreckenschronik Alarichs gefesselt, dasaßen. Lange Zeit lag so tiefes Schweigen über uns, daß wir fast daran erstickten. Ich war derjenige, der es schließlich brach.

»Nun, Gaius«, sagte ich und fand selbst, daß meine Stimme zu tief, hart und streng klang, »vielleicht ist das ja der Beginn dessen, wovor du uns schon seit Jahren warnst.«

Er sah mich an, als verstünde er mich nicht.

»Wie bitte?«

»Es sieht ganz so aus, als habe das von dir vorhergesagte Ende begonnen. Die Franken müssen offensichtlich hungrig sein. Und das bedeutet, daß sie humorlos sind und man nicht vernünftig mit ihnen reden kann, denn jemand, der Hunger hat, lacht nur selten. Wenn sie wirklich, wie Alarich behauptet, eine zusammenhängende Streitmacht bilden und so verdammt tollkühn sind, sich zu dieser Jahreszeit auf das Meer zwischen Gallien und uns zu wagen, dann können sie das Gleichgewicht des Kaiserreichs völlig durcheinanderbringen. Dann sind sie vielleicht der Tropfen, der das Faß zum Überlaufen bringt und die ganze Welt in den Ruin stürzt.«

Gaius sah mich nachdenklich an und wandte sich wieder an Alarich.

»Erzähl mir, was du sonst noch von diesen Franken weißt, mein Freund. Warum sind sie plötzlich so lästig geworden?«

Der Bischof schüttelte den Kopf. »Ich habe wirklich keine Ahnung, Gaius.«

»Du sprachst von Kriegerkönigen. Wer sind sie?«

»Ich weiß nicht, wie sie heißen, sondern nur, daß es sie gibt, hervorgegangen aus den Problemen ihres Volks. Auch die Westgoten haben jetzt Führer. Und zwar welche mit großem Talent zum Krieg.«

»Heidnische Bastarde!« warf ich ein.

»Nein, Publius!« meinte Alarich kopfschüttelnd. »Keine Heiden. Viele von ihnen sind Christen, die durch die Ungerechtigkeiten ihrem Volk gegenüber zum Krieg gezwungen worden sind. Das weiß ich mit Sicherheit. Es gibt jetzt Bischöfe und Priester unter ihnen, die das Wort Gottes mit großem Erfolg predigen, außer wenn es um Krieg geht. Diese Menschen halten nicht länger still wie Vieh, um sich nach Lust und Laune Roms ausbeuten zu lassen. Da kämpfen sie lieber. Sie sind der Meinung, daß es um das Überleben ihres Volkes geht.«

»Ja, und alle sind von Rom ausgebildet!« sagte ich.

»Das ist wahrscheinlich das am wenigsten Lästige an ihnen!« meinte Alarich mit ernster Stimme. »Die Franken haben Gefallen an Pferden gefunden. Durch diese sind sie sehr beweglich, so daß sie große Entfernungen viel schneller als die Legionen zurücklegen können. Das macht es schwierig, mit ihnen fertig zu werden.«

»Die Franken jetzt auch?« fragte Gaius voller Abscheu. »Rom hatte schon genug Probleme mit den Ostgoten in Asien, als diese aufs Pferd umstiegen. Wann war das noch mal? Vor fünf Jahren? Da haben sie ein ganzes Konsularheer ausgelöscht. Sechs Legionen völlig zerstört! Vierzigtausend Mann! Ich kann es immer noch nicht fassen.«

»Ein kaiserliches Heer, Gaius«, unterbrach ich ihn leise. »Valens selbst war dabei, erinnerst du dich?«

»Valens! Er war kein Kaiser! Er war ein Lackaffe, der vorgab, im Westen zu herrschen, während Valentinian in Konstantinopel saß und es zuließ, weil es ihm zweckdienlich erschien. Zwei Kaiser gleichzeitig! Pfui! Und nun haben wir drei! Gratius und sein Lustknabe Valentinian –

Mitkaiser, bitte sehr! – und Theodosius. Es widert mich an!«

Gaius wurde allmählich wirklich wütend, weshalb er sich hatte ablenken lassen.

»Doch wir sprachen von Pferden. An jenem Tag zerstörte das ostgotische Reiterheer, dieser schlecht ausgerüstete Haufen, den Mythos von Roms Unbesiegbarkeit.« Gaius wandte sich wieder Alarich zu. »Wo haben denn diese Franken so viele Pferde aufgetrieben?«

»Sie züchten sie. Schon seit Jahren. Einige von ihnen, eigentlich sogar die meisten, stammen aus Asien. Die Franken haben ganze Herden davon gekauft oder gestohlen. Sie haben die Pferdezucht zur Kunst entwickelt.«

»Merkwürdig, daß wir nie etwas davon gehört haben.«

»Unsinn, Gaius Britannicus! Das spielt sich schon seit Jahren direkt vor unseren Augen ab. Du hast den Franken nur keine Beachtung geschenkt, solange sie friedlich waren. Rom hatte keinen starken und dringenden Bedarf an Pferden, wenigstens nicht an den kleinen, grobschlächtigen Pferden der Franken.«

Gaius stieß rasselnd die in ihm angestaute Luft aus. »Du hast recht, mein Freund. Du hast vollkommen recht. Rom scheint nichts zu lernen. Wenn die Franken Pferde haben, sind sie eine Bedrohung. Und zwar eine große! Wenn zusammengerottete Reiter seinerzeit an einem einzigen schlimmen Tag sechs Legionen zerschmettert, die Kohorten einfach ausgelöscht haben, dann werden sie es wieder tun, merkt euch meine Worte! Welche Maßnahmen hat der Kaiser denn ergriffen? Bildet Rom jetzt Reiter aus?«

»Welcher Kaiser, Gaius?« lächelte Alarich freundlich. »Als du dich vorhin über die drei Kaiser ausließt, wollte ich dich nicht unterbrechen. Doch nun muß ich dir mitteilen, daß du nicht auf dem laufenden bist. Es gibt jetzt vier.«

Ich bekam Herzklopfen, und Gaius saß wie vor den Kopf gestoßen da. »Wie meinst du das?« fragte ich schließlich.

»Die Legionen hier in Britannien haben Magnus Maximus durch Akklamation zu ihrem Kaiser gewählt. Er stellt in diesem Augenblick ein Heer zusammen, das er nach Gallien führen will, um dort das Land zu befrieden und seinen Anspruch zu festigen.«

»Mein Gott! Vor dem finsteren Ehrgeiz dieses Mannes fürchte ich mich schon lange! Varrus, habe ich ihn dir gegenüber nicht erwähnt?« Mit düsterem Gesicht wandte sich Gaius wieder an Alarich: »Was ist mit Antonius Cicero? Wo ist er?«

»Tonius ist tot«, antwortete Alarich voller Kummer. »Er hat Theodosius die Treue gehalten, und nun ist er tot, Gaius. Als ihm die Neuigkeit überbracht wurde, zog er gegen Magnus Maximus. Seine Soldaten ließen ihn jedoch im Stich und liefen zu diesem über. Cicero ist hingerichtet worden.«

Mir wurde ganz übel bei dieser Nachricht. Der edle Tonius! Er hatte so gehandelt, wie er es bei unserer Hochzeitsfeier angekündigt hatte, und war für seinen Edelmut gestorben.

»Wann war das?«

»Erst vor kurzem. Ich habe es auch erst vor ein paar Tagen erfahren.«

»Alarich«, sagte ich müde, »wie kommt es, daß du so viel so schnell hörst?«

»Die Kirche hat viele Augen und Ohren, Publius, und stellt für niemanden eine Bedrohung dar. Dies habe ich von unserem Pater Cato hier gehört, der es wiederum von einem Priester hatte, der Cicero sterben sah.«

»Den Legaten Cicero!« korrigierte ich ihn.

»Den Legaten Cicero! Möge seine Seele in Frieden ruhen!«

Völlig niedergeschlagen dachte ich an jenen Abend zurück, an dem Tonius geschworen hatte, daß er sich einem selbsternannten Kaiser aus Britannien widersetzen würde. Armer Cicero! Er hatte es prophezeit! Ich überlegte, wie viele sonst noch an jenem Abend.

Plötzlich fiel mir etwas ein: »Was ist mit Seneca? Wo ist er?«

»Ich weiß es nicht, Publius. Jedenfalls ist er nicht mehr in Camulodunum. Er ist kurz vor Magnus' Aufstand verschwunden.«

Etwas in Alarichs Ton alarmierte mich. »Verschwunden? Schon vorher? Wie meinst du das?«

»So wie ich es gesagt habe. Er ist verschwunden.«

»Doch du sagtest ›vor‹, nicht wahr? Vor dem Aufstand? Und es klang irgendwie merkwürdig. Ich glaube, daß du dir in dieser Sache deine eigenen Gedanken gemacht hast.«

Alarich seufzte. »Publius, ich bringe nur Tatsachen vor. Ich gebe keine Gerüchte weiter, und in dieser Angelegenheit habe ich nichts anderes gehört. Dieser Mann Claudius Seneca interessiert mich nicht. Er ist nicht die Art Mann, auf die ich meine wertvolle Zeit verschwenden möchte.«

»Was sind das für Gerüchte, Alarich? Bitte, es ist wichtig!«

»Du solltest nicht mehr an Seneca denken, Publius. Er ist ein böser Mann. Es kommt nichts Gutes dabei heraus, wenn du über ihn oder sein Handeln nachdenkst.«

»Das weiß ich, Alarich. Aber er schuldet mir noch ein Menschenleben.«

»Er schuldet dir überhaupt nichts.« Es klang etwas entmutigt. »Es heißt, daß er Magnus Maximus bei seinem Streben nach dem kaiserlichen Thron finanziert hat.«

Wütend schlug ich mit der Faust auf den Tisch. »Verdammt sei der Mann in die finsterste Tiefe des Hades! Nun hat er zwei meiner Freunde umgebracht! Phoebe und Tonius.«

»Publius! Das darfst du nicht sagen. Ich habe doch betont, daß es nur ein Gerücht ist.«

»Ja, Alarich, das hast du. Doch ich sage dir, daß es nie zuvor ein fundierteres Gerücht gab. Es paßt genau zu diesem Mann. Es stinkt nach seinen Ränken und seinem Irrsinn. Wenn es Magnus Maximus gelingt, seinen Anspruch durchzusetzen, dann stürzt er Theodosius, und davon profitiert niemand mehr als Seneca. Die Schlange hat das perfekte Versteck gefunden! Mit seinem Aufstand wird Magnus den Kaiser von Seneca und dessen diebischer, durchtriebener Niederträchtigkeit ablenken. Wenn er siegt, siegt auch Seneca. Und wenn Magnus unterliegt, siegt Seneca dennoch. Du kannst davon ausgehen, daß es keine lebende Seele mehr geben wird, die berichten kann, wie Seneca Magnus bei der Finanzierung des Heers geholfen hat. Und Theodosius kann seinen Prokurator ja wohl kaum dafür tadeln, daß er seinen Aufgaben in einer Provinz, die ein Emporkömmling an sich gerissen hat, nicht nachkommen kann. Vergiß nicht, was ich dir jetzt sage: Wenn sich der Staub, den diese Revolte aufwirbelt, gelegt hat, geht Claudius Seneca auf jeden Fall ungeschoren und reicher denn je daraus hervor.«

Ich merkte plötzlich, daß ich herumschimpfte. Lucia sah mich mit großen Augen an. Gaius hatte die Stirn in die Hände gelegt; auch Alarich bemerkte dies.

»Es tut mir leid, daß ich so viele schlechte Nachrichten überbringen muß, Gaius. Mir war nicht der Gedanke gekommen, daß du all dies nicht wissen könntest. Ich neige dazu anzunehmen, daß alle anderen die gleichen Quellen haben wie ich.«

Gaius blieb ruhig. »Mach dir keine Gedanken, Alarich. Dies hier ist ein rückständiges Nest, wo Nachrichten nicht hingelangen.«

Das war zuviel für mich. »Verdammt, Gaius!« brach es aus mir heraus. »Ist das alles, was du dazu zu sagen hast? Wir sprechen hier von Claudius *Seneca*, nicht von irgendeinem exaltierten Trottel, von dem noch niemand etwas gehört hat! Ich hätte geglaubt, du hast mehr Grund, dich darüber aufzuregen, als ich!«

»Du glaubst also, daß meine Tage gezählt sind?« fuhr mich Gaius in einem Ton an, der mich sofort zum Schweigen brachte. Er holte tief Luft. Als er weitersprach, klang es wieder so leidenschaftslos und ruhig wie sonst.

»Publius, ich weiß besser als irgend jemand sonst, wie hassenswert die Senecae sind – die ganze Familie. Ich kann es mir aber einfach nicht leisten, jedesmal, wenn sich einer von ihnen wie ein Tier benimmt, aus dem Häuschen zu geraten. Gerade jetzt steht Wichtigeres in unserem Leben auf dem Spiel. Weder du noch ich haben die Zeit, uns mit dem persönlichen Verrat eines Seneca zu befassen. Überlassen wir sie doch der Zeit – der Geschichte und Gott. Wir haben unsere eigenen Prioritäten. Was wir hier in dieser Kolonie tun, ist viel wichtiger als alles, was irgendein Seneca da draußen, wo die Welt zerbricht, tun könnte. Wenn wir hier Erfolg haben, werden wir überleben ... und das ist Rache genug an einer Familie, die direkt auf dem Weg in den Untergang ist.

Sprich nicht von alten Rechnungen, Publius. Darüber brauchst du dich nicht aufzuregen. Es wird nicht lange dauern, dann werden sie von der Zeit selbst beglichen.«

Darauf gab es nichts zu sagen, und eine Weile herrschte Schweigen am Tisch. Lucia entschuldigte sich und verließ den Raum. Schließlich ergriff ich wieder das Wort.

»Du hast natürlich recht, Gaius. Es tut mir leid. Ich scheine mit zunehmendem Alter emotionaler zu werden. Die Zeit selbst wird Seneca und allen seinesgleichen Gerechtigkeit widerfahren lassen. Doch um das Thema zu wechseln: Es fällt mir schwer zu glauben, daß Magnus, wenn die Dinge so schlecht stehen, Britannien verlassen und nach Gallien übersetzen will.«

»Warum nicht?« Es klang so bitter, daß es Gaius bestimmt wie Erbrochenes im Hals brannte. »Wir sprechen hier von Ehrgeiz, mein Freund, und nicht von Pflicht! Roms neuer Kaiser muß sich an jenen Gestaden selbst einen Namen machen! Hier in Britannien selbst ist er bekannt. Nun muß er anderswo die Aufmerksamkeit des Reichs auf seine göttliche Person lenken.«

»Aber wie konnten seine Offiziere das nur zulassen?«

»Sei nicht naiv, Varrus! Jeder sieht sich schon als Kommandanten der neuen Prätorianer, der persönlichen Garde des neuen Kaisers. Sie werden wie die Teufel darum kämpfen, nicht zurückbleiben zu müssen.«

»Aber er wird das Land doch sicher nicht seiner militärischen Stärke berauben!«

Gaius' Ärger wich Abscheu. »Nein, du kannst sicher sein, daß er genug Truppen zurücklassen wird, um sich ein Schlupfloch zu bewahren, falls es das Schicksal nicht gut mit ihm meint. Zunächst einmal wird er Britannien stark halten. Er ist kein Narr, unser edler, neuester Kaiser!«

»Publius, ist Lucia krank?« fragte da Alarich teilnahmsvoll. »Sie war totenbleich, als sie ging.«

»So?« Ich spürte Sorge in mir aufsteigen. »Das ist mir

entgangen! Bitte entschuldigt mich. Ich schaue schnell einmal nach.«

Als ich zurückkam, muß ich wohl merkwürdig ausgesehen haben, denn Gaius fragte mich sofort, was es denn wäre. Ich ging zum Tisch hinüber und griff nach dem Weinkrug.

»Welchen Tag haben wir heute?«

Alarich antwortete: »Die Kalenden waren vor zwei Tagen, so daß wir jetzt den dritten Tag im Monat haben.«

»Welches Jahr?«

»Dies ist das elfhundertsechsunddreißigste Jahr Roms«, erwiderte er, »also das dreihundertdreiundachtzigste Jahr unseres Herrn. Warum fragst du?«

»Weil es ein sehr bedeutungsvoller Tag war.« Ich goß mir selbst einen Becher Wein ein und ging dann um den Tisch herum, um auch die anderen Becher zu füllen. »Erst einmal habe ich meine Himmelssteine nach Hause gebracht. Dann kamst du, Alarich, ein an sich schon bedeutsames Ereignis. Dann haben wir von Invasionen, Verrat, Meuterei und Krieg, von einem neuen Kaiser und dem Tod eines edlen, wertvollen Freunds erfahren. Und nun habe ich von meiner Frau gehört, daß sie ein Kind erwartet. Es war wirklich ein denkwürdiger Tag!«

Ich hob meinen Becher, und meine Freunde tranken mit mir. Schweigend prosteten wir uns zu.

XXIX

Mit zunehmendem Alter wird mir klar, daß das Leben wie ein Feldzug ist: Langen Perioden der Ruhe und Langeweile, in denen sich nichts zu bewegen scheint, folgen kurze und fieberhafte Abschnitte, in denen alles Wichtige sich in einer einzigen chaotischen Handlung bündelt.

Das soeben vergangene Jahr 383 nach christlicher Zeitrechnung war ein solchermaßen chaotisches gewesen, zumindest während der letzten Monate. Verglichen damit wirkten die darauffolgenden vier Jahre einschläfernd.

Natürlich geschah im ganzen Land und überall im Kaiserreich sehr viel, doch nichts davon hatte Auswirkungen auf unsere ruhige Kolonie. Für uns war es eine Zeit des Aufbaus und der Festigung mit nur wenigen erschütternden Ereignissen.

Britannicus' Sohn Picus teilte uns mit, daß er mit dem neuen Kaiser Magnus Maximus in den Krieg ziehe, um ihn in seinem Anspruch auf den Kaiserthron zu unterstützen, und danach hörten wir nichts mehr von ihm. Es verletzte Gaius tief, daß der Knabe die auf der Hand liegenden Fehler des Mannes nicht sah. Doch Picus war noch sehr jung, gerade erst achtzehn Jahre alt, und mußte – wie andere Männer auch – eigene Erfahrungen sammeln.

Unter anderem auch darüber unterhielten Gaius und ich uns an einem kühlen Morgen, als er mich mit drei stämmigen jungen Rekruten bei einer praktischen Lektion über

Kampftechnik angetroffen hatte. Zu diesem Zeitpunkt hatten wir noch kein richtiges, formalisiertes Programm für die Ausbildung der jungen Männer zu Soldaten; das sollte noch ein ganzes Jahr auf sich warten lassen. Wir hatten jedoch angefangen, sie im Alter von fünfzehn Jahren informell auszubilden, weil uns klar war, daß wir irgendwo einen Anfang machen mußten, wenn wir wollten, daß alle unsere Kolonisten Waffen trugen und sich zu verteidigen wußten.

Niemand kennt den Ursprung des römischen Übungsschwerts. Im Laufe der Zeit sind sowohl der Name seines Erfinders als auch die Geschichte seines Anfangs verlorengegangen. Es erwies sich jedoch als so wirksam und praktisch, daß nie daran etwas geändert wurde. Es ist aus Holz – ein schwerer Eschepflock – und gleicht mit seinem runden Querschnitt mehr einem Knüppel als einem Schwert. Genauso lang wie der *gladius*, das klassische römische Kurzschwert, ist es aber doppelt so schwer, so daß es nicht leicht zu führen und zu handhaben ist. Durch das zusätzliche Gewicht wird der Arm des Benutzers gekräftigt, so daß dem gut ausgebildeten Soldaten das Gewicht des richtigen Schwerts, wenn es zum Kampf kommt und die Klingen im Ernst gekreuzt werden, wie nichts erscheint.

Vom Klappern der Übungsschwerter angezogen, traf mich Gaius in einem kleinen Hof bei Nahkampfübungen mit den drei stämmigen jungen Rekruten an. Sie attackierten mich alle gleichzeitig und versuchten, mit ihren Klingen an meinem Schild vorbeizukommen und mich über oder unter meinem Schutz zu treffen. Es gelang ihnen nicht, und obwohl ich mir bewußt war, wie sehr ich ihnen gegenüber im Vorteil war, so freute ich mich doch diebisch. Sie waren jung und unerfahren, unbesonnen und undiszipliniert. Ich wußte, daß sie in wenigen Monaten soviel gelernt haben würden, daß sie mich bei diesem Spiel schnell besiegen würden. Doch jetzt zog ich Nutzen aus ihrer Jugend, Kraft und Ungeschicklichkeit, indem ich sie ermutigte, mich immer heftiger anzugreifen, wobei sie immer weniger Erfolg hatten, je enttäuschter sie wurden. Als ich merkte, daß Gaius uns beobachtete, brachte ich die Sache rasch zu Ende, indem ich allen dreien einen wirkungsvollen Schlag mit meiner Klinge versetzte – dem einen über den Helm, dem anderen über den Ellbogen und dem dritten in die Rippen. Dann trat ich zurück und ließ als Zeichen dafür, daß ich sie entließ, die Deckung fallen. Geknickt und niedergeschlagen verließen sie den Hof, überzeugt davon, daß sie diesen alten Hurensohn Varrus niemals schlagen würden. Ich öffnete den Kinngurt, nahm den Helm ab und wischte mir mit dem Taschentuch, das ich unter der Brustplatte trug, den Schweiß von der Stirn.

Gaius meinte nach kurzem Schweigen: »Das schien dir Spaß zu machen!«

Ich stellte mich auf die Zehenspitzen, streckte die Arme hoch und holte tief Luft; dann beugte ich mich aus der Taille heraus zum Boden und berührte meine Zehenspitzen. »Allerdings!« antwortete ich leicht schnaufend, als ich mich wieder aufrichtete, und wischte das Stirnband meines Helms trocken. »Mir gefällt die Aktivität. Sie hält mich in Form. Heutzutage hat man nicht oft Gelegenheit, ins Schwitzen zu geraten. Außerdem ist es für die jungen Kerle gut. Es hilft ihnen, beim Kräftemessen mit einer Autoritätsperson etwas Energie abzubauen, und nie hat sich einer dadurch zur Tollkühnheit ermuntert gefühlt.« Der Lederrand meines Stirnbands war nun trocken, und ich setzte mir den schweren verzierten Helm wieder auf den Kopf und rückte ihn mir beim Weitersprechen zurecht. »Du und ich, wir wissen ja beide, daß ich diesen Trick nicht mehr wage, sobald sie auch nur *ein bißchen* mehr können. Doch jetzt verhilft es ihnen zu einem gesunden Respekt ihren Vorgesetzten gegenüber.«

Er lächelte und wandte sich ab. »Begleite mich ein Stück!« meinte er über die Schulter.

Ich ließ alles stehen und liegen und folgte ihm. Wir gingen zum Haupttor hinaus und schwiegen fast eine halbe Meile, bis der Hof durch Büsche und Gestrüpp außer Hör- und Sichtweite war.

Direkt vor uns stand der einzige große Baum dieses Teils des Anwesens, eine einsame, gewaltige, schöne Rotbuche. Sie war schon sehr lange da, und niemandem war es je in den Sinn gekommen, sie zu fällen, und so würde es auch bleiben, weil sie nun zum Ort gehörte. Sie war einfach »der große Baum«. Gaius ging zu ihr hinüber und blieb ungefähr zehn Schritte vor dem Stamm stehen, der erst in einer Höhe von mindestens dreißig Fuß einen größeren Ast aufwies. Nachdem er eine Weile auf die glatte silbergraue Borke geblickt hatte, drehte er sich zu mir um.

»Hast du deinen Dolch mit?«

Ich nickte. »Ja! Warum?«

»Er ist zum Werfen ausbalanciert, nicht wahr?«

»Ja, warum?«

»Kannst du ihn von dort, wo du stehst, so werfen, daß er im Baum steckenbleibt?«

Ich blickte zum Baum hinüber, schätzte die Entfernung und hatte den wirbelnden Flug des Messers vor Augen. »Ohne weiteres!« antwortete ich. »Doch ich würde es lieber nicht tun.«

»Warum nicht?« Am Hochschießen seiner Augenbraue erkannte ich, daß ihn das überraschte.

Ich zuckte mit den Schultern, weil ich nicht viel Aufhebens von meinem Widerwillen machen wollte. »Wahrscheinlich aus Bequemlichkeit oder Reinlichkeit ... oder

Faulheit. Baumsaft hat auf den Himmelssteindolch eine seltsame Wirkung. Die Klinge läuft an. Sie wird nicht gerade beschädigt, aber leicht entfärbt. Und man bekommt sie nur schlecht wieder sauber, wenn man sie nicht gleich putzt.« Ich hielt inne und sah ihn an. »Warum soll ich den Dolch denn überhaupt werfen?«

Er räusperte sich und blickte mir in die Augen. »Darum ging es mir eigentlich gar nicht«, meinte er dann. »Ich hoffte, du würdest *mir* zeigen, wie man ihn wirft.«

»Aber natürlich, mit Freuden!« Ich fühlte mich plötzlich sehr vergnügt, zog den Dolch aus der Scheide in meinem Kreuz, holte Maß nehmend hoch über der Schulter aus und warf ihn hart und entschieden auf den Baum. Er überschlug sich einmal und sank dann mit einem dumpfen, befriedigten Geräusch in die Mitte des Stamms. Ich ging hinüber, zog ihn aus dem Holz und wischte sofort den Saft von der Spitze. Dann ging ich zu Gaius zurück, um ihm die leichte Entfärbung zu zeigen.

»Siehst du, was ich meine?« Ich hielt die Klinge ans Licht. »Das passiert mit keiner anderen Klinge, jedenfalls ist es mir noch nie aufgefallen. Es geht jedoch, wie gesagt, leicht ab, wenn man es sofort wegwischt. Läßt man es aber antrocknen, bleibt ein schwarzer Fleck zurück, der sich kaum entfernen läßt. Schau!«

Er sah sich den Dolch genau an, wobei er ihn locker in der Hand hielt, so wie er es bei mir vor meinem Wurf gesehen hatte. Ich zeigte ihm, wie man ihn zum Werfen halten mußte, und erteilte ihm eine kurze Lektion darin, gerade soviel Kraft aufzuwenden, daß der Dolch dahinschnellte und ins Ziel schlug. Schließlich ließ ich es ihn auch einmal versuchen, und die Dolchspitze grub sich gut einen Daumennagel tief in den Baumstamm. Dann wiederholte Gaius das Ganze noch fünfmal hintereinander. Darauf vergrößerten wir den Abstand. Zwei Würfe gingen daneben, so daß der Dolch dumpf und flach auf die Rinde schlug, doch dann hatte sich mein Freund wieder auf den erforderlichen Kraftaufwand eingestellt und traf jedesmal. Als ich fand, daß er genug geübt hatte, trocknete ich die Klinge und schob den Dolch wieder in die Scheide.

»Nun«, fragte ich, »warum wolltest du denn Messer werfen?«

Bevor er antwortete, hakte er sich bei mir ein und zog mich weiter.

»Eigentlich hatte ich gar nicht vor, Messer zu werfen, Publius. Ich wollte nur einmal etwas anderes tun. Macht das Sinn?«

Ich nickte, obwohl er mich überrascht hatte. Doch er beachtete mich gar nicht. Es war ihm in diesem Augenblick egal, wie ich reagierte, denn er sprach einfach um des Sprechens willen.

»Ich bin ruhelos«, fuhr er aufgewühlt fort, »und weiß nicht warum ... Es gefällt mir nicht, wie ich mich fühle, Publius. Es gefällt mir nicht, daß ich das Gefühl habe, mit meinem Leben und meinen Wünschen nicht zurechtzukommen. Verstehst du, was ich meine? Ich meine, daß mir etwas fehlt. Geht es dir auch manchmal so?«

Ich war mir bewußt, daß es darauf keine intelligente Antwort gab, wollte aber klären, worauf er hinauswollte. »Ich weiß nicht, Gaius. Vielleicht ab und zu. Ich bin mir aber nicht sicher, ob wir beide über dasselbe sprechen. Was fehlt dir denn? Hast du da eine Ahnung?«

Er warf mir von der Seite einen Blick zu und sah dann wieder auf den Weg. »Ja, zum einen fehlt mir mein Sohn. Ich bin über seinen Entschluß, Magnus zu folgen, nicht glücklich.«

»Weil du selbst diesen Entschluß niemals gefaßt hättest,

Gaius! Das wäre auch gar nicht nötig gewesen. Du bist Gaius Britannicus, Legat, Senator und Prokonsul Roms. Doch hier geht es um Picus' Entscheidung. Er ist nur ein Jüngling und einfacher Soldat, noch nicht einmal Zenturio. Wie alle Soldaten muß er tun, was von ihm verlangt wird. Höchstwahrscheinlich hatte er gar keine andere Wahl. Es hat keinen Zweck, sich darüber aufzuregen, weil wir es sowieso nicht ändern können.«

Er trat gegen ein Grasbüschel. »Verdammt, Publius, das weiß ich. Es gefällt mir aber trotzdem nicht. Ich hätte ihn hier in der Kolonie behalten sollen.«

»Wie? Du meinst, du hättest ihm das Privileg, in den Legionen zu dienen, verbieten sollen? Ihm nicht erlauben sollen, in die Fußstapfen seiner Vorfahren zu treten? Wann ist ein Britannicus zum letztenmal zu Hause geblieben und hat nicht dem Kaiserreich gedient?«

»Das hat es, wie du weißt, nie gegeben.«

»Warum dann jetzt damit anfangen? Vergiß nicht, daß ein junger Mann durch Erfahrung geformt wird.«

»Das weiß ich natürlich. Doch was, wenn ...«

»Wie ›was, wenn‹? Meinst du, was, wenn er getötet wird?«

Leise antwortete er: »Ja, vermutlich.«

Ich streckte die Hand aus und packte ihn an der Schulter. »Dann wird dein Name mit dir erlöschen, mein Freund. Doch das wird nicht geschehen. Picus wird nicht sterben. Er wird heimkommen, weil er weiß, daß er gebraucht wird. Bei uns in der Kolonie erwartet ihn eine Aufgabe, und seine Erfahrung und sein Können sind wichtig für uns. Die jungen Männer, die bei uns bleiben, lernen ihr Handwerk bei uns. Sie werden gute Soldaten werden, allerdings selbstgezogene. Unser Picus wird die Ausbildung und Erfahrung mitbringen, um es abzurunden und richtige Kämpfer, richtige Römer aus ihnen zu machen.«

»Ja, wahrscheinlich.« Er seufzte tief und schwer. »Ich weiß, daß du recht hast, mein Freund. Vom Verstand her weiß ich es, doch in meinem Herzen ...«

»Was bedrückt dich wirklich, Kommandant?«

Abrupt blieb er stehen und sah mich an. »*Das*, Publius. Was du gerade gesagt hast!«

»Was habe ich denn gesagt?«

»Du hast mich Kommandant genannt, und das ist es, was mir fehlt! Das Soldatenleben, Publius! Die Aufregung, Herausforderung, Bewegung, dauernde Anregung und Erfordernis, auf alles vorbereitet zu sein. Die ständige Notwendigkeit, überlegt zu handeln und Entwicklungen vorauszusehen.«

Ich war ebenfalls stehengeblieben und sah ihn erstaunt an. Er deutete meine Sprachlosigkeit als Eingeständnis des Problems.

»Stimmst du mir nicht zu?«

»Ob ich dir zustimme? Ich kann nicht einmal glauben, was ich gerade gehört habe! Kommandant, würdest du Pferdeäpfel erkennen, wenn du sie siehst?«

»Wie meinst du das? Natürlich würde ich das!«

»Ich auch! Ja, und ich höre es auch, wenn sie frisch auf den Boden fallen. Doch nur selten höre ich sie einem Pferd aus dem Maul kommen.«

Nun kam wieder der alte Britannicus zum Vorschein. »Varrus, worüber im Hades sprichst du?«

»Über das, worüber *du* gesprochen hast. Über Pferdescheiße. So etwas habe ich doch noch nie gehört! Hast du dich nicht stundenlang über die Nichtigkeit und Nutzlosigkeit des Militärlebens ausgelassen, über die Untätigkeit, Langeweile, Enttäuschungen, das bürokratische Durcheinander, die Begriffsstutzigkeit und den ganzen Wahnsinn, der sich aus der Mentalität des Militärs ergibt, sich erst abzuhetzen, um dann Däumchen drehen zu müssen?« Ich verstummte, um Luft zu holen. »Weißt du, wenn ich nicht wüßte, wen ich da höre, könnte ich leicht auf den Gedanken kommen, daß du dir selbst leid tust. Ich weiß aber, daß es nicht so ist. Du hast hier in der Kolonie eine gewaltige Aufgabe und erfüllst sie ausgezeichnet. Was du im Augenblick fühlst, wird vorbeigehen. Du blickst sehnsuchtsvoll auf ein Leben zurück, das vergangen ist. Du hast alles gehabt. Wenn du auch nur versuchen würdest, einen Teil zu wiederholen, würdest du wahnsinnig werden. Deine jetzige Tätigkeit ist sowohl von größerer Bedeutung als auch weit anspruchsvoller als alles, was du zuvor angepackt hast.«

Britannicus sah mich mit offenem Mund an. »Bei den alten Göttern, Varrus«, brachte er dann mit erstaunt aufgerissenen Augen heraus, »du hast es noch nie gewagt, so mit mir zu sprechen. Und ich habe auch noch nie gehört, daß du mit jemandem sonst so gesprochen hast. Wenn du wütend bist, wirst du richtig beredt! Ich muß bei dir einen wunden Punkt getroffen haben, daß ich dich derart aufgebracht habe!«

Ich sah es humorvoll in seinen Augen blitzen und versuchte ernst zu bleiben.

»Das hast du!« knurrte ich. »Kein Wunder!« Ich versuchte seine Worte nachzuäffen, doch er kicherte immer stärker, und das ganze Gespräch kam mir immer dümmer vor. »Die Aktivität des Soldatenlebens! Verurteilt ihn nicht, ihr Götter! Die Aufregung! Die Erfordernis, auf alles vorbereitet zu sein … die Pferdeäpfel und der Dung im Hammeleintopf … o Götter! Ich kotze gleich!«

Ich konnte jetzt nicht einmal mehr sprechen. Gaius

kicherte inzwischen offen und hilflos wie ein Knabe, und ich brach in Gelächter aus, so daß sich unsere Heiterkeit immer mehr steigerte und wir herumtorkelten und uns Halt suchend aneinanderklammerten, bis wir durch unsere Hysterie weiche Knie bekamen, alle Würde verloren und ins Gras sanken. Von diesem Tag an sprachen wir nie wieder von Unzufriedenheit oder Sehnsucht nach Vergangenem. Unsere Freundschaft war durch diesen Zwischenfall noch reicher geworden, und wir widmeten unsere ganze Zeit und Kraft der Entwicklung unserer Kolonie.

In dieser ruhigen Zeit lernten Lucia und ich uns immer besser kennen, und im Sommer wurde unser erstes Kind geboren. Es war ein Mädchen, Victoria, ein richtiger Engel, der von Tag zu Tag hübscher wurde, so wie seine Mutter, als sie ihn trug. Noch heute, Jahrzehnte später, erinnere ich mich genau daran, wie ich verblüfft beobachtete, daß Lucia mit fortschreitender Schwangerschaft immer schöner wurde, so daß sie, als sie niederkam, vor Gesundheit und Reife nur so strotzte und strahlte. Sie ließ ihre Reize spielen und trug ihren Bauch als Symbol ihrer weiblichen Vormachtstellung stolz vor sich her. Die Geburt selbst war erstaunlich leicht und kurz und – wie meine Frau mir sagte – nicht allzu schmerzhaft, so daß sie in jeder Hinsicht leicht Mutter wurde. Ihr machte der ganze Vorgang so viel Freude, daß sie kein Jahr später wieder ein Kind erwartete. Während beider Schwangerschaften kämpfte ich mit den Himmelssteinen, die sich hartnäckig allen Anstrengungen von Equus und mir widersetzten und sich weigerten, zu schmelzen und ihre Geheimnisse zu offenbaren.

Gaius hatte in jenem und im darauffolgenden Sommer alle Hände voll zu tun, da er erst lernen mußte, die Kolonie zu verwalten. Der Tod Tonius Ciceros und der sich daraus ergebende Verlust seines Rats, Einflusses und seiner Möglichkeiten, neue Kolonisten zu finden und zu gewinnen, war ein Rückschlag für uns. Doch wir machten weiter, angestachelt von den plötzlichen Entwicklungen im Vorjahr.

Gemeinsam begannen Gaius und ich, die Kolonisten systematisch in der Kriegskunst auszubilden. Wir drillten unsere Rekruten auf die alte Art und verlangten ihnen – besonders den jungen Männern – alles ab, indem wir sie rennen und marschieren und mit großen Lasten, Speeren und dem richtigen, schweren Kampfschild der Legionäre, dem *scutum*, laufen ließen. Die Männer hielten sich prächtig, da sie unseren Traum teilten und wußten, daß es jederzeit eine Frage des Überlebens werden könnte, ob sie in der Lage waren, einen Angriff abzuwehren.

An den langen Sommerabenden setzte Gaius alle für die Restaurierung der alten Festung auf dem Berg ein. Diese hatte noch keinen Namen, da man sie nicht einmal als solche erkannt hatte. Bis zu einem herrlichen Sommernachmittag in jenem Jahr zwischen der Geburt meines ersten Kindes und der Zeugung meines zweiten war es einfach nur ein Berg gewesen, der immer schon da war und überhaupt nicht beachtet wurde. An jenem Tag nun lud Gaius über zwanzig der einflußreichsten Kolonisten auf zwei Wagen und führte sie über die Felder zum Fluß des ungefähr eine Meile von der Villa Britannicus entfernten Bergs. Als sie dort von den Wagen stiegen, wurde ihnen mitgeteilt, daß oben auf dem Berg ein Essen für sie vorbereitet worden sei. Inzwischen waren natürlich schon viel mehr Leute am Ort des Geschehens, als mit Gaius losgefahren waren. Der Anblick zweier mit Menschen beladener Wagen, die offenbar ein bestimmtes Ziel hatten, hatte viele folgen lassen, so daß wohl fast hundert Personen den Berg hinaufstiegen.

Oben warteten Gaius' Leute mit Brot und Bier, Nüssen und geröstetem Korn, süßer Beerenpaste und einem ganzen Schaf, das auf einem Spieß knusprig briet. Nach dem Essen erklärte uns Gaius dann, warum er uns hatte kommen lassen. Er hatte ein Modell der Bergspitze hergestellt und versuchte nun daran zu zeigen, wie genial die frühen Kelten, die diesen Ort vor Tausenden von Jahren errichtet hatten, in Verteidigungssachen gewesen waren.

Die gesamte Kuppe des Berges war überzogen von konzentrischen Schutzwällen, die durch tiefe Gräben voneinander getrennt waren. In der Mitte lag ein ebener, annähernd runder Bereich mit einem Durchmesser von ungefähr hundert Schritten, offenbar die letzte Zuflucht der Verteidiger. Die Anlage war einfach und praktisch uneinnehmbar. Die angreifenden Soldaten eines Heers mußten erst einmal den steilen Berg hinaufsteigen, sich dann mühsam und unter unvermeidlichen hohen Verlusten zur Mitte durchkämpfen, wobei sie jeden einzelnen Graben durchqueren und jeden einzelnen Wall hochklettern und nehmen mußten. Währenddessen behielten die Verteidiger auf den Schutzwällen stets die Oberhand. Wenn sie den vorrückenden, unter ihnen massierten Angreifern soviel Schaden wie möglich zugefügt hatten, zogen sie sich einfach ein Stück zurück.

Als Gaius das allen erklärt hatte, wies er auf die logische Folge hin: Wer eine so angelegte Festung verteidigte, mußte auch darauf eingestellt sein zu sterben, falls die Angreifer so zahlreich oder hartnäckig waren, daß sie die ihnen zugefügten Verluste hinnahmen. Und das, meinte Gaius, ließ sich vermeiden. Man könne die Festung zwar schon jetzt verteidigen, doch wäre sie noch zehn- oder hundertmal sicherer, wenn sie von einer hölzernen Palisadenmauer umgeben wäre. Und sie wäre sogar tausendmal sicherer, wenn es eine Steinmauer wäre. Er trug alles so wortgewandt vor, daß niemand Einwände erhob.

Also gruben wir Schießscharten in die Wälle und begannen schon bald an strategisch wichtigen Stellen eine stabile Holzbefestigung zu errichten. Und schließlich bauten wir eine Zitadelle mit einer Steinmauer. Wir machten es uns zur Regel, daß alle zusätzlich zu ihren täglichen Pflichten – über das normale Steinsammeln der Arbeitsmannschaften hinaus – jeden Tag einen Stein zum Berg brachten, und unsere Steinmetze wurden mit dem Bau einer mächtigen Mauer betraut.

In den ersten beiden Jahren ging es nur langsam und zäh voran, und Gaius hatte alle Mühe, die Begeisterung der Leute für das Projekt aufrechtzuerhalten. Ständig erinnerte er sie an die Legende von den römischen Mauern und fand tausenderlei Wege, ihnen zu erzählen, daß diese jahrhundertelang hielten. Er erwähnte auch immer wieder, wie gut man Romulus' Wut und Ärger verstehen konnte, daß Remus Roms »Mauern« übersprang. Tagtäglich drängte er sie – über Wochen und Monate –, auf den Fortschritt zu achten, den ihre Arbeit und die Arbeit als Ganzes machte. Und natürlich nahmen unsere Mauern, als die Tage so über die Jahre dahingingen und Stein auf Stein kam, auch immer deutlicher Gestalt an, so daß man sich bald vorstellen konnte, wie es eines Tages aussehen würde.

Neben meinen Bemühungen, den Himmelsstein zu schmelzen und neue Soldaten zu drillen, war ich mit Eisenarbeiten beschäftigt. Ich hatte jetzt reichlich Lehrlinge und brachte ihnen das Schmelzen sowie das Schmieden neuer Werkzeuge und Waffen bei. Außerdem hatte ich ein paar ortsansässige Kelten losgeschickt, um in den Bergen nach dem seltenen Eisenerz zu suchen und es den Schmelzern zu bringen. Als Gegenleistung erhielten sie Schmiedewaren und Unterricht in der römischen Fertigkeit im Umgang mit Eisen. Einige der keltischen Eisenschmiede wurden Freunde, vermutlich aufgrund des Respekts, den Experten aller Gebiete voreinander haben, und eines Abends bemerkte Gaius lächelnd, daß meine Schmiede der lebhafteste Ort der Kolonie geworden sei.

Cymric, der keltische Bogenschütze, den ich bei meiner Ankunft hier im Westen kennengelernt hatte, kam nun regelmäßig, so daß ich weiterhin mit meinem afrikanischen Bogen übte. Der Ruf desselben verbreitete sich rasch, da die Menschen in den Bergen leidenschaftliche Schützen waren. Besonders die Pendragon-Männer waren voller Ehrfurcht vor ihm. Eines Tages schenkte mir einer von ihnen mehrere Dutzend erstklassiger Pfeile mit bunten Steuerfedern und Eisenspitzen. Sie waren eigens für meinen Bogen gefertigt worden, weil der Pendragon nur halb so lange verwendete. Ich freute mich sehr darüber und revanchierte mich mit einer Axt aus solider Bronze. Das machte mir den Pfeilmacher, Cymrics Bruder, zum Freund, und ich erlaubte beiden, den Bogen zu benützen. Cymric konnte Stunden damit verbringen, diesen auf den Knien zu halten und jede Einzelheit zu untersuchen.

Am Ende des dritten Jahrs, im Jahr 386, hatten wir eine stabile Gemeinschaft aufgebaut. Die sechshundert gut ausgebildeten Soldaten unseres Privatheers konnten den ganzen Tag marschieren und am Abend ein befestigtes Lager errichten, es am nächsten Tag wieder abbrechen, den Graben auffüllen und wieder den ganzen Tag marschieren.

Im Laufe der Zeit wurden wir immer mehr. Kein Monat verging ohne Zuwanderungen: Es kamen Zimmermänner, Schuster, Böttcher und Kupferschmiede. Wir hießen sie alle willkommen und setzten sie sofort ein. Es dauerte nicht lange, und wir hatten sechs Schuhmacher, die ständig mit dem Herstellen schwerer Sandalen beschäftigt waren, die in einer kleineren, neben der ersten errichteten Schmiede mit Eisennägeln beschlagen wurden. Ein Silberschmied aus Glevum zog mit seinen drei halbwüchsigen, kräftigen Söhnen zu uns, von denen einer ein Künstler wie sein Vater war. Die anderen beiden hatten nur den einen Wunsch, Soldaten zu werden, und traten so als jüngste Rekruten in unser Privatheer ein. Aus dem Osten kamen noch zwei Steinmetzen, die wir sofort an unserer Befestigungsmauer mitarbeiten ließen.

Von einem Waffenschmied, den uns Plautus aus dem Süden schickte, erfuhren wir, daß dieser immer noch bei der Garnison in Britannien war und jetzt offenbar Magnus die Treue hielt. Ich konnte das kaum glauben, hatte aber andererseits keine andere Erklärung dafür, daß Plautus weiterhin existierte, noch dazu in Britannien. Wenn er bei Magnus' Emporkommen den Mund aufgemacht hätte, wäre es ihm zweifellos wie Tonius Cicero ergangen. Ich war froh, daß er es nicht getan hatte, fragte mich aber, wie er es geschafft hatte, nicht mit Magnus nach Gallien zu gehen. Wäre es mit rechten Dingen zugegangen, hätte es einem kampferprobten Soldaten wie ihm niemals erlaubt werden dürfen, zu Hause auf sicherem Posten zu bleiben, wenn es hart auf hart ging. Doch Plautus hatte als alter Veteran offenbar einen Weg gefunden. Jedenfalls war er bei einer seiner Patrouillen auf den neuen Waffenschmied gestoßen und hatte ihn zu uns geschickt. Ich hatte sofort Arbeit für ihn, so daß der arme Kerl kaum Zeit zum Essen fand.

Schon nach kurzer Zeit mußten wir Häuser bauen, um alle Neuankömmlinge unterzubringen, und vor den Toren des Gutshofs entstand eine kleine Stadt. Für den Bau verwendeten wir Steine, die wir aus den Bergen heraushauten und mit Wagen herbeischafften. Schon ganz am Anfang war eine Dachdeckerfamilie zu uns gestoßen, so daß alle neuen Häuser ordentliche Dächer erhielten, und zwar je nach Jahreszeit ihrer Vollendung aus gewebtem Schilfrohr, Stroh oder Gras.

Gelegentlich drangen Gerüchte zu uns, daß es entlang der Sächsischen Küste immer mehr Überfälle gebe. Magnus' Abreise mit so vielen Truppen schien nicht unbemerkt vonstatten gegangen zu sein. Die als Garnison für die Insel zurückgelassenen Streitkräfte reichten nicht aus, um ihren Aufgaben gerecht zu werden, und ihre Moral war – wie uns Alarich bei einem seiner Besuche erzählte – sehr schlecht, weil sie sich ständig dem Problem gegenübersahen, zu spät zu wenig tun zu können.

Wie die Franken mit ihren Pferden, so waren auch die sächsischen Eindringlinge eine neue Art von Kriegern. Sie kamen bei Nacht, landeten in der Dunkelheit und schlugen bei Tagesanbruch zu. Meistens war es nur eine Schiffsladung von dreißig bis fünfzig Mann auf einmal. Sie griffen einen Weiler an, brannten ihn nieder, stahlen, soviel sie tragen konnten, befriedigten ihre Lust auf Fleisch und Blut und waren wieder auf dem Meer, bevor die Garnisonstruppen, die ihnen Einhalt gebieten sollten, auch nur von dem Überfall erfuhren. Die einzige Gefahr für sie war, auf eine Seepatrouille zu stoßen. Doch davon gab es nicht viele, und die Meere waren groß.

Im Herbst des Jahres 387 drangen Sachsen über die Flußmündung nordwestlich von uns ein. Sie verließen ihr Langboot und stießen weit ins Land vor. Sorgsam mieden sie die Städte, und irgendwie gelang es ihnen, nicht aufgespürt zu werden.

Sie griffen unseren nördlichsten Gutshof an. Zum Glück waren die meisten unserer Leute gerade draußen auf dem Feld. Eine Schwadron unserer Soldaten, die sich dort in der Nähe befand, nahm den vom Wind herbeigetragenen Geruch brennender Reetdächer wahr. Auch ich kam auf dem Weg nach Aquae Sulis, wo ich unsere Vorräte ergänzen wollte, mit einer kleinen Eskorte und ein paar Wagen vorbei, und Lorca, einer meiner Wagenlenker, machte mich darauf aufmerksam, daß etwas nicht stimmte. Er hatte eine gute Nase; ohne ihn wären wir vielleicht vorbeigefahren, ohne etwas zu merken. Er jedoch kannte den typischen Geruch brennenden Reets und erklärte mir, worum es sich handelte. Obwohl ich zunächst an seinen Worten zweifelte, schickte ich zwei unserer besten Läufer aus, um die Ursache des schwachen Brandgeruchs festzustellen.

Keine zwei Stunden später versteckte ich mich auf einem von Gestrüpp überwucherten Hügel, von dem aus man einen schmalen, auf beiden Seiten von Gräben begrenzten Weg überblicken konnte, und hoffte, daß ich das Land und die Straßen trotz meines nur oberflächlichen Studiums richtig in Erinnerung hatte. Das war denn auch der Fall, und der Feind spielte uns direkt in die Hände. Die Überraschung war auf unserer Seite, und es kam zu einem kurzen und erbitterten Kampf. Ich hatte meine Streitmacht geteilt und sah mich mit dem größeren Trupp der feindlichen Vorhut gegenüber, einer furchteinflößenden Bande brutaler Kämpfer. Die meisten der Eindringlinge wurden bei unserem ersten Angriff zurückgeschlagen und stellten dann fest, daß ihnen unser zweiter Trupp den Weg abgeschnitten hatte. Ich war vom Pferd gestiegen und kämpfte zu Fuß, und einer der Gegner fand auf der Flucht mein Roß und suchte in gestrecktem Galopp das Weite. Er war der einzige Überlebende, und es bleibt nur zu hoffen, daß er eisenharte Muskeln hatte, weil er ihr Langboot wohl allein nach Hause rudern mußte.

Das eigentliche Morden fand viel weiter hinten statt, wo der fliehende Feind auf unseren zweiten Trupp stieß. Die Krieger der gegnerischen Vorhut gaben zwar nicht auf und kämpften bis zum letzten Blutstropfen, doch jene, die bei unserem ersten Angriff hatten fliehen können, waren aus einem weicheren Holz geschnitzt. Überall fand ich Leichen verstreut, teilweise wie Anmachholz übereinandergeschichtet. Es gab auf dem Fluchtweg keinen einzigen überlebenden Feind.

Was sollten wir tun? In diesem Dilemma befand ich mich nicht zum erstenmal. Der Feind war bezwungen, die Gerechtigkeit jedoch nicht wiederhergestellt. Wir hätten Gefangene machen sollen. Es hätte ein paar Überlebende geben müssen. Ich blickte auf den Haufen Toter und mußte an die verdammenden Worte denken, die ein Führer der Pikten ein paar hundert Jahre zuvor ausgestoßen hatte: »Sie hinterlassen eine Wüste und nennen es Frieden!« Er hatte von den Greueltaten von Julius Agricolas Heer gesprochen, als dieses versucht hatte, das Hochland von Kaledonien einzunehmen, und es war der Lieblingsausspruch meiner Großmutter geworden, wenn sie die Unmenschlichkeit des Militärs beschreiben wollte.

Ich seufzte und schickte nach dem Zenturio, der den zweiten Trupp unserer Streitmacht befehligt hatte. Doch dieser war tot, ebenso seine beiden Dekurionen, so daß die überlebenden Soldaten der Schwadron ohne Führung waren.

Nun wußte ich, was geschehen war: Die Angst, Aufregung und Gier nach Blut und Rache hatten diese jungen, unerprobten Soldaten Amok laufen lassen.

Ich hatte das Gefühl, ein Heuchler zu sein, als ich sie versammelte und heruntermachte, ihnen allen ein paar häßliche Wahrheiten über Verantwortung und Mord erzählte: Gewiß, sie seien Soldaten, aber auch Christen. Jeder von ihnen habe seinen Treueeid über dem Kreuz geschworen, und das christliche Gebot sage eindeutig: Du sollst nicht töten! In der Hitze des Gefechts, sagte ich zu ihnen, sei einem dies erlassen, dann haben Töten oder Getötetwerden Vorrang. Doch danach, wenn die Gefahr vorbei sei, sei diese Regel wieder in vollem Umfang gültig. Einen Mann zu töten, der nicht mehr kämpft, sei Mord.

Ich achtete sorgsam darauf, bei dieser Strafpredigt niemanden so genau anzusehen oder direkt zu beschuldigen, denn dies traf genau den Kern meiner eigenen Probleme, und ich kannte die Verzweiflung, die mich selbst von Zeit zu Zeit befiel, viel zu gut, als daß ich sie auf diese jungen Männer hätte abschieben wollen. Alles in allem hatten sie sich in ihrem ersten Kampf gut geschlagen. Ich gab ihrem Mangel an Erfahrung die Schuld und ließ sie mit der strengen Ermahnung davonkommen, daß sie künftig bei einer derart grauenhaften Metzelei zur Verantwortung gezogen würden. Als ich fertig war, wies ich ihnen einen meiner eigenen Soldaten als stellvertretenden Zenturio zu, schickte sie in die Kolonie zurück, um von dem Überfall zu berichten, und machte mich mit meinen verbliebenen Soldaten auf den Weg nach Aquae Sulis.

Fünftes Buch

DER ATEM DES DRACHEN

XXX

Zwei Tage später, an einem trüben, bedeckten Nachmittag in Aquae Sulis, grübelte ich noch immer über das »Dilemma des Soldaten« nach. Wann war Töten erlaubt und wann nicht? Ich hatte schon mit Gaius und Alarich darüber diskutiert, doch wir hatten nie eine befriedigende Lösung gefunden. Ein Soldat verdankt seine Daseinsberechtigung der Annahme, daß Töten aus mannigfachen Gründen notwendig sein kann, und trotzdem lautet das christliche Gebot kategorisch und unabdingbar: Du sollst nicht töten!

Ich hatte gerade eine Wagenladung Hanf zur Herstellung von Seilen gekauft, meine Leute beim Aufladen zurückgelassen und mich auf den Weg zur öffentlichen *mansio* gemacht, um dort etwas zu essen. Tief in Gedanken versunken, nahm ich meine Umgebung kaum wahr, bis ich mir allmählich des Lärms auf der geschäftigen Straße vor mir bewußt wurde. Wäre ich nicht so gedankenverloren gewesen, hätte ich ihn vielleicht früher bemerkt und ihm ausweichen können, doch nun war ich schon im dichten Gedränge auf dem Marktplatz. Mit einiger Mühe gelang es mir, den Straßenrand zu erreichen, wo ich vorsichtig auf einen erhöhten Rinnstein stieg und mich auf die Schultern des Mannes vor mir stützte, so daß ich über die Menge blicken konnte, um zu sehen, was los war.

Eine Pferdekutsche, das Gefährt eines wohlhabenden Mannes, versperrte fast die ganze Durchfahrtsstraße vor mir, und während ich so schaute, erhob sich ein ungeheuer dicker Mann mühsam vom gepolsterten Sitz des Wagens, um auszusteigen. Voller Abscheu ließ er den Blick über die sich um ihn drängende, angesichts seines Reichtums glotzende Menge schweifen. Seine Bediensteten eilten geschäftig hin und her und bildeten einen Keil, um ihm den Weg zum Eingang eines Gebäudes – kaum vier Schritte von der Stelle entfernt, wo ich auf meiner kleinen Erhebung stand – frei zu machen. Einer davon, ein dumm aussehender Klotz mit einem Affengesicht, stieß eine alte Frau grob zur Seite.

»Platz da! Macht Platz für Quinctilius Nesca!«

Diesen Namen hier zu hören war für mich so unerwartet, daß ich erschrocken hochfuhr und den Mann in der Kutsche anstarrte. Er war gerade dabei, auszusteigen, und viele willige Hände griffen ihm unter die mächtigen Arme, um ihm dies bei seinem grotesken Gewicht zu erleichtern. Unsere Blicke trafen sich. Es muß wohl mein überraschtes und erschrecktes Gesicht gewesen sein, das ihn aufmerksam machte, da ich mich ansonsten nicht von der Menge abhob. Mit zusammengezogenen Augenbrauen griff er mit der rechten Hand hinter sich, um sich am Rahmen der offenen Wagentür festzuhalten, und starrte, halb drinnen und halb draußen, auf mich. Ich sah Argwohn in seinen Augen aufflackern. Zu spät! Ich verfluchte die Eitelkeit, die mich meinen ergrauten Bart hatte behalten lassen, da in einer römischen Stadt ein gutgetrimmter Bart inmitten all der glattrasierten Gesichter und wilden, buschigen Bärte auffällt. Erstarrt stand ich da und konnte nicht einmal den Blick von ihm wenden, als ich sah, wie er die Hand hob, auf mich deutete und scheinbar lautlos die Worte formte: »Du dort! Komm doch mal her!«

Ich bekam eine Gänsehaut, da ich dem Tod ins Gesicht

blickte, und konnte mich noch immer nicht rühren. Einen Moment überlegte ich, ob ich mich der Konfrontation einfach stellen sollte, doch war mir sofort klar, daß mich mein erster hinkender Schritt verraten würde. Er hatte erst meinen grauen Bart gesehen, doch etwas an mir hatte ihn aufmerken lassen. Wenn er meinen Gang, den eines Krüppels, bemerkte, würde ich ein toter Mann sein.

»Bringt mir diesen Mann!« brüllte er, auf mich deutend. »Den dort! Den Graubart!« Der Kerl mit dem Affengesicht, der mir am nächsten war, hatte sich umgedreht und mich gesehen und bahnte sich nun den Weg durch die dichtgedrängte Menschenmenge, die Klauenfinger schon nach mir ausgestreckt. Der Anblick seiner schwarzen, gebleckten Zähne brachte mich zur Besinnung. Ich stieß ihm den Mann, auf dessen Schultern ich gelehnt hatte, direkt in die Arme, und während die beiden noch taumelten, stürzte ich in die Menge zurück. Als ich mich auf und davon machte, hörte ich hinter mir Gebrüll und wußte, daß ich um mein Leben rannte. Ich benutzte meine Schultern als Rammböcke und sah, während ich so durch das Gedränge pflügte, überall auf den Gesichtern der Leute Angst und Verständnislosigkeit. Dann schoß ich plötzlich aus der Menge hinaus und tauchte in einen engen Durchgang zwischen zwei Gebäuden. Dieser war nur kurz und führte zu einer öffentlichen Müllkippe hinter den Mietshäusern der Straßenfront. Dort schlüpfte ich an der Wand entlang nach rechts, das Getrappel rennender Füße ständig hinter mir. Ich lief, so schnell ich konnte, in dem von mir entwickelten Stil, einer Serie hinkender Sprünge, wobei ich mein schlechtes Bein nur zum Balancieren für den nächsten Sprung verwendete. Das Ganze war schwierig und wirkte überhaupt nicht ästhetisch, doch auf diese Art konnte ich kurze Entfernungen schnell zurücklegen.

Dann sah ich zu meiner Rechten eine offene Tür. Ich warf mich in die Dunkelheit. Es war irgendein Stall voller Stroh und Tiergerüche. Vor mir nahm ich die dunklen Umrisse einer Leiter wahr, die zu einem Boden führte, fühlte mich zu diesem aber nicht hingezogen. Ich war noch nicht weit genug gerannt, um mich schon verstecken zu können, und die Meute war mir zu dicht auf den Fersen. In einer dunklen Ecke neben der Tür preßte ich mich hinter einem unordentlichen Haufen von Mistgabeln und Schaufeln an die Wand und zog das Schwert.

Das Getrappel kam näher und vor der offenen Tür zum Stillstand, nicht einmal einen Schritt weit von mir entfernt, wenn nicht die Wand zwischen uns gewesen wäre. Es waren zwei schwer atmende Männer. Ich hielt die Luft an und spürte meinen Puls im Hals hämmern. Deutlich sah ich vor meinem inneren Auge, wie sie nebeneinander dastanden und in den dunklen Eingang hineinblickten. Allmählich wurde ihr Atem ruhiger, und dann meinte der eine von ihnen: »Was meinst du? Ob er da drinnen ist?«

Der andere knurrte leise: »Bestimmt ist er da! Sonst kann er nirgends sein! Er hat keine Zeit gehabt, woanders hinzugehen. Er muß hier sein!«

»Ich hole Hilfe!«

»Nein! Du holst niemanden! Das erledigen wir selbst.«

»Warum? Die anderen sind hier irgendwo in der Nähe. Sie können blitzschnell dasein.«

»Wir brauchen keine Hilfe, du Dummkopf! Denk doch einmal in deinem Leben nach! Weißt du denn nicht, wer dieser Hurensohn ist?«

»Nein!« meinte der andere ein wenig jämmerlich. »Wer denn?«

»Ich weiß nicht, wie er heißt. Das weiß niemand. Erinnerst du dich nicht mehr, daß wir vor ein paar Jahren nach einem Hurensohn mit grauem Bart und verdrehtem Bein suchen sollten? Nesca hatte als Belohnung zehn Aurum ausgesetzt. Zehn Aurum! Weißt du noch? Es muß mindestens fünf Jahre her sein.«

»Ja, ich erinnere mich. Er wurde nie gefunden. Und du meinst, das ist er?«

»Ich weiß es nicht, doch dieser Hurensohn hier hat einen grauen Bart und ein verdrehtes Bein und ist weggerannt. Willst du denn die zehn Aurum mit den anderen teilen?«

Kurzes Schweigen. »Und wenn es nun nicht der Richtige ist?«

»Wenn wir ihn tot anbringen, dann ist es der Richtige. Glaubst du denn, sie werden einen Toten befragen? Gehen wir hinein und schnappen wir ihn uns!«

Leise holte ich tief Luft, als sie eintraten und im Eingang stehenblieben, so nah bei mir, daß ich sie riechen konnte. Ich hätte die Hand ausstrecken und sie berühren können.

»Es ist dunkel hier!« flüsterte der kleinere von ihnen.

Sein Begleiter trat einen Schritt vor, kauerte sich auf den Boden und versuchte mit den Augen die Dunkelheit zu durchdringen. In einer Hand hielt er ein Schwert und in der anderen einen Dolch. Dann setzte sich auch der kleinere in Bewegung und bemerkte die Leiter. Mit dem Kopf auf diese deutend, berührte er seinen Kameraden am Arm. Keiner von ihnen schaute auch nur kurz in meine Richtung. Sie waren davon überzeugt, daß ich mich im Dunkeln über ihnen in Sicherheit gebracht hatte.

Ich musterte sie im Licht, das durch den Eingang fiel. Der größere war der mit dem Affengesicht. Sie trugen beide keinerlei Rüstung.

Affengesicht zeigte auf die Leiter und bedeutete seinem

Begleiter hinaufzusteigen, während er unten bleiben würde. Sie liefen vorsichtig in den Raum hinein, den Blick auf die Schatten vor sich geheftet. Dann, offenbar überzeugt, daß ich oben sein mußte, drängte Affengesicht den andern hinaufzusteigen. Langsam gehorchte dieser, wobei er sich nur mit der rechten Hand festhielt und mit der linken das Schwert umklammerte. Er schaute angestrengt hinauf, in die Richtung, in der er die Gefahr vermutete. Affengesicht blieb, wo er war, mitten im Raum, ungefähr vier Schritte von mir entfernt.

Ich nahm mein Schwert in die linke Hand und das Heft meines Himmelssteindolches in die rechte, wagte aber noch nicht, diesen aus der Scheide zu ziehen, damit sie nicht von dem Geräusch gewarnt wurden, bevor ich fertig war. Als der auf der Leiter die achte Sprosse erreicht hatte, hielt ich den richtigen Zeitpunkt für gekommen. Den linken Arm vorgestreckt, warf ich mich wie eine Lanze nach vorn und riß den Himmelssteindolch aus der Scheide. Ich durchbohrte den großen Kerl mit meinem ganzen Gewicht im Kreuz, und als er sich krümmte, stieß ich ihm, auf sein Gehirn zielend, den Dolch in die weiche Stelle unter dem Kinn, so daß er auf der Stelle tot war. Sofort ließ ich mein Schwert los und riß den Dolch heraus. Dann sank ich aufs rechte Knie, und mein rechter Arm hob sich wurfbereit über meinen Kopf.

Der Mann auf der Leiter bot ein perfektes Ziel. Der plötzliche Tod seines Kameraden hatte ihn völlig überrascht; er glotzte mich an und war nicht einmal geistesgegenwärtig genug, um zu schreien. Ich warf den Himmelssteindolch mit voller Kraft. Wie ein Silberstreif zischte er durch die Luft und drang in die Mulde unter dem Kehlkopf ein, so daß der Mann ein für allemal der Möglichkeit beraubt war zu schreien. Sein Kinn klappte auf das Heft herunter, seine Augen quollen hervor, und sein Mund öffnete sich vergebens mit einem nassen und würgenden Gurgeln. Dann fiel er langsam, kerzengerade und mit dem Kopf voran auf den Boden. Als er aufschlug, war ich schon fast neben ihm und zog ihm den Dolch aus der Kehle. Ich wischte die Klinge grob an seiner Tunika ab und kletterte über ihn zur Leiche von Affengesicht, den ich ohne viel Federlesens umdrehte, um mein Schwert herausziehen zu können. Mir klopfte das Herz bis zu den Ohren, und ich war auf alles gefaßt, da ich davon ausging, daß wir gehört worden waren. Doch die Zeit verstrich, niemand erschien im Eingang, keine Warnrufe ertönten.

Inzwischen hatten sich meine Augen an die Dunkelheit gewöhnt, so daß die Schatten nicht mehr ganz so schwarz waren und die ausgestreckt daliegenden Leichen von der strahlenden Sonne beleuchtet zu sein schienen. Ich sah mich noch einmal genau um. Hinten im Stall waren Heubündel gestapelt, und in einer Ecke befand sich ein hoher Strohhaufen. Ansonsten war der Raum leer. Ich dachte über meine Möglichkeiten nach und stellte fest, daß ich eigentlich gar keine hatte. Ich konnte bleiben, wo ich war, und mich verstecken, oder aber versuchen wegzulaufen. Meine Kameraden waren keine zwei Straßen von mir entfernt und noch mit dem Aufladen des Hanfs beschäftigt, doch es hätten ebensogut zwanzig Meilen sein können. Ich trug ein Kainszeichen. Die ganze Stadt würde jetzt nach einem hinkenden Mann mit einem grauen Bart Ausschau halten, und überall waren Menschen. Vielleicht könnte ich mein Gesicht irgendwie verstecken, aber unmöglich mein Hinken. Ich mußte bleiben und hoffen, daß alles gutging, und das bedeutete, daß ich die Leichen von Affengesicht und seinem Freund verstecken mußte.

Erst nach längerem Ziehen und Zerren hatte ich sie zu

den Heubündeln geschleppt und dahinter verborgen. Dabei rechnete ich jeden Augenblick damit, daß jemand in der offenen Tür auftauchte. Schließlich waren sie beide so verstaut, daß sie kaum noch zu sehen waren. Ich riß zwei Bündel auseinander und streute loses Heu über ihre hingestreckten Körper. Danach verteilte ich Stroh über die Blutpfützen, trampelte darauf herum, um die Feuchtigkeit aufzusaugen, und warf noch mehr frisches darauf. Es war viel Blut, und während ich es zu verstecken versuchte, dachte ich ironisch über meinen Zwiespalt im Hinblick auf die Moral des Tötens nach. Schließlich hatte ich das Gefühl, mein möglichstes getan zu haben, um alle Anzeichen von Gewalt zu beseitigen, und wurde mir immer mehr der weit offen stehenden Tür bewußt. Daher zog ich mich in die von den Leichen am weitesten entfernte Ecke zurück und kauerte mich, die Augen auf das weiße Lichtrechteck gerichtet, hinter den Strohhaufen. Ich zog nicht einmal in Erwägung, auf den Boden zu klettern. Unten saß ich schon genug in der Falle. Es war eine der seltenen Gelegenheiten, an denen ich nach einer Gewalttat nicht den Zwang verspürte, mich zu übergeben. Das würde erst später kommen, wenn alle Gefahr vorüber war. Ein Gefühl tief in meinen Eingeweiden sagte mir, daß ich da lange würde warten müssen.

Kein Augenblick kam mir der Gedanke, daß mich meine eigenen Männer unabsichtlich an Nescas Leute verraten könnten. Meine Soldaten lagerten ein paar Meilen von der Stadt entfernt auf einer Lichtung, die zwar noch in Sichtweite der Straße, aber doch gut vor ihr verborgen war. Mit mir in die Stadt gekommen waren sechs Männer, alle Bauern und verschwiegen. Sie fuhren nur ungern in die Stadt und brachten für die Menschen, die sich dort ihren Lebensunterhalt verdienten, weder Vertrauen noch Geduld auf. Sollte man sie fragen, würden sie automatisch annehmen, daß ich in Schwierigkeiten wäre, und so tun, als würden sie mich nicht kennen. Gleichzeitig, so hoffte ich, würden sie selbst nach mir Ausschau halten.

Kaum schlug mein Herz etwas gleichmäßiger, da brachte es eine neue Gefahr wieder ins Rasen. Ich hatte die Tür, die auf einmal krachend aufsprang, so daß Lampenlicht in den dunklen Stall fiel, völlig übersehen. Sie schloß mit der Wand ab, an der ich kauerte, und bestand aus den gleichen rohen Brettern. Nun wurde sie so heftig aufgestoßen, daß sie gegen die Wand schlug und mich nur um wenige Zoll verfehlte. Da sie zurückprallte, nahm sie mich aus dem Blickfeld des Mannes, der murrend hereinkam. Er durchquerte mit acht großen Schritten den Raum und verschloß und verriegelte, Flüche und Verwünschungen ausstoßend, die Außentür.

Ganz leise und vorsichtig stand ich auf, wobei mir das Herz noch immer bis zum Hals schlug, weil mir klar war, daß er sich jeden Augenblick umdrehen und mich sehen könnte, und lief um die offenstehende Tür herum in den kurzen Gang dahinter, in der widersinnigen Hoffnung, dort niemanden anzutreffen. Es war tatsächlich niemand da, allerdings war es sehr düster. Lediglich zwei Lampen und ein paar schmale Spalten in den Rolläden aus Holz, die das einzige Fenster abdunkelten, spendeten etwas Licht. Die Tür, die auf die Straße führte, sah solide aus und war ebenso solide verriegelt.

Ich stand in einem Kerzenladen, der mit Tonlampen aller Formen und Größen und kleinen Ölkrügen vollgestopft war. Es roch durchdringend und aromatisch nach Öl und Kampfer. Links führte eine morsche Treppe zu einem weiteren Boden, wo offenbar der Ladenbesitzer wohnte. Ich lief rasch durch den Raum und drückte die Augen an einen

Rolladenspalt. Draußen auf der Straße herrschte Chaos, die Menschen rannten wild umher, und alles wies auf Panik hin. Ein alter, graubärtiger Mann wurde von zwei grobschlächtigen Kerlen buchstäblich an mir vorbeigezerrt. Ich konnte nicht länger hinschauen, da ich den Ladenbesitzer hinter mir lautstark streiten hörte. Während ich noch nach einem Versteck suchte, hörte ich Türenschlagen im Stall und das Nahen rascher, wütender Schritte. Schnell versteckte ich mich hinter der wackligen Treppe in der Ecke, als der Mann auch schon eintrat.

Er war sehr kräftig – groß und breitschultrig –, so daß er sich bücken mußte, als er zur Tür hereinkam. Als er sich langsam wieder streckte, sah er meine Füße und erstarrte einen Herzschlag lang. Dann richtete er sich zur vollen Größe auf und blickte mich mißtrauisch an. Er gab keinen Laut von sich, und ich vergewisserte mich, daß er keine Waffe trug. Er schaute mir direkt in die Augen, und dann wanderte sein Blick zu meinem linken Knie. Ich hielt die Hand auf dem Heft meines Schwerts und rührte mich nicht. Ohne große Eile schloß er die Tür hinter sich, trat zwei Schritte in den Raum und blieb dann – an die kleine Ladentheke gelehnt, die einen Großteil seiner Waren enthielt – vor mir stehen. In seinen Augen war keine Furcht, und die einzigen Geräusche kamen von der Straße, wo sich das laute Wehklagen einer Frau über den allgemeinen Lärm erhob. Dann begann er mit tiefer Stimme und deutlicher, als ich es erwartet hatte, zu sprechen.

»Da draußen gibt es allerhand Leid!« meinte er. »Hoffentlich bist du es wert.«

Ich griff mit der linken Hand in meine Tunika und holte eine schwere Geldbörse heraus. Diese warf ich neben ihm auf die Theke, wo sie mit einem kräftigen, vollen Ton landete.

»Auf meinen Kopf sind zehn Aurum ausgesetzt«, sagte ich. »So viele sind mindestens in diesem Beutel, vielleicht sogar ein paar mehr. Du hast also die Wahl. Du kannst um Hilfe rufen und jetzt sterben, oder du kannst so tun, als hilfst du mir, und die Belohnung später in Empfang nehmen, wenn du sie überhaupt bekommst. Vermutlich wirst du aber, wenn sie mich erst einmal haben, nichts davon sehen, und den Inhalt dieses Beutels dann auch nicht.«

Er sah mich ausdruckslos an. »Es muß eine dritte Möglichkeit geben. Eine, bei der ich das Geld bekomme. Welche ist das?«

»Etwa zwei Straßen weiter ist eine Seilerei. Kennst du sie?«

Er nickte.

»Nun, dort beladen meine Leute gerade einen Wagen mit Hanf. Sie wissen nicht, was los ist. Hol sie her, an deine Hintertür, jene, die du gerade geschlossen hast. Wenn ich im Wagen in Sicherheit bin, fahren wir ab, und du kannst die Börse behalten.«

»Zehn Aurum? Hältst du mich zum Narren? Du würdest mich doch schon für ein Zehntel davon verbluten lassen! Für ein Zwanzigstel!«

Ich zuckte mit den Schultern. »Das werde ich nicht. Das Geld ist unwichtig. Du wirst es vielleicht nicht glauben, doch es ist wahr. Ich habe es bei mir, falls sich einmal eine Gelegenheit ergibt, Eisen zu kaufen.«

Er sah mich skeptisch an. »Eisen? Du kaufst mit Gold Eisen?«

Ich nickte. »Richtig! Roheisen. Eisenbarren. Jedenfalls würde ich das, wenn ich es könnte. Doch heutzutage sind Eisenbarren rarer als Goldmünzen.« Da er noch immer zweifelnd und ungläubig aussah, fügte ich hinzu: »Ich gebe dir mein Wort darauf. Ich fürchte, wir müssen einander vertrauen.«

Er schwieg einen Augenblick. Dann meinte er: »Schau, Fremder, ich weiß nicht, wer du bist, und will es auch gar nicht wissen, doch niemand ist zehn Aurum wert, das spottet einfach jeder Beschreibung!«

Ich deutete mit dem Kopf auf den Beutel: »Zähl es!«

»Oh, ich glaube, daß es drin ist. Die kleine Geldbörse ist sehr schwer, und du hast sie ja wohl nicht mit flachen Steinen gefüllt, weil du wußtest, daß du mir begegnen würdest. Ich frage mich nur, was du Quinctilius Nesca angetan hast, daß deine Haut zehn Aurum wert ist!«

Ich hätte ihn anlügen können, doch etwas in seinem Gesicht ließ mich die Wahrheit sagen.

»Ich habe seinem Lieblingsneffen das Gesicht zerschlagen und mein Initial in die Brust geritzt.«

»Was hast du?« lachte er ungläubig.

»Du hast es ja gehört.«

»Ja, ich habe es gehört.« Er schüttelte den Kopf. »Wer war denn dieser Neffe?«

»Er ist es noch – ich habe ihn nicht getötet. Ich habe ihm nur mein Zeichen aufgedrückt. Claudius Caesarius Seneca.«

Er bekam Kulleraugen. »Der Verrückte? Der? Er ist Nescas Neffe?«

Ich nickte. »Ja, oder sein Vetter. Jedenfalls sind sie verwandt.«

Er runzelte die Stirn. »Aber ist das nicht der Prokurator?«

»Er war es. Doch er ist verschwunden. Er war aber früher schon einmal hier in Britannien, vor ungefähr fünf Jahren, und zwar in Angelegenheiten des Kaisers. Und da sind wir einander – begegnet.«

Er schüttelte nochmals den Kopf und ging dann plötzlich zum Fenster. Ich straffte mich und riß den Dolch heraus, bereit, ihn zu werfen. Doch er blickte nur durch einen Spalt und machte keine Anstalten, den Laden zu öffnen. Meine Anspannung ließ ein wenig nach, und nach einer Weile kam er zu mir zurück.

»Du hast heute keine Aussicht mehr, die Stadt zu verlassen. Du hättest keine Chance. Sie durchsuchen jedes einzelne Haus, und je weniger Glück sie haben, um so genauer schauen sie nach. Nesca ist ein mächtiger Mann, dem man lieber nicht in die Quere kommt. Er wird die Suche nach dir erst einstellen, wenn er die ganze Stadt auf den Kopf gestellt hat. Hier bist du sicher, fürs erste jedenfalls, weil sie schon da waren. Deshalb habe ich den Laden geschlossen und wußte gleich, wer du bist. Wie bist du hereingekommen?«

»Du bist an mir vorbeigegangen, als du die Hintertür geschlossen hast, und währenddessen bin ich hereingeschlüpft.«

»Da hast du gut daran getan! Sie kamen wieder, als ich den Laden zumachte, dieselben, die schon vorne gesucht hatten. Ich habe sie kurz abgefertigt.«

»Haben sie den Stall durchsucht?«

»Nicht gründlich, sie haben nur einen kurzen Blick hineingeworfen. Ich sagte ihnen, daß niemand hier sei, und da ich vom erstenmal her noch wütend auf sie war, glaubten sie es mir. Warum?«

Ich zog es vor, zu schweigen.

»Hm«, meinte er und klopfte sich mit dem Daumennagel auf den Zähnen herum, »du kannst von Glück sagen!«

Ich zog eine Grimasse. »Von Glück? Meinst du wirklich? Warum?«

»Bist du ihnen denn nicht entkommen? Und hier gelandet?«

»Und das ist ein Glück? Ja, wahrscheinlich hast du recht.«

»Allerdings, mein Freund. Du kannst von Glück sagen!«

Er spielte auf etwas an, doch ich wußte nicht worauf.

»Inwiefern? Ich kann dir nicht ganz folgen!«

Er nahm den Beutel mit dem Gold, öffnete ihn und schüttete die Münzen auf die Theke. Dann nahm er eine in die Hand und hielt sie mir zwischen Daumen und Zeigefinger hin. »Deshalb!« meinte er. »Weil ich Quinctilius Nesca deshalb auf den Tod nicht ausstehen kann.« Er drehte die Münze um. »Wenn vor fünf Jahren zehn davon in meinem Besitz gewesen wären, hätte ich den Laden, der bereits fünf Jahre in meinem Besitz war, als dieser fette Wurm in mein Leben trat, halten können. Ich lieh mir etwas Geld von ihm und erlitt ein Fiasko. Daraufhin nahm er mir alles. Sogar meine Frau. Sie ging zwar nicht zu ihm, verließ mich aber. Sie konnte sich nicht in ein Leben in Armut schicken.« Mit finsterem Gesicht ballte er die Faust um die Münze. »Und dieser Seneca ist also Nescas Vetter. Der Gedanke, daß es sich bei dem Prokurator um ihn handeln könnte, ist mir nie gekommen. Wie sieht er denn aus?«

»Warum fragst du? Hast du ihn gesehen?«

Der große Mann schüttelte den Kopf. »Ich weiß es nicht. Vielleicht. Du sagst, er sei vor fünf Jahren hier in Britannien gewesen. Das war die Zeit, in der ich ebenfalls Schwierigkeiten mit Nesca bekam, und er hatte einen Kerl bei sich, der überall Unruhe stiftete. Ich hatte ihn vorher noch nie gesehen, und auch sonst niemand. Er war ein richtig unangenehmer Bastard, schön wie ein junger Gott und böse wie …« Hastig schaute er zur Seite und ging zum Fenster.

»Das klingt nach Seneca«, sagte ich. »Er war immer ein hübscher Anblick, solange man nicht zu tief schaute. Hat er dich persönlich beleidigt?«

»Ja, das kann man wohl sagen«, erwiderte er mit leiser, kehliger Stimme. »Das kann man allerdings sagen! Ich hatte einen fünfjährigen Sohn. Er verschwand damals, und wir haben ihn nie wiedergesehen. Es waren Wölfe, hieß es, oder ein Bär im Wald. Ich brauche ja wohl nicht eigens zu erwähnen, daß der Knabe wußte, daß er nicht in den Wald durfte. Er war einfach weg. Meine Frau kurz darauf auch …« Ihm versagte die Stimme, und ich sah seine Schultern zucken. »Später, Monate danach, fand ich heraus, daß in jenem Sommer fünf Knaben verschwunden sind. Fünf! Und alle in der Zeit, in der Quinctilius Nescas mißliebiger Hausgast hier war. Und er war von Zeugen mit zwei der Knaben gesehen worden, bevor diese vermißt gemeldet wurden … Seneca. Er hieß Seneca …

Als wir nach ihm Ausschau hielten, war er weg. Zum Hof in Konstantinopel zurückgekehrt. Nesca lachte uns aus und vertrieb uns von seinem Land. Und die Zeugen verschwanden ebenso wie die Knaben.«

»Ich verstehe.« Es wurde Zeit, das Thema zu wechseln. Mein Gastgeber verlor immer mehr die Selbstbeherrschung. »In welchem Geschäft warst du denn tätig?«

Er versuchte durch heftiges Zwicken der Tränen Herr zu werden und drehte die Goldmünze wieder um.

»Ich war Weinimporteur. Kein großer, doch das Geschäft ging recht gut. Alles Wissenswerte über den Versand hatte ich in der Marine gelernt. Ich fing klein an und hatte Erfolg. Dann sah ich eine Chance, mein Geschäft zu erweitern, und lieh mir das dafür nötige Geld.«

»Und?«

»Das Schiff ging unter. Vielleicht wurde es auch von Piraten gekapert. Wie dem auch sei, für mich machte es keinen Unterschied. Nesca nahm mir alles, was ich hatte.«

»Wie lange warst du denn in der Marine?«

»Fünfzehn Jahre. Mit dreißig verließ ich sie.«

»Und nach diesen fünfzehn Jahren hast du alles auf eine Schiffsladung gesetzt?«

Er lächelte bitter. »Nein, auf zwei. Doch die zweite war drei Monate nach dem erwarteten Zeitpunkt noch immer nicht da. Als sie schließlich eintraf, gehörte sie Nesca.«

Ich spürte Mitleid in mir aufsteigen. »Länger wollte er nicht warten?«

»Er wollte überhaupt nicht warten, dieser fette Hurensohn. Er gab dem Kapitän des zweiten Schiffes Geld für einen Umweg. Das fand ich erst später heraus. Du kannst dein Geld also behalten, es kann mir nicht mehr helfen. Ich werde jedoch mit Wonne dieses fette Schwein um seins betrügen. Hast du Hunger?«

Ich verspürte plötzlich Heißhunger und nickte.

»Also gut«, meinte er. »Essen wir! Ich habe nicht gerade viel da, und es ist nicht gerade ein Festmahl, doch es wird uns die Bäuche füllen. Ich bin Tertius Pella.«

Ich ergriff seine ausgestreckte Hand. »Publius Varrus.«

Er brachte Brot, Käse und in sauren Wein eingelegte Zwiebeln auf den Tisch, und wir verschlangen alles. Dann kam er mit einem Krug herrlichen Weins, der rot und schwer wie Blut war. Den Becher schon halb zum Mund erhoben, hielt ich plötzlich inne.

»Was ist los?«

Ich stellte den Becher wieder hin. »Schuldgefühle. Du gewährst mir deine Gastfreundschaft, und ich bereite dir mehr Schwierigkeiten, als du ahnst.«

»Inwiefern?«

»Unter dem Heu in deinem Stall liegen zwei tote Männer.«

»Oh!« Er verzog das Gesicht. »Das ist allerdings unangenehm. Zwei von Nesca?«

Ich nickte. »Es tut mir leid.«

»Mir auch! Dann kommen sie auf jeden Fall zurück, um noch einmal zu suchen. Wir sollten die Leichen wegbringen.«

»Sie wegbringen? Wohin denn?«

»Wir sollten sie in den Keller werfen und die Tür mit Stroh zudecken. Ich begrabe sie später.«

»Und was ist mit den Blutflecken? Sie werden sie bei der Suche entdecken.«

»Sind sie so groß?«

Ich nickte. »Sie haben wie Schweine geblutet.«

»Nicht ganz unpassend. Doch wo sind die Männer? Ich habe sie nicht bemerkt.«

»Weil du nicht nach ihnen Ausschau gehalten hast, sonst wären sie dir nicht entgangen.«

»Verdammt! Ich kann nicht einmal behaupten, daß ich keine Ahnung hatte, obwohl es die Wahrheit ist. Sie würden mir niemals glauben, daß ich nichts von den Leichen wußte, als ich sie nicht nachsehen ließ. Sie werden mich vor Nesca schleppen, und wenn er mein Gesicht sieht, bin ich erledigt. Er weiß, daß ich herausgefunden habe, daß er mich aufs Kreuz gelegt hat. Das ist eine erstklassige Gelegenheit, mich ein für allemal zum Schweigen zu bringen.«

Er hielt inne und sah mich merkwürdig an.

»Wohin gehst du denn, wenn du von hier wegkommst? Wo wohnst du?«

»Auf einem Gut ungefähr dreißig Meilen südlich von hier.«

»Auf einem Gut, so? Das dir gehört?«

Ich schüttelte den Kopf. »Nein, es gehört einem Freund. Du würdest ihn mögen.«

»Kann ich mit dir kommen?«

Damit überraschte er mich erneut. »Mit mir kommen? Du meinst, für immer? Und was ist mit deinem Laden?«

Er sah sich in ihm um. »Mit was für einem Laden? Nesca kann ihn als Schrein für die Leichen im Keller haben. Ich habe die Nase voll davon!«

Ich lachte leise. »Tertius Pella«, sagte ich, »sollten wir hier je lebendig herauskommen, bist du auf unserem Gut willkommen.«

»Ausgezeichnet!« Er hob seinen Becher und prostete mir zu. »Trinken wir auf eine neue Freundschaft, eine neue Zukunft und einen langsamen, elenden Tod für alle fetten Diebe!«

Wir leerten unsere Becher, und er erhob sich und ging wieder zu dem Fenster, wo er eine Weile durch die Spalten des Rolladens schaute. Draußen war es jetzt fast still. Über die Schulter meinte Tertius: »Du sagtest, du hättest einen Wagen, der mit Hanf beladen würde. Ist dein Fahrer ein großer, rothaariger Kerl in einer blauen Tunika?«

Im Nu war ich neben ihm, und wirklich stand mein Wagen draußen auf der Straße.

»Das ist er! Hol ihn herein! Ist es möglich? Er heißt Cerdic.«

»Cerdic! Warte hier!«

Schon wenig später traten die beiden ein. Cerdic freute sich ebensosehr wie ich. Meine Männer hatten an der Beschreibung der Suchenden gemerkt, daß ich gemeint war, jedoch geschwiegen. Nach der Befragung hatten sie sich dann aufgeteilt und die Stadt nach mir durchkämmt. Cerdic war bei dem Wagen geblieben, weil er diesen nur ungern unbeaufsichtigt ließ. Sie hatten vor, in unserem Lager vor der Stadt wieder zusammenzutreffen, die Nacht dort zu verbringen und am nächsten Morgen die Suche nach mir fortzusetzen.

Cerdic hatte es ungeheuer eilig, mich im Wagen zu verstecken. Er sagte, er sei am Ende der Straße gerade erst durchsucht worden und hoffe, ungeschoren zurückfahren zu können, wenn wir die Entscheidung trotz ihrer Gefährlichkeit rasch träfen. Tertius zeigte ihm den Hintereingang, und ich wartete dort auf sie und öffnete das Tor, als ich sie kommen hörte. Cerdic fuhr rückwärts mit dem Wagen herein, und ich kroch in den übelriechenden Hanf. Ich spürte, wie Tertius Pella die Ladung über mir neu verteilte, um alle Spuren zu beseitigen. Dann fuhren wir los, und eine Viertelstunde später waren wir wieder an dem Kontrollpunkt, wo Cerdic durchsucht worden war. Ich hörte den Anruf der Wache.

»Ich bitte dich, Mann!« brüllte Cerdic. »Du hast mich doch gerade erst durchsucht! Du hast den ganzen verdammten Wagen durchwühlt! Ich bin nur bis zur *mansio* am Ende der Straße gefahren, um meinen Freund hier abzuholen. Willst du, daß wir alles ausleeren? Den ganzen Scheißkram hier auf die Straße kippen? Wenn du uns durchsuchen willst, laß dich nicht aufhalten! Ich habe allerdings Besseres zu tun, als meine Zeit damit zu verschwenden, hier herumzuhocken, während du deine Flöhe über mich verteilst!«

Die Antwort konnte ich nicht verstehen, doch wir standen noch sehr lange da. Jemand lief auf dem Wagen herum und blieb auf der über mir aufgehäuften Ladung stehen. Ich stellte mir vor, wie dieser jemand aufs Geratewohl mit einem Speer im Hanf herumstocherte, und bekam in der Erwartung, daß mich die Spitze finden würde, einen ganz trockenen Mund. Es war in meinem Versteck heiß und unbequem, und ich konnte kaum atmen. Meine Kehle wurde trocken und kratzig, und ich spürte einen Hustenreiz. Heftig fuhr ich mir mit der Zunge im Mund herum, um Speichel zu bilden. Und dann ruckelte der Wagen weiter, hielt aber nach ein paar Schritten wieder an. Ich hörte Cerdic etwas rufen, was ich aber nicht verstehen konnte. Gleich darauf ging es weiter. Ich war unwahrscheinlich erleichtert, und mein Hustenreiz ließ nach.

Der Hanf federte die Erschütterungen ab, als der Wagen über das Kopfsteinpflaster ratterte, so daß ich fast in den Schlaf gelullt wurde. Ich wunderte mich, daß wir erst nach langer Zeit wieder angehalten wurden, und dann auch nur für einen Augenblick. Ich hörte Cerdic jemandem »Auf Wiedersehen« zurufen und überlegte, was sich wohl oben abspielte. Hatte Tertius Pella seine Meinung geändert und wollte nun doch nicht mitkommen? Ich wußte, daß mich Cerdic erst rufen würde, wenn wir in Sicherheit waren, und machte daher das Beste aus meiner erzwungenen Muße, indem ich in Gedanken die Liste der Vorräte durchging, die ich diesmal nicht mitbringen würde.

Dann hielten wir plötzlich wieder an. Über mir war Lärm, und ich spürte einen kühlen Luftzug im Gesicht.

»Publius? Alles in Ordnung?«

Ich spuckte Hanf aus und setzte mich auf. »Ja. Sind wir in Sicherheit?«

Cerdic lachte. »Jawohl. Wir sind entwischt. Gott sei Dank hast du den Mund gehalten. Ich wußte nicht, ob dich die erste Wache mit dem Speer umgebracht hat, konnte aber nichts tun, solange wir in der Stadt waren.«

»Was war mit Tertius Pella? Warum ist er umgekehrt?«

Erstaunt blickte er von oben auf mich herab. »Umgekehrt? Er ist nicht umgekehrt. Er ist hier!«

»Wer ist dann vom Wagen gestiegen?«

»Ach so!« lachte er. »Das war der Zenturio, der uns begleitet hat. Er hat uns an allen Wachposten vorbeigebracht, und wir haben ihn am Tor abgesetzt. Deswegen war ich so froh, daß du den Mund gehalten hast. Wenn du gegackert hättest, hätte ich ihn töten müssen, und dann wären wir erst richtig in Schwierigkeiten geraten. Laß dir heraushelfen!«

Eine halbe Stunde später erreichten wir unser Lager. Die anderen Wagen waren schon vor uns eingetroffen, und nur zwei Männer fehlten noch. Sie waren in Aquae Sulis geblieben und hatten sich in der Hoffnung, etwas über mein Entkommen oder aber meine Gefangennahme zu hören, in der *mansio* einquartiert. Am Morgen wollten sie nachkommen.

Ich stellte Tertius Pella seinen neuen Nachbarn vor. Als ich diesen von meinem Mißgeschick an diesem Tag erzählte und als was für ein Freund sich Pella erwiesen hatte, hießen sie ihn als einen der Ihren willkommen.

Am frühen Morgen des nächsten Tages stießen die beiden noch Fehlenden wieder zu uns und waren überrascht, mich zu sehen.

»Was hat euch denn aufgehalten?« fragte ich sie. »Wir warten schon die ganze Nacht auf euch!«

»Die ganze Nacht?« fragte Tarpo Sulla, der ältere der beiden, verwirrt und aufgeregt. »Was meinst du mit ›die ganze Nacht‹? Seit wann bist du denn hier?«

Überrascht von der Heftigkeit seiner Frage, blickte ich Cerdic an. »Seit wann, Cerdic? Seit der achten Stunde? Wir trafen kurz nach Einbruch der Dunkelheit ein. Warum?«

»Dann warst du es nicht.«

»Was war ich nicht? Tarpo, was du sagst, macht keinen Sinn!«

»O doch!« knurrte Tarpo. »Der Hurensohn Nesca ist in der vergangenen Nacht ermordet worden. Erwürgt. Nach dem Abendessen, als er zu Bett ging. Jemand hat ihn im Abort überfallen und mit einem dünnen Seil fast den Kopf abgeschnitten. Sie schieben es auf dich.«

Ich ließ mich schwer auf den Baumstumpf hinter mir fallen. Alle im Lager sahen mich an und warteten auf meine Reaktion. Niemand hegte auch nur den geringsten Argwohn. Wir hatten fast bis Mitternacht zusammen ums Feuer gesessen und uns unterhalten. Doch allein schon, daß mein Name mit der Ermordung Quinctilius Nescas in Verbindung gebracht wurde, war eine ernste Sache. Mein Name!

»Sie schieben es auf mich, sagst du? Wissen sie denn, wie ich heiße? Suchen sie Publius Varrus?«

»Nein, sie suchen einen kräftigen Mann mit einem grauen Bart, der auf dem linken Bein stark hinkt. Sie wissen nicht, wie du heißt, bestimmt aber viele Leute hier in der Stadt. Auf jeden Fall diejenigen, mit denen wir Geschäfte machen. Früher oder später wird einer deinen Namen nennen und mit dem Finger auf dich zeigen.«

Wenn er recht hatte, würde man mich wegen dreifachen Mordes suchen, sobald man die Leichen der beiden anderen entdeckt hatte. Fieberhaft überlegte ich, wie viele Leute in Aquae Sulis mich identifizieren könnten, doch mir fiel niemand ein. Ich war davor nur einmal in der Stadt gewesen, und zwar als Fremder, als ich seinerzeit auf dem Weg zu Gaius' Gut drei Tage dort geblieben war.

Ich wandte mich an Cerdic: »Cerdic, denk scharf nach! Habe ich gestern in der Seilerei meinen Namen genannt? Kannst du dich daran erinnern?«

Nachdenklich legte er die Stirn in Falten. »Hm, nein, ich glaube nicht.« Und nach weiterem Überlegen: »Nein, ganz bestimmt nicht. Der Kerl war recht mürrisch, und du bist mit ihm über den Preis in Streit geraten und warst überhaupt nicht freundlich. Du hast ihn in bar bezahlt und dann zu mir gesagt, du würdest zur *mansio* gehen. Danach hast du dich auf den Weg gemacht.«

»Du hast recht, Cerdic. Ich habe ihm nicht gesagt, wer ich bin. Und du? Kannte er dich?«

Er schüttelte den Kopf. »Nein. Ich hatte ihn noch nie gesehen. Ich glaube, er ist neu hier. Ich hätte ihn nicht einmal gegrüßt, geschweige denn meinen Namen genannt. Warum? Ist das wichtig?«

Ich blickte einen nach dem andern an. »Ja«, antwortete ich dann. »Es ist sehr wichtig. Ihr seid in der Stadt bekannt, ich jedoch nicht. Ich bin zum zweitenmal hier, und beim erstenmal bin ich nur durchgereist. Niemand kennt mich, und lediglich der Seiler hat mich heute mit einem von euch zusammen gesehen. Das bedeutet, daß sie meinen Namen nicht feststellen und mich mit keinem von euch in Verbindung bringen können. Außerdem bedeutet es, daß ich für eine Weile nicht in die Stadt gehen werde.« Das rief leichtes Gelächter hervor. »Ich weiß nicht, wer Quinctilius Nesca getötet hat, aber einem Mann wie ihm fehlt es nie an Feinden. Ich weiß jedoch, und ihr wißt es ebenso, daß es nicht Publius Varrus war. Und jetzt kehren wir lieber so schnell wie möglich zur Kolonie zurück. Je eher wir hier fort sind, um so lieber ist es mir.«

Mir kam plötzlich ein merkwürdiger Gedanke, so daß ich mich noch einmal an den Mann wandte, der die Neuigkeit überbracht hatte.

»Du sagst, Nesca sei in der Nacht überfallen und ermordet worden. Wer hat denn die Leiche gefunden, und wo?«

Tarpo Sulla dachte angestrengt nach. »Ich weiß es nicht.

Ich weiß nur, daß er im Abort war. Und daß er fast geköpft wurde. Decius hat jemanden etwas von einem Vetter sagen hören, der ihn gefunden hat. Stimmt's, Decius?«

Einem Vetter! Seneca? Ich fragte mich sogleich, ob ich auf den vermißten Prokurator gestoßen war, was nicht allzuweit hergeholt zu sein schien. Es war durchaus möglich, daß Nesca seinem reichen Vetter ein Versteck geboten hatte, eine sichere Zuflucht, um abzuwarten, ob Magnus bei seinem Streben nach der Macht im Kaiserreich erfolgreich war. Und dann machte ich intuitiv einen Gedankensprung. Wenn es zwischen den beiden zu Unstimmigkeiten gekommen war und sich böses Blut entwickelt hatte, dann war es durchaus möglich, daß sich Seneca seines dicken Vetters entledigt und die Schuld auf den verkrüppelten Meuchelmörder gelenkt hatte, der schon einmal versucht hatte, ihn zu töten. Dies war lediglich eine Vermutung von mir, machte jedoch auf makabre Weise Sinn.

Auf dem Rückweg hatten wir keine weiteren Schwierigkeiten und kamen zwei Tage später wieder in der Kolonie an. Gaius hörte sich meine Geschichte aufmerksam an, schüttelte über die Dummheit und Kleinherzigkeit der Menschen bedauernd den Kopf und wechselte dann das Thema, indem er mir von der seltsamen Botschaft erzählte, die er von Ullic, dem Oberhaupt der lokalen Pendragon-Kelten, erhalten hatte. Er schien meiner Theorie über die Ermordung Nescas und den Aufenthaltsort Claudius Senecas überhaupt keinen Glauben zu schenken, sondern tat sie vielmehr als reine Mutmaßung ab, die neben seiner Neuigkeit völlig bedeutungslos war. Ich weiß noch, daß mich seine Gleichgültigkeit gegenüber meinem Bericht und meinem Argwohn verletzte und ärgerte. Zugleich sah ich aber auch ein, daß Ullics Botschaft sehr wichtig war, und gab zu, daß möglicherweise guter Grund für die offensichtliche Aufregung bestand, die sie während meiner Abwesenheit verursacht hatte.

Kurz nachdem ich mich auf den Weg nach Aquae Sulis gemacht hatte, hatten sich Cymric und sein Bruder, mein Pfeilmacherfreund, im Namen ihres Führers Ullic Pendragon in aller Form an Gaius gewandt. Ullic, sagten sie, wolle sich mit Gaius treffen, um Angelegenheiten von gemeinsamem Interesse zu besprechen. Das sei eine hohe Ehre, hatte Cymric hinzugefügt, da zuvor noch kein Pendragonoberhaupt mit einem Römer zu tun gehabt habe.

Neugierig gemacht, hatte Gaius Ullic natürlich in die Kolonie eingeladen, doch beschied man ihm, das Treffen müsse ganz formell sein und an einer heiligen Stätte stattfinden. Als Gaius fragte, wo das sein könnte, nannte man ihm den Großen Steinkreis.

Natürlich wußte ich, wo sich der Große Steinkreis befand. Es handelte sich um einen offenen, den Druiden heiligen Tempel, oder besser dessen Ruinen, so alt wie die Zeit selbst, auf der großen Ebene östlich von uns, mehr als einen Tagesmarsch von unserem Gut entfernt. Zunächst hatte Gaius Einspruch gegen die weite Reise erhoben, doch Lucia war so klug gewesen, ihn zu dem Treffen zu überreden. Er hatte sich daraufhin erkundigt, wen er zu einer derart formellen Zusammenkunft mitbringen dürfe, und die Antwort erhalten, daß Ullic mit seinen Druiden und einer Eskorte von Kriegern erscheinen werde und Gaius daher auch in Begleitung kommen könne.

Britannicus hatte darauf bestanden, die Zusammenkunft zu verschieben, so daß ich ihn begleiten konnte. Das keltische Oberhaupt zu treffen interessierte mich wohl, doch war ich noch immer mit dem Wiederauftauchen der Seneca-Sippe in meinem Leben beschäftigt. Erneut versuchte ich, Gaius' Aufmerksamkeit auf meine Theorie über Seneca und seinen Verbleib zu lenken, mußte jedoch einsehen, daß es Zeitverschwendung war. Alle seine Gedanken drehten sich um das bevorstehende Treffen, und er hatte derart viel im Kopf, daß er es sich nicht erlauben konnte, sich von einem Seneca ablenken zu lassen, der keine unmittelbare Gefahr darstellte.

Für mich jedoch war es genau umgekehrt. Ich hatte nicht allzuviel dafür übrig, einen keltischen Wilden zu treffen, solange unter Umständen mein Erzfeind in Reichweite meiner Rache war. Von Gaius' mangelndem Interesse sichtlich enttäuscht und leicht verärgert, entschloß ich mich, für den Fall von Senecas Anwesenheit in Aquae Sulis selbst geeignete Schritte zu unternehmen. Gaius und meiner Frau gegenüber erwähnte ich nichts davon, da diese, wie ich wußte, mit meinen Plänen absolut nicht einverstanden gewesen wären. Ich fürchte, daß ich mir in meiner Arroganz und Wut, wie so oft, zuwenig Gedanken über die möglichen Folgen meiner Taten machte. Von der Richtigkeit meines Handelns überzeugt, hauchte ich einem alten Haß neues Leben ein und setzte eine Reihe von Ereignissen in Gang, die auf mich und die Meinen noch auf Jahre hinaus Auswirkungen haben sollten.

Meiner Einschätzung nach handelte es sich bei den Senecae um eine Ausgeburt, deren einziges Ziel es war, meinem Freund Gaius – und damit auch mir – Probleme zu bereiten. Zwar war meine erste Verbindung mit der Familie während meiner Legionärszeit in Afrika recht erfreulich gewesen und hatte ich mir die Dankbarkeit, vielleicht sogar Zuneigung von zwei Familienmitgliedern verdient, doch seitdem hatte sich alles geändert. Irgendwie wütend über meine Kühnheit, mich mit einem ihrer Todfeinde anzufreunden, zahlten es mir die Senecae heim. Sie hatten mich meiner Einkommensquelle in Camulodunum beraubt und gezwungen, hierher in den Westen zu fliehen. Nie kam mir seinerzeit der Gedanke, daß ich dafür in gewisser Hinsicht dankbar sein mußte. Außerdem wollten sie mich mehrmals töten, hatten meine Freundin Phoebe, bloß weil sie mich kannte, ermordet und unverhohlen versucht, Gaius umzubringen. All dies, sagte ich mir, war schon Grund genug, eine rechtschaffene, tüchtige Wut zu empfinden, ganz abgesehen von der Tatsache, daß Claudius, der jüngste Sproß der Familie, der Inbegriff all dessen war, was ich abstoßend fand. Verkommen, falsch, rücksichtslos und wahnsinnig, wie er war, hatte er in meinen Augen seinen Anspruch zu leben verwirkt, und ich konnte der günstigen Gelegenheit, ihn persönlich der Gerechtigkeit zu überführen, einfach nicht widerstehen. Die Entscheidung, sagte ich mir entrüstet, lag einzig und allein bei mir. Ich traf sie, ohne groß nachzudenken, und unterdrückte ärgerlich alle aufkeimenden Schuldgefühle, weil ich Lucia und Gaius allein schon dadurch täuschte, daß ich es ihnen verschwieg.

XXXI

Fünf Tage später kam Equus mit Tertius Pella zu mir. Ich war gerade hinter dem Gutshof beschäftigt, wo wir den Ofen für das Herausschmelzen des Metalls aus den Himmelssteinen errichtet hatten, und arbeitete mit dem speziellen Lehm, mit dem wir die Feuerkiste auskleiden wollten. Während ich mir die Hände wusch und an einem Lappen abtrocknete, erläuterte Equus Tertius, was wir mit dem neuen Ofen zu erreichen hofften. Schließlich nahm ich die Lederschürze ab und hieß Tertius willkommen. Es war ein heißer, staubtrockener Tag, und Equus goß jedem von uns einen Krug kühles Bier aus dem Vorrat ein, den er offenbar immer an einem sonnengeschützten Ort bereithielt. Beim ersten, kräftigen Schluck musterte ich Tertius Pella und fand meine ursprüngliche Meinung über ihn bestätigt.

Pella war ein großer Mann Anfang Vierzig, mit breiten Schultern und einer Taille, die in einem Alter, in dem die meisten Männer vom vielen Essen schon einen Spitzbauch hatten, gerade erst etwas dicker zu werden begann. Sein dunkles, finsteres Gesicht mit den tiefen Falten um die Augen ließ darauf schließen, daß er viele Jahre draußen auf dem Meer ins grelle Sonnenlicht geblinzelt hatte, denn er war ein richtiger Marinesoldat, der die meiste Zeit seines Dienstes unter dem Adler auf dem Wasser verbracht hatte. Ich hatte schon gehört, daß er stark, gerissen, solide und so zuverlässig wie seine geliebten Quadriremen war, und sein vorstehendes Kinn erinnerte an die Rammsporne ebendieser Boote.

»Nun«, fragte ich, »was hast du herausgefunden?«

Sein listiges Grinsen zeigte keinen Humor. »Was ich herausfinden sollte. Er ist tatsächlich dort, in einer Stadtwohnung, die für ein Jahr von dem Schmalzsack Nesca, dem niemand eine Träne nachweint, gemietet worden ist.«

»Du hast ihn gesehen?«

»Ja, einmal. Nur einen Augenblick, doch das war mehr als genug. Er kam an ein offenes Tor, keine fünfzehn Schritte von der Stelle entfernt, wo ich stand. Es konnte kein Zweifel daran bestehen – er war es. Claudius Caesarius Seneca, römischer Senator und Prokurator Südbritanniens, der sich in einem abgedunkelten Haus vor dem Tageslicht versteckt. Wie gut das doch paßt! Mein Gott, hätte ich nur einen Bogen zur Hand gehabt! Dann hätte ich ihm ganz schnell in jedes Auge einen Pfeil schießen können –«

»Hat dich irgend jemand gesehen und erkannt?«

»Nein, natürlich nicht. Du sagtest ja, ich solle aufpassen, daß mich niemand sieht.«

»Gut! Schon gut!« Ich war ganz aufgeregt, weil sich das, was bis zu diesem Augenblick nur Argwohn und Hoffnung gewesen war, nun bestätigte. »Also ist er da und versteckt sich, wie du sagst«, verlieh ich, halb ihm und halb mir gegenüber, meinen fieberhaften Gedanken Ausdruck. »Doch warum versteckt er sich? Und vor wem? Vor der ganzen Welt und besonders vor Theodosius und seinen Spionen und Informanten, weil die Gerüchte offenbar stimmen! Er hat also Magnus finanziert! Er hat kaiserliche Einnahmen verwendet, um die Heere eines Usurpators auszurüsten, und nun versteckt er sich und wartet ab, wie sein Spiel ausgeht!«

»Augenblick mal, das verstehe ich nicht!« warf Equus ein. »Warum muß er sich da verstecken? Britannien gehört doch Magnus. Wenn Seneca ihn unterstützt, hat er doch nichts zu befürchten.«

»Aus zwei Gründen, Equus«, antwortete ich ihm. »Erstens ist Magnus nur in Britannien Kaiser. Vielleicht gelingt es ihm ja nicht, das ganze Kaiserreich einzunehmen. Dann werden alle, die ihm geholfen haben, geächtet und zum Tode verurteilt. Und damit haben wir auch gleich den zweiten Grund: Seneca ist nicht dumm. Du kannst sicher sein, daß er für den Fall, daß Magnus scheitert, schon einen Plan parat hat. Er hat bestimmt Vorkehrungen getroffen, um abgesichert zu sein, falls ihn das Unglück ereilen sollte. Als kaiserlicher Prokurator Süd-Britanniens muß er Theodosius gegenüber loyal erscheinen – schon um seiner eigenen Sicherheit willen. Deshalb ist er ›verschwunden‹, angeblich, um sich den kaiserlichen Obliegenheiten von einem sicheren Ort aus widmen zu können. Natürlich ist er nicht in der Lage, mit Rom in Verbindung zu treten, weil Britannien in der Hand von Rebellen ist. Wenn Magnus Erfolg hat, wird Seneca triumphieren. Dann hat er den Kaiser hervorgebracht. Und wenn Magnus besiegt wird, kommt Seneca mit untadligem Ruf aus seinem Versteck hervor. Eventuelle finanzielle Einbußen macht er dann aus den eigenen Geldsäckeln wieder wett, und die sind weiß Gott groß genug! Das ist wirklich das einzige Risiko, das er eingeht. Er muß sich jedoch versteckt halten.«

Equus war noch nicht überzeugt. »Wie kann er in einer Stadt versteckt bleiben? Irgend jemand wird ihn bestimmt erkennen. Es gibt noch Leute, die Theodosius und dem Kaiserreich die Treue halten.«

»Natürlich, Equus, da hast du schon recht.« Ich wandte mich an Pella. »Was hatte er an, als du ihn sahst?«

Pella sah überrascht aus. »Nichts Besonderes, eine Tunika.«

»Eine elegante? Bunte?«

»Nein, keine elegante. Eine schlichte – einfach eine weiße.«

»Aha! War es ein strahlendes, helles Weiß?«

»Nein!« Er wurde allmählich ärgerlich. »Es war ein normales Weiß, so wie ich es trage. Es war eine ganz gewöhnliche Alltagstunika.«

»Du bist ein guter Mann, Tertius! Du hast ein Auge fürs Detail. Wie viele Wachen versehen Dienst am Tor?«

Sein Blick wanderte von Equus zu mir, und dann schüttelte er den Kopf. »Keine, was mich anfangs überraschte.«

»Anfangs?«

»Ja, bis ich merkte, was los war.«

»Was denn? Was war denn los?«

»Eigentlich nichts. Jedenfalls nichts Bemerkenswertes. Nichts, was die Nachbarn hätten sehen können, es sei denn, sie würden bewußt hinschauen. Doch außer Seneca sind mindestens acht Männer im Haus, und alle sehen wie Berufsgladiatoren aus. Acht habe ich gezählt, vielleicht sind es aber auch neun. Ich habe zwei Tage gebraucht, um das festzustellen.«

»Und du meinst, daß sie sich verstecken?«

»Ja, jedenfalls lassen sich die meisten nicht blicken. Drei gehen und kommen die ganze Zeit, doch die anderen halten sich verborgen. Außer in der Nacht. In der zweiten Nacht sah ich vier herausschlüpfen. Vor dem ersten Morgengrauen waren sie zurück.«

»Equus«, fragte ich, »siehst du, was uns Tertius da erzählt?« Er schüttelte den Kopf. »Denk doch mal über Seneca nach. Er ist der kaiserliche Prokurator Süd-Britanniens, einer der einflußreichsten und angesehensten Leute in der Verwaltung der ganzen Provinz. Außerdem ist er einer der wohlhabendsten Männer im Kaiserreich. Vor allem aber ist er Claudius Caesarius Seneca, Senator Roms, berüchtigt wegen seiner Lasterhaftigkeit und Zügellosigkeit. Man erwartet allerhand von Seneca, und zwar prächtige, modische Kleidung und all die Attribute von Macht und Reichtum – pompöse Wagen, herrliche Pferde, uniformierte persönliche Diener und jede nur erdenkliche Sicherheit. Nicht erwartet werden Stille, Abgeschiedenheit und der Eindruck von Armut. Verstehst du nun?«

»Man erwartet also Wachen und Soldaten. Und er hat keine Wachen! Das heißt, er versteckt sich, verkleidet als gewöhnlicher Mann!«

»Genau! Völlig unauffällig und daher unauffindbar. Niemand erkennt ihn in Aquae Sulis, Equus, niemand! Weil niemand erwartet, ihn zu sehen. Dieser Mann ist ein solches Schwein, daß er der Entdeckung einfach dadurch entgehen kann, daß er aufhört, er selbst zu sein.« Ich wandte mich wieder an Tertius, der sich Bier nachschenkte. »Kannst du das Haus einnehmen?«

»Ja«, nickte er, »ich denke schon.«

»Wie viele Männer brauchst du dafür?«

»Zwölf!«

»So viele?«

»Ja, um es richtig zu machen. Vier, um Hand an den Hurensohn zu legen, ohne daß er aus Versehen Schaden nimmt, und acht, um sich um seine Schläger zu kümmern.«

»Und du? Wo bist du?«

»In der Reserve«, antwortete er mit dem gleichen Grinsen wie zuvor. »Doch laß dich warnen! Ich halte deinen Plan für unnütz und gefährlich. Wenn wir sowieso dort eindringen, wäre es einfacher, sich seiner an Ort und Stelle zu entledigen. Den Hurensohn zu töten und fertig! Dann hätten wir keine Probleme mit dem Hinausbringen und Verstecken und all diesem Unsinn. Denn das ist das Riskanteste an der ganzen Sache.«

Ich wußte schon, wie Pella darüber dachte. Er wollte so schnell wie möglich Senecas Tod, um den seines Sohnes zu rächen. Und er hielt es für sein alleiniges Recht, Seneca zu töten. Ich widersprach ihm, bevor er sich weiter darüber auslassen konnte.

»Vergiß das, Tertius. Das haben wir doch besprochen! Dieser Mann verdient keinen schnellen und sauberen Tod. Er soll leiden! Er soll sich fragen, wer ihm das antut und warum! Er soll sich winden und um Gnade winseln und die ganze Zeit wissen, daß er sich sein Leben bei uns nicht erkaufen kann. Bevor wir mit ihm fertig sind, wird ihm klar sein, daß ihn die Gerechtigkeit eingeholt hat.«

»Ach!« rief er verächtlich. »Verdammt sei die Gerechtigkeit! Man sollte ihn töten und es zu Ende bringen. Hauptsache, er sieht mein Gesicht, bevor die Klinge in ihn eindringt. Dieser Hurensohn würde Justitia nicht erkennen, wenn er sie ihre Augenbinde abnehmen und ihre Waage damit polieren sähe.« Er hielt inne und lächelte. »Aber vielleicht hast du ja recht, Publius. Bisher hast du immer recht gehabt. Wir machen es so, wie du willst, und haben dann vielleicht wenigstens etwas zum Lachen.«

»Gut!« erwiderte ich, weil ich nicht wußte, was ich sonst darauf sagen sollte. »Übermorgen mache ich mich mit Gaius auf den Weg nach Osten. Wir sind vermutlich vier Tage fort, dann bleibe ich noch zwei bei meiner Frau und komme dann zu dir. Bist du ganz sicher, daß der Ort sich wirklich eignet?«

»Ganz und gar. Ich bin dort heute früh auf dem Rückweg vorbeigegangen. Er ist gut geeignet.«

»Ausgezeichnet! Sobald ich vom Großen Steinkreis zurück bin, bekommst du von Equus Nachricht, und dann wartest du an der Stelle, wo der Weg in den Wald hineinführt, am Vormittag des zweiten Tages nach meiner Rückkehr auf mich. Equus, weißt du, wo du Tertius findest?« Equus brummte zustimmend, und ich wandte mich wieder an Pella. »Hast du deine Männer zusammen?« Er nickte. »Und alle sind vertrauenswürdig und zum Schweigen verpflichtet?« Er nickte wieder. »Gut! Wann kannst du aufbrechen?«

»Heute abend. Es ist alles vorbereitet.«

In Gedanken ging ich erneut den ganzen Plan durch und weiß bis heute noch, was ich in jenem Augenblick fühlte und dachte. Ich verspürte eine gewaltige Lust und den unwiderstehlichen Drang, Rache zu üben, und bei dem Gedanken, daß sich dies jetzt bald realisieren lassen würde, klopfte mir das Herz heftig in der Brust. Mehrere Nächte lang war ich von Träumen heimgesucht worden und bildete mir ein, daß Phoebes Seele nach Gerechtigkeit schrie. Mein Vorhaben bereitete mir keinerlei Skrupel. Ich empfand auch kein Mitleid. Seneca würde von meiner Hand sterben; ich würde ihn wie eine Schlange, einen Skorpion oder sonst ein gefährliches Tier töten.

Nie zuvor hatte ich einen derart starken Zwang und eine solche Blutrünstigkeit gespürt. Ich traf wohl das kälteste, unerbittlichste und vernichtendste Urteil meines ganzen Lebens. Es ist äußerst zweifelhaft, daß ich je wieder einen solchen Zorn aufbringen könnte, ganz gleich, wie sehr ich provoziert würde. Schließlich faßte ich die Details meines Plans ins Auge.

»Perfekt!« nickte ich Pella zu. »Soweit ich sehe, stimmt alles. Wenn du ihn erst einmal hast, sieh zu, daß er die Orientierung verliert. Leg ihn in Ketten und halte ihm die ganze Zeit die Augen verbunden. Überprüfe häufig, zumindest jede Stunde einmal, seine Augenbinde und stelle sicher, daß er sie nicht mit den Händen erreichen kann. Sei nicht nett zu ihm, verletze ihn aber auch nicht unnötig. Und unterhalte dich vor allem nicht mit ihm! Kein Wort! Bleibe zusammen mit zwei weiteren Männern selbst bei ihm. Schicke die anderen weg, sobald du ihn in sicherem Gewahrsam hast. Gib ihm regelmäßig, aber nicht zu reichlich Essen. Er soll mit allen Sinnen spüren, daß er sich in ausgesprochen feindseligen Händen befindet.« Ich hielt einen Augenblick inne, um zu überdenken, was ich soeben gesagt hatte. »Laß ihn auch nicht mithören, wenn ihr euch unterhaltet. Wirst du das schaffen?«

»Natürlich! Eine einfache Aufgabe!«

»Gut! Je mehr wir ihn aus dem Gleichgewicht bringen können, um so besser für unsere Zwecke. Wenn ich ihm gegenübertrete, soll er ordentlich eingeschüchtert, durcheinander und verängstigt sein. Das erinnert mich an etwas: Halte ihn nackt. Laß ihn aber nicht zu Tode frieren. Wenn das Wetter schlecht wird, mußt du ihm vielleicht eine Dekke zuwerfen. Doch nimm dann eine alte, rauhe, kratzige und übelriechende.« Meine Gedanken überschlugen sich. »Noch etwas! Wenn du ihn hast und vor Verfolgung sicher bist – falls das je der Fall sein sollte –, fessele ihm die Hände und laß ihn mit verbundenen Augen hinter deinem Pferd herlaufen. Das wird ihn auf interessante Art auf sein neues Leben vorbereiten! Doch beobachte ihn genau, Tertius! Schleife ihn nicht hinterher, wenn er hingefallen ist. Zieh ihn wieder auf die Beine! Und nochmals: Sprich keinesfalls mit ihm!

Wenn du an die Stelle kommst, die wir ausgesucht haben, schlag ein Lager auf und warte auf mich! Kette ihn an einen Pfosten unter dem großen Eichenast und laß ihn stundenlang mit gefesselten, erhobenen Händen stehen.

Es wäre gut, wenn er eine Woche so verbracht hat, wenn ich komme. Hast du soviel Zeit?«

Pella knurrte: »Aber ja! Wir machen uns heute abend auf den Weg, und ich halte das Haus einen Tag oder zwei unter Beobachtung, bevor wir eindringen, einfach um festzustellen, ob es Verhaltensmuster gibt, die wir uns zunutze machen können. Wenn wirklich vier regelmäßig weggehen, wird das unsere Arbeit erleichtern.«

Ich nickte, und Equus meinte: »Wahrscheinlich tun sie das, ich meine, nach Einbruch der Dunkelheit regelmäßig weggehen. Vermutlich abwechselnd, wie beim regelmäßigen Wachdienst. Sie würden sonst, Tag und Nacht ans Haus gebunden, verrückt werden. Ich meine, sie können ja keine Frauen mitbringen, nicht wahr? Jedenfalls nicht, wenn sie Klatsch vermeiden wollen. Ich glaube, daß jede Nacht ein paar dienstfrei haben und das Haus verlassen, wenn die Leute in der Stadt schlafen und überall Ruhe eingekehrt ist. Es ist anzunehmen, daß sie immer einen bestimmten Schuppen aufsuchen, wo sie etwas zu trinken und eine Frau bekommen können. Wenn du herausfinden kannst, wohin sie gehen, kannst du ihrer jederzeit habhaft werden. Dann hast du weniger Mühe im Haus.«

Pella lächelte nachsichtig. Das, was Equus ihm riet, hatte er bereits getan. Ich schlug ihn auf den Arm und erhob mich.

»So sei es denn!« sagte ich. »Der Himmel wird das, was wir vorhaben, möglicherweise nicht billigen, doch wird es wohl auch kein Protestgeschrei geben. Und allzu viele werden uns wohl nicht verurteilen.«

»Gaius Britannicus wird nicht damit einverstanden sein!« erklärte Equus in beinahe vernichtendem Ton.

»Nein«, stimmte ich zu, »er nicht. Jedenfalls nicht mit

der Art und Weise, wie wir es tun. Am Ende applaudiert er aber vielleicht.«

»Du meinst, der Zweck heiligt die Mittel, Varrus?«

Ich drehte mich um und blickte Tertius direkt in die Augen. »Das mir völlig egal. Ich möchte nur Seneca Einhalt gebieten und vermeiden, daß Gaius etwas davon hört, bevor es vorbei ist. Könnt ihr das verstehen?«

Sie nickten, und Pella kratzte sich nachdenklich mit dem Zeigefinger an der Oberlippe.

»Nun«, sagte er ruhig, »ich habe ja guten Grund, Seneca zu hassen, da dieses Tier meinen Sohn getötet hat, doch du, Publius Varrus, kannst den Mann schon gleich gar nicht leiden, nicht wahr?«

»So kann man es auch ausdrücken, mein Freund«, antwortete ich lächelnd. »Geh mit Gott, Tertius! Ich hoffe auf gute Nachrichten bei meiner Rückkehr aus dem Osten.«

Pella blickte mir über die Schulter. »Dort kommt Britannicus! – Was, glaubst du wohl, werdet ihr beim Großen Steinkreis ausrichten? Warum geht ihr überhaupt hin? Und wer ist dieser Kelte, daß er glaubt, Römer einfach herbeiwinken zu können?«

Als Gaius bei uns ankam, befanden wir uns in einer richtigen Diskussion über den Ausflug nach dem Großen Steinkreis, die dann mühelos fortgeführt wurde. Ich verspürte kaum Gewissensbisse, weil ich meinen Freund Gaius hinterging, da ich wußte, daß er sich freuen würde, sollte mir alles gelingen. Außerdem ließ die Aussicht, mich bei Seneca zu rächen, nur wenig Raum für Schuldgefühle oder Reue.

Viel größere Schwierigkeiten bereitete es mir, mein Gewissen im Hinblick auf meine Frau zu beruhigen. Lucia anzulügen, und sei es auch nur durch Schweigen, war mir sehr zuwider und fremd. Ich konnte meine Bedenken nur unterdrücken, indem ich es vermied, an Gaius und sie zu denken. Leider erschwerte mir Lucia das, da sie zum erstenmal, seit ich sie kannte, unnachgiebige Sturheit an den Tag legte. Ich hatte keine Ahnung, welche Ereignisse oder Umstände diese Haltung hervorgerufen hatten. Jedenfalls hätte es, was mich anging, keinen ungünstigeren Zeitpunkt geben können, und ich fühlte mich elend, weil ich das in mich gesetzte Vertrauen nicht rechtfertigte.

Lucia hatte aus heiterem Himmel beschlossen, unsere Abordnung zum Keltenführer Ullic zu begleiten, und als sie sah, welches Unbehagen ihre Ankündigung bei ihrem Bruder und auch bei mir hervorrief, verhärtete sich unvermittelt ihr Entschluß und gipfelte in der hartnäckigen und völlig uncharakteristischen Weigerung, sich Gegenargumente auch nur anzuhören. Sie beharrte einfach darauf, mit uns zu gehen, und ließ sich auf keine Diskussion ein. Sie würde nicht schlechter zurechtkommen als irgendein dummer, arroganter und anmaßender Mann. Sie sei eine erwachsene Frau mit eigenem Verstand und ohne Troß, der ihre Teilnahme an unserer Mission ausschließen würde, wenn man einmal von den Kindern absah, die aber während ihrer Abwesenheit gut versorgt sein würden.

Während der nächsten beiden Tage bearbeitete sie Gaius und mich gleich dreimal, wobei sie uns zuletzt mitteilte, daß sie uns einfach folgen würde, wenn wir ihr nicht erlauben würden mitzukommen. Da verlor Gaius die Geduld und erklärte ihr in seinem redlichen, aber vergeblichen Bemühen, es mir zu ersparen, Partei ergreifen zu müssen, daß er sie als Herr des Hauses bis zu unserer Rückkehr eher unter Bewachung stellen als einer Gefahr aussetzen würde, bei der sie wirklich Schaden erleiden könnte. Dann stürmte er hinaus, wobei er mir zurief, ich solle mitkommen. Ich folgte ihm und fühlte mich dabei dumm, schwach und gleichzeitig wütend auf Lucia, da ich der gleichen Meinung wie ihr Bruder war und sie für eigensinnig und bockig hielt.

In der Nacht, in der Abgeschiedenheit unserer Kammern, ergoß sich dann ihre Unzufriedenheit wie eine ätzende Lauge über meinen Kopf. Es war alles andere als angenehm, besonders da ich meine sonst so gelassene Frau zum erstenmal in einer solchen Stimmung erlebte. Als sich jedoch die Wogen wieder geglättet hatten, verstand ich endlich deren Ursache, und ich war verblüfft, wie logisch doch alles war. Lucia erwartete wieder ein Kind, und obwohl sie sich neu beflügelt fühlte, fürchtete sie plötzlich, künftig nur noch die Mutter und Sklavin einer wachsenden Schar von Kindern zu sein, gefangen in deren winziger, einengender Welt und für immer ihren plötzlichen, stets dringlichen Forderungen ausgesetzt. Gaius und ich konnten uns auf Reisen freuen, die Unterbrechungen unseres täglichen, stumpfsinnigen Allerleis und Ausflüge ins Außergewöhnliche bedeuteten. Immer wieder begegneten wir neuen Leuten und wurden mit neuen Dingen konfrontiert. Sie jedoch hatte nur Plackerei und fade, beschwerliche Häuslichkeit vor sich.

Als ich mir über die Ursache ihres Kummers klargeworden war, spürte ich schmerzliche Liebe und Mitleid mit ihr. Ich nahm sie in die Arme, hielt sie fest, drückte sie an mich, küßte ihr die Tränen von den Augen und flüsterte ihr liebevolle, zärtliche Worte ins Ohr. Anfangs wehrte sie sich noch heftig und schlug voller Wut und verzweifeltem Groll mit den Fäusten auf mich ein. Doch dann gab sie allmählich, ganz allmählich nach und schmiegte sich herzzerreißend weinend in meine Arme. Nach langer Zeit begannen ihre Tränen zu versiegen und machten zunächst stoßweisen Schluchzern und dann befangenen, köstlichen kleinen

Schauern Platz. Immer tiefer vergrub sie sich in meine Arme, schmiegte sich an meinen Körper und wurde wieder die Frau, die mein Universum ausfüllte. Und schließlich schlief sie ein, die Haare über meine Brust gebreitet und ein bloßes Bein auf meinem Bauch. Als ich liebevoll die Decke über sie zog, um sie vor der kühlen Nachtluft zu schützen, faßte ich den Entschluß, alles in meiner Macht Stehende zu tun, um ihrem Alltag mehr Weite zu geben. Von nun an würde ich sie so oft wie möglich mitnehmen, wenn ich unterwegs war. Doch dann krümmte ich mich wieder vor Elend: Nach meiner Rückkehr vom Treffen mit Ullic, dem Oberhaupt der Kelten, mußte ich sie noch einmal verlassen, um mir heimlich Seneca vorzunehmen. Doch danach, schwor ich mir, würde ich Lucias und mein Leben ändern.

Zwei Tage später dachte ich mit Wehmut an mein letztes Treffen mit Pella an jenem dunstigen, heißen Herbstnachmittag. Ich war durchnäßt und fror, und es beeindruckte mich wenig, daß die große, von Flechten überzogene Steinsäule, an der ich lehnte, schon Tausende von Jahren an dieser Stelle stand. Vor mir erstreckte sich das wellige Land der großen Ebene, bis es vom Nieselregen verschleiert wurde, der den Horizont auf allen Seiten verbarg und es dem Auge unmöglich machte zu sagen, wo der Himmel aufhörte und die Erde begann. Es gab Zeiten, in denen Gaius' geliebtes Britannien sehr zu wünschen übrigließ. Obwohl wir schon seit Stunden warteten, war von Ullic und seinen Kelten nichts zu sehen.

Es muß ein schöner Anblick gewesen sein, als wir uns dem Großen Steinkreis näherten, doch niemand sah uns. Der gewaltige Tempel hob sich vom Spätnachmittagshimmel ab. Gaius und ich ritten vor zwei mit Geschenken für

Ullic beladenen Wagen, diesen folgte ein ganzer Manipel Soldaten, die im Glanz ihrer Rangabzeichen in Aufstellung gebracht waren.

Wir waren absichtlich zu spät gekommen, doch als wir den großen Tempel verlassen vorfanden, war Gaius ungehalten, ja beinahe wütend. Es gelang mir, ihn aus seiner Mißstimmung herauszulocken, indem ich feststellte, daß man uns lediglich ausmanövriert hatte. Wir schlugen unser Nachtlager ganz nah am Tempel auf und verteilten in der ganzen Gegend Wachen. Gaius hatte sich wider alle Erfahrung und besseres Wissen bewußt dazu entschlossen, unser Lager nicht zu befestigen, da wir uns schließlich auf einer Mission befanden und er der festen Überzeugung war, daß dies Zurückhaltung sowohl in unserer äußeren Erscheinung als auch in unserem Auftreten verlangte.

Als Ullic Pendragon und seine Leute schließlich im Morgengrauen eintrafen, erregten sie großes Aufsehen. Sie tauchten in aller Stille auf, die nur vom Hufgeklapper ihrer kleinen Pferde und den quietschenden Rädern von Ullics barbarisch prächtigem Wagen durchbrochen wurde.

Er brachte bestimmt fünfhundert Krieger mit, die meisten davon Fußvolk, doch einige auch auf zottigen Gebirgspferden, die so klein waren, daß die Füße ihrer Reiter fast den Boden erreichten. Das Meer von bunten Farben schien ihre Kriegskleidung zu sein.

Ullic selbst war ein Riese, einen ganzen Kopf größer als ich. Das Oberhaupt der Kelten trug einen eisenbeschlagenen Lederhelm mit gepanzerten, bis zu den Schultern reichenden Seitenteilen. Hauptsächlich erregte jedoch seine Helmzierde meine Aufmerksamkeit: Der Helm wurde von einem goldenen Adler gekrönt, dessen Augen über dem scharfen Schnabel mit einem strahlenden und lebendigen Ausdruck in die Welt blickten. Ich fragte mich, wie er präpariert war, daß er so lebendig aussah, und wie man ihn unter den aufgeplusterten Halsfedern am Helm befestigt hatte. Die angelegten Flügel wurden seitlich gehalten, und als sich Ullic nach einem seiner Männer umdrehte, breiteten sich ihm die Schwanzfedern fächerartig über den Nacken.

Gaius ließ unsere Soldaten in zwei Gliedern strammstehen, und ich fühlte mich geschmeichelt, weil sie einem römischen Heer alle Ehre gemacht hätten. Sie trugen schlichte Bronzehelme, eine Brustplatte aus gehärtetem Leder, um die Taille einen Schwertgürtel sowie einen Rock aus eisenbeschlagenen Lederstreifen. Unter der Rüstung war jeder von ihnen mit einer schlichten weißen Tunika bekleidet, die ihm gerade bis zum Knie reichte, außerdem mit einer Hose aus weichem Leder. Darüber hinaus trugen sie Beinschienen und an den Füßen schwere, genagelte Sandalen, schließlich einen schweren Umhang aus handgewebter Wolle sowie einen Speer und einen schweren Schild, den *scutum* des römischen Soldaten.

Ullic stieg vom Wagen und kam auf uns zu, so daß wir auch seine Kleidung sehen konnten. Er war in einen weiten, roten, mit Pelz verbrämten Umhang gewickelt. Auf seiner Brust glitzerten rohe Juwelen, und er trug eine lange, enge, übers Kreuz mit Lederriemen geschnürte Hose. Seine Tunika – ebenso wie die Hose vom gleichen Rot wie der Umhang – wurde in der Taille von einer dikken, mit Gold verwirkten Kordel zusammengehalten. Bei all seiner Pracht war er – barfuß. Er blieb drei Schritte von mir und Gaius entfernt stehen und musterte uns von oben bis unten.

Gaius' Umhang ähnelte einer Toga, und plötzlich wünschte ich, ich würde meinen tragen. Doch als Ullic meine Kleidung betrachtete, begann ich mich besser zu fühlen. Mein Anzug war aus gutem Leder gearbeitet und wirkte trotz seiner luxuriösen Ausstattung militärisch. Am linken Arm trug ich einen mit Lederriemen zusammengeschnürten Armschutz aus solidem Silber, der zwar der Zierde diente, aber doch nützlich war, da er meinen Arm gegen die Bogensehne schützte. Nachdem Ullic mich gemustert hatte, ließ er den Blick über die einzelnen Glieder unseres Heers schweifen. Seine Augen waren strahlend blau, sein Bart von meliertem Schwarz.

Dann sah er wieder Gaius an und brach schließlich das Schweigen. Seine Stimme grollte wie Wasser in einer Höhle. Ich verstand kein Wort. Als er eine Hand hob und mit den Fingern schnipste, kam Cymric aus den Reihen der Kelten auf uns zu. Ullic sagte wieder etwas. Cymric sah mir in die Augen, als wären wir einander noch nie zuvor begegnet, und wandte sich dann an Gaius.

»Der König sagt: ›Reden wir also!‹«

»Der König?« fragte Gaius überrascht. »Ich wußte nicht, daß er sich König nennt!«

Ullic zog eine Augenbraue hoch, und Cymric ratterte etwas in keltisch herunter. Der König runzelte leicht die Stirn, schien nachzudenken und stieß ein oder zwei Worte hervor. Darauf wandte er sich ab und ging auf den Tempel zu.

»Kommt mit!« winkte Cymric uns beiden zu. »Die Soldaten laßt hier!«

Gaius drehte sich zu unseren Soldaten um: »Stillgestanden!«

Da wir zahlenmäßig eins zu vier unterlegen waren, taten wir wie geheißen und folgten Ullic, der stehenblieb, damit wir ihn einholen konnten. Schweigend liefen wir geradewegs in den Großen Steinkreis hinein, und mir fiel auf, daß abgesehen von Ullic, Cymric und Gaius keiner der vielleicht sechshundert draußen versammelten Soldaten auch nur ein Wort gesagt hatte.

In der Mitte des gewaltigen Tempels blieben wir stehen, und Ullic sah uns an. Mir kam in den Sinn, daß ich noch nie zuvor derart um Worte verlegen gewesen war, nicht einmal Kaiser Theodosius gegenüber, und dann wurde mir schlagartig klar, daß ich auch nur selten mit einem solchen Mann zusammengewesen war. Überraschenderweise fiel mir das Wort königlich ein: Dieser Mann war wirklich hoheitsvoll.

»Nun, Römer!« Mit zusammengezogenen Augenbrauen blickte er Gaius an. »Du bist also überrascht, daß ich König bin! Warum?«

Er sprach jetzt in lateinischer Sprache. Gaius warf mir einen erstaunten Blick zu und wandte sich dann wieder an ihn. Ich kannte zwar nicht das Naturell jenes Mannes, hoffte aber, Gaius würde offen sein.

»Wir –« begann Gaius heiser. Ärgerlich räusperte er sich. »Einstmals hatten wir in Rom Könige, doch wir haben sie hinausgeworfen, abgeschafft.«

»Ihr habt sie abgeschafft? Warum?« fragte Ullic sanft.

Gaius sah ihm direkt in die Augen. »Sie waren unwürdig. Sie benutzten ihre königliche Macht zur Unterdrükkung des Volkes.«

»Zur Unterdrückung des Volkes! Das ist gut! *Dein Volk unterdrückt die Welt, Römer!*«

Gaius dachte darüber nach. »Das stimmt!«

»Das ist aber etwas anderes? Wann habt ihr zuletzt Könige gehabt, Römer?«

»Vor langer Zeit.«

»Vor dem Kaiserreich?«

»Vor der Republik.«

»Also vor dem Kaiserreich?« Ullics Stimme war voller Sarkasmus.

»Ja. Lange davor.«

»Und ihr fandet sie unwürdig, weil sie versuchten euch zu beherrschen. Daher habt ihr euch ihrer entledigt. Was hast du gesagt? Ihr ... habt sie abgeschafft. Und dann habt ihr auf dem Absatz kehrtgemacht, um alle Menschen zu beherrschen.«

Das war gut ausgedrückt, und Gaius wußte keine Antwort darauf. Ich kam zu dem Schluß, daß ich mich besser zurückhielt, und der große Kelte ergriff wieder das Wort.

»Römer, du hast dich in den letzten vier Jahren zu einer Macht an meiner Grenze entwickelt. Warum?«

Gaius zuckte mit den Schultern. »Ich heiße Gaius Britannicus. Bitte nenn mich so oder Britannicus.«

»Warum? Gefällt dir ›Römer‹ nicht? Du hast mir noch nicht geantwortet! Warum stellst du an meiner Grenze eine Militärmacht auf?«

»Wir waren uns nicht darüber im klaren, daß ihr eine Grenze habt. Auch nicht darüber, daß unsere Kolonie nahe daran ist.«

»Kolonie? Was für eine Kolonie? Willst du mich ärgern, Römer?«

Dieser »König« war absichtlich ekelhaft, dessen war ich mir sicher. Und ich spürte, daß Gaius es auch wußte. Wenn er wütend war, ließ er es sich jedenfalls nicht anmerken.

»Bist du schon einmal einem König begegnet, Römer?«

Gaius antwortete knapp: »Schon öfter. Und ich konnte keinen leiden. Alle waren kleinliche Tyrannen. Einer wie der andere.«

Ich zuckte innerlich zusammen und knirschte mit den Zähnen. Vor Anspannung verkrampfte sich mein Magen.

»Und ich? Bin ich ein Tyrann? Hast du Gerüchte über meine Tyrannei gehört?«

»Nein. Ich hatte ja noch nicht einmal gehört, daß du König bist. Was willst du von mir?«

»Viel, Römer.« Ullic ließ Gaius nicht aus den Augen. »Ich habe von meinen Leuten erfahren, daß du auf der Schwelle zu meinem Königreich ein Heer ausbildest. Warum? Was oder wen willst du erobern?«

»Erobern?« Gaius ballte die Hände zu Fäusten, und ich sah, daß er vor Wut kochte. »Wir wollen nichts erobern, sondern uns nur verteidigen.«

»Gegen wen?« Wieder war Ullics Stimme voller Sarkasmus, doch nun schien sich Gaius entschlossen zu haben, nicht darauf einzugehen.

»Nicht ›gegen wen‹, König Ullic, sondern ›gegen was‹ solltest du fragen.«

Es klang ausgesprochen herablassend. Als Reaktion darauf war Ullics Stimme nun leiser und drohender.

»Gegen was bewaffnet ihr euch also?« Da Gaius schwieg, meinte er sanft: »Antworte mir, Römer, und nimm dich in acht! Ich mag keine Lügner.«

Später erzählte mir Gaius, daß dies für ihn der Augenblick der Wahrheit war, den jeder Mensch einmal erlebt. Etwas in ihm, sagte er, zitterte vor Furcht, und er hatte schreckliche Angst auszusprechen, was er plötzlich als richtig erkannt hatte. Er mußte die Zähne zusammenbeißen und schlucken, um die aufsteigende Übelkeit zu unterdrücken, und fühlte sich wie ein kleiner Junge, der erwischt worden war. Er wußte, was er sagen mußte. Er kannte die Wahrheit.

»Ich bin kein Römer!« Es waren vier tonlose, unzusammenhängende Wörter. Ich konnte nicht glauben, was ich da gehört hatte. Ullic blickte Gaius höhnisch an und zog die rechte Augenbraue hoch, wie es Gaius zu tun pflegte. Dann musterte er den in seiner Toga vor ihm stehenden Mann von oben bis unten.

»Verzeih mir, Gaius Britannicus! Wie konnte mir nur ein solcher Fehler unterlaufen zu glauben, daß du Römer bist?« Er verbeugte sich aus der Hüfte heraus. »Was bist du denn, wenn du kein Römer bist? Ein Kelte bist du jedenfalls nicht!«

»Ich bin ein Brite wie du!«

Ullic lachte schallend. »Ein Brite? Du? Boadicca stammte von Briten ab, Mann! Ebenso Caradoc oder Caractacus, wie ihn deine Leute nennen. Sie und ihr Volk sahen ihren ganzen Lebenszweck darin, gegen Menschen wie dich zu kämpfen. Sie waren Briten! Du hingegen bist ein Fremder. Ein Eindringling!«

Heftig erwiderte Gaius sogleich: »O nein, Pendragonkönig! Ich bin Brite, in diesem Land geboren und erzogen von Menschen, die seit Generationen hier leben. Ich habe zwar einen römischen Namen und mich – jedenfalls bis jetzt – zumindest in einfachen Dingen zum Römertum bekannt. Und es stimmt auch, daß kein keltisches Blut in meinen Adern fließt. Doch mein Name sagt, daß ich aus Britannien stamme, und mit dem Recht der Geburt bin ich Brite.«

Ullic hörte sich diesen Ausbruch, der ihn kaum mehr überraschen konnte als mich, mit verschränkten Armen an, den Rücken an einen der großen Steine gelehnt und den Blick auf Gaius geheftet.

»Na, so was!« rief er. »Nun gut, ich gebe mich geschlagen und nenne dich künftig Brite. Die *ursprünglichen* Briten waren ein Stamm Kelten. Dein Volk hat sie fast völlig ausgelöscht. Ich nenne dich aber erst einmal Brite. Allerdings bist du mir noch eine Erklärung schuldig, warum du auf der

Schwelle zu meinem Königreich ein Heer ausbildest. Wogegen willst du dich verteidigen?«

Bestimmt antwortete Gaius: »Gegen das Ende der Welt.«

»Das Ende der Welt!« meinte Ullic amüsiert.

»Der römischen Welt«, korrigierte sich Gaius.

»Ich bin heute wohl schwer von Begriff. Erklär mir das!«

»Die Glanzzeit der Römer ist vorbei. Das Kaiserreich kann nicht mehr lange bestehen. Es muß fallen. Und zwar schon bald.«

Ullic schüttelte mitleidig den Kopf. »Aber wie ist das möglich, mein Freund und Brite? Rom ist für die Ewigkeit gemacht! Das hören wir von allen Römern.«

Gaius schüttelte den Kopf. »Nein, Rom ist am Ende. Es wird nicht lange dauern, dann wagen sich die Horden von draußen herein. Rom ist nicht mehr stark genug, um sie abzuwehren.«

»Na und? Inwiefern bedeutet dies das Ende der Welt?«

Ich sah ihn ungläubig an. Scherzte er? Oder konnte er wirklich nicht über den Fall Roms hinaussehen?

»Wenn Rom zusammenbricht, bricht die ganze Welt zusammen, König Ullic«, erklärte Gaius langsam und entschieden. »Dann gibt es kein Gesetz mehr. Auch kein Heer. Die Bürger in den Städten hungern und erheben sich. Nichts kann dann unser Britannien vor der Invasion von Menschen bewahren, im Vergleich zu denen die römischen Eindringlinge wie spielende Kinder erscheinen werden. Absolut nichts. Es sei denn die Stärke, die sich seine Bürger selbst aufgebaut haben. Deshalb sind wir bis zu eurer Grenze vorgestoßen. Wir wußten nicht, daß ihr Grenzen habt, doch wir wissen, daß wir das Land, das wir besitzen, halten und so lange wie nötig gegen Plünderer verteidigen können.«

Ullic blickte Gaius eine Weile schweigend in die Augen. Als er mich dann ansah, wurde mir bewußt, daß ich noch gar nichts gesagt hatte. Lächelnd wandte er sich wieder an Gaius. Alles Bedrohliche war von ihm gefallen, und er war jetzt ein sehr liebenswürdiger Mann. Es war wirklich erstaunlich. Er streckte Gaius die Hand hin, der sie verblüfft schüttelte.

»Gaius Britannicus«, meinte Ullic, »vielleicht bist du ja wirklich der erste eines neuen Volkes. Des Volkes nichtkeltischer Briten. Wenn du dein Land verteidigst, hältst du mir gleichzeitig den Rücken frei. Und wenn du mir den Rücken freihältst, gebe ich dir Deckung. Cymric! Gib das Zeichen zur Vorbereitung eines Fests! Unsere Zusammenkunft hier ist beendet. Nun müssen wir den anderen berichten, was wir erreicht haben.«

Augenblicke später hörte ich das Blasen eines Horns und dann Jubelgeschrei. Ich war in einem Schockzustand, ebenso wie Gaius. Ich merkte, daß ich ein idiotisches Lächeln auf den Lippen hatte, als Ullic mit ausgestreckter Hand auf mich zukam. Wir schüttelten einander die Hände, und ich fühlte die Riesenkraft seiner mächtigen Finger.

»Publius Varrus«, sagte er, »wir müssen deinen Namen ändern. Mit deiner Liebe zum Eisen solltest du ein Kelte sein.«

»König Ullic ...« stieß ich mit vor Anspannung rauher Stimme hervor.

»Ullic reicht. Der ›König‹ ist zum Imponieren. Später werde ich wieder König. Doch jetzt wollen wir essen ...« Er sah mir über die Schulter und hielt inne. »Britannicus, du bildest deine Männer zu gut aus. Sie stehen immer noch stramm. Willst du ihnen nicht erlauben, sich zu rühren?«

»Gleich. Sag mir noch, Ullic, warum hast du mit mir gespielt? Du kanntest doch offenbar die Antworten auf deine Fragen, bevor du sie auch nur gestellt hast. War das fair?«

Ullic lächelte jetzt breit. »Fair? Du meinst gerecht? Britannicus, ich kannte dich nicht! Ich mußte mir erst ein Bild von dir machen. Über Varrus wußte ich Bescheid, nicht aber über Gaius Britannicus. Du hältst mit deiner Meinung sehr hinterm Berg. Ich auch. Um dich kennenzulernen, mußte ich dir daher von Angesicht zu Angesicht gegenübertreten, und zwar so, daß du deutlich im Nachteil bist. Du mußt wissen, daß ich Römer getroffen habe, die ich wirklich nicht leiden konnte.«

Gaius erwiderte sein Lächeln, und Erleichterung überflutete mich wie ein kühles Wasser.

»Ich glaube, wir können Freunde werden, mein Herr König«, meinte Gaius.

»Ich weiß, daß wir Freunde werden, mein Herr Brite!« Er legte Gaius und mir die Arme um die Schultern und führte uns aus dem Großen Steinkreis hinaus in die strahlende Morgensonne.

Gleich nach Verlassen des Tempels erlaubte ich unseren Soldaten, sich zu rühren. Ullics Leute hatten schon Feuer angezündet und waren mit Essensvorbereitungen beschäftigt. Ich sah sie Fässer abladen und hörte Gesang. Ein paar Druiden hatten sich hinzugesellt, und ihre weißen Gewänder strahlten in der Sonne.

Den Rest des Tages verbrachten wir mit Feiern. Es fanden Wettläufe und viele andere Wettkämpfe statt, und unsere Soldaten stellten ihren römischen Drill und ihre Fertigkeit im Schwertkampf und Speerwurf unter Beweis. Die Kelten waren ebenfalls Speerwerfer sowie Bogenschützen, und einer aus ihren Reihen ging als Sieger hervor, ein spindeldürrer Mann, der einen römischen *pilum* fünfzehn Fuß weiter warf als der nächstbeste.

Als es dunkel zu werden begann, errichteten die Kelten aus Baumstämmen, die sie auf einem Wagen mitgebracht hatten, weil es auf der weiten Ebene kein Holz gab, ein großes Feuer. Einer holte ein Saiteninstrument hervor, das große Ähnlichkeit mit der römischen Lyra hatte, und begann zu spielen, woraufhin ein Druide vortrat und dazu sang. Er hatte eine magische Stimme: klar, volltönend und ausgesprochen kraftvoll. Wir waren begeistert, als an einer Liedstelle alle anderen einfielen, so daß die Musik mächtig anschwoll, um dann plötzlich wieder abzuklingen, um die Stimme des Druiden allein glänzen zu lassen. Sie sangen in ihrer eigenen Sprache, so daß wir kein Wort verstanden, doch noch nie zuvor hatten wir so schönem Gesang gelauscht. Wieder kam der Druide an die gewisse Stelle, und wieder fielen alle ein.

»Was singen sie denn?« fragte ich Ullic.

»Ein Lied über unser Land – unsere Berge und Seen.«

»Es ist wunderschön. Ich muß eure Berge unbedingt einmal sehen.«

»Das wirst du.«

»Dieser Druide singt viel zu schön für einen Priester.«

Er sah mich an und brach in schallendes Gelächter aus: »Zu schön für einen Priester? Deswegen *ist* er doch Priester! Es ist ihre Kunst! Den Druiden wird von klein auf beigebracht, die Geschichte unseres Volkes in ihren Liedern festzuhalten. Sie *sind* unsere Geschichte, Varrus ... die Druiden sind unsere *Geschichte!* Sie sind unser Stolz, unsere Barden, unsere Sangesfreude im Leben. Und deshalb sind sie Druiden. Deshalb *gibt* es sie!«

Seine Heftigkeit überraschte mich ein wenig. »Du meinst, sie kennen eure Legenden? Alle?«

»Nein, Mann! Nicht unsere Legenden! Unsere Geschichte!« Sein Latein war jetzt stark vom singenden Tonfall des perlenden keltischen Dialekts gefärbt, so daß unsere Römersprache etwas Musikalisches bekam – kein leichtes Unterfangen. »*Ihr* habt Legenden! Legenden sind von Fremden erzählte Geschichten, die sich im Laufe der Jahre durch die mündliche Überlieferung immer mehr verändern, bis sie die Menschen, denen das alles widerfahren ist, nicht mehr wiedererkennen würden. Hört mal gut zu. Ich will versuchen, es euch zu erklären. Immer wenn etwas Großes, Einmaliges oder einfach nur Lustiges passiert, das nicht in Vergessenheit geraten soll, singt einer unserer Druiden ein Lied davon. Dieses lernen dann andere Druiden ganz genau auswendig und geben es weiter. Es steht fest, wißt ihr. Es verändert sich nicht; die Einzelheiten bleiben immer gleich. Das ist der heilige Glauben der Druiden. Sie überliefern unsere Geschichte.«

»Aber ... die ganze? Wie viele Lieder gibt es denn?«

Er zuckte mit den Schultern. »Wer kann es sagen? Tausende, möchte ich meinen. Vielleicht Abertausende.«

»Doch wie kann sich jemand all das merken? So viel kann der Verstand eines Menschen doch gar nicht fassen!«

»Unsinn, Varrus! Wer kann schon sagen, wieviel der Verstand fassen kann? Hast du schon mal jemanden getroffen, dessen Gehirn voll war?«

»Nein, ich glaube nicht.« Bei dem Gedanken daran mußte ich lächeln. »Aber trotzdem! Tausende von Liedern, sagst du?«

»Ja, und Hunderte von Druiden. Sie singen nämlich nicht alle dieselben Lieder, weißt du. Es gibt ein paar große Lieder, die jeder Druide kennt, doch ansonsten hat jeder seine eigenen, die ihm als Kind beigebracht worden sind, vielleicht sogar ein paar von ihm selbst, die er den anderen beibringt und so weitergibt. Es ist eben ihre Kunst.«

Erstaunt schüttelte ich den Kopf und hörte wieder dem

Lied zu. Die Stimmen erhoben sich noch einmal zu einem donnernden Höhepunkt, und dann herrschte Stille.

Es war inzwischen ziemlich dunkel geworden. Nun trat ein anderer Druide mit seinem Instrument in den Feuerschein und begann zu singen. Sein Lied war von wesenloser, zarter Schönheit, und bei den herrlichen Versen verlor ich mich immer mehr in die Melodie. Er variierte die Kraft und Stärke seiner Stimme in hohem Maße, sang einmal leise und klagend, dann lebhaft und kräftig oder auch zornig, wobei sich sein Gesichtsausdruck immer entsprechend wandelte. Und als ich dann zu den gebannt lauschenden Zuhörern hinüberblickte, sah ich zu meiner Überraschung, daß viele weinten, ohne sich dessen zu schämen. Schließlich verklang das Lied, und eine beinahe unnatürliche Stille folgte: Niemand sprach, rührte sich oder applaudierte.

Nun stand Ullic auf und trat in den Lichtkegel des Feuers. Nachdem er den Blick über seine und unsere Männer hatte schweifen lassen, begann er zu sprechen. Cymric, unser offizieller Dolmetscher, nahm zwischen Gaius und mir Platz und übersetzte für uns, und viele von Ullics Kriegern taten dies für unsere Soldaten. Ullic sprach wie zu seinesgleichen, jedoch mit großer Autorität, als er ihnen nun die Einzelheiten unserer Zusammenkunft im Großen Steinkreis kundtat. Am Schluß erklärte er, daß wir von diesem Tag an nicht mehr als Römer gelten sollten. Wir seien Briten, wie sie in diesem Land geboren, auf das wir stolz seien, und bereit, es gegen ihre und unsere Feinde zu verteidigen. Er wies darauf hin, daß beim Rückzug der Legionen unter Umständen viele zurückbleiben würden, gegen die wir, wenn aus ihnen Banditen würden, kämpfen müßten, auch wenn sie dem Namen nach Römer waren.

Weiter berichtete er, daß wir – er, Britannicus und ich –

uns an diesem Tage lange unterhalten hätten und daß das neue Bündnis kein reines Zweckbündnis sei. Wir würden wahre Brüderschaft suchen, und Ehen zwischen Angehörigen beider Völker seien willkommen. Das war für mich und, wie ich sah, auch für Gaius ein neuer Gedanke, doch ich begann Ullics Weitblick zu bewundern. Er war kein Dummkopf. Er teilte seinen Leuten mit, daß wir unsere Soldaten in ihre Berge schicken würden, um ihnen den römischen Kampfstil beizubringen, und daß sie wiederum uns im keltischen unterweisen würden. Zum Schluß forderte er sie auf, uns als Brüder und Nachbarn im neuen Land Britannien, das bald nicht mehr unter römischer Herrschaft stehen würde, willkommen zu heißen.

Als er fertig war, sprang einer seiner Männer auf und begann lautstark ein Lied zu singen, in das noch vor der zweiten Verszeile alle einstimmten. Offenbar war es ein Willkommens- und Festlied, dessen aufwühlende Melodie uns mitriß. Danach jubelten sie uns zu, und als ich gerade das Gefühl bekam, daß wir irgendwie darauf erwidern müßten, stand Gaius auf und ging zum Feuer. Ich überlegte, was er vorhatte und sagen würde, doch selbst nach seinem Ausbruch am Morgen hätte ich das, was dann tatsächlich geschah, niemals erwartet. Er blieb am Feuer stehen und blickte in die erwartungsvollen Gesichter.

»Danke!« sagte er. »Ich habe heute aufgehört, Römer zu sein.« Und dann zog er vor allen Augen seine schöne Toga aus und warf sie ins Feuer. Zuerst herrschte verblüfftes Schweigen, und dann setzte Beifallsgeheul ein, inmitten dessen Ullic vortrat und Gaius seinen königlichen Umhang um die Schultern legte. Gaius dankte ihm lächelnd und hob die Arme. Als Ruhe eingetreten war, rief er: »Sollte einer meiner Soldaten tun, was ich soeben getan habe, wird er sofort vors Militärgericht gestellt!« Unsere

Männer jubelten, lachten und pfiffen. Gaius wartete wieder, bis Ruhe einkehrte.

»Im Ernst, Freunde. Nur Dummköpfe lernen nicht aus der Geschichte. Die römischen Waffen und Rüstungen sind die besten, die je zur Kriegsführung erdacht worden sind. Wir behalten sie. Vielleicht ändern wir die Farben. Mir gefällt dieses Rot.« Er deutete dabei auf seinen neuen Umhang. Wieder wurde ihm zugejubelt, und ein neues Faß Met wurde ans Feuer geschleppt. Doch noch bevor es geöffnet werden konnte, erhob Ullic wieder die Stimme.

»Trinkt und feiert heute abend, soviel ihr wollt! Doch ich möchte, daß wir uns morgen in aller Frühe wieder auf den Weg machen! Thyrrwygg, du hast in dieser Nacht Dienst. Kümmere dich um die Wachen!« Winkend verließ er die Feuerstelle und bedeutete Gaius und mir, ihm zu folgen.

»Gaius«, sagte ich, staunend und bewundernd den Kopf schüttelnd, »deine Toga zu verbrennen war einfach genial! Wie kommst du nur auf so etwas? Es käme mir nie in den Sinn!«

Er lächelte nur und drückte mir die Schulter. Erst Jahre später erzählte er mir, daß diese Geste völlig spontan gewesen war. Er genoß es wie andere auch, Ehrfurcht hervorzurufen.

XXXII

Oft schien es mir, Gott habe Bischof Alarich die beinahe mystische Gabe verliehen, unsere Feste in der Kolonie vorauszusehen, so daß er ihnen mit noch bedeutenderen Neuigkeiten zuvorkommen konnte. Dies geschah auch diesmal. Als wir heimkehrten, war er bereits in der Villa Britannicus, und was er zu berichten hatte, stellte alles andere in den Schatten. Magnus Maximus, der selbsternannte Kaiser über Britannien, Gallien und Hispanien, war tot. Der Aufstand vorbei; Theodosius hatte wieder die Herrschaft.

Man muß es Alarich aber lassen, daß er seine wichtige Neuigkeit wenigstens bis zum Abendessen für sich behielt, so daß wir zunächst über unsere eigene jubeln konnten. Als ich es dann erfuhr, war ich allerdings sehr überrascht.

»Wie ist er denn gestorben?« fragte ich Alarich. »Waren es die fränkischen Reiter?«

Er schüttelte den Kopf. »Nein, Publius. Theodosius selbst hat ihn hinrichten lassen. Ich habe es soeben erfahren. Was hast du zuletzt über ihn gehört? Über Maximus, meine ich.«

»Daß er in den germanischen Ländern saß und hoffte, Illyrien für sich beanspruchen zu können. Das muß vor zwei Jahren gewesen sein«, antwortete Gaius.

»Mindestens!« Als Alarich nickte, sah ich, daß seine Haare seit unserem letzten Zusammentreffen merklich weißer geworden waren. »Im letzten Jahr fiel er in Italien ein, so daß Valentinian vor ihm nach Thessalonike floh. Seit Maximus in Gallien Gratian, den anderen törichten Kaiser, getötet hatte, lebte er in ständiger Furcht vor Magnus. Nachdem Valentinian weg war, krönte Magnus seinen eigenen Sohn zum Mitkaiser, um mit ihm zu herrschen, so daß es wieder vier Kaiser waren. Was für eine Narretei! Der Knabe stellte jedoch eine echte Bedrohung dar und wurde ernstgenommen. Nicht nur Valentinian, sondern auch Theodosius erkannte ihn an.«

»Wieder vier Kaiser!« Gaius war sein Abscheu deutlich anzumerken. »Mein Gott! Das ist geradezu obszön!«

»Ja! Jedenfalls teilte Magnus sein Heer und fiel wieder in Illyrien ein. Doch beide Heere wurden besiegt und Magnus gefangengenommen. Man richtete ihn ohne Verfahren hin.«

Gaius sah jetzt sehr teilnahmsvoll aus. »Beide Heere geschlagen? Und was ist mit Magnus' Sohn? Lebt dieser noch?« Ich wußte, daß Gaius an Picus dachte, der möglicherweise in einem der Heere gefallen war.

Alarich zuckte mit den Schultern. »Das scheint niemand zu wissen. Man nimmt an, daß er gefallen ist. Ich habe aber auch Neuigkeiten über deinen Sohn Picus.«

»Picus!« rief Gaius eifrig. »Was ist mit ihm? Ist er am Leben?«

Alarich lachte. »Ja, Gaius, er ist am Leben, und es geht ihm gut. Er reitet mit Stilicho.«

Gaius war ebenso überrascht wie ich. »Stilicho? Wer ist das?«

»Wie, hört ihr hier denn gar nichts? Stilicho ist der hellste Stern, den die lädierte kaiserliche Krone noch hat. Ein brillanter junger Heerführer. Picus scheint einer seiner besonderen Schützlinge zu sein. Erst vergangene Woche hörte ich, wie ihre Namen oben in Glevum in einem Atemzug genannt wurden. Allerdings brachte keiner der Anwesenden Picus' Namen mit deinem in Zusammenhang.«

»Nein, wie sollten sie auch – jedenfalls jetzt. Ich bin schon so lange weg, daß ich in Vergessenheit geraten bin. Ein Soldat von ehedem.« Ich sah Schmerz in seinen Augen. »Erzähl mir mehr von diesem Stilicho! Du sagst, mein Sohn sei sein Freund?«

»Einer seiner besten Rittmeister, wie ich gehört habe.«

»Wie ist das möglich? Picus war doch bei Magnus! Er *verließ* uns mit Magnus.«

»Ja, doch Magnus *verließ* er auch. Picus ist der Sohn seines Vaters, Gaius. Er brauchte nicht lange, um Magnus' heuchlerisches Gehabe zu durchschauen. Wir können nur annehmen, daß er sich, als er einsah, wie falsch dessen Handeln war, in Stilichos Hände begab und Gnade fand. Dieser ist ein sehr kluger Mann, sonst wäre er nicht da, wo er jetzt ist. Er hat bestimmt sofort erkannt, wes Geistes Kind Picus ist, und sich die Dienste und Loyalität eines solchen Mannes erhalten wollen.« Erst jetzt begriff Gaius, was Alarich sonst noch gesagt hatte.

»Rittmeister? Sagtest du Rittmeister?«

»Ja, Gaius, ich sagte Rittmeister.« Der Bischof lächelte jetzt breit. »Du hast mich früher schon einmal gefragt, ob Rom auch Reiter ausbildet. Nun, ganze Legionen davon! Schwere Reiterei. Stark bewaffnet und sehr diszipliniert. Nach dem, was ich gehört habe, ist dein Sohn eine der Schlüsselfiguren der neuen Reittechniken.«

»Picus? Er ist doch noch ein Knabe!«

Ich hörte den väterlichen Stolz heraus und mußte lächeln, als Alarich fragte: »Wie alt ist er denn?«

»Er muß dreiundzwanzig oder vierundzwanzig sein.«

»Dann ist er kein Knabe mehr, Gaius. Stilicho ist erst

vierundzwanzig und hat schon die Gardetruppen des kaiserlichen Hofs in Konstantinopel unter sich. Es heißt, daß er noch vor Ablauf eines Jahres Oberster Heerführer wird.«

»Oberster Heerführer? Mit fünfundzwanzig? Hat Theodosius denn den Verstand verloren?«

»Nein, nur seine Lieblingsnichte Serena. Sie ist mit Stilicho verheiratet.«

»O Gott!« stöhnte ich auf. »Dann steht er unter kaiserlicher Schirmherrschaft!«

»Nein, Varrus, so ist es nicht, jedenfalls nicht ganz. Stilichos Soldaten sagen, er habe den besten Militärverstand seit Alexander.«

»Ha!« Ich enthielt mich eines Urteils. »Stilicho! Was für ein merkwürdiger Name!«

»Er ist halb Wandale.«

Aus Gaius brach es heraus: »Halb Wandale? Noch ein Barbar! Halb Wandale zu sein kommt mir vor, wie halb schwanger zu sein.«

Er war so erleichtert, daß es Picus gutging, daß er nicht ganz er selbst war, weshalb ihn Alarich jetzt auch ein wenig ausschimpfte.

»Gaius, du bist doch sonst nicht so nörglerisch! Fühlst du dich nicht wohl?«

»Doch, danke! Der oberste Heerführer ein Wandale! Verdammt noch mal!«

Alarich lächelte mich an. »Wenn du in dieser Stimmung stirbst, mein Freund, wirst du vielleicht tatsächlich verdammt!«

Es amüsierte mich, daß Gaius an seinem eigenen Tisch einen Tadel erhielt, wenn es auch nur ein milder war.

»Du solltest allen Heiligen danken, daß Picus wohlauf ist, Gaius«, sagte ich. »Sei nicht so kritisch! Wenn er so tüchtig ist, wie es heißt, dann erinnert er sich vielleicht an unsere Gespräche über Alexander und bringt seinem Vorgesetzten Stilicho ein paar anständige Taktiken bei.«

Stilicho. Der Name prägte sich mir ein. Ich fühlte mich von ihm erregt, aber nicht bedroht. Irgendwie hatte ich das Gefühl, daß man sich diesen Namen merken mußte.

Die Nachricht von Magnus' Niederlage und Tod kam gerade zur rechten Zeit. Ich stellte mir vor, wie demoralisierend es auf Seneca wirken würde, wenn ich ihm davon erzählte. Nun würde in Britannien alles wieder wie vor dem Aufstand sein, und der kaiserliche Prokurator Süd-Britanniens würde große Schwierigkeiten haben, seine lange Abwesenheit im Licht der Beweise, die ich Theodosius' zurückkehrenden Streitkräften liefern wollte, zu erklären. Ich rang mit der Versuchung, Gaius zu erzählen, was ich mit Seneca vorhatte, doch ich wußte ja, daß mir daraus nur Streit und Widerstand erwachsen würden. Daher erhielt ich mir den Frieden und ließ mich an jenem Abend und fast den ganzen nächsten Tag von dem Trubel mitreißen, der das Ergebnis unserer Reise zum Großen Steinkreis war.

Es war klar, daß sich unser aller Leben vom Augenblick dieses Treffens an ändern würde, und noch Tage nach unserer Rückkehr waren die Kolonisten von einem wilden Optimismus ergriffen. Zum erstenmal hatten wir echte Verbündete, die unsere Interessen als Gegenleistung für unsere Hilfe in ihren Angelegenheiten unterstützen würden.

Am zweiten Tag nach unserer Rückkehr stand ich sehr früh auf und schlich mich aus dem Haus, bevor sonst noch jemand wach war. Lucia hatte ich am Abend zuvor gesagt, daß ich nach Aquae Sulis reiten würde. Dies war nicht gänzlich gelogen, weil mein eigentliches Ziel nur fünf Meilen südlich davon lag. Als der Tag heraufdämmerte, hatte ich bereits über zehn Meilen zurückgelegt, und mein Pferd ging auf der festen Straße die verbleibende Strecke an, die meilenweit ohne Kurve verlief.

Trotz meines frühen Aufbruchs erreichte ich den mit Tertius Pella vereinbarten Treffpunkt erst am späten Vormittag. Er erwartete mich mit einem seiner Männer geduldig hinter Bäumen versteckt, die bis zur Straße reichten. Nach kurzer Begrüßung führte er mich auf einem von Wagenrädern gefurchten Weg in den Wald. Erst als man uns von der Straße aus nicht mehr sehen konnte, zügelten wir die Pferde, um uns zu unterhalten.

»Was macht unser Gefangener?« fragte ich.

»Er ist in Sicherheit und unversehrt – leider, muß ich sagen –, abgesehen von ein paar blauen Flecken und dem Schrecken.«

»Hast du irgendwelche Probleme gehabt?«

»Ein paar, doch keine großen. Einer unserer Männer ist leicht verletzt worden, nichts Schlimmes, nur ein tiefer Kratzer. In einer Woche ist alles wieder in Ordnung.«

»Und was ist mit den anderen?«

»Mit welchen anderen? Unseren oder ihren?«

»Ihren natürlich.«

»Drei sind tot. Die fünf Überlebenden haben wir gefesselt und geknebelt. Wenn jemand an dem Haus vorbeigeht, wird er sie finden und retten.«

Ich versuchte, nicht an die andere Möglichkeit zu denken. »Und Seneca? Seit wann haltet ihr ihn gefangen?«

»Seit sechs Tagen. Er würde wahrscheinlich sagen, seit sechs *langen* Tagen. Es ist uns gelungen, sie recht unerfreulich für ihn zu gestalten. Du wolltest, daß er verwirrt ist, die Orientierung verliert und Angst hat. Es ist in allen drei Punkten ganz so, wie du es wünschtest.«

»Gut! Wie weit ist es von hier zu ihm?«

»Zwei Meilen. Eine Meile dort entlang«, deutete er mit dem Finger, »und dann noch eine Meile auf einer Wildspur zu einer kleinen Lichtung.«

Ich zog ein Päckchen aus meiner Tunika. »Gut gemacht, Tertius! Ich werde deine Leute reichlich belohnen. Nun müssen wir über die Zeitplanung nachdenken.« Ich hielt seinem Begleiter das Päckchen hin. »Bring dies dem Befehlshaber der Garnisonswache in Aquae Sulis. Sag ihm, du habest dafür, daß du ihm dies überreichst, ein Silberstück erhalten. Hier hast du es.« Er steckte die Münze in das Täschchen, das ihm an der Seite herunterhing. »Das Päckchen enthält die Mitteilung, daß man den vermißten Prokurator Claudius Seneca hier finden kann sowie eine Karte. Kehre gleich wieder zur Kolonie zurück, wenn du das Päckchen abgeliefert hast. Achte aber darauf, daß niemand erfährt, wohin du gehst, und daß dir niemand folgt. Ist das klar?« Er nickte. »Gut. Du wirst ungefähr eine Stunde, vielleicht auch länger brauchen, um zur Garnison zu gelangen. Sie werden dann wohl halb so lange für das Zusammenstellen eines Suchtrupps benötigen und eine weitere Stunde, um mit Hilfe der Karte, die ich für sie gezeichnet habe, herzukommen. Von hier aus müßte es ihnen möglich sein, allein den Weg zur Lichtung zu finden. Bis dahin, Tertius, müssen wir beide alles erledigt haben, so daß wir bei ihrem Eintreffen am Nachmittag nicht mehr da sind. Also ans Werk!«

Wir ließen unsere Rösser in einiger Entfernung von der Lichtung zurück und gingen das letzte Stück zu Fuß. Am Rand des Lagers, das Tertius' Männer errichtet hatten, blieb ich stehen. Es bestand aus zwei ledernen Legionärszelten, einem aufgebockten Tisch, einem Klappstuhl und einer Feuerstelle. Das Feuer brannte lichterloh, doch waren die Flammen in der klaren Luft fast unsichtbar. Irgendwo zur Rechten hörte ich Wasser fließen.

Hinter den Zelten ragte als markanter Punkt der Lichtung eine mächtige, alte Eiche empor, welche die beiden Männer unter ihr klein erscheinen ließ. Einer davon, die Wache namens Rufus, döste an den Baumstamm gelehnt vor sich hin. Der andere, Seneca, stand nackt neben einem dicken, in den Boden gerammten Pfosten. Er hatte die Augen verbunden und war an den Knöcheln in Ketten gelegt, die durch den unteren von zwei am Pfosten befestigten Ringen gezogen waren. Auch seine Hände waren vor seinem Körper gefesselt, und ein straffes, durch den oberen Ring geführtes Seil hielt seine Arme nach unten gestreckt. Dieses Seil war mit einem weiteren verknüpft, das um einen dicken Ast über dem Kopf des Gefangenen geschlungen war. Durch Lockern des einen Seils und Ziehen am anderen konnte die Wache die Lage von Senecas gefesselten Händen verändern.

Lange ließ ich den Blick voller Abscheu auf Seneca ruhen, wobei ich mich schon auf den Moment freute, in dem ich die für Phoebe geschworene Rache nehmen würde. Er sah schrecklich aus. Seine ungekämmten Haare waren verfilzt, und auf seinen Wangen sproß ein dicker, schmutzigblonder Bart. Noch während ich ihn anschaute, sackte er in sich zusammen, doch gleich darauf richtete er sich wieder auf, soweit es das straff durch den Ring gezogene Seil erlaubte. Er konnte nur mit gebeugtem Rücken stehen, und die Wache war angewiesen, ihn hochzureißen, wenn er sich hinzulegen versuchte. Ich war mir durchaus bewußt, daß der Anblick jedes anderen in einer solchen Lage Mitleid und Wut auf die Peiniger in mir hervorgerufen hätte. Mit Phoebes süßem Gesicht vor Augen gelang es mir jedoch, alle Anwandlungen von Mitgefühl zu unterdrücken. Ich winkte Pella zu mir heran und flüsterte ihm ins Ohr: »Hat irgend jemand mit ihm gesprochen?«

Er schüttelte den Kopf und antwortete ebenfalls im Flüsterton: »Kein einziges Wort seit der Gefangennahme vor sechs Tagen.«

Ich nickte und bedeutete Pella voranzugehen. Er lief zur Lichtung und dort zu dem Tisch vor den Zelten. Bei dem Geräusch seiner Füße im langen Gras hob Seneca rasch den Kopf, gab jedoch keinen Laut von sich. Auch die Wache hörte es, richtete sich langsam auf und nickte mir zu. Ich legte den Zeigefinger auf die Lippen, um ihn daran zu erinnern, daß er schweigen sollte.

Pella hatte sich inzwischen hinuntergebeugt und das Seil gelockert, das die Arme des Gefangenen nach unten zwang. Seneca spürte die Befreiung sofort, doch bevor er reagieren konnte, wurden ihm die Arme schon wieder über den Kopf gerissen, da Pella an dem anderen Seil zog. Gleich darauf hing Seneca an den Handgelenken, und zwar so hoch, daß er nur noch auf den Zehenspitzen stehen konnte. Er heulte wie ein Tier, doch Pella schenkte ihm keine Beachtung und konzentrierte sich darauf, den Knoten, der das Seil straff hielt, nachzuziehen. Als er mit Senecas Stellung zufrieden war, ging er zum Tisch hinüber und hob dort etwas auf.

Jetzt kam das Schlimmste. Ich widerstand dem Drang, noch im letzten Augenblick einzugreifen, und zwang mich dazu, mich nicht zu rühren. Pella ging zu dem Gefangenen hinüber und legte ihm die mit Metallspitzen versehenen Riemen der Geißel über die Schulter, so daß diese durch ihr Eigengewicht hinunterglitten. Seneca stöhnte auf, als er erkannte, worum es sich handelte, und öffnete den Mund, um zu schreien. Sogleich stopfte ihm Pella einen schmutzigen Lappen hinein. Ich schloß die Augen, um nicht mitansehen zu müssen, was als nächstes geschehen würde, öffnete sie aber sogleich wieder. Der nächste Schritt war nötig als Vorbereitung auf das, was dann folgen sollte.

Als Pella zurücktrat und die Geißel hin und her schwang, krümmte Seneca seinen hübschen, muskulösen Körper in dem vergeblichen Versuch, ihr auszuweichen. Er war sogar noch größer und stärker, als ich ihn in Erinnerung hatte. Die Geißel zischte durch die Luft und schlug auf seinem sich windenden Oberkörper auf, so daß er trotz des Knebels aufschrie. Ich wandte mich ab und erbrach mich schaudernd ins Gras. Ich konnte nicht glauben, daß ich dies kalten Bluts geplant hatte und geschehen ließ. Als ich mich wieder aufrichtete und mir mit dem Ärmel den Speichel vom Kinn wischte, hing Seneca bewußtlos da, und aus den zahllosen Striemen an seinem Oberkörper sickerte Blut. Ich schluckte schwer.

»Nimm ihm das Ding aus dem Mund und die Binde von den Augen!«

Während sich Pella anschickte, dies zu tun, nahm ich am Tisch Platz, so daß Senecas Blick auf mich fallen würde, wenn er das Bewußtsein wiedererlangte. Ich griff nach einer bereitliegenden Schriftrolle.

»Hast du sein Siegel gefunden?«

»Ja, er trug es an einer goldenen Kette um den Hals. Hier!« Pella warf mir Senecas Siegel zu, und ich legte es neben die Schriftrolle und den Wachsstift. Weiterer Vorbereitungen bedurfte es nicht.

»Bespritz ihn mit etwas Wasser!«

Seneca erlangte unter dem Schock des kalten Wassers und der Sonne, die ihm nun nach sechs Tagen völliger Dunkelheit in die Augen stach, nur mühsam das Bewußtsein wieder. Ich beobachtete, wie er sich meiner Anwesenheit bewußt wurde und sich unter Kontrolle zu bringen versuchte. Dann sah ich, wie er sich vergeblich bemühte, seine Augen auf mich zu richten. Lange Zeit sprach keiner von uns beiden ein Wort.

»Kennst du mich, Seneca?«

Er versuchte, die Lippen zu bewegen und das heftige Zittern, das seinen elenden Körper quälte, zu beherrschen. Schließlich antwortete er gegen die Sonne blinzelnd und mit gebrochener, krächzender Stimme.

»Nein! Wer bist du?«

Hart und tonlos antwortete ich: »Ich bin ein alter, graubärtiger, hinkender Mann. Erinnert dich das an jemanden?«

Heftig schüttelte er den Kopf, als wolle er einen unliebsamen Gedanken abwehren. »Nein. Wer bist du?« wiederholte er seine Frage.

»Komm, Seneca, du kennst mich doch, nicht wahr? Ich hatte eine Freundin in Verulamium. Eine junge Frau mit hübschem Gesicht und rotem Haar. Sie hieß Phoebe. Sie starb als dein Gast. Erinnerst du dich nicht? Du hast Antonius Cicero davon erzählt.«

Er blinzelte jetzt noch heftiger und verdrehte den Kopf, um mein Gesicht besser erkennen zu können. Dann rieb er sein Gesicht am rechten Arm, um das Wasser, das ihm ins Auge tropfte, wegzuwischen. Diesmal war seine Stimme viel kräftiger; er schien wieder Mut zu fassen.

»Sei verflucht!« rief er. »Was soll dieser Wahnsinn? Was willst du von mir? Wer bist du? Ich weiß nicht, wovon du sprichst!«

Im gleichen harten, herrischen Ton sprach ich weiter.

»Du erinnerst dich nicht an Antonius Cicero? Er war Garnisonskommandant in Camulodunum. Er mußte sterben, weil er Theodosius die Treue hielt, als alle anderen mit Magnus rebellierten. Erinnerst du dich nicht, Seneca? Du hast ihm von Phoebes Tod erzählt. Das weißt du doch bestimmt noch? Du sagtest zu ihm, der Mann, den du suchtest, der graubärtige Krüppel, wäre dir entwischt, du hättest aber seine Hure aufgespürt. Diese wäre jedoch zu deinem Ärger gestorben, ohne etwas auszuplaudern. Du kannst das doch nicht vergessen haben!«

Nun schwieg er. Er hatte die Augenbrauen zusammengezogen, und sein Gesicht nahm einen verschlagenen Ausdruck an. Durch die Art, wie er hing, wurde das große weiße V auf seiner Brust noch betont. Ich stand unvermittelt auf, wobei der Stuhl hinter mir umfiel, und lief um den Tisch herum zu ihm hinüber. Als er mich kommen sah, riß er zunächst die Augen weit auf und kniff sie dann zu. Ich ballte eine Hand zur Faust und schlug ihn aufs Brustbein.

»Sieh mich an, Hurensohn, sieh mich an! Ich bin der Mann, der dich gezeichnet und dir die hübsche Nase eingeschlagen hat.«

Er riß die Augen wieder auf, doch ich konnte nicht sagen, ob er schon etwas sah, und dann stürzte er sich auf mich. Da er mich nicht erreichen konnte, spuckte er mir blitzschnell ins Gesicht. Dann begann er zu brüllen und reihte derart viele ordinäre Ausdrücke und Flüche aneinander, daß selbst Plautus schockiert gewesen wäre. Doch immer wieder klang durch: »Wer bist du?«

Ich wischte mir die Spucke vom Gesicht und wartete darauf, daß er sich beruhigte. Schließlich versickerte der Giftstrom.

»Wer bist du?« flüsterte er noch einmal.

»Deine Nemesis! Für dich habe ich keinen Namen, sondern bin nur Tod und Vergeltung, weshalb du auch das V auf der Brust trägst. Erinnerst du dich noch an meinen

Freund hier?« Ich nickte in Pellas Richtung, und er trat vor, so daß Seneca ihn deutlich sehen konnte.

Er starrte auf Pella und schüttelte dann den Kopf. »Nein, ich kenne dich nicht.«

»Doch du kanntest meinen Sohn. Es war in Aquae Sulis vor fünf Jahren. Er war ein Kind: fünf Jahre alt. Fünf! Und du hast ihn umgebracht, du verruchter, perverser Hurensohn, und mit ihm vier weitere. Du wähntest dich in Sicherheit. Doch man hat dich gesehen. Und nun sollst du dafür bezahlen, du Eiterbeule! Du –«

»Claudius Caesarius Seneca, du hast die Wahl«, unterbrach ich Pella. Daraufhin sah jener mit weitaufgerissenen Augen, alarmiert und angstvoll, zu mir herüber, ohne dabei aber Pella aus den Augen zu lassen.

»Hör jetzt zu und unterbrich mich nicht! Sonst bringt dich Pella wieder mit der Geißel zum Schweigen.« Ich nahm die Schriftrolle in die Hand und las vor.

Ich habe ein Leben geführt, das kaum jemanden mit Stolz erfüllen würde. Ich habe meine Macht mißbraucht, seit ich alt genug dafür war. Ich habe schamlos getötet, und zwar selbst und durch andere, die ich dafür angeheuert hatte.

Auch mein Amt hier in Süd-Britannien habe ich mißbraucht. Da ich auf Theodosius wütend war und meine eigene Zukunft vor Augen hatte, habe ich den unrechtmäßigen Machthaber, bekannt als Magnus Maximus, den selbsternannten Kaiser Britanniens unterstützt. Dafür zweigte ich Gelder von den für Theodosius erhobenen Einnahmen ab und verwendete sie, um Magnus und seine Streitkräfte auszustatten und zu versorgen.

So wurde ich die direkte Ursache für den Tod des Legaten Antonius Lepus Cicero, des Garnisonskommandanten in Camulodunum. Dieser mußte sterben, weil er seinem Kaiser treu ergeben war und gegen Magnus marschierte.

Sobald sich Magnus zum Kaiser erklärt hatte, versteckte ich mich und habe mich seitdem verborgen gehalten, um abzuwarten, wie das Unterfangen ausgehen würde. Mir war klar, daß ich – sollte Magnus scheitern – wieder als treuer Beamter auftauchen konnte, der die kaiserlichen Angelegenheiten aus Sicherheitsgründen im verborgenen weitergeführt hatte.

Nun werde ich für ein Verbrechen zur Rechenschaft gezogen, das ich nicht einmal für erinnerungswert hielt: den Mord an einer gesichtslosen Frau auf der Suche nach dem Mann, der mich verstümmelt hat. Sie wohnte in Verulamium und hieß Phoebe, wie ich inzwischen weiß. Im Gedenken an Phoebe beschuldige ich mich nun selbst und gebe mich durch mein eigenes Siegel und meine eigene Hand der Verdammnis preis.

Ich hob den Kopf und blickte Seneca an. »Du hast die Wahl«, sagte ich. »Du kannst unterschreiben oder auch nicht. Man wird das Dokument auf jeden Fall neben deinem Leichnam finden.«

Seneca war totenbleich, und seine Augen funkelten. »Du bist wahnsinnig!« flüsterte er. »Glaubst du wirklich, daß ich so etwas unterschreibe?«

»Tertius Pella hofft, daß du es nicht tust«, erwiderte ich. »Wenn du dich weigerst, prügelt er dich nämlich zu Tode und freut sich bei jedem Ausholen der Geißel. Dreißig Schläge. Du wirst sie nicht überleben, ja es dir nicht einmal wünschen.« Bei der Vorstellung der dreißig Schläge war er zusammengezuckt. Die bereits erhaltenen Hiebe hatten einen tiefen Eindruck bei ihm hinterlassen. »Andererseits bin ich bereit, dir eine Chance zu geben, wenn du dich anstrengst. Nicht, daß ich dich weniger hasse als Pella. Wer von uns beiden dich weniger leiden kann, können wir ja noch ausfechten.«

Ich hielt inne und wartete auf seine Reaktion. Er streckte sich in dem Versuch, eine etwas weniger qualvolle Hängeposition zu finden. Sein Gesicht blieb ausdruckslos.

»Wenn du dich weigerst zu unterschreiben«, fuhr ich fort, »wirst du, wie ich schon sagte, an Geißelhieben sterben. Das ist so sicher wie Phoebes Tod, für den du verantwortlich bist. Unterschreibst du jedoch das Geständnis, erhältst du eine Überlebenschance. Keine große, aber immerhin eine größere als die, welche du anderen gegeben hast. Ich gebe dir ein Schwert, und dann kämpfen wir. Solltest du mich töten, bist du frei, zumindest wenn du auch Pella zu töten vermagst, da ich mir vorstellen könnte, daß dieser dir besagte Freiheit streitig machen wird. Wenn du siegst, bekommst du das Dokument und Genugtuung für deine Narben. Stirbst du jedoch – und es wird mir eine Freude sein, dich zu töten –, wird das von deiner Hand unterschriebene und mit deinem Siegel versehene Geständnis als endgültige, unanfechtbare und reichlich verdiente Verdammung neben deiner Leiche gefunden werden. Ich habe schon eine Nachricht zur Garnison in Aquae Sulis geschickt. Sie werden bald hier sein, um nach dir zu sehen.«

In seinen Augen flackerte etwas auf, dem ich jedoch den Garaus machte.

»Sonst hast du keine Möglichkeit zu entkommen, Seneca. Nicht einmal die, daß die Soldaten zu früh kommen und dir das Leben retten. Sie stehen nicht mehr unter deinem Einfluß. Magnus ist schon seit Monaten tot, und das ist inzwischen allgemein bekannt. Britannien ist bereits wieder zu Theodosius zurückgekehrt.« Darüber ließ ich ihn eine Weile nachdenken. »Nun? Bist du bereit, deine Entscheidung zu treffen?«

»Und wenn ich nun unterschreibe? Du würdest mich doch umbringen, bevor ich damit fertig bin.«

Wut wallte in mir auf, und ich wandte mich von ihm ab, um sie zu unterdrücken. Erst als ich mich unter Kontrolle hatte, drehte ich mich wieder zu ihm um.

»Dann wäre ich nicht besser als du, Seneca, doch das bin ich in jeder Hinsicht. Was wäre, wenn ich dich tatsächlich tötete? Das wäre für dich immer noch besser, als von Tertius Pella zu Tode gegeißelt zu werden. Wenn du erst einmal tot bist, kann dir dein Geständnis nichts mehr anhaben. Dieses eine Mal in deinem verpfuschten Leben wirst du, Seneca, darauf vertrauen müssen, daß jemand ehrenhafter ist als du. Wenn ich nur dein Leben gewollt hätte, wärst du schon seit Tagen tot. Ich aber möchte dich mit dem Schwert in der Hand töten und dabei wissen, daß du dir bewußt bist, von einem graubärtigen Krüppel erschlagen zu werden.« Ich nickte Pella zu. »Schneide ihn herunter und nimm ihm die Ketten ab!«

Pella schnitt das Seil durch, so daß mir Seneca vor die Füße fiel.

»Aufs Gesicht!« befahl ich, wobei ich ihn mit der Spitze meines Schwerts piekste. Er rollte herum, so daß er mit dem Gesicht nach unten zu liegen kam, und Pella nahm ihm die Fußketten ab. »Wieder umgedreht!« Als er auf dem Rücken lag, hielt ich ihm die Schwertspitze an die Kehle, bis seine Hände frei waren. Dann legte ihm Pella eine Schlinge um den Hals. Auf ein Nicken von mir hin zog er Seneca ohne viel Federlesens auf die Füße.

»Nun triff deine Wahl!« sagte ich, wobei ich mich bemühte, meine Stimme ausdruckslos zu halten. »Unterzeichnen oder die Geißel!«

Seneca schien in sich einen neuen Quell der Kraft entdeckt zu haben. Der Blick, den er mir zuwarf, war fast aufsässig und höhnisch, und trotz meines Hasses auf ihn rang mir seine Härte auch etwas Respekt ab.

»Vielleicht unterschreibe ich«, sagte er ruhig. »Doch wo ist das Schwert, mit dem ich kämpfen soll?«

Ich sah Pella an: »Gib mir dein Schwert!«

Dessen Gesicht wurde so düster wie eine Gewitterwolke. »Nein, um Jesus Christus willen, das tue ich nicht! Dieser Hurensohn bekommt mein Schwert höchstens zwischen die verdammten Rippen!«

Nun wandte ich mich an die Wache, die still dabeistand und alles beobachtete. »Rufus, gib mir dein Schwert!«

Dieser zog es aus der Scheide und reichte es mir. Ich nahm es und steckte es ungefähr fünf Schritte vor dem Tisch in den Boden, nach weiteren zehn langen Schritten mein eigenes. Dann ging ich fünf Schritte zurück und blieb zwischen den beiden Schwertern stehen. »So!« sagte ich. »Keiner von uns beiden ist im Vorteil! Tertius Pella sagt mir, wenn du hübsch unterschrieben hast. Danach kämpfen wir und wirst du sterben.«

Höhnisch meinte Seneca: »Dein Mut ist wirklich bewundernswert, Krüppel. Ich habe seit sechs Tagen nichts Richtiges gegessen und mich kaum bewegt.«

Ich zuckte mit den Schultern. »Jammere ruhig, Seneca! Du kannst froh sein, daß du diese Chance bekommst.«

Als er kein Mitleid in meinen Augen sah, schob er die Lippen vor. »So sei es denn«, sagte er. »Ich unterschreibe.« Er trat an den Tisch und griff nach dem Federhalter, den ich dort neben ein offenes Tintenfaß gelegt hatte. Pella begleitete ihn, wobei er darauf achtete, daß das Seil um seinen Hals nicht zu locker wurde. »Bringt mir eine Fackel!« verlangte Seneca. Pella sah ihn finster an und dann zu mir herüber. Ich nickte Rufus zu, der daraufhin ans Feuer trat, einen an einem Ende brennenden Stock herausholte und diesen Seneca brachte, der mit dem Lesen der Schriftrolle beschäftigt war.

Seneca winkte die Wache mit dem Kopf zu sich heran, und als Rufus bei ihm war, lächelte unser Gefangener, ein Lächeln von erschreckendem Charme angesichts seiner Situation. »Ich halte das Pergament«, sagte er, »und du läßt das geschmolzene Wachs darauf tropfen.« Dann drückte er sein Siegel darauf. »So! Und nun mein Name!« Er tauchte den Federhalter in die Tinte und schrieb schwungvoll seinen Namen. Selbst aus der Ferne konnte ich erkennen, daß er gut leserlich war. Tertius Pella betrachtete die Schriftrolle und nickte mir dann zu.

»Gut!« sagte ich. »Nimm nun das Seil ab, Tertius, und geh zur Seite.« Während sich dieser anschickte, meinem Befehl nachzukommen, ging ich zu meinem Schwert.

Kaum hatte Seneca den Kopf aus der Schlinge, da sprang er auch schon vor und schnappte sich das andere Schwert. Er kauerte sich hin und starrte mich keuchend und mit einem wilden Grinsen auf den Lippen an. »Das ist dein Ende, du Krüppel!«

Ich sah ihn an, wie er so splitternackt und mit seinem zwischen den Beinen baumelnden Phallus vor mir stand, und fühlte mich unbesiegbar.

Eine kleine Weile umkreisten wir einander vorsichtig und Maß nehmend, und dann traten wir in die Mitte des umschriebenen Kreises. Klirrend trafen unsere Schwerter aufeinander, als wir nun in der Hoffnung, die Angelegenheit mit einem einzigen Hieb zu Ende zu bringen, brutal aufeinander einschlugen. Wir kämpften ganz ohne Technik, brauchten auch keine, da wir beide keinen Schild hatten. Den Ausschlag würden Kraft, Schnelligkeit und Glück geben. Ich beobachtete seine Augen, um rechtzeitig zu erkennen, was er als nächstes vorhatte, und fast hätte er mich erwischt, weil er so rasch wie eine Schlange und ohne jede Vorwarnung zum Angriff überging. Seine Schwertspitze fuhr ganz knapp an mir vorbei, als ich mich zurückwarf, da ich keine Möglichkeit zum Gegenangriff hatte. Mit stichbereitem Schwert rannte er hinter mir her, und seine Nacktheit hatte nun nichts Lächerliches mehr. Ich war mir nur noch seiner Wildheit bewußt und der Tatsache, daß ich ihn in jeder Hinsicht unterschätzt hatte. Ich hatte die Schwäche und Feigheit eines Tyrannen sowie die weibische Unzulänglichkeit und das schwache Handgelenk eines Knabenfreundes erwartet. Statt dessen traf ich auf Kraft und bittere Entschlossenheit, und in meinem verzweifelten Bemühen, seinem Schwert aus dem Weg zu gehen, ging mir rasch jedes Gefühl von Unverletzlichkeit verloren.

Tatsache war, daß er sogar laut lachte, als er mich nun verfolgte, und noch nie zuvor hatte mich mein Hinken so gestört. Sein Schwert schlug mir erneut wie ein Fächer knapp an der Brust vorbei. Und wieder war er da, und wieder sprang ich zurück und wartete auf seinen nächsten Zug. Er stürzte vor, ich trat zur Seite, schlug auf ihn ein, verfehlte mein Ziel, und er kam weiter voran. Jetzt erreichte er die Stelle, wo Rufus stand und mit vor der Brust verschränkten Armen zusah. Von dem nun folgenden verräterischen Hieb wurden wir alle überrascht. Rufus stürzte nach hinten, die Hand an der klaffenden Wunde an seinem Hals, aus der Blut spritzte, das seine stürzende Gestalt wie eine Wolke umgab.

Bevor ich auch nur eine Bewegung machen oder sonstwie reagieren konnte, warf sich Pella mit einem schrecklichen Fluch in den Kampf und schlug mit dem Schwert auf Seneca ein, der nach seinem tödlichen Hieb auf Rufus das

Gleichgewicht noch nicht wiedergefunden hatte. Pellas vorstürzender Körper nahm mir die klare Sicht auf Seneca, so daß ich nur erahnte, wie dieser auswich. Und dann ging Pella steif auf die Zehenspitzen, sein Körper ein einziges Zeugnis des Greuels und Todeskampfes. Ich hörte das dumpfe, knirschende Geräusch des Schlags, der ihn tötete, und das Krachen, als ihm Senecas Klinge das Brustbein durchschlug. Dieser glitt wie eine Katze vor, stemmte sich mit einem Fuß von Pellas zusammensackendem Körper ab und riß das Schwert aus dem Leichnam.

Nun stand ich Seneca ganz allein gegenüber. Dieser lachte auf, und seine Augen glänzten unnatürlich aus Freude über den Kampf und das Töten. »Zwei erledigt, Graubart!« rief er. »Wirst du mir nun, bevor du stirbst, deinen Namen nennen?«

Breitbeinig stellte ich mich hin und machte mich auf einen Frontalzusammenstoß gefaßt. »Den habe ich dir schon genannt«, knurrte ich. »Für dich heiße ich Tod – Tod und Vergeltung.« Wieder sprang er mich an, wobei er genau beobachtete, in welche Richtung ich ausweichen würde. Ich jedoch blieb stehen, beugte mich vor, um sein Gewicht aufzufangen, und stieß mit aller Kraft zu. Tief und todbringend drang meine Klinge ein. Seneca fiel das Kinn auf die Brust, und er riß die Augen auf. Einen Herzschlag lang hielt ich das Gewicht seines ganzen Körpers auf der Schwertspitze. Ich hatte das Gefühl, daß wilder Jubel von meinem Kopf bis zu den Muskeln meines überanstrengten Unterarms floß. »Vergeltung«, flüsterte ich, »Vergeltung und Tod!«

Dann riß ich ihm die Klinge wieder aus der Brust und sah ihn fallen, erst auf die Knie, dann aufs Gesicht. Lange blickte ich auf ihn hinab. Er zuckte nicht, wand sich auch nicht und atmete noch, doch ich wußte, daß ich meine Rache hatte. Erneut hob ich den Arm, um ihm den Kopf abzuschlagen, und hatte plötzlich keine Lust mehr, auch nur noch einen einzigen Schlag zu tun. Ich ließ das Schwert ins Gras fallen und blickte über das Schlachtfeld. Bald würden die Soldaten dasein. Ich nahm die Schriftrolle vom Tisch und steckte sie Seneca unter den rechten Arm, wobei ich die Schlaffheit seiner toten Muskeln spürte.

Dann wischte ich mir die Hand an meiner Tunika ab, machte auf dem Absatz kehrt und ging zu den Pferden. Die Lichtung, auf der dieses blutige Schauspiel stattgefunden hatte, ließ ich für immer hinter mir zurück.

XXXIII

Schließlich legte ich bei Bischof Alarich die Beichte ab, erzählte jedoch Gaius und Lucia nie von meiner Tat. Ich schämte mich dessen zwar nicht gerade, war aber auch nicht stolz darauf. Jedenfalls war ich überzeugt, daß es keinen Sinn machte, es denen zu erzählen, die ich liebte. Es genügte, daß ihr Leben durch die Beseitigung Senecas sicherer geworden war. Die Einzelheiten seines Verrats und Ablebens würden noch früh genug bekannt werden; es war nicht nötig, daß derjenige, der seinen Tod herbeigeführt hatte, namentlich genannt wurde.

Der gute Bischof machte sich schließlich wieder auf den Weg, und das Leben in unserer Kolonie ging seinen gewohnten Gang. Wir waren weiterhin in starkem Maße vom übrigen Britannien isoliert, und es überraschte mich nicht allzusehr, daß uns die Nachricht von Senecas Hinscheiden nicht erreichte. Seine Familie hatte wohl alles Erdenkliche getan, seine Niederträchtigkeit geheimzuhalten.

Unsere Ernte wurde von Jahr zu Jahr besser, und Ullics Verfügung, daß jeder, der uns besuchte, einen Stein für unsere Mauern mitbringen mußte, erwies sich als sehr nützlich. Der Bau ging so viel rascher vonstatten, denn zwischen den beiden Ländern herrschte nun starker Verkehr. Schon bald mußten unsere Maurer auf Gerüsten arbeiten, und die alte Bergfestung wurde zum ständigen Lager, weil dort in stabilen Blockhütten unser wachsendes Heer untergebracht war.

Auch unser Rat hatte einige Änderungen erfahren. Alle seine Mitglieder lebten jetzt in der Kolonie und versammelten sich einmal im Monat. Da keiner von ihnen wegen seiner Schüchternheit gewählt worden war, gab es gelegentlich stürmische Sitzungen, doch im großen und ganzen verlief unser Leben friedlich.

Bei einem meiner ersten Besuche im Königreich in den Bergen unterhielt ich mich mit Ullic über die geeignete Strategie im Falle eines Überfalls der Sachsen. Seine Männer würden dann den Zugang vom Fluß aus bewachen, und außerdem würden seine Vorposten die Hauptstraße aus dem Norden im Auge behalten. Wir wiederum sollten für alle Einfälle aus dem Osten, Süden und Südwesten verantwortlich sein, und eventuelle Angreifer aus dem Westen mußten Ullics Land überqueren. Ich war damit zufrieden.

Darüber hinaus hatten zwischen seinen Kelten und unseren britischen Römern Hochzeiten stattgefunden. Nicht viele, aber immerhin. Das Leben meinte es gut mit uns.

Eines regnerischen Abends im März, im achten Jahr meines Aufenthalts in der Kolonie, schickte ich meine Tochter Victoria, Gaius zur Schmiede zu holen. Sie, seine erste Nichte, war sein ausgesprochener Liebling.

Bald kam er mit der Siebenjährigen in die Schmiede, die Hand auf ihren Kopf gelegt. Ich erwartete ihn mit Lucia an der Seite vor meiner Werkbank. Bei seinem Eintreten trat ich auf ihn zu und warf zu seiner Überraschung die Arme um ihn und hob ihn hoch in die Luft.

Als ich ihn wieder hinunterließ, warf er seiner Schwester einen beredten Blick voller leidgeprüfter Toleranz zu. »Vielen Dank hierfür, Publius!« sagte er dann würdevoll.

»Wie wär's, wenn du mir jetzt mal erklärst, warum du mich hergebeten hast? Und so begrüßt? Victoria meinte, du habest mir etwas 'ichtiges zu sagen«, ahmte er nachsichtig lächelnd die Aussprache seiner Nichte nach.

»Natürlich, Gaius«, erwiderte ich. »Ich werde es dir erklären. Laß mal sehn!« Ich tat so, als müßte ich nachdenken. »Lucia, warum habe ich Gaius hergebeten?« Sie antwortete nicht, sondern sah mich nur milde an. Ich schnipste mit den Fingern. »Ach ja! Jetzt erinnere ich mich! Ich möchte dich mit jemandem bekannt machen, Gaius.«

Er sah sich um. Außer uns dreien war niemand in der Schmiede. Meine Tochter war wieder gegangen.

»Aha, du willst mich also mit jemandem bekannt machen. Und wo ist dieser jemand?«

»Hier.«

Er sprach freundlich mit mir, so nachsichtig, als wäre ich ein Verrückter. »Publius, mein Freund, hier sind nur wir drei, du, Lucia und ich.«

»Aber nein, Gaius«, sagte ich lächelnd, »es ist noch jemand hier.«

»Wirklich?« fragte er schleppend. »Wo? Wo ist er?«

»Es ist eine Sie, Gaius. Eine weibliche Person. Eine Dame.«

»Eine Dame. Also gut. Wenn das so ist, wo ist sie?«

»Dort drüben!« Ich nickte in Richtung des hinteren Teils der Schmiede.

»Wo? Ich sehe niemanden.«

»Dann geh hin! Sie ist da, Gaius!«

Er wollte gerade protestieren, als er sie sah. Unsicher lächelnd blickte er uns wieder an.

»Geh näher!« drängte ich ihn. »Geh näher an sie heran!«

»Sie« war eine Statue, eine weibliche Figur, zwei Fuß hoch, mit großen Brüsten und üppigem Bauch und Hintern, aber ohne Gesicht. Eine grobgeformte, eiserne Frauenskulptur auf einem Sockel aus solidem Eisen, der sich von ihren fußlosen Beinen wie eine Pfütze ausbreitete.

»Wer ist sie, Varrus? Und was stellt sie dar?« Es war ihm anzumerken, daß er sich wunderte, denn er hatte dergleichen noch nie gesehen.

»Sie heißt Coventina, Gaius, und ist Keltin«, erklärte ich ihm. »Die keltische Gottheit des Wassers. Sie ist eine Wassernymphe, und ihr Geist lebt schon seit Jahrhunderten in allen größeren Wassermassen in diesem Land. Deshalb werfen die Kelten immer Münzen und Gaben in die Teiche. Ich nenne sie ›Die Dame des Sees‹.«

»Die Dame des Sees!« Und dann begriff er und fuhr zu mir herum. »Des Sees! Du meinst ...?«

»Ja, Gaius. Das meine ich!« Ich konnte jetzt nicht mehr verhindern, daß mir ein breites Grinsen übers Gesicht lief. »Sie ist aus Eisen vom Himmelsstein. Ich habe es im vergangenen Monat herausgeschmolzen.«

Er bekam ganz große Augen. »Im vergangenen Monat? Und du hast nichts gesagt? So lange nicht? Wie konntest du nur! Und du, Lucia, wie konntest du das zulassen?«

Lucia sah mich an und schüttelte den Kopf. »Tadle mich nicht, Bruder! Ich habe bis jetzt nichts davon gewußt. Mein verschwiegener Mann hat mich auch eben erst holen lassen. Bis dahin hatte er kein Sterbenswörtchen davon verraten.«

Lächelnd schwieg ich.

Gaius wirkte noch immer leicht verwirrt und fragte: »Aber warum eine Statue, Publius?«

»Warum nicht?«

Er sah sich die Dame noch einmal an. Sie war zwar nur

eine grobe Skulptur, hatte aber durchaus eine gewisse Schönheit.

»Ja, warum eigentlich nicht?« meinte Gaius nun. Ich stellte mich neben ihn, legte ihm die Hand auf die Schulter, und gemeinsam sahen wir sie uns an.

»Was hätte ich sonst machen können, Gaius? Ich wollte nicht, daß am Ende nur ein Eisenbarren dabei herauskommt. Sieben Jahre Anstrengung verdienen ein besseres Symbol. Es drängt mich aber wiederum nicht so sehr, das Metall zu verwenden. Eines Tages, natürlich. Eines Tages werde ich die perfekte Verwendung dafür finden, doch bis dahin würde ich die Figur gern in deiner Obhut lassen. Ich hatte dir ja versprochen, daß du Eisen aus diesen Steinen bekommst, wenn du Geduld mit mir hast. Sie gehört also dir, bis ich eine bessere Verwendung für sie finde.«

Er ließ die Hand über sie gleiten, um das Material zu fühlen. »Die Dame des Sees! Warum glänzt sie nicht, Publius?«

»Das kommt noch, Gaius«, versicherte ich ihm. »Das kommt noch. Der Glanz ist im Rohmaterial vorhanden. Eines Tages, wenn ich die perfekte Verwendung für sie gefunden habe, wird sie strahlend glänzen.«

»Was bedeutet das, Varrus?« fragte er mit gedämpfter Stimme.

»Was das bedeutet?« Ich holte tief Luft, berührte den Kopf der Statue und streichelte ihre kalte, feste Härte. »Ich weiß nicht, was es bedeutet, Gaius. Vielleicht bedeutet es nichts, wenn man einmal davon absieht, daß meine Theorie gestimmt hat. Es bedeutet aber auch, daß tatsächlich Steine voller Eisen vom Himmel fallen, selbst wenn einem der Verstand sagt, daß es nicht möglich ist.« Ich rieb mit dem Handballen über das glatte Gesicht der Dame und fügte lächelnd hinzu: »Es bedeutet, mein Freund, daß Gott immer noch ein paar Wunder vor den Menschen verborgen hält.«

»Ja, das ist wohl so«, flüsterte er und streckte die Hand nach ihr aus.

»Vorsicht, Gaius«, warnte ich ihn. »Sie ist schwerer, als du glaubst. Laß dir helfen!«

Gemeinsam hoben wir sie hoch und schleppten sie hinter Lucia her über den Hof ins Haus. In Gaius' *cubiculum* stellten wir sie auf einen Tisch am Fenster.

»Ich komme gleich wieder!« Mit diesen Worten ließ ich ihn mit ihr allein. Gleich darauf kehrte ich mit dem Himmelssteindolch zurück und legte ihn auf den Metallsockel der Statue.

»Hier!« sagte ich. »Gleiches zu Gleichem! Mögen sie voneinander zehren!«

»Was nun, Publius?« fragte Gaius leise. »Wirst du aus deiner Dame des Sees Schwerter machen?«

»Schwerter? Ich glaube nicht, Gaius. Keine Schwerter. Aber vielleicht ein Schwert. Ich kann mir gut vorstellen, daß in der Dame ein großes Schwert steckt.«

ANMERKUNGEN DES AUTORS

DAS RÖMISCHE HEER

Das römische Heer des Altertums unterscheidet sich von einer Armee der Neuzeit hauptsächlich durch die Bezeichnungen. Die Strukturen hingegen sind vergleichbar.

Eine moderne Armee-Einheit oder Brigade, bestehend aus mehreren Regimentern, entspricht ungefähr der klassischen römischen Legion. Die Brigade wird von einem Brigadegeneral kommandiert, dem ein Adjutant sowie die Stabsoffiziere eines jeden Regiments, die Obersten und Majore, zur Seite stehen. Diese wiederum werden von den Kompanieführern (den Hauptleuten) und Subalternoffizieren (den Leutnants) unterstützt, denen wiederum die Unteroffiziere unterstellt sind.

Im römischen Heer wurde der Befehlshaber einer Legion Legat genannt. Ihm stand ein Adjutant oder Stellvertreter, der Lagerpräfekt, zur Seite sowie ein Stab von sechs ranghohen Verwaltungsoffizieren, die Tribune genannt wurden und deren ursprüngliche Aufgabe es war, den Ruf zu den Waffen zu verbreiten und sicherzustellen, daß sich die Bürger rechtzeitig für den Marsch oder die Flucht unter dem Adler versammelten. Später wurde das Tribunat mehr eine politische Einrichtung, ein Ausbildungsplatz für junge Adlige, die in den Konsular- oder Zivildienst gehen wollten. Ein Tribun, der es vorzog, sich militärisch hervorzutun, statt seinen Verwaltungsdienst zu absolvieren und dann das Heer wieder zu verlassen, konnte seines Erfolgs fast sicher sein.

Normalerweise waren ständig achtundzwanzig Legionen im Einsatz, und jede davon war in zehn Kohorten unterteilt. Bis zum Ende des dritten Jahrhunderts waren die Erste und Zweite Kohorte einer jeden Legion zur doppelten Größe, zu sogenannten Doppelkohorten angewachsen. Beide umfaßten zehn Manipel, und ein jeder Manipel enthielt zehn Truppen aus jeweils zehn, elf oder zwölf Soldaten. Das bedeutete, daß eine Doppelkohorte aus tausend bis zwölfhundert Soldaten bestand, und zwar aus den besten, härtesten und kampferprobtesten Veteranen der Legion. Sie entsprach ungefähr einem modernen Bataillon. Die anderen acht Kohorten waren Standardeinheiten von fünf Manipeln, also fünf- bis sechshundert Soldaten, so daß eine schlagkräftige Legion mindestens sechstausend Mann umfaßte.

Das Kommando einer Legion lag in erster Linie in den Händen der Zenturie, aus deren Reihen die Zenturionen, Offiziere mittleren und niederen Rangs, kamen. Jede Kohorte von der Dritten bis zur Zehnten hatte sechs Zenturionen, so daß es insgesamt achtundvierzig waren, und die beiden Doppelkohorten fünf ranghöhere Zenturionen, die *primi ordines* genannt wurden. Der ranghöchste Zenturio einer Legion war der *primus pilus*, eine Art Regimentsoberfeldwebel. Dieser befehligte die Erste Kohorte, während die Zweite Kohorte vom *princeps secundus* und die Dritte und Zehnte Kohorte von einem *pilus prior* kommandiert wurden.

Der Rang des *primus pilus*, was wörtlich übersetzt Erster Speer bedeutete, war der erhabenste und exklusivste, den ein gemeiner Soldat in seiner Legion erlangen konnte. In jeder Legion gab es nur einen *primus pilus*, was bedeutete, daß jeder einzelne von ihnen, wenn das Kaiserreich immer achtundzwanzig Legionen einsatzbereit hatte, zu den achtundzwanzig besten und versiertesten Berufssoldaten des kaiserlichen Heers zählte.

So verdankte ein *primus pilus* in den tausend Jahren römischer Herrschaft jede einzelne Beförderungsstufe der Tatsache, daß er während seiner Berufslaufbahn stets der Allerbeste unter seinesgleichen gewesen war. Bei keinem von ihnen hatte es eine Abweichung oder einen Makel gegeben. Sie alle hatten – oft von den niedrigsten Rängen ausgehend – die Ehrenleiter in der Zenturie der Legion bis zum höchsten Posten des Ersten Speers erklommen. Alle, auch die Beamten und ernannten Offiziere – rangniedrige Legaten, die Mannschaft und Tribune –, waren dem *primus pilus* gegenüber in Angelegenheiten der Taktik, Disziplin, Truppenaufstellung und täglichen Verwaltung der Legion Rechenschaft schuldig. In dieser Hinsicht unterstand der *primus pilus* direkt und ausschließlich dem Befehlshaber der Legion.

Den römischen Zenturio konnte man an seiner Uniform erkennen: Seine Rüstung war silbern, und er trug das Schwert auf der linken statt auf der rechten Seite. Außerdem war seine Helmzierde verdreht, sie verlief von einer Seite zur anderen wie ein Heiligenschein.

Die Zenturionen hatten das Recht oder die Option, ihre Stellvertreter selbst auszuwählen, und diese, die Unteroffizieren entsprachen, wurden deshalb *optiones* genannt. Weitere rangniedrigere Offiziere *(principales)* waren die Standartenträger, von denen einer, der *aquilifer*, den Legionsadler trug. Jede Zenturie hatte auch einen *signifer*, der die Erkennungshelmzierde der Einheit trug und als deren Geldwechsler tätig war. Außerdem waren alle Legionen mit Ärzten und Chirurgen, Tierärzten, Quartiermeistern, Schreibern, Trompetern, Wachkommandanten, Nachrichtenoffizieren, Folterknechten und Henkern ausgestattet.

DAS REITERHEER

Seit dem Ende des zweiten Jahrhunderts n. Chr. spielte das Reiterheer eine wichtige Rolle in der Legionstaktik. Es stellte bei vielen militärischen Aktionen bis zu einem Fünftel der Gesamtstreitkraft dar. Dennoch waren die berittenen Truppen bis Anfang des fünften Jahrhunderts das schwächste Glied im Heer.

Die Römer selbst waren nie große Reiter, und das römische Reiterheer war selten wirklich römisch gewesen. Sie überließen dies lieber ihren Verbündeten und den Völkern unter ihrer Herrschaft, so daß in der Geschichte von dem prächtigen, mit Germanen durchsetzten Reiterheer die Rede ist, das Julius Caesar so bewunderte und das zur Entstehung der *cohortes equitates*, den aus Fußvolk und Reitern gemischten Kohorten führte, die in den ersten drei nachchristlichen Jahrhunderten zum Einsatz kamen. Römische Schreiber berichteten auch voller Bewunderung von den leichtbewaffneten Reitern Nordafrikas, die ohne Zaum ritten.

Im wesentlichen wurde nur leichte Reiterei eingesetzt. Es handelte sich hauptsächlich um Bogenschützen zu Pferde, deren Aufgaben Patrouillendienst, Aufklärung und Bereitstellung einer mobilen Verteidigungslinie umfaßten, während die Legion in Kampfaufstellung ging.

Das römische Reiterheer war im frühen und mittleren Kaiserreich in *alae* organisiert, Einheiten von fünfhundert bis tausend Mann, die in Schwadronen oder *turmae*, dreißig bis vierzig Reiter unter dem Kommando von Dekurionen, geteilt waren. Wir wissen, daß die Römer eine Art Sattel mit vier Hörnern für das Gepäck benutzten, aber keine Steigbügel kannten, obwohl sie Gebrauch von Sporen machten. Sie verwendeten auch Hufeisen und Trensen, und einige Pferde trugen Schuppenpanzerdecken aus Bronzeplättchen, wenn es auch keine Hinweise gibt, daß diese weit verbreitet waren.

Bis zum fünften Jahrhundert scheint auch kaum ein Versuch unternommen worden zu sein, sich mit den Techniken schwerer Reiterei – wie sie im zweiten Jahrhundert v. Chr. von Philipp II., dem König von Makedonien, und seinem Sohn, Alexander dem Großen, angewandt worden waren – vertraut zu machen. Deren Wiederaufleben zusammen mit dem Aufkommen des Steigbügels in Europa in der ersten Hälfte des fünften Jahrhunderts veränderte die Kriegsführung für immer. In militärischer Hinsicht war der Sattel mit Steigbügeln wahrscheinlich von größerer Bedeutung als die Erfindung des Panzers.

Birgit Fiolka

Bint-Anat

Tochter des Nils

Bint-Anat wird als erste Tochter Ramses II. in die intrigante Königsfamilie hineingeboren. Weil ihre Mutter einen männlichen Thronerben ersehnt hatte und viel zu sehr mit sich selbst beschäftigt ist, lernt das intelligente Mädchen schnell, sich allein in der gefährlichen Welt des Palastes zurechtzufinden. Es gelingt ihr, die Aufmerksamkeit ihres Vaters zu wecken, der sie fördert wie einen Prinzen und später sogar zur Großen Königsgemahlin macht. Fortan ist Bint-Anats Leben in Gefahr …

Ein ungewöhnliches Frauenschicksal im alten Ägypten

Knaur

Juliette Marillier

Die Tochter der Wälder

Ein epischer Roman in der Tradition von
Die Nebel von Avalon!

Im 9. Jahrhundert nach Christus müssen die keltischen Fürsten ihr Land gegen den Ansturm der Briten verteidigen. Fern der Schlachtfelder wächst die junge Sorcha gemeinsam mit ihren sechs Brüdern auf – doch ihr behütetes Leben findet ein jähes Ende, als ein Fluch die Familie trifft. Allein auf sich gestellt, muss das Mädchen nach einem Gegenzauber suchen und mehr als einmal sein Leben riskieren!

Knaur

Ulrike Schweikert

Die Tochter des Salzsieders

Roman

Das mittelalterliche Leben einer deutschen Stadt und die Geschichte einer außergewöhnlichen jungen Frau. Anne Katharina Vogelmann ist die Tochter eines wohlhabenden Salzsieders und unzufrieden mit ihrer Rolle als das sittsame Mädchen, das nur auf den Ehemann zu warten hat. Ihr beschauliches Leben ändert sich, als sie dunkle Geheimnisse und sogar einen Mord entdeckt. Die Spur führt in ihre eigene Familie …

Ein hervorragend recherchierter und mitreißend geschriebener historischer Roman von einer viel versprechenden jungen Autorin.

Sie hat vier Berufe – aber nur eine Berufung: Die Schwäbin Ulrike Schweikert schreibt in ihrer Freizeit Romane. Mit *Die Tochter des Salzsieders* gelang ihr der erste Durchbruch.

Knaur